VIVIANA IPARRAGUIRRE DE LAS CASAS

EIN PRINZ AUS SILBER UND GOLD

ROMAN

dtv

Ausführliche Informationen über
unsere Autorinnen und Autoren und ihre Bücher
finden Sie unter www.dtv.de

MIX
Papier aus verantwortungsvollen Quellen
FSC® C019821

Originalausgabe

2020 erschienen als E-Book, korrigierte und durchgesehene Neuausgabe

Umschlaggestaltung: Carolin Liepins
Gesetzt aus der Dante
Satz: Uhl + Massopust, Aalen
Druck und Bindung: Druckerei C. H. Beck, Nördlingen
Printed in Germany · ISBN 978-3-423-71882-0

Für Dich,
weil du immer an mich geglaubt hast

LEALO
KUPFOA
SMARAKTA
ALKURNIA

TUMBARA
FRIOLE
W
N
S
O

Und er reckte die Hände nach ihr. Er erhob seine Stimme
und flehte. Doch es war zu spät.
Denn nicht immer gewährte das Leben eine zweite Chance.

Prinz Ebelon und Krestelle,
Das Vermächtnis der Immerwährenden

Prolog

Das Reich aus Kupfer und Zinn baute sich vor uns auf wie ein riesiges Uhrwerk. Metallplatten, die wie Zahnräder aussahen, schossen in den Himmel empor und drehten sich mit dem dampfenden Wind, der sich um uns legte wie der Schleier, den ich über meine Augen gezogen hatte. *Blicke sind kostbar. Gesichter erzählen Geschichten. Und Augen können lügen*, sagte Zan Zahray immer. Deshalb war sie so wertvoll – die Anonymität, die an unserem Volk haftete wie der Staub des Ödlandes an unseren Kleidern.

Wir alle waren erschöpft von der langen Reise. Deshalb kommentierten wir das Aufblitzen der Hauptstadt des Reiches Kupfoa nur mit müdem Lächeln, das wir uns gegenseitig zusandten. Ihre Bewohner nannten sie Kupferstadt. Ein einfaches Siegel, aber doch königlich wie ihr Erscheinen selbst.

Sie strahlte wie die Sonne, während wir uns in die Schatten ihrer Häuser fügen würden wie Gestaltwandler. Denn an den Festtagen hatten auch wir *Steandler* Asylrecht. Auch wenn die Stadt aus Kupfer und Zinn uns außerhalb dieser Tage noch nie gerne bei sich aufgenommen hatte. Ich erinnerte mich verschwommen an die Kindertage, die ich in der Kupferstadt verbracht hatte. Die Dächer schimmerten in Silber und Kupfer und bestanden an großen Wandfronten aus edel poliertem Glas. Die Straßen waren aus geschliffenen roten Steinen. Und die Menschen schimmerten in der Bronze unserer sonnengebräunten Haut. Vielleicht war das der Grund, warum die Kupferstädter uns nicht gerne sahen. Wir sahen ihnen ähnlich, auch wenn unsere Augen in den Farben der Welt erstrahlten. Ihre hingegen waren silbern. Fast so wie die großen Zahnräder, die uns zur Begrüßung anblitzten. Wir Steandler hatten kein festes Zuhause. Die *ganze Welt* war unser Zuhause.

Meine Füße schmerzten und sehnten sich nach einem kalten Bad. Die Kupferstadt war umrandet von einem ruhigen Fluss, der über eine stählerne Brücke passierbar war. Dort würden wir unser Lager aufbauen. Die Zelte und Wagen aufbauen, in denen wir uns stets nach den langen Festtagen und -nächten zurückzogen. Wir würden unsere bunten Stoffe über errichtete Wäscheleinen hängen und im warmen Wind tanzen lassen. Wir würden ein Lagerfeuer entzünden, um die Dunkelheit zu vertreiben. Und unsere Stimmen würden die Metallstadt in Schwingungen versetzen, so wie ich es aus meinen lebhaften Erinnerungen kannte. Dort, wo Leben war, fühlten wir uns wohl.

Als hätte Zan Zahray, die Stammesälteste, meine Gedanken gelesen, deutete sie für die Neuen unter uns auf den abgelegenen Platz, der von dem Schatten einer Metallbaute erfasst wurde. Dort waren wir immer. Der sandige Boden schien einen ebenen Platz für uns errichtet zu haben – nur für uns Steandler ganz allein.

»Dort errichten wir unser Lager, Freunde.«

Ich erkannte die Erleichterung meines Volkes, als sie das Ende unserer Reise kommen sahen, wenngleich auch dieses Ende einen Anfang bedeutete.

Denn niemals hätte ich gedacht, dass das Schicksal einen hinterhältigen Plan für mich geschmiedet hatte, dem ich nicht entfliehen konnte.

Die Kupferstadt war das Ende. Die Kupferstadt war der Anfang.

I

Sofija

Wir Steandler waren Parasiten, die keinen Schaden hinterließen – zumindest bezeichneten wir uns mit einem Augenzwinkern selbst so. Wir waren gern gesehen zu Festtagen, doch sobald diese vorbei waren, nahmen wir wieder die Rolle der Randgestalten ein, die die Welt für uns vorhergesehen hatte. Wir würden nie ein Zuhause finden, einen Ort, wo wir mit all unseren Farben, wallenden Tüchern, Instrumenten und heidnischen Gesängen akzeptiert würden. Wir Steandler liebten unsere Freiheit und unsere eigenen Regeln. Die anderen Reiche, Smaratka im Osten, Friole im Norden, Lealo im Westen und eben Kupfoa im Süden, lebten nach den Regeln ihrer Königinnen und Könige. Ich kannte ihre Gesetze nicht. Aber ich stellte es mir ziemlich öde vor, in ein Korsett gezwängt zu werden, in dem man nicht atmen konnte. An die Regeln anderer hatte ich mich noch nie gehalten. Vielleicht lag es daran, dass ich eine der Erben unseres Volkes war. Vielleicht lag es aber auch an dem Dickkopf, den mir meine Mutter vermacht hatte.

Mein Vater hatte es geliebt, Geschichten von ihr zu erzählen, die sie lebendig werden ließen. So lebendig, dass ich meinte, sie tatsächlich gekannt zu haben, bevor der Wind ihre Asche mitgenommen hatte. Noch heute hörte ich die Reibeisenstimme meines Vaters, die sich mit dem Knistern des Lagerfeuers vermischte, als er von ihr erzählte. Der einzigen Frau, die er jemals geliebt hatte. Jetzt waren seine Geschichten stumm – und meine Mutter für immer fort.

Geschichten bleiben, sagte Zan Zahray immer, wenn ich mich nach seiner Stimme sehnte.

»Geschichten bleiben, solange es jemanden gibt, der sie erzählen kann.«

Und so lebten ihre Geschichten in mir – Sofija Rea Linn – weiter. Meine Vorfahren zählten zu den Gründerfamilien des wandernden Volkes, die sich irgendwann als Steandler zusammentaten. Die Familie meines Vaters Rea, die Familie Zahray, zu der unsere Stammesälteste gehörte, und die Familie Lean mit ihrem stolzen Erben Elia.

Die anderen Familien verzichteten auf ihren zweiten Familiennamen. Doch ich hielt die beiden fest zusammen. Als gäbe es endlich keine Distanz mehr zwischen den Menschen, die ich in meinem Herzen trug: Ooley Rea und Lorena Linn.

Jeder Steandler kannte die Geschichten.

Und jeder lebte nach den Prinzipien längst verstorbener Idealisten.

Freiheit war das oberste Gebot. Freiheit und Familie.

Mein Vater Ooley hatte diese Philosophie bis zu seinem Tod vertreten und ich trug sie im Herzen weiter. Vermutlich würde ich meinen Kindern irgendwann das Gleiche auftragen.

Es dauerte nicht lange, bis wir Steine unter die Räder unserer Wagen geklemmt und die Zelte vor ihnen errichtet hatten. Ein leises Raunen wie das des Wasserfalls in Smarakta, der in einen ruhigen See mündete, ging durch die Reihen der tüchtigen Steandler. Sie entluden das Gepäck oder hielten sich am Fluss auf, um die Tiere zu beaufsichtigen, die gierig das Süßwasser tranken.

Ich ließ die Blicke über unser farbenprächtiges Lager wandern und band eines meiner Tücher an meinen Wagen. Es war blutrot. Die Farbe der Familie Rea, zu Ehren meines Vaters Ooley.

Mein Vater hatte immer gesagt, dass wir die Vielfalt der Nationen repränsentierten. Wir waren das Bindeglied zwischen den vielen Orten, die nicht unterschiedlicher sein könnten. Das sah ich stetig in den vielen Farben im Wind, wenn wir unser Lager an einem neuen Ort errichteten. Zuletzt waren wir in Friole, dem Eisreich im Norden, gewesen. Anders als hier bestanden die Türme dort aus massivem Eis. Sie rammten ihre langen und krallenartigen Finger in den Himmel, als könnten sie die Wolkendecke brechen, die die Sonne verbarg – vergebens. Stattdessen schneite es ununterbrochen.

Auch wenn die Kälte meinen Schmerz betäubt hatte, war der Gedanke an Friole stets ein scharfes Messer in meiner Brust. Die Kupferstadt stattdessen das Pflaster, das die Wunde heilte. Ich hätte meinen Vater dort nicht zurücklassen sollen, tadelte ich mich, als ich an den Türmen der Kupferstadt hinaufsah. Ich hätte seine Asche hier mit dem Wind ziehen lassen sollen. Hier, wo wir uns schon immer wohlgefühlt hatten.

Ich legte meinen Hut und den Schleier ab und wischte mir den Schweiß von der Stirn. Der Sonntag machte seinem Namen alle Ehre. Es war etwas anderes, sich die legendäre Hitze Kupfoas in Erinnerung zu rufen, als sie schließlich wieder am eigenen Leib zu spüren. Ich hoffte, die verwinkelten Gassen der Stadt würden mich nicht ebenso überrumpeln. Oft hatten Elia und ich in ihnen Verstecken gespielt, während unsere Eltern das Geld mit ihren Kunstschätzen und Auftritten verdienten. Und genauso oft hatten wir uns an den gefüllten Geldbeuteln der vermögenden Kupferstädter bereichert. Wenn man erwischt wurde, wurde einem im Namen des Königs ein Finger, wenn nicht sogar die ganze Hand abgehackt. Ich wurde nie erwischt, weswegen Zan Zahray mir den Spitznamen *Elster* gegeben hatte. Elia hingegen fehlte seit zehn Jahren der rechte Zeigefinger.

Ich erinnerte mich noch an das klägliche Weinen meines Freundes, während die Klinge ihn verstümmelte. Heute war seine fehlende Fingerkuppe sein Markenzeichen. Er prahlte nicht selten damit bei jungen Damen, die ihm schöne Augen machten. In seinen abenteuerlichen Geschichten war immer ein blutiger Kampf schuld, niemals seine eigene Dummheit. Er wusste, wie man die Frauen verführte. Die hübschen Grübchen um seine Lippen taten ihr Übriges, wenn man nicht zuvor schon in seinen grünen Augen versunken war. Elia war schon immer ein unglaublich hübscher Junge gewesen, auch wenn er zu gerne mit den Geschichten in seinem Gesicht spielte. Damit hatte er mich oft zur Weißglut getrieben.

Doch dann hatte er sich verändert. Er hatte sich mir entfremdet.

Wir verbrachten unsere Abende immer seltener damit, zusammen um die glühenden Flammen des Lagerfeuers zu tanzen. Er hörte auf, mich zu fragen, ob ich gemeinsam mit den Männern unseres Volkes auf die Jagd gehen wollte.

Ich hatte mich lange gefragt, warum, auch wenn die Stammesälteste meinte, eine ganz einfache Erklärung dafür zu haben: Er war ein Mann und ich eine Frau. Und er hätte ein Auge auf mich geworfen.

Sicherlich wäre diese Vereinigung bei vielen der Steandler gern gesehen.

Doch was genau würde dann geschehen? Wer würde dann *mein* Erbe weitertragen? Das Erbe der Familie Rea, das ich so gerne als rote Farbe an meinem Leib trug?

Während ich meinen Gedanken nachging, folgte ich dem Lauf des Flusses. Ich setzte mich, abgelegen von den anderen, auf einen

Felsen am Ufer und hielt die Füße ins Wasser. Es war klar und rein, wenn auch ein beißender Metallgeruch mit der Kühle an mich herangetragen wurde. Früher hatte ich mit meinem Vater hier gesessen und die Türme der Kupferstadt bewundert, die sich so herrlich im späten Sonnenlicht wärmten und in ihm funkelten. Ja, sie funkelten, als bestünden die hohen Dächer aus Sternen, die unsere Nächte erleuchteten.

Ich seufzte, als sich das gewohnte Ziehen in meiner Magengrube bemerkbar machte. Es fühlte sich an wie ein Messer, das langsam und qualvoll in meiner Mitte verschwand.

Der Verlust meines Vaters hatte mich schwer getroffen. Und es war das erste Mal, dass ich allein auf diesem Felsen saß und schweigend den Anblick genoss – ein stummes Ritual, das wir zelebriert hatten, seitdem ich mich erinnern konnte. Ja, ich hätte seine Asche mitnehmen sollen.

»Woran denkst du?« Zan Zahray hatte sich mir genähert und sah mit betrübter Miene auf mich hinab. Ihre Geschichten waren in tiefen Falten in ihre Haut gebrannt. Fast schon so, als wären ihre Linien Bilder von dem, was sie in den vielen Jahren erlebt hatte. Ich wandte den Blick ab und sah meinen Füßen zu, die im klaren Wasser auf und ab tanzten, ohne die Wasseroberfläche zu berühren.

»Ich habe nachgedacht«, erwiderte ich.

»Und worüber?«

Zan Zahray ließ nie locker. Wenn sie etwas wissen wollte, dann war sie hartnäckig. Traurig schmunzelnd stellte ich fest, dass sich dies wohl niemals ändern würde.

»Ich habe an Vater gedacht«, sagte ich also wahrheitsgemäß und wappnete mich für den Stich, der sich in meiner Magengrube ankündigte. *Nur ein kleines Messer*, dachte ich. *Es schmerzt wie ein kleines Messer, das sich in meine Mitte drückt.*

»Es ist das erste Mal, dass ich die Kupferstadt ohne ihn bereise. Es ist komisch, verstehst du?«

»Ja, das kann ich verstehen«, sagte Zan Zahray und ließ sich schwerfällig neben mir nieder. Auch sie hob ihren langen Rock an, um die alten, schrumpeligen Füße neben mir im klaren Wasser verschwinden zu lassen.

»Es ist immer schwer, Menschen loszulassen, die wir lieben. Doch, kleine Elster, das ist nun mal der Lauf der Natur. So war es schon immer. Die Welt atmet dich aus und dann atmet sie dich wieder ein. Ganz natürlich.«

Ich schätzte Zan Zahrays weise Worte. Nicht selten, weil sie recht damit hatte. Doch leider ließ sich der Sturm in mir nicht milde stimmen.

Ich war nun auf mich allein gestellt. Die letzte Erbin der Familie Rea, die diesen Stamm zur Zeit des hundertjährigen Krieges formiert hatte. Ich hatte eine ganz andere Last zu tragen als Zan Zahray, die sich dieses Erbe mit den Geschichten in ihrem Gesicht verdient hatte. Sie hatte keine Erben hinterlassen. Ihr Geist würde auf ewig in unseren Reihen spuken, wenn sie von der Welt eingeatmet werden würde.

Meine Geschichten waren siebzehn Jahre alt. Mein Gesicht hatte das wahre Leben noch nicht wirklich kennengelernt. Ich erinnerte mich an Geschichten der schlimmen Jahre des Krieges, wo die Steandler als Barbaren bezeichnet, gejagt und ermordet wurden.

Wie sollte ich mein Volk vor einem neuen Angriff jemals schützen?

»Nun zerbrich dir nicht deinen schönen Kopf, kleine Elster. Noch bin ich ja da, um unser Volk zusammenzuhalten.«

Und was war, wenn auch sie nun gehen würde? Ich schüttelte gedankenverloren den Kopf und hob die Füße aus dem Wasser. Ich hatte den ganzen Weg über in die Kupferstadt nicht wirklich verstanden, was mich tatsächlich so bedrückt hatte. Jetzt, nach den weisen Worten der Stammesältesten, wusste ich es.

Ich hatte Angst vor dem Alleinsein.

Natürlich war mein Volk groß. Und doch hatte mich Vater allein gelassen. Allein mit der großen Verantwortung, das Erbe zu tragen. In vier Monaten würde ich achtzehn werden. Dann würde auch ich die Aufgaben einer Erbin übernehmen. Entscheidungen treffen. Mein Volk weiterbringen, um den Globus, in weitere Städte aus Glas, Gold, Eis und Stein.

Plötzlich begegnete ich den vertrauten grünen Augen neben meinem Wagen. Er sah eindringlich zu mir herüber, ohne seine Lippen zu einem Lächeln zu verziehen, wie er es zu Kindheitstagen so oft gemacht hatte. Stattdessen versiegelte er seine Züge, die sich in mich hineinbissen.

Ich hielt seinem Blick stand, bis er ihn abwenden und den anderen mit den Vorbereitungen für das Abendessen helfen würde. Doch er sah mich einfach nur an.

»Gib dir einen Ruck, kleine Elster«, hörte ich Zan Zahray freundlich sagen. »Ich habe in meinen Träumen gesehen, dass diese Vereinigung unserem Volk große Vorteile bieten würde.«

Es gab zwei Dinge, die ich wusste.

Das erste war, dass Zan Zahrays Träume und Visionen mehr Schein als Sein waren und sie nur zu gerne das darin aufblitzen sah, was sie sich selbst wünschte.

Und das andere war, dass Vater mich niemals dazu überredet hätte, Elia Lean zum Mann zu nehmen. Wütend sprang ich auf und machte mich daran, Jana zu helfen, ihre Tücher aufzuhängen. Nicht eine Sekunde länger wollte ich über Elia Lean nachdenken, doch sein Blick brannte noch immer in meinem Rücken.

2

Sofija

Ich wusste, dass mein Temperament oft mit mir durchging. Ich hatte es noch nie gut verbergen können, und so sah ich zu, wie die anderen um das Lagerfeuer herum versuchten, meinen wütenden Blick zu deuten. Zan Zahray ließ mich in Ruhe, doch wusste ich genau, dass sie sich über die Geschichten in meinem Gesicht freute. Ich spürte die zusammengezogenen Augenbrauen und den streng zu einem Strich gezogenem Mund wie kleine Nadelstiche. Sie sagte immer, dass ich mich nur so gegen ihren Wunsch sträubte, weil ich schon lange in meinem Herzen entschieden hatte, diese Vereinigung einzugehen. Und das stimmte absolut nicht. Ich wollte frei sein. Frei wie der Wind, der das Feuer zum Tanzen brachte. Sicherlich musste ich gestehen, dass ich als kleines Mädchen ein Auge auf Elia geworfen hatte. Er war der große Bruder, den ich nie hatte. Mein Beschützer und außerdem noch mein bester Freund. Aber war diese Verliebtheit nicht einfach nur ein Zeichen dafür, dass wir uns schätzten? Es hatte nichts zu bedeuten, rein gar nichts.

Jana stupste mir in die Seite und deutete auf meinen vollen Teller.

»Magst du nichts essen, Fija?«

Grimmig schüttelte ich den Kopf und schob die Kartoffeln und gegrillten Echsen, die die jungen Männer zwischen den Steinen gefangen hatten, beiseite.

»Dann hast du bestimmt nichts dagegen, wenn ich mich daran erfreue«, meinte meine Freundin entzückt.

»Bedien dich ruhig«, brummte ich und sah ihr zu, wie sie genussvoll eine Echse verspeiste. Die Art, wie sie ihren kleinen Finger hob und die Schuppen des Tieres entfernte, erinnerte mich an ihre filigrane Näharbeit, an ihre Kunstwerke, die sie zu den Festtagen an die Kupferstädter verkaufte. Sie liebten ihre Arbeit.

Und gerne trugen sie die Hüte und Tücher über ihrer weißen legeren Kleidung.

»Du verpasst was«, stichelte sie.

»Ich habe keinen Hunger.«

Dann erhoben sich Zan Zahray und Elia, die den Plan für die Festtage vortrugen und Aufgaben verteilten. Früher hatten es nur Vater und Zan Zahray gemacht. Als Elia achtzehn wurde, durfte auch er diese Rede mitgestalten. Das war genau vor drei Jahren.

Die Kupferstädter veranstalteten jedes Jahr im gleichen Monat ein riesiges Fest zu Ehren des Kronprinzen, der mittlerweile dreiundzwanzig Jahre alt sein musste. Sie schmückten ihre stählernen Mauern mit bunten Fahnen und hießen uns Steandler gerne willkommen. Das fahrende Volk war nämlich nicht nur ein Parasit. Wir waren Künstler und zeigten den Menschen Dinge, die sie sich nicht einmal erträumten. Doch auch wir genossen ihre Festtage. Es roch immer nach Zimt und Orangen und manchmal sogar nach süßem Karamell. Die Kupferstädter spielten auf interessanten Zupfinstrumenten, die aussahen wie kleine Harfen, und sangen für den Kronprinzen ein Lied, das jeder nach wenigen Phrasen mitsingen konnte. Und jeder, der zu den Festtagen in die Stadt kam, bekam ein kleines, metallisch wirkendes Wappen mit dem königlichen Siegel geschenkt: eine Krone mit zwei gekreuzten Schwertern, die man sich an die Kleidung stecken konnte.

Ich hatte so viele, wie ich alt war. Bald würde ich eine weitere dazubekommen. Sie mussten ihren Kronprinzen wohl sehr lieben, auch wenn ich noch nie gehört hatte, dass er sich in der Öffentlichkeit zeigte oder unter die Leute mischte.

Jana würde ihren Verkaufsstand auf dem Markplatz aufbauen. Sams und Hector würden das Zelt für Zan Zahray und ihre wenig glaubhaften Wahrsagungen direkt daneben errichten. Fuhrwerke, die sich im Kreis drehten, sollten auf der anderen Seite, nahe dem Gemeindezentrum aufgebaut werden. Und dann brauchte Cristo noch einige Helfer, um die Bühne zu errichten, die den Großteil des Marktplatzes einnahm. Dort würden unsere Artisten und Zauberkünstler auftreten, die Bälle schweben, Bänder verschwinden und Funken sprühen ließen. Und dort wäre auch Platz für mich – für mich und mein Tamburin.

Wenn ich tanzte, vergesse man das Atmen, hatte Vater immer gesagt. Und seit drei Jahren konnte ich diese Bewunderung stets in den Augen der Männer entdecken, für die ich tanzte. Beneidende Blicke einiger Frauen taten ihr Übriges. Und dann war da noch mein kleiner Trick, mich an den vollen Geldbeuteln meiner Bewunderer zu bereichern. Ich grinste in mich hinein, als ich darüber nachdachte, meine Hand in ihren Hosentaschen verschwinden zu lassen und mein Tamburin zu heben. Das Klirren war Musik in meinen Ohren. Das Klirren des Geldes ebenso wie das Klirren der Metallplättchen meines Instrumentes, das ich so sehr liebte.

Elia ließ wie beiläufig seine grünen Augen über mich wandern, als er nachfragte, ob auch ich ihn verstanden hatte. Der Ton in seiner Stimme gefiel mir ganz und gar nicht. Er war besitzergreifend und vorlaut. Nicht einmal mein Vater hatte seine strengsten Worte jemals in diesem Ton an mich gerichtet, sodass ich demonstrativ aufstand und ergeben knickste.

»Ja, Eure Hohlheit! Ich habe dich sehr gut verstanden!«

Die Beleidigung saß – ein Überbleibsel aus unseren Kindheitstagen, wo wir noch Prinz und Prinzessin gespielt hatten. Seitdem er seinen Finger verloren hatte, zog ich ihn mit diesem verspottenden Titel auf. Eure Hohlheit. Ja, er hatte sich diesen Titel mehr als verdient. Und nur weil er der Erbe einer der Gründerfamilien war, hatte er die Weisheit nicht mit Löffeln einverleibt bekommen.

Plötzlich wurde es unheimlich still. Nur die Flammen knisterten ihr wärmendes Lied und der Fluss plätscherte seinen Nachtgesang.

Niemand sagte etwas gegen unsere Erben. Vermutlich lag es daran, dass niemand auch nur ansatzweise diesen kleinen Triumph mit mir auskostete.

Elia schäumte vor Wut und ich spürte die vielen Augen, die zwischen uns hin und her schossen. Zan Zahray schüttelte tadelnd den Kopf und Jana sah mich entsetzt an. Elias Blick hingegen war auf einmal meilenweit entfernt. Er nickte in die Runde und verschwand im Schatten der Flammen.

»Was starrt ihr so?«, schnaufte ich. »Kümmert euch um die Vorbereitungen für morgen. Ich kläre das«, fügte ich hinzu und rannte ihm widerwillig hinterher.

Früher war ich Elia hinterhergerannt, weil er schneller war als ich. Jetzt tat ich es, weil meine Worte ihn verletzt hatten – auch wenn ich nicht wirklich vorhatte, sie zurückzunehmen.

Ich fand ihn auf dem Felsen, den ich zuvor für mich beansprucht hatte. Sein dunkles Haar schimmerte im Licht des Silbermondes bläulich. Er schmiss kleine Steine in den Fluss. Das wiederkehrende *Plopp* und die leisen Stimmen meines Volkes waren das Einzige, was man hören konnte. Das und mein Herz, das mir riet wegzurennen, ehe das alles unendlich peinlich werden würde.

Die Kupferstadt sah streng auf uns herab. Gigantisch.

Undurchdringlich. Einschüchternd.

Ich biss mir auf die Unterlippe und nahm mir schließlich ein Herz.

»Tut mir leid, ich wollte dich nicht beleidigen«, flüsterte ich, was mich eine Menge Überwindung kostete. Doch Hohlheit Elia hielt es nicht für notwendig, mich auch nur eines weiteren Blickes zu würdigen. Wütend stemmte ich die Hände in die Hüften und wiederholte mich nun etwas lauter. Wieder keine Regung.

Stattdessen schmiss er die Steine immer schneller in den Fluss.

Plopp-plopp.

»Hast du gehört, du taube Nuss?«

»Du solltest endlich lernen, erwachsen zu werden, Sofija«, sagte er, sah mich aber immer noch nicht an. Wenn er mich Sofija nannte, war es ernst. Das machte er nämlich immer nur, wenn er wirklich wütend war. Das letzte Mal hatte er mich Sofija genannt, als wir die Zelte in Friole abgebaut hatten. Dort hatte ich ihm zum ersten Mal sehr deutlich zu verstehen gegeben, dass ich ihn nicht wollte. Nicht so, wie er mich wollte.

Ich knetete meine Hände, fand keine passenden Widerworte und setzte mich schließlich neben ihn. Es war das erste Mal seit Monaten, das ich den Sicherheitsabstand zwischen uns, den ich mir selbst auferlegt hatte, nicht einhielt.

Der Mond spiegelte sich im Fluss und tanzte im stetigen Rhythmus der platschenden Steine. Wieder erreichte mich ein Metallgeruch mit dem kühlen Abendwind, der sich in unsichtbaren Schlieren um uns legte. Es war eine entfernte Erinnerung, dieser Geruch der Stadt. Er war gleichermaßen heiß und kalt. Scharf und mild.

Lange sahen wir der tanzenden Reflexion des Silbermondes zu und schwiegen, bis Elia zu kichern begann.

»Was lachst du denn jetzt?«, fragte ich gereizt. Hatte er nun völlig den Verstand verloren?

»Erinnerst du dich an den Tag, wo wir erwischt wurden?«

Ich wusste, worauf er anspielte, und verdrehte im selben Moment die Augen.

Es war Ironie des Schicksals, dass ausgerechnet Elia seinen Finger verloren hatte – der Messerkünstler unter uns war, der sich nicht einmal mit seiner waghalsigen Kunst verletzte. Er war geschickt in dem, was er tat. Nur leider hatte er kein Talent zum Stehlen.

»Du wurdest erwischt. Ich bin entwichen wie eine kleine Kanalratte.«

»Ich habe mich ritterlich *vor dich* gestellt!«, protestierte er und stupste mir in die Seite.

»Ich habe es anders in Erinnerung!«, murmelte ich nur und dachte an die stählernen Männer, die Elia mitgenommen hatten. Ein Schauer lief mir über den Rücken, als ich mir das Werkzeug, mit dem sie es getan hatten, in Erinnerung rief. Es sah aus wie eine Schere, und doch war es, als hätte diese Schere Elias Glied verschluckt und anstelle einer offenen Wunde mit einer Kupferplatte versehen. Seine Schreie waren ohrenbetäubend. Und der Schmerz, den ich dabei empfunden hatte, erschütterte mich manchmal heute noch bis ins Mark. Oft hing mir der rostige Geruch von Blut in der Nase – dem Blut, das hätte dort entweichen sollen, wo nun die Kupferplatte glänzte.

»Hättest du nur aufgehört, mit der Dame über dein Diebesgut zu diskutieren … Dann wäre ich gar nicht unaufmerksam gewesen«, erklärte er sich weiter. Ich betrachtete dabei seinen Zeigefinger, der im Strahl des Mondes aufblitzte. Egal, wer die Schuld daran trug. Es war grausam, jemandem einen Finger abzuschneiden, auch wenn Elia mindestens die ganze Hand verdient hätte.

»Ich hätte dich nicht lächerlich vor allen machen sollen«, räumte ich nach einer Weile ein, doch fügte hastig hinzu: »Aber du solltest endlich aufhören, mich so schrecklich zu behandeln!«

»Wie behandele ich dich denn, Fija?«, fragte er und grinste mich schelmisch an.

Da! Da war dieser sanfte Ton aus Kindheitstagen in seiner Stimme, als er meinen Namen sagte. Ich hatte aufgehört zu hoffen, dass er so noch sein konnte.

»Du benimmst dich, als wäre ich dein Besitz!«

»Nein, ich beschütze dich, als wärst du mein Besitz«, korrigierte er.

»Aber ich bin nicht dein Besitz. Ich bin genau wie alle anderen.«

»Das bist du nicht«, seufzte er. »Und das weißt du ganz genau. Bald wirst auch du eine volljährige Erbin sein. Dann musst du Verantwortung übernehmen.«

»Wenn Vater noch leben würde, wäre mir die Sache verwehrt geblieben, zumindest noch für einige Zeit«, grummelte ich tief getroffen und legte mein Kinn auf die angezogenen Beine.

Wieder spürte ich den eisigen Hieb, der mir die Luft zum Atmen nahm.

Wäre mein Vater noch am Leben, wäre ich einfach nur Sofija. Frei wie der Wind. Frei wie alle anderen Steandler auch.

»Wem sagst du das«, sagte Elia nun genauso traurig und spielte an der Kupferplatte an seinem verstümmelten Zeigefinger herum. Er musste früher als ich alleine klarkommen. Seine Eltern starben bei einer gefährlichen Vorführung mit Raubkatzen, Kulatras. Seitdem hatten wir diese aus unserem Programm genommen und auch sonst die Sicherheitsvorkehrungen erheblich verschärft. Ich hatte ihre entstellten Leichen nicht gesehen, da Chanti, unsere Illusionistin, sie verschwinden ließ, ehe die Zuschauer von dem schrecklichen Blutbad mitbekamen. Doch der siebenjährige Elia hatte sie gesehen. Hinter der Bühne lagen ihre offen blutenden Körper. Sie waren tot, noch ehe man versuchen konnte, sie zu retten.

»Irgendwann sind wir diejenigen, die unser Volk mit dem Wind ziehen lassen, Fija. Irgendwann schauen sie zu dir auf und folgen dir bis in den Tod, wenn es sein muss. Ich will dich nur beschützen.«

»Elia«, flüsterte ich müde, doch er unterbrach mich mit seinen funkelnden Augen.

»Fija, du und ich sind die letzten Erben. Wir dürfen nicht versagen.«

»Nun gut, du hast ja recht. Doch du solltest aufhören, auf mich herabzublicken, Elia. Sonst wird Eure Hohlheit zu deiner gängigen Begrüßung.«

Als ich aufstand, schlossen sich seine Finger um mein Handgelenk. Seine Hand war schwitzig. Die Kupferplatte auf meiner Haut so eisig wie ein Eisklotz. Ich bekam Gänsehaut, doch als ich in seine traurigen Augen blickte, wurde mein Herz weicher.

»Ach Elia«, sagte ich sanft, aber entzog mich seiner schwitzigen Hand. »Ein Lächeln würde dir gut stehen.«

Und dann fragte ich mich, wann ich das letzte Mal von Herzen gelacht hatte. Es war, als wären mittlerweile Jahre vergangen.

Wir Steandler waren nicht nur großartige Gestaltwandler. Wir spielten unsere Rolle ziemlich gut. Nach außen hin waren wir stets fröhlich.

Doch keiner würde morgen bei meinem Tanz ahnen, dass ich dabei war zu zerbrechen.

3

Jana

»Hau ab!«, schrie Sofija, als ich an die hölzerne Tür ihres Wagens klopfte. Im selben Moment hörte ich einen dumpfen Aufprall, dem eines Kissens ähnlich, das unmittelbar vor der Tür landete.

»Ich bin's nur«, sagte ich und öffnete die Tür einen kleinen Spalt.

Sofort kam, wie ich bereits vermutet hatte, ein weiteres Kissen auf mich zugeschossen.

So kannte ich sie. Unberechenbar und stur.

Hastig duckte ich mich, ließ die Türklinke jedoch nicht los. Im sperrigen Licht der Öllampe konnte ich schon das nächste Kissen in ihrer Hand sehen. Also wiederholte ich mit kräftiger Stimme abermals: »Ich bin's nur! Jana!«

Ein erstickendes Keuchen war die Antwort, ehe ich mich versicherte, dass nicht ein weiteres Kissen durch die Luft flog. Vorsichtig öffnete ich die Tür.

Als sich unsere Blicke begegneten, ließ sie sich seufzend in die vielen Kissen auf ihrem Bett fallen. Ihr störrisches Haar vermischte sich dabei mit den dunklen Tüchern, die ihr Bett bevölkerten.

Sobald ich die Tür hinter mir schloss, kitzelte mir der Duft von wilden Rosen und Kräutern in der Nase. Der Duft meiner Kindheit und unserer Freundschaft.

Augenrollend verschränkte ich die Arme vor der Brust, als ich mir das Chaos ansah, das sie hinterlassen hatte.

Überall lagen Kissen und Tücher herum. Ihre kostbaren Kleider, die ich mit eigenen Händen genäht hatte, hingen schief an den Bügeln.

Wütend schrie sie ins Kissen, was sich anhörte, als hätte eine Katze eine lebendige Maus im Maul.

Wie oft hatte ich das schon mitgemacht? Es war zwecklos mitzuzählen, da Elia und Sofija sich nahezu jeden Tag wegen irgendwelcher Lappalien in den Haaren lagen.

»Ich dachte, du bist Elia.«

»Und wenn ich tatsächlich Elia gewesen wäre?«, fragte ich provokant und kassierte im selben Moment einen derben Fluch.

Zan Zahray sagte immer, dass Schimpfworte die Zunge verbrennen würden. Spätestens als Sofija und ich uns als elfjährige Rotzgören heimlich die schlimmsten Worte zugeflüstert hatten, die wir kannten, wussten wir, dass unsere Zungen viel mehr aushalten konnten. Ich hätte vermutlich alles geglaubt, was Zan Zahray sagte. Sofija hingegen hatte schon immer einen besonders ausgeprägten Trotzkopf. Sie hatte schon immer gern nach ihren eigenen Worten gesucht, anstatt auf die der anderen zu hören.

Die Erbin Rea konnte gut reden. Das hatte sie von Ooley geerbt.

Wenn sie ihre Stimme erhob, hörten alle zu. Mit Worten konnte sie Reiche formen. Mit Worten konnte sie sogar Hunger stillen.

Immer wenn sie sprach, hing ihr Volk an ihren Lippen. Wie Taube, die zum ersten Mal hörten, wie Blinde, die zum ersten Mal sahen, und wie Unwissende, die alles glaubten. Umso heftiger empfand Elia ihre Worte, wenn sie sie gegen ihn erhob. *Wie Messer*, hatte er letztens zu mir gesagt. Genauso fühlte es sich an.

Sofija hob ihren Kopf und begegnete meinem Blick mit aufgeblähten Wangen. Die dunklen Augen funkelten dabei so endlos tief wie der Nachthimmel selbst.

»Dann hätte ich mich vermutlich nicht beherrschen können und anstatt Kissen mit Öllampen geworfen.«

»Doch so gnädig?«, lachte ich und ließ mich auf das Kissen vor meinen Füßen nieder und streckte meine Beine aus.

»Ich hätte ihm eines seiner Messer entgegengeschleudert«, sagte ich und prustete im selben Moment los, auch wenn es nicht stimmte, was ich sagte. Oft genug verstand ich Elia. Schließlich war er nur ein Sklave seiner Gefühle.

Es war offensichtlich, dass er sich Hals über Kopf in Sofija verliebt hatte. Aber ich sagte nun mal gerne die Dinge, die sie hören wollte.

Wir waren schon zu lange beste Freundinnen, das war ich ihr schuldig.

»Ach Jana, er versteht mich einfach nicht.«

»Wie soll er auch? Er ist ein trotteliger Kerl, der es nicht versteht, sich in deinem verwirrenden Kopf zurechtzufinden!«, sagte ich sarkastisch. Vermutlich waren nämlich beide gleichermaßen an ihrem Missverständnis schuld.

»Früher hat er mich verstanden«, klagte sie. »Früher hat er mich besser verstanden, als ich mich selbst verstanden habe.«

Seit ich sie kannte, gab es nur *Elia und Fija*. Ich erinnerte mich lebhaft an den Tag, an dem ich sie das erste Mal gesehen hatte. Meine Augen aufgequollen und verheult nach dem Abschied von meiner Mutter, die mich mit den Steandlern fortgeschickt hatte.

Manchmal bildete ich mir ein, noch spüren zu können, wie sie ihre Finger aus meinen gerissen hatte. Die Augen verschleiert.

Meilenweit entfernt. Eisig kalt.

»Hör auf zu weinen!«, hatte sie gezischt. Ein Laut, der meine Finger noch heute zum Zittern brachte.

Sofija hatte mir ein Tuch gegeben, um meine Augen zu bedecken.

Um die Tränen zu trocknen, die meine Wangen verätzt hatten. Und Elia … Elia hatte seinen starken Arm um mich gelegt und mich zusammengehalten. Er war zehn Jahre alt gewesen. Die eine Hand mit Tüchern verbunden, um sein kupfernes Geheimnis zu verbergen.

»Wenn man die Wunde nur fest genug verbindet, sieht man sie irgendwann nicht mehr.«

»Doch, man sieht sie«, hörte ich mich sagen. Der Elia aus meiner Kindheit lächelte mir zu und deutete auf das Volk, das mir ein Heim gegeben hatte. »Hier hat jeder seine Wunden. Wir verbinden sie mit unseren Farben.«

»Weil sie zu uns gehören wie der Wind«, hatte die kleine Sofija hinzugefügt und mir ihre Hand gereicht. In ihrem sanften Griff hatten meine Finger aufgehört zu zittern. Das würde ich ihr niemals vergessen.

Dass sie für mich da gewesen war, als ich sie am meisten gebraucht hatte.

Die Erinnerung löste sich wieder auf. Sie schoss in Bildern durch meinen Kopf und in mein Herz. Dorthin, wo ich sie verschloss und wegsperrte, ehe das Zittern wieder zurückkehren konnte.

Bedächtig strich ich über die Zickzacknaht an meinem Rockbund.

Ein wohliges Gefühl unter meinen Fingerkuppen, die von der Näharbeit mit Hornhaut überzogen waren.

Nach einer Weile kroch ich zu Sofija hinüber und legte meinen Arm um sie.

»Es steckt doch noch mehr dahinter, Fija.«

»Hinter was?«

»Hinter alldem, warum ihr euch streitet.«

Sie zuckte die Schultern und schmiegte ihre Wange an meine Beuge.

»Ich brauche ihn, Jana. Seit Vaters Tod mehr denn je. Doch nicht so.«

Ich fuhr über die trockenen Tränen auf ihrer Wange und nickte bedächtig, als ich über ihre Worte nachdachte. Wenn man es so wollte, war Elia der Einzige, der ihr blieb.

Ihre ganze halbe Familie – die auch meine war.

4

Sofija

Es war immer wieder ein aufregender Moment, die Brücke zur Kupferstadt zu überqueren. Die Steine waren in einem saftigen Rot und zogen sich bis in jede Ecke dieser verwinkelten Stadt. Als sich ihre Tore öffneten, wurden wir bereits von den Soldaten des Königs am Stadteingang begrüßt. Man erkannte sie an dem dunkelgrauen Metallwappen auf ihrer linken Brust, das sich bis über den rechten Arm streckte. Das Siegel König Platos, wie jenes, das man zu Festtagen als Souvenir geschenkt bekam. Doch anders als in den Jahren davor waren die Geschichten in ihren Gesichtern nicht freundlich und zuvorkommend. Heute hoben sie ihre Waffen, sodass wir irritiert vor ihnen stehen blieben. Es mussten ein Dutzend Soldaten sein, die sich vor uns aufbauten wie die Türme im Hintergrund.

Zan Zahray war die Erste, die ihre Stimme erhob – eine welke Blüte, getragen von einem starken Stängel. Elia und ich stärkten ihr den Rücken, auch wenn ich mich in der Gegenwart der Wachen plötzlich ziemlich unwohl fühlte. Ich klammerte mich immer fester an mein Tamburin, so fest, dass meine Finger wehtaten.

»Wir kommen zu euren Festtagen, liebe Soldaten. Wie jedes Jahr sind auch wir fester Bestandteil der Festlichkeiten zu Ehren des Kronprinzen.« Einer der Soldaten nickte ihr zu, auch wenn seine Augen eine andere Sprache sprachen. Seine Augen sahen böse aus.

Er erinnerte mich an den Mann, der Elia festgehalten hatte, um seinen Finger abzuschneiden. Auch dieser hatte undurchdringliche Gesichtszüge und ein undefinierbares Alter gehabt. Nicht seinen, sondern den Willen des Königs ausgeführt. Ich erspähte das rege Treiben hinter den Stangen. Atmete den rostigen Duft der Bauten ein. Ließ mich von der dampfenden Brise streicheln und hörte das stetige Ticken der riesigen Uhr auf dem Marktplatz. Der Akzent des Soldaten war schneidend. Kühler als die weichen Klänge der einheitlichen Sprache der Vereinigen Reiche. Er musste aus der Provinz Kupfoas stammen.

»Das wissen wir, gute Frau. Doch unsere Sicherheitsvorkehrungen haben sich geändert. Zur Feierlichkeit zu Ehren unseres neuen Königs Lucius dem Ersten müssen wir Fremde vor Eintritt durchsuchen.« König Platos musste wohl im letzten Jahr gestorben sein, wenn sein Sohn nun den Thron bestiegen hatte. So war das. Eine Ära endete. Eine neue begann. Unwillkürlich fragte ich mich, ob Kronprinz Lucius diesen Tag ersehnt hatte oder ob auch er sein Erbe kaum ertragen konnte.

»Das ist mir neu!«, beschwerte sich Zan Zahray und sah den Soldaten empört an. »Wir Steandler sind seit Jahren ein Teil dieser Festlichkeiten und keine Fremden.«

»Ihr Steandler mögt ein lustiges Volk sein«, räumte der Soldat diplomatisch ein, wurde aber plötzlich von einem Kollegen unterbrochen, der sich vor Zan Zahray aufbaute.

»Aber eigentlich seid ihr nicht mehr als eine Gruppe räudiger Straßenköter! Entweder ihr befolgt unseren Regeln oder ihr geht dahin zurück, wo ihr hergekommen seid!«

Seine Worte waren wie eine Ohrfeige, die erst Augenblicke später schmerzte. Wie gelähmt sah ich zu, wie sich die Metallsoldaten zwischen uns hindurchdrängten und unsere Körper begrapschten.

Es war willkürlich. Jede Berührung war eine Demonstration von Macht, der ich mich nicht widersetzen konnte. Niemand sagte etwas, nicht einmal Zan Zahray. Sie sah nur traurig zu, wie unser Volk verstummte, als sie uns durchsuchten wie eine Horde Verbrecher.

Wir wussten, dass nicht viele unseren Lebensstil guthießen. Doch uns mit Straßenkötern zu vergleichen, war ein heftiger Stich, der an meinem Stolz nagte.

»Wen haben wir denn da?«

Als der Soldat mit den bösen Augen meine Taille packte und mich an sich zog, verpasste ich ihm einen gezielten Schlag auf einen Spalt in der Rüstung. Seine Rippen waren an dieser Stelle nicht geschützt, sodass er erschrak und keuchend zusammensackte.

Mein Tamburin schellte Applaus, während seine Augen zu funkeln begannen.

»Niemand gibt dir das Recht, mich so anzufassen!«, zischte ich und schob entschlossen den Unterkiefer nach vorn. Der Mann schnaufte wütend und ließ seine Hand über mir schweben.

»Du widerliche, kleine …« Ich hob abwehrend die Arme vor mein Gesicht … Ich hatte mir schon oft vernichtende Schläge eingefangen und wusste, wie es sich anfühlen würde.

Immer waren es mit Schmuck verzierte Hände oder solche in Rüstungen, die sich daran erfreuten, uns für das zu bestrafen, was wir in ihren Augen waren – weniger wert als sie selbst.

»Lass sie!« Elia stellte sich vor mich, wurde jedoch von einem anderen Soldaten grob am Arm gepackt.

»Hiergeblieben!«

»Keiner entkommt der Justiz der Kupferstadt! Nicht mal ein hübsches Mädchen.«

»Haymish!«, unterbrach ihn plötzlich eine Stimme aus dem Hintergrund. Sie kam vom stählernen Tor und brachte die restlichen Soldaten dazu, sich ohne zu zögern nach ihr umzudrehen. Es war ein weiterer Mann des Königs, der sich allein durch die Farbe des Wappens auf seiner Brust von den anderen unterschied. Es war aus Kupfer. Nahezu flammend rot.

Ohne Frage. Er musste zur königlichen Familie gehören. Ein Hauptmann, vermutlich ein entfernter Cousin des Königs oder auch ein Freund, der sich durch Treue ein Würdenamt verdient hatte. Der Soldat namens Haymish entfernte sich von mir, ohne mich auch nur ein weiteres Mal anzusehen. Und da begegnete ich den Augen des Hauptmanns, dessen Befehl mich gerettet hatte. Sie waren aus dunklem, flüssigem Gold, eine Farbe, die ich zuvor noch nie gesehen hatte. Ich drohte, mich in ihnen zu verlieren, mich an ihnen zu verbrennen. Also unterbrach ich die Verbindung, indem ich untertauchte. Schnell war ich zwischen Tüchern und Röcken verschwunden, noch ehe der Mann meine Geschichten studieren konnte. Jene, die nicht unter dem Schleier verborgen waren.

Seine Stimme fuhr über uns hinweg wie eine Naturgewalt. Undurchdringbar und gebieterisch.

»Die Steandler sind seit Jahrzehnten unsere Freunde. Nun lasst sie gewähren!«

»Aber …«

»Lasst sie gewähren!«, donnerte es und das Klappern der Stahlschuhe auf der roten Steinbrücke war die einzige Antwort auf seine Forderung.

Nachdem Zan Zahray sich mit einer leichten Verbeugung in Richtung des Soldaten in der Kupferrüstung verabschiedet hatte, passierten wir das offene Tor und ließen uns von der Kupferstadt verschlucken. Die Räder unserer Wagen knirschten und quietschten, die Pferde und Ziegen schnauften. Der Wüstenstaub klebte auf unseren Kleidern wie festgenähte Glitzersteinchen.

Elia stand neben mir und nahm meine Hand, während ich nach den goldenen Augen suchte, die mich gerettet hatten. Ich entdeckte sie neben dem Tor. Sie sahen zusammengekniffen zu Soldat Haymish, der unter ihrem Blick zu schmelzen schien.

Und dann folgten sie mir. Auch wenn ich sie nicht mehr sehen konnte, wusste ich, dass sie mir hinterhersahen, bis wir uns in den Schatten der Stadt verloren.

»Ist alles in Ordnung?«, fragte Elia zornig. Ich erkannte in den Geschichten seines Gesichtes, dass er sich zusammenreißen musste, um nicht zu dem Soldaten zurückzugehen und ihm eine reinzuhauen.

Ich setzte ein Lächeln auf und nickte. Dann ließ ich seine Hand los und verschwand zwischen meinen Leuten. Ich fand Talima, den alten Esel und grub die Hände in sein verfilztes Fell, um etwas anderes zu spüren als Elias eindringliche Berührung. Das Gefühl seiner schwitzigen Hand jedoch blieb. Und die Kupferplatte auf seinem Zeigefinger hinterließ auf meinem Unterarm eine Gänsehaut, die ich nicht einmal mit mehrmaligen Drüberreiben vertreiben konnte. Sie war eine stumme, aber stetige Warnung, die hier durch die Gassen fuhr wie der dampfende Wind. Ich fragte mich, was man noch verlieren könnte außer einem Finger oder einer Hand und was die Metallsoldaten auf einmal von uns wollten.

Es dauerte einen ganzen Tag, die Stände und Bühnen aufzubauen, doch wir kamen gut voran. Alles sah noch genauso aus wie vor einem Jahr. Der Platz war rund wie die Uhr, die über dem Marktplatz prangte, als wäre sie das königliche Siegel. Darunter befand sich meistens unsere Bühne. Die Uhr war ein schöner Teil unserer Kulisse, vielleicht sogar der schönste, obwohl sie nicht zu uns gehörte.

Sie war ein wahres Kunstwerk: Ihre unzähligen Zahnräder leuchteten in sämtlichen metallischen Farben. Ihr Ticken erfüllte Kupfoa, als wäre sie das Herz, das das Leben in die Stadt pumpte. Es pulsierte. Ich spürte das Ticken in meinem Brustkorb, als wären es meine eigenen Herzschläge. Mein Vater hatte schon immer behauptet, dass diese Uhr die Stadt lebendig hielt. Und heute konnte auch ich es fühlen. Es hatte sich also augenscheinlich nichts verändert.

Und doch gab es einen ganz grundlegenden Unterschied – oder eher Unterschiede: Überall waren Metallsoldaten postiert, die uns beobachteten, als wären wir Kuriositäten. So hatte ich mich noch nie gefühlt. Normalerweise war ich stolz auf unsere Vielfalt, aber heute fühlte ich mich nackt und ich verschwand zu gerne im zweiten Boden unserer Bühne, um die mechanischen Vorkehrungen zu prüfen.

Cristo hatte sich diesen Trick für mich ausgedacht. Er hatte, bevor er zu den Steandlern stieß, als Bühnenbauer gearbeitet und die Technik der großen Theaterhäuser in anderen Königreichen von Alkurnia revolutioniert.

Ich kam bei meinem Auftritt aus dem zweiten Boden, der langsam an Seilen von Sams nach oben gezogen wurde. Begleitet wurde ich dann meistens von einem magischen Nebel, den Chanti aufkommen ließ. Ich kannte jedoch die Chemie hinter ihrer Magie und wusste, dass sie zu gerne mit Stickstoff und anderen Substanzen herumexperimentierte. Und es gab auch einen Trick, mit dem sie für einen kurzen Moment die Lichter in der Stadt einfing. Dann verschwand ich meistens und tauchte zusammen mit den Lichtern zwischen den ungläubigen Zuschauern wieder auf.

Das sah immer besonders schön aus und brachte die Zuschauer nicht selten zum Staunen. Wenigstens einmal im Jahr sahen sie zu uns hinauf und bewunderten uns.

Ich ließ meine Finger über die Seile tanzen und prüfte bereits zum dritten Mal die Nägel, die die Balken unter der Bühne zusammenhielten, auch wenn Cristo noch Hilfe bei den Vorhängen gebraucht hätte.

Hier unten wollte ich bleiben. So lange, bis mich die Blicke der Metallsoldaten losließen.

Es schien fast, als würden sie mich besonders angestrengt beobachten. Als würden ihre Augen ununterbrochen auf mir ruhen.

»Hier steckst du!«, hörte ich Cristo schimpfen und schreckte vor seinem Kopf zurück, den er durch das Loch in der Bühne zu mir nach unten streckte.

»Ich habe nur noch mal die Seile geprüft«, verteidigte ich mich gleich, doch wurde von seinem Kopfschütteln unterbrochen. Sein blondes Haar kitzelte auf den Wangen. Cristo musste einst ein schöner junger Mann gewesen sein. Doch seine Geschichten verrieten, dass ihn der Tod seiner Frau alt und verwundbar gemacht hatte. Vor allem seine grauen Augen. Ja, sie logen nicht.

»Wir suchen dich schon überall! Wir müssen den Ablaufplan für den Abend besprechen. Du weißt doch, dass der erste Abend der wichtigste ist. Nun komm!«

Er reichte mir eine Hand und zog mich mit Leichtigkeit durch den Spalt im Boden auf die Bühne. Dort erstrahlte das Werk der Steandler in den gängigen Farben über den Holzbalken, die die Bühne vom Zuschauerbereich trennten. Rot für die Familie Rea.

Blau für die Familie Lean. Und gelb für die Familie Zahray.

Ich trat hinter den Vorhang, wo die anderen bereits auf mich warteten: Chanti, die Illusionistin, die Funken sprühen und Nebel walten ließ, hantierte bereits mit ihren Fläschchen und Boxen, während Saranda, die Sängerin, ihre Lippen lockerte und hin und wieder gurgelnde Laute von sich gab. Jeherus, der Magier, verstaute gerade die letzten Karten in seiner Jacke und wollte seine weiße Taube vorsichtig in seinen Ärmel gleiten lassen.

»Na komm, Berta, mein kleines Täubchen«, säuselte er, sodass sich der gekringelte Schnurrbart wie die Flügel eines Vogels an seinen Wangen auf und ab bewegte. »Sei ein braves Täubchen und komm in meinen Ärmel. *Put, put, put.*«

Ich rollte die Augen und lachte über die Sturheit der Taube, die wieder und wieder durch die wulstigen Finger des Magiers schlüpfte.

Ich konnte sie verstehen, ich hätte vermutlich auch nicht gerne in seinem Ärmel gewartet, während er im Licht unserer Fackeln zu schwitzen begann.

»Müssen diese geschmacklosen Tiernummern sein? Hast du Berta mal gefragt, ob sie das überhaupt will?«, beschwerte sich Juli, die Tierflüsterin, und verschränkte die Arme vor der Brust. Jeherus sah nicht einmal zu ihr auf, als er mit der Zunge schnalzte.

»Kann Berta sprechen?«, fragte er gelangweilt.

»Mit dir nicht! Stimmts, mein armes kleines Ding?«, ereiferte sich Juli, die im selben Moment liebevoll über das weiße Köpfchen der Taube strich.

Ich unterdrückte ein Kichern, doch wurde wieder ernst, als der Messerkünstler in mein Blickfeld trat. Er trug bereits seine Bühnenkleidung: die schwarze Pumphose und die halbe Kluft, die den linken Teil seiner Brust offen legte. Muskeln umzogen von dunkler Haut spannten sich an, als er sich durch das dichte Haar fuhr, das er mit einem Kammzug aus seiner Stirn gestrichen hatte.

Die kleine Schnittwunde in seiner Augenbraue ließ ihn aussehen wie ein Krieger. Einer, der mit Raubkatzen kämpfte. Einer, der mit *Kulatras* umging, als wären es handzahme Straßenkatzen.

Doch ich wusste es besser. Er hatte sie sich bei einer Schlägerei in einer Schenke zugezogen. Die Stadt aus Kupfer und Zinn glänzte. Doch nicht jede Medaille war auch auf der Kehrseite aus Gold. Irgendein Kupferstädter musste seine Krallen ausgefahren haben. Wobei Elia es vermutlich verdient hatte.

Ich knirschte mit den Zähnen, als er anfing, eines seiner Messer wieder und wieder in die Luft zu werfen und mit der rechten Hand aufzufangen.

»Wenn ich diesen dreckigen Soldaten nachher erblicke, werfe ich mein Messer auf ihn«, knurrte er, als sich unsere Blicke begegneten. Ich wusste, dass er schon den ganzen Tag darüber nachgedacht hatte. Sein Kiefer zuckte nun wild entschlossen.

»Du solltest lieber aufpassen, was du tust, Elia. Du kannst noch was ganz anderes als deinen Finger verlieren«, sagte ich mahnend und ließ den heutigen Ablaufplan über mich ergehen. Wir entschieden uns für das Übliche. Wir würden mit der Illusionsnummer beginnen. Die Schwerter, Messer und meinen Tanz würden wir uns für die spätere Stunde aufheben. Wenn der Mond leuchtete und die Fackeln brannten, klappte Chantis Trick mit den Lichtern am besten.

Als wir fertig waren, machten wir uns in den Zelten daran, uns für die Vorstellung vorzubereiten. Ich würde ein ausgefallenes rotes Kleid mit Metallplättchen tragen, die bei meinem Tanz wie die Plättchen meines Tamburins aneinanderschlugen. Es war ein himmlisches Geräusch. Jana hatte es sich für mich ausgedacht.

»Wenn er dich noch einmal berührt, schlitze ich seine Kehle auf«, fing mich Elia erneut ab und drückte seine rechte Hand in meinen Arm, bis er wehtat und sich langsam taub anfühlte.

»Lass gut sein«, sagte ich und entriss mich ihm, um seinem wilden Blick zu entfliehen. Er hatte den ganzen Tag schon dieses irre Funkeln in seinen grünen Augen. Ganz so, als wäre das Gespräch von gestern Abend nur ein Traum gewesen, als hätte es den kurzen Moment, in dem wir uns ebenbürtig begegnet waren, nie gegeben. Er betrachtete mich als seinen Besitz.

»Dann lass du lieber deine Finger bei dir.« Er deutete mit seinem Kinn auf mein Tamburin. Mein geräuschvolles Ablenkungsmanöver, wenn meine Finger in den Hosentaschen der Kupferstädter verschwanden. Es war eine alte Gewohnheit, das zu tun. Es war aber auch notwendig, um mein Volk auf den langen Reisen in die anderen Königreiche durchzubringen. Notgroschen. Die Garantie, dass wir nicht verhungerten auf der langen Reise nach Smarakta.

»Ich möchte nicht noch einmal meine Hand hinhalten müssen.«

»Lass das meine Sorge sein«, zischte ich, verschwand in meinem Zelt und rieb mir den Arm, der nun wütend prickelte.

Sollte er sich doch um seine eigenen Probleme kümmern.

5

Sofija

»Tretet näher, tretet näher und lasst euch heute Nacht in eine Welt aus Illusion, Kunst und Zauberei entführen! Tretet näher, liebe Freunde, und seht her!«

Als Chanti nach ihrer Nummer hinter die Bühne kam, berichtete sie von den vielen Metallsoldaten, die sich unter die Kupferstädter gemischt hatten und unser Treiben mit Argusaugen beobachteten. Ich knirschte mit den Zähnen und zerquetschte mein Tamburin zwischen meinen schwitzigen Fingern. Heute würde ich nur den Hut aufhalten und nicht in ihren Taschen wühlen wie eine gerissene Schlange. Vorerst. Die Festtage gingen drei Wochen. Den ganzen Monat, bis sich der Sommer in den Herbst verwandelte. In dieser Zeit würden sich einige Gelegenheiten ergeben. Und somit könnte ich uns einiges dazuverdienen.

Der Applaus donnerte über den Metallplatz. Er war so viel heftiger als ins Smarakta, so viel fordernder als in Friole und so viel erschütternder als in Lealo. Hier schienen die Kupferstädter auf unser Freudenfest nur gewartet zu haben. So waren sie noch nie.

Und ich war noch nie so aufgeregt und unruhig, während ich darauf wartete, dass ich dran war.

Der Himmel färbte sich schwarz, der Mond stand am selben Punkt wie gestern und die Fackeln gingen nach und nach an und schimmerten auf den Metallmauern in einem satten Gold. Die

Uhr über uns tickte im Takt unserer Geigen, Gitarren und Flöten. Es war ein herrliches Geräusch, auch wenn ich spürte, dass mein Herz immer etwas schneller schlug als sie.

Dann war es so weit und Cristo holte mich ab, um mich unter die Bühne zu geleiten.

Dort stellte er mich wie immer auf die Holzplatte, die durch die Seile nach oben gezogen wurde. Ich richtete mein Kleid und ließ die angenähten Metallplättchen um meine Hüfte mit einer Bewegung hin und her schwingen. Über uns hörte ich noch die schweren Schritte von Jeherus. Cristo legte eine Hand auf meine Schulter und drückte sie stumm, sobald der Applaus für den Magier verebbte. Dann ertönte das zaghafte Zupfen einer Gitarre und ich umgriff mein Instrument.

»Du siehst hinreißend aus, Sofija«, sagte er, woraufhin ich ihn anlächelte. Und mit diesem Lächeln begann ich meine kleine Show, mit der ich alle verzauberte.

Ein Raunen ging durch die Menge, als sie mich in Chantis Nebel erblickten. Und tatsächlich, die Illusionistin hatte nicht untertrieben, die Veranstaltung heute war mit vielen Metallsoldaten gefüllt. Sie standen in der hintersten Reihe und wirkten eher wie eine Armee von Zinnskulpturen, wie sie im Springbrunnen in Smarakta standen.

Ich begann zu tanzen.

Meine Füße schmerzten bei jedem Schritt. Sie waren noch wund von der Reise durch das Ödland. Wir waren lange gelaufen.

Ich hob das Tamburin und drehte mich um die eigene Achse, bis mein wallendes Haar flog. Mein Rock wirbelte um meine nackten Beine. Dann ließ ich Haut aufblitzen, entblößte mein langes Bein durch den Schlitz des Rockes, was die Menge mit einem grölenden Rufen quittierte. Ich überlegte, was ich tun würde, wenn ich meine Beine nicht hätte. Was wäre ich in ihren Augen schon wert ohne diese Beine, die für sie tanzten? Die Gitarre wurde nun begleitet von einer Geige und einer Trommel. Und mein Tamburin schwang im Klang des Rhythmus, zu dem die Menschen klatschten. Ich ließ die Hüften kreisen. Meine Füße schmerzten so sehr. Und doch lächelte ich. Es gab kein Leid, wenn ich tanzte.

Dann kam mein Auftritt zum Höhepunkt. Funken wie die eines Feuerwerkes zischten und lenkten die staunende Menge ab. Schnell senkte sich der Boden und ich verschwand in der Klappe, in der ich zuvor erschienen war. Flink huschte ich unter der Bühne hervor und platzierte mich in der Mitte des Marktplatzes. Sobald mich Chanti entdeckte, ließ sie wieder einen Nebel aufsteigen, Funken sprühen. Und dann erstrahlte ich in einem goldenen Licht, während die Kupferstädter mit offenen Mündern zu klatschen begannen.

Ich senkte meinen Kopf zu einer ergebenen Verbeugung und ließ sie applaudieren. Das wenige Geld, das die Zuschauer in meinen Hut warfen, war nicht annähernd das, was ich mir für mein Volk gewünscht hatte. Zan Zahray mochte es zwar nicht, wenn ich mich an dem Reichtum anderer Menschen erlabte. Ich hingegen nannte es gern Reichtum, der gerecht aufgeteilt wurde. Wir Steandler arbeiteten hart für unser Leben. Und seit Vaters Tod war das Leben härter gewesen, als ich es mir jemals hätte vorstellen können.

Mein Blick wanderte über die Menge und ich ließ mich von den funkelnden Mauern der Stadt berauschen. Die Nacht war klar. Kein dampfender Nebel fegte durch die Straßen, sodass ich etwas sah, was mir all die vorherigen Jahre verwehrt geblieben war. Das Schloss der Königsfamilie erstrahlte in einem metallischen Rot und baute sich ebenmäßig gegenüber der großen Ticktackuhr am Marktplatz auf. Es war, als hätte jemand den Nebelvorhang absichtlich zur Seite gezogen, damit ich es einmal sehen konnte. Es war das größte und pompöseste Gebäude, das es hier in Kupferstadt gab, und während ich die Formen und Verzierungen an der Fassade begutachtete, konnte ich nicht aufhören zu staunen.

Und da … Da sah ich eine Gestalt auf einem ebenso prächtigen Balkon.

Sie sah mich unverwandt an. So leblos wie ein Zinnsoldat, eine filigrane Kunstfigur, die vom Licht angestrahlt wurde.

Ich stutzte noch und versuchte, etwas zu erkennen, indem ich die Augen zusammenkniff und eine Hand über die Stirn legte. Doch dann schob sich der altbekannte Nebel vor den Turm. Fast so, als hätte ich mir das alles nur eingebildet.

»Nun staunt, liebe Freunde! Seine Messer sitzen zielgenau!«

6

Jana

Zu Festtagen war mein Platz hinter den hölzernen Ständen, an denen wir unsere Waren verkauften. Ich hatte keine besonderen Talente, die man auf einer Bühne präsentieren konnte, doch Nähen hatte ich schon immer gut gekonnt. Die Kupferstädter liebten meine Handarbeit. Sobald sich die Festtage dem Ende neigten, geschah es nicht selten, dass ich Nächte durcharbeiten musste, um ihren Wünschen hinterherzukommen. Besonders am ersten Tag gingen die bunten Tücher mit Stickereien außerordentlich schnell weg, sodass ich mich dem Spektakel auf der Bühne widmen konnte.

Als Elia an der Reihe war, schlich ich mich von unserem Stand, in der Hoffnung, dass Ama und Sabya nicht mitbekamen, dass ich ihm ungestört zuschauen wollte. Schließlich hatte ich genug von ihrem albernen Plappern, wenn es um den Erben Lean ging, der bei einigen Frauen nur allzu oft Herzflattern verursachte. Ich schloss mich einer Traube von Menschen an, die gebannt auf die Bühne hinaufsahen, und stellte mich auf die Zehenspitzen, um besser sehen zu können.

Ein lautloses Keuchen entglitt meiner Kehle, als Chanti Nebel aufsteigen ließ und einen Lichtstrahl auf eine dunkle Silhouette warf. Durch die Reihen der Kupferstädter ging ein erstauntes Raunen, in das ich ebenfalls einstimmte, als eine Klinge im Licht aufblitzte.

Danach folgte eine Hand, die mit kringelnden Bewegungen den Nebel zu teilen schien. Wie ein Strudel teilte er sich in lange weiße Tücher, die sich langsam auflösten. Die Form, die er mit seiner Hand in die Luft gemalt hatte, verflüchtigte sich abrupt mit einem Paukenschlag und absolute Dunkelheit legte sich um uns wie eine Decke. Ich hatte diese Nummer schon öfter gesehen. Und doch war ich immer wieder fasziniert von ihrer Gewaltigkeit und Intensität.

Dann ging das Licht plötzlich an und Elia stand mit gesenktem Kopf am Rande der Bühne. Die Muskeln bis aufs Äußerste angespannt und mit einer hauchdünnen Schweißschicht überzogen, die ihn glänzen ließ, als bestünde seine Haut aus purem Gold.

Trommeln stimmten ein, als er ganz langsam den Kopf anhob. Ich hätte schwören können, dass seine grünen, mit schwarzer Kohle umrandeten Augen den Marktplatz in Brand hätten setzen können. So intensiv glühten sie, so sehr zogen sie mich in ihren Bann. Er wirbelte um seine eigene Achse und hob seine Hand über das Publikum. Jetzt würde er eine unschuldige hübsche Frau aus der Menge erwählen, um um ihren Körper herum ein messerscharfes Kunstwerk zu formen. Wenn sie die Bühne wieder verließ, würde ihr Umriss in Form von spitzen Dolchen in der hölzernen Platte hängen bleiben, die gerade von zwei unserer Männer auf die Bühne getragen wurde.

In Elias Blick konnte ich lesen, dass er sich sein Opfer bereits ausgesucht hatte. Es war eine kurvige Kupferstädterin mit langem schwarzem Haar, das im Licht der Fackeln einen Rotstich hatte. Erst sträubte sie sich, doch Elia hatte überzeugende Argumente. Wer konnte bei diesem hinreißenden Lächeln schon Nein sagen? Na ja, außer Sofija natürlich.

Die Menge, die nun ermutigend klatschte, tat vermutlich den Rest, sodass die Kupferstädterin nur noch einmal kurz eine Grimasse schnitt und sich dann von ihm hinter die Bühne locken ließ. Dort wurde sie von Jeherus empfangen, der ihr einen schmierigen Kuss auf den Handrücken hauchte. So, wie ich ihren Gesichtsausdruck deutete, schien ihr auch dies nicht zu gefallen. Elias Kuss hingegen nahm sie gerne an und ließ sich von ihm in einer eleganten Drehung vor die Holzplatte stellen. Ich erwischte einen kleinen egoistischen Teil in mir, der gerne mit ihr getauscht hätte.

Elia umfasste ihre Schultern und legte angespannt die Finger auf die Lippen, bevor er sich zu dem Publikum umdrehte und ein schwarzes Tuch aus seiner Pumphose zog.

»Er wird doch nicht«, hörte ich eine Dame unmittelbar neben mir flüstern.

»Oh doch, er wird«, flüsterte ich zurück und lächelte verschmitzt, als Elia das Tuch mit geschickten Fingern über seine Augen zog. Er war ein Meister seiner Kunst. Es war, als würden seine Dolche für ihn sehen, während er blind mit ihnen um sich warf. Noch nie hatte er sein Ziel verfehlt.

Nun sah ich die Angst in den Augen der Kupferstädterin, als ihr bewusst wurde, dass er es ernst meinte.

»Nicht bewegen!«, wies Elia sie an und legte seine Finger an den Gürtel, an dem sein Werkzeug hing. Der Trommelwirbel im Hintergrund wurde immer lauter und ein angespanntes Keuchen ging durch die Menge.

Es war, als hätte die Welt aufgehört zu atmen. Und dann schoss ein Messer nach dem anderen auf die Kupferstädterin zu. Den Geschichten ihres Gesichtes zufolge hätte ich vermutet, dass sie vor Angst aufschreien würde. Doch sie biss nur die Zähne zusammen, krallte die Finger zur Faust und sah jedem einzelnen Messer direkt ins Auge. *Mutig*, dachte ich. Jede andere hätte vermutlich vor Angst die Augen geschlossen.

Der Aufprall des Dolches auf dem Holz war wie Musik in meinen Ohren. Ein dumpfer, wenn auch unheimlich klangvoller Laut, der mich aufgeregt die Hände zusammenschlagen ließ. Stolz überfiel mich, als auch die anderen Zuschauer anfingen, aufgeregt in die Hände zu klatschen. Mittlerweile malten die Dolche ihre Konturen nach. Nun fehlte noch ein letzter – jener, der haarscharf ihren Scheitel teilte.

Elia zischte, was den Trommlern signalisierte, dass er nun zu seinem großen Finale kam. Die Anspannung war beinahe greifbar. Ich spürte einen Jauchzer in meiner Kehle aufsteigen und hakte meine Finger ineinander.

»Wird er …«, flüsterte die Dame neben mir wieder und sah mich erwartungsvoll an.

»Ja, er wird«, antwortete ich und sah dem Dolch zu, wie er auf die Kupferstädterin zuschoss.

Als auch sein letzter Dolch in der Holzplatte stecken blieb, begann das Publikum zu klatschen und zu rufen – und wieder zu atmen. Elia zog das Tuch von seinen Augen, ging mit der eleganten Bewegung eines Tänzers auf die Kupferstädterin zu, die ganz weiß um die Nasenspitze geworden war, und drehte sie mit einer gekonnten Bewegung an sich heran, um sich zusammen mit ihr zu verbeugen.

»Einen herzlichen Applaus für den Messerkünstler und seine hinreißende Assistentin.«

Ich jubelte mit der Menge, bis meine Stimmbänder schmerzten und meine Handflächen wie Feuer brannten.

Elias Blick wanderte über die klatschende Menge. Und dann bildete ich mir ein, dass er mich ansah und seine Mundwinkel leicht nach oben gingen, als ich ihm zuwinkte.

7

Sofija

Die nächsten Tage verliefen routiniert. Wir waren wie ein gut geöltes Uhrwerk. Wir funktionierten beinahe blind und kassierten donnernden Applaus. Am zweiten Tag war dieser sogar noch größer und flehender. Ich wusste nicht, was in diesem Jahr geschehen war, doch ich vermutete, dass die Kupferstädter einfach unglaublich müde von ihrem öden Alltag waren und die Ablenkung der Festtage willkommen hießen.

Nach dem dritten Tag hatten wir genug Geld zusammen, um ein Abendessen für das ganze Volk zu geben. Wir kauften ein Wildschwein, Reis und Tomaten und aßen nach unserem Auftritt bis früh in den Morgen, bis unsere Bäuche schmerzten. An solchen Tagen liebte ich es einfach nur, am Feuer zu sitzen und die Seele baumeln zu lassen. Den alten Geschichten sowie neuen Ideen über Dinge zu lauschen, die wir in unsere Vorstellungen einbauen konnten. Cristo schwärmte von unsichtbaren Seilen. Von schwebenden Gegenständen – und ja, auch ich könne irgendwann mal auf die Bühne schweben, was ich nur mit einem lachenden Augenrollen quittierte. Cristo war durch und durch ein Träumer. Ich ließ mich gerne von seinen Vorstellungen in andere Welten ziehen.

Doch sobald ich allein in meinem Wagen verschwand, brach alles über mich herein. Ich dachte an meinen Vater und hoffte, dass der Tod gnädig zu ihm gewesen war und er nun nie wieder an Fieber leiden musste. Und dann dachte ich an König Lucius. Den neuen Erben dieser Metallstadt, die mich so sehr an den ewigen Sommer meiner Kindheit erinnerte. Wer war der mächtigste Mann dieses Königreiches? Und woran dachte er in diesem Moment? Hatte auch er mit dem Verlust seines Vaters zu kämpfen?

Ich sah den Morgen durch das Fenster meines Wagens anbrechen. Er erstrahlte in Gelb und Pink, seine Farben durchbrachen das Schwarz der letzten Stunden der Nacht.

Das war von nun an mein Leben: das tiefe Schwarz der Einsamkeit, ab und zu durchbrochen von den wenigen Farben des Tages. Irgendwann schlief ich ein, während mich ein bedrohliches Ticken bis in meine Träume heimsuchte.

Am Mittwoch hatten wir frei, denn da veranstalteten die Wirtschaften ihre Tanzabende zu Ehren ihres König Lucius, der am Freitag seinen vierundzwanzigsten Geburtstag feierte.

Die Geschichte ging um, dass die Königin noch zwei Tage vor seiner Geburt auf einem Ball getanzt hatte. Und deshalb behielten die Kupferstädter dies bei. Ihre Königin hatte es geliebt zu tanzen, also liebten sie es auch. Ob König Lucius auch gerne tanzte?

Ich kämmte mir das Haar und studierte die Geschichten in meinem Gesicht. Meine Wangen waren von wenigen Sommersprossen überzogen. Wenn ich die Haut auf meiner linken Wange zusammendrückte, sahen sie aus wie der kleine Wagen am Sternenhimmel. Zan Zahray sagte immer, dass es das Erbe meiner Mutter war. Sie hatte mich in einer sternenklaren Nacht geboren und sich gewünscht, dass ich ein längeres Leben haben durfte als sie.

Ich brauchte jetzt nur noch zwei Jahre, um ihren Wunsch zu erfüllen.

Meine Mutter starb so früh, man konnte meinen, dass sie am Tag ihres Todes und meiner Geburt selbst noch ein Kind gewesen war.

Die dunklen, nahezu schwarzen Augen hatte ich von ihr. Sie waren wie der Nachthimmel, wenn er seinen Vorhang fallen ließ. Genauso dunkel wie mein lockiges schwarzes Haar, das mir mein Vater vermacht hatte. Genau wie ich hatte er es immer hinter sein Ohr geklemmt und mit einem Tuch zusammengehalten. Er hatte ausgesehen wie ein Pirat. Unzerstörbar und so wild wie der Wind.

Ich seufzte, als ich mein rotes Tuch um meinen Kopf band, im Nacken verschloss und anschließend etwas Schminke auf meine Augenlider auftrug.

Schminke trügt das Licht der Augen, sagte Zan Zahray immer.

Und Augen können lügen.

Heute würde ich zum ersten Mal den Festlichkeiten der Kupferstädter beiwohnen.

Dieses Jahr war ich alt genug.

Ich trug mein bestes Kleid. Das mit den Perlen am Brustausschnitt, die sich bis zum Rockansatz zogen, als wären sie ein plätschernder Wasserfall. Es war schlicht. Das Grundkleid bestand aus weißem Leinen. Darüber hatte Jana mir ein purpurnes, durchsichtiges Tuch mit Fransen genäht, das ich um die Hüften etwas enger zusammenzog. Wenn ich mich drehte, flogen die Fransen wie die Metallplättchen an meinem Bühnenkleid.

Ich verließ meinen Wagen und wurde von freudigen Kinderaugen empfangen. Natia, Luna und Kilian rannten auf mich zu und zogen mich zum Fluss.

»Lass uns schwimmen gehen, Sofija. Komm, lass uns schwimmen gehen!«, trällerte Luna und grub ihre kleinen Finger in meinen langen Rock.

»Wir haben Metallmuscheln gefunden. Da kann Ama schönen Schmuck draus machen, willst du sie sehen? Willst du sie sehen?«

Ich lächelte über ihre kindliche Unbeholfenheit hinweg und folgte ihnen zum Wasser. Dort entdeckte ich Jana, die mit den anderen Frauen die bunten Tücher wusch. Sie lächelte mir zu und ich sah den Stolz in ihren Augen aufblitzen, als sie meinen Aufzug erblickte.

»Du siehst hinreißend aus!«, sagte sie. »Willst du damit jemandem das Herz stehlen?«

»Wenn sie es nicht längst schon mit ihrem Tanz getan hat, habe ich recht, meine Kleine?«, sagte Ama, die Mutter von Natia, während sie ihrer Tochter in die Wangen knuffte.

»Sie spricht seit Tagen nur von dir, Sofija«, erklärte Natias Mutter. »Sie hat dich letzte Nacht am Feuer tanzen sehen, die kleine Echse. Und dabei hätte sie um diese Zeit schon längst im Zelt liegen sollen.«

Amas Geschichten sprachen von der harten Arbeit auf dem Land.

Ihre Haut war sonnengebräunt und rau, fast wie die Haut einer Orange. Als mein Volk sie fand, war sie dürr und eingefallen gewesen. Vater hatte mir erzählt, dass im entfernten Königreich Tumbara einst ein anderer, eisig kalter Wind geweht hatte. Man hatte dort Menschen versklavt. Und Ama war als Kind ihrer Familie entrissen und nach Tumbara verschleppt worden. Ich konnte die Geschichten auf ihrer Haut lesen wie ein Buch: die Lederstriemen. Die wunden Fingerkuppen von der Arbeit auf den Plantagen. Doch zum Glück hatten die Friedensmächte der anderen Königreiche den grausamen Herrscher besiegt. Heute war Tumbara vor allem eines: eine Geisterstadt irgendwo an der Küste, vor der das endlose Meer regierte. Man munkelte, dass dort nur wenige Vogelfreie unterkamen. Plünderer, Mörder und

Kavahars, ein anderes wanderndes Volk, das im Gegensatz zu uns Steandlern die Reise über das Wasser bevorzugte. Tumbara war ihr Hafen, wenn sie vom Meer zurückkamen.

Und von den ursprünglichen Bewohnern dieses zwielichtigen Königreiches vermutete man, dass sie in den friedlicheren Nachbarreichen Zuflucht gefunden hatten.

Natia sprang aufgeregt auf und ab. »Irgendwann will ich auch so tanzen wie Sofija!«, sagte sie und zupfte wieder an meinem Rock. »Kannst du mir das beibringen?«

»Natürlich«, sagte ich und strich ihr das wirre dunkelblonde Haar aus dem dreckigen Gesicht. »Aber eigentlich war ich gerade auf dem Weg in die Kupferstadt.«

»Was machst du da?«, fragte Kilian mit großen Augen. Er stand bis zu den Waden im Wasser und steckte sich die schimmernden Muscheln in die ausgebeulten Hosentaschen.

»Nun, heute ist unser freier Tag und ich wollte die Stadt erkunden.«

»Nicht, dass unsere Elster wieder Taschen erkundigen möchte«, sagte Jana mit hochgezogenen Augenbrauen. Ich schüttelte den Kopf, behielt aber mein Geheimnis für mich, dass ich das Schloss sehen wollte. Sie würde es nicht verstehen. Und um ehrlich zu sein, wusste ich es auch nicht genau. Was würde mir einfallen, wenn ich es tatsächlich sah?

»Hier geht keiner alleine in die Stadt«, hörte ich Elia hinter mir sagen. Er hob das schwarze Tuch von seinen Augen, das er bei seinen Auftritten um den Hals trug. Er hatte für seine Messernummer geübt. Die Dolche steckten schon zielgenau im Holzbrett, das er an die Tür seines Wagens gehängt hatte. Eines durchbohrte sogar einen Apfel, exakt in der Mitte des Kerngehäuses. Er wirkte bedrohlich, als er seine Lippen zu einem ebenen Strich verzog.

»Sagt wer?«, antwortete ich schnippisch.

»Ich verbiete dir, alleine in die Stadt zu gehen, vor allem nach den willkürlichen Durchsuchungen dieser dreckigen Soldaten.«

»Und was gibt dir das Recht dazu?«, fragte ich wütend und fixierte das Klappmesser, das er in seiner rechten Hand hin und her wog. Gerne hätte ich es ihm entgegengeschleudert. Er wirkte genauso erbost wie ich, als wir uns gegenüberstanden und anfunkelten.

»Weil ich einer der Erben bin.«

»Bin ich auch!«, verteidigte ich mich.

»*Einer*, der was zu sagen hat!«, knurrte er. Das hatte gesessen, und ich bleckte die Zähne, die ich fest aufeinanderpresste. Es waren nur noch wenige Monate. Wenige Monate, bis ich ihm ebenbürtig war.

»Wem willst du hier was beweisen, Sofija?«

»Und wem willst du eine auswischen, Elia? Ich habe das gleiche Recht wie alle anderen Steandler auch. Ich darf meinen eigenen Willen walten lassen. Ich bin frei.«

»Und doch musst du auf das hören, was dein Stammesführer sagt.«

»Gut!«, zischte ich wütend und nahm Natias Hand, die sich noch immer in den Stoff meines Rockes fraß.

»Ich nehme die Kinder mit, dann bin ich nicht mehr alleine, nicht wahr? Ama hat bestimmt nichts dagegen!« Ama hatte tatsächlich nichts dagegen, und auch Sabya, die Mutter von Kilian und Luna, nickte mir einverstanden zu. Sie hätten eh noch viel zu tun. Und ich wusste, dass die drei Plagegeister sie oft bei ihrer Arbeit störten.

Elia schnaufte nun vor Wut, während ich mich in seinem Blick sonnte. Dagegen konnte er nichts sagen und er schleuderte wutentbrannt das Klappmesser an das Holzbrett vor seinem Wagen.

»Ihr seid vor Einbruch der Dunkelheit wieder da. Und untersteh dich, mit den Kupferstädtern zu tanzen, Sofija. Ich kenne dich. Sollte ich dich erwischen, wird es Konsequenzen geben!«

»Seit wann leben wir in einer Diktatur?«, rief ich ihm lachend hinterher und nahm die freudestrahlenden Kinder entgegen. Er ließ die Tür zu seinem Wagen so heftig zuknallen, dass jedes einzelne Messer auf den Boden fiel. So wütend hatte ich ihn zuletzt in Friole gesehen. Wobei er dort noch nicht mit Messern geworfen hatte.

Er war ein Virtuose in seiner Disziplin. Er beherrschte sein Werkzeug blind!

Ich hätte schwören können, dass er soeben das erste Mal daran gedacht hatte, wie ich mich als Zielscheibe anstellen würde.

»Seht nur Kinder, Elia hat uns einen Apfel aufgeschnitten«, stichelte ich provokant weiter, da ich wusste, dass er uns noch hören konnte. Also lachte ich umso lauter, als die Kinder sich brüderlich den Apfel teilten und bei ihrem Stammesführer bedankten.

»Danke, Elia!«, trällerten sie.

»Ihr müsst danke, *König* Elia sagen, Kinder.«

»Danke, König Elia!«

Ja, danke, Eure Hohlheit.

8

Jana

»Kannst du dich nicht einmal entspannen?« Ich rollte die Augen, als bereits der zehnte Dolch durch die Luft flog und unmittelbar neben mir in Elias Zielscheibe stecken blieb. Er schnaufte abfällig und warf den nächsten Dolch. »Halt still oder mein Dolch trifft dein Ohr.« Ich ließ das Nähzeug in meinen Schoß sinken und sah ihn schulterzuckend an.

»Lass sie doch in die Stadt gehen. Es hat dich früher auch nicht gestört!«

»Früher haben uns die Kupferstädter auch keinen Krieg erklärt.«

»Nur, weil sie ihre Gesetze geändert haben?«

»Nein, weil dieser dreckige Soldat Sofija anfassen wollte.«

»Und was mit deinem Volk passiert, ist dir vollkommen egal, he?« Ich zischte belustigt und wandte mich der feinen Stickerei zu, ließ meine Fingerkuppen über das Muster fahren. Ich konnte mich kaum mehr erinnern, wie ich gelernt hatte, solche Kunst mit meinen eigenen Fingern zu erschaffen. Doch der Stoff an meiner Haut und das Garn in meiner Hand fühlten sich heimisch an. Ganz so, als wäre es genau das, was ich mit diesen Fingern machen sollte.

»Ich mache mir nur Sorgen. Irgendwas stimmt hier nicht«, räumte er schließlich ein und ließ den letzten Dolch im staubigen Boden versinken. »Sofija ist …«

»Alt genug, um auf sich allein aufzupassen«, fiel ich ihm ins Wort.

Schließlich würde sie schon in wenigen Monaten ebenfalls zur vollwertigen Erbin werden. Sie hatte zwar noch lange nicht so viel zu sagen wie Zan Zahray, die sich ihren Status durch die jahrelange Erfahrung verdient hatte, doch dann würde Elia Sofija nicht mehr aufhalten können – da war ich mir sicher.

Meiner Meinung nach hatte er vorhin ziemlich übertrieben. Was sprach schon dagegen, wenn Sofija an ihrem freien Tag in die Stadt gehen wollte? Schließlich ging er selbst nur zu gerne in den zwielichtigen Teil der Kupferstadt. Dorthin, wo eine Schenke neben der anderen stand und mehr Alkohol als Blut durch die Adern ihrer Besucher floss.

Sofija kannte diese Stadt wie ihre eigene Rocktasche. Ich würde sogar behaupten, dass sie keines der Reiche und keine der Städte, die wir bereisten, so gut kannte wie diese. Ganz so, als wären die Bauten aus Kupfer und Zinn ihr eigenes Heim – ihrem Wagen ebenbürtig.

»Ich hab's einfach im Gefühl, Jana. Hier stimmt irgendwas nicht.«

»Und wo fühlst du es?«

Elia sah mich mit zusammengekniffenen Augen an und deutete auf seinen Bauch.

»Hier ganz tief drin«, gestand er. Dabei funkelten seine Augen, als wären sie aus heißem Zinn.

»Vielleicht hast du ja was Falsches gegessen.« Prompt prustete ich los und sah ihm zu, wie er eine Grimasse schnitt.

»Sehr witzig!«

»Das ist es in der Tat!«

»Haisha!«, fluchte er und sprang auf die Beine, sodass Staub aufwirbelte, der mir in der Nase kitzelte. Doch ich unterdrückte ein theatralisches Niesen und sah ihn einfach nur an.

Seine vollen Lippen hatte er zu einem Strich gezogen. Der stoppelige Bart war mit der schwarzen Kohle beschmiert, die von seinem Auftritt noch als lange Schatten unter seinen Augen hing. Er sah aus wie ein Krieger. Ein blutrünstiger und entschlossener Mann, der sich nichts sagen ließ.

»Na, na, na«, tadelte Zan Zahray, die im selben Moment aus ihrem Wagen trat. »Solche Kraftausdrücke möchte ich nicht hören.«

Dabei wussten wir alle, dass Elia sich dieses Wort nur ausgedacht hatte, um die vielen Worte auszudrücken, die Zungen verbrennen könnten. Ich kicherte und beobachtete die errötenden Wangen des eben noch so entschlossenen Messerwerfers.

Innerhalb weniger Sekunden verwandelte er sich vor meinen Augen in einen kleinen Jungen und ließ die Hände in den Taschen seiner löchrigen Hose verschwinden. Wenn Zan Zahray etwas sagte, verschluckte Elia seine Zunge. Niemals würde er seine Stimme gegen sie erheben.

»Wie wäre es, wenn ihr jungen Leute zusammen auf das Tanzfest geht, hm? Was meinst du, Jana?« Ich verstand sofort und nickte Zan Zahray zu.

»Das ist eine gute Idee.«

»Ich habe kein Interesse, mit diesen Mistkerlen zusammen auf einer Tanzfläche zu stehen«, brummte Elia beleidigt. Zan Zahray hingegen zwinkerte mir zu und hob andächtig das Kinn.

»Sieh es einfach als Chance, Elia.«

»Als Chance?«

»Ja, als Chance …«, wiederholte die Stammesälteste und legte Bedeutung in ihre Worte, als sie mit den Augenbrauen wackelte. Elia schien noch immer nicht zu verstehen und ich rollte abermals genervt die Augen, ehe ich ihm auf die Sprünge half.

»Um dich wieder mit Sofija zu vertragen.« *Du sagenhaft dum-*

mer Idiot. Jetzt schien auch Elia zu verstehen – endlich. Nur selten nahm er sein Hirn in Betrieb.

»Ihr meint …«

»Ja«, sagten Zan Zahray und ich aus einem Mund und lachten im selben Moment, als Elia vor uns zurückzuckte, als hätte er sich an einer Stichflamme verbrannt.

»Sie und ich?«

»Und Jana«, sagte Zan Zahray, die zu mir kam und einen Arm um meine Taille legte. Sie war klein und ragte mir nur knapp bis zur Schulter.

»Es muss immerhin eine geben, die nicht die Nerven verliert, wenn ihr beide doch so unglaublich hitzköpfig seid. Beide *gleichermaßen*«, sagte sie betont.

»Aber natürlich!«

Hitze prickelte mir in den Wangen, als Elia mir ein schiefes Lächeln zusandte und ebenfalls an meine Seite trat. Ich roch eine Mischung aus Tabak und Schweiß. Der Duft von Lakritze und Salz, der sich in jede Faser seiner Kleidung gefressen hatte. Seine langen Finger kitzelten über meine Schultern, ehe er mich sanft an sich zog.

»Wenn Jana mitkommt, wird Sofija bestimmt nicht sauer auf mich sein!«

»Moment, Moment!«, schlang ich mich aus seiner losen Umarmung und stellte mich vor die beiden Erben, die mich erwartungsvoll ansahen.

»Davon war nicht die Rede! Ich habe kein Interesse, mich in eure Angelegenheiten einzumischen. Du weißt, dass du übertrieben hast, Elia Lean.«

»Nun komm schon, Jana! Tu es doch bitte für mich …«

»Nein, das hast du dir selbst eingebrockt.«

Ich sah in seine grünen Augen, die mich an die Edelsteine aus

Smarakta erinnerten. Genauso funkelten sie, als er seinen Kopf schief legte und die Unterlippe nach vorne schob.

»Bitte«, wiederholte er mit einem derart hypnotischen Blick, dass es mir nicht gegönnt war, die Worte auszusprechen, die mir auf der Zunge lagen.

»Mann!«, fluchte ich und schüttelte den Kopf. Warum um alles in der Welt konnte ich nicht einmal in meinem Leben *Nein* sagen?

»Na gut. Ich komme mit!«

»Danke!«, sagte Elia überschwänglich und zog mich wieder in seine starken Arme. Augenblicklich hörte ich auf zu atmen. Ich wurde von einem heftigen Schwindel überfallen, der langsam durch meinen Körper kroch, bis er mein Herz überfiel, das für einen kurzen Moment aufhörte zu schlagen. Ich atmete ihn ein. Seinen Kautabak, den er unter die Oberlippe geklemmt hatte. Salz und Lakritz. Und dann war da noch etwas, das mir Gänsehaut bereitete.

Seine Haut auf meiner. Keinen Zentimeter, der uns noch trennte.

So wie damals, als er meine Wunde verbunden hatte. Für jeden sichtbar, bis sie irgendwann unsichtbar und zu meiner Farbe wurde. *Blau*, wie die Farbe der Familie Lean.

So grenzenlos wie der Himmel selbst.

9

Sofija

Ich brachte drei glückliche, mit Kürbisspießen und Limonade gefüllte, sehr, sehr müde Kinder in die Arme ihrer Mütter zurück. Ama und Sabya lächelten mich dankbar an und nickten zum Lagerfeuer. Seine Flammen knisterten bereits und die alten Frauen saßen darum, um die Suppe zu beaufsichtigen, die darüber köchelte.

Ich sah Elia im Lager auf und ab gehen, als hätte er schon Stunden darauf gewartet, dass wir zurückkehrten. Ich rollte die Augen, als er mich vor meinem Wagen abfing.

»Da bist du ja«, sagte er.

»Was hast du denn gedacht? Wenn die Hohlheit befiehlt, dass die Gefangene zur Sperrstunde in ihrem Wagen ist, dann macht die Gefangene das.« Zumindest hatte ich mir noch keine Taktik überlegt, wie ich mich später am besten davonstehlen würde.

»Sonst noch was?« Er schnaufte. »Du solltest nicht so kindisch sein.«

»Ach Elia«, zischte ich und drängte mich an ihm vorbei. »Du wiederholst dich. Sag mir was, was ich nicht schon weiß.«

»Ich wollte mich eigentlich bei dir entschuldigen. Aber wenn du dich so benimmst, habe ich da gar keine Lust mehr drauf!«

»Dann tu es nicht, ist mir auch egal.« Ich stieß die Tür zu meinem Wagen auf und hielt den Griff bereits fest in der Hand, um sie demonstrativ vor seiner Nase zuzuschlagen. Doch etwas in seiner Stimme ließ mich stutzen.

»Und ich wollte dir ein Angebot machen.« Ich hielt inne.

»Sprich.«

»Nun«, er stieg unsicher von einem Bein auf das andere. Er wirkte wieder wie vierzehn. Als er noch mein Freund gewesen war und sich entschuldigte, wenn er mich als doofe Ziege beleidigt hatte. Für einen kurzen Moment war ich versucht, ihm die Zunge rauszustrecken, doch ich entschied mich lieber dafür, sein Angebot zumindest anzuhören.

»Wir könnten zusammen auf das Tanzfest gehen, wenn du magst.«

»Du meinst, ich darf nicht alleine hin, aber mit dir wäre das in Ordnung?«

»Wenn du es so sagst, klingt das ziemlich mies.«

»Es *ist* ziemlich mies«, korrigierte ich ihn, überlegte aber, wie ich das Ganze taktisch angehen könnte. Wenn ich ihn jetzt wieder zurückwies, würde er womöglich meinen Wagen überwachen lassen, damit ich mich ja nicht davonstahl. Und so hätte ich Gelegenheit, noch mal nach dem Schloss zu sehen. Ich verschränkte die Arme vor der Brust und kostete das nervöse Funkeln in seinen Augen aus.

Ihm schien es viel zu bedeuten. Ich erkannte es an der Art, wie er auf seiner trockenen Lippe herumkaute.

»Nun gut.« Ich verdrehte die Augen. »Sobald es dunkel ist, gehen wir los. Aber ich warne dich. Bilde dir ja nicht ein, dass ich jetzt zum kleinen Mädchen an deiner Hand werde.«

»Ich will dich nur beschützen«, verteidigte er sich ritterlich.

»Und du weißt, dass ich ganz gut auf mich selbst aufpassen kann.«

»Ich vertraue *dir*«, sagte er eindringlich. »Doch den anderen vertraue ich nicht, Fija. Hier passiert etwas. Ich weiß nicht, was genau, doch ich habe es im Gefühl.«

Er schien wirklich um mich besorgt zu sein. Wenn er log, flatterten nämlich seine Nasenflügel.

Jana

Ich zog mein bestes Kleid an und sah meinen Fingern zu, wie sie Knöpfe über der Brust schlossen. Es war dunkelblau. Kurz noch begutachtete ich die silbernen Metallplättchen, die vom Ausschnitt bis zum Bauchnabel verliefen, im Spiegel und fragte mich, ob ich nicht noch eine Kette tragen sollte, die zu den schillernden Knöpfen passte. Ich entschied mich letztendlich dagegen und widmete mich lieber meinen Haaren, die ich in Wellen hinter mein Ohr strich und mit einigen Klammern befestigte. Schminke hatte ich noch nie gern aufgetragen, doch heute sollte ein besonderer Abend werden. Also entschied ich mich dafür, zumindest meine Augen zu betonen. Sie waren bernsteinfarben und wirkten im Schein der Fackeln manchmal gläsern und müde. Ich wollte es mir nicht eingestehen, doch ich tat es ein Stück weit auch, weil ich hübsch sein wollte. Vielleicht sogar ein bisschen hübscher als Sofija.

Als ich fertig war, erkannte ich mich selbst kaum wieder und drehte den kleinen Handspiegel erschrocken um, damit ich das Bild schnell vergessen konnte. Ich sah ihr viel zu ähnlich, dachte ich. Ich hatte niemals gewollt, so auszusehen wie meine Mutter.

»Jana!«, hörte ich Elia rufen und sprang sofort auf die Beine, um den Vorhang meines Zeltes zur Seite zu ziehen. Er drängte sich an mir vorbei und ließ sich seufzend auf den staubigen Teppich vor meiner Matratze fallen. Unwillkürlich prüfte ich, ob meine Haare richtig saßen und zupfte gleich danach an meinem Rock. Doch Elia sah mich gar nicht an. Ich hingegen beobachtete ihn umso intensiver, als könnte ich mit einem Blick sein ganzes Wesen erfassen.

Ich wollte es mir nicht eingestehen, doch er sah gut aus. Ganz anders als der wilde junge Mann mit den rastlos grünen Augen, der noch vor wenigen Stunden vor Wut mit Dolchen um sich geworfen hatte. Er trug sein bestes Hemd. Eines, das ich mit eigenen Händen genäht hatte. Den Stoff hatte ich preiswert von einer alten Dame erhalten, der ich im Gegenzug mit der Ausbesserung ihres eingerissenen Ärmels geholfen hatte. Das Elfenbein der feinen Leinen hob sich herrlich von seiner dunklen Haut ab, die unter der Farbe zu strahlen schien. Ich freute mich, dass er es trug. Etwas stolz hob ich mein Kinn und stemmte die Hände in die Hüften.

»Ich bin so nervös«, keuchte er atemlos und fuhr sich durch das frisch gekämmte Haar. Er hatte sein Gesicht gewaschen. Was blieb, waren die feinen schwarzen Linien unter seinen Augen. Überreste der Schminke, die er bei seinen Auftritten trug. Unverfehlbar in ihrer Wirkung.

»Ach was. Ich bin doch dabei«, sagte ich aufmunternd und wollte gerade meine Hand nach ihm ausstrecken, da trafen mich seine grünen Augen wie einer seiner Dolche – *messerscharf.*

»Darüber wollte ich mit dir sprechen. Es ist … nun ja«, stammelte er und stand auf. Jetzt überragte er mich und sah auf mich hinab, sodass ich schwer schluckend meinen Kopf heben musste. Innerlich spürte ich bereits ein Ziepen, als ich die Worte in seinen Augen lesen konnte, noch bevor er sie aussprach. Er wollte ohne mich gehen. Den Abend mit Sofija allein verbringen – wie ein Dieb, der ihre Zeit stahl … ebenso wie meine. Ich hätte es wissen müssen! Ich überspielte den Schmerz mit einem geschäftigen Nicken und einem zaghaften Lächeln, das ich über die Jahre perfektioniert hatte. Dabei strich ich beschwichtigend über mein Haar und löste die Klammern, die einzelne Strähnen im Zaum gehalten hatten.

»Sie hat eingewilligt, ohne dass ich sagen musste, dass du mitkommst. Ich muss diese Chance nutzen … du weißt schon«, erklärte er sich ausweichend.

Oh ja, ich wusste *genau*, was er meinte. Ich tat unbeteiligt und legte einige Tücher zusammen, um sie in eine Holzkiste zu räumen. Das einzig Beständige, das ich besaß.

»Schon gut. Ich hoffe, ihr amüsiert euch!«

»Das hoffe ich auch«, sagte er seufzend und nahm den kleinen Handspiegel von der durchgelegenen Matratze, um sich zu betrachten. Er fuhr mit der Kupferfingerhand durch sein Haar und strahlte mich an. Ich bemühte mich zurückzulächeln, doch schaffte es nicht.

»Wünsch mir Glück!« Er zwinkerte mir zu, bevor er meine Zeltplane zur Seite zog und zu Sofijas Wagen marschierte, vor dem sich bereits ein paar Schaulustige positioniert hatten. Sie alle ersehnten diese Verbindung. Ein Funken Hoffnung in einer so düsteren Welt.

Liebe hielt uns alle zusammen.

Ich folgte Elia nach draußen und begegnete Ama, die ihre Finger in meinen Arm grub. »Sieht er nicht hinreißend aus?«, schwärmte sie überschwänglich und verpasste mir somit eine weitere Faust, die sich in meinen Magen grub.

»Ja«, nuschelte ich und spürte plötzlich, wie meine Hände anfingen zu zittern. Schnell vollzog ich mein stummes Ritual, indem ich über die Nähte meiner Ärmel strich. Im gleichen Moment riss ich mich zusammen, um nicht in Tränen auszubrechen.

»Wie schön es wäre, wenn die beiden endlich zueinanderfinden würden. Das wäre doch beinahe wie in den vielen Geschichten, die Zan Zahray am Feuer flüstert, findest du nicht, Jana?«

»Ja«, sagte ich wieder, um etwas gesagt zu haben. Ama seufzte verzückt und sah mich schließlich an, bevor sie aufgeregt in die Hände klatschte.

»Oh, wie hübsch du aussiehst. Wo möchtest du denn hin?«

Ich zuckte mit den Schultern und nahm den Vorhang zwischen die Finger, ehe ich zurück in mein Zelt ging. »Das ist doch egal.«

In meinem Zelt nahm ich den Spiegel zur Hand und begutachtete die lächerliche Schminke, die ich aufgetragen hatte. Wütend schleuderte ich den Spiegel in die Ecke und vergrub mich in den Tüchern, die auf meiner Matratze lagen.

Bedächtig strich ich über die Nähte. Über das gewobene Garn, das bis jetzt alles zusammengehalten hatte, was ich genäht hatte.

In der stillen Hoffnung, dass es endlich aufhören würde wehzutun.

IO

Sofija

Wir passierten das Stahltor und wurden von den heiteren Melodien des Festabends empfangen, sobald wir in die Gasse Richtung Marktplatz einbogen. Ich mied es, Elia anzusehen. Er hatte sich zurechtgemacht wie lange nicht mehr und ich war genervt, weil er allen erzählt hatte, dass wir zusammen ausgingen. Dann schüttelte ich die negativen Gedanken ab und nahm mir vor, den Abend zu genießen: das Lachen der Kupferstädter, ihre schönen, weißen Kostüme. Zum ersten Mal wünschte ich mir, ein Teil von ihnen zu sein. Nur für diesen einen Abend.

Sie waren das schönste aller Völker. Ihre Haut war so dunkel wie die unsere. Doch mit ihrem hellen, metallisch glänzenden Haar und den silbernen Augen hoben sie sich von den anderen ab. Ich liebte meine Farben. Doch heute hätte ich gerne neben ihnen gestanden und wie sie ausgesehen – einfach nur atemberaubend schön.

Auf dem Marktplatz hatten sich viele Kupferstädter versammelt und bewegten sich bereits zu den freudigen Klängen eines Orchesters, das auf den Treppen des Gemeindehauses thronte. Die wallenden Röcke der Frauen drehten sich und schwangen an die Beine ihrer Tanzpartner. Über ihnen lag ein Silberdunst, als wären sie Statuen – oder Figuren auf einer Spieluhr, die sich anmutig umeinanderwanden, sich umschlangen wie Liebende.

Sie waren grazil. Jede Bewegung war einstudiert bis in die Fingerspitzen.

Ich dachte über meinen Tanz nach. Ich ließ mich stets vom Rhythmus leiten. Hier jedoch schienen sie nach den Höhen und Tiefen der Melodie zu tanzen.

Prompt schielte ich zu der Stelle, wo ich das Schloss vermutete, direkt gegenüber der großen Uhr. Doch der Nebel hing wie ein stählerner Vorhang über dem hohen Turm. Er wurde von den Lichterketten des Festes erleuchtet, ganz so wie die Bühne, hinter deren Tüchern wir uns vor unseren Auftritten aufhielten.

Ich spürte Elias Blick auf mir ruhen, doch bemühte mich, ihm nicht die Gelegenheit zu geben rührselig zu werden, indem er mich zum Tanzen aufforderte. Schnell deutete ich auf die *Stählerne Gans*, das beliebteste Lokal Kupfoas.

»Lass uns da hineingehen.«

Vor der Wirtschaft standen Tische und Bänke. Goldene Bierkrüge schwangen durch die Luft. Angeheiterte, freudige Gesichter prosteten sich zu.

»Auf Königin Esmeralda!«

»Dass sie auch noch im Himmel so himmlisch tanzen wird!«

»Bis in alle Ewigkeit!«

König Lucius hatte also nur noch sich selbst. Kurz flammte der gewohnte Schmerz des Verlustes in mir auf, als ich an die Leere in meinem Inneren dachte. An die kalte Hand meines Vaters. An seine leblosen Augen, nachdem ich ihm einen letzten Kuss auf die nasskalte Stirn gehaucht hatte. Ihm zu Ehren trug ich stets die Farbe seiner Familie. Der Familie Rea.

»Komm, du lahme Ente. Lass uns mit ihnen anstoßen!«

Zu Ehren der tanzenden Königin. Gerne hätte ich sie auch einmal tanzen sehen. Es musste ein Spektakel gewesen sein, so wie die Kupferstädter von ihr schwärmten. Ich erhaschte hier und da

Lobeshymnen auf ihre Lieblichkeit. Auf ihre Tapferkeit und auf ihre Schönheit, die selbst jene dieser Stadt überstrahlt hatte.

Elia wollte uns Bier besorgen, während ich mich unter die Menschen mischte.

»Hey! Du bist doch das Tamburinmädchen!«, sagte ein junger Kerl, der mich zu seinem Tisch winkte. »Seht her, Freunde. Das ist sie doch, oder?«

Er hatte hellblondes Haar und im Gegensatz zu den anderen in seiner Gruppe etwas hellere Haut, die man sonst eher in Froile, der Eisstadt, zu Gesicht bekam. Als ich ihn von Nahem betrachtete, wirkte es fast, als hätte er Schminke aufgetragen, um so auszusehen wie seine Mitbürger.

»Komm zu uns! Wir lieben nette Gesellschaft!« Sein Akzent verriet nicht, wo er tatsächlich herkam.

Ich sah in die kleine Runde und begegnete den silbernen Augen von Kupferstädtern – zwei weitere Männer und eine Frau, die ihre langen schwarzen Haare in den Nacken warf. Sie alle wirkten fehl am Platz. Anders als die ausgelassenen Bürger, die hin und wieder Bier über die langen Holztische schwappen ließen, schienen sie sich zurückzuhalten und alles gut im Auge zu behalten. *Wie Soldaten*, dachte ich. Auf den ersten Blick wie die anderen und doch so angespannt, als könnten sie im nächsten Moment Schwerter unter ihren weißen Kutten hervorziehen.

Die beiden Männer, die dem Blondschopf gegenübersaßen, nickten mir distanziert zu. Und auch die Kupferstädterin schien nur widerwillig meine Anwesenheit zu dulden. Irgendetwas in ihren katzenartigen Augen schien mir zuzuflüstern, dass mein Gefühl stimmte.

Ich lächelte aufgesetzt und wollte eine dümmliche Entschuldigung entgegenbringen, da stand der Mann auf, der mich zu sich gewunken hatte.

»Nun komm schon, Tamburinmädchen. Wir beißen nicht.«

Da bin ich mir nicht so sicher, dachte ich.

Aber ich war schon immer neugierig gewesen und wollte mehr über die verstorbene Königin wissen, die hier so gerne getanzt hatte. Also setze ich mich zu ihnen.

»Gerade haben wir nämlich von dir gesprochen«, fuhr mein Sitznachbar heiter fort und sah in die Runde.

»Von mir?« Ich zog fragend die Augenbrauen hoch. Sie hoben ihre Krüge und stießen abermals miteinander an – bis auf die Kupferstädterin. Sie verschränkte die Arme vor der Brust und fixierte mich. Das alles hier wirkte wie eine schlecht eingeübte Theaterinszenierung. Ich schluckte und wandte den Blick ab, in der Hoffnung, dass Elia bald auftauchen würde.

»Auf Königin Esmeralda! Dass sie im Himmel immer noch so himmlisch tanzen wird!«

»Ja«, erklärte der Blonde mit einem Nicken. »Du erinnerst uns an sie. Sie hat genauso himmlisch getanzt wie du.«

»Nicht *so* himmlisch. Anders himmlisch«, sagte der Kupferstädter mit den rötlich schimmernden Haaren, die herrlich zu seinem Hautton passten, wie ich feststellen musste.

»Zumindest munkelt man das«, ergänzte mein Sitznachbar wieder. »Wir haben sie nie tanzen sehen.«

»Dafür sind wir nicht alt genug«, erklärte der mit den rötlichen Haaren wieder. Sein Sitznachbar bestätigte dies mit einem heftigen Nicken.

»Vor der Geburt unseres Königs war das letzte Mal, dass man sie tanzen sehen hat.«

»König Lucius!«, trällerten die Männer aus einem Mund, auch wenn sie dabei ihre Lider senkten, als teilten sie ein Geheimnis.

»Man sagt, dass keine andere Frau jemals so getanzt hat wie unsere Königin Esmeralda.«

»Außer eben unser kleines Tamburinmädchen, das zufällig hier aufgetaucht ist.«

»Ganz zufällig!«, sagte der Blonde mit einem charmanten Augenzwinkern, unter dem ich errötete.

»Ich bin übrigens Tarance«, stellte er sich vor. »Das ist Luc, daneben ist Kyron und das liebe Fräulein da ist Samantha, Kyrons Schwester.«

Ich nickte ihnen nacheinander zu, auch wenn mir Samanthas Blick noch immer Gänsehaut bereitete.

»Ich heiße Sofija.«

»Ein schöner Name«, sagte Tarance und schob mir seinen Bierkrug herüber. »Darauf solltest du einen Schluck trinken.«

»Vielen Dank«, sagte ich und errötete abermals unter ihren forschenden Blicken. »Mein Freund Elia besorgt uns nur gerade schon etwas zu trinken.«

»Oh, du bist dir wohl zu fein, kleine Steandlerin?«, fragte Samantha plötzlich zischend und stützte sich auf den Tisch. Ihre silbernen Augen blitzten bedrohlich auf und ich zuckte zurück.

»So habe ich das nicht gemeint.«

»Wie hast du es dann gemeint?«

»Lass gut sein, Samantha«, sagte Kyron kopfschüttelnd und tätschelte ihr die Schulter. »Tut mir leid, meine kleine Schwester ist wohl ein bisschen eifersüchtig.«

»Eifersucht kann man das nicht nennen, Kyron!«, fuhr sie ihn an und schmetterte ihre Faust auf den Tisch. Für den Bruchteil einer Sekunde war es, als würde das Ticken der Marktplatzuhr aussetzen. Als wäre der Schlag ihrer Faust verantwortlich dafür, dass die Zeit stillzustehen schien.

»Wenn ich die Einzige bin, die sieht, was diese Steandler für ein grässliches Volk sind, dann möchte ich nicht mehr an eurem Tisch sitzen!«

Darauf wusste niemand etwas zu antworten, außer Tarance, der ruhig die Hände auf den Tisch legte.

»Ich finde, wir sollten uns jetzt alle mal beruhigen.«

»Schon gut!«, sagte ich, während meine neuen Bekannten nach Luft schnappten, um erneut etwas zu sagen. Ob sie sich verteidigen oder entschuldigen wollten, wusste ich nicht, aber ich hatte genug.

»Wir Steandler sind nichts anderes gewohnt.«

Würdevoll stand ich auf und sah Samantha abermals tief in die Augen.

»Ich wünsche euch noch einen schönen Abend. Vielleicht sehen wir uns beim Tanzen auf dem Marktplatz.« Als ich Elia fand, griff ich nach dem Bier und kippte es hinunter wie eine Verdurstende.

Fragend sah er mich an, doch ich wollte es ihm nicht erzählen. Nicht jetzt, wo mir schmerzhaft bewusst wurde, dass wir nicht dazugehörten und es auch niemals tun würden.

Mein Blick flog zu unseren Ständen, zu unserer Bühne. Nur wenn ich dort oben stand, war ich besser als sie.

Verschlagen sah ich zu Elia hinüber, der die Geschichten in meinem Gesicht zu studieren versuchte. Noch ehe er etwas sagen konnte, hetzte ich ihn, schneller auszutrinken.

»Aber warum? Ich dachte, wir wollten mit ihnen anstoßen?« Er deutete auf Tarance, Kyron, Luc und Samatha, die sich wieder zuprosteten, als sei nichts gewesen. Sie sahen mich nicht einmal mehr an, auch wenn ich wusste, dass sie mich immer noch im Blickwinkel hatten – mich vielleicht sogar beobachteten. Warum wurde ich das Gefühl nicht los, dass es einen Grund gab, warum sie mich an ihren Tisch gewunken hatten? Wollten sie mich lächerlich machen?

»Ich habe es mir anders überlegt«, sagte ich grimmig und nahm seine Hand. »Wie wär's, wenn wir zusammen tanzen, Elia?«

Ich griff in seine Hosentasche, zog mit einem sanften Ruck ein Geldbündel heraus und hielt es ihm lachend vor die Nase.

Als er begriff, worauf ich anspielte, verzog er seine Lippen zu einem Strich.

»Nein.«

»Doch.«

»Nein!«

»Ach komm schon, Elia. Um der alten Zeiten willen.«

»Und wenn wir erwischt werden?«

»Wir werden nicht erwischt!«, flüsterte ich und kam ihm näher. Er roch nach Kindheit. Seine Haut hatte stets den Duft eines erloschenen Lagerfeuers an sich haften. Je näher ich kam, desto intensiver wurde er. Er hatte sich in Elias schwarzen Haaren verfangen.

»Für mich, Elia. Komm schon. Lass uns noch einmal tanzen. Heute wird es keiner merken. Sieh nur.« Ich deutete auf die dicht bevölkerten Straßen und lenkte seinen Blick zu den Metallsoldaten, die sich ebenfalls bei den Wirtschaften aufhielten. Sie versuchten angestrengt, die Menge zu beobachten, doch das Bier war verlockend, die Musik mitreißend und die Frauen, die sich ihnen anboten, recht hübsch. Heute wäre es ein Leichtes. Heute waren sie unaufmerksam.

»Es wird keiner merken.«

»Fija«, seufzte er ergeben. Ich wusste, dass ich ihn an der Angel hatte.

»Wenn wir erwischt werden, müssen wir die Zelte abbauen und fliehen.«

»Dann fliehen wir«, sagte ich überzeugt und begegnete Samanthas bösem Blick, der sich in mich hineinstach.

Da bemerkte ich, dass sie Elia anstarrte, der aber nur Augen für mich hatte.

Mit einem schadenfrohen Lächeln erkannte ich, dass sie die

Kupferstädterin war, die Elia an unserem ersten Abend zu sich auf die Bühne geholt hatte. Ob sie einen Narren an ihm gefressen hatte? Ich wollte es ausprobieren und legte besitzergreifend eine Hand auf Elias Schulter. Ich wusste, dass es gemein war und dass er sich vermutlich Hoffnungen machen würde. Aber Samanthas Hass spornte mich an.

Ja, ihr Blick wurde noch wütender.

»Wirklich willkommen sind wir hier nämlich auch nicht.« Es war dumm, sich das auch nur für einen Moment gewünscht zu haben.

»Wir können unsere Gliedmaßen verlieren …«

»Elia!«, sagte ich, legte meine Hände in seinen Nacken und meine Stirn zaghaft an seine. »Wir lassen uns nicht erwischen, einverstanden?«

»Aber …«

Ich griff nach seiner Hand und zog ihn mit erhobenem Haupt zum Marktplatz.

Heute würden wir tanzen wie König und Königin.

II

Sofija

Als ich tanzte, spürte ich ihre Blicke. Sie waren wie Schmetterlingsflügel, die meine Haut kitzelten. Jeder war kostbar. Jeder schenkte mir den Respekt und die Bewunderung, nach der ich mich sehnte.

Ich schmückte mich mit ihnen, während ich meine Hüften schwang, meine Beine aufblitzen ließ und in Elias Armen zu glühen begann. Wir wussten, wie man tanzte. Der Rhythmus war unser Lehrer. Und ihre Blicke waren der Zündstoff, der mich immer weiter anheizte. Wir suchten unsere Opfer mit einem stummen Nicken aus. Die Geschichten in Elias Gesicht waren stets ein offenes Buch für mich. Er würde eine zierliche Kupferstädterin zum Tanzen auffordern, der er schon seit einigen Minuten schöne Augen machte. Das konnte er gut. Er sah aus wie ein abenteuerlicher, mysteriöser Gaukler, dem man zu gerne sein Herz schenkte, auch wenn man ahnte, dass man es lieber nicht tun sollte. Elia könnte Herzen stehlen. Und das wusste er.

Ich hingegen hatte mir ein ganz besonderes Exemplar ausgesucht. Es war ein fülliger, bereits angetrunkener Kupferstädter, der mir hinterhersah wie ein geiler Bock. Diese Sorte Mann war leichte Beute, und Elia rollte die Augen, als ich meinem dicken Opfer eindeutige Blicke zusandte, um ihm den Abend seines Lebens zu bescheren.

»Das ist unfair, Fija. Der Typ schmeißt dir das Geld hinterher, wenn du nur lächelst.«

»Wir haben nicht festgelegt, wem man das Geld aus den Taschen zieht.«

»Du bist unmöglich«, sagte er lachend und verabschiedete sich mit einem Augenzwinkern, das mich an die Zeit erinnerte, in der wir noch Freunde gewesen waren.

»Bis gleich.«

Ich huschte zwischen den Tanzpaaren vorbei und fixierte den Kupferstädter mit dem verführerischsten Lächeln, das ich hatte. Ich wusste, dass ich die Männer damit verrückt machte. Zan Zahray sagte immer, dass ich wegen dieser Gabe noch in die Hölle kommen würde. Seine Glatze glänzte bereits, als ich vor ihm stehen blieb und in eine ergebene Verbeugung fiel. Seine männlichen Begleiter verfielen in schallendes Gelächter und schubsten ihn in meine Richtung.

»Sieh nur her, das kleine Tamburinmädchen hat ein Auge auf unseren dicken Jona geworfen. Tanz, Dickerchen. Los, sie will es wissen!«

Ich hob meinen Blick und umkreiste ihn wie eine Raubkatze ihre Beute.

Er schluckte schwer und wischte sich wieder und wieder über das verschwitzte Gesicht.

Ich schien ihn verlegen zu machen.

Dann riss ich ihn an den Händen nach vorne und zog ihn in die tanzende Menge.

Ich wirbelte um ihn herum. Ließ meine Finger über seinen üppigen Oberkörper wandern und sah ihm dabei tief in die Augen. Ich schielte auf seine Lippen. Prompt folgte als Antwort ein nervöses Augenflattern. Ein Lippenbeißen. Gedanken, die ihn beflügelten.

Ich hatte ihn. Allein durch Blicke war er mein.

Ich legte seine Hände um meine Taille und zog ihn immer weiter auf die Tanzfläche, dahin, wo wir vor neugierigen Blicken verborgen blieben. Ich war wie eine Sirene, die ihren Seemann ertränkte. Nur, dass ich es auf seinen Geldbeutel abgesehen hatte. Ich ertastete ihn, als ich wie beiläufig an seine Tasche griff. Er war zu berauscht, um meinen Bewegungen zu folgen. Er sah nur noch meine Augen. Und dann wagte ich es. Das Gefühl, als meine Hände in seiner Tasche verschwanden, war atemberaubend. Ein Gefühl, das mich daran erinnerte, wer ich war. Ich war eine Steandlerin. Niemandem angehörig, niemandem hier etwas schuldig. Ich hatte meine eigenen Regeln. Meinen eigenen Kopf. Heute würde ich ihnen ihre Gemeinheiten heimzahlen.

Die Kupferstädter waren nicht besser als wir. Vielleicht waren sie sogar schlechter.

Als ich hatte, wonach ich suchte, lächelte ich ihn an. Im Gedanken ließ ich mein Tamburin schwingen, während die Münzen in meiner Rocktasche verschwanden. Dann tauchte ich unter, ohne auch nur noch ein Wort zu sagen.

Ich fand Elia in der Mitte des Marktplatzes. Sein selbstgefälliges Grinsen signalisierte mir, dass auch er erfolgreich gewesen war.

»Wie viel hast du?« Er hob seine Arme, um mich zum Tanzen an sich zu ziehen.

»Du zuerst«, sagte ich und reckte das Kinn etwas höher, als ich wieder ihre Blicke auf mir spürte.

»Vier«, sagte er und deutete triumphierend auf die zierliche Kupferstädterin, die noch immer wie gebannt zu uns hinübersah. »Wenn ich sie noch etwas zappeln lasse, bekomme ich vielleicht ihren kostbaren Ring. Sieh nur.«

Der Ring, den sie trug, war wirklich hübsch. Er würde sich gut in unserer Sammlung machen.

»Und jetzt du.«

»Fünf«, sagte ich und ließ das Geld durch einen Hüftschwung in meiner Rocktasche klimpern.

»Du hast es auch leichter. Du bist wunderschön.«

»Jetzt hör auf zu schleimen, Elia. Das war beides viel zu einfach. Und es ist langweilig, wenn es einfach ist. Nächste Aufgabe: Hol du dir den Ring. Und ich suche mir ein anderes hübsches Andenken von diesem Abend.«

»Mhmm«, überlegte er und lenkte meinen Blick auf einen Kupferstädter, der ebenfalls zu uns hinübersah. Er hatte dunkles Haar und trug ein weißes Hemd, das im Licht der Fackeln herrlich schimmerte.

Ich schluckte, doch nickte Elia zu.

»Der da?«

»Ja«, sagte Elia. »Der trägt eine ansehnliche Uhr.« Elia hatte sein Umfeld immer gut im Blick. Er wusste, wo es was zu holen gab.

»Nun gut.« Seufzend nahm ich die Herausforderung an.

Ich nickte Elia zu und ging zu meinem nächsten Opfer hinüber, das mich bereits mit einem sonderbaren Blick empfing. Als ich vor ihm stehen blieb, wurden meine Knie plötzlich weich. Ich kannte diese Augen. Genau wie bei unserer ersten Begegnung waren sie endlos tief. Reißend. Aus flüssigem Gold …

»Du«, hauchte ich und machte auf dem Absatz kehrt.

Es war der Hauptmann, der mich vor einer vernichtenden Hand bewahrt hatte. Seine Augen hätte ich unter Tausenden erkannt.

Er hielt mich an der Hand zurück und zog mich mit einer eleganten Drehung in seine Richtung. Ungeschickt blieb ich mit dem Rock an meinen Schuhen hängen und knallte gegen seine stählerne Brust. Ein süßer Duft schmiegte sich an mich. Ein heißer

Duft … Sein Atem, der gegen meine Wangen stieß. Er roch nach Rohrzucker und Orangen. Ich konnte ihn beinahe schmecken.

»Ich meine mich zu erinnern, dass du mir einen Dank schuldig bist.« Er ließ mich los und sah mich unverwandt an. Sobald ich mich von ihm entfernte, begann ich zu frösteln.

Seine Stimme klang wie an jenem Tag, als er mich gerettet hatte. Sie hatte eine ganz besondere Farbe. Weich, zart. Und doch so beherrscht, dass sich meine Nackenhaare aufstellten. Sie klang *königlich*. Keiner könnte sich jemals dieser Stimme widersetzen. Ich versuchte, eine undurchdringliche Miene aufzusetzen, schaffte es aber nicht, gelassen zu wirken. Meine Hände verkrampften. In solchen Momenten hätte ich gerne mein Tamburin zwischen den Fingern gespürt, um einen Anker zu haben. Doch so waren sie ungewohnt rastlos. Ich griff in meine Rocktasche und ließ die Münzen durch meine Finger gleiten. Ich hatte Elia angelogen. Ich hatte nur drei ergattern können. Der Glatzköpfige hatte nicht mehr dabeigehabt.

»Du bist doch das Mädchen von der Brücke.«

»Woher willst du das wissen?«, fragte ich und ärgerte mich, dass die Unsicherheit in meiner Stimme mitklang.

Was war nur los mit mir? Er war nur ein Mann. Nicht mehr und nicht weniger. Niemand, wegen dem man sich so lächerlich benehmen musste. Zan Zahray würde mich auslachen, wenn sie mich so sähe. Die Tochter von Ooley hatte stets eine schnippische Antwort auf der Zunge und ließ sich nicht so leicht aus dem Konzept bringen. Nicht einmal, wenn ein Soldat mit stählerner Faust wütend auf sie hinabsah.

»Ich habe deine Augen gesehen«, erklärte der Fremde und lächelte mir zu.

»Augen können lügen«, sagte ich und ging einen Schritt nach hinten. Seine Antwort darauf war ein Schritt in meine Richtung.

Ein Tanzschritt. Sobald ich mich wieder einen Schritt entfernte, folgte er mir – ganz selbstverständlich.

»An deine Augen kann ich mich erinnern.«

»Du hast sie doch gar nicht gesehen!«, sagte ich räuspernd. »Ich hatte meinen Schleier aufgezogen.«

»Aha!« Er verbeugte sich vor mir und hielt seine Hand auf. »Du widersprichst dir gerade selbst.« Und das wusste ich.

Ich erhaschte einen Blick auf die goldene Uhr, die durch die Bewegung von seinem weißen Hemd freigelegt wurde. Sie glänzte mich auffordernd an. Ich musste sie haben. Vor allem, weil ich nicht gegen Elia verlieren konnte.

Er würde mich aufziehen, genau wie damals auch.

Noch lange standen wir uns in einer eingefrorenen Tanzfigur gegenüber. Ich, unfähig mich zu bewegen. Er, ganz in den Geschichten in meinem Gesicht vertieft. Dabei setzte eine zaghafte Melodie ein. Sie vermischte sich mit dem stetigen Ticken der großen Uhr. *Eins, zwei, drei. Eins, zwei, drei. Tick, tick, tack.*

»Darf ich um diesen Tanz bitten?«

»Ein Kupferstädter fragt eine Steandlerin nach einem Tanz?« Ich lachte. »Das ist komisch.«

»Wieso?«, fragte er achselzuckend und hielt mir seine Hand etwas höher entgegen. »Wo liegt das Problem? Sind wir denn so unterschiedlich?«

Es gibt eine Menge Unterschiede, wollte ich sagen, doch biss mir stattdessen fest auf die Zunge. Fieberhaft suchte ich nach einem Indiz, dass er log und mich verspotten wollte. Hinter jeder Geschichte in seinem Gesicht vermutete ich eine List. Doch seine Züge waren eben und rein. Und dann waren da seine Augen.

Augen können lügen, hörte ich Zan Zahray in mein Ohr flüstern.

Und diese Augen taten alles. Sie verwirrten mich. Sie machten mich stumm. Sie zogen mich immer tiefer. Doch sie logen nicht –

da war ich mir sicher. Ein Gefühl, tief in mir verankert, rief es mir zu.

Also ließ ich es zu und legte meine Hand in die seine. Sie war weich und warm. Anders als Elias schwitzige Hand. Sie umschloss meine wie eine sanfte Decke, als er mich an sich zog und mich zum Takt der Musik in Tanzfiguren schob. Ich ließ mich führen, auch wenn mich der Rhythmus der Musik zu anderen Schritten zwang. Er wusste, was er wollte. Er hatte mich gut im Griff und wirbelte mich mit geübten Drehungen hin und her. Ob er tanzen gelernt hatte?

Sein gerader Rücken war zum Neidischwerden.

Ich versank in seinen goldenen Augen. Sie schienen so ehrlich, auch wenn mir nicht entging, dass sich die Geschichten in seinem Gesicht zu einem überlegenen Grinsen verformten.

»Wo bleibt mein Dank?«

»Wofür?«, fragte ich mit unschuldiger Miene und ließ mich von ihm enger in den starken Arm nehmen. In einer langsamen Bewegung ließ er mich ins Hohlkreuz hinuntergleiten, bis meine Haare den roten Steinboden berührten. Das Blut kribbelte in meinen Wangen, rauschte mir in den Ohren, und seine Blicke begannen zu brennen, als er mir ein schiefes Lächeln schenkte. Dahinter offenbarte sich eine Reihe perlweißer Zähne. Sie waren so kontrastreich zu seiner dunklen Haut.

»Dafür, dass ich dein Leben gerettet habe.«

»Mein Leben gerettet?« Wieder musste ich lachen und nestelte an dem Stoff seines Hemdes. Es bestand aus feinster Seide. Es musste teuer gewesen sein. Ob er es merken würde, wenn ich mit den Fingern unter seinem Stoff verschwand? Seine Haut berührte wie ein zarter Windhauch …

Ich erschauderte bei diesem Gedanken.

»Du weißt, wovon ich spreche«, holte mich seine Stimme wieder zurück auf die Tanzfläche. Seine Augen hatten beinahe eine hypnotische Wirkung auf mich. Sie bohrten sich so intensiv in meine, dass ich fast vergaß zu atmen. *Nein!* Ich durfte mich nicht ablenken lassen.

»Ich habe dich nicht darum gebeten«, sagte ich honigsüß und setzte ein verführerisches Lächeln auf. Es war wie Schminke, die ich auftrug. Es war der Schlüssel zu dem, was ich wollte.

Ich entriss mich seiner Tanzfigur und schlängelte mich um seinen Körper herum. Mein Haar streifte seine Wangen. Meine Finger strichen über seine Mitte, während ich ihn umkreiste.

»Ich weiß, was du versuchst«, sagte er beherrscht. »Glaub nicht, dass ich nicht gesehen habe, was du mit dem armen Mann gemacht hast.«

»Du hast keine Beweise«, sagte ich ruhig und ertastete nebenbei die Münzen in meiner Rocktasche. Niemand könnte mir meinen Diebstahl nachweisen. Schließlich hatte mich niemand aufgehalten.

»Man bekommt in Kupferstadt die Hand abgehackt, wenn man klaut, das weißt du, oder?«

Ich blieb vor ihm stehen.

»Und du bist ein Soldat, der diese Grausamkeit praktiziert, ja?«

»Nein«, sagte er und wirkte mit einem Mal sehr traurig. »Nur, weil ich ein Soldat des Königs bin, heißt es nicht, dass ich all seine Gesetze richtig finde.«

»Dann wirst du mich auch nicht verraten«, erwiderte ich und strich über seinen Unterarm. Er sah mir tief in die Augen. Eine Spannung lag zwischen uns, eine seltsame Spannung, die ich nicht deuten konnte. Sie zog an mir wie der eisige Wind in Friole. Und doch war sie warm. Beinahe gleißend heiß – eine Hitze, unter der ich zu schmelzen drohte.

»Es war mir eine Ehre, Soldat?«, fragte ich also, um mich von meinen Gefühlen abzulenken und wanderte mit meinen Fingern immer tiefer seinen Arm entlang.

»Ich heiße … Ethan«, stammelte er. »Und du?« Ich ertastete die Uhr.

»Ich heiße Samantha«, log ich, ohne mit der Wimper zu zucken, und ärgerte mich, dass mir kein anderer Name eingefallen war. Doch die Wahrheit war, dass ich in diesem Moment gerne diese unverschämte Kupferstädterin gewesen wäre. Frei und ungebunden. Und so unglaublich *schön*.

Der Verschluss der Uhr lag neben seinem Handknöchel. Ein einfacher Klippmechanismus, den man nur mit dem Daumen runterdrücken musste.

»Ein schöner Name.«

»Danke.« Unwillkürlich knirschte ich mit den Zähnen.

»Also gut. Pass auf dich auf, Samantha. Nicht, dass ich dich wieder retten muss.«

»Ich denke nicht«, sagte ich lachend, auch wenn mir mein Lachen nicht gänzlich so lässig entwich, wie ich es mir gewünscht hätte.

Ich legte meine Finger an den Verschluss. Es war nur ein sanfter Druck. Meine andere Hand lenkte ihn noch immer ab. Doch als ich drücken wollte, umgriff er fest mein Handgelenk. Siedende Hitze stieg mir in die Wangen, als ein wilder Schatten über sein Gesicht huschte. Er zog mich zurück an seine Brust, hielt meine Taille umschlossen und bedeckte meine hochroten Wangen mit seinem schnaufenden Atem. Rohrzucker und Orange. Heiß und kalt. Bitter und doch so süß, dass ich an dem Kloß in meinem Hals zu ersticken drohte.

»Mich zu bestehlen wäre ein Fehler, den du bitter bereuen würdest. Lass deine Finger bei dir, Samantha. Das nächste Mal kann ich nicht mehr wegsehen.«

Er ließ von mir ab und durchdrang mich mit seinen glühenden Augen. Dann verschwand er zwischen den fliegenden Röcken, die von einem sonderbaren Nebel umschlossen wurden.

Als ich meinen Kopf anhob, war der große stählerne Nebelvorhang zur Seite geschoben.

Wie am ersten Abend auch stand auf dem pompösen Balkon eine Figur, die das rege Treiben auf dem Marktplatz beobachtete. Ein eisiger Schauer tanzte über meinen Rücken. Es war, als wären ihre Blicke direkt auf mich gerichtet.

12

Jana

Ich wälzte mich hin und her. Normalerweise störte mich die Sprungfeder, die genau zwischen meinen Schulterblättern aus der Matratze trat, nicht. Doch heute spürte ich sie wie einen Dolch, der mich langsam und qualvoll aufschlitzte. Seufzend richtete ich mich auf und sah die letzte Glut des Lagerfeuers durch die Planen meines Zeltes scheinen, ehe sie ausging. Was hatte ich eigentlich erwartet? Dass ich neben Sofija ebenbürtig an Elias Seite tanzen konnte?

Neben einer Tänzerin, wie sie es war, die jeden Blick auf sich zog? Dass ich auch nur eine Chance hatte, neben ihr zu bestehen?

Ich sollte Elia dankbar sein, dass er mir die Blöße ersparte, mich neben ihr zu blamieren. Während nahezu alle Steandler mit Rhythmus und Hüftschwung umzugehen wussten, war es, als bestünden meine Gelenke aus Schrauben und meine Hüften aus Holzblöcken.

Ich pustete die Wangen auf und schmiss mich ins Kissen.

Verdammt, ich war so eine eifersüchtige, dumme Kuh. Ich hätte mich selbst nicht gemocht, wenn ich mir begegnet wäre. So schwach, so … verwirrt. Es zerriss mir das Herz, dass mich die Eifersucht in ihren Klauen gefangen hielt, denn schließlich liebte ich sie. Ich liebte Sofija so sehr, wie man nur eine Schwester lieben konnte.

Niemals hätte ich mir ein Leben ohne sie vorstellen können. Und doch tat es so unheimlich weh, wenn Elia sich immer wieder für sie entschied, während ich meine Hände nach ihm ausstreckte.

Ich wischte mir über die Augen und stülpte die Decke über meinen Kopf, in der Hoffnung, irgendwann doch einzuschlafen. Vergebens. Zu viele Bilder schoben sich vor meine offenen Augen und hielten mich wach.

Ich stellte mir vor, wie Elia seine Lider senkte, während er sie in seinen starken Armen hielt. Ich stellte mir vor, wie Sofija sich an seine Brust schmiegte und zu ihm hinaufsah. Wie sich ihre Lippen immer näher …

Plötzlich hörte ich ein entsetzliches Kreischen. Aufgeregt sprang ich auf und robbte auf den Knien zur Zeltöffnung. Der Mond erhellte das ruhige Lager, das trotz des messerscharfen Schreis ruhig zu schlafen schien. Vielleicht hatte ich mich auch verhört, doch dann entdeckte ich ein Flackern, das sich golden vom Silberlicht des Mondes abhob. Zan Zahray stürmte aus ihrem Wagen und hielt mit zitternden Händen eine Öllampe, die Schatten auf ihr faltiges Gesicht warf. Die Geschichten ihres Gesichtes bereiteten mir Gänsehaut auf den Unterarmen. Ich haderte nicht lange und stolperte auf sie zu, um sie zu beruhigen. Nicht selten litt die alte Frau unter Albträumen.

Welche Bilder hatten sie diesmal geplagt?

»Ist alles in Ordnung?«

»Wo ist Elia? Wo ist Sofija?« Als sie Sofijas Namen in den Mund nahm, wurde mir unheimlich schlecht. In diesem Ton redete sie sonst nur über die Toten. Die Geister der Vergangenheit.

»Sie sind beim Tanzabend. So, wie du es Elia geraten hattest, Zan Zahray. Erinnerst du dich nicht mehr?«

»Wo ist sie?« Ihre Augen flatterten wie die Flügel einer Mücke. »Wo ist sieee?!«

»Sie ist mit Elia noch unterwegs, Zan Zahray«, sagte ich ruhig und legte meinen Arm über ihre eingefallenen Schultern. »Beruhige dich. Elia passt auf sie auf. Du kennst ihn doch.« Niemals würde er zulassen, dass der Erbin Rea etwas passierte.

Doch Zan Zahrays Blick wurde noch reißender. Noch wilder, sodass ich unwillkürlich einen Schritt zurückwich.

»Wo ist sie?«

»Zan Zahray …«

Sie wirbelte an mir vorbei und rannte, so schnell ihre alten Knochen es zuließen, auf die Steinbrücke zu. »So warte doch!«, keuchte ich aufgeregt und folgte ihr. Panik überfiel mich, ich spürte die Gefahr direkt hinter mir, spürte, wie sie meinen Nacken kitzelte.

Was war mit Sofija? Was hatte Zan Zahray gesehen?

Mein Herz klopfte bis zu meinem Hals. Ganz so, als hätte ich es verschluckt.

»Zan Zahray!«, krächzte ich und zuckte unter einem spitzen Stein zusammen, der sich in meine Fußsohle bohrte. Vor Schmerz verzog ich die Lippen und blieb stehen. Heißes Blut quoll aus der Wunde, während ich der Stammesältesten hinterhersah, die sich den Soldaten vor den Pforten der Kupferstadt näherte.

Sofija

Seine Blicke hatten mich aufgewühlt. In mir tobte ein heftiger Sturm. Gefühle, die ich nicht zuordnen konnte, ließen mich das Atmen vergessen. Mir war heiß und kalt. Und dann kam die

Scham, über das, was ich hatte tun wollen. Ich spürte noch immer das Metall unter meinem Daumen, als hätte ich mich daran geschnitten. Es hatte sich herrlich angefühlt. Es hätte sich noch herrlicher angefühlt, wenn es in meiner Handfläche und schließlich in meiner Rocktasche verschwunden wäre. Im Schein unseres Lagerfeuers hätte es sicher ausgesehen wie die Kupferstadt selbst. Ich hätte mich wie eine Elster an ihrer Schönheit erfreut. Sie unter meinem Kopfkissen gebunkert wie den größten Schatz, den ich besaß. Elia hätte Augen gemacht. Die Schönheit dieser Uhr hätte seinen lächerlichen Ring um Welten überstrahlt. Ich hätte gewonnen.

Doch die Scham über diese Gedanken siegte.

Seine Augen hatten mich zurecht verurteilt. Sie hatten jedes Recht dazu, mich als das abzustempeln, was ich war. Eine miese Diebin.

Tränen verschleierten mir die Sicht, während ich mich unter die Tanzenden mischte. Die Musik schien immer weiter in den Hintergrund zu verschwinden. Nur das stetige Ticken der Marktplatzuhr blieb. Das Ticken … seine Augen.

Und seine Berührungen. Ich spürte seine Hände noch immer um meine Handgelenke. Und sein Duft …

»Da bist du ja!« Elia hielt mich an der Hand zurück und zog mich eng an seine Brust. Ich sah ihn nicht an, als er seine Arme um meine Mitte schlang, bis kein Zentimeter mehr zwischen uns passte. Sein alkoholgetränkter Atem stieß gegen meine Wangen.

»Ich habe da ein hübsches Geschenk für dich!« Ich wusste, dass er den Ring meinte. Ich spürte ihn in seiner Handfläche an meinem Rücken.

»Ich möchte gehen«, brach meine Stimme ab. Ich wischte mir hastig übers Gesicht, um die verräterischen Tränen zu verbergen. Er sollte sie nicht sehen. Sie galten bei den Steandlern als Perlen der Seele. Augen konnten lügen. Tränen hingegen konnten es nicht. Sie waren die reinste und ehrlichste Geschichte, die mein Gesicht preisgeben konnte.

Elia entging nicht, dass mich etwas erschüttert hatte. Er wurde kalkweiß im Gesicht und riss hektisch an meinen Händen. Dabei malte sein Kupferfinger über meinen Handrücken.

»Eins, zwei, drei, vier … zehn«, zählte er besorgt, seufzte erleichtert auf und drückte einen sanften Kuss auf meine Handfläche. Seine Lippen blieben wie ein blauer Fleck. Ich spürte sie. Spitz und feucht.

»Dem Himmel sei Dank. Du hast noch alle Finger.«

»Man kann auch mit neun Finger leben«, sagte ich so leise, dass ich mir nicht einmal sicher war, ob er es überhaupt gehört hatte.

»Ich hatte gerade Angst, dass …«

»Ja!«, unterbrach ich ihn und wischte mir seinen Kuss von der Haut. »Ich weiß. Lass uns gehen, Elia.«

»Was ist passiert?«

»Lass uns gehen!«

Ich mied es, ihn noch einmal zu berühren, und wand mich aus seiner Umarmung.

Als Kinder hatten wir oft Fangen gespielt. Damals war er schneller gewesen als ich. Irgendwann habe ich aber angefangen, ihn zu überholen, was ihn unglaublich ärgerte. Auch jetzt war er mir auf den Fersen. So nah, dass ich seinen Atem hören konnte, und doch weit genug entfernt. Ich tanzte durch die Massen hindurch, dicht gefolgt von ihm, bis wir in die Gasse Richtung Lager stießen. Dort waren nur wenige Fackeln und der sonderbar dampfende Nebel hing wie eine Decke über den Glasdächern, um ihre Bewohner daran zu erinnern, dass es bald Zeit war, schlafen zu gehen.

Vor dem Stahltor patrouillierten zwei Metallsoldaten, die uns stumm und ohne uns eines Blickes zu würdigen passieren ließen.

Sobald wir das Stahltor hinter uns ließen und die Brücke erreichten, empfing mich die frische Nachtluft. Sie zerrte an meinen Haaren. Sie schlug mir ins Gesicht und trocknete meine Tränen.

»Magst du mir nicht sagen, was passiert ist?«, fragte Elia vorsichtig.

»Nein.« Ich hätte es beim besten Willen auch nicht erklären können. Gefühle zu beschreiben war noch nie eine meiner Stärken gewesen.

Das Lagerfeuer unseres Volkes war bereits erloschen. Es malte feine Rauchschwaden in den Himmel, die sich kringelten und kräuselten, bis sie sich schließlich auflösten. Der Schlaf lag über unseren Zelten und Wagen.

Und dann sah ich sie. Zan Zahray, die vor der Brücke bereits auf uns wartete.

Sie trug eine Öllampe in ihrer welken Hand und lief uns aufgeregt entgegen. Panik stieg in mir auf, als ich ihre Augen funkeln sah. Es war wie ein Schlag in die Magengrube, die Erinnerung an das letzte Mal, als sie mich so angesehen hatte. An jenem Tag lag mein Vater im Sterben.

»Was ist passiert?«, fragte ich.

»Elia!«, rief sie aufgebracht und auch er kam schnaufend hinter mir an. Ich spürte seine heiße Brust an meinem Rücken.

»Da seid ihr ja. Ich hatte einen ganz fürchterlichen Traum. Einen Traum!«

Für Zan Zahray waren Träume stets das wandelnde Bewusstsein.

Sie zeigten Dinge, die geschehen konnten, Dinge, die einen beschäftigten. Und manchmal waren es auch Ängste oder Wünsche. Oder schreckliche Tatsachen. Sie hatte Vater sterben sehen, ehe er krank geworden war. Doch der Weg nach Friole war hart gewesen.

Es war ein Wunder, dass so viele von uns ihn überlebt hatten. Das Ödland konnte ein wahrer Hinterhalt der Witterung sein. Die Kälte hatte sich in ihn hineingefressen und ihn verwundbar gemacht.

Zan Zahray war ein Rätsel für sich. Ihr graues Haar kitzelte meine Wange, als sie sich an mich schmiegte. Ihr Gesicht war von Tränen überströmt.

»Was hast du gesehen?«, fragte Elia atemlos und sah unsere Stammesälteste eindringlich an. Im Gegensatz zu mir nahm er jede ihrer Visionen für bare Münze. Doch heute machte Zan Zahray mir Angst. Das waren keine Schauspielkünste. Es war ihr voller Ernst. Sie grub ihre Finger in meine Schultern und küsste meine Wange.

»Ich habe unsere Sofija gesehen.«

»Und?« Erschrocken riss ich mich aus ihrer Umklammerung.

»Und …« Sie riss die Augen so weit auf, dass sie beinahe aus ihrem Gesicht zu fallen schienen. »Du hast getanzt.« Ihre Finger flatterten über meine Wange, über meinen Hals, bis sie die Nägel unsanft in meine Schultern grub. Ihr Blick wurde rasend.

»Ja, ich habe getanzt.«

»Wir waren auf dem Tanzfest, Zan Zahray«, sagte Elia einfühlsam. Doch Zan Zahray schüttelte wild mit dem Kopf. Es fehlte nur noch, dass ihre Augen in einem bedrohlichen Rot leuchteten. Sie wirkte wie eine wild gewordene dunkle Seele.

»Du hast mit dem Tod getanzt, Sofija!«

Angsterfüllt riss ich mich aus ihrer Umklammerung. Ihre Fingernägel blieben. Sie rissen meine Haut auf, hinterließen Striemen, die sich ihren Weg bis hinunter zu meinem Schlüsselbein brannten. Etwas Heißes lief über meine Schulter und ich schmeckte den rostigen Geschmack von Blut in der Luft. Ich sah zu Elia. Sein Blick verlor sich in der Ferne. *Nein!* Ich schüttelte entgeistert den Kopf, als ich in seinem Gesicht las, was er dachte. Was er tun würde.

»Der Mann«, sagte er plötzlich knurrend. »Was hat er dir angetan?«

»Nichts!«, quietschte ich und sah hektisch zum Tor, wo gerade noch die Metallsoldaten patroulliert hatten. Doch sie waren nicht mehr zu sehen. Schatten schlichen durch die Gassen. Das Licht wurde trüber und der dicke Nebel hatte beinahe den Fluss erreicht.

»Du hast geweint«, erinnerte er mich eindringlich und ballte seine Hände zu Fäusten. »Was hat dieser Mann gemacht?«

»Nichts!« Das hatte er wirklich nicht. Nach Worten suchend wich ich Schritt für Schritt zurück, doch er hielt mich mit einer harten Hand zurück.

»Du tust mir weh!«, keifte ich. Sein Griff wurde nicht lockerer.

»Elia!«, rief Zan Zahray nun laut. »Elia, nimm sie! Schnell! Wir müssen sie verstecken! Sie wird wegrennen. Ich kann es sehen!«

»Nein!«, kreischte ich. »Sie redet wirres Zeug, Elia! Lass mich los! Es ist nichts geschehen!«

Doch Elia war erbarmungslos. Er packte mich und schmiss mich mit Leichtigkeit über seine Schulter. Mir blieb kaum Luft zum Atmen, als sich seine Knochen in meine Rippen drängten. Galle stieg mir in den Mund.

»Lass mich runter!«, spuckte ich.

Ich schlug wild auf ihn ein. Riss an seinem Haar und trat um mich.

»Schnell, Elia. Ich sehe ihn kommen. Er wird kommen, um sie zu holen. Er nimmt sie mit!«

»Wohin?«, fragte Elia verzweifelt und gab mir einen Schlag auf den Rücken, der mich würgen ließ. »Sei still jetzt!«

»Ich weiß es nicht, Elia. Doch ich habe es gesehen. Sofija …«

Ihre Stimme brach ab und ich stieß Elia mit dem Knie gegen die Rippen.

»Lass mich runter!«

Aber Elia hörte mir gar nicht mehr zu. Er umgriff meine Hüften und zog mich eng an seine Mitte, bis ich ihm meine Fäuste auf die Brust schlagen konnte. Hart stellte er mich auf meine Füße und umfasste mit schneller Präzision meine um mich schlagenden Hände. Ich kam mir vor wie eine Puppe, mit der man machen konnte, was man wollte. Doch die Tochter von Ooley Rea ließ sich nicht so behandeln. *Nein!* Ich sammelte Speichel und spuckte ihm jedes Schimpfwort entgegen, das ich kannte. Sollte meine Zunge doch verbrennen. Es war mir egal!

»Lass mich los, du verdammter Idiot!«

»Elia!«, hörte ich plötzlich Jana, die zu uns aufgeschlossen war.

Sie hinkte und streckte ihre Hand nach mir aus, die Zan Zahray unwirsch abwehrte. »Halt dich da raus, Jana! Das ist eine Sache zwischen uns Erben.«

»Ihr tut ihr weh!«, schrie Jana und stimmte in mein Weinen mit ein, was mich noch mehr aufwühlte. Ich sandte ihr einen Blick zu, den sie mit einem heftigen Kopfschütteln erwiderte. Ihre Finger zitterten und sie umfasste ihre Mitte, als würde sie in jedem Moment zusammenbrechen. Doch Elia war eisern und kalt. Er packte Jana am Oberarm, zog sie an sich heran und spie ihr jedes einzelne Wort ins Gesicht, als wären es die Dolche, mit denen er um sich warf.

»Das. Geht. Dich. Nichts. An.«

»Elia … bitte!«, weinte ich und sah zu, wie er Jana zur Seite stieß. »Elia, bitte lass das!«

»Nein!«, brummte er bedrohlich und riss hinter mir eine Tür auf.

Es war die Tür zu seinem Wagen. Ich roch den Tabak und die Gewürze, die als Strauch oberhalb seines Bettes hingen.

»Wir müssen dich beschützen!«

»Ich muss nicht beschützt werden. Es ist nichts geschehen!« Elias Hand presste sich hart gegen meinen Mund.

»Sei still! Sei verdammt noch mal still!«

»Ich habe ihn gesehen!«, zischte Zan Zahray lauter als der eisige Wind, der nun durchs Lager fegte. »Goldauge … Silberhauch … Er wird ihr Schicksal sein, wenn er sie findet, Elia. Wir müssen vorsichtig sein. Sie bewachen. Und wir müssen, so schnell es geht, *verschwinden!*«

»Ich behalte sie im Auge«, versicherte er ihr und ließ meinen Mund los, bevor ich ihm in die Handfläche beißen konnte.

»Es ist nur zu deinem Besten! Du weißt, dass ich immer nur das Beste für dich will!«

»Indem du mich einsperrst, wie eine Gefangene? Indem du mir meine letzte Würde nimmst? Einem Steandler die Freiheit zu nehmen ist schlimmer als jeder Schlag, jede Qual. Es ist schlimmer als der Tod, Elia. Schlimmer als alles, was du mir jemals antun könntest. Und du weißt das!« Ich rang nach Luft und verschränkte meine Arme vor der Brust – in der Hoffnung, er würde mich gehen lassen, aber er baute sich vor mir auf und versperrte den Weg zur Tür. Ich wusste, dass er nicht gehen würde. Ich könnte ihn anflehen. Ich könnte weiterhin vor ihm weinen. Aber er würde niemals auf mich hören.

»Ich will gehen.«

»Nein«, protestierte er und sah nun gebrochen aus, als würde er noch lange über meine Worte nachdenken. Er wusste, wovon ich sprach. Er wusste, dass er gerade die Prinzipien und Ideen verriet, nach denen unser Volk lebte. Und er war dabei, mir alles zu nehmen, nur wegen einer dummen Vision.

»Wenn du hier bei mir bleibst, werde ich dich nicht einsperren«, sagte er nun sanft und streckte seine Hand nach mir aus, die ich wegschlug. Die Enttäuschung über seine Tat ließ mich von innen verbrennen.

»Lass mich gehen, Elia! Bitte lass mich hier raus.« Er schüttelte den Kopf.

»Es ist nur zu deinem Besten«, verteidigte er sich abermals, als wäre dies das Einzige, was er noch sagen konnte.

»Lass mich gehen.«

»Ich will dich nur beschützen.«

Zan Zahrays verschrumpelte Hand prangte nun auf seinen hängenden Schultern wie ein Siegel der Autorität. Egal, was sie jetzt sagen würde. Elia würde alles tun, was sie verlangte.

»Wir müssen abreisen, Elia. Morgen schon.«

Elia nickte. Er würde nicht nach dem *Warum* fragen. Er tat das, was die Stammesälteste von ihm verlangte. Ich nutzte den Moment, indem sie sich einvernehmliche Blicke zuwarfen, und drängte mich an ihm vorbei. Ich stieß mit der Seite gegen seine Schulter und schlug mein Knie an der Tür an, bevor ich es schaffte zu entwischen. Dann spürte ich, wie sich seine Arme um mich schlangen und mich zurück in seinen Wagen zogen. Ich wehrte mich kreischend. Ich trat nach ihm und schlug ihm ins Gesicht, bis er mir ein Tuch gegen den Mund presste. Ich schnappte nach Luft und roch den süßen Duft eines Krautes, das Zan Zahray sonst nur benutzte, um den Kranken ihre Schmerzen zu nehmen.

»Tibriskraut?«, fragte ich ungläubig und spürte bereits, wie mich meine Kräfte verließen und sich meine Stimme in ein langes Echo verwandelte. »Willst du mich vergiften?«

»Nicht vergiften«, hörte ich Elia sagen. Ich spürte, wie meine Muskeln immer schlaffer wurden und ich in seinen Armen zusammensackte.

»Nur beschützen, Fija. Ich will dich einfach nur beschützen.«

Hinter ihm sah ich die Lichter, die nach und nach angingen.

Sie strahlten durch die offene Tür von Elias Wagen. Mein Volk war durch den Lärm wach geworden. Wir Steandler hatten immer einen leichten Schlaf. Wir waren schon immer geflohen, wenn es brenzlich wurde. Lärm war immer ein Indiz dafür. Lärm – oder eiserne Stille.

»Fija«, sagte Elia sanft, doch ich konnte nicht mehr antworten.

Meine Welt begann sich zu drehen und die Gedanken drehten sich mit ihr. Er hatte mich verraten. Er hatte mich willenlos gemacht, indem er mir eine Droge verabreicht hatte.

Leise Tränen liefen meine Wange hinunter.

»Fija, nun sag doch was.«

Aber ich würde und konnte nichts mehr sagen. Mein Stolz lag zusammengekauert irgendwo zwischen der Kupferstadt und seinem Wagen. Da, wo ich ihn nicht mehr erreichen konnte.

»Sag mir, wie der Mann hieß. Ich muss es wissen!«

Ethan, dachte ich.

Doch das würde ich ihnen nicht sagen. Nicht, nachdem sie mir das angetan hatten.

13

Sofija

Wandelnde Goldtaler suchten nach mir. Sie schlichen schwebend durch den Nebel, tauchten unter und wieder auf. Ich streckte meine Finger nach ihnen aus. Ich musste sie anfassen. Sie besitzen und in meiner Rocktasche verschwinden lassen, damit sie bei meinen Schritten gegeneinanderklirrten wie die Metallteile meines Tamburins. Doch sobald ich sie berührte, zerflossen sie.

Schwarze Farbe tropfte meinen Arm hinab und färbte ihn ebenmäßig. Sie war heiß und schmiegte sich eng um meine Haut, als würde sie ihn so erneuern. Und dann wurde die Farbe fest. Meine Bewegung erstarrte zu Eis. Ich spürte, wie sie mich langsam, aber immer fester umschloss, bis ich mich nicht mehr bewegen konnte. Und dann …

Ein lauter Schlag zersplitterte meinen Traum. Er lag in Scherben vor mir und verschwand schließlich im Nichts.

Schweiß stand mir auf der Stirn und vermischte sich mit dem salzigen Nass auf meinen Wangen. Hinter meinen geschlossenen Lidern sah ich die zaghaften Strahlen eines warmen Sommermorgens, der durch die Fenster des Wagens drang. Ich musste nicht nachsehen, um zu wissen, wo ich war. Ich roch den Tabak und die Gewürze, die sich in jede Faser dieses Wagens gefressen hatten. Zähneknirschend ballte ich meine Hände zu Fäusten. Heute würde Elia für das bluten, was er mir gestern angetan hatte.

Ich versuchte, meine Augen zu öffnen, und schaffte es nach

einigen Versuchen schließlich mit großer Mühe. Meine Wimpern waren verklebt. Ich sah durch sie wie durch einen Schleier und konnte nur langsam die Bilder um mich herum erfassen. Ich beobachtete die Decke von Elias Wagen, die mit Windspielen und Basilikumsträuchern versehen war. Neben dem Bett hing das Tuch seiner Mutter – das Tuch, das sie bei ihrem verhängnisvollen Auftritt getragen hatte. Es war das einzige, das nicht von den Zähnen und Klauen der Katze zerrissen wurde.

Schnell inspizierte ich meine Umgebung. Von Elia war weit und breit nichts zu sehen, und das war schon einmal ein gutes Zeichen. Ich hätte ihm sonst womöglich die Augen ausgekratzt, so wie es unter meinen Fingernägeln zu kribbeln begann.

Gestern Nacht hatte er kurz neben mir gesessen, unfähig, mich anzusprechen oder mich zu berühren. Dann war er gegangen. Ich wollte noch auf seine Rückkehr warten, war dann aber doch im Stimmengewirr meines Volkes eingeschlafen. Ich wusste nicht, ob es das Tibriskraut war, das mich in den Schlaf zwang, oder ob der Schmerz über ihren Verrat meine Augen schloss.

Ja, ich fühlte mich verraten. Kleingemacht. Zerbrochen.

Freiheit und Familie war unser oberstes Gebot. Elia hatte mir beides genommen.

Jana, dachte ich. Er hatte sie so grob angegangen, dass selbst mich der Druck seiner Hände um ihren Oberarm schmerzte. Sie hatte mir nur helfen wollen – so wie sie mir schon immer geholfen hatte.

Das war sein erster Fehler. Sein zweiter war, dass er mir nicht zugehört hatte. Er hatte seinen Willen über meinen gestellt. Sobald ich das Erbe meines Vaters antreten würde, würde er auch dafür büßen.

Elia Lean würde mit mir nichts zu lachen haben. Das schwor ich mir. Wir waren die längste Zeit Freunde gewesen.

Ich wischte mir übers Gesicht und und versuchte, mich aufzurichten. Hinter meiner Stirn klebte noch der süße Nebel des Tibriskrauts und verlangsamte die Kommunikation zwischen meinem Hirn und meinen Gliedmaßen. Meine Gedanken drehten sich im Kreis. Ich versuchte, gegen den Schwindel anzukämpfen. Langsam stand ich auf. Meine Beine kribbelten, als ich mich der verschlossenen Tür näherte. Ich legte meine fahrigen Finger an die Türklinke und …

»Verdammt!«, fluchte ich. Sie war verschlossen. Elia Lean hatte mich in seinen stinkenden Wagen eingesperrt! Wütend stampfte ich mit den Füßen auf, bis Staub von der Decke rieselte. *Na schön!* Ich machte mich ans Fenster und schob den Riegel beiseite. Ich würde ihn mit lauten Beschimpfungen dazu bringen, mich rauszulassen.

Wenn er sich schon über »Eure Hohlheit« aufregte, würde er sich mit all den Schimpfwörtern, die ich sonst noch kannte, einen Zacken aus seiner Krone brechen. Er hatte keinen Grund, mich einzusperren wie einen Vogel.

Draußen machte sich mein Volk daran, die Zelte abzubauen. Die Frauen füllten ihre Taschen mit unserer Wäsche, die an den errichteten Leinen hing. Die nassen Teile würden sie auf den Dächern unserer Wagen trocknen lassen. Zan Zahray hatte es ernst gemeint, dass wir aufbrechen würden. Aber jetzt schon? Das alles wegen eines dummen Traumes? Ein verzweifeltes Fauchen kratzte in meiner Kehle.

Mein Blick schoss hin und her. Darauf bedacht, den Verräter hinter jeder Ecke zu vermuten. Doch leider war von ihm weit und breit keine Spur.

»Elia!«, schrie ich also wütend. Als die Frauen meines Volkes mich sahen, senkten sie wie auf Kommando ihre Lider.

»Holt mich hier raus!«

Sie reagierten nicht. Da wusste ich, dass Zan Zahray und Elia meinem Volk befohlen hatten, mich in diesem Wagen gefangen zu halten. Ich schnaufte und versuchte, meinen Körper durch die winzige Öffnung zu schlängeln. Vergebens. Elia hatte an alles gedacht.

»Wenn ich mein Erbe antrete, werdet ihr bestraft!«, rief ich ihnen zu. Doch auch Ama und Sabya, die ich ganz genau sehen konnte, schienen meine Worte nicht einmal ansatzweise ernst zu nehmen. Ich war machtlos. Und immer noch gefangen. Ich versuchte es mit allen Mitteln, die meiner Stimme einfielen: Meine Rufe wurden klagend, traurig, erstickt. Ich bettelte sie an, mich freizulassen. Und als das nichts half, versuchte ich es mit der kindlichen Unbeholfenheit, mit der Natia, Kilian und Luna immer durchkamen.

»Ich muss mal!«

»Dann geh doch!«, hörte ich es leise neben dem Wagen zischen. Ich entdeckte Natia hinter einem Fass. Ihre dunkelblonden Haare standen in alle Richtungen ab und ihre Wangen waren mit Erde verschmiert, als hätte sie versucht, sich zu schminken.

»Natia!«, sagte ich freudig und dankte dem Himmel, dass er sie zu mir gesandt hatte.

»Komm her, meine liebe Kleine.« Sie streckte ihre kleinen Hände nach mir aus, als sie sich meinem Fenster näherte.

»Wenn du mal musst, dann musst du gehen, Sofija«, erklärte sie mit großen Augen. Ich hätte vermutlich gelacht, wenn ich nicht so unglaublich wütend auf Elia Lean und Zan Zahray gewesen wäre.

»Ich würde ja gerne, aber ich bin hier eingesperrt.«

»Eingesperrt?« Ihre Augen wurden noch viel größer. »Na, dann musst du es eben da drin machen. Sonst tut dein Bauch so weh. Mama sagt immer, was raus muss, muss raus.«

»Natia, hör mir zu«, sagte ich mit bebender Stimme. »Du kannst mir hier raushelfen. Du bist sozusagen meine kleine Retterin. Verstehst du?«

Die Kleine nickte aufgeregt und presste konzentriert die Lippen aufeinander. Ich wusste, dass Elia nie seinen Wagen abschloss.

Doch für Notfälle versteckte er stets einen Schlüssel hinter einer morschen Holzplatte, die sich vom Wagen löste. Dahinter war eine zweite Wand, weswegen ich den Schlüssel von innen nicht erreichen konnte.

»Einen Schlüssel?«, fragte Natia, nachdem ich ihr erklärt hatte, wo dieser zu finden war. Direkt neben der Tür, die ich gerne mit Gewalt aus den Angeln gehoben hätte.

»Er ist ungefähr so groß wie mein kleiner Finger.«

»Aber«, stammelte sie unsicher und sah zu Boden. »Ich habe Mama sprechen hören. Sie sagt, dass dich keiner rauslassen darf. Ich will nicht, dass Mama sauer wird.«

»Ich werde ihr nicht sagen, dass du mir geholfen hast. Ich verspreche es dir.« Und das Versprechen einer Steandlerin zählte mehr als Gold und Silber. Natia haderte noch für einen Augenblick und ich fügte hastig hinzu, dass ich ihr das Tanzen beibringen würde.

»Ganz bestimmt?«

Ich nickte verzweifelt. »Großes Ehrenwort!«

Es war, als würde mir die Luft in diesem Wagen ausgehen. Dann verschwand Natia endlich hinter dem Wagen.

Ich betete nicht, zumindest nicht zu irgendwelchen Göttern. Wir glaubten an die Geister der Vergangenheit, all die Generationen, die vor uns gegangen waren und uns vom Himmel aus beobachteten. Sie verlangten nicht, dass wir zu ihnen aufsahen, wie es die anderen Völker mit ihren Göttern taten. Die Geister der Vergangenheit hörten zu, sobald wir an sie dachten.

Ich dachte an meinen Vater und presste die Finger fest aufeinander, als ich auf Natia wartete, und küsste meine Faust, ehe ich sie an mein Herz drückte. Dann löste ich sie auf und reckte meine

Hand gen Himmel. Ein stummer Gruß der Steandler, der alles heißen konnte. Alles und nichts. Mein Vater würde mich erhören, versuchte ich mich aufzumuntern. Er würde mich hören.

Es vergingen qualvolle Minuten. Leise flüsternde Momente.

Hunderte von Augen, die vermieden, mich anzusehen.

Dann sah ich Natia hinter dem Fass auftauchen. Ihre Blicke schossen hin und her. Und als sie erkannte, dass die Luft rein war, rannte sie zu mir ans Fenster und streckte ihre kleinen Finger nach meiner Hand aus. »Ich habe ihn!«, flüsterte sie freudig.

»Ich wusste, dass du es schaffst. Du bist eine ebenso gerissene kleine Elster, wie ich es war.« Sie freute sich und sah gebannt zu, wie ich den Schlüssel in meinen Händen verschloss.

»Meine Mama sagt immer Echse zu mir, aber Elster gefällt mir viel besser.«

»Das passt auch viel besser zu dir«, sagte ich lächelnd. »Du bist meine kleine Elster.« Sie strahlte über beide Wangen. »Und nun versteck dich!«, forderte ich sie auf. Sie nickte kichernd und rannte zum Fluss, wo ich Luna und Kilian herumplantschen sah.

Der Himmel hatte Natia gesandt. Ich blickte ein letztes Mal nach oben und lachte in mich hinein. Es brannte förmlich in meinen Fingern, als ich den Schlüssel ins Loch steckte und umdrehte. Die frische Luft liebkoste mich. Das Gefühl von Freiheit fuhr über meine Haut, sodass ich Gänsehaut bekam – ein berauschender Moment, der mir neue Kraft schenkte.

Doch der Moment verflog so schnell, wie er gekommen war.

Ihre Schritte drangen an mich heran wie eine leise Melodie. *Tick, tack. Klick, klack.* Und doch lag etwas Aggressives in ihren Bewegungen. Auf der Brücke zur Kupferstadt erspähte ich einen ganzen Trupp von Metallsoldaten, deren silberne Rüstungen sich unter die Farben meines Volkes mischten. Es waren unsere Männer, die das Tor zur Kupferstadt passieren wollten.

Ich erkannte unsere Umzugswagen, mit denen sie die Bühnen transportierten.

Doch die Tore waren geschlossen. Undurchdringlich und unüberwindbar. Die Männer meines Volkes wirkten wie Holzstöcke, die gegen Schwerter kämpfen sollten. Ihre Rufe waren ohrenbetäubend.

»Lasst uns gewähren.«

»Nein!«

»Wir wollen doch nur …«

Es zerriss mich, als ich die Gesichter der Frauen sah, die erschrocken ihre Tücher fallen ließen. Stimmengewirr wurde mit dem Wind an uns herangetragen. Worte der Metallsoldaten, die mir einen heftigen Schlag versetzten: »Zur Seite, ihr Untermenschen!«

Untermenschen … hallte es in einem lang gezogenen Echo zu mir zurück.

Untermenschen.

Dann rannte ich los. Meine Leute sahen mich vorbeiziehen, hoben ihre Arme, um mich aufzuhalten, doch niemand konnte mich stoppen. Jana rief nach mir.

»Bleib hier!«

Ich wurde immer schneller und erreichte die Brücke, ehe mich eine der Frauen einfangen konnte. Und dann sah ich sie. Die Metallsoldaten, die einen Mann nach dem anderen zur Seite schubsten. Es floss bereits Blut. Würgend presste ich die Hand auf den Mund, um ein jämmerliches Heulen zu unterdrücken.

»Hört auf!«, schrie ich aufgebracht, als einer der Metallsoldaten Sams am Kopf packte und zur Seite schleuderte. Seine Stirn platzte am steinigen Geländer auf. Blut rann sein Kinn hinab. Dunkles Rot. Die Farbe der Familie Rea.

»Hört auf!«

Ich hechtete zu Sams, der seine Hände auf die blutende Stelle presste, und fiel auf die Knie, um seinen schlaffen Oberkörper aufzufangen. Sein Kopf verschwand zwischen meinen zitternden Händen, als ich ihm die Haarsträhnen aus dem Gesicht strich. Seine Augen flatterten wild, bevor er ohnmächtig wurde.

Da war überall nur Blut.

Wütend hob ich meinen Kopf und begegnete den kühlen Augen des Soldaten, der Sams niedergeschlagen hatte. Ich erkannte ihn. Die Geschichten in seinem Gesicht erzählten von Schadenfreude und Gewalt. Sein Mund war zu einer verächtlichen Linie verzogen.

»Haymish«, sagte ich atemlos und begann unwillkürlich zu beben.

Meine Hand wollte ihm ein Mal auf die Wange stempeln. Ich wollte ihm wehtun, damit er diesen abartigen Ausdruck im Gesicht verlor.

Als er mich erkannte, packte er mich an meinem Oberarm und zerrte mich nach oben. Ich wehrte mich, aber hatte nicht den Hauch einer Chance. Er war zu stark.

»Ich habe sie!«, rief er und es wurde augenblicklich still auf der Brücke.

Mein Blick flog aufgeregt über die Metallsoldaten, die nun von meinen Männern abließen. Als ich Elias Blick begegnete, begann ich heftig zu frösteln. Er hatte ein blaues Auge und eine aufgeschlagene Lippe. Blut tropfte auf sein bestes Hemd aus Leinen, das er gestern zum Tanzen getragen hatte. Die wirren dunklen Haare fielen ihm in die Stirn, als er von einem Soldaten nach vorne geschubst wurde.

So kannte ich den Erben der Familie Lean nicht. Er war stets der überhebliche und eingebildete Vollidiot, der mit seinen Narben prahlte. Jetzt wirkte er gebrochen. Verloren. Das Blut raubte ihm seine Würde.

»Ist sie das?«, fragte der Soldat donnernd.

Elia schwieg. »Ist sie das?«, fragte dieser wieder, doch auch jetzt kam keine Antwort über seine blutenden Lippen. »Sag was, du Bastard!«

»Nein! Wir haben sie letzte Nacht fortgeschickt«, bebte Zan Zahrays rostige Stimme hinter mir. Ihre Augen erdolchten mich mit mahnenden Blicken. *Du hättest hören sollen*, sagten sie mir. *Sieh nur, was du angerichtet hast!* Verständnislos schüttelte ich den Kopf. War es das, wovor sie mich schützen wollten?

»Dann zerreißen wir euer Lager, bis wir Samantha haben!«, rief ein anderer Soldat.

Siedende Hitze stieg mir ins Gesicht, als Haymish von mir abließ und mich in die Arme von Zan Zahray schubste. Sie suchten nach *mir* …

Sie hatten meinetwegen die Männer niedergeschlagen. Was hatte ich nur getan?

Meine Lügen prickelten auf der Zunge, als würden sie sie verätzen. *Ich heiße Samantha.*

Ethan …

Ich hörte ihre klackernden Schritte und sah die langen Schwerter, die an ihrer Rüstung scheuerten. Sie würden die Zelte zerstören und die Frauen bedrängen. Ihr Weinen mischte sich jetzt schon unter den aufkommenden Nebel, der wie ein leises Versprechen aus den Pforten der Kupferstadt drang.

Nein! Das konnte ich nicht zulassen.

Ich baute mich vor Zan Zahray auf. Als ich sprach, klang meine Stimme meilenweit entfernt. Ganz so, als stünde ich noch hinter der Grenze zum Ödland.

»Ich bin die, nach der ihr sucht!«

14

Sofija

Ihre Augen funkelten raubkatzenähnlich. Ich war in meinem Leben nur einem ungezähmten Kulatra in der Wildnis begegnet, wusste aber, dass auch dressierte Tiere ausbrechen konnten. In diesem Moment musste ich an Elias Eltern denken. Ihr Tod machte auch uns Steandlern bewusst, dass Raubtiere nicht auf die Bühne gehörten.

Die Tiere hatten nicht aus Hunger getötet. Sie töteten aus Wut darüber, dass wir sie eingesperrt und willenlos gemacht hatten.

Ein ungezähmtes Tier hingegen hätte ihre Gliedmaßen abgerissen und über Wochen an den Kadavern gefressen.

Und genauso waren die Augen der Metallsoldaten, als sie mich erblickten und zu studieren versuchten. Ich war die Beute, die sie reißen würden. An der sie zerren würden, bis nichts mehr von mir übrig blieb.

»Elia!«, schrie ich aufgebracht, als ihn eine Metallhand vor meine Knie warf.

Seine Knochen machten ein ohrenbetäubendes Geräusch, das mir Gänsehaut bereitete. Es hallte in meinen Schädel wider und ließ mich unweigerlich erschaudern. Ich wollte ihn auffangen, streckte meine Arme nach ihm aus, doch Haymish riss mich gnadenlos zurück. Elia sah zu mir hinauf, die Augen verschleiert, leicht glasig. Er schüttelte flehend den Kopf.

Sag nichts.

»Der da und die Alte haben gelogen! Was machen wir mit ihnen?« Der Soldat sah zu Haymish, der mir ein grauenvolles Grinsen sandte.

Nicht!, mahnten mich Elias Augen. *Sag nichts.*

Ich biss mir auf die Lippen, bis ich rostiges Blut schmeckte, das sich in meinem Mund verteilte. Ich durfte nicht weinen. Nicht jetzt. Ein Steandler zeigte nicht, wenn er verletzt wurde. Wir weinten nicht vor unseren Feinden.

Und das waren sie jetzt. Die Kupferstädter waren nun unsere Feinde.

»Lügner bekommen die Zunge abgehackt«, sagte Haymish genussvoll und begegnete meinem glühenden Blick.

Nicht! Doch ich konnte mich nicht länger zurückhalten: »Dann bin ich die Erste!«

Nicht! Elias Kinn schoss beunruhigt nach vorne.

Ich sandte einen entschuldigenden Blick zu ihm. Seine Schultern sackten nach unten. Das Blut tropfte weiterhin über seine vollen Lippen, auf sein weißes Hemd. Es sah aus wie der blühende Mohn auf den Weiden Smaraktas, wo wir unsere Tiere grasen ließen.

Haymish lachte abfällig über mein plötzliches Geständnis.

»Sprich, Samantha.«

»Mein Name ist nicht Samantha.« Stockend holte ich Luft.

»Ich bin Sofija Rea Linn. Ich bin die letzte Erbin meines Volkes.«

»Na, dann fangen wir mit dir an.«

Ich schluckte schwer über diese Wendung, doch versuchte, ein undurchdringliches Gesicht aufzusetzen und seinen silbernen Augen standzuhalten.

Ich verfluchte ihn. Ich verfluchte sie alle.

»Wenn wir nun plötzlich angeklagt sind, möchte ich auf mein Recht des Widerspruchs plädieren!«, zischte ich. Ich wusste, dass in einigen Königreichen Alkurnias durchaus über ein Urteil verhandelt werden durfte. Schließlich wusste ich nicht einmal, was wir genau getan haben sollten. Sie waren schon furchtbar gewesen, bevor sie Zan Zahrays Lüge aufgedeckt hatten. Sie hatten unsere Männer einfach so niedergeschlagen. Und das nur meinetwegen … Warum?

Ich hatte ein paar Münzen gestohlen. Nichts, wofür man ein ganzes Volk bestrafen musste. Unweigerlich sah ich zu Sams, der sich schmerzverzerrt den Kopf hielt. Er war wieder bei Bewusstsein, was mich erleichterte.

»Der König wird sich freuen!«, lachte Haymish und deutete mit dem Kinn auf Elia und Zan Zahray. »Nehmt die mit. Vielleicht hat er für die auch noch eine Verwendung.«

Mir wurde schlecht. Galle vermischte sich mit dem But, das ich hustend herunterwürgte.

»Der König?«, fragte ich kleinlaut.

»Der König«, bestätigte Haymish mit einem wölfischen Grinsen und nahm meine Handgelenke zwischen seine Finger. Mit einem metallischen Knacken legte er mir Handschellen um, deren Verschlüsse sich in mein Fleisch bohrten. Es tat weh, auch wenn der Schmerz in meiner Brust noch viel entsetzlicher war.

Elias Augen ruhten auf mir. Ich konnte so vieles darin lesen: Angst, Verzweiflung und ungezügelte Wut.

Nicht …

Und ich ließ ihn in meinen Geschichten lesen, dass es mir leidtat. Ja, es tat mir unendlich leid. Meine Augen brannten wie Feuerbälle, als einer der Metallsoldaten Elia auf die Beine zurückriss und ihm Handschellen anlegte. Der letzte Erbe der Familie Lean sollte nicht so vorgeführt werden. Nicht, wenn sein Volk stumm dabei zusehen musste. Er reckte das Kinn und ließ alles über sich ergehen.

Handschellen klackten. Blut floss.

Zan Zahray war die Nächste, die in Ketten gelegt wurde. Nun waren alle drei Erben machtlos.

Das konnte ich nicht zulassen.

»Lasst sie gehen. Ihr wollt doch nur mich … Sie haben nichts getan«, sagte ich atemlos. Haymish schob in gespieltem Mitleid die Unterlippe hervor und verfiel anschließend in schallendes Gelächter.

»König Platos hat euch Straßenköter gerne aufgenommen. König Lucius hingegen sieht in euch genau das, was wir alle sehen.« Er spuckte vor mir auf den Boden. Diese Geste machte mehr als deutlich, was sein neuer König von uns hielt. Meine Kehle schnürte sich zusammen.

»Aber wir sind ihre Familie!«, sagte ich kläglich und warf einen Blick zu meinem Volk, die sich um den Brückeneingang formiert hatten. Ich sah, wie Jana und Ama kaum merklich ihre Köpfe schüttelten. Sie konnten es nicht verstehen. Genauso wenig, wie ich es verstehen konnte. Was hatte ich nur getan? Was wollte König Lucius von jemandem wie mir? Ich war eine unbedeutende Tänzerin. Ich schwang meinen Rock und mein Tamburin und spielte ab und zu mit meinen Reizen. Ich war nicht mehr als eine Kleinkriminelle.

Ich hatte nichts getan. Nichts, außer drei Münzen von einem betrunkenen Mann zu stehlen. Drei Münzen, die er getrost auch hätte verlieren können.

Janas Blick fing meinen auf. Trotz der Tränen, die ich in ihren Bernsteinaugen sehen konnte, gab sie mir stumm zu verstehen, dass alles wieder gut werden würde. Eine Lüge, um mich zu trösten, denn wer würde unser Volk noch leiten können, wenn wir unsere Zungen verlören? Ich hatte nie gelernt, zu lesen oder zu schreiben. Ohne meine Stimme war ich nutzlos. Genau wie eine Tänzerin ohne Beine.

Ich presste die Zähne fest aufeinander.

»Wir sind die letzten Erben!«

»Das ist mir doch egal!«, sagte Haymish. »Und jetzt kommt! Unser König soll nicht länger warten!«

Noch nie hatte sich der Weg über die stählerne Brücke in die Kupferstadt angefühlt wie der Gang zu meinem eigenen Grab.

Haymish hielt meinen Oberarm fest umschlungen, als wir die Tore der Kupferstadt passierten. Ich hätte nicht gedacht, dass mich der goldene Glanz dieser Stadt irgendwann ängstigen würde.

Unwillkürlich musste ich an Ethans goldene Augen denken.

Sie hatten mich in ihren Bann gezogen. Und ich fragte mich, ob es vielleicht seine Schuld war, dass ich jetzt in ihren Ketten hing.

Gold, Silber und Bronze.

Unsere Schritte hallten von Mauer zu Mauer, als würden wir durch ein riesiges Gebäude laufen.

»Was passiert mit uns?«, zitterte meine Stimme. Als Antwort bekam ich das gespenstische Echo von Metallschuhen auf rotem Stein.

Elia lief vor mir. Die Muskeln bis aufs Äußerste angespannt, den Kopf stur geradeaus gerichtet. In seinem Gang lag so viel Anmut. Ich wusste, dass er einen Soldaten nach dem anderen niederstrecken würde, wenn er seine Messer dabeihätte. Ich fixierte seine verbundenen Hände, die er im Rücken knetete, als sehnte er sich nach den scharfen Klingen.

Auch ich schloss meine Finger ineinander und sandte ein Gebet gen Himmel. Wenn es die Geister der Vergangenheit gab, so sollten sie Elia und Zan Zahray beschützen.

Ich würde es mir niemals verzeihen, wenn die Kupferstädter ihnen auch nur ein Haar krümmten.

Niemals.

Wir schlängelten uns durch Gassen, die ich noch nie gesehen hatte, und ich ertappte mein diebisches kleines Herz dabei, wie es leise zu bibbern begann. All die Jahre hatte ich gedacht, dass ich diese Stadt kannte wie meine eigene Rocktasche. Doch ich hatte mich geirrt.

Es ärgerte mich und nagte an meinem Stolz. Was hatte ich mir dabei gedacht?

Ich war eine Närrin zu denken, dass ich sie jemals gekannt hatte.

Der Nebel begleitete uns wie die stummen Metallsoldaten des Königs, die wieder und wieder in Gassen einbogen wie in die Gänge eines wirren Labyrinths.

Kein Kupferstädter war zu sehen. Es war, als würde dieser Nebel jegliches Leben verstummen lassen, das sich innerhalb dieser Bauten versteckte. Lediglich das Ticken der Uhr blieb, auch wenn ich es nur im Hintergrund vernehmen konnte. Viel lauter waren die Schritte der Soldaten.

Irgendwann blieben wir vor einer Glasmauer stehen. Ich erkannte meine eigene Reflexion in der Scheibe, auch wenn das, was dahinterlag, von einem undurchdringlichen Nebel versteckt wurde. Meine Schminke war verschmiert. Sie lief in dunklen Flüssen meine Wange hinunter.

Ich sah erbärmlich aus. Mit meinen angsterfüllten Augen und Händen, die hinter dem Rücken verbunden waren. Und dann erkannte ich noch die langen Kratzer von Zan Zahray, die mir die Schultern hinunterliefen.

Ich wirkte gebrochen und klein.

Ganz im Gegensatz zu Elia und Zan Zahray. Auch wenn sie in Ketten lagen, hatten sie noch immer etwas Königliches, etwas Erhabenes – etwas, das ich nicht hatte und niemals haben würde.

Was würde Vater wohl sagen? Er wäre enttäuscht von seiner

Tochter, die jämmerlich vor ihrem Schicksal erschrak. Ich war genauso enttäuscht.

Sobald die Armee aus Soldaten hinter uns stehen blieb, legte Haymish seine Hand auf die Glaswand. Es musste eine besondere Stelle sein, ein Schlüsselmechanismus, um die scheinbar undurchdringliche Wand zu passieren. Das Glas schob sich mit einem lang gezogenen Knirschen zur Seite. Mit einem festen Stoß zwang er mich in die Nebelfront, die mir die Sicht nahm. Jetzt wurde mir klar, warum ich das Schloss all die Jahre nie gesehen hatte.

Mir wurde unglaublich kalt.

Mit jedem Schritt, den wir uns weiter in diesem Nebel fortbewegten, wurde es kälter. Es erinnerte mich an die Eisnebel in Friole. Dort, wo ich meinen Vater zurücklassen musste. Unwillkürlich erinnerte ich mich an das Feuer, das wir entzündet hatten, nachdem sein Körper so kalt geworden war wie der Boden unter ihm. Das Feuer hatte die Tränen in meine Haut gebrannt, als die Männer seinen Körper in die Flammen legten. Was blieb, war seine Asche, die der Wind forttrug, bis nichts mehr von ihm zu sehen war – bis auf das Holz, die Kohle und rote Sprühfunken von Chanti, zu Ehren der Familie Rea.

»Vorsicht, Stufen!«, donnerte eine Stimme, die weiter vor uns lief. Zan Zahray stolperte und ächzte unter den alten Knochen, die sie oft in die Knie zwangen. Der Weg durch das ewige Ödland, die Hitze der Wüste und ihre sandigen Wege hatten ihr schwer zugesetzt. Ihre Beine waren noch immer blau angelaufen und schrumpelige Krampfadern zogen sich bis zu ihren Oberschenkeln.

Mich schmerzte ihr wehleidiger Anblick, als die Soldaten lachend an ihren Tüchern zogen und sie die Treppe hinaufscheuchten. So behandelten wir nicht mal unsere Tiere.

Normalerweise konnte ich gut reden. Ich hatte die lose Zunge von meinem Vater. Er war stets ein Wortkünstler gewesen. Er wusste immer, was zu sagen war. Aber in diesem Augenblick fehlten mir die Worte.

Also sah ich stumm bebend zu, wie der Nebel sich so langsam auflöste und sich ein riesiges Tor vor uns aufbaute. Es musste der Eingang zum Schloss sein. Das Tor war über und über mit Zahnrädern versehen, die sich wie durch Zauberhand bewegten, als wir vor ihm stehen blieben. Das Geräusch war ohrenbetäubend.

Hinter dem Tor lag nichts als dampfende Dunkelheit.

Sobald wir die Schwelle passiert hatten, schloss es sich mit einem lauten Ächzen wieder.

Haymish packte mich fest an der Schulter und schubste mich ins Nichts. Ich roch ihn. Er hatte einen scharfen Duft, der mich an Johanneskraut erinnerte, das Zan Zahray in die Flammen warf, wenn es in der Nacht kalt wurde.

»Nimm sie schon mal mit«, sagte er, als mich andere, kleinere Hände auffingen. Ich konnte in der Dunkelheit nicht sehen, zu wem sie gehörten. Sie fühlten sich weicher an, stellten mehr Fragen.

»Unser König soll sie nicht so sehen. Die anderen kommen in den Kerker!«, raunte er über seine Schulter. Zwei Soldaten zerrten Elia und Zan Zahray grob mit sich mit.

»Nein!«, schrie ich, als mich die kleinen Hände ohne Körper am Arm zogen, wenn ihre Berührungen auch vorsichtig waren. Ich konnte die beiden nicht allein lassen. Nicht *hier*.

»Wenn du dich weiterhin wehrst, werden wir ihnen jetzt und hier die Zungen rausschneiden. Hast du verstanden? Wir sehen uns gleich wieder …«

Er gab mir einen Schubs. Ich weinte stumm in mich hinein, als ich blind durch die Dunkelheit tappte, bis ich am Ende des Ganges eine Kerze brennen sah. Vor mir lief eine zierliche Frau. Das Licht der Kerze legte einen Schein um ihre Konturen. Ihre Formen erinnerten mich an Amas Kunstwerke. Rote und gelbe Linien. Feine Stoffe, die sich um die kleine Gestalt legten. Sie drehte sich nicht zu mir um, als sie in den nächsten Gang bog und mich hinterherzog. Sie sah nicht einmal zurück, als ein erstickter Laut meine Kehle hinaufkroch.

Im nächsten Gang brannten mehr Fackeln. Sie erhellten Porträts von Ahnen der Königsfamilie an den Wänden, die sich so weit nach oben streckten, dass ich die Decke nicht sehen konnte. Hätte ich meine Worte wiedergefunden, wäre meine Stimme in einem endlosen Echo von ihnen widergehallt.

An den hohen Wänden hingen lange Wandteppiche. Sie sahen aus wie Flüsse aus Blut, die sich auf den spiegelnden Boden ergossen. Kurz bevor wir in den nächsten Gang bogen, blickte ich in die Augen eines Mannes, der aus einem goldenen Rahmen zu mir herabsah. Seine hellen Augen waren in dem flackernden Licht kaum zu erkennen und doch lag eine Traurigkeit in ihnen, die ich zu spüren glaubte. Sein dunkles Haar lag zusammengebunden in seinem Nacken. Die Lippen waren zu einer Linie verzogen, und auf seinem Schoß lag die Kupferstadt wie ein Goldball, den er mit den Händen festhielt. Wallende Tücher, die Schatten warfen, umgaben seinen Rumpf, bedeckten seine Beine.

Doch was mir zuletzt ins Auge stieß, ließ mich augenblicklich schaudern. Die Krone, die er trug, bestand aus massivem Gold. Sie thronte auf seinem Haupt wie ein lauerndes Raubtier, das mich anspringen würde.

Sie strahlte alles aus, was ich nicht besaß: Reichtum, Macht, kalte Schönheit.

Unter diesen Augen fühlte ich mich klein und verwundbar.

Eine leise Stimme in meinem Innern erinnerte mich daran, wer ich war.

Ich bin Sofija Rea Linn. Die Erbin meines Volkes. Die Erbin des Windes, der bunten Tücher, der Kunst. Ich war die letzte meiner Vorfahren. Die, welche die Traditionen weitertragen sollte, so wie der Wind die Stimmen der Geister lebendig hielt.

Doch König Lucius überstrahlte alles, was ich war. Selbst, wenn es sich dabei nur um sein Bildnis handelte. Er hatte diesen versteinernden Blick, der mich einfing, unter dem sich meine Nackenhaare aufstellten.

Seine Augen signalisierten mir, dass mein Volk verloren hatte, dass er keine Gnade walten ließ.

Die Frau zog etwas stärker an meiner Hand und holte mich somit zurück in die Realität.

Kurz darauf blieben wir vor einer goldenen Tür stehen. Sie wirkte so edel. So wertvoll. Meine Begleiterin nickte mir zu und legte eine Hand an die Klinge. Mir stockte der Atem bei dem Gedanken, dass dahinter ein Verließ auf mich warten würde. Eine Folterkammer. Ein Raum, in dem man mir wehtun würde.

»Nein«, sträubte ich mich und riss mich von ihr los. Ihr Blick war mahnend und ich wagte es nicht, mich noch einmal zu bewegen.

»Ich will da nicht rein … Was … was verbirgt sich dahinter?« Sie setzte eine undurchdringliche Maske auf. Ohne auf meine Frage einzugehen, öffnete sie die Tür zu meiner Zelle.

Mein Herz stockte, als ich mit zusammengepressten Lippen meiner Strafe entgegentrat.

15

Sofija

Er lehnte an einem prächtigen Bettgestell und sah mich an, als würde er mich allein mit seinen Augen verschlingen können. Wie war er so schnell hierhergekommen?

Wenn *er* mich bestrafen würde, wäre er langsam und grausam.

Das wusste ich. Innerhalb dieser Sekunde wurde mir bewusst, dass ich leiden würde.

»Sofija«, sagte Haymish mit einem anzüglichen Grinsen und deutete auf das Bett hinter sich, als wäre dies eine Einladung. Meine Begleiterin schloss mit einem vernichtenden Knall die Tür hinter uns. Es fühlte sich an wie die Bestätigung meiner pausenlos kreisenden Gedanken um die Frage: *Würde er …?*

Ich zuckte zusammen und begann, am ganzen Körper zu beben, während mir nasskalter Schweiß den Rücken hinabwanderte.

»Leiste mir doch ein wenig Gesellschaft, bevor wir dich dem König vorstellen. Was meinst du? Wir würden uns sicherlich gut verstehen.«

Meine Begleiterin zischte als Antwort für mich und zog mich weiter in den Raum.

Ignorier ihn, las ich in ihren hellen Augen und folgte ihr auf weichen Knien zu einer Kommode, auf der Handtücher und gefaltete Kleidung lagen.

»Nicht so aufmüpfig, meine Damen. Ich möchte auch nicht

lange stören, wobei das sicher interessant werden könnte. Ich hätte nichts dagegen, euch bei eurem Bad ein wenig zuzuschauen«, sagte er, ging auf uns zu und strich langsam mit seinen Fingern über eines der Handtücher. Dabei ließen mich seine Augen nicht los. Ihm schien es zu gefallen, dass er mich mundtot machte, und ich ärgerte mich, dass ich mich nicht wehren konnte. Dass ich ihn nur wie erstarrt ansah und darauf wartete, bis er mir endlich meine Strafe erteilte.

»Jedenfalls«, fuhr er mit Überheblichkeit fort, »habe ich einige Anweisungen zu verkünden, bevor du den heutigen Ball eröffnest.«

»Ich soll einen Ball eröffnen?« Meine Stimme hörte sich an, als wäre sie meilenweit entfernt. Ich hatte mit allem gerechnet, nur nicht damit. So hörte sich meine Strafe beinahe lieblich an. Ich würde tanzen und könnte danach zu meiner Familie zurück. Ich schöpfte neue Hoffnung, die binnen weniger Sekunden zerbrach, als Haymisch weitersprach.

»Nicht *irgendeinen* Ball.« Seine Hände wanderten von den Handtüchern zu dem Bündel daneben. Von hier konnte ich sehen, dass es Unterwäsche war. Er schien sie allein durch seine Berührungen zu verschmutzen und ich hoffte inständig, dass seine dreckigen Finger mich nie wieder anfassen würden.

Instinktiv wich ich zurück und stieß gegen meine Begleiterin, die sich vor mich drängte und die Arme vor der Brust verschränkte. Sie schien keine Angst vor ihm zu haben. Ich beneidete sie dafür.

»Niedlich, wie du dich vor dieses Weib stellst, obwohl es dir nicht zusteht, dich in meine Angelegenheiten einzumischen. Immerhin sprichst du hier mit einem Ranghöheren. Wobei das ein wenig taktlos von mir war … ich vergesse so oft, dass du ja nicht mal sprechen kannst.« Haymish stieß einen belustigten Laut aus, nahm einen Apfel aus einer Obstschale und ging zu einem runden Spiegel, vor dem ein Tisch stand.

Er begutachtete seine stachelartige Frisur und strich über die vielen Abzeichen auf seiner Brust, als wolle er damit noch einmal seine Position als Ranghöherer unterstreichen. Ich schielte zu meiner Begleiterin, die ihre Hände zu Fäusten geballt hatte. Es sah aus, als würde sie ihm im nächsten Moment einen Schlag verpassen. Wie ich mir wünschte, dass sie es einfach tun würde.

»Du kannst froh sein, dass König Lucius so gnädig ist, dass er mich zu dir geschickt hat, Sofija. Die anderen Soldaten sind nicht so freundlich wie ich. Ich meine ja nur, dass du mir gegenüber vielleicht ein wenig dankbarer sein könntest. Du würdest es bestimmt nicht bereuen.«

»Ich habe kein Interesse daran, in irgendeiner Weise dankbar oder freundlich zu jemandem zu sein, solange man mir nicht sagt, warum ich hier bin. Weil ich tanzen soll?«

Haymisch schob gelangweilt den Kiefer nach vorn und richtete weiterhin sein Haar.

»Du weißt wirklich nicht, warum du hier bist? Ich meine mich zu erinnern, es dir bereits gesagt zu haben. Wobei ich es auch vergessen haben könnte. Ich hatte alle Hände voll zu tun, dreckige Steandler zu beseitigen. Das tut mir leid. Normalerweise erfülle ich meine Pflichten immer sehr pfleglich.« Er provozierte mich bewusst, aber ich ließ seine Worte nicht an mich heran, obwohl sich die Bilder wie von selbst vor mein inneres Auge schoben: Blut auf der roten Brücke. Ein gebrochener Elia und Zan Zahray, in Ketten gelegt.

Warum nur?

Mein Herz raste, als könnte es in jedem Moment aus meiner Brust springen.

»Du eröffnest den Ball zu König Lucius' Geburtstag. Du wirst für ihn tanzen, ganz richtig. Aber nicht nur heute. Du wirst für ihn tanzen, solange es ihm beliebt, auch wenn es bis in alle Ewigkeit sein wird.«

Ich begegnete seinem Blick im Spiegel und sah mich selbst darin erstarren. Ich wiederholte seine Worte in Gedanken und versuchte, ihren Sinn zu verstehen. Ungläubig schüttelte ich den Kopf.

»Das kann nicht sein«, flüsterte ich und sah zu meiner Begleiterin, die mich bereits gespannt musterte. Haymish nickte und kam wieder schnellen Schrittes auf mich zu, dass ich ihn nahezu riechen konnte.

Zu nah, rief es in mir und ich wich abermals zurück, bis ich gegen die Kommode stieß.

»Du wirst tanzen, ob du willst oder nicht.«

»Und was ist, wenn ich nicht will?« Ich biss mir auf die Lippen, weil ich wieder gesprochen hatte, ohne nachzudenken. Zu spät. Haymish packte mich und zog mich so eng an sich, dass ich seinen Atem auf meinen Wangen spürte. Ich presste meine Hände gegen seine Brust, aber konnte ihn nicht wegschieben. Er war zu stark.

»Du wirst tanzen!«, polterte er. »Wenn du es nicht tust, wird dein Volk bestraft. Ganz besonders die Alte und der Messerwerfer. Ganz besonders die. Denk immer daran, Sofija. Ich werde sie quälen. Glaube mir. Ich werde sie so lange quälen, bis sie mich anflehen, ihnen ein Ende zu bereiten.« Er ließ erst von mir ab, als meine Begleiterin ihn zischend wegdrängte. Dabei verlor er nicht ein einziges Mal dieses abartige Grinsen, während ich innerlich zerbrach.

Ich zwang mich, nicht zu weinen, aber ich spürte, wie mir meine Züge entglitten. Die zierliche Frau schob Haymish aus dem Raum. So zerbrechlich, wie sie wirkte, war dies schon fast grotesk. Er hätte sie, genauso wie mich, einfach zerquetschen können.

»Du wirst das tun, was von dir verlangt wird«, rief er, bevor sie energisch die Tür aufriss. »Sonst, glaube mir … ich werde meinen Spaß daran haben, dir wehzutun. Und bis dahin … genieß die Tage hier im Palast, meine Schöne!«

Erst als er den Raum verlassen hatte, realisierte ich langsam … Ich sollte für den König tanzen. Wenn ich es nicht tat, würde mein Volk bestraft werden. Elia bestraft werden. Zan Zahray bestraft werden … Was hatte ich also für eine andere Wahl? Ich wusste, dass ich sie retten konnte, retten musste – und wenn ich tanzen müsste, bis meine Füße bluteten!

Kurz darauf kam die Frau zu mir und nahm zögerlich meine verbundenen Hände in ihre. Mit einem mahnenden Blick hob sie einen kleinen Schlüssel, mit dem sie die Handschellen öffnete. Ich wusste dennoch, dass dies vielmehr eine freundliche Geste war, als dass sie mich damit freiließ. Ich wäre so lange nicht frei, bis ich wusste, dass es meiner Familie gut ging.

Ihre Blicke wanderten über meine nackte Haut, als würde sie auf ihr meine Geheimnisse suchen wollen. Ich glühte vor Wut und Scham, doch sie schien es nicht zu merken – oder nicht zu stören. Sie schien dies öfter zu machen, so routiniert, wie sie mir die Kleider abstreifte, als wäre ich eine Puppe.

Sie legte mich in eine silberne Wanne und schrubbte mich mit einer harten Bürste ab. Als könnte man einer Steandlerin ihre Farben abwaschen! Ich hatte noch nie in warmem Wasser gebadet. Es fühlte sich komisch an. Die Hitze, der Schaum und der rosige Duft, den ich nur von Blumenwiesen kannte, brannten sich in meine Haut, bis nichts mehr von ihr übrig blieb. Sie schmierte mich mit Ölen und Düften ein, die in meiner Nase stachen, meine Augen verätzten. Dabei wussten ihre Finger ganz genau, was sie taten. Mit diesen schnellen Fingern hätte sie sicherlich gutes Diebesgut einheimsen können.

Ich fragte mich, wer sie war. Was hinter ihren glatten Zügen, den eisblauen Augen, den hohen Wangenknochen und den dünnen Lippen steckte. Warum sie nicht sprach … und ob Haymish recht gehabt hatte, dass sie es gar nicht konnte. Ob sie ihre

Zunge verloren hatte? Ob auch sie von ihrem König bestraft worden war?

Ihre Blicke waren dafür umso intensiver. Beinahe lauter als jedes einzelne der Worte von Haymish, die noch lange in meinem Inneren nachbebten.

Ich soll für den König tanzen.

Wenn ich es nicht tue, geschieht meiner Familie etwas Schreckliches.

Ich sprach die Worte in meinem Kopf so lange aus, bis sie neben meinen anderen Gedanken herliefen.

Wie ein Echo, dachte ich. Ein Echo, das niemals aufhören würde. Nachdem sie fertig war, hüllte sie mich in die Handtücher, die Haymish zuvor berührt hatte. Prompt fühlte ich mich dreckig und wünschte mir, ich könnte mich so lange waschen, bis nichts mehr von seiner Aura an mir haften würde. Sie bemerkte mein Unwohlsein und kümmerte sich um neue Unterwäsche, die ich glücklicherweise selbst anziehen durfte.

Die nassen Strähnen hingen mir noch in der Stirn, als mich die Frau in ein Korsett zwängte. Ein Gefängnis, das sie immer enger zog. Schnur um Schnur. Jede mit einem heftigen Ruck, der mir die Luft zum Atmen raubte.

»Was soll das?«, keuchte ich und ballte die Hände zu Fäusten.

Ich trug ein weißes Kleid, das um die Taille mit einem goldenen Band versehen war. Der Rock schmiegte sich wallend um meine Beine.

Wenn ich mich drehen würde, würde er aufblühen. Sie strich eine Falte am Rock glatt, zupfte hier und da, dann zog sie mich auf den Stuhl, vor dem Spiegel mit dem Tisch.

Der Tisch war überhäuft mit Flaschen, Kristallgläsern und Vasen. Unter dem Druck des Korsetts fiel es mir besonders schwer, sitzen zu bleiben, ohne dass meine Rippen sich in meine Lunge bohrten.

»Wann bin ich fertig?«, flüsterte ich, doch erwartete keine Antwort, als sie ihre Finger plötzlich auf die dünnen Lippen legte.

Sei still.

Ich verstand, auch ohne ein Wort von ihr zu hören, und schluckte missmutig meinen Kummer herunter, der mir die Kehle zuzuschnüren drohte.

Was war mit Elia? Wie ging es Zan Zahray? Würde Haymish seine Drohung wahr machen, wenn ich nicht so funktionierte, wie er es wollte?

Sie bürstete mein Haar und steckte es mit gezielten Griffen an meinem Hinterkopf fest. Ich trug meine Haare meistens offen oder in einem geflochtenen Zopf, der mir über die Brust fiel. Heute war es zu einem Knoten im Nacken hochgesteckt. Ich beobachtete ihre Griffe im Spiegel und staunte über ihr Geschick.

Sie puderte meinen Hals, bedeckte die langen Kratzer, die Zan Zahrays Nägel auf meiner Haut hinterlassen hatten. Sie wirkten beinahe wie ein Kunstwerk, legten sich wie nackte Äste über meine Schultern, um mich zu beschützen. Das Glitzerpulver ließ sie funkeln wie das Nest einer Elster. Ich zwang mich, die Tränen zu ignorieren, die hinter meinen Lidern brannten.

Als sie fertig war, flatterten ihre Finger meinen Arm entlang, bis sie meine Handgelenke fand. Mit einem bestimmten Druck ihrer Finger geleitete sie mich zur Tür.

Komm.

»Müssen wir schon los?« Sie antwortete nicht.

Es war, als würde ich neben mir stehen. Ich konnte mir von außen zusehen, wie ich in einem Prinzessinnenkleid durch den Saal schritt und in den dunklen Flur hinaustrat. Dort empfingen uns Wachmänner mit versteinerten Gesichtern, die halb von silbernen Masken verdeckt waren. Sie sahen aus wie gewölbte Spiegel. Ich konnte meine traurigen Augen in ihnen sehen.

Geh, sagten mir die Hände der Namenlosen, als sie mich einem der Wachen übergab, der seine behandschuhte Hand nach mir ausstreckte. Ängstlich suchte ich ihre Augen, die mir eisig hinterhersahen. Sie waren starr, beinahe leblos.

Pass auf, was du tust.

Alles, was ich tat, würden *sie* zu spüren bekommen. Alle, die ich von Herzen liebte.

Die Hand des Wachmannes fühlte sich an wie eine weitere Fessel, der ich unmöglich entwischen konnte. Unsere Schritte hallten in einem langen Echo durch den Flur.

Hier irgendwo mussten Elia und Zan Zahray sein.

Hier irgendwo, eingesperrt in einem Gefängnis aus Silber, Gold und Kupfer.

Alles, was ich tat, würden sie zu spüren bekommen.

Und ich erinnerte mich, wie Haymish sich danach sehnte. Ich würde ihm keine Chance geben, schwor ich mir. Die Last auf meinen Schultern hätte nicht größer sein können.

16

Sofija

Der schwarz-weiß gekachelte Saal erstrahlte in einem goldenen Licht. Kerzenleuchter prangten an den hellen Wänden, an denen sich rote Wandteppiche hinabschlängelten. Mein Blick fand kaum Rast. Überall war etwas zu sehen.

Schmuckverzierte Säulen. Steinerne Rosenranken, die sich bis weit oben an die Decke zogen und auf einen riesigen Kronleuchter zuwanden, dessen Umfang größer sein musste als Zan Zahrays Zelt auf dem Marktplatz. Umgeben von einem Torbogen am Ende des Raumes erblickte ich die Thronlandschaft der Königsfamilie, auf der ein Mann saß. Meine Knie wurden weich, als ich ihn von meinem Versteck aus beobachtete.

Seine Haut war so strahlend hell wie das Licht des Kronleuchters. Das schwarze Haar war mit einem eleganten Kammzug nach hinten gestrichen und im Nacken zusammengebunden. Und sein schwarzes Kostüm, mit kleinen sternartigen Ornamenten bedeckt, erinnerte mich an den grenzenlosen Nachthimmel über dem Ödland. In langen Tüchern floss der Stoff seinen Rumpf hinab über seine Beine, bis zum Boden, wo er sich wie ein langer Schleier ausbreitete.

Ich übersah beinahe den gigantischen Thron, auf dem er saß, da seine Schönheit alles zu überstrahlen schien. Nun wusste ich, wie er aussah. Der mächtigste Mann dieses Reiches. Er war jung und strahlend – und darüber hinaus einfach nur atemberaubend schön.

König Lucius empfing seine Gäste mit einem gütigen Nicken. Ich ertappte mich dabei, wie ich seine goldene Krone berühren wollte. Wie ich ihn berühren wollte … Stattdessen hielt ich mich an den Lagen meines Rockes fest und wünschte, dass der Moment niemals kommen würde, in dem ich ihm gegenübertreten musste. Ich würde nicht aufhören können, ihn anzustarren. Ich würde nicht aufhören können, mich zu fragen, warum ausgerechnet ich für ihn tanzen sollte.

Es waren einige gekommen. Frauen mit weiten Reifröcken und kunstvoll hochgesteckten Frisuren fielen in ergebene Knickse, die so anmutig waren, dass ihre Röcke einen weiten Bogen um sie warfen. Und Männer in silbernen Anzügen, so kontrastreich zu ihrer dunklen Haut. Siegel schimmerten auf ihrer Brust. Sie mussten innerhalb dieser Gesellschaft hoch angesehen sein. Sie sahen allesamt festlich aus.

Jana würde Augen machen, wenn sie diese Kleider sehen würde. Ich wusste, dass die Obrigkeit der Königreiche sich mit viel Schmuck behängte. Doch dass sie derart anmutig und schön waren, ließ selbst mich staunen. Gerne hätte ich die funkelnden Ornamente betastet und den ein oder anderen Glitzerstein für mich beansprucht. Ich würde immer Zan Zahrays kleine Elster bleiben.

Ich griff an das enge Korsett und wünschte mir, dass ich unter den Schnüren nur einmal atmen könnte. Gestern noch hatte ich mir gewünscht, so auszusehen wie sie. Heute wünschte ich, mich einfach nur zu fühlen wie ich selbst.

Begleitet wurde das Begrüßungsszenario mit sanfter Musik, die den ganzen Saal erfüllte, als stünde in jeder Ecke ein Musikant, der sein Instrument anstimmte. Ich hielt mich hinter dem

Vorhang oberhalb der Treppe auf, die in der Mitte in den Raum ragte.

Ich zog den Vorhang zurück und versuchte, mein nervöses Herz langsamer schlagen zu lassen. Wie oft hatte ich schon hinter bunten Tüchern auf meinen Auftritt gewartet, ohne dass es mich interessiert hatte, was die Zuschauer von mir hielten? Ich konnte mich nicht mehr daran erinnern, wie es gewesen war, nicht auf einer Bühne zu tanzen.

Doch das hier war anders. Ich versuchte, mich zu beruhigen, und atmete kräftig ein und aus. Ich sehnte mich nach meinem Anker, nach meinem Halt. Ich hatte noch nie ohne mein Instrument tanzen müssen. Ich wusste nicht einmal, wie das gehen sollte. Im Augenwinkel sah ich die Namenlose auf mich zukommen. Sie hielt etwas Glänzendes in den Händen, was mich meine Nervosität augenblicklich vergessen ließ.

»Mein Tamburin!«, sagte ich und lief aufgeregt auf sie zu. Ich konnte ein leichtes Lächeln um ihre Lippen erkennen, was sich jedoch schnell verflüchtigte. »Ohne mein Tamburin kann ich nicht tanzen«, erklärte ich mich, und ich hörte bereits an meiner Tonhöhe, dass ich kurz davor war, hysterisch zu lachen. Sie machte eine wegwerfende Bewegung und stellte sich neben mich, als würde auch sie warten, bis sie aufgerufen werden würde.

Das letzte Pärchen stellte sich hinter dem Vorhang auf und warf forschende Blicke in unsere Richtung. Dann hallte eine glockenklare Stimme durch den Raum, der sie als Fürst Grommant und seine Gattin, Fürstin Eliane, vorstellte.

Als Nächstes war ich an der Reihe. Die Namenlose packte mich mit ihren kleinen Händen am Ellbogen und zog mich vor die Öffnung des schweren Vorhangs. Sie flatterte mit ihren Fingern über meine Arme. Fragend und vielleicht auch ein wenig mitfühlend sah sie mich an.

Bist du nervös?

»Sieht man mir das an?«

Nur ein bisschen, sagte mir ihr Lächeln, das sich wieder schnell von ihren Lippen stahl, als sie die letzten Strähnen in meiner kunstvollen Frisur festklemmte. Es blieb jedoch in dem Blau ihrer Augen hängen.

Du schaffst das.

»Ich hoffe es«, sagte ich in einem langen Atemzug und nickte mir selbst zu. Mein Tamburin lag heiß in meinen nasskalten Händen.

Die ungewohnte Musik verebbte in einer weiteren Ankündigung der glockenklaren Stimme und ließ mich erstarren. Die Stimme dehnte und verzerrte sich. Mein Herzschlag trat nun in den Vordergrund, übertonte alles andere. Die Namenlose nickte mir zu und gab mir einen leisen Schubser durch den Vorhang.

Ungeschickt stolperte ich ins Rampenlicht. Mit einem Mal waren alle Augenpaare auf mich gerichtet. Ich begegnete ihnen mit einer Nervosität, die ich so noch nie zuvor gespürt hatte, und schluckte schwer, als ich dem Teppichläufer von der Treppe bis zur Thronlandschaft folgte, wo der König bereits auf mich wartete. Mit gesenkten Lidern setzte ich mich in Bewegung und versuchte, mein immer schneller schlagendes Herz zu beruhigen. Doch mit jedem neuen Gedanken wurde mir schlechter: *Wie würde er mich ansehen? Würde ich ihm gefallen?*

Der Weg zu ihm war weitaus kürzer, als ich dachte. Ich blieb vor der Empore der Thronlandschaft stehen und sah auf den langen schwarzen Stoff seines Kostüms, ohne es zu wagen, meinen Blick zu heben. Ich hörte ein leises Lachen und anschließend einen lauten Räusperer aus einer anderen Richtung – eine Warnung, die mir die Angst in den Nacken trieb. Noch bevor man mich ermahnen konnte, fiel ich in eine ergebene Verbeugung, sodass mein

Rock den Boden küsste. Ich sah ihn dabei noch immer nicht an. Ich konnte es nicht.

»Liebe Freunde«, hörte ich eine samtweiche Stimme, die sich anhörte wie ein Xylofon. Lieblich, aber doch bestimmt. »Ich möchte euch meinen Ehrengast vorstellen.«

Dabei sah ich, wie der König eine Hand nach mir ausstreckte, die ich nur zögerlich in Augenschein nahm. Er trug mit roten Edelsteinen besetzte Ringe, die im Licht aufblitzten, als seine Handbewegung mich zu ihm zu rufen schien.

Komm, Sofija.

Wie von selbst ging ich einen Schritt nach vorne, erstarrte aber, als ein leises Raunen durch die Reihen der Höflinge ging. Ich begegnete ihren silbernen Augen, die mich bis auf die Knochen auszuziehen schienen, und fragte mich, ob ich etwas falsch gemacht hatte.

Komm, Sofija.

Ich wandte mich seiner ausgestreckten Hand zu und folgte dem Stoff seines Ärmels hinauf zu seinem Kinn. Dort sah ich, wie sich seine Lippen zu einem Lächeln verzogen. Ein Lächeln so schön, dass ich vergaß zu atmen. Seine Lippen bewegten sich beinahe hypnotisch. Wie in Zeitlupe, während er meine Namen sagte:

»Sofija.«

Ein Schlag durchfuhr meinen Körper. Das Blut rauschte mir in den Ohren und ich schnappte nach Luft. Er sprach meinen Namen so melodisch aus, dass mich das Gefühl überfiel, ich selbst hätte ihn in all den Jahren falsch gesagt.

»Sofija Rea Linn, die Erbin des fahrenden Volkes der Steandler.« Das Raunen der Adligen wurde lauter, ihr Tuscheln zu einer Hintergrundmusik neben der lieblichen Melodie, die langsam anstimmte. Eine Violine begleitet von wispernden Stimmen, die meinen Namen wiederholten.

Komm, Sofija, Sofija, Sofija … Der König wiederholte die Handbewegung noch einmal und ich ging erneut wie von selbst einen Schritt auf ihn zu. Ohne es zu wollen, hob ich meinen Blick und sah in seine Augen.

Silber. So wie die der anderen Kupferstädter auch hatten sie einen sonderbaren Glanz, so silbern wie der Mond selbst. Und doch waren sie *anders*. Sie raubten mir den Atem. Sie wanderten meine Züge entlang, als könnten sie mich bis auf den Grund erkunden. Als könnten sie mich *lesen*, so eindringlich wie die Blicke eines Steandlers.

War es Erstaunen? War es Enttäuschung? Schnell unterbrach ich die Verbindung, indem ich mein Tamburin von einer Hand in die andere wog. Ich konnte die Geschichten in seinem Gesicht nicht deuten und das machte mich verrückt. Hitze kroch meinen Hals hinauf. Aber seine Blicke blieben. Ich spürte sie, während ich unter ihnen zu schmelzen drohte. Noch nie hatte ich mich so gefühlt … so hilflos und doch so *begehrt* …

»Schön, dass ich dich nun von Nahem bewundern kann. Du musst wissen, dass mich dein Tanz beeindruckt. Ich freue mich sehr, dass du heute Abend für mich tanzen wirst. Für uns alle!«, sagte der König und öffnete feierlich seine Arme.

Ich konnte nicht anders, als ihn heimlich zu bewundern. Seine Bewegungen waren grazil und präzise, wie die einer Raubkatze. Majestätisch und so herrlich, dass ich mich nicht dagegen wehren konnte, mich ihm immer weiter zu nähern.

Musik stimmte ein und ich hob wie von selbst meine Arme. Mein Tamburin rasselte zu dem Klang einer wunderschönen Violine, die wenig später von einer Harfe begleitet wurde. Es klang himmlisch. Doch noch himmlischer war der Blick, den der König mir zuwarf. Er lehnte sich in seinem Thron zurück und legte die eleganten Hände in den Schoß. Ich sah es in seinen Augen funkeln. Und allein das brachte mich dazu, eine Drehung zu machen. Ein Staunen ging durch die Reihen, als ich mich in den nächsten Tanzschritt legte. Die Violine bestimmte das Tempo. Sie wurde schneller, während die Harfe einen langsamen Dreivierteltakt anstimmte.

Mein Tamburin passte sich der Melodie an, es klirrte wie die Münzen in meiner Rocktasche, die ich gestern gestohlen hatte, ehe mich die goldenen Augen verurteilt hatten. Prompt stolperte ich über meinen eigenen Rock zur Seite. Noch rechtzeitig konnte ich mich in eine nächste Drehung fangen, schaffte es aber nicht, die Leichtigkeit zurückzugewinnen, die ich eben noch hatte.

Was, wenn Ethan hier irgendwo ist?

Was würde er sagen, wenn er mich hier vor dem König sah? Würde er ihm erzählen, dass ich eine miese Diebin war?

Ich versuchte, die unangenehmen Gedanken abzuschütteln, und warf mein Tamburin in die Luft, um es nach einer halben Drehung wieder aufzufangen. Dabei fixierte ich wieder den König, dessen Hände nun erwartungsvoll nach meinen suchten. Ich folgte seiner Aufforderung, ließ mich von ihren tanzähnlichen Bewegungen anstecken und lief auf ihn zu. Kurz vor seinem Thron blieb ich stehen und machte im Rhythmus der Musik einen langsamen Knicks. Ich war ihm so nah, dass ich ihn hätte berühren können.

»Hör nicht auf, meine Schöne«, raunte er so leise, dass nur ich es hören konnte. Dabei griff er nach meiner Hand, die ungewohnt kalt meine umschloss. Ich erschrak vor der Sanftheit seiner Finger, die mich mit einem bestimmten Ruck an ihn zogen. Langsam führte er meine Hand zu seinem Mund und bedeckte sie mit einem sanften Kuss. Wie von selbst zog ich an seiner Hand. Ich wollte ihm zum Tanzen auffordern, wie ich es schon so oft davor mit anderen Männern getan hatte. Doch der Moment zerbrach wie eine Glasscherbe unter meiner Schuhsohle.

Ein entsetztes Zischen ging durch die Reihen der Zuschauer und die Musik hörte auf zu spielen. Angst prickelte mir im Nacken, als sich die silbernen Augen des Königs in Eisklötze verwandelten. Mein Herz schlug bis an meinen Hals. Es schien alles andere zu übertönen.

Was hatte ich getan? Ich wollte vor ihm zurückschrecken, wollte wegrennen. Aber er hielt mich fest. Seine Hand umschloss meine wie eine der Handschellen, die mir zuvor angelegt worden waren.

»Du forderst einen König zum Tanzen auf?«, fragte er barsch, aber beherrscht. Meine Kehle füllte sich mit Wüstensand, während mir bewusst wurde, dass ich einen Fehler begangen hatte. Ich hatte meine Familie in Gefahr gebracht. Wegen einer weiteren naiven Dummheit würden sie bestraft werden.

Ich zitterte, als ich zögerlich und reuevoll nickte. »Es tut mir leid, Majestät.«

»Oh, nein, meine Schöne«, sagte er sanft. »Dich trifft keine Schuld.« Abermals senkte er seine Lippen auf meine Handfläche hinab und sah mir fest in die Augen.

Meine hingegen wanderten nach unten. Ich sah auf sein langes Gewand hinab, das über seinen Rumpf auf den Boden floss. Da, wo ich Beine vermutete, erblickte ich jedoch nur weitere Stoffe, die Falten schlugen.

Der König hat keine Beine!

Ich hatte den König ohne Beine zum Tanzen aufgefordert und ihn wütend gemacht! Als er meinem Blick folgte, drückte er meine Hand so fest, dass ich vor Schmerz aufstöhnen musste.

»Eric, mein geliebter Bruder«, sagte er schließlich und strich mit dem Daumen über meinen Handrücken. Zögerlich ließen seine Augen von mir ab und flogen zu seiner rechten Seite.

Neben ihm stand ein Mann, den ich nur zu gut kannte. Er trug ein festliches Gewand. Ein schimmerndes Jackett und darunter ein helles Hemd, das sich herrlich von seinem dunklen Hautton abhob. Er sah mich mit ausdrucksloser Miene an und mit genau jenem Blick, mit dem er mich schon einmal bestraft hatte. Ich war zu erschrocken, als dass ich etwas hätte sagen können. Fassungslos sah ich zwischen dem König und dem Mann hin und her und hasste mich dafür, dass ich so dumm gewesen war. Dass ich ihn nicht erkannt hatte …

»Ich möchte, dass du mit dieser schönen Frau tanzt. Ich möchte euch dabei zusehen. Wie du weißt, sollte man einer Frau solch eine Bitte nicht verwehren.«

Er sagte nichts, nahm nur meine Hand entgegen, die vollkommen taub war.

Dabei sah ich in seine goldenen Augen und verwünschte sie im selben Moment.

Als ich mich in ihnen aufblitzen sah, wusste ich, dass er es auch tat.

17

Sofija

Die Arme des Prinzen umschlangen mich, als würde er mich zusammenhalten wollen, als würde er denken, ich könne jeden Moment zerbrechen. Ich hätte es am liebsten getan. Ich wäre am liebsten in Tausende Stücke zerbrochen.

Ich konnte ihn nicht ansehen! Zu viel Wut und Entsetzen brodelte in meiner Brust, während er mich ignorierte und so tat, als sei nichts gewesen. So, als würde er mich gar nicht kennen. Und so tanzten wir noch einige Lieder, während der König uns mit diesem sonderbaren Blick beobachtete.

Wie hatte ich nur übersehen können, dass der Hauptmann kein gewöhnlicher Kupferstädter war? Ich hätte die Zeichen erkennen und richtig deuten müssen. Anhand seiner Uhr seinen Status erahnen sollen. Und was noch viel wichtiger ist: Ich hätte nicht unaufmerksam sein dürfen! Ich hätte wissen müssen, dass etwas mit ihm nicht stimmte. Er hatte mich den ganzen Abend über beobachtet. Er hatte mich ausspioniert. Ausgerechnet der Prinz! Er hatte mich hierhergeschleppt, um mich bloßzustellen. Und er hatte gelogen. Er hatte genauso gelogen wie ich.

Abermals prickelte die Lüge auf meiner Zunge wie ein scharfes Gewürz, das sich langsam darauf ausbreitete und sie verbrannte: *Ich heiße Samantha.*

Und dann hatte ich auch noch den König selbst beleidigt.

Schlimmer hätte es mich nicht treffen können. Bei einem ungewöhnlichen Schritt stieß ich gegen die Brust des Prinzen.

Er versteifte augenblicklich und murmelte so etwas wie: »Der Mann führt«, während er mich in die nächste Bewegung drehte und sich entschied, mich weiterhin zu ignorieren. Doch ich hielt es nicht mehr aus.

Ich funkelte ihn an und wartete darauf, dass er mich ebenfalls ansah.

Vergebens.

Es war bereits der vierte Tanz, der nicht enden wollte. Meine Füße schmerzten in den engen Schuhen. Ich spürte bereits, dass die Hornhaut, die sich über die Jahre hinweg auf meinen Fußsohlen gebildet hatte, langsam und schmerzhaft aufriss. Die Tanzpaare, die uns auf der Fläche Gesellschaft leisteten, wechselten nach jedem Lied.

Einige verteilten sich an den geschmückten Wänden, tranken Wein aus kunstvollen Gläsern und unterhielten sich über die festliche Musik hinweg. Ihre Gesichter schienen zu prickeln, zu glühen. Die Stimmung bauschte sich mit jedem neuen Glas Alkohol weiter auf, Zungen lösten sich. Blicke wurden ausgetauscht und Damen tummelten sich nahe dem Thron, der von einigen Wachmännern mit Silbermasken und Gefolgsmännern flankiert wurde. Sie tauschten sich freudig untereinander aus und sahen hin und wieder zu uns herüber. Einige der Damen mit erhobenen Nasen, andere feindselig und hinter Händen tuschelnd. Sie mussten ein Auge auf den Prinzen geworfen haben – oder eben auf den neuen König, der nur zögerlich den Blick von uns abwendete und sich gelangweilt einer jungen Dame zuwandte, die sich geschickt an den Metallsoldaten vorbeigeschlängelt hatte.

Ich versuchte, einen gleichgültigen Blick aufzusetzen, doch schaffte es nicht, die Geschichten in meinem Gesicht zu verbergen. Die Angst, dass meiner Familie etwas passieren konnte, biss sich nun so in meinem Nacken fest, dass ich beinahe vergaß, mit welch unausstehlichem Mann ich gerade tanzte.

Das fünfte Lied stimmte an und ich seufzte müde, als der Prinz mir abermals zunickte und eine andere Haltung annahm.

»Meine Füße tun weh«, nörgelte ich leise. »Wann hören wir endlich auf?«

»Du verdienst mit deinen Beinen dein Geld, oder etwa nicht? Ich hätte ein bisschen mehr Durchhaltevermögen erwartet.«

Ich hatte nicht damit gerechnet, dass er mir tatsächlich antwortete. Ich sah ihn fassungslos an und suchte nach einer passenden Antwort, mit der ich ihn treffen konnte.

»*Dieses* langweilige Tanzen ermüdet mich!«

Er zuckte gleichgültig mit den Schultern und tanzte weiter, als wäre dies nichts Besonderes. Gestern noch hatte ich in seinen Armen gelegen. Mich fast an seinen Augen verbrannt, so intensiv hatten sie mich angesehen. Und heute benahm er sich wie ein Soldat auf einer Mission.

Er tanzte, wie er redete. Ohne Höhen und Tiefen. Ich presste die Lippen fest aufeinander, um ihn nicht anzuschreien. Warum hatte er mich angelogen?

»Der Mann führt«, erinnerte mich der Lügenprinz wieder und wich meinem Blick aus, als ich zu ihm hinaufsah.

Er sah anders aus als am gestrigen Abend. Mit seiner festlichen, weißen Uniform, die mit einer roten Schärpe mit zahlreichen Abzeichen und Orden versehen war, wirkte er wesentlich älter als am Abend davor.

»Starr nicht so, die Menschen gucken schon.« Ich begegnete wieder den Blicken der jungen, herausgeputzten Damen mit Hochsteckfrisuren. Aus irgendeinem Grund erinnerten sie mich allesamt an Samantha – die eingebildete Kupferstädterin, die mir unweigerlich zu verstehen gegeben hatte, was sie von mir und meinem Volk hielt. Ich reckte das Kinn etwas höher und schenkte dem Lügenprinzen ein bittersüßes Lächeln. Dieser sah verwirrt zurück.

»Ich starre, so viel ich will«, entgegnete ich und ließ mich von ihm in die nächste Figur drehen. Zu gerne hätte ich den Rhythmus benutzt, um mich darin zu wiegen. Doch die Kupferstädter schienen mit ihren Bewegungen nur auf die Melodie der Musik zu achten. Es fiel mir schwer, mich von seinen mechanischen Schritten leiten zu lassen. Der Prinz lachte abfällig.

»Du bist töricht.«

»Und du bist charmant, Prinz, aber gestern hast du mir besser gefallen.«

»Du mir auch«, gab er ungerührt zurück. Es fehlte nur noch, dass er verächtlich lachte, um mir einen weiteren Stich zu verpassen.

»Und du hattest nicht vor, mir vielleicht zu verraten, dass du kein gewöhnlicher Soldat, sondern der … der verdammte Prinz bist?!«

»Du hast nicht gefragt«, gab er zurück und zuckte mit den Schultern. Ich kochte innerlich vor Wut und wollte mich aus seiner Berührung befreien, da hielt er mich so fest, dass ich mich nicht mehr bewegen konnte.

»Jetzt hör gut zu, kleine Steandlerin.« Die Hand, die meine festhielt, wurde gleißend heiß.

»Mach meinen Bruder nicht wütend. Du würdest es bereuen. Also tu einfach, was von dir verlangt wird. Und momentan verlangt er, dass wir beide tanzen. Ich könnte mich genauso beschweren, mit dir tanzen zu müssen, wie du es tust. Aber ich mache es nicht.«

»Ich und beschweren?« Ich spürte, wie mein Gesicht vor Wut rot anlief.

»Na ja«, sagte er beschwichtigend. »Du beschwerst dich vielleicht nicht direkt, aber ich merke doch, dass du es alles andere als angenehm findest, mit mir zu tanzen. Gut, ich bin auch nicht so wirklich amüsiert. Ich hatte schon weitaus bessere Gesellschaft. Aber beschwere ich mich? Nein.«

»Charmant«, knirschte ich mit den Zähnen und hätte ihm am liebsten eine verpasst. Seine goldenen Augen blitzten belustigt, als er merkte, wie ich mich wegen seiner Worte ereiferte.

»Du bist ein wenig rot im Gesicht. Jetzt siehst du fast schon wieder süß aus.«

»Du hast gelogen!«, platzte es aus mir heraus. Damit hatte er nicht gerechnet. Seine beherrschten Züge fielen für einen Moment zusammen.

»Du musst dich besser erklären, Steandlerin. Sonst kann ich deinen wirren Gedanken nicht ganz folgen.«

»Du hast gelogen! Du heißt gar nicht Ethan.«

»Und das stört dich?«, fragte er gelangweilt. »Ich meine, ich lüge ständig. Und du hast es ja auch getan«, sagte er. Letzteres sogar etwas beleidigt. Dabei entging mir nicht, wie ein Schatten über sein Gesicht rannte.

»Dich scheint es genauso zu stören wie mich«, konterte ich und schlang mich aus seiner Berührung.

»Nun«, sagte er und reichte mir seine Hand, die ich einfach nur anstarrte. »Ich mag es nicht sonderlich, angelogen zu werden, aber von einer Steandlerin habe ich eigentlich nichts anderes erwartet.«

»Und du denkst, dass das höflich ist, was du eben gesagt hast?«

»Das behaupte ich nicht, aber um ehrlich zu sein, ist mir das auch absolut egal. Du solltest nur nicht zu lange mit mir diskutieren. Mein Bruder ist ungehalten, wenn man seinen Wünschen nicht nachkommt, also tanze lieber. Ich meine es ernst. Noch einmal werde ich dich nicht warnen.«

Ein Kloß bildete sich in meinem Hals, als ich den Augen des Königs begegnete, der sich in seinen Thron zurückgelehnt hatte. Dabei lagen seine langen weißen Finger an seinem Kinn, als denke er über etwas Wichtiges nach. Seine Lippen bewegten sich langsam, beinahe hypnotisch, als er einem Gefolgsmann etwas zuraunte, der danach ebenfalls meinen Blick suchte. Dabei ließ der König nicht einmal von mir ab. Ich begann zu frösteln und wirbelte um den Lügenprinz herum, sodass ich mit dem Rücken zu König Lucius stand.

»Der Mann führt noch immer«, knurrte er, doch ich hörte gar nicht mehr zu. In meinen Ohren begann es zu rauschen, als mir bewusst wurde, was ich getan hatte. Ich hatte den König ohne Beine beleidigt, indem ich ihn zum Tanzen aufgefordert hatte. Und ich wusste noch nicht, was das für Auswirkungen haben würde.

»Du hättest mich warnen können! Ich wusste nicht, dass …«

»Dass was?«

»Dass …«

»Dass mein Bruder von Geburt an keine Beine besitzt? Nun, als wohlerzogene Dame hättest du wissen müssen, dass der König einem zum Tanzen auffordert und nicht andersrum. So läuft das hier nicht!«

»Ich bin also schlecht erzogen?« Meine Stimme überschlug sich und ich stellte mich mit dem Absatz fest auf den Schuh des Prinzen. Er verzog keine Miene, als sich unsere Augen begegneten, auch wenn ich wusste, dass ihm der kleine Zeh schmerzen musste. Ich spürte die Knochen unter meinen Sohlen, die langsam zu knirschen begannen.

»Du gehst jetzt besser von meinem Schuh herunter«, knurrte er mit einem aufgesetzten Grinsen, das seine Augen nicht erreichte.

»Und du hörst besser auf, mich so schrecklich zu behandeln.«

»Ich werde meinem Bruder sagen, dass er dich in den Unterricht schicken soll. Diese lose Zunge …«

»Amüsiert ihn!«, sagte der königliche Gefolgsmann, der sich uns nahezu geräuschlos genähert hatte. Erschrocken zuckte ich zusammen. Der Prinz schob energisch den Kiefer nach vorne und löste die Hände von meiner Taille, ehe er ihn widerwillig begrüßte.

»Herr Minister.«

»Prinz Eric«, sagte der Minister mit geneigtem Kopf und wandte sich schließlich an mich. Seine grau melierten Haare glänzten wie die Schuppen eines Fisches. Aalglatt. Die schlangenartigen Augen bohrten sich in mich hinein, als könnte er mich bis auf den Grund erkunden. Sie waren wie Pfeile. Ganz anders als die Spiegelaugen des Königs oder das endlos tiefe, goldene Meer des Lügenprinzen.

Unweigerlich hielt ich die Luft an. »Sei etwas netter zu dem Gast deines Bruders.«

»Ich wollte nicht …«, stammelte der Lügenprinz, wurde jedoch von der Hand des Ministers unterbrochen, die unmittelbar vor meinem Gesicht schwebte.

»Was auch immer du wolltest. Es interessiert Lucius nicht.« Ich spürte, wie sich eine friolische Kälte um uns legte. Niemals hätte ich erwartet, dass ein Gefolgsmann so mit dem Prinzen sprechen würde. Es war beinahe so, als wäre er ein Vater, der seinen Sohn rügte. Ich beobachtete das Gesichtstheater des Prinzen und schlussfolgerte, dass ihm die Worte des Ministers ebenfalls gegen den Strich gingen. Er war nur zu beherrscht, ihn nicht sofort in die Schranken zu weisen.

»Nun komm, Sofija«, sagte der Minister lieblich und hielt mir seine Hand hin. »Lucius möchte ein bisschen mit dir plaudern.«

Ängstlich verkrampfte ich und sah der Hand entgegen, die sich einladend vor meiner Brust aufbaute. Diese Hand konnte alles und nichts sein. Sie konnte mich aus den Fängen des grauenvollen und arroganten Lügenprinzen befreien oder in mein nächstes Verderben ziehen.

»Mein Fuß!«, brummte der Prinz und riss mich schmerzhaft zurück in die Realität. Seine Augen glühten vor Abneigung. Alles war besser, als mit ihm zu tanzen, beschloss ich. Alles war besser als seine zynische Zunge, die mich und meine Erziehung verurteilt hatte. Und alles war besser, als mit der Enttäuschung zurechtzukommen, die in mir aufblitzte, wenn ich in seine goldenen Augen sah. Ich schoss einen gehässigen Blick in die Richtung des Prinzen und nahm die Hand des Ministers entgegen, der zaghaft meine Finger umschloss.

»Gerne«, sagte ich und reckte das Kinn ein Stück.

Ich spürte die Augen des Prinzen auf mir, während der Minister mich zum König geleitete, der mir erwartungsvoll entgegensah. In diesem Moment wusste ich nicht, ob es eine gute Entscheidung war, den einen Bruder zu bevorzugen. Die Augen des Königs waren nämlich so unheimlich eindringlich, dass es mir schwerfiel, seinem Blick standzuhalten. Gänsehaut breitete sich auf meinem Unterarm aus. Ob er mich bestrafen würde für die Dummheit, ihn zum Tanz aufgefordert zu haben?

»Nimm unseren Eric nicht zu ernst. Er war schon immer ein störrischer Geist.« Der Minister sah mich freundlich an und tätschelte meine Hand, die auf seinem Arm lag. »Er meint das alles nicht so.«

»Da bin ich mir nicht so sicher«, entgegnete ich möglichst gleichgültig, aber schaffte es nicht, die Enttäuschung und Anspannung in meiner Stimme zu verbergen. Gestern noch hatte mir der Lügenprinz ein Gefühl von Zugehörigkeit gegeben. Jetzt schien das alles vergessen und in Luft aufgelöst.

»Lucius hingegen ist ein so viel klügerer, so viel feinfühligerer Mann«, fuhr der Minister fort und schenkte mir abermals ein aufmunterndes Lächeln, ehe er mich direkt neben dem Thron des Königs positionierte. Den Blick dabei auf den bunten Ballsaal gerichtet, der von hier oben noch hübscher und prachtvoller aussah, als sich von unten vermuten ließ. »Denk über meine Worte nach. Ich habe mir sagen lassen, dass du ein kluges Mädchen bist und dich von Dummheiten fernhältst.«

Der Minister versah mich mit einem messerscharfen Blick. Es war unmissverständlich, *wen* er mit *Dummheiten* meinte. Der Lügenprinz brachte nur Ärger. Ich biss mir so fest auf die Innenseite meiner Wange, bis sie schmerzte. Dann wandte sich der Minister ans Gehen und ließ mich mit dem mächtigsten Mann des Reiches Kupfoa allein.

Unwohlsein machte sich in mir breit, als ich die kalkweißen, mit Ringen besetzten Finger des Königs beobachtete, die langsam und geräuschlos auf die edlen Verzierungen des Thrones klopften.

Welche Urteile hatten diese Hände schon unterschrieben? Welche Macht lag tatsächlich in ihnen?

Und was würden sie mit mir machen?

Vor wenigen Momenten wäre ich ihnen gefolgt. Nun hatte ich Angst, dass ich mich verspielt hatte. Mein Schicksal sowie das meiner Familie. Ich wagte es kaum, ihn anzusehen. Die Art, wie sein Körper in dem Stoff verschwand, erinnerte mich an den immerwährenden Nebel, der diese Stadt verschluckte.

Wie sah er wohl ohne dieses Gewand aus?

»Du siehst hinreißend aus«, bemerkte er, während sein Blick über die Tanzenden flog. »Noch viel schöner als jede andere hier. Noch viel schöner, als ich hätte vermuten können.«

Ich wusste nicht, was ich antworten sollte, also lächelte ich nur schüchtern und verknotete meine Finger ineinander.

»Wie gefällt dir das Fest?« Ich hatte erwartet, dass er mich für meine Dummheit rügen würde. Dass er aber tatsächlich mit mir reden wollte, machte mich nahezu sprachlos. Ich spürte seinen erwartungsvollen Blick auf mir ruhen, entschied mich aber, lieber den Tanzenden zuzusehen, die sich neu formierten.

»Es ist …«, stammelte ich, nicht sicher, ob ich sprechen sollte, und biss mir auf die Zunge.

»Ganz nett?«, fragte er lachend.

»Atemberaubend«, gestand ich und sah ihn schließlich doch an.

Sein Gesicht schien zu glühen, als er seine Hand über den Mund legte und jungenhaft zu kichern begann.

»Was findest du daran atemberaubend?«, fragte er interessiert und wirkte dabei vielmehr wie ein einfacher junger Mann als ein Herrscher, der die Verantwortung für ein ganzes Reich trug.

»Alles«, seufzte ich, als ich mich in seinen Augen sah. »Die herrlichen Kleider, der köstliche Duft, die himmlische Musik. Ich habe so etwas noch nie miterleben dürfen, Majestät.«

»Nun«, sagte er und machte eine Handbewegung, die mich an die Anweisungen eines Dirigenten erinnerte. »Wenn man es unter diesen Aspekten betrachtet, ist es wahrlich himmlisch.«

»Und wenn man es anders betrachtet?«

»Dann ist es doch recht öde, mit Menschen seinen Ehrenball zu verbringen, die einen nicht besonders mögen und die man selbst ebenso unausstehlich findet.« Unter diesem Einwand hatte ich das Ganze noch nicht betrachtet. Ich dachte kurz über seine Worte nach.

Wir Steandler waren eine Familie. Wir liebten uns nicht immer, aber wir hielten zusammen – was auch geschah. Von den schönen Damen und mit Abzeichen behängten Männern konnte man das jedoch kaum vermuten. Von hier oben wirkten ihre Gesichter gekünstelt. Nichts an ihnen schien echt zu sein. Nicht einmal ein kleines Lächeln, das sich hinter einem Weinglas verbarg. Der König lachte und beugte sich leicht zu mir herüber.

»Siehst du die Dame dort drüben?« Er deutete auf eine alte Kupferstädterin, die ihr Haar unter einer weißen Perücke versteckt hatte. »Das ist Fürstin Edelle von Jandra. Ihre Frisur erinnert mich an eine aufgebauschte Katze. Moment.« Er stockte und sah mich erschrocken an. »Vielleicht ist es sogar die arme Filou, das dicke Ding.«

Wir prusteten im selben Moment los. Unterdessen hatte er seine Hand auf meinen Unterarm gelegt. Wie selbstverständlich fuhr er mit dem Daumen über den Saum meines Ärmels.

»Dein Lachen ist ansteckend, Sofija. Komm und erzähl mir etwas von dir. Was machst du, wenn du nicht tanzt? Gibt es Vorlieben, die du pflegst?«

»Ich habe keine weiteren Vorlieben, nur meine Familie, Majestät.« Mein Lächeln zerbrach wie Glas. Nichts davon war mehr auf meinem Gesicht zu spüren.

»Nicht mal eine winzige Kleinigkeit, die dich interessiert?«

»Die Sterne, Majestät«, sagte ich und wandte den Blick ab, um meine rot anlaufenden Wangen zu verbergen. Das Erbe meiner Mutter war stets mein stummer Begleiter gewesen. Der kleine Wagen, der vom Himmel auf mich hinabsah. Ganz so, als würde er stets ein Auge auf mich haben. Selbst jetzt waren sie mir nah, während meine Familie meilenweit weg zu sein schien.

»Die Sterne also? Warum?«

»Wollt Ihr das wirklich wissen, Majestät?« Seine neugierigen Augen strahlten mir zu.

»Oh ja, ich bitte darum!« Also seufzte ich und fuhr beschwichtigend über die glitzernden Ornamente an der Korsage meines Kleides. Jana hatte recht. Die feinen Berührungen einer beständigen Naht hatten eine beruhigende Wirkung.

»Selbst an dunkelsten Tagen lassen sie einen niemals allein. Sie sind immer da, auch wenn man sie nicht sieht.« Der König stutzte kurz. Dann umgriff er mit sanften Fingern mein Handgelenk und brachte mich dazu, ihn abermals anzusehen. Er war so unheimlich schön, dass ich Angst bekam.

»Dann möchte ich dir gerne etwas zeigen. Bruder?« Ich erschrak vor dem Gesicht des Lügenprinzen, das auf der anderen Seite des Thrones auftauchte.

Wie lange hatte er da schon gestanden?

Missbilligend sah er zu mir herüber, als der König seine Lippen zu einem hinreißenden Lächeln verzog.

»Ich möchte einen Moment mit dieser schönen Dame allein sein. Solange hältst du hier die Stellung. Vor Glockenklang werden wir wieder da sein.«

»Aber …«, protestierte der Lügenprinz. »Was ist mit deinen Gästen, die zu Ehren deiner Geburt gekommen sind, Bruder?«

»Was soll schon sein? Ich bin der König.« Er lachte. »Wenn ich sage, dass sie tanzen sollen, hören sie auch erst wieder auf, wenn ich es befehle.« Mein Herz schlug bis zum Hals, als der Lügenprinz grimmig nickte und mit einer Handbewegung die Wachmänner mit den Silbermasken zu sich winkte.

»Wie du wünschst«, brummte er. Dabei hätte ich schwören können, dass er mich am liebsten in Stücke gerissen hätte.

18

Sofija

Die Wachen mit den Silbermasken schirmten den König mit ihren stählernen Körpern ab und geleiteten ihn zu einem silbergrauen Vorhang, der sich unmittelbar hinter der Thronlandschaft aufbaute. Von Weitem hätte man vermuten können, dass es sich um eine riesige Wand handelte. Jetzt erkannte ich, dass sich hinter dem Torbogen ein Gang befand, der durch die Stoffe verborgen blieb.

Vermutlich, um bei besonderen Anlässen nicht den offiziellen Eingang nutzen zu müssen oder um nicht gesehen zu werden.

Unser Verschwinden blieb dennoch nicht unbeobachtet. Die Blicke der Hofgesellschaft verfolgten mich, als ich zusah, wie der König eine stille Geste machte und sein Thron sich in Bewegung setzte. Es musste sich um eine Art Rollstuhl handeln. Unter den ganzen Lagen Stoff konnte ich jedoch nichts erkennen. Der Lügenprinz versuchte, den Großteil der Aufmerksamkeit aufzufangen, indem er seine Arme ausbreitete und einige Worte an das Publikum richtete, das aufgehört hatte zu tanzen. Ich fokussierte mich auf die Verzierungen des Kronleuchters, um den Thron des Königs nicht zu auffällig anzustarren. Eine dumme Idee, weil mich sein goldenes Licht an die Augen des Prinzen erinnerten, der einen letzten, abweisenden Blick zu mir sandte, bevor er eine Dame zu sich winkte und sie zum Tanzen aufforderte.

Warum hasste er mich nur so? Was hatte ich dem Prinzen nur getan?

»Sofija«, erinnerte mich der König und griff meine Hand, als er nahezu lautlos an mir vorbeizuschweben schien. »Komm, Liebste.« Und ich gehorchte, als würde jemand an unsichtbaren Fäden an meinen Gelenken ziehen.

Sie ist unglaublich hübsch, dachte ich. Im Augenwinkel sah ich, wie ihre Hände sich ineinanderschmiegten. Braune Haut auf weißem Handschuh. Ein anmutiger Knicks, eine grazile Drehung. Viel eleganter, als ich jemals sein könnte.

Ich verschloss mein Herz, ehe mich tausend Fragen erschlagen konnten.

Hinter dem Vorhang befand sich ein länglicher Flur, der nur von blassem Kerzenlicht erhellt wurde. Ein Geheimgang, durch den Verzicht auf jegliche Schmuckelemente an den Wänden im Vergleich zum Rest des Palastes beinahe unsichtbar. Die Schritte der Wachen hallten auf dem polierten Boden, während der König keinen Laut von sich gab.

Ich lief neben ihm wie ein angeleintes Tier. Eingeschüchtert und mit heißen Wangen, die meine Gefühle verrieten. Mein pochendes Herz schien lauter als die Schritte der Wachen. Ich wollte meinen Tränen freien Lauf lassen, doch der letzte Rest meines Willens wehrte sich mit aller Kraft dagegen. Eine Steandlerin weinte nicht. Nicht, wenn es die Wahrheit über ihre Seele offenbaren konnte.

»Du hast hinreißend getanzt«, sagte der König nach einer Weile. »Ich musste gerade darüber nachdenken, wie herrlich dieser Anblick war.« Ich spürte seinen Blick auf meinen Beinen und verkrampfte unweigerlich. »Versteh mich nicht falsch, Liebste. Gerne hätte ich dir selbst einen Tanz geschenkt.«

»Entschuldigt, Majestät. Ich wusste nicht …«

»Woher solltest du auch wissen, dass der König ein Krüppel ist?«, schnitt er mir das Wort ab. Er lachte leise und strich beiläufig mit dem Daumen über meinen Handrücken. Erschrocken sah ich auf ihn hinab und suchte nach einer List in seinen Worten. Keiner hatte es verdient, so genannt zu werden. Nicht einmal dein größter Feind, hatte Vater immer gesagt. Nachdem Elia seinen Finger verloren hatte, waren die Kinder aus unserem Volk grausam zu ihm gewesen.

Vor allem Sams, der wegen seiner roten Haare oft von Elia geärgert wurde, hatte den Ausdruck schnell bei den Älteren aufgeschnappt und Elia bei jeder Gelegenheit entgegengeschmettert.

Plötzlich schoss es mir heiß in den Kopf.

Ob die Strafen in Kupferstadt wohl so hart ausfielen, weil der Thronfolger selbst gebrandmarkt war?

»Nun schau nicht wie ein angeschossenes Reh. Ich habe mich mit meinem Schicksal abgefunden.«

Ich aber nicht.

Musik drang gedämpft an mich heran, während wir in den nächsten Gang bogen und vor einer großen vergoldeten Tür stehen blieben.

Ich versuchte, mich ganz auf meine Atmung zu konzentrieren, um der Angst in meiner Brust keinen Raum zu geben.

Der kleine runde Saal, der sich hinter der Tür offenbarte, war durch Vorhänge verdunkelt, die die bodenlangen Fenster verdeckten. Ich spürte einen lauwarmen Windzug und einen vertrauten Duft, der meine Nackenhärchen aufstellen ließ. Es roch nach Freiheit! Nach draußen. Nach dem Wind, der nach mir zu rufen schien.

Der König nickte zufrieden.

»Nun geht. Ich möchte mit meinem Gast allein sein.«

Ganz allein? Ich sah Hilfe suchend zu den Männern mit den Silbermasken, doch zuckte zusammen, als sie die Tür in einem vernichtenden Knall in den Rahmen schlugen. Nun war ich mit ihm allein. Mit dem mächtigsten Mann dieses Reiches. König Lucius.

Der Mann, der mich vor dem Schlafengehen wach gehalten hatte, stets mit den Fragen, wer er war und was er fühlte.

Nun wusste ich es.

Er war bildschön. Hatte silbergraue Augen. Ausgeprägte Wangenknochen, die auf sonderbare Weise metallisch funkelten, als wäre er eine Statue. Er war mysteriös, stand vor mir wie ein Rätsel, das gelöst werden wollte. Und er musterte mich von Kopf bis Fuß.

König Lucius erinnerte mich an jemanden. An eine Figur, die ich schon einige Male betrachten konnte. Und da fiel es mir wie Schuppen von den Augen. Mit einer Handbewegung seinerseits schoben sich die Vorhänge beiseite und offenbarten eine sternenklare Nacht über uns und einen atemberaubenden Ausblick auf die Stadt unter uns. Wir befanden uns auf dem Turm, der sonst von undurchdringlichem Nebel umgeben war. Ich erkannte den prächtigen Balkon wieder. Der lauwarme Wind kribbelte mir im Nacken, als ich einige Schritte auf das Geländer zumachte. Unten konnte man den Marktplatz sehen, der noch immer im Glanz der Steandler erstrahlte. Menschen liefen zwischen den geschlossenen Ständen umher und sahen zur leeren Bühne hinauf, die heute niemand mehr betreten würde. Mein Herz zog sich zusammen, als die Farben meines Volkes nach mir riefen. Sofija Rea Linn. Die letzte Erbin.

Der König lächelte mich an, während ich mit den Tränen zu kämpfen hatte. Ich versuchte, die Geschichten in seinem Gesicht zu lesen, aber seine Konturen wirkten glatt und poliert. Leblos, genau wie er in seinem Thron saß. Ich fragte mich, ob ich ihn wohl jemals lesen können würde.

»Es ist schön, nicht wahr?«

»König Lucius …«

»Ja, Liebste?«

Meine zitternde Stimme hallte mehrfach zu mir zurück, als befänden wir uns in den Bergen Smaraktas. Ich *musste* es einfach wissen. Es musste einen Grund für all das geben.

»Warum habt Ihr mich hierhergeholt?«

Der König lächelte noch immer. Er hob seine Hand, bevor er leise flüsterte: »Nicht bewegen.«

Als er sie langsam nach unten senkte, schien der Boden unter uns zu vibrieren. Ich verlor das Gleichgewicht, suchte panisch nach etwas, an dem ich mich festhalten konnte. Da nahm er meine Hände und umschloss sie mit seinen. Die Stelle, auf der wir standen, begann sich zu drehen. Der Boden unter unseren Füßen schraubte sich immer höher, der Decke entgegen, die sich im selben Moment zu bewegen schien wie die Hand des Königs. Die gläserne Kuppel über uns sah aus wie ein riesiges Auge, das sich langsam öffnete.

Ich hörte das Knirschen von Metall. Zahnräder, die ineinandergriffen wie in einem Uhrwerk. Wie die Uhr, die auf den Marktplatz hinabsah – die Uhr, unter der ich so gerne tanzte.

»Sieh hin!«, jauchzte der König, als ich mich aus seinem Griff löste, die Arme um meine Mitte schlang und zusah, wie der endlose Sternenhimmel immer näher kam.

Das hier war keine Vorstellung wie jene, die Chanti und Cristo in langen Nächten austüftelten. Das war keine Illusion. Der König war ein *Selter*! Ein Magier, der allein mit der Kraft seiner Gedanken Dinge vollbringen konnte, die die Vorstellungskraft eines normalen Menschen überschritten. *Diese Hände!* Unwillkürlich zuckte ich vor seinen Berührungen zurück. *Komm, Sofija*, hatten sie mich gerufen. Und ich war ihnen willenlos gefolgt.

Ich hatte von dieser Gabe gehört. Zuletzt hatte der König von Tumbara sie besessen und mit ihr grauenvolle Dinge angerichtet.

Kein Mensch sollte so viel Macht besitzen! Die Übelkeit wurde größer.

»Sieh nach oben!«, rief er freudig. »Sieh nur nach oben, Liebste.«

Wir befanden uns auf einer Empore. Einer Art Hochebene, die uns immer tiefer in das gläserne Auge trug, während der Rest des Raumes unberührt zu uns heraufblickte.

Als die Sterne zum Greifen nahe schienen, blieben wir schließlich stehen.

Erleichtert sackte ich in die Knie und hielt mir vor Schwindel den Kopf, bevor ich mich daran erinnerte, wer sich unmittelbar neben mir befand. Ich spürte seine Hände, ehe ich in seine Augen sah. Der König berührte meine Schultern, die sich unter seinen Fingerkuppen zu Stein verwandelten. Ich rappelte mich auf und wich einen Schritt von ihm zurück.

Fasst mich nicht an. Nicht mit diesen Händen, dachte ich und wimmerte leise, als er seinen Kopf hob und zu den Sternen hinaufsah, die glitzerten wie die Goldmünzen, die ich in meinen Taschen verschwinden und mit jedem Tanzschritt klirren ließ. Ich streckte meine Hand aus, um nach ihnen zu greifen, doch zuckte zurück, als sich der König räusperte.

»Das ist mein Lieblingsplatz. Wenn ich allein sein möchte, komme ich gerne hierher. Hier findet mich niemand. Nicht einmal meine Eltern haben zu Lebzeiten mein kleines Versteck gefunden.«

»Was ist das für ein Raum?«, fragte ich erstaunt und geschockt zugleich.

»Ich nenne ihn den *Raum des Fliegens*. Früher gab es einen Mechanismus, der durch einen Hebel in Bewegung gesetzt wurde, doch der wurde seit Jahrhunderten nicht mehr benutzt. Zuletzt hat Prinz Ebelon, der Gott der Sterne, dieses Zimmer bevölkert. Nun …«, er kicherte und rollte mit den Augen, »wenn man an den Quatsch der Mythologie glauben mag. Jedenfalls soll er hier während seiner Zeit auf der Erde die Sterne beobachtet haben.«

Jedes Königreich hatte seine eigenen Götter. Ich kannte sie nicht alle, doch ich wusste, dass die Bewohner Kupfoas an Götter glaubten, die vom Himmel hinabgesandt wurden, um Aufgaben zum Wohl der Menschheit zu erfüllen. Nicht selten hatte ich den Geschichten gelauscht, die sie in den Wirtschaften erzählt hatten.

Geglaubt hatte ich nie daran. Wir Steandler verehrten die Geister der Vergangenheit. Alles, was geschehen war und Einfluss auf das nahm, was auf uns zukommen würde. Der König zuckte mit den Schultern.

»Letztendlich handelt es sich hierbei um eine Sternwarte.« Er sah mich eindringlich an.

»Du meintest, dass die Sterne dein Herz höherschlagen lassen. Meines ebenfalls, Sofija. Die Sterne sind mir stets nah gewesen. Hunderte Lichter, die über meine Träume wachten. Oder über meine Albträume.« Ein Schatten rannte über sein Gesicht und ließ mich trotz der lauwarmen Luft des ausklingenden Sommertages erzittern. König Lucius hob das Kinn und fuhr fort: »Nun denn, der Mechanismus unterhalb des Bodens bewegt sich, wenn ich mit meinen Händen ein Kommando erteile. Wie du vielleicht bemerkt hast, geschieht so einiges, wenn ich diese Hände bewege.«

Er musste in meinem Gesicht gelesen haben, dass ich seine Gabe erkannt hatte, denn er nickte, noch ehe ich etwas erwidern konnte.

»Eine herrliche Gabe, wenn einem doch das Gehen verwehrt bleibt.«

Der König strich sich über sein zartes Gesicht und wirkte nun viel mehr wie ein kleiner Junge als ein erwachsener Mann. Ehrfürchtig zitterte meine Stimme und ein kleines Lächeln schlich sich auf meine Lippen, als ich von seinem angesteckt wurde: »Das war unglaublich!«

»Du kannst noch viel Unglaublicheres erleben, Sofija. Ich würde dir die Sterne vom Himmel holen, wenn du mich lässt.« Mein Lächeln gefror augenblicklich.

Erschrocken sah ich ihn an und versteifte unter der Hand, die sich an meine Wange schmiegte.

»Du bist hier, weil ich es so wollte«, sagte er lächelnd. »Wenn du mich lässt, mache ich dich zur glücklichsten Frau dieses Planeten. Wie ich sehe, liebst du Dinge, die funkeln. Sterne. Sternbilder.«

Er fuhr über das Mal meiner Mutter – den kleinen Wagen, der sich in Sommersprossen auf meinem Gesicht abzeichnete. Unfähig, mich zu bewegen, erschauderte ich unter seiner Berührung. Sie ließ mich still und leise beben. Es fehlte nicht mehr viel, um die Fassade bröckeln und meine wahren Farben wieder aufleuchten zu lassen.

Ein Druck seiner Fingerkuppen und ich würde aufschreien, um mein Leben flehen und um meine Freiheit. In dieser Hinsicht war ich schwach, stellte ich erschrocken fest. Ich war noch immer nicht stark genug, mein eigenes Leben für das der anderen aufzugeben. So wie Zan Zahray oder Elia es tun würden, ohne zu zögern.

»Seit ich lebe, bin ich in diesem Palast gefangen. Es ist lange her, dass mich jemand zum Lächeln gebracht hat. Nicht einmal mein kleiner, naiver Bruder, der doch schnell Gefallen am Militär gefunden hat. Früher hat er mich durchs Schloss geschoben, ist vor mir durch die Gänge gerannt. Heute ist er ein Hauptmann. Die Zeit vergeht zu schnell.« Er seufzte und nahm meine Hand.

»Als Thronerbe lebt man einsam, Sofija. Vor allem als Thronerbe, der an einen Stuhl gekettet ist.« Mit einer bestimmten Bewegung seiner Hand ließ er seinen Thron nach oben schweben, bis wir uns auf Augenhöhe begegneten.

Es war, als stünde er vor mir. Ein großer, einschüchtender Mann mit einer Krone auf dem wohlfrisierten Haupt.

»Und dann habe ich dich gesehen.« Seine Augen funkelten und er drückte meine Hand so fest, dass es wehtat. »Noch nie habe ich mich zu dem Freudenkult der Steandler hinreißen lassen. Ich wusste, dass ihr zu Festtagen mein Königreich aufmischt. Illusionen und lose Zauberkunst, die mich nicht interessierte. Meine Mutter aber hat es geliebt, euren Vorführungen beizuwohnen. Mein Vater hingegen hat euch toleriert. Und ich hatte nie Lust, den Menschen zuzusehen, wie sie sich an euren Auftritten erfreuen. Wie denn auch? Wenn man traurig und einsam ist, möchte man nicht zusehen, wie alle anderen freudig und gemeinsam durchs Leben gehen. Im wahrsten Sinne des Wortes!« Er ließ von mir ab und entfernte sich einige Zentimeter. Sein Duft blieb. Er war schwer zu definieren, erinnerte mich an den Geruch von Vanille.

»Und dann habe ich dich gesehen. Deinen Tanz … diese wunderschönen Beine. Ich konnte nicht länger warten. Nicht, da ich nun nach dem Tod meines Vaters sein Erbe antreten muss.«

Trauer blitzte in seinen Augen auf. Sie streckte ihre kalten, langen Finger nach mir aus, als ich an meinen eigenen Vater denken musste. An alles, was er gewesen war. An alles, was er nie wieder sein würde.

Immer, wenn ich in meiner eigenen Trauer zu versinken drohte, schaffte ich es im letzten Moment, mich ihren Klauen zu entziehen. Dann dachte ich an alles, was er mir geschenkt hatte: an sein ehrliches Lachen, das dem meinem ähnelte. An seine Reibeisenstimme. An seine großen Hände, die mich stets geschützt hatten. An das farbenfrohe Erbe, das er mir geschenkt hatte.

Ich seufzte und beobachtete die Geschichten des Königs, die sich langsam verflüchtigten. Ganz so wie der Nebel, der seine Arme bis hier oben in den Turm ausstreckte. Ich wusste, welche Last auf seinen Schultern lag. Mitfühlend zog ich die Augenbrauen zusammen und suchte nach seinen hellen Augen, die mir auswichen. Ich hatte mich die letzten Tage so oft gefragt, wie sich der neue König fühlen musste. Und jetzt hatte mir der mächtigste Mann dieser Stadt seine Seele offenbart.

»Mein Bruder hat es so viel leichter«, fuhr er fort. Seine Stimme dabei klarer, fester. »Er muss keine Frau auswählen, mit der er bis zu seinem Tod zusammenleben muss. Eine Frau, die dich toleriert, trotz … Fehlbildung.« Sein Kiefer mahlte.

»Sicherlich bieten sich einige Mätressen an, doch keine, die mich ehrlich interessiert. Vielmehr sehnt es mich nach einer Frau.« Er sah mich eindringlich an. »Einer Frau, mit der ich dieses Reich gemeinsam beherrschen kann. Eine, die in mir den Mann sieht, der ich bin. Meine Königin. Nun, ich möchte nicht rührselig werden. Das widerspricht meiner Natur. Unser Vater hat diese Flamme stets unterdrückt.« Er schluckte und biss beinahe nervös auf seine Unterlippe. »Ich muss eine Gemahlin wählen, noch ehe der Herbst anbricht. Idealerweise ein adeliges Mädchen. Doch ich will kein berechnendes Biest, das es auf meine Krone abgesehen hat. Ich möchte eine, die sich nicht anbietet. Eine, die ich für mich gewinnen kann.« Er machte eine bedeutend lange Pause und schenkte mir ein hinreißendes Lächeln.

»Meine Männer berichteten mir, dass ich mit dir nicht nur eine äußerst talentierte und hübsche Braut wählen würde. Du bist auch die Erbin deines Volkes. Eine Königin.«

Sein Blick traf auf meinen und mein Herz blieb für den Bruchteil einer Sekunde stehen. Langsam schlichen sich seine Worte in meinen Verstand. Flüsterten mir zu. Legten mein Herz in Ketten und meinen Stolz direkt daneben. Mein Vater hatte meine Mutter geliebt. Geliebt, ehe er sie zu seiner Frau nahm. Dieses Glück wollte ich auch erleben.

»Meine Königin«, fuhr er fort und strich mit seinen mächtigen Fingern behutsam über meinen Hals, hinunter zu meinem Schlüsselbein, wo er verharrte. Mein Puls schoss in die Höhe.

»Ich werde dir die Sterne schenken, wenn du mich nur lässt.« Sein Daumen fuhr liebevoll über den Knochen meines Schlüsselbeins. Ich hatte ihn mir als kleines Mädchen zweimal gebrochen, sodass er nun unnatürlich weit nach vorne ragte. Es schien ihn nicht zu stören. Vielmehr genoss er die Gänsehaut, mit der mein Körper mein Herz verriet. Stolz hob er das Kinn und lächelte mir aufmunternd zu. Ich traute mich noch immer nicht, mich zu bewegen. Es war, als würden seine Berührungen mir jeden Willen nehmen. Abgetrennte Muskeln. Lose Knochen. Bröckelnde Steine, die den Felsen hinunterpurzelten. *Er ist ein Selter*, schoss es mir durch den Kopf. *Vielleicht kontrolliert er mich schon jetzt.* Genau wie mit der leisen Aufforderung seiner ausgestreckten Hand: *Komm, Sofija.*

»Werde meine Königin, Sofija Rea Linn.«

Unten am Marktplatz hörte ich das Ticken der riesigen Uhr, die mit einem lauten Glockenschlag meine wimmernden Laute übertönte.

Stimmen erhoben sich und Laternen schwebten in die Luft und wanden sich umeinander wie funkelnde Tänzer. Sie sangen. Sie sangen für ihren König. Damals hatte ich dieses Spiel mit meinem Vater vom Fluss aus beobachtet. Heute stand ich hier. Neben dem mächtigsten Mann dieses Königreiches. Die zwölfte Stunde des Tages war angebrochen. Der vierundzwanzigste Geburtstag des Königs, der meinem Gesicht immer näher kam. Immer näher, bis sich unsere Nasenspitzen berührten. *Bitte nicht* … Doch dann entfachte irgendetwas in seiner Berührung ein Feuer in mir, das mich tief im Innern aufwühlte.

»Warum ich?«, flüsterte ich, ehe seine Lippen meine kurz streiften. Ein heftiger Impuls überfiel mich. Er verbrannte meine Lippen, als seine von mir abließen.

»Weil du mich an sie erinnerst. Weil sie ihn glücklich gemacht hat.«

19

Jana

Die Lichter stiegen den Himmel empor und spiegelten sich in den Wellen des Flusses. Ich entdeckte Elia an der Stelle, wo Sofija immer mit ihrem Vater gesessen hatte, um in den Himmel zu schauen, wo die Geister der Vergangenheit auf uns hinabblickten. Niemals würde ich sein Gesicht vergessen, als die Bastarde ihn zurückgebracht hatten. Blutüberströmt, mit hitzigen Zügen und einem Blick, der die Soldaten hätte erdolchen können. *Hätte er nur seine Messer gehabt*, dachte ich. Dann wären sie allesamt tot gewesen. Ich hatte die Wunde unterhalb seiner Lippe mit wenigen Stichen hinbekommen. Das blaue Auge hatten wir mit Wasserwickeln gekühlt und mit getrockneten Heilkräutern versehen. Doch die Wunde in seiner Brust hätte nicht eines der Mittel heilen können. Elia war gebrochen. Noch mehr als Zan Zahray, die von Sabya und Ama in ihrem Wagen gepflegt wurde. Ihr Herz war alt.

Und der Verlust war groß. Heute würde keiner der Steandler auch nur ein Auge zumachen. Nicht, nachdem unsere jüngste Erbin gestohlen worden war.

Unser Volk hatte Qualen erlitten, nachdem unsere Stammesführer abgeführt wurden. Allesamt in Ketten gelegt wie wilde Tiere, die man willentlich, aber grundlos abschlachtete. Blutend. Dreckverschmiert. Unwürdig. Doch wir hatten keine Zeit, die Nerven zu verlieren.

Unsere Männer brauchten unsere geschickten Hände. Wunden mussten verarztet werden, bevor sie sich entzündeten. Ich wusste, wie man mit Nadel und Faden umging. Haut war nicht viel anders als Stoff.

Meine nackten Füße fügten sich dem Gras und Staub, als ich mich dem Ufer näherte. Die aufgeschnittene Fußsohle tat noch weh, doch es störte mich nicht mehr. Ich hatte den Schmerz schon vor einer Weile ausgeblendet, weil ein anderer viel stärker war.

Elias Haar schimmerte in einem dunklen Blau. Fast so wie der Nachthimmel selbst, der heute nicht mit seinen Sternen geizte.

Festlichkeit und Freude schwangen durch die Luft und ließen sie knistern. Musik drang gedämpft hinter den verschlossenen Toren zu uns herüber. Ganz so, als wollte sie uns provozieren. Noch nie hatte ich dieses eingebildete Volk so verachtet wie in diesem Moment.

»Lass mich in Ruhe«, sagte er, als ich mich zu ihm setzte.

»Keiner muss zu dieser Stunde allein sein«, entgegnete ich und ließ meine Füße im kalten Wasser verschwinden. Ich merkte erst jetzt, wie erschöpft ich wirklich war. Meine Hände brannten noch immer von dem klebrigen Blut der anderen. Der heutige Tag verlangte seinen Tribut. Elia schmiss einen Stein in die Wellen und stützte die Ellbogen auf die angezogenen Knie.

»Ich bin der Erbe der Familie Lean. Du sollst mich nicht so sehen!«

Ich hatte ihn schon ganz anders gesehen. Vor Wut schnaubend, gegen einen Baum tretend oder mit Messern werfend. Mit Tränen in den Augen, wenn er nicht wusste, wohin mit seiner Wut. Sofija und er waren wie Hund und Katz. Sie begegneten sich wie Freunde, doch kamen letztendlich nie zusammen. Nicht selten, weil Elia eben ein Trottel war, sobald sein Herz das Kommando über seinen Körper nahm.

Wenn es um sie ging, war er nicht er selbst.

»Ich weiß, wie du dich fühlst.« Ich wusste zu gut, wie es sich anfühlte, einen Menschen zu verlieren, den man liebte.

»Ach ja?« Die Geschichten in seinem Gesicht verzogen sich zu einer entsetzlichen Maske, die mich am Abend zuvor schon erschreckt hatte. Noch immer spürte ich den Druck seiner Hände auf meinem Oberarm.

»Das geht dich nichts an!«

Seine Worte hatten mich verletzt. Noch mehr als sein Verrat, mich nicht zum Tanzabend mitgenommen zu haben. Seine Augen hatten mir Angst gemacht, und ich glaubte nicht, dass es nach gestern Abend je wieder so zwischen uns sein würde, wie es davor gewesen war.

Er war rasend gewesen, als er Sofija in seinen Wagen gesperrt hatte. Es hatte mir wehgetan, sie schreien und weinen zu sehen. Doch ich gehorchte dem Erben der Familie Lean und dem der Familie Zahray. Nicht zuletzt, um meine Freundin zu schützen. Und um mein eigenes Herz zu schützen, das ich sorgfältig in Watte gepackt hatte. Abgeschottet von spitzen Kanten. Unverwundbar.

Nicht einmal von seinen Dolchen.

»Sie ist wegen mir dort bei diesem Bastard.«

»Du meinst den König?«

»Den und seinen idiotischen Bruder!« Er bleckte die Zähne.

»Hätte ich gewusst … hätte ich nur gewusst, dass er … dann hätte ich sie doch niemals mit ihm tanzen … ich hätte …«, stammelte er unverständlich. »Es ist meine Schuld, dass sie dort ist. Gefangen in diesem Höllenpalast.«

»Es ist nicht deine Schuld.« Seine Tränen unterbrachen mich. Sie hinterließen Spuren der Angst auf seinen schmutzigen Wangen. Elia weinte selten. Zuletzt hatte er eine Träne vergossen, als wir den Körper von Ooley ins Feuer gelegt hatten – doch erst, als er gesehen hatte, wie Sofija ihre Augen unter ihrem Trauerschleier verborgen hatte. Nie hätte er vor ihr Schwäche gezeigt. Nein. Für sie war er stets der Fels in der Brandung. Unerschütterlich.

»Es ist meine Schuld«, beharrte er eisern. Und dann erzählte er mir von ihrem Tanz. Von den kleinen Dingen, die sie schon als Kinder geteilt hatten, und weshalb er seinen Finger aufgeben musste. Ich kannte all seine Geschichten, doch ich ließ ihn sprechen. Schließlich berichtete er von dem Mann, dem Prinzen, mit dem unsere Erbin getanzt hatte. Was genau zwischen ihnen vorgefallen war, wusste er nicht. Doch Zan Zahray hatte schreckliche Dinge gesehen.

Ein Grund, warum er gestern so gehandelt hatte. Er fürchtete sich vor dem Unvorhersehbaren. Zan Zahray wusste nur zu gut, dass Elia an alles glaubte, was sie sagte.

»Sie wird es schaffen«, sagte ich und legte meinen Arm um seine starken Schultern. Ich konnte seine definierten Muskeln unter meiner Umarmung spüren.

Ich erklärte ihm, dass ich ihr einen Dolch in das Tanzkleid genäht hatte. Ein äußerst kleines Hilfsmittel, aber immerhin etwas, mit dem sie sich für einen kurzen Moment verteidigen konnte. Meine Finger prickelten noch immer von der Härte, mit der mir die Soldaten das Kleid entrissen hatten. Sie hatten alles mitgenommen. Jedes Tuch von ihr, jede Haarnadel, jeden Ohrring und ihr Tamburin. Elia lächelte traurig.

»Du weißt, wie schlecht sie mit Messern umgehen kann.« Das wusste ich, und auch ich musste kurz über vergangene Kindheitstage schmunzeln, an denen Sofija behauptet hatte, besser als Elia zu sein. Ich erinnerte mich, wie sie mit ihrem Vater an einem Holzbrett geübt hatten. Elias Klingen trafen stets den schwarzen Fleck, den Ooley auf das Brett gemalt hatte. Sofija hingegen traf, wenn sie Glück hatte, den Baum, der dahinterstand.

»Sofija ist zäh.«

»Ich weiß«, sagte er. »Und doch müssen wir einen Weg finden, sie dort rauszuholen.«

»Wenn uns die Soldaten nur passieren lassen würden.«

Elia nickte traurig und warf einen scharfen Blick in Richtung der Brücke und des undurchdringlichen Tors, das sie hinuntergelassen hatten. Sie hatten uns ausgesperrt wie räudige Köter.

»Sie sollen bluten für das, was sie uns angetan haben. Niemand treibt mit dem Erben der Familie Lean solch ein Spielchen.«

»Und niemand stiehlt unserem Volk seine Erbin«, fügte ich hinzu und nahm meinen Arm von seinen Schultern. Sobald ich seine Haut verließ, wurde mir kalt. Ich zog meine Füße aus dem Wasser und trocknete sie mit dem Ende meines Rockes ab.

»Es war nicht deine Schuld, Elia.« Ich sah zur pompösen Kupferstadt hinauf.

Sie war all das, was wir niemals sein würden. Während sie in purem Gold erstrahlte, waren wir die kleinen Kratzer, die mühelos von der Oberfläche poliert werden konnten.

»Ich habe ihn gesehen«, sagte Elia nach einer Weile.

»Wen?«

»Den König.« Er atmete langsam aus. »Ich habe gesehen, wie er sie angesehen hat, Jana. Ich habe gesehen, wie der Prinz sie angesehen hat. Sie werden sie nicht gehen lassen. Nicht einfach so.«

»Dann müssen wir uns etwas einfallen lassen. Etwas, das diese Welt niemals vergessen wird.«

»Und wenn sie uns verfolgen?«

Ich sah ihn an und stellte mit Stolz fest, dass er zu einem Mann geworden war. Einem richtigen Anführer, der stets an sein Volk dachte. Vorsichtig hob ich meine Hand und legte sie neben die angeschwollene Stelle an seinem Auge. Seine Haut war heiß und weich. Beinahe wie die seidigen Stoffe, mit denen ich arbeitete.

»Dann fliehen wir.« Es wäre nicht das erste Mal gewesen, dass meine Familie geflohen war.

Ich wollte nicht daran denken, doch die sternenklare Nacht ließ wie von selbst all die Bilder aufleuchten, die ich versucht hatte zu verdrängen. Der letzte Ort, an dem ich meine Eltern gesehen habe: eine labyrinthartige Gasse in der Vorstadt von Lealo. Mein Zuhause aus Stroh und Schmerz. Zehn Jahre müssen nun vergangen sein.

Damals war ich gerade einmal acht Jahre alt gewesen. Ein gebrandmarktes Kind mit Narben, die mein eigener Vater mir zugefügt hatte.

Er war ein Verbrecher. Einer, der mit dem Leben anderer Menschen gespielt, sie mitsamt ihrer Münzen auf einen Pokertisch gelegt hatte, um sie anschließend in seine Taschen zu stecken, sie für seine Zwecke zu benutzen, bis nichts mehr von ihnen übrig war. Er war ein Mörder. Eine gesuchte Prominenz, deren Kopf aufgespießt vor den Pforten Lealos prangen sollte, um andere Mörder abzuschrecken. Und so flohen wir. Wir wären auch bis ans Ende der Welt gegangen, um seinem Schicksal zu entfliehen.

Als meine Mutter die Steandler hatte vorbeiziehen sehen, gab sie mich ihnen mit und verbarg mich unter ihren bunten Tüchern, damit mich niemand finden konnte. Die Tochter des meistgehassten Mannes Lealos sollte nicht so ein Leben führen müssen, wie sie es tat. Doch sie hatte sich entschieden – und zwar für ihn. Sie hatte ihn immer mehr geliebt als mich, sonst wäre sie mit uns gekommen.

Die Steandler hatten mir alles gegeben. Ein Zuhause und eine Familie. Und meine Freiheit, die mich von meinem Vater entband. Mich, die Tochter eines Mörders, die hier nur ein einfaches Mädchen war. Jana. Die mit den geschickten Fingern.

»Ich hole sie da raus. Koste es, was es wolle«, sagte Elia mit geballten Fäusten. Die Kupferplatte an seinem Finger verschwand in seiner Handfläche.

Ich wusste, dass er nicht aufhören würde. Denn er liebte sie.

Ich sah zu den Sternen hinauf und wünschte mir in dieser stillen und heimlichen Stunde, dass auch ich diese Liebe irgendwann erfahren würde.

»Das wirst du«, sagte ich und stand auf. Ich klopfte ihm auf die Schultern und wandte mich an das stumme Lagerfeuer, an dem sich einige der Steandler aufhielten. Niemand sprach. Sie waren zu erschöpft. Während das Freudenfest heute seinen Höhepunkt erreichte, verstummten wir. Noch nie hatte ich den Verlust eines Menschen so stark verspürt wie jetzt. Nicht einmal, als ich meine Mutter verlassen musste. Hatte sie mich je geliebt?

Ich fuhr mit den Fingern über die Naht meines Rockes. Sie erinnerte mich daran, dass man alles reparieren konnte. Ob es Haut oder Stoff war. Nähte hatten etwas Beständiges. Etwas Verbindendes. Sie hielten zusammen. Je öfter man darübernähte, desto fester hielten sie. Ob Haut oder Stoffe … oder Herzen, so wie meines.

Jedes Mal, wenn wir die Straßen zu Lealos Pforten passierten, betete ich, dass sein Kopf am Spieß hängen würde, damit ich irgendwann mit meiner Vergangenheit abschließen konnte. Jetzt betete ich, dass Sofija heimkehren würde. Denn ohne sie würde ein wichtiger Teil wegbrechen: meine beste Freundin, meine Schwester, die Zukunft des Volkes, das mir ein Heim gegeben hatte.

20

Jana

Wie ich es prophezeit hatte, taten wir in dieser Nacht kaum ein Auge zu. Nicht zuletzt, da Ama mit ihrer Tochter zu kämpfen hatte, die nicht einmal aufgehört hatte zu weinen. Die kleine Natia liebte unsere Erbin fast so sehr wie ihre eigene Mutter. Beruhigen konnten wir sie nicht einmal, als wir ihr versprachen, dass Sofija bald wiederkommen würde.

Sie hatte gesehen, was geschehen war.

Die Kleine hatte sich zwischen unseren Tüchern versteckt und das Szenario auf der Brücke aus nächster Nähe erlebt. Nicht umsonst bekam sie den Namen *Echse*. Sie war windig und neugierig. Und oft bekam man es nicht einmal mit, wenn sie sich davonschlich.

»Sie tun ihr weh!«, weinte sie beinahe die ganze Nacht. Und eine weitere Lüge hatte niemand von uns über die Lippen gebracht. Wie hätten wir dem Kind ein Märchen erzählen können, an das wir selbst nicht glaubten? Niemand wusste, was mit Sofija geschehen würde.

Wir wussten nur, dass wir sie da rausholen mussten. Und zwar bald!

»Schlaf jetzt, Liebling. Morgen sieht die Welt schon besser aus«, flüsterte Ama immer wieder, doch Natia war untröstlich.

»Ich werde nie wieder schlafen, nie wieder!«

Ich hatte sie schließlich überredet, bei mir im Zelt *nie wieder zu schlafen*, denn Ama musste sich um unsere Stammesälteste kümmern. Die Kleine hatte sich die Krokodilstränen aus dem Gesicht gewischt und genickt. Noch bevor das Lagerfeuer ausgegangen war, hatte sie in meinen Armen geschnarcht.

Nun war ich allein mit den Gedanken, die mich fast erschlugen: Metallsoldaten, Blut, Sofija in Ketten, ihre Geschichten voller Angst, als sie mir auf der Brücke entgegensah. Ich strich über die klebrigen Wangen von Natia und schlängelte mich vorsichtig aus den Stofflagen, die wir um uns geschlungen hatten, um der kalten Nacht zu entfliehen. Außerhalb des Zeltes erstrahlte der frühe Morgen, der seine Nebelschwaden nach meinen müden Augen ausstreckte. Er brannte auf meiner Netzhaut, als ich mir die Nacht aus ihnen rieb.

Elia war schon auf den Beinen und stand mit den Männern unseres Volkes am erloschenen Lagerfeuer. Nur die Glut schimmerte in einem grässlichen Rot wie die Augen einer wilden Bestie, die uns beobachtete. Die Männer steckten die Köpfe zusammen und nickten ab und zu über ein Bild auf dem Boden hinweg. Der Stock, den Elia zwischen zwei Fingern hielt, ließ den Staub aufwirbeln, während er darin ein Bild hinterließ.

Von hier konnte ich nicht genau erkennen, was es war, doch ich war mir sicher, dass es seinen Plan darstellen sollte. Den Plan, mit dem wir unsere Erbin aus den Fängen des Königs zurückholen würden. Ich lief zu ihnen hinüber. Die Linien, die Elia in den Staub malte, waren kaum zu erkennen. Er hingegen schien einen Durchblick zu haben.

»Das ist der grobe Umriss der Kupferstadt. Das da ist der Fluss. Die dünne Linie daneben ist die Mauer, die zu überwinden ist. Es muss noch einen anderen Eingang zur Kupferstadt geben. Einen Hintereingang, einen Handelsweg oder Ähnliches. Wir müssen den Pfad am Fluss absuchen. Vielleicht finden wir etwas.«

»Eventuelle Wasserversorgungsstellen, Kanäle, die in Brunnen münden.«

»Dann gehen wir direkt in die Kanalisation.«

»Das wäre eine Überlegung wert«, sagte Elia nickend.

»Mit Scheiße kenne ich mich aus«, lachte Hector, unser Viehtreiber. Er kassierte ein heiseres, wenn auch müdes Gelächter.

»Wer von euch kann schwimmen?«

»In dem Fluss?«

»Solange die Strömung nicht zu stark ist, sollte das kein Problem sein.«

Es war kein Problem. Zumindest nicht dort, wo der Fluss an unserem Lager vorbeifloss. Weiter hinten, wenn man seinem Verlauf an den Mauern zur Kupferstadt folgte, gab es jedoch einige Strömungen. Selbst ein guter Schwimmer würde Schwierigkeiten haben, den Kopf über Wasser zu halten und die Strudel zu vermeiden, die einen mühelos in die Tiefen reißen konnten. Doch ich hielt den Mund. Sollten die Männer erst mal ein wenig grübeln. Sams legte die Stirn in Falten, sodass die buckelige Wunde an seiner Stirn beinahe einriss. Elia legte den Stock beiseite.

»Wir sollten die Lage erkunden, ehe wir über weitere Möglichkeiten sprechen. Was meinst du, Ivan?«

Ivan war in seinen jungen Jahren ein Spion gewesen, der für einen mir unbekannten König gearbeitet hatte. Immer, wenn er von seiner Vergangenheit sprach, versponn er sich in Widersprüche. In leeren Hüllen von Worten, die keinen Sinn ergaben, wenn man genau darüber nachdachte. Doch wer war ich, seine Glaubwürdigkeit infrage zu stellen? Ich vermutete, dass er ein hohes Tier in Tumbara gewesen war, bevor er zu den Steandlern gestoßen war. Wer würde schon gerne zugeben, der Tyrannei und Unterdrückung gedient zu haben? Doch ich erkannte an seinen Augen, dass er das Grauen der Welt gesehen und dass er etwas mit den Vorkommnissen in Tumbara zu tun hatte. Er war eine Schlange, die die Seiten gewechselt hatte, sobald es brenzlich wurde. Die Steandler nahmen jeden auf. Egal, welche Vergangenheit man an sich haften hatte. Also stellte ich keine Fragen mehr. Ama hätte es nicht verkraftet. Sie mochte Ivan sehr gern. Und immerhin war auch ich eine Gesuchte in diesem Land. Die Tochter eines ehrenlosen Mörders.

Ivans dunkle Augen flatterten hin und her. Er legte die langen und knochigen Finger an sein spitzes Kinn. Wenn er eines gut konnte, dann war es taktisches Denken. Er hatte stets den Überblick. Und jetzt brauchte der Erbe der Familie Lean seine Hilfe mehr denn je.

Egal, welchem König er früher gedient hatte.

»Die Kanalisation wäre eine gute und sichere Möglichkeit, nach Kupferstadt zu gelangen«, sagte seine vom Zigarrenrauch heisere Stimme. Elia nickte.

»Kennst du dich mit derartigen Gängen aus?«

»Was für eine Frage!« Ivan stand auf und machte eine wegwerfende Bewegung. »Wenn wir erst mal einen Eingang gefunden haben, ist das ein Kinderspiel. Die meisten Königreiche haben einen unterirdischen Lageplan für Männer in ihren eigenen Reihen. Nicht selten nutzt der König selbst seine Fluchtwege über die Kanalisation. Wenn es einen Weg hinaus gibt, so gibt es in jedem Fall einen Weg hinein.« Er kniff die Augen zusammen und entzündete einen Glimmstängel mit der letzten Glut der Feuerstelle. Er musste aus Erfahrung sprechen. Ob der gefallene König von Tumbara auch auf diese Weise geflohen war? Ich kannte mich nicht mit den Kriegsgeschichten der einzelnen Reiche aus, aber man konnte auf Amas brauner Haut ablesen, dass das Leben in Tumbara hart und sein König ein skrupelloser Mistkerl gewesen war, der Kinder für sich hatte arbeiten lassen.

»Also gut. Dann werden wir sofort aufbrechen. Sams, Hector,

Emilio, Kea und Ivan. Ihr geht mit Salva zu den Felsen links von der Brücke. Die anderen«, Elia deutete auf fünf weitere Männer, »gehen genau in die andere Richtung. Und der Rest bleibt bei mir. Ich werde nochmals mit den Metallsoldaten sprechen.«

»Und du glaubst, das wird was bringen?«, fragte ich. Die Männer hoben ihre Köpfe und sahen mich unverwandt an. Ich stemmte die Hände in die Hüften und schüttelte zischend den Kopf. »Jetzt überlegt doch mal, was gestern passiert ist.«

»Ja und?«, Elia strich sich durch das wirre Haar und verwischte mit seiner Schuhsohle den Plan der Kupferstadt.

»Seid ihr so blöd oder tut ihr nur so?« Ich schnaufte belustigt und ging auf die Gruppe zu. »Gestern haben diese Mistkerle euch zusammengeschlagen. Denkt ihr, sie werden es heute lassen? Ich dachte, ihr seid schlaue Kerle.«

»Was schlägst du denn vor?«, fragte Elia und verschränkte seine Arme vor der Brust. Ich erkannte an seinen bebenden Nasenlöchern, dass er kurz davor war, in Wut auszubrechen. Sofija machte sich nicht selten darüber lustig und provozierte ihn bis zum Anschlag. Ich hingegen versuchte, es taktischer anzugehen, und setzte ein hinreißendes Lächeln auf.

»Lass uns Frauen zur Brücke gehen. Vielleicht können wir die Metallsoldaten überreden, unsere Stände abzubauen. Vielleicht finden wir innerhalb der Mauern bereits einen Hinweis auf unterirdische Gänge, die wir all die Jahre übersehen haben.« Schließlich waren sie nie von Bedeutung gewesen. Kupferstadt war stets ein Ort gewesen, an dem wir unser Geld verdient hatten. Kein Ort, mit dem wir uns jemals angelegt hätten. Bis jetzt.

»Du glaubst doch wohl nicht, dass sie bei euch einen Unterschied machen werden!«, schnaufte der Erbe der Familie Lean, doch ich hielt seinen funkelnden grünen Augen stand. Ich reckte mein Kinn etwas mehr und nickte ihm langsam zu.

»Uns haben sie nie angegriffen. Und uns werden sie nicht angreifen. Mehr als ein Nein werden wir nicht zu erwarten haben.«

»Ich erinnere dich an diesen Bastard Haymish, der Sofija fast geschlagen hätte!«

»Ich bin aber nicht Sofija!« Wir wussten beide, dass unsere Erbin gerne mit dem Feuer spielte. Unwillkürlich waren wir uns näher gekommen, sodass ich schielen musste, um ihm in die Augen zu sehen. Ich roch den Schweiß und das Blut, das seine Haut bedeckte. Salz und Rost. Etwas, das mir Gänsehaut bereitete.

»Das könnte funktionieren«, sagte Ivan schließlich und unterbrach den Blickkontakt zwischen mir und Elia. Der drehte sich zu ihm herum und starrte ins Nichts. Ich wusste, dass ich recht hatte. Elia wusste es ebenso.

Er schüttelte den Kopf.

»Gut. Dann nimm dir jede Frau, die du mitnehmen kannst. Wenn euch jedoch etwas passieren sollte, mache ich dich dafür verantwortlich!«

»Damit kann ich leben.«

Unsere Blicke trafen sich. Ein leerer Ausdruck trat an die Stelle, wo zuvor noch Feuer gebrodelt hatte. Ich konnte mit meiner Schuld leben. Ich tat es bereits seit zehn Jahren.

Er hingegen hielt es kaum aus. Seine Schuld ließ ihn kaum noch klar denken.

21

Jana

Wir legten unsere schönsten Tücher um und bedeckten Augen und Lippen mit Farbe. Wir wussten, mit welchen Reizen wir spielen konnten, und wir geizten nicht damit. Elia presste die Kiefer fest aufeinander, als er meinen Aufzug sah. In seinem Blick lagen Wut und Sehnsucht, doch das interessierte mich nicht. Heute nicht mehr. Erhobenen Hauptes lief ich an ihm vorbei und nickte meinen Begleiterinnen zu. Ich brauchte nicht viele. Um genau zu sein, brauchte ich nur zwei weitere Frauen, um meinen Plan durchzuführen. Lahar, die Tochter von Eisah und Tent, war ein hübsches Mädchen mit langen blonden Haaren und sonnengebräunter Haut, die an das ewige Braun der Wüste erinnerte. Und Siara war bekannt für ihre geschickten Wortspiele gegenüber großkotzigen Männern – und für ihre großen Augen.

Jeder wurde unter ihrem Blick schwach. Er hatte fast denselben Effekt wie Sofijas Tanz. Wenn sie tanzte, vergaß man das Atmen.

»Das wird nicht funktionieren«, meckerte Elia. Doch seine Meinung interessierte mich nicht. Ich zuckte mit den Schultern und quittierte seinen Kommentar mit einer gehobenen Augenbraue.

»Wenn es nicht funktioniert, dann starr mir nicht auf den Ausschnitt, du Flegel! Und nun kommt, Mädels. Wir holen unsere Erbin da raus.« Es würde funktionieren. In jedem Fall.

Lahar warf ihre Haare in den Nacken und klimperte mit den

langen Wimpern, als sie an Elia vorbeilief. Ich sah ihm an, dass er es nicht guthieß. Vor allem, weil wir unter seinem Schutz standen. Aber ich konnte gut auf mich selbst aufpassen. Genau wie jede andere Frau dieses Volkes auch. Das war das größte Problem der Männer. Sie unterschätzten uns. Und sie überschätzten sich selbst. Wir hatten mehr gesehen als sie. Während sie ihre Fäuste schwangen, verbanden wir ihre Wunden. Wären wir zimperlich, wäre jeder von ihnen schon mindestens einmal an einer Blutvergiftung gestorben.

Wir näherten uns der Brücke. Die roten Steine leuchteten in der prallen Sonne und weckten den Anschein, als bestünde der Weg aus lauter züngelnden Flammen. Doch wir liefen ohne zu zögern auf sie zu. Begleitet von dem stetigen Ticken der Uhr auf dem Marktplatz – dem Herz von Kupferstadt, das im gleichen Takt pulsierte wie das in meinem Brustkorb. *Lächeln, Jana*, erinnerte ich mich. Die Stimme in meinem Kopf klang zuversichtlich. Also richtete ich mich noch etwas mehr auf. *Elia sollte vom Gegenteil überzeugt werden.*

Hinter den stählernen Stäben des Gitters tummelten sich bereits die Kupferstädter in den verwinkelten Gassen. Fahnen und Girlanden hingen vor den Glasscheiben. Rankten sich an Bauten hinauf wie Efeu oder Dornensträucher. Ein Symbol war auf den roten Fahnen zu sehen. Eine Krone mit zwei gekreuzten Schwertern.

Metall auf Metall. Waffen, gegen die ein Steandler niemals eine Chance haben würde.

Heute hatte König Lucius Geburtstag. Na, herzlichen Glückwunsch. Ich presste die Zähne fest aufeinander.

Die Metallsoldaten marschierten an der heruntergelassenen Pforte vorbei und blieben stehen, als sie uns erblickten. Es waren drei. Dahinter patrouillierten fünf weitere, die beinahe mit der restlichen Stadt verschmolzen. Sie waren überall.

So ein Mist! Das konnte weitaus komplizierter werden, als ich dachte. Wenn wir diese Pforte passieren würden, würden andere Augen uns beobachten. Unsere Farben verrieten uns. Wir würden auffallen, wenn wir durch die Gassen der Kupferstadt schlenderten. Wir fielen immer auf. Und den drei gelangweilten Soldaten erst recht. Sie warfen uns gönnerhafte Blicke zu, spitzten die Lippen und tauschten deutliche Blicke untereinander aus. Auch wenn sie Männer des Königs waren, waren sie doch alle gleich. Ich hob meinen Kopf und bedeckte die Lippen mit meinem blauen Schleier. Sobald ich Blickkontakt mit einem der Wachmänner hatte, senkte ich die Lider. Als ich wieder zu ihm sah, suchte er noch immer meinen Blick. Ich hatte ihn. Es war einfach für mich, einen Mann um den Finger zu wickeln. Ich hatte die beste Lehrerin gehabt. Meine Mutter hatte sich stets verkauft, um meinen Vater zu retten.

»Der gehört mir«, sagte ich mit einem ungezwungenen Lachen, als wir uns ihnen näherten. Meine Begleiterinnen kicherten mir zu. Nichts machte eine Frau attraktiver als ein Lachen. Eines, dass die Knochen klirren ließ.

Die silbergrauen Augen des Soldaten waren mit blauen Flecken gesprenkelt. Seine ungewöhnlich helle Haut gerötet. Das konnte auch das dunkle Puder, das er aufgetragen hatte, nicht verbergen. Er wirkte viel mehr wie ein Frioler als ein eingefleischter Kupferstädter. War auch er ein politischer Flüchtling, der nun einem anderen König diente? Tumbara hatte seinen Tribut eingefordert.

Viele Familien wurden zerrissen, verschleppt und landeten schließlich in weit entfernten Reichen. Ich war nicht die Einzige, die schlimme Dinge erlebt und ihr Zuhause verloren hatte. Ein kleiner Trost, ein sehr kleiner.

Er nickte uns zu, als wir stehen blieben. Seine beiden Kameraden nickten ebenfalls. Ein stummer Gruß, der ihnen das Genick brechen würde, sobald wir mit ihnen fertig waren.

»Guten Tag, meine Damen, womit kann ich Euch helfen?«

»Wir würden gerne unsere Zelte abbauen, werter Herr«, sagte Lahar honigsüß und machte einem der anderen beiden schöne Augen. Er sah aus wie ein Frosch. Mit hängenden Lidern und glupschigen Augen, die auffällig hervortraten. Vielleicht war aber auch Lahar daran schuld, dass sie ihm beinahe aus dem Kopf fielen. Sie ging sofort aufs Ganze.

»Leider ist den Steandlern der Zutritt in die Kupferstadt bis auf Weiteres verwehrt. Es tut mir leid, Euch enttäuschen zu müssen.«

»Ach, das macht nichts«, sagte ich, auch wenn mein Blut zu kochen begann. Ich hätte wissen müssen, dass wir hier nicht so einfach durchspazieren konnten. Es war komplizierter. Weitaus komplizierter. Doch irgendwie mussten wir ihnen wichtige Informationen entlocken. Oder zumindest solche, die Hinweise auf einen anderen möglichen Eingang enthielten.

Ich verbarg die Geschichten in meinem Gesicht und sandte stattdessen einen Blick zu meinen Begleiterinnen.

»Was soll's! Eigentlich sind wir ja auch gar nicht deshalb hier, stimmt's, Siara?« Schnell hatte ich das Ruder herumgerissen.

Förmlichkeiten zählten beim Tändeln nicht. Sie hinderten einen nur.

»Oh ja!«, stimmte mir Siara zu, die dem anderen Metallsoldaten direkt einen Schritt entgegentrat. Dieser hatte eine sehr markante Nase, die ihn ein wenig aussehen ließ wie ein Schnabeltier. Eines, das sich den Schnabel gebrochen hatte.

»Wir wollten schon immer mal wissen, was solch tapfere Männer wie ihr die ganze Zeit machen.« Schnabeltier schien unter ihren Blicken nervös zu werden und stieg unsicher von einem Fuß auf den anderen.

»Nun …« Er räusperte sich. »Wir bewachen den Eingang.«

»Das muss anstrengend sein«, sagte Siara mitfühlend.

Unbemerkt hatte sie sich ihm noch mehr genähert und legte ihre Hand auf seine Rüstung. Sie war gut. Zufrieden sah ich ihr zu, auch wenn mir der Blick des blonden Metallsoldaten im Nacken prickelte. Ich setzte eine Maske auf. Komischerweise fiel mir für ihn kein gemeiner Spitzname ein. Er war kaum zu entziffern. Ein stummer See. Endlos tief.

»Es ist in der Tat sehr anstrengend!«

»Oh, ihr armen Männer!«, seufzte Lahar traurig und kümmerte sich um ihren Frosch. Ich sollte mich nun um meinen Soldaten kümmern. Ihm irgendwelche Informationen entlocken. Doch als ich ihn ansah, blieben mir die Worte im Hals stecken. Er war jung.

Vielleicht neunzehn. Vielleicht aber auch ein, zwei Jahre älter. Seine neugierigen und offenen Augen erinnerten mich an die eines treuen Hundes.

Während meine Begleiterinnen mit Tändeln beschäftigt waren und sich von uns entfernten, um miteinander zu plaudern, schaffte ich es kaum, meine Maske aufrechtzuerhalten. Der Metallsoldat wirkte verkleidet. Ein Schaf im Wolfsmantel. Etwas, das ihm ganz und gar nicht stand. Ich senkte die Lider. Plötzlich fühlte ich mich unheimlich nackt.

»Und warum seid ihr wirklich hier?«, flüsterte er, sodass nur ich es hören konnte. Er hatte mich durchschaut. Binnen einer Sekunde war ich mir dessen bewusst. Lügen zu erzählen würde nichts bringen. Er würde sie mir nicht glauben. Also entschied ich, die Wahrheit zu sagen. Vielleicht würde sie in seinen Ohren genauso unglaubwürdig klingen. Ich schluckte den Kloß in meinem Hals hinunter.

»Wir sind hier, um einen hinterhältigen Plan zu schmieden.« Meine Augen funkelten wie Feuerbälle. »Wir verführen euch und entlocken euch alle möglichen Informationen über unsere gefangene Prinzessin. Danach stürmen wir eure Stadt und holen uns das zurück, was uns gehört.«

»Das habe ich mir gedacht«, sagte er lächelnd. »Und jetzt die Wahrheit.«

»Such dir eine von diesen aus. Weitere werde ich dir nicht anbieten.« Ich zuckte mit den Schultern und wandte mich von ihm ab.

»Alle drei sind kaum zu glauben, also tendiere ich zu der ersten. Ihr würdet einen Fehler begehen, solltet ihr Letzteres tatsächlich in Betracht ziehen. Ich muss dir nicht sagen, was mit Verbrechern geschieht …« Nein, das musste er nicht. Elias verlorener Finger war uns Lehre genug.

»Du hast nichts gegen mich in der Hand, Soldat. Ich bin nur hier, um meine Familie zu beschützen. Meine Prinzessin«, sagte ich lächelnd und schlang mein Tuch fester um meinen geschminkten Mund. Worte waren gesagt. Doch ohne Zeugen waren sie nichts wert.

»Das stimmt wohl.«

Er würde mir nicht nützlich sein. Leider schien er es mit dem Gesetz nur allzu gut zu meinen. Ich hätte es wissen müssen, als mir seine treudoofen Augen aufgefallen waren.

»Kommt, Mädels. Wir verschwenden nur unsere Zeit.«

Ich nickte meinen Begleiterinnen zu, die sich schnell von den Soldaten wegrissen und ihnen mit klimpernden Wimpern zuwinkten. Vielleicht waren sie bei ihnen erfolgreich gewesen. Jede kleine Information könnte uns nützlich sein.

»Auf Wiedersehen, Jungs!«

»Halt!«, sagte der Soldat mit den blonden Haaren. Er hielt mich am Ellbogen zurück und zog mich mit einem bestimmten Ruck nach hinten. Seine Kameraden gluckten mit geröteten Wangen, doch sie waren viel zu sehr damit beschäftigt, Lahar und Siara hinterherzusehen. Ihre Tücher tanzten mit dem Wind.

»Mitternacht, unter der Brücke. Es gibt einen Eingang am Fuß des äußeren tragenden Pfeilers, kleine Stufen führen nach oben auf einen Steg, eine Brücke unter der Brücke sozusagen. Wir treffen uns auf der anderen Seite. Sieh zu, dass du allein kommst.«

Ich riss mich los und begegnete seinen glühenden Augen. *Augen können lügen*, sagte Zan Zahray immer. Doch konnten seine Augen lügen? Sie wirkten so neugierig und dann wieder so ernst. Eine Mischung aus stark und schwach. Aus heiß und kalt … Ich begann zu frösteln.

»Wer sagt mir, dass ich dir vertrauen kann?«

»Du willst doch etwas über deine Prinzessin erfahren, nicht wahr?«

Ich nickte langsam. Sein heißer Atem stieß mir gegen die Wangen.

»Ich habe Informationen, die dich interessieren dürften.«

»Und was willst du dafür?« Wenn mich mein Vater eines gelehrt hatte, dann war es, dass man nichts einfach so geschenkt bekam. Jede Information verlangte nach einer Gegenleistung. Ich knurrte bedrohlich, als sein Blick über meinen Ausschnitt wanderte.

»Ich bin kein leichtes Mädchen. Also schlag dir das aus dem Kopf!«

»Wer hat so etwas behauptet?«

»Ich meine ja nur.« Er zischte abfällig. Sein Kiefer begann zu mahlen.

»Ich kenne deine Prinzessin und habe Kontakt zum Palast. Wenn du also etwas über sie wissen willst, dann kooperierst du oder ich muss meinem Hauptmann Bescheid geben, dass ihr Ärger macht. Ihr wärt schneller weg, als euch lieb wäre.«

»Was willst du dann?« Er kam mir noch näher und legte seine

Lippen an mein Ohr. Jedes einzelne, verdammte Haar in meinem Nacken stellte sich auf, als er mir zuflüsterte: »Ich will Frieden … mehr nicht. Du musst wissen, dass ich meine Aufgabe sehr ernst nehme.«

»Deine Aufgabe, diese Pforten zu bewachen?« Er schob knurrend den Kiefer nach vorne.

»Meine Aufgabe, alles Böse draußen zu halten.«

Ich nickte und schluckte den Kloß in meinem Hals hinunter, der mich beinahe zu ersticken drohte.

»Keine Spielchen, Steandlerin, sonst wirst du es bereuen.«

»Spiel du keine Spielchen, Frioler«, zischte ich eisig zurück. Um seine Lippen begann es zu zucken, ein Hauch eines Lächelns kündigte sich an, doch verschwand augenblicklich wieder, als er sich einen Schritt von mir entfernte.

»Du kannst sehen. Etwas, das nicht jedem gegönnt ist«, sagte er.

Ich wusste nicht, was er meinte, doch ich hatte keine Zeit, darüber nachzudenken. Also drehte ich mich um und passierte mit eiligen Schritten die Brücke.

Ich knirschte mit den Zähnen.

Elia würde das alles nicht gefallen. Doch dieses Risiko musste ich eingehen.

22

Jana

»Nein!«, schrie Elia. Die Halsschlagader dabei so sehr angeschwollen, dass ich nur darauf wartete, dass sie platzte. Seine Augen waren rastlos. Sie zuckten hin und her und verfluchten mich. Ich beobachtete seine langen Finger, die sich um die Griffe der Dolche legten, die an seinem Gürtel hingen. Jede einzelne Klinge war tödlich und glitzerte im Schein der Flammen unseres Lagerfeuers. Wir mussten mehr als gut vorbereitet sein. Schließlich konnten wir dem Kupferstädter, der vermutlich ein Frioler war, nicht trauen. Ich schob mein Kinn nach vorne und verschränkte die Arme vor der Brust. Wir hatten einige Informationen, die uns nützlich waren. Zum Beispiel, dass es drei weitere Pforten gab, die zu Handelswegen führten. Lahar hatte gute Arbeit geleistet. Die Eingänge befanden sich in nahezu gleichmäßigen Abständen zueinander. Getarnt als Mauern, die nach oben gezogen wurden, wenn ein Händlerwagen den Fluss passieren wollte. Die Männer hatten Räderspuren im Staub entdeckt. Wenn wir weiterhin die Augen offen hielten, hatten wir vielleicht eine Chance, so einen Eingang zu finden.

Und dann hatte ich noch ein Ass im Ärmel. Eine direkte Verbindung zum Palast selbst, der unsere Erbin noch immer in seinen Fängen hielt. Elia wusste das. Ich war unsere einzige Chance, solange unsere Männer noch keinen anderen Weg gefunden hatten, ins Innere dieser Mauern zu gelangen. Uns rannte die Zeit davon.

»Du weißt, dass ich recht habe!«, verteidigte ich mich. Elia fluchte. »Du wirst nicht allein dorthin gehen!«

»Doch, das werde ich. Kümmere du dich lieber um dein leidendes Volk, Erbe. Ich kriege das schon hin!« Zan Zahray hatte noch immer nicht ihren Wagen verlassen. Elia war der Einzige, der uns jetzt noch Hoffnung spenden konnte. Und das brauchten wir. Jemanden, der einen kühlen Kopf behielt.

Ich sah zu den anderen hinüber. Von hier, der Stelle am Fluss, wo wir bereits gestern gesessen hatten, wirkten sie wie leblose Statuen. Wasserspeier in Brunnen, die kein Wasser mehr führten. Sie waren wie versteinert, während sie leise ihr Abendessen zu sich nahmen.

Die Stille stand ihnen nicht. Sie war mir fremd. Ein schlechtes Zeichen, das mich stets an Gefahr erinnerte. An einen *Hinterhalt* …

»Ich lasse dich nicht allein gehen!«

»Ich will dir nicht noch einmal erklären, was der Kerl gesagt hat. Du weißt genau, was passieren würde. Ich höre mir seine Geschichten an und dann werde ich verschwinden. Es besteht absolut keine Gefahr.«

»Doch, natürlich besteht Gefahr …« Elia machte einen Schritt auf mich zu und hob seine Hand, ließ sie vor meinem Gesicht schweben. Einen kurzen Moment dachte ich, dass er seine Wut und die Verzweiflung auf meine Wange brennen würde, so wie er sie schon an mir ausgelassen hatte, als er Sofija an jenem Abend weggesperrt hatte. Doch dann legte er seine Finger ganz behutsam und sanft an mein glühendes Gesicht.

Hitze überfiel mich. Sie drohte mich beinahe in die Knie zu zwingen, doch ich blieb standhaft.

»Wenn dir etwas geschehen würde, würde ich es nicht ertragen.«

Nun funkelten seine Augen. Vor dem immer dunkler werdenden Himmel. Ich wollte mich nicht so fühlen! Nicht so verwundbar unter seinem intensiven Blick, der mich augenblicklich das Atmen vergessen ließ. Doch Elia hatte diese Wirkung auf mich. Genau wie damals, als sein Volk mich aufgenommen hatte, als ich eine Schulter brauchte – seine Schulter –, an die ich mich lehnen konnte.

Für den Bruchteil einer Sekunde blinzelte ich auf seine heruntergekauten Lippen. Auf die Stelle, die ich mit Nadel und Faden berührt hatte, um seine Blutung zu stoppen und die reißende Wunde zu nähen, die sich bis über sein Kinn zog. Meine Fingerkuppen strichen über den frischen Schorf, unter dem sich alles verbarg, was ihn lebendig machte. Ich roch ihn. Seinen salzigen, verzweifelten Duft: Schweiß, fettiges Haar und auch Blut, das er sich noch immer nicht von der Brust gewischt hatte. Er war hier. Doch seine Gedanken waren so weit entfernt. Gefangen innerhalb der Mauern dieses verfluchten Königreiches aus Kupfer und Zinn.

Gedämpfte Musik drang zu uns herüber. Eine leise Aufforderung, die an meinen Muskeln zerrte, als würde das Schicksal mir einen Streich spielen.

Wieder dachte ich an den Tanzabend. An die Stunden, die ich gebraucht hatte, um mich hübsch zu machen. An das elendige Gefühl, das mir sauer aufgestoßen war, als er mich zurückgelassen hatte. Und an die vielen Bilder, die mein Verstand mir vorgegaukelt hatte: Sofija in seinen Armen. Diese Hand, die nun meine Wange berührte, an ihrer … kurz bevor er seinen Kopf zu ihr hinabsenkte und …

Die Musik zerrte immer heftiger an meinen Muskeln. Sie kribbelte auf meiner Haut und knisterte zwischen unseren Blicken.

Doch ich kam diesem Drang nicht nach. Ich machte einen Schritt zurück und verschloss mein immer schneller schlagendes

Herz, indem ich mir immer wieder eines vor Augen hielt: Sofija war schon immer so viel besser als ich gewesen. In allem.

Ich bebte, als ich sprach, und ballte meine Hände zu Fäusten: »Du weißt, dass es nur ein kleines Opfer wäre, wenn *mir* etwas passieren würde. Aber ich bin stark. Ich weiß, was ich tue.«

»Ich weiß, dass du stark bist, das warst du schon immer«, sagte er und sah zu den Türmen der Kupferstadt hinauf, die von hier unten noch unerreichbarer wirkten. Der majestätische Glanz ihrer Metalle ließ unsere Farben vor ihren Pforten wie Abfall wirken.

Ich nickte Elia noch einmal zu und versuchte, ein ungezwungenes Lächeln aufzusetzen.

Ich war schon immer stark gewesen. Schließlich hatte ich es immer sein *müssen*.

All die verschwommenen Kindheitserinnerungen, die von unserer Flucht geprägt waren, ermahnten mich immer wieder, stark zu sein. Elia nickte schließlich ebenfalls.

»Pass auf dich auf.«

Sobald das Ticken der großen Uhr die Mitternachtsstunde verkündete, würde ich vorbereitet sein.

Die Zeit verwandelte sich in ein Gummiband, das sich ins Endlose zog. Doch sobald der Mond am höchsten Punkt am Himmel stand, weckte mich das leise Signal der Kupferstadtuhr aus dem Halbschlaf. Ich schälte mich aus meinem Zelt und verschwand in den Schatten, die nach den Flammen unseres Feuers griffen. Einige der Männer standen Wache und liefen um die Zelte und Wagen herum. Ich erkannte ihre langen Schatten auf den Tüchern meines Volkes. Doch ich war geschickt. Verstecken konnte ich mich schon immer gut. Am Fluss würden sie mich nicht sehen. Die Mauer der Kupferstadt warf einen langen dunklen Vorhang auf das Ufer, das sich kaum von Erde und Wasser unterscheiden ließ. Die Lichter waren erloschen und die Kupferstadt wirkte nun wie ein massiver Felsen, der mir die Sicht nahm. Nur oberhalb der Brücke brannte Licht. Ein leiser Lichtkegel, der die geschlossenen Pforten erleuchtete.

Das Lied des Flusses ließ mich auf dem richtigen Weg gehen. Ein unheimlicher Nebel stieg auf. Jener, der so oft durch die Straßen der Kupferstadt kroch. Nur, dass mir dieses Mal die Angst im Nacken prickelte.

Ob das wirklich so eine gute Idee war?

Um darüber nachzudenken, war nun keine Zeit mehr. Ich hatte mich dazu entschlossen. Es war vielleicht unsere einzige Chance.

Sobald ich die Brücke zur Kupferstadt erreichte, lief ich an das Ufer. Der trockene, schräge Boden unter meinen Füßen schien beinahe zu brechen, als ich mich immer weiter dem Wasser näherte. Ich hörte den Sand, der mit meinen nackten Fußsohlen im eisigen Wasser landete. Ich biss die Zähne zusammen, als die Kälte langsam an meinen Beinen hinaufkroch und den Stoff von meinem Rock an meine Waden drückte. Wo war nur der Weg, von dem der Soldat gesprochen hatte? Es war so dunkel, dass ich kaum eine Hand vor Augen sehen konnte. Trotz des Mondlichts war kaum etwas zu erkennen. Nur Stein auf Stein. Und noch mehr Wasser, das gegen meine Waden schlug.

Doch dann sah ich ein Licht. Es befand sich auf der gegenüberliegenden Seite des Ufers, unterhalb dieser Brücke. Klein wie ein weit entfernter Stern. Und doch so nah, dass ich erkennen konnte, was sich um mich herum befand: Ich entdeckte wahrhaftig eine Nische im äußersten Pfeiler und ertastete die kleinen Stufen, von denen der Frioler gesprochen hatte. Vorsichtig stieg ich nach oben, ertastete die Stufen mehr, als dass ich sie sah. Schließlich erreichte ich den Steg, parallel zur Brücke über mir und dem Wasser, das im Lichtstrahl zu glitzern begann. Meine nackten Füße patschten auf dem steinigen Untergrund. Es roch nach abgestandenem Wasser und Feuchtigkeit, die sich nur in massiven Steinen festsetzen konnte. Der nasse Stoff meines Rockes klebte an meinen Beinen. Je weiter ich mich der Mitte näherte, desto dichter umgab mich der Nebel, der beinahe die ganze Brücke zu verschlucken schien.

Meine Kehle schnürte sich zu. Ich war nicht ansatzweise so furchtlos, wie ich dachte. War ich dumm und naiv, dass ich mich auf diesen Soldaten einließ? Einen Mann des Königs, der unsere Erbin gegen ihren Willen bei sich behielt?

Konnte *einer von denen* uns wirklich helfen?

Ich tappte durch gespenstischen Nebel, der nur von dem kleinen Lichtstrahl erhellt wurde. Eine Laterne, der ich folgte, bis sie plötzlich ausging. Fremde Schritte ertönten aus unbestimmter Richtung.

Schwere Schritte. Und da, ein leiser Atemzug, zu nah und zu plötzlich. Wurde ich verfolgt?

Ein Zischen.

Ängstlich drehte ich mich nach rechts, dann nach links. Hob meine Hände, versuchte, etwas zu ertasten. Doch da war … nichts.

»Hallo?«, flüsterte ich mit zitternder Stimme. Ich bekam keine Antwort. Meine Schritte wurden hektischer. Ich wand mich wieder und wieder – und stieß mit voller Gewalt gegen einen der Balken. Mein Kopf schwirrte. Mein Knochen klirrten noch lange nach dem unerwarteten Aufprall. Flüssigkeit pulsierte von meiner Stirn in meine Augen.

Worauf hatte ich mich nur eingelassen?

Ich taumelte. Mit der einen Hand meine brennende Stirn haltend, die andere weit vor mich gestreckt, sodass ich mich vor weiteren Zusammenstößen schützen konnte.

»Hallo?«, fragte ich wieder.

Plötzlich schlang sich von hinten ein Arm um meine Mitte. Eine Hand presste sich fest über meinen Mund, noch ehe ich schreien konnte. Ich roch Schweiß und Metall. Ein rostiger Geruch, der sich auf mein Gesicht presste und sich beißend in meiner Nasenhöhle ausbreitete.

»Scht!«, ermahnte mich eine heisere Stimme. Ich stieß gegen eine stählerne Brust, gefangen in Armen, die mich so festhielten, dass ich mich nicht bewegen konnte. Meine Muskeln spannten sich bis aufs Äußerste an und waren dennoch nutzlos. Versteinert.

»Ich bin es.« Der Soldat. Ich verkrampfte noch etwas mehr, als er mich mit langsamen Rückwärtsschritten nach hinten zog. Immer weiter in den Nebel und die Dunkelheit hinein.

Er würde mich mitnehmen. Mich für meine Dummheit bestrafen, ihm jemals verraten zu haben, was wir vorhatten. Ob sie mir etwas nehmen würden? Würde es wehtun, einen Finger zu verlieren? Eine Hand?

Verdammt! Ich war in einen Hinterhalt getappt. Ich hätte es wissen müssen! Die Dunkelheit und Stille verbarg so vieles. So viel *Schlechtes*.

»Bist du allein?« Ich schwieg.

»Es ist zu gefährlich. Wenn man uns beide sieht, bekomme ich die Zunge abgehackt. Also noch mal. Bist du allein?«

Die Melodie in seiner Stimme ließ kaum vermuten, was er wirklich vorhatte. Ich schauderte und kämpfte mit den Tränen, während seine Finger sich immer fester um meine Lippen schlossen.

Es würde wehtun. Alles, was mein Körper erfahren musste, hatte wehgetan. Jeder wund gelaufene Fuß, jede aufgerissene Haut, die bei unserer Flucht an Stroh und Holz hängen geblieben war. Doch ich nickte. Warum ich das tat, wusste ich nicht. Vielleicht war es einfach purer Instinkt, mein Leben zu schützen.

Sein Atem kitzelte in meinem Nacken.

»Also gut, hör mir zu. Heute Nacht hat König Lucius bekannt gegeben, dass er eine Frau gewählt hat. Eine mit einem großen Volk.« Er stockte und lockerte den Griff über meinem Mund kaum merklich, sodass ich gierig nach Luft schnappte. Hitze pulsierte hinter meiner Stirn und breitete sich prickelnd auf meinem Gesicht aus. Es waren Hunderte kleiner Nadeln, die in meine Haut stachen. Nein, das konnte nicht wahr sein.

Ich wusste, was er sagen würde. Es zerbrach mir beinahe das Herz, als ich unverhofft an Elia denken musste.

Nein!

»Es ist eure Prinzessin.«

Als er die Worte ausgesprochen hatte, trafen sie mich noch härter und brannten sich in meinen Verstand. *Sofija muss den König heiraten.* Sie kannte diesen Mann doch gar nicht, ausgeschlossen, dass sie das wollte! Als kleine Mädchen hatten wir oft über das Heiraten gesprochen. Gerade weil jene Feste bei uns Steandlern von großer Bedeutung waren. Eine Heirat war die Geburt einer neuen Familie und bedeutete die Weitergabe der Traditionen an eine neue Generation: Freiheit und Zusammenhalt – die höchsten Werte der Gründerfamilien, die nun unser Volk führten.

Als ihr Vater starb, wurde Sofija vor allen Dingen eines klar. Sie war die letzte Erbin der Familie Rea. Sie musste die Traditionen weiterführen, sobald sie ihr Erbe mit ihrem achtzehnten Geburtstag antrat. Und jetzt sollte dieser wichtige Teil einer Familie einfach so wegbrechen? Nein, das konnte der König von Kupfoa nicht machen!

Sofija würde alles verlieren. Ihren Namen, ihr Volk und vor allem eines – ihre Freiheit.

»Warum?«, flüsterte ich in seine Hand und wand mich geschickt unter seinen Armen hervor. Verräterische Tränen perlten meine

Wange hinunter, als ich seine Schemen zwischen Nebel und Mondlicht erkennen konnte. Ich stand in seiner Umarmung. Sie hielt mich zusammen, als ich nach seinen hellen Augen suchte.

Stattdessen traf mich sein heißer Atem. Er schlug unkontrolliert an meine Wange und setzte sich in meiner Nase fest. Honigsüß.

»Ich weiß es nicht«, sagte er und sah dabei so ehrlich aus, doch ich schüttelte den Kopf.

»Warum sagst du mir das?« Was hatte er für einen Grund, solche Informationen einer Steandlerin weiterzugeben?

Keine Antwort.

Sein Griff um meine Mitte ließ nach, der Druck seiner Hände war so sanft wie ein Kleidungsstück, ein Gürtel, den ich um die Hüften band. Seine Worte trafen auf meine nassen Wangen.

»Sag es deinen Leuten. Und schlagt es euch aus dem Kopf, eure Prinzessin jemals zurückzuholen!«

»Nein …«

»Sag es den Steandlern. Sonst geschehen schlimme Dinge.«

»Warum sagst du mir das?«, fragte ich wieder. Ich hörte, wie er nach Luft schnappte. Eine endlos lange Sekunde verstrich, und ich dachte schon, dass er mir gar nicht mehr antworten würde, doch dann flüsterte er: »Weil … ich weiß, was Krieg bedeutet … und ich unschuldige Menschen davor bewahren möchte. König Lucius ist nicht der, für den alle hier ihn halten. Er ist ein …«

Er stockte, nach Worten suchend. Sie schienen ihm zu widerstreben, und ich versteinerte unter der Furcht, die langsam meine Wirbelsäule hinabkroch.

Als er weitersprach, überfiel mich eine Gänsehaut, die meinen Körper umgab wie ein Käfig.

»… Monster.«

Ein Monster …

»Sag es ihnen und rette sie! Ihr werdet eure Prinzessin nie wiedersehen. Haut hier ab und kommt nie wieder her! Los! Sag es ihnen!«

Ich setzte mich in Bewegung. Ich taumelte und stolperte, doch ich schaffte es irgendwie, mich fortzubewegen. Irgendwann erreichte ich den Spalt, in dem ich verschwunden war. Das leise Feuer meines Volkes sandte mir einen rettenden Lichtstrahl, der mich aus dem dichten Nebel befreite. Sobald ich aus dem Spalt sprang und im nassen Wasser landete, sah ich ihn schon. Seine Hände zu Fäusten geballt, die die Luft zerschlagen wollten.

»Du hast es gehört«, sagte ich und wischte mir über das Gesicht.

Blut und Tränen bemalten meine Hand. Es waren seine Schritte gewesen, die ich hinter mir gehört hatte. Er war mir gefolgt. Ich hätte es besser wissen müssen, dass ich ihn nicht so leicht von meinem Plan überzeugen könnte.

Elia antwortete nicht. Aber das Glitzern auf seinen Wangen verriet ihn.

»Er ist ein Monster, Elia«, flüsterte ich so leise, dass ich mir nicht sicher war, ob er mich überhaupt hören konnte. Aber das würde den Erben der Familie Lean nicht daran hindern, seine Sofija zurückzuholen. Schließlich *liebte* er sie. Er hatte es schon immer getan, auch wenn es mir wehtat.

»Ich hole sie da raus«, knurrte er, packte unsanft meine Hand und zog mich aus dem kühlen Nass. Ich stolperte keuchend den Hang hinauf. Schwindel überfiel mich, noch ehe ich festen Untergrund unter meinen Füßen spüren konnte. Es war, als würde ein Vorhang zufallen. Jener, hinter den sich unsere Artisten zurückzogen, nachdem sie bejubelt wurden. Ich hatte kein akrobatisches Talent, keine Tanzbeine, keine Singstimme. Mein Platz war stets hinter den Ständen, beim Verkauf. Ich blinzelte heftig und versuchte, meine Augen offen zu halten.

Doch ich sackte zusammen, als würde ein Seil reißen, das mich die ganze Zeit festgehalten hatte. Heute fiel der Vorhang ausnahmsweise auch für mich. Elias Arme fingen mich auf und betteten mich sanft, ehe die Dunkelheit endgültig von mir Besitz ergriff.

»Und wenn es das Letzte ist, was ich tue.«

23

Sofija

Widersetze dich nie einem Gesetz des Königs. Es könnte dein letzter Zug gewesen sein.

Die warnenden blauen Augen der Namenlosen verfolgten mich in jedem Traum. Und wenn ich aufwachte, waren sie stets da, bestimmten meinen Tagesablauf.

König Lucius' Lippen brannten auf meinen. Sie schmerzten vor Sehnsucht nach mehr, doch noch mehr schmerzte mein blutendes Herz, weil ich mich verkauft hatte.

Mich und meine Freiheit.

Noch jetzt hörte ich die Stimme des Ministers, der unser Bündnis verkündet hatte. »Seine Majestät, König Lucius …«, hatte es durch den Saal gehallt. Hunderte schöner Menschen hatten zu uns hinaufgesehen. Auf ihren König aus Silber und Gold, der sein Kinn anhob und alle mit einem gütigen Lächeln versah, nachdem sie in einen ergebenen Knicks gefallen waren. Dann hatten sie sich mir zugewandt, erstaunt, als er meine Hand in seine nahm und sie gen Himmel hob.

»… und seine Verlobte Sofija Rea Linn, Erbin des fahrenden Volkes.«

Dabei hatte ich in goldene Augen gesehen, die von unten zu mir hinaufsahen. Noch immer erkannte ich so viel Abscheu in ihnen, dass ich es nicht wagte, seinem Blick noch einmal zu begegnen.

Doch der Anblick meiner umschlungenen Hand, die in der Hand eines Selters lag, war noch viel beängstigender. Ich schluckte schwer, als ich Wut und Verwirrung in den Gesichtern der Gäste sah, aber reckte würdevoll meinen Kopf nach oben und sah zum Kronleuchter. Und dann zuckte ich zusammen, als ich einen Schrei hörte und sah, wie ein Mann die hübsche Kupferstädterin hinter sich herzog, mit der der Lügenprinz zuvor getanzt hatte. Ich verschloss meine Züge, imitierte die Masken der Wachen, die sich unmittelbar neben uns positioniert hatten.

Ich würde ihnen nicht zeigen, dass mein Inneres in Fetzen lag.

Was war mit meinem Volk? Wie ging es Zan Zahray? Und was viel wichtiger war, wie ging es Elia, meinem besten Freund? Niemals würden sie mich loslassen. Und niemals würde ich meine Entscheidung anzweifeln, sie alle aufgegeben zu haben … damit sie überlebten. Der Preis, den ich zahlte, war nicht ansatzweise so hoch wie der ihrer Leben.

Sie hatten meine Sachen in das Gemach gebracht, was mir signalisierte, dass dies jetzt mein Heim war. Mein Zimmer aus Silber, Gold und teuren Stoffen.

Das wenige, was ich besaß, lag ordentlich zusammengefaltet oder ausgebreitet auf der silbernen Decke. Es war komisch, alles nebeneinanderliegen zu sehen – mein ganzes, halbes Leben.

Mein rotes Tuch lag neben meinem Tanzkleid, das mit den Metallplättchen, die beim Tanzen um meine Hüften schwangen. Das Tuch um die Taille wirkte in dem gedämmten Kerzenlicht beinahe schwarz, die Plättchen hingegen wie pures Gold – ein Kontrast, der nicht größer hätte sein können, wie ich traurig feststellte.

Neben dem Kleid lagen mein Hut und der Trauerschleier, den ich seit meiner Ankunft vor wenigen Tagen bei der Reise durchs

Ödland nicht einmal abgezogen hatte. Jana hatte ihn mir gegeben. Den Stoff hatte sie vor langer Zeit in Smarakta gekauft und mir vermacht, nachdem mein Vater gestorben war. Unwillkürlich musste ich daran denken, wie sie ihre Stoffe bearbeitete.

Wie sie beschwichtigend über ihre Nähte strich, wenn sie etwas aufwühlte. Immer dann biss sie sich auf die spröden Lippen und fuhr über das genähte Garn, als könnte sie sich somit beruhigen. In der Hoffnung, dass mich die Beständigkeit der Nähte ebenfalls beruhigen konnte, nahm ich das Tanzkleid an mich, als könnte ich so mit mit ihr sprechen. Sie war mir stets nah gewesen. So nah, wie man nur einer Schwester sein konnte.

In jeder Naht konnte ich sie spüren. Ihre Nähte waren fein und gezielt. Selbst die Kupferstädter schätzten ihre Kunstwerke. Deshalb stutzte ich kurz, dass ich über dem Ausschnitt eine schiefe Naht ertastete, die sich ungeschickt über die Raffung des Stoffes zog. Ich richtete mich auf und begutachtete die schnellen Stiche meiner Freundin mit dunklem Garn. Das hatte es zuvor noch nicht gegeben. Da war ich mir sicher. Ich grub meinen Finger unter einen zweiten Stoff, der zuvor ordentlich vernäht worden war, damit er um die Brust herum nicht durchsichtig wirkte. Ich erkannte einen großen Riss an den Nähten, als wäre die Stelle mit fahrigen Fingern aufgerissen und anschließend wieder zugenäht worden. Mit einem Ruck riss ich die neue Naht auf und griff in das Kleid. Ich schreckte zurück, als ich den Gegenstand ergriff, der sich in den Stoffwindungen meines Kleides versteckte. Blut tropfte aus einer kleinen Schnittwunde, als ich meinen Finger vor mein Gesicht hielt.

»Das kann doch nicht …«, flüsterte ich kaum hörbar zu mir selbst.

Ich packte den Griff des Dolches, der sich zwischen zwei Stofflagen und Metallplättchen versteckt hatte. Jana musste ihn versteckt haben, noch ehe die Soldaten das Kleid mitgenommen hatten.

Entgeistert schüttelte ich den Kopf und schluckte den Kloß in meinem Hals herunter. Jana hatte vermutlich ihr Leben aufs Spiel gesetzt, um mir diesen Gegenstand zu vermachen.

Ich dankte den Geistern der Vergangenheit und sandte ihnen einen stummen Steandlergruß mit zum Himmel. Die geballte Faust, die ich an mein Herz presste, ehe ich sie auflöste und ihn in einer kreisförmigen Bewegung durch die Luft sandte.

Ich würde mit dem Dolch nicht weit kommen. Doch ich würde mich verteidigen können, wenn es drauf ankam. Ich dachte an Haymish und hatte mit einem Mal richtig Lust, seine Geduld auf die Probe zu stellen.

Der König war ein großzügiger Mann, der mir jeden Tag ein kleines Geschenk machte, weil ich ihn nur selten zu Gesicht bekam. Mal waren es funkelnde Ohrringe, die aussahen wie Sterne. Mal waren es teure Seidentücher, die mich an Janas talentierte Hände erinnerten. Und einmal schenkte er mir eine funkelnde Kette, die schwer und kalt um meinen Hals lag. Die mein Elsterherz eigentlich hätte höherschlagen lassen müssen. Doch es war taub geworden.

Die Geschenke stapelten sich in Kisten neben dem pompösen Bett. Fast alle waren unberührt. In genau jenem Zustand, in dem sie mir von der Namenlosen überbracht worden waren.

Das ganze Gold der Welt konnte mich nicht mehr glücklich machen.

In den endlosen Nächten dachte ich an meine Familie, was mich kaum schlafen ließ. Sie fehlte mir so sehr wie der Wind, den ich innerhalb der glänzenden Mauern schmerzlich vermisste. Der Palast war wie ein riesiger Käfig aus Gold und Silber. Es war, als nehme er mir die Luft zum Atmen. Als würde er mich nach und nach in die Knie zwingen.

Ich verbrachte meine Tage nach einem ganz bestimmten Rhythmus, der mich an das Ticken der Uhr auf dem Marktplatz erinnerte, das ich im Palast nicht hören konnte. Ihre Beständigkeit teilte meinen Tag in fünf Phasen ein, die sich wieder und wieder wiederholten. Ein trauriges Dasein, das mich abstumpfte. Das Mädchen im Spiegel sah mir gar nicht mehr ähnlich.

Die erste Phase bestand darin, dass ich von der Namenlosen geweckt wurde. Sie brachte mir ein festliches Frühstück, das ich meist kaum anrührte.

Danach kamen wir zur zweiten und für mich weitaus unangenehmsten Phase des Tages, wenn sie mich verkleidete wie eine Puppe und meine wilden Haare mit einer Hochsteckfrisur zähmte. Dann ließ sie mich lange allein, bis irgendwann die dritte Phase des Tages anbrach. Die Phase, die mir am liebsten war – das Mittagessen im goldenen Salon.

Der Raum machte seinem Namen alle Ehre. Selbst die Wände waren in Gold gehalten, bis hin zum schmuckverzierten Besteck. Als die Namenlose mich das erste Mal in diesen Raum geführt hatte, wusste ich nicht, wo meine Augen rasten sollten. Überall war etwas zu sehen: die goldenen Kristalle des Kronleuchters. Goldene Bilderrahmen, goldene Kerzen, die in goldenen Kerzenständern standen. Sogar ein goldener Teppich, der sich bis in jeden Winkel zog.

Daher hatte ich den Mann lange nicht bemerkt, der am anderen Ende einer langen Tafel saß, die für zwei Personen gedeckt war. Ich erschrak, als er sich von seinem knarrenden Stuhl erhob und mich hinter dicken Brillengläsern musterte.

»Du musst Sofija Rea Linn sein. Die Erbin der Steandler, habe ich recht?« Er hörte sich an, als wüsste er jedes Geheimnis, das es auf der Welt gab. Seine Stimme war rostig, aber aufgeweckt, ich meinte sogar, Neugier in ihr zu hören.

Ich hakte meine Finger ineinander und sah auf den Boden, als er sich mir näherte. Alles innerhalb dieser Mauern schüchterte mich ein und ich suchte nach einem Versteck. Einem Anker … meinem Tamburin, irgendetwas, das mir Halt gab.

»Du musst keine Angst haben. Ich bin nur ein alter Bibliothekar und kein Mann der Politik oder Wirtschaft. Mein Name ist Jonathan, aber du kannst mich gerne Jon nennen.«

»Fija«, flüsterte ich kratzig, machte einen Knicks und kam einen Schritt auf ihn zu.

»Fija«, raunte er und strich sich über das gealterte Gesicht. »Welch schöner Name!« Er schenkte mir ein ehrliches Lächeln und deutete auf den freien Platz am anderen Ende der Tafel. »Du musst hungrig sein. Setz dich.«

»Nicht wirklich«, sagte ich, doch kam seiner Aufforderung nach. Er hatte eine besonders ruhige Ausstrahlung, die mir nach und nach die Angst nahm.

»Dann bleibt eben mehr für mich übrig.«

Ich lächelte ihm zu und lauschte seiner ruhigen Stimme, die mich in andere Sphären zog. Mit seiner Sprache konnte er Bilder formen, Welten erschaffen. Es war leicht, ihn zu mögen, da er mich nicht verurteilte, wie alle anderen es scheinbar taten. Weder mit einem vernichtenden Blick wie jenem des Lügenprinzen noch mit der unstillbaren Begierde, die in den Augen des Selterkönigs lag. In Jons Gegenwart war ich einfach nur Sofija. Nicht mehr und nicht weniger.

»Ich freue mich, endlich Gesellschaft zu haben. Die anderen Minister und Wichtigtuer sind sich zu schade, mit dem alten Bibliothekar am Tisch zu sitzen. Früher war das anders. Früher habe ich hier noch mit der Königsfamilie gespeist.«

»Und warum ist das nicht mehr so?«, fragte ich, doch biss mir auf die Zunge, als mir bewusst wurde, was ich da gerade gesagt hatte. Wie sollte er noch mit der Königsfamilie speisen? Schließlich waren die Königin und der ehemalige König tot.

Dem alten Mann schien dies jedoch nichts auszumachen und er plapperte weiter, während Dienstmädchen in den Raum kamen und das Essen auf goldenen Tabletts servierten und unsere Gläser mit Saft füllten.

»Zeiten ändern sich …«, brach seine welke Stimme. »Jedenfalls bin ich froh, dass du nun da bist. Du scheinst den Laden etwas aufzumischen.« Er klatschte in die Hände und hob das volle Glas. »Darauf sollten wir anstoßen.« Ich tat es ihm nach und lächelte.

Wenn wir Steandler anstießen, ließen wir unsere Lehmkrüge aneinanderknallen. Hier tat man es nur, indem man sich in die Augen sah und das Glas gen Himmel hob. Jon seufzte, als er das Glas abstellte und das Besteck in die Hand nahm.

»Der Prinz hat mir bereits erzählt, dass du ein hübsches Mädchen bist. Ich habe es kaum glauben können, wo er doch so nörglerisch mit allem ist.«

»Der Prinz?« Ich verschluckte mich an meinem Gemüse und hustete wenig damenhaft, was Jon zum Kichern brachte.

»Oh ja. Er kam heute Morgen zu mir und hat mich nach einer besonderen Schrift gefragt. Ich wäre gemein, wenn ich dir verrate, was genau er wollte, also sagen wir einfach mal, dass es ein Exemplar seiner gängigen Auswahlen betraf. Strategisches Handeln. Kriegsführung und all jenes Zeug.« Er seufzte theatralisch.

»Nebenbei erwähnte er, dass sein Bruder sich ein hübsches Mädchen als Braut gewählt hat. Er klang fast ein wenig eifersüchtig.«

»Der und eifersüchtig?« Wut prickelte in meinen Wangen – Wut darüber, dass der Lügenprinz mich schon wieder bloßstellen musste. Vermutlich machte er sich über mich lustig.

»Eric ist kein Typ, der gerne zugibt, wenn etwas an ihm nagt.

Doch dazu kenne ich ihn zu gut.« Jon zwinkerte mir zu, beließ es zu meiner Erleichterung dabei und ich gab mich meinem stummen Grübeln hin. Ich spießte eine Karotte auf und zermalmte sie langsam und qualvoll.

Der Prinz war gemein. Aber welchen Grund hatte ich ihm dafür gegeben? Welchen triftigen Grund? Keinen, den er sich unter Ach und Krach zusammenreimen musste.

»Der liebe Eric muss dich ganz schön wütend gemacht haben, wenn ich mir dein Gesicht so ansehe und die armen Karotten betrachte, die so mörderisch aufgespießt werden.«

»Nicht wütend«, sagte ich mit zusammengebissenen Zähnen. *Stinkwütend*, wollte ich sagen, aber ich schaffte, es ein Lächeln aufzusetzen.

»Vermutlich hatten wir keinen guten Start«, beruhigte ich mich in letzter Sekunde.

»Vermutlich«, lachte Jon und zuckte die Schultern. »Komisch. Dieses Bild habe ich schon mal gesehen.« Er sagte nichts mehr und auch ich aß schweigend weiter.

Als wir fertig waren, räumten die Dienstmädchen die leeren Teller ab. Die Namenlose jedoch war nirgends zu sehen.

»Wir sollten keine Zeit verlieren, ehe der König nach deiner Anwesenheit verlangt. Ich möchte dir zu gerne meine Bibliothek zeigen, hast du Lust?«

Es war einfach, Jon zu mögen. In vielerlei Hinsichten erinnerte er mich nämlich an Zan Zahray. Meine Familie. Also setzte ich ein Lächeln auf, auch wenn es mein Herz nicht erreichte.

Die Bibliothek bestand aus unzähligen Büchern, die sich in den Höhen der Decke verloren. Jon passte zu diesem Ort. Seine Haut war grau wie der Staub, der die Ecken bevölkerte, und knittrig wie die Buchseiten der ältesten Exemplare. Er beobachtete mich, als ich eines der Regale genauer betrachtete.

»Diese Bücher habe ich mindestens schon zehnmal gelesen. Hast du ein Lieblingsbuch?«, sprudelte er aufgeregt, was mich vermuten ließ, dass er nicht oft Besuch bekam. Mein Lächeln gefror binnen Sekunden, als ich beschämt den Kopf schüttelte.

Nie hatte ich gelernt zu lesen. Oder zu schreiben. Ich konnte eigentlich nichts wirklich gut, außer tanzen, wie ich mit Erschrecken feststellte.

»Ich kann nicht lesen.«

»Aber sicher kannst du lesen!«, munterte mich Jon auf und zog eines der Bücher heraus, das besonders abgegriffen aussah. »Du kannst es vielleicht *noch* nicht. Aber spätestens nach ein paar Übungen wirst du es sicher lernen!«

Seine Euphorie steckte mich an und ich nahm das Buch, das er mir entgegenhielt, in die Hand.

»Das ist eine Liebesgeschichte. Sie erzählt vom Gott der Sterne. Prinz Ebelon.«

»Ich habe von ihm gehört! König Lucius hat mir die Sternwarte gezeigt, die einst ihm gehörte«, sagte ich aufgeregt und fuhr bedächtig mit den Fingerkuppen über den Buchrücken und den Bruch, der wohl verriet, dass es besonders oft gelesen wurde.

»Oh ja, die Geschichte von Prinz Ebelon und Krestelle hat unseren Lucius schon immer beeindruckt«, sagte Jon und klappte das Buch auf, das ich hielt. »Er würde es heute nicht mehr zugeben, aber ich meine, er hat es immer wieder von vorne gelesen, sobald er es beendet hatte.«

Vor mir offenbarte sich ein Meer aus Buchstaben, die keinen Sinn ergaben. Geschmückt waren die Buchseiten mit unzähligen Sternen, die in den Text übergingen. Ganz so, als wären sie zwischen den Zeilen gefangen.

»Ihr Steandler habt keine Götter, an die ihr glaubt, nicht wahr?« Ich schüttelte den Kopf.

»Wir glauben an alles, was vergangen ist. Und alles, was kommen wird.« Jon nickte aufgeregt. »Das Schicksal also …«, sagte er und leckte sich über die dünnen Lippen. Er blätterte an den Anfang der Buchseiten und deutete auf den ersten Buchstaben, der alle anderen durch seine Schmuckelemente überstrahlte. Er wirkte wie ein Haus mit einem spitzen Dach.

»Das ist ein A. Ein A für Anfang.« Ich strich über das gedruckte Wort und folgte der Spur, die seine Finger hinterließen.

»Am Anfang gab es die Sterne, die die ewig währende Nacht erhellten«, las er bedächtig vor. »Sie sahen auf die Menschen hinab und spendeten ihnen in Zeiten der Dunkelheit Trost. Zwei von ihnen strahlten so hell, dass sie schnell zu den Sternen der Liebenden wurden, wie die Menschen sagten. Ausgerechnet jene, die nie zusammenfinden würden, da eine Unendlichkeit zwischen ihnen lag.«

Die Buchstaben formten sich zu seinen Worten. Es war, als lösten sie sich vom Papier und erzählten ihre eigene Geschichte, die in meinen Kopf lebendig wurde.

»Einer der Sterne war Prinz Ebelon, der die Südseite der Welt bevölkerte. Der andere war Prinzessin Krestelle, die Herrin des Nordens. Um sich zu sehen, erstrahlten sie in jeder Nacht so hell es ging. Bis eines Tages die Sonne ihre Stunden bestimmte. Der Wunsch, Prinzessin Krestelle zu sehen, wuchs in Prinz Ebelon mit jedem Tag mehr. Und so geschah es, dass der Mond, sein Vater, seinem Sohn ein Angebot unterbreitete …« Jon stockte und sah mich erschrocken an.

»Was hat er?« Gespannt sah ich Jons Lippen zu, die sich zu einem Lächeln verformten.

»Wenn du lesen könntest, dann wüsstest du, wie es weitergeht.«

»Bringst du es mir bei?«

»Darauf habe ich gewartet.«

Ich stimmte in sein Lächeln ein und setzte mich an den voll beladenen Schreibtisch, zu dem Jon mich führte.

»Neugier ist der beste Weg zum Ziel. Lass uns mit dem Alphabet beginnen.«

Jon war ein geduldiger Lehrer. Nicht einmal machte er sich über mich lustig oder verzweifelte an meinen dummen Fehlern. Vielmehr spornte er mich an, die Geschichte des Prinzen der Sterne selbst zu erfahren. Doch dafür blieb nicht genug Zeit.

Viel zu schnell kam eine der Wachen in die Bibliothek und geleitete mich zurück in mein Zimmer, wo ich für die vierte Phase hergerichtet werden sollte.

Meinen einsamen Tanz, der noch vor der fünften und letzten Phase stattfinden musste –, dem Abendessen mit König Lucius und dem Lügenprinzen im königlichen Salon.

Immer, wenn die Namenlose mich zur späteren Stunde holte und mir mein Tamburin in die Hand drückte, wusste ich, dass die fünfte Phase bald anbrechen würde. Und sosehr ich die Zeit auch verabscheute, da sie nie zu vergehen schien, wünschte ich mir kurz vor Phase fünf stets, dass ich sie anhalten konnte. Weil der König und der Prinz mich mit ihren Blicken verschlangen, als sei ich ihr Abendmahl. Weil die Brüder kaum miteinander sprachen und dennoch so viel zwischen ihnen schwebte. Weil das Lächeln des Königs mir eine Gänsehaut bereitete, weil es mich gleichzeitig abstieß und anzog.

Meine Freiheit hing nicht nur am seidenen Faden. Sie lag gefesselt vor meinen Füßen auf polierten Marmor, sobald ich in seine Augen sah.

Irgendetwas machten sie mit mir. Ich wusste nur nicht, ob es gut oder schlecht war.

24

Sofija

Heute war Phase drei viel zu schnell vorbei. Jon schloss gerade das Lehrbuch, als einer der Wachen hereintrat und mit einem leichten Kopfnicken signalisierte, dass es Zeit war zu gehen.

Phase vier würde bald anbrechen. Die Namenlose wartete bestimmt in meinem Gemach, um mich für das Tanzen herzurichten. Wie sehr ich diese Aussicht in jenem Moment verabscheute.

»Kannst du mir morgen vorlesen?«, fragte ich ungeduldig und sah auf das dunkelrote Buch, das auf Jons Schreibtisch lag.

Prinz Ebelon und seine Krestelle warteten darauf, gelesen zu werden.

Der Bibliothekar lachte und nickte schließlich gütig.

»Vielleicht schaffst du einige Worte schon selbst.« Ich mochte es, dass er stets das Positive in allem sah. Ich nickte aufgeregt und strahlte ihn an.

»Ich freue mich auf morgen«, sagte ich und nahm meinen langen Rock zusammen, während ich auf den Wachmann zueilte, der im Türrahmen stand. Dieser schien unter seiner Maske zu versteinern, als ich meinen Arm hob und ihn aufforderte, meine Hand bei sich einzuhaken. Er musste ein anderer sein als jener, der mich sonst immer abholte. Dieser hatte nämlich selbstverständlich meine Hand entgegengenommen und nicht erst auf meine Aufforderung gewartet.

»Man sagte mir, dass es sich schickt, die Hand einer Dame unterzuhaken«, erklärte ich.

»So?«, nuschelte der Wachmann und raffte die Schultern. Ich zuckte vor seiner düsteren Stimme zurück, da ich nicht erwartet hatte, dass er mir tatsächlich antworten würde. Der andere Wachmann, der mich die Tage davor abgeholt hatte, hatte nämlich stets eisern geschwiegen.

»Ja. So wurde es mir beigebracht. Zumindest meinte Jon, dass dies sittlich ist.« Ich sandte ein letztes Lächeln zu Jon, der mir zuzwinkerte.

»Sie lernt schnell.«

»Na dann.« Der Wachmann machte abermals einen Diener und nahm mit spitzen Fingern meine Hand entgegen, um sie auf seinem Unterarm zu positionieren. Es fühlte sich ungewohnt an. Ganz so, als widerstrebte ihm meine Anwesenheit.

Um ehrlich zu sein, hatte ich damit gerechnet, dass sie mich behandeln würden wie die Soldaten, die mein Volk bedrängt hatten. Doch sie alle waren so *nett*.

Dieser Wachmann war der erste, der seine Abneigung nicht verhehlte.

Er, Haymish und natürlich der Lügenprinz. Unwillkürlich knirschte ich mit den Zähnen, als sich sein angewidert verzogenes Gesicht vor meine Augen schob. Bis jetzt hatte er mich erfolgreich ignoriert.

Außer, wenn ich tanzte. Dann stand er neben seinem Bruder und verschlang mich mit diesen sonderbar goldenen Augen.

Der Arm des Wachmannes war bis aufs Äußerste angespannt.

Wir schwiegen, als wir durch die dunklen Gänge schritten. Nur das sperrige Licht der goldenen Kerzen beleuchtete den Teppichboden und die Bildergalerie der Ahnen und Berater der Königsfamilie. Ich erkannte den Minister, der nahe dem Bildnis des Königs hing. Das Bildnis des Lügenprinzen hing in dem Gang, der in mein Gemach führte.

Ich hatte es in den letzten Tagen ignoriert, was gar nicht so einfach war, weil der Künstler ihn so gut getroffen hatte, dass man meinen konnte, er würde jeden Moment aus dem Rahmen springen.

Sie sind wie Tag und Nacht, dachte ich. Der König und sein Bruder. Während Lucius beängstigend kühl und doch sanft wie der Silbermond strahlte, war der Lügenprinz die heiße Sommersonne. Der Unterschied hätte zwischen den Brüdern nicht größer sein können.

Mein Blick flog über die Formation aus goldenen Bilderrahmen, die sich von den hohen dunklen Wänden abhoben. Das Bildnis eines prachtvollen Mannes mittleren Alters war gestern abgenommen worden. Dort, wo vorher der Rahmen gehangen hatte, präsentierte sich nun eine unangenehme Leere. Eine Leere, die mich anzuschreien schien, als ich an ihr vorbeilief. Das Gesicht des Mannes hatte mich die letzten Tage begleitet – und ich schien die Einzige zu sein, die nicht so tat, als hätte es ihn nie gegeben.

»Was starrt Ihr so?«

»Ich starre, so viel ich will, Wachmann«, entgegnete ich. »Wenn es Euch aber interessiert: Ich frage mich, was es mit dem Mann auf sich hat, der zuvor hier gehangen hat.«

»Ihr meint den König?« Der Wachmann verkrampfte kaum merklich. Er räusperte und korrigierte sich: »Ich meine, den ehemaligen König«, er stieß Luft aus. »Das ist eine lange Geschichte.«

»Ich mag Geschichten.«

Er antwortete nicht. Stattdessen beschleunigte er seinen Gang. Bedächtig achtete ich auf den geraden Rücken und die langen, grazilen Schritte des Wachmannes. Ich hatte Schwierigkeiten, ihnen zu folgen, war immer einen Schritt hinter ihm und schaffte es kaum, sein Tempo zu halten. Ich kam mir lächerlich vor.

»Haben wir es eilig?«, fragte ich also außer Puste, als er noch mal einen Zahn zulegte.

»Nein«, knurrte der Wachmann ungehalten und zog mich in den nächsten Gang.

Wir nahmen einen anderen Weg als sonst, passierten nicht das Bildnis des Lügenprinzen im Gang, der direkt in mein Gemach führte. Weit entfernt vom jetzigen König. Ich hatte mich schon oft gewundert, warum das so war. Aber vermutlich verlangte auch dies nach einer Geschichte, die er mir nicht erzählen würde. Ich biss die Zähne zusammen.

»Warum rennen wir dann so?«

»Weil.«

»*Weil* ist keine Antwort«, bemerkte ich, blieb stehen und ballte meine Hände zu Fäusten, da mir seine Sturheit die Hitze ins Gesicht trieb. Warum war dieser Wachmann so kühl und feindselig?

Ich beobachtete, wie er seine Schultern straffte. Widerstrebend drehte er sich zu mir um und verschränkte die Arme vor der Brust. Elia konnte das ebenfalls gut. Genauso hob er auch den Kopf, wenn er mich in seinem Wesen überstrahlen wollte.

Lava kochte in meiner Brust.

»*Weil* ist eine Antwort«, beharrte er hartnäckig, woraufhin ich energisch den Kopf schüttelte.

»*Weil* erklärt rein gar nichts.«

Darauf wusste er nicht zu antworten, streckte mir stattdessen nur die Hand entgegen. Eine stumme Aufforderung, dass ich ihm folgen sollte.

»Ich habe den Auftrag, Euch in Euer Gemach zu geleiten.«

»Dann habt Ihr Euch wohl verirrt, denn mein Gemach liegt in der entgegengesetzten Richtung.« Ich deutete zu dem Gang mit den Bildnissen der Mitglieder der Königsfamilie. Der Weg, den wir einschlugen, führte hingegen in pure Dunkelheit. Meine Nackenhaare stellten sich auf, als mich eine kühle Brise erfasste. Mir widerstrebte es, mit ihm allein dort durchzugehen. Wenn ich nur seine Augen und die lebendige Partie seines Gesichtes gesehen hätte, um die Geschichten darin zu lesen. Doch in dem gewölbten Silber seiner Maske sah ich nur das Kerzenlicht, dunkle Wände und meine verschwommene Statur.

»Ihr habt eine lose Zunge.«

»Das hat der Prinz auch schon bemerkt«, konterte ich zähneknirschend.

»Vielleicht hat er ja recht gehabt.«

»Nun, Euch steht nicht zu, darüber zu urteilen. Dafür müsstet Ihr ein aufgeblasener, arroganter Gockel sein, wie der Prinz es ist«, neckte ich und hob mein Kinn an, um mein Urteil zu unterstreichen. Ich sah, wie seine Lippen sich zu einem dünnen Strich verzogen.

»Damit könntet Ihr recht haben«, zischte er ungehalten und kam einen Schritt auf mich zu, woraufhin ich mich einen entfernte. Einem Tanzschritt gleich, was mich augenblicklich zurück auf den Marktplatz zog. Die Szene formte sich vor meinem inneren Auge, als würde das Licht zwischen den Wänden des Flurs in bunten Farben flackern. Musik kitzelte meine Haut wie der schnaufende Atem des Wachmannes, der wieder einen Schritt auf mich zukam. Ich blieb stehen und atmete den vertrauten Duft ein, der von ihm ausging.

Das taktvolle Klirren einer Gitarre. Das herrliche Streichen einer Violine. Die goldene Uhr, die ich unter dem schwarzen Hemd aufblitzen sah, als er abermals die Hand vor mein Gesicht hielt.

Warum?, wollte ich fragen. Was hatte er mit diesem Theater vor?

Ich biss auf die Innenseite meiner Wange, um mich daran zu hindern, ihm zu offenbaren, dass er mich nicht täuschen konnte.

»Eines jedoch frage ich mich«, zischte er eisig. Seine Feindseligkeit stachelte mich an. Ich setzte ein hinreißendes Lächeln auf, was ihn noch wütender zu machen schien.

»Und was?«

»Hat man Euch nicht beigebracht, respektvoll mit Ranghöheren zu sprechen?«

»Nun, da Ihr nicht der Prinz seid, ist mir das herzlich egal!«

»Und wenn ich nun der Prinz wäre?«

Ich stieß Luft aus und versuchte, möglichst gleichgültig zu klingen. Dennoch konnte ich nicht verhehlen, dass mir das Herz bis zum Hals schlug.

»Selbst wenn Ihr es wärt. Es wäre mir egal.« Trotz der Maske konnte ich sehen, dass er innerlich zu brodeln begann. Also setzte ich noch einmal an, um ihm den Rest zu geben.

»Lucius hatte recht, als er behauptete, dass du gerne in Rollen schlüpfst, Lügenprinz. Und dass man sich besser von dir fernhalten sollte.«

Ich hob meinen Kopf und machte einen energischen Schritt auf ihn zu.

»Ich frage mich nur, warum du dir solche Mühe gibst, mich zu beobachten.«

»Ich beobachte nicht *dich*. Ich bin ein Hauptmann. Ich habe *alles* im Blick. Es ist von Vorteil, wenn ich über die Stärken und Fähigkeiten meiner Feinde Bescheid weiß.«

»Feinde also.« Meine Stimme klang zerbrechlicher, als ich beabsichtigt hatte, und ich wandte mein Gesicht ab, damit er meine glühenden Augen nicht sehen konnte. Nun wusste ich es. Er hasste mich, weil ich eine Steandlerin war.

Ich hatte es bereits geahnt, nachdem unser erster Tanz beendet gewesen war. Der Unterschied zwischen uns hätte nicht größer sein können. Er misstraute mir. Er sah mich als das, was alle in uns sahen. Parasiten. Eindringlinge, die nur an den Festtagen gern gesehen waren. Meine Lüge prickelte noch immer auf meiner Zunge, während seine klangvoll in meinem Kopf widerhallte.

Ich heiße Samantha. Ich heiße Ethan.

Zwei gewöhnliche Menschen, die miteinander getanzt hatten.

Menschen, die wir nicht waren und niemals sein würden.

Er nahm die Maske vom Gesicht und stellte sich direkt in mein Blickfeld. Seine Züge noch immer unzugänglich. Vermutlich eine militärische Strategie, von der ich nichts verstand. Wie auch? Wir Steandler führten keine Kriege. Wir verabscheuten Waffen, Blut und Mord.

»Das war vielleicht ein bisschen hart«, räumte er ein, aber es war zu spät. Ich warf ihm einen letzten Blick zu, bevor ich in einen übertriebenen Knicks fiel.

»Wohin willst du, Sofija?«

»Weg von einem so verlogenen Mann wie Euch, der keinen Funken Respekt verdient hat!«

Als ich an ihm vorbeischritt, traten mir die Tränen in die Augen.

Doch ich würde nicht weinen. Vor unseren Feinden weinten wir nicht.

Den Tanz hatte ich wie in Trance hinter mich gebracht. Es war, als zerrissen mich meine eigenen Bewegungen. Als würden sie mich mit jedem überstreckten Bein oder Arm daran erinnern, wer ich gewesen war und nie wieder sein würde.

Ich wusste nicht, wer mir zusah. Ich wusste nur, dass ihre Augen in der Dunkelheit lauerten. Mich gierig anstarrten oder eben … *verurteilten.*

Danach fand ich mich im Salon wieder, indem der König bereits auf mich wartete.

»Mein Bruder lässt sich entschuldigen. Ihm ist wohl eine Laus über die Leber gelaufen«, erklärte er freundlich. Ich wusste es besser und nickte mechanisch, als ich mich zu seiner Rechten niederließ.

Ich hatte nicht gezählt, wie oft ich schon zum Abendessen erschienen war. Es fühlte sich wie eine Ewigkeit an. Hunderte Stunden, die sich wie ein Gummiband zogen und mich Stück für Stück abstumpften. Immer wenn ich hier saß, vergaß ich die schönen Stunden im goldenen Salon und in der Bibliothek. Immer dann erinnerte ich mich an mein Versprechen und an meine Aufgabe.

»Du hast hinreißend getanzt, Liebste«, schwärmte Lucius, als das Essen aufgetischt wurde.

Von den Schüsseln und Tellern stieg ein köstlicher Dampf gen Decke. Ich roch den würzigen Duft von Süßkartoffeln und Rindfleisch. Von Kräutern und Butter. Doch als ich den leeren Platz mir gegenüber sah, verging mir der Appetit.

Ich sollte nicht so enttäuscht über unsere letzte Begegnung sein, ermahnte ich mich. Er hatte keinen der Gedanken verdient, die ich bereits an ihn verschwendet hatte.

Ein Dienstmädchen füllte mein Glas mit Wein.

»Du kannst gar nicht glauben, wie sehr ich mich den ganzen Tag danach gesehnt habe. Seit mein Vater gestorben ist, findet sich nur kaum Zeit für die schönen Dinge. So wie dich.«

Seine silbergrauen Augen blitzten, als er mir ein trauriges Lächeln zusandte und das Glas an seine Lippen führte. Der König sprach selten über seinen verstorbenen Vater, aber immer, wenn er es tat, erfasste mich eine unendliche Traurigkeit über seinen und meinen eigenen Verlust. Er musste ihn geliebt haben. Vielleicht sogar so sehr, wie ich meinen Vater geliebt habe.

»Oh«, keuchte er, nachdem er getrunken hatte. »Der Wein ist köstlich. Du solltest ihn probieren, Liebste.« Er legte seine mächtige Hand auf meine und nickte mir aufmunternd zu. Die Berührung bereitete mir Gänsehaut. Seine Fingerkuppen waren weicher als die Pfoten eines neugeborenen Kätzchens. So viel zärtlicher als jeder Windhauch, der sich bei meinen Tänzen um mich schmiegte wie ein seidiges Tuch. Und sie waren so viel gefährlicher als jeder Dolch – ein Kontrast, der nicht hätte größer sein können.

Wir stießen an und sahen uns dabei in die Augen. Ein unheimlicher Schauer rann mir über den Rücken, als ich unwillkürlich auf seine vollen Lippen sah, die er mit den Schneidezähnen schnitt. Ich wollte es nicht zugeben, doch Lucius war ein wunderschöner Mann. Ein Mann, der mich unter seinen intensiven Blicken zum Schmelzen brachte. Während sein Bruder mich mit Hass überhäufte, beschenkte er mich mit Liebe … mit Liebe, die an die Pforten meines Herzens klopfte.

Klopf, klopf. Genau wie das *Ticktack* der Uhr auf dem Marktplatz.

»Nun«, räusperte er sich und tupfte mit einem schneeweißen Tuch über die Mundwinkel. »Ich habe mir sagen lassen, dass mein Bruder heute einen … wie soll ich sagen …? … einen Fauxpas begannen hat, für den ich mich bei dir entschuldigen möchte. Du musst wissen, dass er untröstlich ist, seitdem unser Vater verstorben ist. Das entschuldigt nicht sein dümmliches und kindliches Verhalten, natürlich nicht. Aber mein Bruder ist misstrauisch. Ein Sklave seiner militärischen Ausbildung zum Hauptmann. Vermutlich nur ein Tick, den er im Laufe der Jahre angenommen hat. Er leidet unter Verfolgungswahn.«

»Ich möchte nicht unhöflich sein, Majestät. Aber ich möchte nicht mehr über Euren Bruder sprechen.«

»Gewiss«, sagte der König, widmete sich dem Fleisch auf seinem Teller und begann, es präzise zu zerkleinern.

»Ich möchte nur Missverständnisse aus dem Weg räumen. Eric hat dich nicht beobachtet, weil ich es wollte …«

»Das habe ich auch nicht gedacht«, unterbrach ich ihn und sah in sein erstauntes Gesicht.

»Gut«, lächelte er. »Dann ist ja alles geklärt.«

»Der Herr Minister hat mich bereits vor Eurem Bruder gewarnt.«

»Ja«, bestätigte König Lucius wild gestikulierend. »Nicht auszumalen, wenn er König geworden wäre!« Er lachte aufgesetzt und ich stimmte in sein hysterisches Kichern ein. Es war falsch.

Beinahe so falsch wie das Zwinkern, das er mir daraufhin schenkte. Mir entging nicht, wie sich Schweiß auf seiner Oberlippe bildete und er das Weinglas mit einem Zug leerte. »Tamara!«, schnipste er und deutete auf das leere Glas. »Für mich und die reizende Dame noch etwas Nachschub, bitte.« Ich wollte widersprechen, aber sein intensiver Blick hinderte mich daran. Ich versteifte auf meinem Sitz und betete zu den Geistern der Vergangenheit, dass dieser Abend schnell enden würde.

Nachdem wir fertig gegessen hatten, kam die Namenlose in den königlichen Salon, um mich für die Bettruhe abzuholen. Doch König Lucius wollte noch ein wenig Zeit mit mir verbringen. Er schickte sie mit einer bestimmten Handbewegung fort. Ich wusste nicht, ob seine Fähigkeiten sie dazu brachten, wegzurennen wie ein getriebenes Kaninchen, oder ob es die Autorität war, die er mit der goldenen Krone auf seinem Haupt trug. Er schwebte an mir vorbei, als wir durch die Gänge liefen, vorbei an Wachen mit Silbermasken, hin zu dem Gang, der zur Sternwarte führte. Ich würde mich nie daran gewöhnen, wie er in seinem Thron saß – umgeben von schwarzen Tüchern, die sich auf den polierten Boden ergossen. Er sah aus wie ein Geist. Eine ferne Erinnerung, die zwischen den Welten hing.

»Ich habe mir gedacht, dass ich die abendlichen Ratssitzungen einfach nach hinten verschieben werde. Schließlich lasse ich dich oft genug allein.« Er schenkte mir ein jungenhaftes Lächeln und schob mich sanft auf jene Stelle, die in Schrauben zum gewölbten Glasauge schweben würde, sobald er eine Anweisung durch seine Selterkraft gab.

»Das wäre nicht nötig gewesen«, erwiderte ich, doch verstummte, als er seine Finger unter mein Kinn legte. Er war mir so nah, dass ich seinen Atem schmecken konnte. Honig, gemischt mit saurem Wein.

Es war das erste Mal, dass ich längere Zeit mit ihm allein verbrachte. Zu meiner Verwunderung genoss ich es beinahe so sehr wie die zwanglosen Stunden mit Jon.

Die Sternwarte hatte eine besondere Atmosphäre. Sie war so ehrlich wie die Nacht selbst. Sie machte aus dem König einen gewöhnlichen jungen Mann, der mit mir zusammen zum Himmel hinaufschaute und die Sterne zählte.

»Es sind hundert Millionen«, lachte ich, als er tatsächlich zu zählen begann.

»Es sind Milliarden und täglich kommen neue dazu!«, meinte er und ließ mit der Kraft seiner Selterhände das gläserne Auge über uns öffnen. Die kühle Luft legte sich sanft in meinen Nacken, als ich zum funkelnden Himmel hinaufsah.

»Wie es wohl wäre, dort oben neben ihnen zu bestehen …«, seufzte er. Ich spürte seinen Blick von der Seite und stimmte in sein Seufzen ein.

»Mein Vater hat immer gesagt, dass dort oben die Geister der Vergangenheit wohnen und auf uns hinabsehen. Ich weiß, dass muss in Euren Augen idiotisch klingen. Wir haben keine Götter …«

»Das klingt es ganz und gar nicht«, sagte er und streifte sanft mit den Fingern über meinen Handrücken. »Sprich weiter.«

Als ich sprach, fühlte ich mich meinem Vater so nah wie schon lange nicht mehr. Vielleicht lag es daran, den Sternen näher zu sein als je zuvor. Vielleicht aber auch nur, weil ich meine Erinnerungen an ihn mit Lucius teilte.

»Meine Mutter starb bei meiner Geburt. Ich habe sie nie kennengelernt. Was bleibt, ist das Erbe, was sie mir hinterlassen hat, sagt Zan Zahray immer.« Ich deutete auf meine Sommersprossen, die er mit einem lieblichen Lächeln begutachtete. Ich errötete unter seinem Blick und wandte mich wieder den Sternen zu. »Ich habe mich lange Zeit schlecht gefühlt, weil ich dachte, dass es meine Schuld war, dass sie gestorben ist ... Mein Vater hat stets versucht, diesen Gedanken aus mir zu vertreiben. Wir Steandler glauben an die Geister der Vergangenheit, die über uns wachen. Mein Vater brachte mir bei, dass meine Mutter jede Nacht über meinen Schlaf wacht, weil sie mich so sehr geliebt hat. Das machte es alles etwas erträglicher. Wisst Ihr ... sie kannte mich nicht einmal. Wie konnte sie mich dann lieben?«

»Ich schätze, das tun Eltern nun mal.«

»Ich habe ihn so sehr geliebt«, sagte ich und fühlte die Tränen, die an die Schwelle meiner Lider klopften. Ich ließ sie nicht gewähren und schluckte sie hinunter.

»Jetzt wacht er mit ihr ...«

»Du musst deinen Vater vermissen.«

»Mehr als alles andere.« Vorsichtig nahm er meine Hand in seine.

Es fühlte sich nicht mehr falsch an. Hier nicht.

»Sieh nur«, sagte er nach einer Weile und deutete auf einen der Sterne. »Der Stern, der am meisten leuchtet.« Ich folgte seinen Fingerspitzen und suchte im Sternenmeer nach dem Stern, von dem er sprach.

»Der Stern muss deine Mutter sein, die dich noch immer liebt und es stets getan hat.«

Seine Worte rührten mich. »Vielleicht«, gab ich zurück und ballte meine rechte Hand zu einer Faust, um etwas zu halten, was mich halbwegs zusammenhielt. Ich sehnte mich nach meinem Tamburin, das so herrlich geklirrt hatte, das meine Tränen übertönen würde, die nun lauter waren als meine Worte. Ich hasste es, rührselig zu werden.

»Ich möchte dir eine Geschichte erzählen«, fuhr er fort, um das Thema zu wechseln. »Die Geschichte von Prinz Ebelon und seiner Krestelle … die Lieblingsgeschichte meiner Mutter. Sie war Tänzerin. Sie hat so herrlich getanzt. In heimlichen Stunden habe ich ihr dabei zusehen können. Sie war so anmutig. So rein. Fast so wunderschön wie du.«

25

Sofija

Der Prinz ließ sich die nächsten Tage nicht mehr blicken. Er kam weder zu meinem einsamen Tanz noch zum gemeinsamen Abendessen in den königlichen Salon.

Es war ein bittersüßes Gefühl zu wissen, dass er mich nun in Ruhe ließ. Er hatte sich deutlich ausgedrückt: Wir waren Feinde. Und diese Klarheit verschaffte mir eine gewisse Ruhe, vertrieb falsche Hoffnungen. Aber tief in mir drin tat es fast so sehr weh wie der Verlust meiner Familie. Ich sehnte mich nach dem Knistern des Feuers. Nach den abendlichen Gesängen, während wir zusammen aßen und uns Geschichten erzählten. Ich vermisste die ausgelassene Stimmung, wenn ich mein Tamburin erhob und zu tanzen begann. Ich vermisste jeden Stein, der sich in meine Fußsohlen fraß. Ja, ich vermisste sogar Elias unausstehliches Verhalten, wenn er versuchte, mir zu zeigen, dass ich nichts zu sagen hatte.

Ich hätte alles gegeben, um noch einmal seinen wütenden Blick zu sehen.

Ich vermisste Jana. Ihre beruhigenden Worte, die mir versichert hätten, dass der Prinz ein Idiot war und ich ihn vergessen sollte.

Vermutlich hätten wir in meinem Wagen gelegen und ihn so lange schlechtgeredet, bis ich es selbst geglaubt hätte. Doch die Wahrheit war, dass mich seine goldenen Augen von Beginn an gefesselt hatten.

Ich wusste nicht, wieso und ob sich das jemals ändern würde.

Daher war es gut, dass ich ihn nicht sehen musste. Das machte es zwar nicht einfacher, aber erträglicher.

Ich verbrachte die nächsten Tage im stetigen Rhythmus der fünf Phasen.

Ich machte gute Fortschritte in Jons Unterricht und konnte schon einige Worte entziffern, die er mit seinem Finger kennzeichnete.

Die Liebesgeschichte von Prinz Ebelon und Krestelle war wunderschön, auch wenn sie ein trauriges Ende hatte. Während Jon mir davon erzählte, vermischte sich seine raue Stimme mit der klaren von Lucius, der mit mir zu den Sternen hinaufgesehen hatte. Dorthin, wo Prinz Ebelon stets seine Krestelle beobachtet hatte.

Der Mond, Prinz Ebelons Vater, gab seinem Sohn also die Chance, seine Krestelle zu treffen. Er verwandelte die beiden zu Menschen und schickte sie auf die Erde. Dort hätten sie die Möglichkeit, sich einmal zu begegnen. Die Krux dabei jedoch war, dass keiner der beiden wusste, wie der andere aussah. Würden sie sich nicht finden, müsste Prinz Ebelon bis zu seinem Tod sein Menschdasein fristen, während Krestelle ihren Platz am Sternenhimmel wieder einnehmen würde.

Der Mond hatte Prinz Ebelon eine gut behütete Kindheit in einem Schloss geschenkt. Krestelle hingegen wuchs als einfaches Bauernmädchen auf, das hart für ihr Überleben arbeitete und nicht selten ihre kleinen Finger in den Taschen des wohlhabenden Adels verschwinden ließ. Sie erinnerte mich an meine eigene Zeit als Elster. Ich sehnte mich nach dem Gefühl, das durch meine Finger kribbelte, wenn ich mein Diebesgut in ihnen hielt. Wie verhängnisvoll der letzte Tanzabend für mich geendet hat. Drei Münzen im Tausch gegen meine Freiheit.

Ebelon war ein hitziger Charakter, der sich, sooft es ging, ins Nachtleben flüchtete. Er verbrachte seine Nächte in Tavernen, wo er mit den dunkelsten Gestalten Karten spielte. Nicht selten um einen hohen Betrag, den er in glänzenden Goldmünzen auf den Tisch legte. Das Spiel hieß *Kupfer und Zinn*. Jon meinte, dass die Menschen es heute noch spielten.

Eines Tages jedoch wurden Ebelon seine Goldmünzen gestohlen, ehe er sie verspielen konnte. Ein hinterhältiges Mädchen, das ihm ungeschickt auf den Fuß getreten war, war die Einzige, die ihm in den Sinn kam. Und so suchte er sie. Jede Nacht aufs Neue. Alles, was er wusste, war, dass sie schön war – mit Augen so braun wie feuchte Erde.

Wieder und wieder begegneten sie sich. Ohne dass der jeweils andere wusste, wer er war. Ich mochte die Geschichte. Sie ließ mich mitfiebern und bis zum Schluss hoffen, dass die beiden zusammenkamen. Bis zuletzt hatte ich die Hoffnung nicht aufgegeben, dass Ebelon seine Krestelle erkannte.

Wäre da nicht die schöne Klarella gewesen, Krestelles eifersüchtige Schwester, die ihm den Kopf verdrehte.

Wir waren noch nicht am Ende, doch ich wusste bereits, wie es ausgehen würde. Ich wollte es nicht hören.

»Krestelles Herz verwandelte sich in Blei, als sie das Liebespaar sah, das am Springbrunnen saß. Sie spürte das Knacken, das ihre Brust entzweite. Ebelon bekam es nicht mit. Er hatte nur noch Augen für Klarella. Die falsche Krestelle.« Jon leckte sich aufgeregt über die Lippen. »Was ist das für ein Wort?« Er deutete auf die Initiale, den großen Buchstaben am Anfang des neuen Kapitels.

Ein Oval, geschmückt mit Sternen, das sich nicht entziffern ließ. Meine Gedanken fielen zurück zu Lucius und seinen silbergrauen Augen. *Sie haben eine ähnliche Form*, dachte ich. *Nahezu mandelförmig.*

»Du wirkst zerstreut«, bemerkte Jon, während ich das Wort genauer betrachtete. Ich schluckte schwer und knetete meine nasskalten Hände unter dem Tisch –

»Entschuldige.«

»Du musst dich nicht entschuldigen, ich mache mir nur Sorgen. Ist etwas geschehen?« Es war vieles geschehen, doch nichts davon ließ sich in Worte fassen. Ich zuckte mit den Schultern und verbarg mein Gesicht in den Händen, als mich die Traurigkeit übermannte und in langen Schluchzern meinen Hals hinaufkroch. »Na, na!«, sagte Jon und legte seine großväterlichen Hände auf meinen Rücken. »Wer hat es verdient, dass du so bitterlich weinst?«

Niemand, wollte ich antworten, doch es war zu spät. Ich erlag meinen Tränen, die sich in meinen Handflächen sammelten. Ich weinte um meine verlorene Freiheit, um meinen verlorenen Stolz. Ich weinte über meine verwirrten Gefühle für Lucius und über die erdrückende Feindseligkeit, mit der der Prinz mich bestrafte. Sie tat so unheimlich weh. Sie war so unerträglich, hielt mich fest und ließ immer wieder dieselbe Frage durch meinen Kopf hallen.

Warum?

Warum ich?

Warum wollte der König mich? Warum hasste der Prinz mich?

»Ist einer der Jungen ungehorsam gewesen?«, fragte Jon weiter. Ich mied seinen Blick und ergatterte ein verständnisvolles Seufzen.

»Muss ich den Sturköpfen eine Moralpredigt halten? Ich habe das schon oft gemacht. Ich habe sie im Lesen und Schreiben unterrichtet. Später kam die Geschichte Kupfoas und der Vereinigten Reiche dazu. Die beiden waren ungezogen und vorlaut. König Platos hat mir oft nahegelegt, seine Söhne zu rügen, wenn sie sich wie Idioten benehmen.« Ich hörte, wie die Tür zur Bibliothek geöffnet wurde, und hob den Kopf.

»Nein«, schluchzte ich und sah prompt in das versteinerte Gesicht des Prinzen, der mit einigen der Silbermaskenwachen in der Tür stand. Ich wischte mir über die Augen und wandte den Blick ab. Stattdessen starrte ich auf den überfüllten Schreibtisch und zählte die schmalen Bücher, die Jon ordentlich aufeinandergestapelt hatte, um meinen Herzschlag zu kontrollieren. Allesamt waren sie in den gleichen dunkelblauen Bucheinband gehüllt. Er schimmerte wie Perlmutt, ließ vermuten, dass die Worte auf ihren Seiten so kostbar waren wie Perlen.

Jon schnalzte tadelnd die Zunge und ging auf die Männer zu.

»Der Unterricht ist noch nicht beendet«, verkündete er freundlich, aber distanziert.

Ich hörte, wie der Prinz Luft holte. »Ich wollte mit Sofija sprechen.«

»Ich hoffe nur, um dich zu entschuldigen, für was auch immer du getan hast.«

»Ja … nein.« Der Prinz wirkte zerstreut, doch er hatte sich schnell im Griff. »Ich meine, um Missverständnisse aus dem Weg zu räumen.«

Dafür hatte er vier Tage gebraucht. Gerne hätte ich ihm eine Standpauke gehalten. Stattdessen bearbeitete ich meine Zunge mit den Schneidezähnen. Jon legte seine Hand auf meine Schulter, als Zeichen dafür, dass er mich nicht allein ließ.

»Ich schätze, dass du einen unpassenden Moment erwischt hast, Eric.«

»Vermutlich.« Er schwieg eine Weile. »Dürfte ich sie dann wenigstens bitten, sie später in ihr Zimmer zu geleiten?«

»Vermutlich nicht«, sagte Jon beschützend. »Ich werde das übernehmen.«

Der Prinz schien zu nicken. Dann hörte ich, wie er aus der Tür trat und sie in den Rahmen fallen ließ.

Jon fragte nicht weiter, was mir auf dem Herzen lag. Er wusste, wann es klüger war zu schweigen. Ich lehnte mich an ihn, als wir durch den Gang schritten, und mied die Augen der Bildermenschen, die auf uns hinabsahen. Er war wie eine warme Decke, die sich nach Geborgenheit anfühlte. Und dafür und für alles, was er bereits für mich getan hatte, war ich so unendlich dankbar. »Erzähl mir etwas«, drängte ich.

»Was möchtest du hören?«

»Alles.«

Jon schmunzelte und tätschelte meine Hand. »Wo soll man da anfangen?«

»Am Anfang.«

»Du bist eine neugierige junge Frau, Fija. Und außerdem noch besonders neunmalklug.«

Ich erwiderte sein Lächeln und sah ihn erwartungsvoll an. »Erzähl mir die Geschichte von den Vereinigten Reichen. Vom Krieg.«

»Das ist eine sehr lange Geschichte«, raunte er.

Ich zuckte die Schultern und tat geschäftig. »Ich werde wohl eine ganze Weile hierbleiben. Da werden wir viel Zeit finden, um über alles zu sprechen.« Jon schenkte mir ein mitleidiges Lächeln, was sich in meine Haut fraß. Ich hatte nicht beabsichtigt, meine Traurigkeit rausklingen zu lassen, doch ich schaffte es nicht, sie abzulegen. Sogar in Jons Anwesenheit hielt sie mich gefangen.

»Sag mir nicht, dass du die uralte Legende der fünf Geschwister noch nie gehört hast?«

»Ich kenne nur die Geschichte der Steandler«, sagte ich. »Sie begann erst nach der Gründung der Reiche.« In Zeiten des Krieges.

Jon nickte und rückte die Brille auf seiner Nase zurecht. »In der Tat sehr interessante Geschehnisse. Ich habe sie gelesen und war fasziniert.«

Dass unsere Geschichte niedergeschrieben war, rührte mich und machte mich stolz. Ich würde ihn später fragen, ob er mir daraus vorlesen würde.

»Nun. Früher, vor Tausenden von Jahren, gab es nur eines der heute bekannten Reiche. Tumbara.« Er stieß einen rasselnden Atemzug aus und ließ den Namen wie ein Geheimnis im Raum stehen. Ich schielte zu ihm hinüber und erkannte in den Geschichten seines Gesichtes, dass ihn sein Wissen schmerzte. Er zog die Augenbrauen zusammen und sprach gewissenhaft weiter: »Die Erben Tumbaras waren fünf Geschwister, die unterschiedlicher nicht sein konnten. In einem jedoch ähnelten sie sich. Sie alle hatten magische Fähigkeiten. Prinzessin Elastra, die Älteste und Schönste, hatte elfenbeinfarbene Haut. Sie verbrachte ihre Sommer stets innerhalb des Palastes, da sie nichts mit Wärme anfangen konnte.

Ihre Fähigkeit bestand darin, Wasser zu gefrieren. Ihr Bruder, Prinz Samson, hatte so grüne Augen, dass man sie stets mit Smaragden verglich. Er ergötzte sich an allem Schönen und Glänzenden. Er konnte mit bloßen Händen Steine und Kristalle formen. Der zweite Bruder, Prinz Antarius, war ein Naturmensch. Er verbrachte jede freie Minute in den Weiten des reichen Landes Tumbara. Er konnte die Natur beherrschen, die Gezeiten.

Prinz Arin, der Zweitjüngste, war ein legendärer Krieger mit Muskeln aus Stahl. Er war der stärkste Mann, den diese Welt je gesehen hat. Er konnte Metalle mit seinen bloßen Händen zum Bersten bringen und Flammen bändigen. Und Prinzessin Janara, die letzte Prinzessin Tumbaras, war nicht nur die jüngste der reichen Nachkommen des Königs, sie war außerdem auch die gütigste. Sie konnte von allen Fähigkeiten etwas und weitaus mehr. Sie war ein *Selter*.«

Das Wort ebbte durch den Saal und ließ mich fest auf die Zähne beißen.

»Lange Jahre lebten die Geschwister im Einklang, bis ihr Vater verstarb. Die Frage, wer das große Reich regieren sollte, wurde zum stetigen Streitpunkt. Nicht, weil jeder den Thron erben wollte. Nein, niemand wollte für immer in der Hauptstadt Tumbaras bleiben! Von Expeditionen wussten die Geschwister von den Weiten ihres Reiches. Von den fruchtbaren Feldern und von den wunderbaren Orten, die ihnen verwehrt blieben, wenn sie auf dem Thron sitzen würden. Die Erstgeborene, und somit die rechtmäßige Thronerbin, verschwand eines Nachts. Und auch der zweite Nachkomme ging, ohne ein Wort zu sagen. Und so kam es, dass alle verschwanden bis auf die gütige Prinzessin Janara. Die Legende besagt, dass sich aus dem alten Tumbara die anderen, bis heute vereinigten Reiche geformt haben: Prinzessin Elastra formte mit ihren Händen einen Palast aus Eis und wurde Königin über ein Gebiet, in dem auf ewig Winter herrschte. Friole.« Jon sah mich bedeutungsvoll an. »Du hast es bereits gesehen, nicht wahr?« Ich nickte aufgeregt und dachte an die wunderschönen Türme in der Hauptstadt. An die kunstvollen Eisfassaden, die vom Schnee bezuckert waren. Friole hatte etwas Magisches. Das Reich war wie ein Traum aus ewigem Winter und ewigem Schmerz. Unwillkürlich musste ich an meinen Vater denken. Und an alles, was der ewige Winter mir genommen hatte.

»Prinz Samson errichtete ein Reich noch schöner als das seiner Schwester. Es erstrahlte in grünen Edelsteinen.«

»Smarakta!«

Jon nickte. »Ein Ort der Reichen und Schönen, wie man sagt.«

»Cristo, ein Freund, liebt es dort. Grün ist die Farbe …«

»Der Hoffnung«, vollendete Jon und nickte. »Prinz Antarius beanspruchte das Reich Lealo für sich. Es war fruchtbar und außerdem ein farbenfrohes, vielfältiges Land, das alle vier Jahreszeiten beherbergte. Ein Ort des Lebens. Ein Ort, wo Mensch und Tier sich schnell wohlfühlten. Prinz Arin, der die Hitze liebte, fand außerhalb des Ödlandes einen Ort, wo er Edelmetalle aus der trockenen Erde grub. Er baute mit seinen starken Händen das Reich Kupfoa auf.«

»Und Janara?«

»Janara blieb. Sie wurde zu einer Königin, die all jene ziehen ließ, die sich in einem der anderen Königreiche Alkurnias ein besseres Leben versprachen. Und für jene, die blieben, war sie die gerechteste Herrscherin, die man sich wünschen konnte. Ihre Liebe verband die Geschwister. Viele Jahre lebten sie alle in Frieden. Bis …«

»Bis der Hundertjährige Krieg begann?« Jon nickte. Die Geschichte meines Volkes hatte im Hundertjährigen Krieg ihren Ursprung gefunden. Dort hatten sich die Gründerfamilien aus den unterschiedlichen Königreichen zusammengefunden, um ihm zu entfliehen. Jedem Schmerz und jedem unnötigen Tod. Von denen es so viele gegeben hatte.

»Die Nachkommen der Geschwister hatten kein Interesse, in Frieden zu leben. Jeder wollte den anderen überstrahlen. Jeder wollte das größte Reich besitzen. Und so kam es zu diesem langen Krieg, der so viele schreckliche Verluste einforderte.«

Wir Steandler wurden oft als Barbaren bezeichnet. Ohne Reue, ohne Ehre. Ich sah zum Boden, als ich an Zan Zahray dachte, wie sie die Geschichte den Kindern am Feuer zuflüsterte: *Und sie gingen mit dem Wind. Die Familie Zahray, die Familie Lean und die*

Familie Rea. Ohne Heim, ohne Namen. In der Hoffnung, dass der Krieg bald enden würde.

»Es formten sich neue Sprachen. Kriegssprachen, die sich mit dem herkömmlichen Tumbaran vermischten. So konnten sich die Menschen immer weniger verstehen. So wurden sie zu Fremden. Es vergingen harte Jahre, die ihren Tribut forderten. Aus einem Königreich waren viele geworden. Jede Sprache eine Barriere, die Brüder zu Feinden machte. Sie bekämpften sich mit dem Erbe ihrer Gaben.«

»Bis?«

»Der Überlieferung nach haben es die Götter schließlich geregelt. Sie haben den Königen und Königinnen ihre Gaben genommen. Sie haben sie verflucht.«

»Und was sagst du?«

»Ich sage, dass die neuen Herrschergenerationen Frieden wollten. Also führten sie das fort, was ihre Vorfahren begonnen hatten. Handel wurde betrieben. Die Sprachen verbanden sich wieder zu einer, die jeder verstand. Und die bis heute weitergetragen wurde.«

So hatte Zan Zahray die Geschichte auch erzählt. Die Vereinigten Reiche hatten ein und dieselbe Sprache. Man konnte nur anhand der verschiedenen Akzente heraushören, aus welchem Reich ein Mensch kam. Wir Steandler hatten einen melodischen Akzent, während jener der Bewohner Kupfoas oft schneidend klang.

»Die Gaben verschwanden, weil keiner sie mehr brauchte. Keiner war mehr mächtiger als der andere … Und dann …«

»Und dann?«

»Die Menschen lernen nicht aus ihren Geschichten. Sie sind blind für jedes Blutopfer, das gezahlt wurde. Vielleicht sind sie auch unheimlich dumm.« Er stieß stoßweise Luft aus. »Ein Höllenkönig erhob sich aus der Asche, die der Krieg hinterlassen hatte. Verborgen im Dunkeln entflammte ein Feuer. Eine verbotene Gabe, die ihrem Besitzer einflüsterte, die Geschichte zu wiederholen.«

»Die Seltergabe …«

Jon nickte gequält und blieb vor dem Bildnis des Königs stehen.

»Die wohl gefährlichste Gabe von allen, die die Götter auf die Erde gesandt hatten.« Eisige Finger rannen mir den Rücken hinunter, während ich die mächtigen Hände betrachtete, die die Kupferstadt gefangen hielten. Und mich.

»Wieder wurde Blut vergossen. So junges Blut«, schloss Jon abrupt ab.

Ama. Ich musste an ihre transparente Haut denken. An die Narben. An alles, was sie in Tumbara erleiden musste.

»Doch die Vereinigten Königreiche stoppten den Höllenkönig Tumbaras und vernichteten diesen Ort. König Platos, Lucius Vater, wäre für Frieden gestorben.«

Ich schluckte schwer, als die nächste Frage wie ein Stein auf meiner Zunge lag.

»Und Lucius?«

Jon schluckte ebenfalls schwer, aber setzte ein Lächeln auf.

»König Platos hat ihn erwählt, mein liebes Kind. Er wird sein Erbe hervorragend weitertragen und mit ihm dann irgendwann seine Erben.«

Mir wurde schlecht, als mir bewusst wurde, was das bedeutete, welche Rolle ich dabei spielte.

Jon beschleunigte seine Schritte. »Immerhin ist es eine Gabe und kein *Fluch* …«

Aus irgendeinem Grund konnte ich ihm diese letzten Worte nicht ganz glauben.

26

Jana

Elia kam selten aus seinem Wagen, und wenn er es tat, dann sprach er nur mit den Männern, die jede Nacht die undurchdringlichen Mauern der Kupferstadt erkundigten, um einen zweiten Eingang zu finden. Ivan war der Überzeugung, dass jede noch so sichere Rüstung ein Leck haben musste. Ein Ritter aus Kupfer und Zinn sei nicht unverwundbar, ebenso wenig wie die Stadt aus Silber und Gold.

Die Soldaten hatten uns trotz mehrmaligen Flehens nicht passieren lassen. Stattdessen hatten sie unsere Zelte und Wagen am Marktplatz abgebaut und vor die Brücke gestellt. Oder eher geworfen.

Elia hatte vor Wut getobt.

Als ich unsere wertvollen Stoffe und aufwendig gezimmerten Stände als dreckigen Haufen vor den Toren der Kupferstadt entdeckt hatte, wusste ich, dass wir gehen sollten. Und zwar so schnell wie möglich.

Wir waren nicht mehr erwünscht … aus einem ganz einfachen Grund: König Lucius, zu dessen Ehren wir dieses ganze Theater veranstaltet hatten, hasste uns Steandler mehr als alles andere. Diesen Hass demonstrierte er mit der Liebe zu unserer Stammesführerin der Familie Rea. Er würde sie zur Frau nehmen. Sie in edle Kette legen, bis sie uns hoffentlich irgendwann vergessen würde.

Mein Herz zog sich zusammen, als ich daran dachte, wie sie in seinen mächtigen Händen einging. Eine Rose, die vom Dornenstrauch abgeschnitten wurde. Ohne Wind, Licht und Wasser.

Es waren bereits zwei Wochen vergangen und jeder Tag ließ uns mehr und mehr an der Hoffnung zweifeln, die ab und an ein Feuer in uns entzündete.

Die Pforten an der Kupfersteinbrücke waren niedergelassen und von Soldaten flankiert, die uns nur dabei zusahen, wie wir nichts tun konnten. Jeden Tag aufs Neue. Ich fühlte mich schwach und überflüssig, als ich zu ihren Türmen hinaufsah. Klein und verwundbar, während sie von drinnen mit ihren Waffen auf uns zielten. Doch noch schlimmer war das endlose Schweigen, mit dem Elia sein eigenes Volk bestrafte.

Zan Zahray war erst wenige Male aus ihrem Wagen gekommen. Sie wirkte noch zerbrechlicher als zuvor, noch grauer als nach der anstrengenden Reise durch das Ödland.

Ama sagte mir, dass die Erbin kaum schlief, da Albträume sie quälten. Wieder und wieder sah sie Sofija im Traum zu, wie sie in schmuckbesetzten Kleidern auf schwarzem Marmor tanzte. Im Hintergrund lauerte eine Raubkatze, die sie in großen Bögen umkreiste. Riesige Pranken, die auf dem polierten Untergrund schabten.

Mir wurde schlecht, als ich mir vorstellte, dass Zan Zahray recht haben könnte.

Ich lief zum Wasser und wusch mir den Schlaf aus den Augen.

Die Platzwunde an meinem Kopf war schnell verheilt. Nun hatte sich Grind gebildet, der höllisch zu jucken begann. Ich entschloss mich, dem Drang nachzugeben, auch wenn eine Narbe darunter auf mich warten konnte. Narben hatte ich genug. Eine zog sich von meiner Schläfe bis zu meinem Auge. Es sah aus, als hätte mir jemand mit einem Hammer den Schädel zertrümmern wollen.

Vielleicht hatte es ja jemand versucht. Vielleicht sogar mein eigener Vater, der allen Menschen nichts als Hass und Leid entgegengebracht hatte. Ich riss an dem getrockneten Blut und spülte Wasser hinterher. Die Stelle brannte höllisch. Vermutlich war die Wunde darunter noch nicht verheilt.

Unwillkürlich musste ich an den Soldaten denken. Den Frioler, der seine blasse Haut mit Farbe bedeckte, um etwas zu kaschieren. Ob es Narben waren, wusste ich nicht. Vielleicht war es auch nur der Stolz, nun in Kupferstadt für einen miesen Feigling zu arbeiten, den er dadurch betonen wollte. Der König war ein Mistkerl. Er war feige und kindisch. Niemand sonst hätte einer Steandlerin die Freiheit genommen. Niemand anderes außer ihm.

»Erbe Lean!«, hörte ich einen der Männer rufen. Es war Emilio, der letzte Nacht mit seiner Einheit die Mauern der Kupferstadt abgesucht hatte. Sie wirkten müde. Ausgelaugt – und unheimlich enttäuscht.

Elias Truppen bestanden aus jeweils fünf Männern, die sich jede Nacht abwechselten. Doch bis jetzt hatte niemand etwas erreicht, was Ivan nahezu zur Weißglut trieb.

Ich wusste nicht, was er für eine Rolle spielen wollte. All die Jahre über kam er mir recht faul und eigenbrötlerisch vor und jetzt feierte er seinen großen Moment? Ich beobachtete ihn aus sicherer Ferne und musste ein leises Knurren unterdrücken, als er an Elias Seite aus dem Wagen trat und die Berichte der Nachteinheit anhörte. Sein Kiefer schien zu mahlen. Doch im Gegensatz zu Elia nickte er nur.

Elia schlug kräftig gegen die hölzerne Tür seines Wagens. Vor ein paar Tagen wäre ich noch zusammengezuckt. Mittlerweile hatte ich mich daran gewöhnt.

»Haisha!«, fluchte er. »Haisha!« Ein Schrei, der bis zu den Mauern der Kupferstadt ebbte. »Und was ist, wenn wir Seile spannen? Wenn wir außerhalb an den Mauern hochklettern?« Ich sah Ivan zu, wie er bedächtig den Kopf schüttelte. Was für eine idiotische Idee! Wenigstens war Ivan so schlau, das zu sehen.

»Innerhalb der Schutzmauern wimmelt es nur von Soldaten, Erbe Lean«, erklärte er. »Sie könnten von oben auf uns hinabschießen.«

»Wir könnten es trotzdem versuchen!«, klagte Elia, was mich zum Brodeln brachte. Ich ballte die Hände zu Fäusten, bevor mich das unerträgliche Zittern heimsuchen konnte. Eine prickelnde Unruhe floss durch meine Adern. Wie konnte er nur so leichtsinnig sein Leben aufs Spiel setzen? Und das der anderen? Wütend stapfte ich durch das Lager und gesellte mich zu den Frauen, die das Essen vorbereiteten.

Dabei spürte ich Ivans Blick auf mir.

Ich hatte es all die Jahre über getan. Er beobachte mich, seit er zu uns gestoßen war. Ich erinnerte mich an den Tag, als die Steandler ihn vor den Pforten Lealos aufgegriffen hatten. Das Gesicht von Narben übersäht. Den Rücken gekrümmt, als würde ein Stein in seinem Magen liegen. Sie hatten ihm zu essen und zu trinken gegeben. Ein Heim gegeben, so wie sie es auch mir geschenkt hatten. Doch mir war, als hätte er mich am Lagerfeuer stets im Auge. Als beobachte er mich ... als wüsste er genau, wer ich einmal gewesen war.

Ich schüttelte den schrecklichen Gedanken ab, vielleicht starrte er mich in letzter Zeit wieder häufiger an, weil ich ihm selbst misstrauische Blicke zuwarf. Ich stellte mich neben Ama, die den Reis in einem Bottich wusch.

Seit Tagen blieb nicht mehr als Reis und Kartoffeln. Mir drehte sich der Magen um, als ich an den verkochten Brei dachte, aber dennoch begann ich unaufgefordert, die Kartoffeln zu schälen. Alles war besser als Elias Dummheit und die Messeraugen von Ivan zu ertragen.

»Der Vorrat wird knapp«, sagte Ama seufzend und wischte sich die nassen Hände an ihrem Rock ab.

»Wie viel Zeit haben wir noch?«

»Wenn die Männer nicht bald mehr Fische fangen oder die Krebse und Echsen zwischen den Felsen, haben wir kaum eine Chance, die Reise durch das Ödland anzutreten.«

»Die widerlichen Kupferstädter lassen uns am langen Arm verhungern!«, knurrte ich und schoss einen vernichtenden Blick zu den Mauern, die mich zu verhöhnen schienen. Ama seufzte abermals.

»Es hätte alles so schön sein können. Mit unseren Handarbeiten hatten wir in den ersten Tagen gutes Geld verdient. Die Menschen lieben unsere Auftritte. Doch was ist Geld wert, wenn man dafür nichts kaufen kann?«

Als sie stockend weitersprach, klang sie älter, als sie war: »Vielleicht sollten wir wirklich gehen … Holzschwerter können nichts gegen Metall anrichten.«

Ich wollte nicht daran denken, doch ich wusste, was ihr gläserner Blick bedeutete: Ihre Gedanken führten sie zurück in ihre Kindheit. In eine Zeit, in der sie als Sklavin auf einer Plantage arbeiten musste.

Sie war zu filigran, hatten sie gesagt. Ihre Hände waren zu fein für die Armee der Kindersoldaten, die der König aus Tumbara formiert hatte. Deshalb landete sie auf einem Gutshof, wo sie zusammen mit anderen Kindern in der prallen Sonne schuften musste.

»Man erinnert sich immer an die schlechten Dinge, die sich im

Laufe der Jahre verfremden, grotesk werden … dunkle Geister, die einen verfolgen«, hörte ich ihre Stimme sagen, als ich sie nach ihrer Vergangenheit gefragt hatte. So wie ich auch, konnte sie sich an eine Zeit vor dem Grauen nicht erinnern. Sie wusste nicht einmal mehr, wo sie davor gewohnt hatte, wer ihre Eltern waren und was mit ihnen geschehen war.

»Die guten sind in der Realität verblasst. Doch jetzt habe ich *sie.*« Ihre Tochter Natia, die nun missmutig kleine Steinchen in den Fluss warf, während die anderen Kinder im Wasser plantschten.

»Wenn du Mutter wirst, ist es, als würde ein neues Leben beginnen. Du willst nur, dass es deinem Kind gut geht. Alles andere zählt dann nicht mehr.«

Dass Elia sein Volk nun anders leiden lassen wollte, konnte ich nicht zulassen.

»Wie viel Zeit bleibt uns?«

»Vielleicht noch drei Wochen, wenn wir gut rationieren … dann ist das bisschen Heu für unsere Tiere verbraucht und unsere Vorräte reichen gerade noch so, um in die Wälder Lealos zu flüchten.«

»Ich werde mit Elia reden«, sagte ich entschlossen. So sehr ich Sofija auch liebte. Unser Volk durfte nicht weiter an seiner Besessenheit leiden!

27

Sofija

Ich sah seinen Blick, der auf meinen Mund gerichtet war. Der König umfasste sanft meine Mitte, während sich der Boden unter uns drehte, uns miteinander tanzen ließ, wie wir es sonst nicht konnten. Wir standen im Auge der Sternwarte. Eine weitere Phase meines Tages, die sich im Laufe der letzten Woche langsam eingeschlichen hatte.

Nach dem Essen ging er mit mir hier hoch. Für gewöhnlich genoss ich seine Nähe. Dieses Mal jedoch war er mir zu nah. Er schabte an der Schutzmauer, die ich errichtet hatte, um das Einzige zu schützen, was ich noch verlieren konnte. Mein Herz.

Der Prinz war wieder nicht zum Abendessen im königlichen Salon erschienen. Ich gewöhnte mich langsam daran, dass er nur noch manchmal durch meine Gedanken strich und zu einem Schatten wurde.

Lucius war den ganzen Abend so schweigsam gewesen, dass ich mich fragte, was ihm auf dem Herzen lag. Ich hatte die Wolken buchstäblich sehen können, die über seinem schönen Kopf gequalmt hatten.

Als er sprach, hielt ich die Luft an.

»Ich möchte dir etwas sagen. Etwas, das mir sehr wichtig ist.« Mein Herz übersprang mehrere Schläge. Er fuhr sich angespannt über das Gesicht und lächelte entschuldigend.

»Es tut mir leid. Die richtigen Worte zu finden gehört nicht zu meinen Stärken. Es fällt mir sehr schwer, über meine Gefühle zu sprechen.« Das wusste ich. Wenn er über seine Mutter oder über seinen kürzlich verstorbenen Vater sprach, baute er eine Mauer auf. Immer dann sah ich kurz etwas Zerbrechliches in seinen Augen, ehe er seine Züge wieder versiegelte. Ich hielt still, als er meine nasskalten Hände in seinen verschloss.

»Ich habe Gefühle … Gefühle, die ich noch nie zuvor erfahren habe … sie sind neu für mich. Und sie machen mir Angst.«

Er kam meinem Gesicht näher und ich ließ zu, dass sich unsere Nasenspitzen berührten.

»Nie hätte ich für möglich gehalten, so etwas zu empfinden.« Er nahm meine Hand und legte sie an seine Wange. Meine Finger kribbelten unter der Hitze, die von ihm ausging. Schaudernd saugte ich seinen süßen Duft ein, der gegen meine Wangen stieß. Vanille. Wie von selbst strichen meine Finger hinab zu seinem Schlüsselbein und dann zu seinem Haar, das im Nacken zusammenfloss. Ein heftiger Impuls überfiel mich. Ein Blitz, der mir Hitze ins Gesicht schlug.

»Es ist, als wärst du meine Krestelle. Nur, dass ich dich gefunden habe, bevor das Schicksal mich verbannt.« Ich wusste nicht, was ich dazu sagen sollte, also hielt ich still. So still, dass mein Herzschlag meinen Atem übertönte.

»Ich bin ein mächtiger Mann. Ich kann dir alles geben, was du brauchst, alles, was dein Herz begehrt.«

Mit einer unnatürlich schnellen Bewegung griff er meine Handgelenke und legte einen kühlen Gegenstand in meine Hand. Ich staunte, als ich die Diamanten sah, die wieder und wieder aufblitzten, als ich sie hin und her wog. Es war ein Diadem! Es war sichelförmig wie der abnehmende Mond. Verantwortung prickelte auf meinen Handflächen. Erst hatten Worte unseren Bund besiegelt. Jetzt war es, als würde das Pendant zu seiner Krone in meiner Hand liegen. Mächtig, unzerstörbar und stählern.

»Gefällt es dir?« Er schmunzelte und fragte mich sanft, ob er es mir aufsetzen dürfe. Ich zögerte, doch senkte den Kopf.

»Es gehörte meiner Mutter. Sie würde sich freuen, wenn sie wüsste, dass eine so bezaubernde Tänzerin, wie du es bist, es nun trägt. Sie hätte dich gemocht.«

»Danke«, keuchte ich und badete mich in seinem aufrichtigen Lächeln. Er fuhr sich flüchtig über die Wange, bevor er wieder ernst wurde und zu sprechen begann. Wenn er sprach, klang jedes Wort wie ein Glockenspiel.

Klar und schneidend. Manchmal auch *vernichtend*.

»Ich brauche nur eine kleine Gegenleistung. Eine einzige Bedingung, die mir die Welt bedeutet. Es ist äußerst wichtig für mich … es lässt mich nicht klar denken, es nicht zu wissen.«

»Welche Bedingung?«, flüsterte ich benommen. Ich hatte ihm bereits meine Freiheit geschenkt. Was könnte er noch haben wollen?

»Liebe mich … Liebst du mich?« Hitze prickelte in meinen Wangen. Mir wurde heiß und kalt gleichzeitig, als mein Herz so heftig gegen meinen Brustkorb pochte, dass ich mir nicht sicher war, ob er mich zusammenhalten würde.

»Liebe einen Mann wie mich …« Er stockte und hob den Kopf ein wenig an. »… einen, der zwar nicht mit dir durchs Leben tanzen kann. Aber einer, der dir dabei zusieht … und dich aufrichtig und von ganzem Herzen liebt.«

Ich konnte nichts erwidern. Viel lieber wäre ich davongerannt vor dem sonderbaren Gefühl, das durch meine Adern kroch. Heiß und kalt. Hart und weich. Lucius hob die Hand und befahl seinem Thron, nach oben zu gleiten. Jetzt musste ich den Kopf heben, um in seine silbergrauen Augen zu sehen, in denen ich so gerne einmal lesen würde. Aber sie waren ein undurchdringlicher Spiegel.

»Ich liebe dich … Sofija. Es ist, als hätte ich es vom ersten Moment getan, als du dich in mein Leben getanzt hast.«

Er beugte sich zu mir und küsste mich liebevoll. Viele seiner Küsse hatte ich erduldet, in der Hoffnung, dass sie aufhörten.

Manche hatte ich trotzdem genossen. Und diesen wollte ich. Vielleicht, weil ich das Gefühl der Abscheu loswerden wollte, das ich mir gegenüber in jenem Moment empfand. Oder die Trauer, die mich überfiel, sobald ich an mein ganzes halbes Leben denken musste, das ich bei meinem Volk verbracht hatte.

Sein Kuss hatte eine heilende Wirkung. Er ließ mich *alles* vergessen.

Seine Lippen, die oft zu einer strengen Linie zusammengepresst waren, fühlten sich unendlich weich an. Ich grub meine Finger in sein Haar und berührte das kalte Metall seiner Krone. Er keuchte, als ich den anderen Arm um ihn schlang, was ihn dazu antrieb, mich noch enger an sich zu ziehen. Ich spürte seinen Oberkörper an meinem, meine Brüste an seiner Brust.

Und sein Herz, das gegen meine Knochen schlug wie seine Liebe, die an die Pforten meines Herzens klopfte.

Lass mich rein, flüsterte es mir lieblich zu.

Liebe mich.

Doch plötzlich schob sich Elias Stimme in meinen Verstand.

Schneidend wie einer seiner Dolche schrie sie mir direkt ins Ohr:

»Ich werde nicht ruhen, bis ich dich wiederhabe.«

Und vermischte sich mit der bebenden Stimme des Lügenprinzen:

»Es ist von Vorteil, wenn ich über die Stärken und Fähigkeiten meiner Feinde Bescheid weiß.«

Tränen traten in meine Augen, als der König seine Lippen von meinen löste und meinen Hals küsste. Ganz langsam und vorsichtig, als fürchtete er, ich könne im nächsten Moment zerbrechen.

Doch dann spürte ich neben meinem Verlangen eine fremde Kraft. Etwas Unsichtbares, das mich umschloss wie der Würgegriff einer Schlange. Unsichtbare Hände, die mich immer näher an ihn zogen und mich nach Luft lechzen ließen. Hitze pulsierte in meinen Kopf. In meine Ohren. In meinen Mund, bis ich Blut schmeckte.

Ich bekomme keine Luft!

Langsam und qualvoll quetschte sie sich aus meiner Lunge, während sein Kuss immer leidenschaftlicher wurde.

Panisch wand ich mich aus seiner Umklammerung und sah auf seine Hände, die er ruhig in seinen Schoß legte. Das Gefühl jedoch blieb. Es drohte, mich zu zerquetschen. Mich und mein geschundenes Herz.

»Was ist?«

Ich zitterte, von einer plötzlichen Kälte überfallen, und versuchte, meinen Herzschlag zu kontrollieren.

»Ich … ich brauche Zeit …«, brach meine Stimme und ich wischte mir über die feuchten Augen und die wunden Lippen, die nach ihm schmeckten. Der König nickte und ließ schweigend den Boden sinken.

Nachdem er mich mit einem entschuldigenden Nicken freigegeben hatte, rannte ich aus dem Raum und verlor mich in der Dunkelheit der Gänge.

Sobald ich ihn verließ, konnte ich wieder atmen.

Ich wusste nicht, was ich mir dabei gedacht hatte, ihn zu küssen. Ich hatte mir nicht vorgenommen, mein Herz an ihn zu verschenken.

Nicht, nachdem mir der Selterkönig meine Freiheit geraubt hatte. Alles, was mein wildes Herz wirklich brauchte.

Ich musste mich daran erinnern, wer ich war. Ich war keine Prinzessin.

Ich war wie der Wind, denn ich gehörte nur mir.

Als ich durch den dunklen Flur rannte, war es, als würden unsichtbare Hände nach mir greifen. Als würden sie mich festhalten wollen, damit ich bei ihm blieb.

28

Eric

»Warum beobachtest du sie immer noch?«

Ich zuckte kurz zusammen, aber drehte mich in der gefassten Haltung eines Soldaten langsam in Tarance' Richtung. Erste Regel der monatelangen Militärausbildung: Niemals die Deckung fallen lassen. Ich biss die Zähne zusammen, als mir meine Dummheit auffiel, und setzte eine undurchdringliche Miene auf.

Das Kerzenlicht erhellte sein von Narben übersätes Gesicht.

Möglichst gleichgültig hob ich das Kinn und legte meine Hand gegen die Stirn, um ihn zu begrüßen: »Kein schlechter Einwand, Soldat. Dennoch ist es hinterhältig, sich so an mich heranzuschleichen, wenn wir nicht auf Kriegsgebiet sind.«

»Alles eine Frage der Ausbildung – und der Dreistigkeit, Hauptmann.« Ich ließ meine steife Haltung fallen und klopfte ihm lachend auf die Schultern.

»Was führt dich hierher, Kamerad?«

»Vielleicht das Gleiche wie dich.« Er hob spielerisch die Augenbrauen, um mich zu provozieren. Ich verdrehte die Augen und tat geschäftig.

»Der König verlangt nach mir. Ich warte nur, bis er mit seinen Angelegenheiten fertig ist.«

»Die dir nicht zu gefallen scheinen.«

Das Mädchen war tränenüberströmt an mir vorbeigerannt, ohne

dass sie mich bemerkt hatte. Sie weinte oft in letzter Zeit. Doch das hatte mich nicht zu interessieren.

»Ich bin aus Pflicht hier. Nicht, um mein eigenes Interesse zu stillen.«

»Und das wäre, Hauptmann?« Tarance und ich waren zu lange Freunde, als dass es ihm entgehen könnte, wie oft ich durch die dunklen Gänge schlenderte, um zu sehen, was sie tat. Für gewöhnlich tat sie nichts. Nichts oder weinen. Ich wurde das Gefühl nicht los, dass sie an unheimlichem Heimweh litt.

So wie die Steandler noch immer vor unseren Toren campierten und keine Anstalten machten aufzugeben, war dies kein Wunder.

Sofija schien ihre Anwesenheit zu spüren.

Wie lange ihre Vorräte noch reichen würden? Es waren viele Mäuler zu stopfen und sie verfügten nicht über die Mittel und Möglichkeiten wie unsere Soldaten. Lange Belagerungen erforderten Planung und gut eingeteilte Proviantrationen.

»Glaub nicht, dass ich es nicht mitbekommen habe, wie du nachts vor ihrem Zimmer stehst. Kann es vielleicht sein, dass sie dir den Kopf verdreht hat?« Tarance war nicht nur ein ausgezeichneter Soldat, er war auch Wachmann und ein gründlicher Spion. Mir fiel ein, dass ich ihn diese Woche als Wache im Schloss eingeteilt hatte, und ich ärgerte mich, dass er seine Augen und Ohren überall hatte.

»Nächste Woche wirst du den äußeren Stützpunkt bewachen. Mir gehen deine verschwörerischen Theorien auf die Nerven.«

»Jawohl, Hauptmann!«, lachte er und machte sich ans Gehen, blieb dann aber doch stehen. Das Gesicht nachdenklich verzogen.

»Sprich«, forderte ich ihn auf. Schnell hatte er von einem lockeren Plauderton in seine militärische Sprache zurückgefunden.

»Die Steandler machen noch immer keine Anstalten, ihren Posten zu verlassen.«

»Ich weiß«, sagte ich und rieb mir den Nasenrücken. Wenn Lucius davon Wind bekäme, und das würde er früher oder später, würde er mir befehlen, sie mit Gewalt zu entfernen.

»Außerdem berichtet die östliche Einheit der Schutzmauer, dass sie nachts ungewöhnliche Schatten am Rande der Felsen gesichtet hätten.«

Verdammt! Das war nicht gut. Ganz und gar nicht. Ich ballte die Hände zu Fäusten. »Hast du noch einmal Kontakt zum Steandlermädchen aufnehmen können?«

»Das Steandlermädchen?«

Wir wussten beide, dass sie Jana hieß. Ich hatte sie beschatten lassen.

Kurz ließ er seine Soldatendeckung fallen, hatte sich aber schnell wieder im Griff.

»Nein, Hauptmann!«

»Sie schien doch recht vernünftig zu sein.« Tarance nickte. Es war seine Idee gewesen, mit ihr zu sprechen. Ihr ins Gewissen zu reden. Er hatte eine unheimlich gute Menschenkenntnis, auf die ich mich verlassen konnte. Ich hatte gehofft, dass wir keine härteren Maßnahmen ergreifen müssten. Tarance hatte mit dieser Jana gesprochen. Wir hatten ihre Zelte und Bühnen abgebaut. Was sollten wir noch machen, damit sie verstanden, dass sie gehen sollten?

Lucius würde diese Nachricht nicht gefallen. Ich wollte mir nicht ausmalen, was er sich für *»Parasiten«*, wie sie es waren, für kranke Strafen ausdenken würde. Er und der Minister waren skrupellose Mistkerle in dieser Hinsicht. Wobei der Minister der noch weitaus skrupellosere Mistkerl war.

»Was tun wir jetzt?«

»Warten, vermute ich mal«, sagte ich nachdenklich, auch wenn ich wusste, dass ich nicht warten konnte, bis etwas passierte. Ein Attentat oder dergleichen.

»Sie scheint dir ja doch weitaus mehr zu bedeuten, als ich dachte«, sagte Tarance und ließ mich mit meinen Gedanken allein. Warum um alles in der Welt tat ich das alles?

»Was können Stöcke schon gegen Stahl anrichten?«, rief ich ihm hinterher, doch ich wusste, dass diese Strategie noch nie funktioniert hatte. Wie Oberst Kant immer zu pflegen sagte: *»Waffen lassen bluten. Gedanken können zerstören.«*

Ich hasste mich für meine Schwäche, wenn es um das Mädchen ging. *Sie wird mich noch umbringen*, dachte ich zähneknirschend und wartete auf meinen Bruder, der noch in dem Raum verweilte, den sie so eilig verlassen hatte.

Sobald er ins Licht der gedimmten Kerzen trat, kam ich aus meinem Versteck.

»Du verlangst mich zu sprechen?«

»In der Tat«, sagte er und schwebte mit einer bestimmten Handbewegung in meine Richtung. »Schließlich lässt du dich zu unserem familiären Abendessen nicht mehr blicken, aus mir unbekannten Gründen. Was bedrückt dich, Bruderherz?«

»Ich habe viel zu tun.«

»Oh, das sehe ich.« Er lachte sein glockenklares Lachen. Es klang aufgesetzt und falsch, da seine Augen mich eisig studierten. Ich straffte die Schultern, bis mein Rücken vor Anspannung schmerzte.

»Deshalb streunst du durch die dunklen Gänge. Man sagte mir, dass man dich des Öfteren vor den Gemächern meiner Verlobten gesehen hat.«

Die Art, wie er Sofija als seine Verlobte bezeichnete, trieb mir Galle in den Mund. Sie war nicht viel mehr als eine verängstigte junge Frau, die er gezwungen hatte hierzubleiben. Sie hatte alles verloren. Nein, er hatte ihr alles genommen! Ich sah es in ihren Augen. Immer wenn ich sie beobachtete, schien sie mit ihren Gedanken meilenweit entfernt. Und dann weinte sie … ein abscheulicher Anblick.

Ich biss die Zähne zusammen, um meinen inneren Tumult zu verbergen.

Ein Soldat zeigt keine Schwächen. Oberst Kant war ein weiser Mann gewesen.

»Von wem hast du das?«

»Nun, ich habe Augen und Ohren überall, ich bin schließlich der König. Es verstimmt mich zu sehen, wie du sie mit Abscheu bestrafst. Was hat sie dir getan?«

»Nichts.«

»Nichts?« Er zog die Augenbrauen hoch. »Es geht mich ja nichts an. Doch um des Friedens willen möchte ich derartige Ausbrüche wie jenen von letzter Woche nicht mehr sehen.«

»Gewiss.«

»Womit wir nun zum Thema kämen, wofür ich nach dir verlangt habe. Folge mir bitte ins Arbeitszimmer.«

Ich unterdrückte ein Augenrollen und folgte seinem lautlosen Gang. Sobald wir in den silbernen Raum kamen, von dem aus einst unser Vater regiert hatte, verkrampfte ich innerlich. Hier hatte er einst unter seinem Bildnis gesessen, das nun durch ein Gemälde von Lucius ausgetauscht worden war. Hier hatte er Geschäfte erledigt. Verträge unterzeichnet. Abkommen mit den anderen Königreichen. Früher war ich gerne hier. Jetzt schnürte es mir die Kehle zusammen.

»Warum hat sie wieder geweint?«, fragte ich, sobald mein Bruder mit einer Handbewegung die Tür hinter uns verschloss. Für mich war seine Gabe nicht viel mehr als Gewohnheit. Ich folgte seiner stummen Aufforderung, mich an den Tisch zu setzen.

»Ich wüsste nicht, was dich das angehen würde, aber da du mein Bruder bist und ich dich liebe, werde ich es dir verraten.« Er klang distanziert und kühl. Ein Tribut, den die Jahre eingefordert hatten.

Die Differenz, die es schon immer zwischen uns gegeben hatte.

»Sie scheint mir recht zerstreut in den letzten Tagen.«

»Weil sie ihre Familie vermisst«, schlussfolgerte ich, was Lucius mit einem abfälligen Zischen quittierte. Er faltete die langen weißen Finger, an denen zahlreiche Ringe funkelten. Darunter erkannte ich den Siegelring unseres Königreiches.

»Sie hört nicht auf, über dieses dümmliche Pack zu sprechen. Ich brauche keine Frau, die in Erinnerungen schwelgt. Das ist wahrlich das Einzige, was mich an ihrer Anwesenheit stört. Diese …« Angewidert verzog er seinen Mund. »… dreckigen, kleinen Wilden.« Dann sah er mich an. »Man hat mir berichtet, dass die Steandler noch immer vor unseren Toren campieren. Stimmt das?« Ich zögerte, aber nickte ergeben, bereit, mich zu verteidigen, warum ich bis jetzt nichts getan hatte. Doch was sollte ich sagen? War es … Mitleid?

Prompt hörte ich die stählerne Stimme meines Vaters, die mich rügte: *»Mitleid habe ich nicht mal mit meinem Sohn. Mein Mitleid hat niemand verdient.«* Lucius schien vor Wut zu brodeln und ließ mit der Kraft seiner Selterhände ein Glas bersten.

»Sorge dafür, dass sie gehen! Ich gebe dir die nötige Zeit. Danach möchte ich sie nie wiedersehen. Hast du verstanden, Hauptmann?!«

»Jawohl, Majestät«, sagte ich und wich seinen silbernen Augen aus.

»Gut«, lobte er. Dann schwang seine Wut in Plauderlaune um. »Ach, übrigens, Sofija wird unserem offiziellen Treffen am morgigen Tag beiwohnen. Schließlich wird sie bald meine Königin.«

»Aber«, protestierte ich erschrocken und versuchte, die Hitze aus meinem Gesicht zu verbannen. Die morgigen Urteile am Tag des Rechts waren kein Anblick für sie. Lucius hob abwehrend die Hand und lächelte. »Sie wird hinsehen, damit sie versteht. Sie ist ein schlaues Mädchen, Eric. Vielleicht bist du der Einzige, der das noch nicht bemerkt hat. Mit Gewalt bricht man die Menschen. Mit Angst kontrolliert man sie.«

»Hast du das vom Minister?« Ich ballte die Hände unter dem Tisch. Lucius hingegen lehnte sich in seinem Thron zurück und lächelte betont freundlich.

»Und wenn es so wäre?«

»Das wird sie nicht aushalten, denk doch noch mal darüber nach!« Wir wurden als Kinder mitgenommen, um zu sehen, welches Recht in Kupfoa waltete. Es waren Bilder, die mich monatelang wach hielten. Wenn nicht sogar Jahre! Klaffende Löcher. Blut, das sich in Kupfer verwandelte. Loses Fleisch, das auf steinigem Boden aufschlug.

»Das habe ich!«, donnerte er und schmetterte eine Hand auf den Tisch. Doch ich wich nicht zurück, hielt seinem glühenden Blick stand.

»Du machst einen Fehler, Lucius.«

»Und wenn schon. Ich bin schließlich der König, nicht du!« Wütend stand ich auf. Nun überragte ich ihn an Größe. Und wenn da nicht die glänzende Krone gewesen wäre, die ihm so viel Würde gab, vielleicht auch in dieser. »Ich frage mich noch immer, warum es dich stört, Eric. Man könnte meinen, dass du eifersüchtig bist.«

»Auf dich?«, überschlug sich meine Stimme. Doch ich beherrschte mich in letzter Sekunde und nahm meine militärische Haltung ein. Lucius' Grinsen wurde so reißend wie die Eckzähne eines Raubtieres. Er hatte sich verändert. Früher war er hinter Büchern verschwunden, um jedem Konflikt auszuweichen. Jetzt provozierte er mich.

Doch was mich noch mehr provozierte, war das Gold, das einst meinem Vater gehört hatte. Ich unterdrückte ein Knurren.

»Ich bin das Gesetz, Eric. Und sie liebt mich.«

»Hat sie das gesagt?«

»Sie hat mich geküsst.« Sein Blick wurde gläsern und ich kochte innerlich noch mehr. »Es war, als würden Sterne explodieren. Doch wem erzähle ich das. Es geht dich ja schließlich nichts an. Und nun geh! Und wenn du so gut wärst und ein Dienstmädchen herschicken würdest, um die Scherben wegzuräumen, wäre das wunderbar.«

Ich sah nicht zurück, als ich ihn mit großen Schritten verließ und die Luft in den dunklen Gängen in winzig kleine Fetzen riss.

»Du bist verbittert, Eric! Verbittert und eifersüchtig. Und obendrauf auch noch ein unheimlich schlechter Verlierer!«, rief er mir hinterher.

Sein Lachen trieb mich zur Weißglut.

Ich tat etwas, das ich ganz sicher bereuen würde. Doch zum Umzukehren war es zu spät. Ich legte meine Hand an die feuchte Steinwand und verharrte einen Moment, bis meine Schritte verstummten. Es roch nach abgestandenem Wasser und alten Mauern. Nichts roch besser als die Geheimgänge dieses Palastes.

Früher war ich hier umhergestreunt, um den Wichtigtuern von Ministern und Kanzlern einen Schreck einzujagen, wenn ich unverhofft aus dem Nichts auftauchte.

Jetzt beging ich eine weitere Dummheit.

Mit einem Zischen, gleich dem eines Kampfschwertes, das die Luft durchschnitt, schob sich die Mauer zur Seite und …

Meine militärische Ausbildung hatte mich nicht auf das vorbereitet, was sich hinter der geheimen Tür verbarg.

Ich zuckte zurück. Presste meine Lippen aufeinander, um meinen Atem zu stoppen, als ich ein Wimmern hörte. Und ich schloss die Augen, in der Hoffnung, dass ich nicht gesehen wurde. Wieder ertönte ein erschrockenes Keuchen. Doch dann hörte ich ein gleichmäßiges Atmen. Samtig und ruhig. Sofija schlief tief und fest. Auch wenn ihre Träume sie plagten.

Mein Blick huschte in jede Ecke, um meine Position abzusichern.

Als ich sicher war, dass wir allein waren, ging ich langsam und bedacht einen Schritt auf sie zu. Die Kerzen des Kronleuchters malten züngelnde Schatten auf ihren schlafenden Rücken, den sie mir zugewandt hatte. Ich wollte den Blick abwenden, doch konnte es nicht. Sie war mir so nah.

Für gewöhnlich bestraften wir uns mit gegenseitiger Abscheu.

Nun konnte ich sie in Ruhe betrachten.

Wieder wimmerte sie. Wie oft sie diese Träume wohl plagten?

Ich ging einen weiteren Schritt auf sie zu. Ihr langes Haar lag ausgebreitet auf silbernen Kissen. *Wie Seide*, dachte ich. Fast schon so strahlend wie die Nacht.

»E …«, murmelte sie. Mein Herz pochte hart gegen meinen Brustkorb. E …

»Ela.«

Ich ging einen weiteren Schritt auf sie zu, bis ich ihren unruhigen Atem fast spüren konnte. Ihre Lider flatterten.

Wimpern so lang wie Spinnenbeine. Lippen, die von Zähnen blutig gebissen wurden.

Sie zog die Augenbrauen zusammen und die von Sommersprossen übersäte Haut auf ihrer Nase kräuselte sich. Scharf sog sie Luft ein.

»Elia!«, rief sie nun so deutlich, dass ich vor ihr zurückschreckte und einige Schritte rückwärts stolperte. Sie wachte nicht auf, sondern sprach nun in ganzen Sätzen:

»Geh, Elia … Geh und rette sie!«

Elia …? Doch nicht der Wilde, den Haymish in Ketten abgeführt hatte? Er war ein arroganter, eingebildeter Großkotz mit den Muskeln einer Bestie. Er würde sie zerdrücken, dachte ich, und versuchte, meine Verwunderung zu verbergen, dass sie ausgerechnet an ihn denken musste.

»Bring sie weg … Bitte, bring unser Volk weg. Sie sind alles, was mir bleibt.« Sie wälzte sich hin und her. Gerne hätte ich sie festgehalten … sie in Sicherheit gebracht.

»Ich vermisse euch … vermisse euch alle so sehr.«

Ich hielt es nicht aus und wandte den Blick ab. Ich wusste, wie es sich anfühlte, wenn man einen geliebten Menschen verlor. Es zerriss jede noch so starke Brust … Es hatte die Brust meines Vaters zerrissen, eine Brust aus Stahl … und meine.

Verdammt, was mache ich hier eigentlich?!

Ich hetzte zurück zum Geheimgang. Doch bevor ich sie wilden Herzens verließ, forderte ich die Flamme des Kronleuchters mit auf, sie zuzudecken. Ich drehte am Mechanismus meiner Uhr und fing die winzigen Flammen ein, die sich in meiner Hand bündelten. Sie zerfielen zu Staub, als ich meine Finger um sie schloss. Die Dunkelheit legte sich um Sofija wie eine Decke aus Samt. Ich wünschte ihr eine Nacht ohne Albträume.

Noch einmal würde ich ihr tränenüberströmtes Gesicht nicht ertragen können.

29

Jana

»Nein!«, kreischte Natia und stellte sich vor Talima, unseren alten Esel, der seinen Kopf in ihre Wange grub. Als wüsste er, was ihm blühen würde, senkte er die treuen Augen und atmete quälend langsam aus. Ich konnte es spüren. Der Tod hing zwischen unseren Zelten. Elia stand mit den Männern unseres Volkes vor dem Mädchen und stemmte die Hände in die Hüften. Als ich mit ihm sprach, hatte ich nicht erwartet, dass er *solche* Maßnahmen ergreifen würde, um sein Volk am Leben zu halten. Ich biss die Zähne zusammen, als Natias Weinen noch lauter wurde. Talima war ein altes Tier. Früher hatte er Sofija und mich getragen. Jetzt würde er kaum die nächste Reise überstehen. Er war gebrechlich. Und doch hatte unser treuer Begleiter es nicht verdient, dass wir ihn töteten, um sein Fleisch zu essen.

»Ama!«, schrie Elia aufgebracht und deutete mit der Klinge einer seiner Dolche auf Natia. »Hol dein Balg und bring es weg!«

»Nein«, kreischte die Kleine wieder und hielt sich im verfilzten Fell des Tieres fest. Sie verzerrte den Mund, als wüsste sie nicht, ob sie schreien oder atmen sollte.

»Nicht Talima!«

»Aha, und warum nicht?«

»Nicht Talima!«

»Willst du verhungern, du freches Ding?«, mischte sich Emilio mit ein. Wut prickelte durch meinen Körper, doch ich versuchte, mich durch kontrolliertes Atmen zu beruhigen. Elia würde Talima nicht umbringen. Ich glaubte an den weichen Kern des Messerwerfers, der wieder und wieder mit den Fingern durch sein fettiges Haar fuhr.

»Warum nicht Talima und dafür jedes andere Tier, he? Sprich, Natia! Los!«

Natias Tränen glichen Flüssen. Hinter ihr sah ich Ama, die kreidebleich auf ihre Tochter einredete. *Komm, Liebes. Komm und sieh nicht hin.* Doch warum tat sie nichts? Warum stellte sie sich nicht vor sie und bot Elia die Stirn?

»Los, sprich!«

»Weil!«, japste sie. »Weil Ta-Talima … Fijas … L-l-lieblingstier ist.« Ihr Name versetzte mir einen Stich und ich sah in Elias Geschichten den gleichen Schmerz, der meine Finger zum Zittern brachte. Doch was noch schlimmer als das Gefühl war, war Elias Reaktion. Er packte das kleine Mädchen am Arm und zerrte sie von Talima weg, der sich lautstark beschwerte.

»Wage es nicht, einen Anspruch auf so etwas zu erheben!«

Das war genug. Ich hechtete nach vorn und drängte Natia hinter mich. Ich hob das Kinn, als ich die Hand sah, die er mir ins Gesicht brennen wollte. Sie würde nicht wehtun, redete ich mir ein. Sie würde mich stark machen.

Er hielt inne, als ich nach Luft schnappte.

»Hör auf!«, fuhr ich ihn an. Meine Stimme klang viel stärker, als ich mich fühlte. Im selben Moment vernahm ich schroffe Proteste. Kehlige Laute der Männer, die vergessen hatten, worum es hier ging. Macht. Elia wollte seine Macht demonstrieren, indem er ein unschuldiges Mädchen vor dem gesamten Volk demütigte. Und alle sahen zu und machten nichts!

»Du hast tagelang nichts getan! Hast hier rumgesessen und zu den Türmen hochgeschaut! Und jetzt lässt du alles an einem Kind aus, das an alldem keine Schuld trägt?«

»Halt dich da raus, Jana! Halt dich raus!«

»Nein!«

Die Wut überrannte mich. Sie flammte wie züngelndes Feuer meinen Bauch hinauf und legte sich in meine brennenden Hände. Ich hob sie abwehrend vor mich, als ich in Elias Blick sah, dass er sich an mir vorbeidrängen wollte.

Dann passierte etwas Seltsames. Elia stürzte, bevor er mich berührte. Er flog mehrere Meter nach hinten und landete im Kern der Zuschauer, die den Esel und Natia umkreist hatten. Erschrockenes Keuchen ging durch die Reihen, als der Erbe sich aufrappelte und sich mir langsam näherte. Was zur Hölle war geschehen? Meine Finger zitterten und ich fuhr bedächtig über meinen Handrücken.

Presste die Hände gegen meine Mitte und versuchte, das Schluchzen in meiner Kehle zu vertreiben. Ängstlich wich ich den verstörten Gesichtern aus. Sie alle konnten sich nicht erklären, was geschehen war. Sie alle konnten ihren Augen kaum trauen. Elia war wie durch Geisterhand von mir gestoßen worden.

»Ich bin nur gestolpert!«, erklärte er, als sein Volk zu flüstern begann. Schnaufend kam er vor mir zum Stehen und fletschte die Zähne. So hatte ich ihn gesehen, als ihn die Soldaten vor die Tore gesetzt hatten. So hatte ich ihn gesehen, als Sofija ihm ihr Herz verwehrt hatte. Bebend stieß ich die Luft aus, die ich unbemerkt angehalten hatte, und legte Natia eine Hand auf den Kopf.

»Ich bewahre dich nur vor etwas, das du bereuen würdest«, erklärte ich mich, ohne dass er mich gefragt hatte. Doch entgegen jeder Erwartung nickte er nur und gab den anderen zu verstehen, dass sie gehen sollten. Ich kniete mich erleichtert zu Natia, die ihr

Gesicht an meinen Hals grub. Träne um Träne bedeckte meine Schulter und ich strich bedächtig über ihren Rücken.

»Es wird alles gut. Es wird alles wieder gut.« Ich glaubte es mir selbst nicht. Aber sie schien sich zu beruhigen. Ich übergab Natia ihrer Mutter, die mir dankend zunickte, und führte Talima zum Wasser, damit er trinken konnte. Der Esel folgte mir stumm und einvernehmlich, als verstand er, was ich für ihn getan hatte. Ich strich über die kahle Stelle hinter seinem Ohr, die Sofija und ich vor Jahren entdeckt hatten. Die Haut war vernarbt. Ein Brandmal des Herrn, dem er zuvor gedient hatte.

»Das war beeindruckend«, hörte ich es hinter mir flüstern. Ich zuckte zusammen und drehte mich um. Ivan lehnte an einem der Felsen und entzündete ein Schwefelholz. Der Glimmstängel malte dunklen Rauch gen Himmel, der sich schwarz färbte. Ich tat geschäftig.

»Ich weiß nicht, was du meinst.«

»Du weißt sehr wohl, was ich meine. Das … was du mit deinen Händen gemacht hast.«

»Elia ist gestolpert.«

»Ich habe gesehen, was geschehen ist.«

»Und was ist geschehen?« Ich rollte mit den Augen und wandte mich Talima zu, der langsam zu trinken begann.

»Ich habe gesehen, wie deine Hände ihn weggestoßen haben, ohne dass du ihn berührt hast.«

»Du siehst Geister.«

»Wie hast du das gemacht?«

»Sei still, Ivan!«, zischte ich und erklärte das Gespräch für beendet. Noch lange spürte ich seine Anwesenheit, doch ich blendete sie aus, während ich Talima vor den Mauern der Kupferstadt beim Trinken zusah. Dieses schmutzige, genügsame Tier – das komplette Gegenteil der strahlenden, prächtigen Stadt. Ich musste an Sofija denken. Sie liebte den Esel. Er war stets ein Freund gewesen. Ein schweigsamer Freund, der uns zugehört hatte. Der uns getragen hatte. Ich grub die Finger in sein Fell und stellte mir vor, wie Fija neben mir saß und das Gleiche tat.

Wenn ich eines konnte, dann war es verdrängen. Ich war eine wahre Meisterin darin. *Der Schmerz ihres Verlustes wird vergehen*, redete ich mir ein. Ich hatte selbst den Verlust meiner Mutter überlebt.

»Du hast recht«, hörte ich Elia sagen und zuckte zusammen, als ein Stein im stillen Wasser landete. Er saß auf dem Felsen, an dem zuvor Ivan gestanden hatte. Er blickte zu den glänzenden Türmen der Stadt hinauf und presste die Kiefer aufeinander.

»Ich habe nichts getan und ich bin ein widerlicher Bastard.«

»Ich habe nie gesagt, dass du ein Bastard bist.« Ich schmunzelte, auch wenn es sich falsch anfühlte. Ich ballte die Hände zu Fäusten, aus Angst, sie könnte mich wieder überfallen – die Kraft, die Elia hatte stolpern lassen.

»Aber es stimmt. Ich habe nichts getan. Ich sitze hier und warte auf ein *Wunder* …« Er sah mich bedeutungsvoll an. Kurz versank ich in dem herrlichen Grün seiner Augen. Doch ich riss mich zusammen.

»Uns bleibt nicht mehr viel Zeit«, lenkte ich ab. Er nickte und warf den nächsten Stein.

»Ich verspreche es dir. Ich werde nicht mehr nur warten. Du hast mir die Augen geöffnet, Jana. Ich bin dir so dankbar.« Mein Herz zog sich freudig zusammen, doch ich zwang es, nicht zu viel Bedeutung in seine Worte zu legen. Nicht an ihnen zu hängen. Doch ich tat es bereits.

Ich hing an allem, was er war, und an allem, was er wollte.

Sofija …

In dieser Nacht spürte ich erneut, wie der Tod zwischen unseren Zelten umherging. Er ließ den alten Esel schreien, bis nur noch ein leises Keuchen blieb. Der Esel starb, noch bevor ich nach ihm sehen konnte. Er lag einfach da, als würde er schlafen. Mit offenen Augen. Ich weinte um ihn und ich dachte an alles, was Sofija und ich mit ihm geteilt hatten. Elia kam und spendete mir Trost. Er legte seinen Arm um mich und kniete sich auf den kühlen Boden. Talimas Körper war noch warm, doch das Leben in ihm bereits verschwunden.

»Er wusste, dass er sterben wird«, weinte ich und schloss seine dunklen Knopfaugen, die das Feuer unseres Lagers verschluckten. Matt und leblos. Der Tod war so ein unwürdiges Unterfangen. Elia strich sanft über meine feuchten Wangen. Ich atmete ihn ein. Heute roch er nach Asche und Frühlingserde. Nach taufrischem Gras.

Nach Flusswasser.

»Du hast für ihn gesprochen. Nun konnte er gehen.«

Ich weinte selten. Doch jetzt kam alles hoch. Jeder Schmerz, den Sofijas Abwesenheit hinterlassen hatte.

Sofija, schrie ich in meinen Gedanken. *Sofija, komm nach Hause!*

30

Sofija

In dieser Nacht machte ich kaum ein Auge zu. Zu viele Gedanken tobten wie ein Sturm in meinem Kopf und ließen mich mit dem Gefühl der Sehnsucht zurück. Wieder und wieder lechzte ich nach Luft, als sich Hunderte Gesichter in meine Träume schoben.

Elia, Zan Zahray, Jana, Natia …

Sofija! Sie riefen meinen Namen. *Sofija, komm nach Hause!* Wie sehr ich sie alle vermisste. Irgendwann schlief ich ein und träume von unaustehlichen Lügenprinzen und Königen aus Silber und Gold.

Am Morgen kam die Namenlose in mein Zimmer, um die erste Phase eines weiteren Tages einzuleiten.

Guten Morgen, sagte sie mit einem Nicken, das ich mittlerweile lesen konnte. Sie hatte genau drei unterschiedliche, mit denen sie mir zeigte, was sie meinte oder wollte.

Das eine war zur Begrüßung.

Das andere, wenn sie mir nach längerem Zögern zustimmte. Und das dritte, wenn sie mich aufforderte, ihr zu gehorchen.

Letzteres benutzte sie immer, wenn ich mich sträubte zu essen. So wie ich es heute vorhatte.

Ich antwortete nicht. Ich schwang meine Beine über das Bett und beobachtete meine nackten Füße im seichten Sonnenlicht, das zwischen den Vorhängen hindurchkroch. Ich stellte mir vor, wie sie im Fluss hingen.

Wie es Elia wohl geht?

Staubflocken wirbelten auf, als die Namenlos an mir vorbeilief, um das Frühstückstablett neben mein Bett zu stellen. Sie stellte sich in mein Sichtfeld und nickte ihr drittes Nicken. Das herrische, was mir signalisierte, dass sie etwas von mir wollte. Ich beäugte das mit Brötchen beladene Tablett.

Iss!

Ich würde nichts essen. Der Appetit war mir vergangen.

Was Elia unserem Volk wohl gesagt hat? Hat er gesagt, dass ich nie wieder zurückkommen werde?

Die Namenlose ging emotionslos direkt in Phase zwei über, indem sie im Kleiderschrank nach der passenden Robe für mich suchte. Diese bestand in der Regel aus einem schlichten Unterkleid, das mit einer Schärpe oder einer einfarbigen Schürze verschönert wurde. Heute hingegen holte sie ein weißes Wams heraus, das mit goldenen Epauletten geschmückt war. Es wirkte schwerer und enger als jedes Korsett, das ich bis jetzt tragen musste. Der Stoff mündete in einen hohen, mit Glitzersteinen besetzten Kragen, der eher wie ein Halsband wirkte als wie ein Schmuckelement. Eine Fessel, die mich am Atmen hindern sollte.

Ich erspähte das Wappen des Königs auf der linken Brusthälfte. Ein Wappen, das aussah wie jenes der Metallsoldaten, die neben den Wachen ab und an durch die Flure des Palastes marschierten.

»Was soll das sein?«, fragte ich müde und rieb mir den Schlaf aus den Augen.

»Will der König, dass ich seinem Militär beitrete?« Welch lächerlicher Gedanke. Ich lächelte halbherzig.

Heute ist ein wichtiger Tag, sprach sie mit ihren Gesten.

»Was ist heute für ein Tag?«

Sie stieß langsam und angestrengt Luft aus. Dann formte sie ein Bild mit den Händen und ihrem Gesicht, was mich daran erinnerte, wie Zan Zahray mich als Kind für irgendeine Dummheit geschimpft hatte. Sie hob den Zeigefinger und zog ihre Augenbrauen zusammen. Dabei sah sie beinahe niedlich aus, wenn sie tatsächlich das darstellen wollte, was ich dachte.

»Schimpfst du mit mir?« Sie rollte mit den Augen, nickte dann aber nach einer Weile. Dann wiederholte sie das Bild und machte eine Bewegung, die mir einen Angstschauer über den Rücken wandern ließ. Ihre Hand legte sich an ihre Kehle, als sei sie ein Messer. Sie hätte den harten Schnitt nicht zu Ende führen müssen, damit ich verstand, was heute geschehen würde.

»Heute wird über Straftäter gerichtet?« Sie gab mir ihr zweites Nicken.

Ich gähnte und seufzte ergeben, ehe ich mich der zweiten Phase stellte.

Die Namenlose wusch mich und rieb mich mit parfümierten Ölen und Lotionen ein. Ich spürte stets den beißenden Schmerz auf meiner empfindlichen Haut, so als würden lauter Ameisen auf mir herumlaufen.

Danach steckte sie mich in mein weißes Unterkleid, ehe sie das Wams überstülpte. Sie band es mir im Rücken zusammen. Die Schmuckelemente am Kragen lagen kalt auf meinem Hals – wie eisige Hände, die mich bei jedem Fehltritt würgen würden. Ich zwang mich, nicht an das Gefühl zu denken, das ich gestern bei unserem Kuss gespürt hatte. Die Umarmung einer Schlange.

Als sie fertig war, machte sie sich an meine feuchten Haare, die sie mit wenigen Griffen am Kopf feststeckte.

»Kann ich nachher zu Jon?«, fragte ich gespannt. Sie sah mir im Spiegel entgegen. Die Geschichten in ihrem Gesicht wieder undurchdringlich. Dann schüttelte sie entschieden den Kopf.

Heute fällt das Essen im goldenen Salon aus. Du solltest frühstücken.

Sie deutete auf das überfüllte Tablett auf dem kleinen Nachttisch. Ich nickte freudlos, unfähig, die Enttäuschung zu verbergen.

Sie steckte das Diadem, das Königin Esmeralda gehört hatte, in mein Haar.

Jetzt sah ich aus wie die Königin, nach der sich Lucius sehnte.

⊱•⊰

Sie führte mich durch lange Flure, in denen ich bisher noch nicht gewesen war. Hier standen Rüstungen über Rüstungen an den Wänden, die leblos auf uns hinabsahen. Mich fröstelte es bei dem Gedanken, dass sich darin jemand befinden könnte, doch sie schienen leer zu sein.

Wir bogen in den nächsten Gang. Dort standen einige Metallsoldaten und bewachten eine goldene Tür. Als wir vorbeiliefen, machten sie einen ergebenen Diener, ehe sie die Tür in einen hell erleuchteten Raum öffneten: Der Boden war aus schwarzem Stein.

Tragende Säulen umrandeten den Raum wie stumme Wächter. In der Mitte stand ein kleiner, schlichter Stuhl, der sich beinahe in der Größe des Saals verlor. Er wirkte wie eine Anklagebank. Ein Platz, der jeden, der sich darauf niederließ, verwundbar machte.

Ich staunte über das riesige Wandbild, das sich oberhalb eines langen Tisches mit vielen Stühlen dahinter befand. Darauf zu sehen war die Karte der fünf Königreiche Alkurnias: Smarakta, Friole, Lealo und Kupfoa. An der Küste, ganz klein und mit einem schwarzen Kreuz versehen, entdeckte ich Tumbara. Ein düsterer Ort. Der Gegensatz zur großen und pompösen Kupferstadt, die mit ihren Metallen jeden anderen Ort überstrahlte.

Die Geschichte, die Jon mir erzählt hatte, schien sich im Schnelldurchlauf vor meinen Augen abzuspielen. Tumbara existierte nicht mehr. Ein Königreich, das einst so groß und schön gewesen war. Das Königreich, aus dem alle anderen entsprungen waren.

»Da ist sie«, sagte der König erfreut und lenkte die Blicke seiner Gefolgsmänner zu mir.

Ich kannte die Gesichter einiger Männer bereits vom Geburtstagsball, doch hatte mir ihre Namen nicht merken können. Der große, der stets mit einem Buch herumlief, wusste ich, war der königliche Gelehrte. Der Mann im schwarzen Gewand, das an seinem üppigen Körper hinabfloss, als wäre es schwarze Tinte, war der Richter. Und dann erkannte ich noch den Minister, der dem König etwas ins Ohr flüsterte. Dieser jedoch hatte nur noch Augen für mich, was mich erröten ließ.

»Eine Frau in unseren Reihen?«, wetterte ein welker Mann mit Brille, der sich demonstrativ und lautstark auf einen Stuhl fallen ließ.

»Wer hat das erlaubt?«

»Ich, der König!«, ging Lucius' Stimme in die Höhe. »Sie wohnt dem Tag des Rechts bei. Schließlich wird sie bald eure Königin!« Und dann trafen mich ihre Aasgeieraugen und verrieten mir, dass nicht jeder diese Verbindung guthieß.

Beschämt knotete ich meine Finger ineinander und lief zu Lucius hinüber, der in seinem Thron so stolz und schön wirkte, dass ich es kaum wagte, ihm in die Augen zu sehen. Jetzt wusste ich, warum die Namenlose mich in dieses Kostüm gesteckt hatte. Ich war das Pendant zu König Lucius, der heute in weißen Tüchern gehüllt auf seinem Thron saß. Ebenmäßig und versteinert. Der Statue eines Künstlers gleich.

Ein König aus Silber und Gold.

Er verzog seine vollen Lippen zu einem Lächeln, das mein Herz unverhofft etwas schneller schlagen ließ. Immer wenn ich in seinen hellen Augen versank, vergaß ich für einen Moment, was er mir und was ich mir selbst angetan hatte.

Dann begegnete ich dem Blick des Lügenprinzen, was mich augenblicklich zum Knurren brachte. Seine Augen signalisierten mir das Gleiche. Er hasste mich und ich hasste ihn. Wir waren quitt.

Nichts stand mehr zwischen uns.

»Das ist kein Ort für sie«, hörte ich ihn noch sagen, blendete den Rest aber so gut es ging aus.

»Das entscheide immer noch ich«, meinte Lucius.

Der Lügenprinz flankierte, wie sonst auch, seine linke Seite. Ich hingegen bekam die rechte, ein Platz, der extra für mich frei gelassen wurde. Sobald ich mich hinsetzte, folgten die vielen Gefolgsmänner einem stummen Signal und setzten sich ebenfalls an den langen Tisch. Bis auf den Mann, der sich zu Anfang lautstark über mich beschwert hatte. Er stand wütend auf und stürmte hinaus.

»Das Diadem steht dir ausgezeichnet«, sagte König Lucius, um mich abzulenken, und tätschelte meine Hand. Sobald er mich berührte, überfiel mich ein Schauer. Eisige Gänsehaut. Vor Angst, dass mir wieder die Luft wegblieb, setzte ich ein falsches Lächeln auf und nickte ihm zu.

»Ich habe mir sagen lassen, dass es gut wäre, wenn du einer solchen Sitzung beiwohnst«, fuhr er ungerührt fort. Ich musste nicht fragen, wer ihm das gesagt hatte. Der Herr Minister war stets die leise Stimme, die ihm Dinge ins Ohr flüsterte. Ich begegnete seinen schlangenartigen Augen, die sich zu Schlitzen verengten.

Jetzt fehlen ihm nur noch die Reißzähne und die gespaltene Zunge, dachte ich schaudernd.

Und dann ging es los. Das Licht wurde mit dem stillen Signal des Selters dunkler. Nur ein Lichtkegel erhellte den schneeweißen Holzstuhl. Ein Schlag durchfuhr meinen Körper, als mir bewusst wurde, dass dies wirklich eine Anklagebank war. Dies war ein Gerichtssaal. Vater hatte mir von den Grausamkeiten erzählt, die sich an solchen Orten abspielten – und auch ich hatte schon ein solches Urteil miterlebt, als Elia seinen Finger verloren hatte. Der Richter stand zögerlich auf und erhob die Stimme.

»Nun fang schon an«, drängte Lucius aufgeregt. Der Richter nickte. »Herein!«

Die Tür ging auf und ein Junge wurde von zwei Soldaten hereingeschubst. Er fiel auf die Knie. Die Wangen von Ruß verdreckt. Die Stirn mit Schweißperlen versehen. Seine Augen flatterten hin und her, als er in der Dunkelheit nach der Stimme suchte, die ihn beim Namen nannte.

Darius Gruell. Zwölf Jahre alt. Sohn des Waffenschmieds der Legion des Westens. Geboren in Kambru, einem kleinen Ort des Königreichs Kupfoa.

»Setz dich, Junge«, sagte der Richter und trat zu ihm in den Lichtkegel. Der Junge zuckte ängstlich zurück, kam der Aufforderung jedoch wimmernd nach. Seine Finger waren heruntergekaut. Die Wangen eingefallen. Die Augen mit schwarzen Ringen versehen, die ihn älter wirken ließen. Der Junge musste mehrere Tage nicht geschlafen haben. Er sah furchtbar aus. Ich beugte mich über den Tisch nach vorn und legte meine Hände gebannt auf die Tischplatte. Neben mir hörte ich Lucius amüsiert schnaufen.

»Jetzt kommt das Beste, Liebste«, sagte er freudig. Seine Augen schienen zu leuchten, als er mir ein schiefes Lächeln schenkte. Ich biss mir auf die Lippen, als der Richter weitersprach.

»Vergangene Woche, während des wöchentlichen Markts in Kambru, sollst du, Darius Gruell, um genau zehn Uhr einundzwanzig, von Landwirt Liam nicht nur einen Apfel gestohlen haben, sondern auch einen Zentner Mehl und vier Eier. Du weißt, was das bedeutet. Diebstahl ist Diebstahl. Ein hartes Vergehen in unserem Königreich!«

Nein … Ich starrte fassungslos zu Lucius, der sich entspannt in seinen Thron zurücklehnte und die langen Finger ineinander verhakte. Daneben saß der Lügenprinz, so angespannt, als würde er im nächsten Moment nach vorn stürmen. Wie Tag und Nacht. Der Junge begann zu weinen.

»Ich habe nichts getan. Es war ein Missverständnis, Sir! Meine Familie hat nicht genug zu essen. Wir haben ein Abkommen mit Landwirt Liam. Ich hüte im Gegenzug seine Schafe. Das muss ein Missverständnis sein, wirklich! Der … der Apfel war verdorben …«

»Du sprichst nur, wenn man dich auffordert, dummer Junge!«, sagte der Richter und schmetterte eine flache Hand in sein verweintes Gesicht. Der Schlag war ohrenbetäubend und hallte noch lange in meinen Ohren nach. Erst als das Blut gegen meine Schläfen pochte, bemerkte ich, dass ich aufgesprungen war. Der Knall meines Stuhls hallte durch den Raum wie eine Stimme des Protests.

Nein!

»Setz dich, Liebste«, mahnte mich der König und warf mir einen strengen Blick zu. Dahinter sah ich die vielen Augen, die mich gelangweilt musterten. Und auch der Junge schien in der Dunkelheit meinen Blick zu suchen. Sein Weinen ließ meine Zähne gegeneinanderschlagen. Eine ungewohnte Kälte ergriff von mir Besitz.

Nein!

Ein Diener stellte meinen Stuhl auf.

»Im Namen unseres Königs, Lucius des Ersten, wird folgendes Urteil gefällt.«

Ich schüttelte den Kopf. *Nein!* Er war noch ein Kind.

»Die Hand, die sich an dem Reichtum anderer Menschen erfreut hatte, wird nicht mehr in Versuchung geraten. Hiermit beantrage ich die Verstümmelung des Bösen. Die Abnahme der Versuchung durch das Kupferschwert!«

Seine Worte hallten durch den Raum wie Schläge, die mich von allen Seiten trafen.

Nein!

König Lucius grinste breit, während mir das Entsetzen den Schweiß auf die Stirn trieb. Er sah aus wie ein Monster im Gewand eines Engels. Nicht mehr wie der Mann, der mir gestern seine Liebe gestanden hatte … nicht mehr wie der Mann, der mich von allem Bösen fernhalten wollte. Das Weinen des Jungen wurde kläglicher. Metallsoldaten kamen aus der Dunkelheit und packten ihn, noch ehe er begriff, was geschehen würde.

Er wird einen Finger verlieren, dachte ich bebend. Augenblicklich fühlte ich mich in die Vergangenheit zurückversetzt. Zu dem Abend, an dem Elia erwischt wurde. Es war ein kleiner Fehler, der ihn brandmarkte bis in alle Ewigkeit.

Ich kniff die Augen zusammen, als das Schreien des Jungen immer lauter wurde, doch schaffte es nicht wegzusehen. Ich riss die Augen auf, als die Soldaten ihn festhielten und einen silbernen Tisch vor ihm aufstellten. Die Hände dabei in zwei Metallringen festgehalten, damit sie nicht entwischen konnten.

»Nein! Bitte nicht, nein. Gnade, Eure Majestät! Ich flehe Euch an! Ich tue es nie wieder! Nie wieder!«

König Lucius lachte leise und stupste seinem Bruder in die Seite. »Hört, hört!«

Die königlichen Gefolgsmänner stimmten in sein wölfisches Lachen ein. Der Lügenprinz hingegen suchte meinen Blick. Ich schüttelte langsam den Kopf. Ich flehte ihn an.

Bitte nicht. Bitte tu doch was.

»Nun fahr schon fort, Iberus«, hallte Lucius' Stimme ungeduldig durch den Saal. Der Richter nickte breit grinsend.

Ich sah das Schwert, das funkelnd über dem Jungen schwebte wie ein Blitz, der die Nacht erhellte. Darius sah der Klinge mit Schrecken entgegen. Er wehrte sich. Schüttelte den Kopf und versuchte, sich aus den Metallringen zu befreien. Doch ihre Griffe waren eisern. Unwillkürlich spürte ich die Handschellen, mit denen sie mich abgeführt hatten, als wäre ich eine Verbrecherin.

»Bitte«, flüsterte ich leise, sodass Lucius seinen Kopf zu mir drehte.

Ich hob meine nasskalten Finger, legte sie auf seinen Unterarm und grub sie in die feinen Ornamente seines Ärmels.

»Bitte … Majestät.« Die Worte lagen schwerer als Steine auf meiner Zunge.

Ich starrte ihn an. Die Augen mit Tränen gefüllt, als der Junge weiterhin um sein Leben flehte.

Bitte tu diesem Jungen das nicht an.

»Bitte.«

König Lucius erwiderte meinen Blick. Wieder entdeckte ich etwas Weiches in seinen Zügen. Etwas Glasklares, Zerbrechliches. Doch seine Geschichten verhärteten sich, als ihm der Minister von hinten auf die Schulter tippte. Seine Schlangenaugen sahen mich mahnend an, bevor er sein Gesicht zu einer belustigten Grimasse verzog.

»Wir sollten Eure Gattin solch ein Szenario nicht miterleben lassen, Majestät. Vermutlich waren Eure Bedenken –« Der König hob seine Hand und gab ihm zu verstehen, dass er sich verziehen sollte.

»Sie muss es sehen. Wie du schon sagtest.«

»Majestät?«, fragte der Richter.

Der König nickte erhaben und erhob seine eiserne Stimme.

»Fahr fort, Iberus.« Drei Worte, die mich fassungslos und regungslos machten.

»So sei es.«

Die Klinge schwang durch die Luft. Sie traf auf das junge, zitternde Fleisch, das eine letzte Bewegung vollzog. Sehnen rissen. Knochen brachen und wurden durchtrennt. Ein harter Schrei zerschnitt die Luft in Fetzen. Ich sprang nach vorne und fiel über den Tisch, als Darius' Hand auf den Boden fiel.

»Nein!«, schrie ich, hetzte hinter dem Tisch hervor und landete auf den Knien im Lichtkegel. Soldaten umkreisten mich, hielten mich an meinen Armen zurück, die Darius einfangen wollten. Ihn mitnehmen wollten. Ganz weit weg von hier. Ich sah in seine Augen. Die kindlichen und verweinten Augen, die Mitleid suchten. Ich brach in Tränen aus, als ich seinen verstümmelten Arm betrachtete. Eine Kupferplatte setzte sich wie durch Geisterhand auf die Stelle, aus der eigentlich Blut fließen müsste. Doch da war nichts. Nichts als poliertes Kupfer, das sich an sein Handgelenk setzte wie ein Deckel auf einen Topf.

Seine Hand lag vor mir. Ein lebloses Stück Fleisch, das sich plötzlich in Asche auflöste.

»Schafft ihn weg!«, rief der Richter, und die Soldaten zerrten an ihm, wie sie auch an mir zerrten, bis ich wieder auf beiden Beinen stand.

»Es tut mir leid!«, rief ich Darius hinterher. In seinen Geschichten konnte ich sehen, dass er das bereits wusste. Er fing mich in seinen Augen ein. Nickte. Eine stumme Akzeptanz, die ihn sichtbar altern ließ. »Danke, meine Königin …«

Meine Königin.

Plötzlich war der Raum so still, dass man eine Stecknadel hätte fallen hören können.

Nur mein Herz schien zu rennen. So laut und schnell, dass sich schwarze Punkte auf meine Netzhaut schoben.

»Sofija«, flüsterte der König bedrohlich. Ein Knurren, dem eines

Kulatras gleich. Ganz anders, als er mich gestern behandelt hatte. Augenblicklich schlichen sich die stummen Warnungen der Namenlosen in meinen Verstand, als mir bewusst wurde, was ich getan hatte. Zitternd begegnete ich den Blicken der Geschworenen und Gefolgsleute meines zukünftigen Mannes. Sie alle schienen kaum merklich den Kopf zu schütteln. Sie alle, bis auf einen – der Lügenprinz, der seine Lippen aufeinanderpresste, als müsse auch er einen Schrei unterdrücken.

»In Kupferstadt waltet Recht und Ordnung«, sagte Lucius ruhig. »Dieser Junge hat Unruhe gestiftet. Und damit so etwas nicht noch einmal passiert, wurde ihm eine Lehre erteilt.« Eine Lehre, die ihm die ganze Hand nahm, die ganze kindliche Freude. Ich nickte und wischte mir über das Gesicht. In Kupferstadt war das so. Hier wurde einem auch die Zunge abgehackt, wenn man log.

»Entschuldigt«, sagte ich und machte einen Knicks, bevor ich mich wie betäubt zu meinem Platz schleppte.

Lucius tätschelte meine feuchte Wange, als ich mich neben ihm niederließ, und kam mir so nah, dass ich seinen Atem schmecken konnte. Seine Lippen kitzelten meine. Wie gestern Abend legte er seinen Mund ganz behutsam auf meinen, als wäre dies das Normalste der Welt. Als er sich von mir löste, schwirrte mir der Kopf.

»Wir sollten die anderen Fälle auf nächste Woche verschieben, meine Herren«, sagte der König. »Mir ist viel mehr nach einem freudigen Tanz! Was meinst du?«

Ich spürte schon, wie sich der Kragen um meinen Hals immer enger zog.

Langsam füllte sich mein Mundinnenraum mit Blut, während ich nach Luft lechzte.

Blut, das nicht vergossen wurde.

Jetzt wusste ich, was mir gestern den Atem geraubt hatte. Seine grausame Macht.

Macht, die er über alles und jeden hatte. Macht, die er über mich hatte.

Doch ab jetzt nicht mehr – das nahm ich mir vor. Als die Tür geöffnet wurde, erstreckte sich ein weiterer Saal vor uns, jeder Winkel von Metallsoldaten bewacht. Ich sah die vielen Menschen, deren leere Augen einem Mann entgegensahen, der seine Stimme erhob.

»Sperrt sie in den Kerker. Die Anhörungen gehen nächste Woche weiter.«

Ich roch Urin und Angst.

Galle sammelte sich in meinem Mund, als ich mir vorstellte, wie mein Volk in Ketten gelegt dort stand und auf sein Urteil wartete.

31

Sofija

Die Musik setzte ein. Ein einfacher, ruhiger Takt, der mir die Tränen in die Augen trieb. Ich hob mein Tamburin, auch wenn es sich falsch anfühlte. Viel lieber wäre ich in Stille erstickt. Ich wollte nichts sehen und nichts hören, aber die leuchtenden Augen des Kulatras zogen meinen Blick auf sich. Und seine langen Krallen, die er geduldig auf die Lehne seines Throns gelegt hatte, während er mich beobachtete. Mich an seinen Fäden tanzen ließ.

Ich vollzog meine erste Drehung. Mein Rock schwang um die Beine und entblößte meine nackten Füße, die auf dem polierten Untergrund patschten.

Ein zufriedenes Knurren entglitt dem Kulatra, als ich mein Tamburin klirren ließ. Er lehnte sich in seinem Thron zurück. Wieder begegnete ich seinen Augen.

Reuelos, eisern.

Ich wusste, was er wollte.

Er zeigte es mir mit jedem einzelnen seiner begierigen Blicke.

Seine vollen Lippen brannten noch immer auf meinen. Eine stumme Berührung, die mich mundtot machte. Ich machte eine weitere Drehung, einen Schritt in die Richtung eines unsichtbaren Tanzpartners. Diesen Tanz musste ich allein bestreiten – ganz ohne eine Hand, die mich führte, die mich festhielt.

Plötzlich traten Gestalten aus der Dunkelheit. Leblose Gesichter, die mir bei meinem einsamen Tanz zusahen. Nebel umgab sie.

Lange Streifen, die sich um sie legten wie die Tücher meines Volkes. Normalerweise waren die Geschichten ihrer Gesichter stets freundlich und offen. Bedeckt von Farben des Regenbogens. Jetzt aber schienen sie versteinert und weiß. Unheimlich leblos. Nahezu tot.

Ich schüttelte heftig mit dem Kopf und schloss meine Lider.

Ich begegnete Zan Zahray. Ihre weisen Augen beobachteten, wie ich meine Arme in die Luft hob. Mein Haar mit der Drehung tanzen und mein Tamburin von der einen Hand in die andere wandern ließ.

Ich begegnete Jana. Ihr Blick versicherte mir, dass alles gut werden würde.

Ich begegnete Natia. Ihre großen Knopfaugen, die zu mir aufsahen und mir zuriefen, dass ich heimkehren sollte.

Und ich begegnete Elia. Dem Messerwerfer. Meinem bestem Freund.

Mein Herz tat weh, als die Geige, die mich begleitete, noch langsamer wurde. Zerbrechlicher. Ich senkte mein Tamburin und sah ihn an. Elia.

In seinen Augen konnte ich den Schmerz lesen. Die Sehnsucht.

Die Liebe, die ich nie erwidert hatte. In diesem Moment wünschte ich mir, dass ich ihn nur noch einmal berühren konnte. Nur einmal die Frau zu sein, die ihm ein Lächeln in sein schönes Gesicht zauberte. Ich hob meine Hand. Dem Geist entgegen, den mein Herz gerufen hatte, und forderte ihn zum Tanz auf. Elia nahm meine Hand entgegen, er umgriff sie sanft, als könnte ich jeden Moment zerbrechen.

Augenblicklich befand ich mich am Lagerfeuer unseres Vokes.

Musik wärmte unsere eisigen Hände. Musik erwärmte unsere eisigen Herzen. Und Musik forderte uns alle zum Tanzen auf. Elia saß vor seinem Wagen und beobachtete das rege Treiben von Weitem: das Feuer, das den verschneiten Boden in ein flammendes Rot tauchte. Mich, die herumwirbelte wie der Wind. Mit meinen Augen spielte. Ihn ansah, während er mit seinen Wurfmessern im Schnee stocherte.

Tanz mit mir, du Hornochse, sagten meine Augen. Los, komm schon. Wie damals, als wir Kinder waren.

Doch Elia blieb vor seinem Wagen sitzen und sah mich nur an, so wie er es immer getan hatte. Mit einer Mischung aus Stolz und Verehrung. Und vielleicht auch Liebe. Ich wusste nicht, was es war, das uns verband. Er war meine Familie.

Tränen sammelten sich in meinen Augen, als diese Szene vor meinen offenen Augen einfach so verschwand.

Jetzt stand sein Geist vor mir und hielt mich in seinen Armen. Wie beim Tanzfest stand ich vor ihm, die Hände im Nacken verschlossen, ehe er mich um die eigene Achse drehte.

Ich vermisse dich.

Seine Augen signalisierten mir, dass er es ebenso tat.

Es tut mir so leid.

Ihm tat es auch leid.

Wir haben uns verspielt, dachte ich traurig lächelnd. Die Elster und ihr treuer Begleiter waren zu weit gegangen. Wir konnten nicht zusammen sein. Nie wieder. Der Kulatra war stärker als ein einfacher Vogel und eine mit Kupfer besetzte Klaue.

Unsere Schritte verschmolzen miteinander.

Ein letzter Tanz, bevor die Geister verschwanden und mich allein mit meinen Tränen zurückließen. Elia wirbelte mich abermals herum, sodass mein Rock seine Beine traf. Als er mich losließ, war er verschwunden.

Lass mich nicht allein …

Ein Echo meines Herzens.

Ein Streich meines Verstandes.

Umgeben von Schwarz sah ich nur noch den König aus Silber und Gold, der zu mir hinabsah. Neben ihm stand der Lügenprinz.

Sobald Elia mich verließ, stolperte ich. Ich verhedderte mich in meinen Beinen und fiel auf die Knie. Unwillkürlich wurde ich zu jenem Moment zurückversetzt, in dem die leblose Hand vor mir gelegen hatte. Ein Teil eines Menschen, der sich in Luft aufgelöst hatte, als hätte es ihn nie gegeben.

Ich krümmte mich zusammen. Zog die Knie an meine nassen Wangen und blieb auf dem schwarzen Boden liegen. Haarsträhnen verbargen meine Tränen.

Die verräterischen Offenbarungen meiner Seele. Meiner Angst.

Und meiner Sehnsucht.

Stofflagen versteckten mein Wimmern und Zittern.

»Geh zu ihr, Bruder«, hörte ich den König sagen. Danach war es still und dunkel.

So ruhig, dass ich mein Herz schlagen hörte, bis ich plötzlich Schritte hörte.

Erst sah ich die glänzenden Schuhe, den Stoff seiner Hose, dann eine Hand, die auf mich zukam. Dahinter offenbarte sich ein Gesicht mit goldenen Augen, die reißende Wellen in sich bargen. Ich lächelte ihnen hinter einem Schleier aus Tränen zu. Suchte in ihnen nach dem Geheimnis, das sich irgendwo in ihren endlosen Tiefen verstecken musste.

Ich entdeckte in ihnen Zuflucht. Türen, die sich öffneten und mich mitnahmen.

Immer tiefer. Immer tiefer.

Mein Blick wanderte wieder von seinen Augen zu der Hand, die vor mir schwebte. Ich müsste sie nur greifen. Sie nehmen wie an jenem Abend, als er sie mir das erste Mal hingehalten hatte, mich zum Tanzen aufgefordert hatte.

Langsam hob ich meinen Arm, strich über den Stoff, der sein Handgelenk verbarg, und ertastete die goldene Uhr. Die Uhr, die sich so herrlich unter meinen diebischen Fingerkuppen anfühlte. Der Lügenprinz lächelte mir traurig zu und umschloss mein Handgelenk mit seinen langen Fingern. Sie waren wie ein edles Armband.

Weniger wie die Fesseln, die er mir zuvor angelegt hatte, indem er mich seinem Bruder ausgeliefert hatte. Er hob mich auf die Beine. Nun standen wir uns gegenüber. Meine Hand in seiner.

Wir sahen uns nur an. Lasen in unseren Geschichten, fuhren mit Blicken jeden Zug des anderen nach. Ich erkannte lange, düstere Schatten in ihnen. Sie flatterten wie Schmetterlingsflügel über sein Gesicht, als er meine Tränen beobachtete.

Ich wischte mir über das Gesicht und schüttelte schließlich den Kopf. Vielleicht um mich daran zu erinnern, wer er war. Weil ich mich selbst schützen wollte. Ich löste mich aus seiner Hand und sah zu König Lucius hinauf, der das Ganze kritisch beäugte. Ich nickte ihm zu und fiel in einen ergebenen Knicks, ehe ich mein Tamburin aufhob und wieder zu tanzen begann.

Ich tanzte, bis mir die Füße schmerzten. Und ich tanzte, um zu vergessen.

Wenn ich tanzte, gab es keinen Schmerz außer den in meinen Fußsohlen.

Das war schon immer so gewesen.

»Es reicht!«, donnerte König Lucius. Immer, wenn er das tat, zog er sich wortlos zurück und ließ mich allein im Rampenlicht seiner düsteren Kammer stehen. Doch heute war ich nicht allein. Heute stand der Lügenprinz neben mir und sah mich einfach nur an.

Augen können lügen, rief ich mir in Erinnerung.

Ich sollte aufhören, in ihnen etwas zu suchen, das es nicht gab.

⇝•⇜

Ich ließ die fünfte und sechste Phase des Tages ausfallen, indem ich mich krank stellte. Ich beklagte mich über Unwohlsein und Bauchschmerzen, sodass die Namenlose nur kurz versucht hatte, mich zur fünften Phase zu ermutigen. Doch ich wollte weder den König noch den Lügenprinzen sehen. Ich wollte allein sein.

Sie brachte mir das Essen auf mein Zimmer. Ich stellte es einfach vor die goldene Tür, in der Hoffnung, dass es auf wundersame Weise verschwinden würde. Nach diesem Tag konnte und wollte ich nichts essen. Ich wusste nicht, was daran so schwer zu verstehen war. Doch die Namenlose traf keine Schuld. Sie war die einzige Person, die mich halbwegs zu verstehen schien, denn sie ließ mich allein. Sie fragte nicht mal mehr nach, ob sie mir etwas Gutes tun könne. Sie konnte nichts für mich tun. Ich musste mich mit den Geistern in meinem Kopf auseinandersetzen … und dafür brauchte ich Zeit.

Ich lag auf meinem Bett und beobachtete den sternenlosen Himmel des Himmelbettes.

Wieder und wieder durchlebte ich den heutigen Tag. Das Schreien des Jungen. Die abgetrennte Hand, die sich einfach in Asche verwandelt hatte. Das ungerechte Handeln des Königs, der seine Untertanen bestrafte, weil sie Hunger litten. Ich wusste, wie es sich anfühlte zu hungern. Es war ein Schmerz, der sich durch die Magenhöhle hinauf in den Kopf zog wie ein langes Gähnen. Es ließ nie nach. Nicht einmal, wenn man schlief.

König Lucius hätte dem Jungen eine Chance geben sollen, dachte ich bitter. Wie sollte er mit einer einzigen Hand seiner Familie helfen? Ich knirschte mit den Zähnen und richtete mich auf. Meine Gelähmtheit verwandelte sich in blanke Wut. Das Wams war viel zu eng und nahm mir die Luft zum Atmen. Ich riss an den Knöpfen im Nacken, bis die Nähte platzten. Wütend zog ich es mir über den Kopf und schleuderte es quer durch den Raum.

König Lucius war ein Bastard! Ein elender Mistkerl, der sich an dem Leid von Kindern ergötzte. Was hatte ich in unseren Stunden der Zweisamkeit in ihm gesehen?

Wie konnte er nur solch einen Schmerz zulassen? Wenn er zu so etwas fähig war, was konnte dieser Mann noch machen? Ich sprang auf die Füße. Meine Finger kribbelten. Sie wollten etwas zerreißen, etwas zerstören, etwas zerbrechen. Das Erste, das ich in die Finger bekam, war eine der schönen Flaschen, die auf dem Schminktisch standen. Sie flog im hohen Bogen durch den Raum. Zerschmetterte an der Wand und zersprang in tausend kleine Teile. Ein glitzerndes Scherbenmeer eröffnete sich vor mir. Es sah herrlich aus. Es erinnerte mich an den schönen Fluss vor der Kupferstadt, an dem wir unser Lager errichtet hatten.

Die nächste Flasche zerschmetterte mit einem ohrenbetäubenden Scheppern an der Wand. Ein Duft von Rosen und Lavendel biss sich in meine Nase. Doch ich hatte noch nicht genug.

Als ich mein eigenes Spiegelbild sah, wusste ich, was ich als Nächstes tun würde.

Ich hob meine Hand. Jene Hand, die dem Jungen abgeschlagen wurde. Ich sah sie zittern, als sich meine Wut in Trauer verwandelte. Sie wollte ausbrechen. Sie musste ausbrechen, bevor sie mich von innen auffressen konnte. Mit voller Wucht schoss meine Faust auf den Spiegel zu. Er zersprang in lange spinnennetzartige Streifen, die sich bis in den goldenen Rahmen fraßen. Mein Gesicht verdoppelte sich. Meine Augen sahen mir aus Hunderten kleiner Spiegelteile entgegen. Blut tropfte von meiner schmerzenden Hand.

Es pulsierte meinen Arm entlang, als ich meine feuchten Wangen berührte. Salz vermischte sich mit roter Farbe. Bemalte meinen nackten Arm.

Erschöpft sackte ich zusammen. Kniete in meinem Scherbenmeer aus Glas und Blut und dachte an Darius.

Ob Lucius mich für den Rest meines Lebens daran erinnern würde, was heute geschehen war? Ob diese Bilder irgendwann verschwinden würden wie schlechte Träume, die man irgendwann vergaß?

Konnte mein Herz das alles ertragen?

Verstohlen sah ich auf mein Bett. Darunter lag noch immer heimlich und verborgen der Dolch.

Es gibt also noch einen Ausweg, dachte ich. Auch wenn ich dann dem Wunsch meiner Mutter nicht nachkommen würde, ein längeres Leben zu führen, als sie es durfte.

Ich konnte das alles jederzeit beenden. König Lucius konnte mich daran nicht hindern.

Langsam lief ich auf mein Bett zu und griff mit der gesunden Hand unter die Matratze. Der Dolch lag kühl und vertraut in meiner Handfläche. Ich drehte ihn hin und her. Begutachtete die lange und fein säuberlich geschliffene Klinge, die im Kerzenlicht aufblitzte.

Es war ein schönes Gefühl.

Ein Gefühl der Selbstbestimmung.

Doch dann klopfte es an meiner Tür. Erst zaghaft und dann immer fordernder. Ich versteckte den Dolch hinter meinem Rücken und presste die Lippen fest aufeinander, um nicht loszuschreien.

»Sofija? Ist alles in Ordnung?«

Ich überlegte, wie ich mein Werk am besten verbergen könnte.

Doch ich hatte zu viel zerstört in meiner Wut. Lucius würde das nicht gutheißen. Er würde wütend sein. Das wusste ich.

Verdammt!

Der Dolch in meiner Hand fühlte sich unheimlich gut an.

Die Tür wurde aufgerissen und ich ließ ihn vor Schreck fallen. Der Aufprall des Dolches hallte durch den Raum.

»Was zur Hölle machst du da?«

Ich wusste es selbst nicht. Ich sah ihn einfach nur an. Unfähig, ein weiteres Wort zu sagen, brach ich in Tränen aus. *Warum bin ich nur so schwach?*

Wenn mein Volk hinter mir stand, war ich eine Kriegerin.

Unzerstörbar. Unbesiegbar. Doch einsam und auf mich gestellt war ich nur ein einfaches Mädchen. Ein Mädchen, das vor einem mächtigen Prinzen stand, der sie fassungslos ansah.

»Sofija«, flüsterte er sanft und kam einen Schritt auf mich zu, während ich einen Schritt zurückging. Einen Tanzschritt.

Ich sah ihn an und suchte nach einer Lüge in seinen Augen. Doch da war keine.

Diesmal war ich mir sicher.

32

Eric

Mein Herz hämmerte gegen meinen Brustkorb, als würde es herausspringen wollen. Ich betrachtete das Chaos, das den Raum beherrschte. Die heiße Wut, die sich in dem zersplitterten Spiegel abzeichnete. Die blutende Faust der Frau mir gegenüber. Und dann betrachtete ich den glitzernden Dolch, der auf dem Boden lag. Ein schmales, dünnes Teil. Nicht viel wert für einen geübten Schwertkünstler und doch scharf genug, dass man sich daran schneiden konnte. Verletzen konnte, bis man ausblutete. Ich starrte den Dolch an. Und dann wieder Sofija. Ich ging einen Schritt auf sie zu, worauf sie einen Schritt zurück machte. Sie war ein scheues Tier. Verängstigt und klein. Ganz anders als die selbstsichere Stammesführerin, die mich heimtückisch bestehlen wollte. Mich, den Prinzen des Königreiches Kupfoa.

Mich. Einen Hauptmann – zum Kämpfen geboren.

Ich blickte ihr eindringlich in die dunklen, verweinten Augen. Wie am Tag unserer ersten Begegnung waren sie offen, schienen eine eigene Sprache zu sprechen, die ich zu gerne verstehen wollte. Ich hatte mich in sie hineinfallen lassen, mir des Risikos bewusst, dass sie mich täuschen könnten.

Ich heiße Samantha. Ich heiße Ethan.

Ich hatte mich von ihren Worten täuschen lassen, aber nie von ihrem wahren Wesen, das ich in ihrem Blick erkannt hatte.

Heute hatte sie mir bewiesen, dass ihre Augen nicht logen. Sie war nicht so, wie ich versuchte, es mir einzureden. Sie war ehrlich. Sie war leidenschaftlich. Und sie sah die Dinge wie ich. Niemand hätte sich vor diesen Jungen gestellt und um ihn geweint. Niemand, außer ihr.

Und deswegen war ich hier.

Nachdem mein Bruder getobt hatte, weil sie nicht zum Essen erschienen war, hatte er sich zurückgezogen. Ich würde ihn bis zum morgigen Tag nicht sehen. Und da ich wusste, dass er heute Abend nicht mehr nach meiner Anwesenheit verlangen würde, sah ich meine Chance, nach ihr zu sehen und mich ihr zu offenbaren.

Wie ich vermutet hatte, hatte ihr die heutige Verhandlung zugesetzt.

Nicht ohne Grund hatte ich gestern das Wort gegen meinen Bruder erhoben. Nicht ohne Grund hatte ich es heute Morgen noch einmal versucht.

»Sie muss es sehen«, hatte Lucius erwidert und selbstbewusst das Kinn gehoben. »Ihr Herz ist mein. Sie wird es verstehen.«

Sie hatte es nicht verstanden.

Mein Bruder liebte die Theatralik des Alltags. Die Theatralik dieser Bestrafungen. Sie stillten seine Rachsucht. Ein Tribut, den er einforderte und auf den er nicht verzichten wollte. Vor allem nicht, seitdem Vater von uns gegangen war. Er kostete die Macht seines Amtes aus. Wie ein kleiner, eingeschnappter Junge, der spielen wollte. Sein eigenes, krankes Spiel.

Diese Bestrafungen hatte es schon immer gegeben. Sie waren Tradition. Und doch wurde nie zuvor einem Jungen die Hand abgeschnitten, weil er einen faulen Apfel gestohlen hatte.

Ich schloss die Augen und öffnete sie wieder, um ins Hier und Jetzt zurückzukehren. Mein Blick lag auf dem Dolch. Als sie bemerkte, dass ich ihn entdeckt hatte, hechtete sie nach hinten, um ihn zu greifen, doch ich war schneller. Die Ausbildung eines Soldaten war lang und ausdauernd. Ich wusste, was mein Feind dachte, ehe er sich zu einem Manöver entschloss.

»Was hattest du damit vor?«, fragte ich und ließ den Dolch in meiner Handfläche verschwinden. »Woher hast du den?«

Wieder bekam ich keine Antwort. Ihre Augen funkelten mich nur an. Eindringlich, als wollten sie mich bis auf den Grund erkunden. Ich wandte den Blick ab, deutete auf den Spiegel und dann auf ihre Hand.

»Wir sollten deine Hand verarzten, ehe sich etwas entzündet.«

»Wir Steandler haben schon schlimmere Verletzungen ertragen. Das wächst zusammen.«

Ich grinste über ihre unbeholfene Antwort, was sie zu irritieren schien, denn sie zuckte wieder zurück. Wenn sie wüsste, wie hässlich solche Schnittwunden aussehen konnten, wenn man sie nicht richtig behandelte.

»Ich habe zufällig einen Kurs belegt, der sich mit Schnittwunden aller Art befasste.«

»Und ich habe den Kurs *Vertraue keinem Prinzen* belegt.«

Das hatte ich verdient. Ich nickte gequält und seufzte. Obwohl sie wie ein eingeschüchtertes Kätzchen aussah, kam hin und wieder die Kriegerin in ihr heraus.

»Ich könnte wetten, dass noch Glassplitter in deinem Fleisch stecken. Wenn wir das nicht verarzten, müssen wir die Hand leider abschneiden.«

Damit hatte ich sie.

Augenblicklich wurde sie ganz weiß um die Nasenspitze. Auch wenn diese Darstellung wenig charmant war, wusste ich, dass sie sich nun nicht mehr sträuben würde. Sie schnaufte wütend, aber nickte schließlich.

»Nun gut, dann leg mal los.«

Es gefiel mir, wenn sie entschlossen das Kinn hervorschob und trotzig ihre Augen verdrehte. Ein Schauspiel, das sie perfektioniert hatte. Sie wusste, was sie tat. Genauso tanzte sie auch.

Ich bot ihr meinen Arm zum Unterhaken an, so wie sie es bei unserem letzten Disput verlangt hatte. Kurz stutzte sie und suchte nach einer List. Verübeln konnte ich es ihr nicht und ich gab mir Mühe, eine undurchdringliche Miene aufzusetzen. Doch dann ließ sie sich auf meine stumme Einladung ein.

Ich wusste nicht, was ich mir erhofft hatte, als ich vor der goldenen Tür gestanden hatte. Womöglich wäre ich auch nicht eingetreten, wenn ich nicht das Klirren von Glas und ihre erschöpften Seufzer gehört hätte. Womöglich hätte ich vor ihrer Tür gestanden und hätte mich gefragt, was sie wohl machte. So, wie ich es all die Tage zuvor auch getan hatte.

Ich wusste nicht, warum ich ständig an sie denken musste, warum es mir nicht gelang, sie zu ignorieren. Es war, als hätte sich ihre Gestalt in meinen Kopf gebrannt. Sich hineingeschlichen mit einem ihrer Tamburintänze, mit denen sie die ganze Stadt verzaubert hatte.

Und als ich heute ihre Augen sah … diese unerschrockene Wahrheit, die ich schon einmal darin hatte aufblitzen sehen, wusste ich … dass ihre Augen nicht lügen konnten. Alles, was sie war, war sie echt. Eine kleine Steandlerin, die sich in meinen Kopf geschlichen hatte. Einfach so. *Ich spiele gerne mit dem Feuer*, dachte ich grinsend. Das hatte ich schon immer.

Ich ließ den Dolch in meinem Gürtel verschwinden. Sie würde ihn nicht mehr brauchen.

Ich beauftragte einen Diener, ihr Gemach herzurichten.

»Und behaltet es für euch ...«, sagte ich eindringlich. Der Diener verstand, noch ehe ich zu Ende gesprochen hatte. Lucius durfte nicht erfahren, was heute geschehen war. Ich wusste, wie impulsiv mein Bruder sein konnte. Vermutlich hätte er einen Leibwächter in ihr Zimmer quartiert, damit er sie Tag und Nacht beobachten konnte. Wenn er es nicht eh schon die ganze Zeit über tat. Der König hatte seine Spione überall. Mich eingeschlossen. Doch dieses Mal hatte ich nicht vor, meinem Bruder ihre Geheimnisse mitzuteilen.

Ich führte sie durch den *Gang der Vergangenen* – den Flur mit den Porträts unserer verstorbenen Ahnen: Tanten, Onkel, Großväter, Großmütter und Berater, die dieses Reich geführt hatten.

Ich beobachtete, wie sie die Gesichter genaustens inspizierte.

Plötzlich blieb sie vor einem Bildnis stehen, das ich seit seinem Tod nicht mehr angesehen hatte. Er sah aus wie Lucius. Nur dass er die Krone nicht als Schmuckelement auf seinem Haupt trug. Er trug sie mit Stolz. Mit Verantwortung.

»Da bist du ja«, raunte sie und sah zu König Platos hinauf, dessen Blick sich im Nichts verlor. Ich schluckte schwer, als ein ungeahnter Stich meine Brust erfasste. Sein Gesicht war wie eh und je.

»Wo hast du nur gesteckt?«

»Was meinst du?«, fragte ich und sah sie an. Sie senkte den Blick und zuckte schüchtern mit den Schultern.

»Letztens hat er noch in einem anderen Gang gehangen. Jetzt ist da ein riesiger, leerer Fleck. Er stört mich.« Ich grinste traurig. Der Grund, warum er abgehängt wurde, würde ihr nicht gefallen.

»Dass dir das aufgefallen ist«, sagte ich und sah zurück zu dem Bildnis meines Vaters. Ein großer und guter Mann, der zu früh gestorben war. Er hätte noch viele Jahre regieren können.

»König Platos«, erklärte ich ihr zugewandt, »ist nun in den *Gang der Vergangenen* verlegt worden. Hier hängen die verstorbenen Ahnen und Berater der königlichen Familie.« Nun hing er neben meiner Mutter. Königin Esmeralda. Ich ballte meine linke Hand zur Faust und küsste meine Fingerknöchel. Ein stummer Gruß, den ich ihr zu Ehren gen Himmel sandte.

Nie hatte ich einen lieblicheren Menschen kennengelernt als meine Mutter.

Sie war die Freude innerhalb dieser Mauern gewesen. Sie hatte alles zusammengehalten.

Ganz besonders meinen Vater.

Erst jetzt bemerkte ich, dass Sofija mich von der Seite beobachtete. Ihre dunklen Augen bohrten sich in mich hinein, als könne sie direkt in meine Seele sehen. Schnell wandte ich den Blick ab und deutete auf den nächsten Gang, der diesen kreuzte. Den *Gang der Verbliebenen*.

Da, wo die Porträts meines Bruders und seiner königlichen Gefolgsmänner hingen – des Ministers, der königlichen Gelehrten, des Zeitnehmers, Lehrmeisters und auch das des Herrn Doktors. Ich bog bewusst nach rechts ab, da sich im linken Gang mein Bildnis befand. Ein schreckliches Gemälde, das mich aussehen ließ wie eine billige Kopie des neuen Königs.

»Du vermisst ihn, habe ich recht?«, fragte sie, als wir die leere Stelle passierten, wo König Platos zuvor geprangt hatte.

Sie mied es, dorthin zu sehen. Stattdessen sah sie mich an.

Neugierig, aber auch ernst und mitfühlend, sodass ich mich überwinden musste, ihr nicht mit einer barschen Bemerkung zu verstehen zu geben, dass sie das nichts anging.

Stattdessen sagte ich ihr die Wahrheit: »Ja.« Ich vermisste meinen Vater jeden Tag, auch wenn ich es niemals zugegeben hätte. Außer nun vor ihr.

Er war ein Feigling gewesen.

Der König aus Stahl mit dem Willen einer Maus.

»Ich vermisse meinen Vater auch«, sagte sie. Ein leises Geständnis, das mich zu ihr hinuntersehen ließ. »Er starb letzten Winter an Fieber.«

»Das tut mir leid.«

»Mir tut es auch leid.«

Es war, als lag die gebündelte Trauer dieser Welt in ihrer Stimme.

Ich biss die Zähne zusammen, damit mich mein eigenes Leid nicht wieder heimsuchte. König Platos war vor fünf Monaten gestorben. Er hatte baumelnd an seinem Bettgestell gehangen. Ein roter Striemen hatte sich über die blasse Kehle gezogen, sein sonst so stolz erhobener Kopf hatte schlaff zur Seite gehangen. Es war seine Seele, die ihn umgebracht hatte, hatte der Doktor gesagt. Eine Seele, die er mir nie offenbart hatte.

Ich führte sie an den Verbliebenen vorbei in den nächsten Gang. Ein kahler Flur, der zu einer Treppe führte, die steil nach oben ging. In diesem Turm befand sich mein Schlafgemach.

Wir schwiegen, bis wir oben ankamen. Dort wartete Tarance auf mich. Vermutlich mit Neuigkeiten über die unter Beobachtung stehenden Steandler. *Ein gänzlich schlechter Zeitpunkt*, dachte ich, doch ließ mir dies nicht anmerken. Sofija blieb trotzdem wie angewurzelt stehen, als sie ihn sah. Sie schien den Soldaten zu erkennen. Er hob grüßend seine Hand.

»Es gibt Neuigkeiten, Hauptmann!«, sagte er.

»Jetzt nicht, Tarance. Wir müssen erst mal ihren Arm versorgen. Sei so gut und bring mir die nötigen Materialien. Sie befinden sich im Arzneiraum. Der Doktor schließt die Tür nie zu.«

»Was für Neuigkeiten?«, flüsterte Sofija. Ich hob beschwichtigend die Hand und gab Tarance zu verstehen, dass er jetzt besser gehen sollte. Doch er sah sie noch einmal an und nickte entschuldigend.

»Jawohl, Hauptmann.«

Dann eilte er an uns vorbei, den Kopf stur geradeaus gerichtet. Ein Hengst mit Scheuklappen. So hatte ich ihn vor zehn Jahren kennengelernt. Als einen Jungen, der grauenvolle Dinge erlebt hatte. Als einen Krieger, der wusste, wie man mit dem Schwert umzugehen hatte. Seine Kindheit in Tumbara war hart gewesen. Die Armee vom Höllenkönig war bis auf die Zähne bewaffnet gewesen, als mein Vater mit den anderen Friedensmächten in sein Reich marschiert war. Sie waren alle nicht älter als zwölf gewesen. Ein grausames Bild, das meinen Vater noch Jahre danach verfolgt hatte.

Nicht jeder wollte verhandeln. Nicht jeder ließ die Armeen der anderen Königreiche einmarschieren. Viele schwangen ihre Schwerter und bezahlten mit ihrem Leben. Mit dem Leben, das gerade erst begonnen hatte. Tarance hingegen ergab sich. Und kam schließlich zusammen mit seiner Schwester Aidelina nach Kupfoa.

Ich führte Sofija in mein Gemach und platzierte sie auf einen Ohrensessel, der vor dem zugezogenen Vorhang am Fenster stand. Ich schämte mich wegen der organisierten Unordnung, die sich auf meinem Schreibtisch daneben stapelte. Verträge, Abkommen, langweiliges Zeug, das ein Hauptmann zu erledigen hatte. Für gewöhnlich saß ich mit meinem Bruder im Amtszimmer und unterschrieb solche Papiere. Doch vieles nahm ich mit, um meine Nächte mit dem Studium dieser Schriften zu verbringen. Zuletzt hatte ich mir von Jon eine ganz besondere bringen lassen. Eine kleine Geschichte des wandernden Volkes, das vor unseren Pforten noch immer auf ihre Erbin wartete.

Sie vermisst sie, hallte es durch meinen Kopf. Vermischt wurde die Stimme mit den Bildern der letzten Nacht. Ihr Gesicht vor Schmerz verzogen. Wie sie nach diesem Elia rief. In meinen Finger zuckte es.

Als ich sie betrachtete, wie sie in dem großen Sessel saß, die Haare zerzaust, wie ihr einzelne Strähnen in die gerunzelte Stirn hingen, den Blick dabei in einer anderen Sphäre, sah sie weniger aus wie eine Stammesführerin. Sie war ein einfache, junge Frau. Eine mit Gefühlen, die sie überrannten und schwach machten. Sie glitzerten auf ihrer Wange.

Sie ertappte mich, wie ich sie anstarrte. Doch anstatt mir einen Spruch entgegenzuwerfen, zitterten ihre Lippen.

Wie selbstverständlich ging ich einen Schritt auf sie zu und kniete mich vor ihr auf den Boden. Vorsichtig hob ich meine Hand, sodass sie sehen konnte, was ich vorhatte. Ich nahm ihren verwundeten Arm vorsichtig zwischen die Finger und legte ihn in meine offene Handfläche.

»Was gibt es für Neuigkeiten? Geht es meiner Familie gut?«

Unwillkürlich zuckte ich zurück und sah mich geschäftig in meinem Gemach um. »Es ist alles gut. Du brauchst dir keine Sorgen zu machen.«

Sie glaubte mir nicht. Normalerweise war ich ziemlich gut darin, die Wahrheit zu verschleiern.

»Ich mache mir jeden Tag Sorgen.«

Das wusste ich. Ich erkannte es an der kleinen Falte auf ihrer Stirn und an ihren Tränen. Diese unerträglichen Tränen. Ich seufzte und setzte mich an meinen Arbeitstisch.

Ich hörte sie wimmern, doch sagte nichts weiter, bis es schließlich an der Tür klopfte. Tarance kam mit dem Verbandszeug und den Desinfektionsmitteln zurück, die er auf meinem Tisch ausbreitete.

Sofija nickte ihm wieder vertraut zu. Sie hatte diesen hypnotischen Blick, mit dem sie alles genaustens inspizierte. Jede Gesichtsfalte, jede noch so kleine Regung, die etwas offenbarte. Er sah mich an und ging auf mein Nicken hin wieder vor die Tür.

Ich machte mich daran, ihre Hand zu verarzten. Nur wenige Splitter hatten sich in ihre Haut gefressen. Ich holte sie mit einer Pinzette heraus und ließ sie klirrend in eine Glasschale fallen. Sie zuckte nicht einmal, als ich ihre Wunde berührte. Sie nahm jeglichen Schmerz einfach hin. Stattdessen schienen ihre Gedanken Segel gesetzt zu haben. Sie glitten vor mir verborgen durch die Nacht. Ich desinfizierte ihre Wunde und stoppte anschließend die Blutung an ihren Knöcheln mit einem weißen Druckverband. Sie musste nicht genäht werden, was mich etwas beruhigte.

Als ich fertig war, drückte ich kurz ihre eisigen Finger und ließ von ihr ab.

»So, nun sollte es gut sein.«

Sie nickte müde und stand auf. »Vielen Dank.«

Ich nahm mir Zeit, sie anzusehen: die Sommersprossen, die aussahen wie ein Sternbild, die spröden Lippen, die sie mit ihren Zähnen bearbeitete. Sie war erschöpft, all ihrer wilden Kraft beraubt, aber trotz dessen sah sie wunderschön aus.

Ich wusste, dass ich es bereuen würde, doch ich konnte sie nicht so gehen lassen. Nicht zurücklassen mit dem Wissen, dass sie sich selbst verletzen wollte. Der Dolch um meine Hüfte war mein Zeuge. Wenn ich nicht gekommen wäre, hätten viel schlimmere Dinge geschehen können. Ich biss mir auf die Unterlippe.

So eine Scheiße!

Doch ehe ich es bereuen konnte, sagte ich: »Nun komm. Ich will dir etwas zeigen.«

Ich ging mit ihr zum verschlossenen Vorhang am Fenster und zog ihn zur Seite. Ich hatte einen direkten Blick auf das Ödland, das sich vor uns erstreckte wie ein langes rotes Tuch, das Wellen schlug. Die Lichter der Stadt trafen auf die hohen Stadtmauern, auf die Ziegelsteinbrücke und auf das Lager der Steandler. Ihre Farben wehten im Wind. Sandten ihrer Stammesführerin leise Grüße. Als sie ihr Volk erkannte, umspielte ein Lächeln ihre Lippen. Es war so atemberaubend schön, dass ich einfach mehr tun musste. Ich wollte nicht, dass dieses Lächeln je wieder verschwand.

Sie legte ihre Hand auf das Glas.

»Da unten ist Zan Zahrays Wagen. Und sieh nur. Sie sitzen am Lagerfeuer und essen zusammen. Kannst du erkennen, was sie essen?«

Von hier oben konnte man nicht einmal Gesichter erkennen, doch ich spielte dieses kleine Spiel nur zu gerne für sie mit.

»Ich könnte mir vorstellen, dass sie ein Festmahl verspeisen. Süßkartoffeln mit Schweinefleischmedaillons.« Sofija lachte heiser und schüttelte den Kopf.

»Wir sind keine Könige, Eric. Sie essen bestimmt Echsen oder Kröten, die sich wie Ungeziefer am Fluss tummeln.«

Als sie mich Eric nannte, spürte ich einen heftigen Schlag in der Magengrube, wie eine eiserne Kampffaust.

»Wie schmecken solche Echsen?«, fragte ich hastig, um von mir abzulenken. Sie grinste noch breiter.

»Wie Echsen eben. Ich hätte gedacht, dass ein Prinz auch mal eine etwas ausgefallenere Küche genießt.«

Ich hatte schon schlimmere Dinge gegessen als eine Echse. Soldaten werden während ihrer Ausbildung für drei Monate im Ödland ausgesetzt. Kein schöner Ort, um zu überleben. Sie wusste nicht, wer ich wirklich war. Sie kannte nur den Prinzen, den sie stets an Lucius' Seite sah.

»Vielleicht sollte ich das mal probieren«, räumte ich schließlich diplomatisch ein.

»Ja!«, erwiderte sie freudig und deutete zum Lagerfeuer. »Welch schöne Idee. Du könntest dich zu uns ans Lagerfeuer setzen.«

»Das wäre wirklich schön.«

Sie seufzte traurig und sah mich schließlich an. »Wenn ich sie nur einmal sprechen könnte. Nur noch einen Abend bei ihnen verbringen könnte …« Sie zuckte mit den Schultern. »Ich will nur wissen, wie es ihnen geht.«

Ich biss mir abermals auf die Lippen, als ich unschlüssig zur Tür sah, hinter der sich mein Informant verbarg.

Ich würde es bereuen. Ich wusste es. Vermutlich würde mein Bruder mich dafür bestrafen, wenn er es herausfand. Aber ich konnte nicht anders.

»Sofija«, flüsterte ich leise.

»Kannst du ein Geheimnis für dich behalten?« Sie sah mich nicht an, als sie nickte.

Also gut, dachte ich. *Dafür werde ich bluten.*

33

Eric

Als Tarance sprach, hörte sie aufmerksam zu. Hin und wieder flatterten ihre Lider und ihre Wimpern klimperten wie die Scheiben ihres Tamburins. Dann erstarrte sie wieder. Die Lippen fest aufeinandergepresst, als würde sie einen Schrei unterdrücken.

Die Steandler planten etwas im Untergrund. Tarance hatte es aus erster Hand von der Steandlerin Jana erfahren. Ihr Name stand bereits auf meiner Liste, die ich in der Schublade meines Arbeitstisches versteckt hatte. Darunter stand der Name Elia Lean. Der Stammesführer, den wir mitsamt der alten, buckligen Frau abgeführt hatten. Der Mann, mit dem sie in ihren Träumen sprach.

Ich hatte nie vorgehabt, sie in Gewahrsam zu nehmen. Doch Soldat Haymish nahm seine Aufgaben und das Gesetz sehr ernst.

Als mein Bruder von ihm gehört hatte, wie seine Auserwählte auf Elia und die Alte reagiert hatte, sah er darin seine Chance, sie zum Bleiben zu überreden – das passende Druckmittel, mit dem er sie festhalten konnte. Ihr Leben gegen das der beiden.

Elia Lean würde eine Herausforderung sein. Er war nicht so leicht zu überzeugen, berichtete Tarance. Hätte ich das vorher gewusst, hätte ich ihn bestechen lassen. Womit auch immer man einen Mann wie ihn bestechen konnte. Sofija nickte nur stumm. Die Augen dabei wieder gläsern, meilenweit von diesem Ort entfernt.

Als Tarance fertig war, sah er mich an.

»Heute Abend, kurz vor der Dämmerung, haben unsere Truppen an der Westfront einige Steandler gesichtet, die versucht haben, die Pforten zu öffnen.«

Ich wusste sofort, von welcher Pforte er sprach. Die Zugbrücke im Osten der Stadt. Keiner unserer Angreifer wusste, wo genau sich die Stützpunkte meiner Truppen befanden. Die Steandler mussten gut recherchiert haben. Da das Ödland aber keine Versteckmöglichkeiten bat, waren sie leicht zu entdecken.

»Wie?«

Tarance zögerte und sah Sofija an, die seinen Blick erwiderte.

»Ich bin mir nicht sicher, Hauptmann. Sind ihre Ohren dafür bestimmt?«

»Meine Ohren sind dafür bestimmt!«, sagte sie fest entschlossen, sodass ich mir ein schiefes Lächeln verkneifen musste. Doch ich nickte. Ich wusste, dass ich schon zu weit gegangen war, um jetzt einen Rückzieher zu machen. Sie würde nicht aufhören, bis sie das zu hören bekam, was sie wollte.

»Mit Sprengstoff.«

So ein Mist! Ich knirschte mit den Zähnen.

»Waren sie erfolgreich?«

Tarance schüttelte den Kopf. Ich nickte gedankenverloren. Die Steandler könnten ein größeres Problem darstellen, als ich anfangs gedacht hatte. Sicherlich war mir dieser Elia schon aufgefallen, bevor ich wusste, dass er ein Erbe war. Er war ein hitziger, junger Mann. Ein Mann, den ich schlicht und ergreifend unterschätzt hatte, als er in Ketten gelegt mit leeren Androhungen um sich geworfen hatte. Ich presste meine Kiefer fest aufeinander, als ich in Gedanken seinen Namen auf meiner Liste unterstrich.

Ich musste ihn im Auge behalten.

»Wie hoch sind die Schäden?«

»Nur kleine Kratzer und Absplitterungen. Verletzte gibt es keine in unseren Reihen. Die Explosion war schwach.«

»Waffenkommando wurde erteilt?«

Sofija zog scharf die Luft ein und sah mich erschrocken an.

Tarance schüttelte hastig den Kopf, sodass das blonde Haar in seine Stirn fiel. »Wie Ihr befohlen habt, sind Schuss- und Stichwaffen bis auf Weiteres verboten, Hauptmann.«

»Sehr gut«, sagte ich – auch wenn die Steandler mit unfairen Mitteln spielten.

Normalerweise wurden Terroristen wie sie in den Kerker geworfen und gefoltert. Dass die Steandler ein Sonderrecht genossen, lag nur daran, dass ich meine Truppen im Griff hatte und zurückhielt.

Hör dir erst ihre Geschichten an, bevor du urteilst, Soldat, hatte Oberst Kant immer gesagt. Lucius hingegen handelte, bevor er sein Hirn in Betrieb nahm.

Sofija schien sich sichtlich zu entspannen, auch wenn ich sehen konnte, wie es in ihrem Kopf zu arbeiten begann. Sie kräuselte die Lippen. Tippte mit dem Zeigefinger auf die Lehne des Ohrensessels und tappte im konträren Rhythmus dazu mit dem Fuß auf den Boden. Sie wirkte wie ein Uhrenwerk. Ein stetiges Ticken begleitete ihr Denken.

»Wir müssen ihnen sagen, dass sie aufhören sollen!«, sagte sie schließlich nach einer Weile. Vermutlich war die Demonstration des waltenden Rechts das Zünglein an der Waage, das sie jetzt dazu brachte, ihr Volk warnen zu wollen, anstatt es anzustacheln.

»Sie werden aufhören, wenn *ich* es ihnen befehle.«

Ich wusste, dass sie recht hatte, und doch waren mir die Hände gebunden. Wenn mein Bruder erfuhr, dass ich Kontakt zu den Steandlern hatte oder gar Sofija selbst mit ihnen sprechen ließ, würde er mich meines Amtes entheben.

»Das ist zu gefährlich. Wir können nichts tun. Tarance hat bereits mit einer Steandlerin gesprochen.«

»Elia wird nicht ruhen. Vor allem nicht, wenn er von einem Soldaten aufgefordert wird aufzugeben. Elia hat noch nie aufgegeben. Noch nie!«

»Dann können wir nur hoffen, dass er ruht, ehe mein Bruder davon Wind bekommt.«

»Du lässt meine Familie gerade ins offene Messer rennen!«

Sie stand auf. Die gesunde Hand zu einer Faust geballt. Sie hing in den Stoffen ihres langen Kleides, das sich auf dem Boden ergoss. Erst jetzt bemerkte ich ihren Aufzug. Ihr weißes Unterkleid, das sich um ihre Beine wand. Ich schluckte schwer und wandte den Blick von ihr ab.

»Nun sei doch vernünftig, Sofija.«

Ich baute mich vor ihr auf, sodass sie den Kopf heben musste, um mir in die Augen zu sehen.

»Ich kann dich nicht zu ihnen bringen. Wie soll ich das Lucius erklären? Er wird nicht hören. Er würde durchdrehen!« Schnaufend verschränkte ich die Arme vor der Brust, was sie mit ebenso bebender Wut perfekt nachahmte.

»Du bist sein Bruder. Und es ist deine Schuld, dass ich hier bin!«

Ihre Worte waren wie ein Schlag in mein Gesicht. Ich nickte gequält, auch wenn es nicht stimmte, was sie sagte. Mein Bruder hatte sie auserwählt, noch ehe er mich davon unterrichtet hatte. Doch sollte sie denken, was sie wollte. Sollte sie denken, dass ich der Grund war. Vermutlich war es besser so.

»Wenn ich mich kurz einmischen darf … Ich könnte ihnen etwas ausrichten …«, bemerkte Tarance und unterbrach unseren kleinen Disput. Sie holte schon zum Schlagabtausch aus, doch verstummte dann nachdenklich.

»Wenn du Jana nicht überzeugen konntest, dann wird Elia das

erst recht nicht hinnehmen. Ich kenne ihn«, sagte sie schließlich traurig und setzte sich zurück in den Sessel.

Ich wollte nicht, dass sie ihr Lächeln verlor. Dass sich die Sorgenfalte wieder in ihre Stirn fraß wie die schlimmen Dinge, die sie miterleben musste, in ihre Seele. Ich wollte sie nicht mehr weinen sehen – auch wenn es mich dazu zwang, gegen jegliches Gesetz zu verstoßen, das mein Bruder unterschrieben hatte.

»Und wenn *ich* zu ihm gehen würde?«, fragte ich also und bereute es im selben Moment. »Könnte ihn das überzeugen?« Ich biss mir auf die Zunge, als mich Tarance und Sofija gleichermaßen überrascht ansahen.

»Er wird dich in Stücke reißen«, sagte sie grimmig grinsend, doch fügte im selben Atemzug hinzu: »Ich wäre dir auf ewig dankbar, Eric.«

Ich verfluchte mich dafür, wie sehr ich es genoss, wenn sie meinen Namen aussprach.

Ich nahm ihre Hand ganz langsam in meine. Sie war wie am ersten Tag. Samtig und weich.

Sie fügte sich der meinen, als wäre es das Normalste der Welt.

Sie ist gefährlich, dachte ich.

Ich wusste es bereits, als ich das erste Mal mit ihr gesprochen hatte.

»Du bist doch das Mädchen von der Brücke.«

»Woher willst du das wissen?«

»Ich habe deine Augen gesehen«, hörte ich mich sagen.

»Augen können lügen.«

Sie hatte recht. Augen konnten lügen.

Doch seit heute wusste ich, dass sie nicht einmal gelogen hatte.

Weder vorgestern noch gestern noch heute.

34

Sofija

Ich wusste, dass Tarance der Kupferstädter war, der mich am Tanzabend zu sich an den Tisch geholt hatte. Ich erkannte ihn an der sonderbar hellen Haut, dem pudrigen Braun, das sich auf die glänzende Stirn legte, und an den blonden Haaren, die nun weniger metallisch wirkten als an jenem Abend. Sie standen in alle Richtungen ab.

Er hatte es also nur getan, um herauszufinden, wer ich war. Für Lucius. Eine Erkenntnis nach der anderen. Wie die Perlen auf dem Faden einer Kette fügten sie sich zusammen. Seinetwegen war auch der Prinz da gewesen. Ganz *zufällig* unter den Tanzenden, direkt in meinem Blickfeld.

»Man sagt, dass keine andere Frau jemals so getanzt hat wie unsere Königin Esmeralda.«

»Außer eben unser kleines Tamburinmädchen, das zufällig hier aufgetaucht ist.«

»Ganz zufällig!«, klirrte ihr Gelächter in meinem Ohr, doch ich hatte keine Zeit, mich über ihre List zu beschweren. Ich war selbst in diese Falle getappt. Willentlich hatte ich mich in seine Arme begeben.

Für Reue war es jetzt zu spät. Sie wollten mir helfen.

Ich hatte es in den Augen des Prinzen erkannt, dass er es ernst meinte.

Er würde zu ihnen gehen und mit Elia sprechen. Ihn davon überzeugen, dass sie gehen mussten, ehe es zu spät war. König Lucius war unberechenbar. Ich konnte mir nicht einmal vorstellen, was seine Selterklauen mit Elias Kopf anstellen würden, wenn er weiterhin versuchen würde, die Stadt mit Gewalt zu stürmen.

Der Prinz war mit meinen Worten einverstanden gewesen und notierte sie mit schöner Schrift, die er mit einer Feder aufs Papier brachte. Ich entzifferte nur wenige Buchstaben und ärgerte mich, dass ich nicht selbst die Worte verfassen konnte, die mir auf der Seele brannten. Wenn ich Elia schon nicht persönlich anschreien konnte, damit er endlich verstand, was er unserem Volk antat, wenn er weiterhin um mich kämpfte.

Es war zu spät.

Viel zu spät.

Dem Prinzen war aufgefallen, dass ich seine Schrift begutachtete, und er errötete jungenhaft, als er den Zettel in der Mitte faltete und in seiner Brusttasche verschwinden ließ.

»Entschuldige meine Schmierhand.«

Gerne hätte ich ihm anvertraut, dass er mir darin weit voraus war, doch dieses kleine Geheimnis behielt ich für mich.

Ich war verwirrt. Verwirrt von seiner Wandlung, seiner Güte, seinem unerschrockenen Mut, mir eine Tür zu öffnen, die mich näher an die Sofija brachte, die ich war … und die er mit allen Mitteln versucht hatte zu vertreiben.

Er lief neben mir her. Stumm und angespannt, mit seinen wachen Augen stets den Gang absuchend, als könnte hinter jeder Verwinkelung jemand auf uns warten. Ich grub die Finger in den Stoff seines Kostüms und dachte an den Tag zurück, an dem ich ihn auffordern musste, diese Hand zu nehmen. Prompt verspannte ich mich. Ganz so, als erwartete ich, dass die Fassade bröckeln und wieder den Mann offenbaren würde, der mich mit so viel Abscheu bestraft hatte. Ich versteifte und atmete nur, wenn es nötig war. Er schien es zu spüren und verlangsamte seinen Schritt.

»Alles in Ordnung?« Ich nickte und ärgerte mich über die Aufrichtigkeit in seiner Stimme. Er blähte die Wangen auf und sah mich an, während ich versuchte wegzusehen.

»Können wir uns darauf einigen, dass wir uns nicht mehr anlügen?«

»Wie kommst du darauf, dass ich dich anlüge?«

»Ich kenne mich mit Lügen aus. Und ich bemerke, wie du mit aller Kraft versuchst, mich nicht anzusehen.« Darauf wusste ich nichts zu antworten. »Wir können ein Spiel daraus machen. Was hältst du davon?«

»Ein Spiel?« Hatte er nun völlig den Verstand verloren? Er nickte mir verschmitzt zu. Er sah aus wie ein frecher Junge, der eine Dummheit ausheckte. Er erinnerte mich an Elia. Den Elia von früher.

»Wahrheit und Lüge. Wenn man eine Lüge entlarvt, hat man eine Frage frei, die ehrlich beantwortet werden muss.«

»Und wenn man eine Wahrheit zu Unrecht als Lüge bezeichnet?«

»Dann hat der andere eine Frage frei.«

»Und wenn die Wahrheit die Wahrheit ist und eine Lüge eine Lüge?«

Er lächelte und zuckte mit den Achseln. »Dann gibt es keinen Gewinner und auch keinen Verlierer. Wir könnten aber auch einen Einsatz ins Spiel nehmen.«

»Ich habe nichts, womit ich dich bezahlen könnte«, sagte ich und sah stur auf den teppichbelegten Flur.

»Es muss ja nichts Materielles sein.«

Ich zischte belustigt. »Was kann ein Kupferstädter schon von einer Steandlerin wollen?«

»Nun, mir würde auch ein Tanz genügen.«

»Ich tanze nicht für dich, Prinz.« Nicht noch einmal würde ich mich selbst so versklaven, für einen Mann zu tanzen. Der Prinz dachte über meine Worte nach und nickte. Er sah so aus, als hätte ich ihm eine Backpfeife gegeben. Vielleicht hatten meine Worte die gleiche Wirkung.

»Vielleicht tanzt du aber mit mir.«

»Ich erinnere mich ungern an unseren letzten Tanz.«

»Und an unseren ersten?«

Ich sah ihn an und bemerkte, wie er sich flüchtig auf die Lippe biss, ganz so, als müsse er versuchen, weitere Worte zu bändigen, die auf seiner Zunge lagen. Ich tat so, als hätte ich ihn nicht gehört.

»Das ist ein idiotisches Spiel.«

»Wenn man es beherrscht, kann man sich viele Informationen erspielen. Oder eben viele Geheimnisse verlieren.«

»Ich behalte meine Geheimnisse lieber für mich.«

»Das weiß ich.« Er klang enttäuscht, und ich hörte mich sagen, dass wir es ja versuchen können, um ihn lächeln zu sehen.

Irgendein Gefühl sagte mir, dass er dies auch bei mir versuchte.

»Gut«, sagte er, und ich spürte, wie sich seine Laune schlagartig besserte. »Dann darf ich dir eine Frage stellen.«

»Wieso?«

»Na, weil ich die erste Lüge bereits entlarvt habe.« Recht hatte er. Ich hatte gelogen. Nichts war in Ordnung. Wir waren mittlerweile vor der Tür zu meinen Gemach angekommen, die von einem Diener flankiert wurde. Der Prinz nickte ihm zu, woraufhin dieser lautlos mit der Wand zu verschmelzen schien.

»Na dann los!«

»Warum weinst du die ganze Zeit?« Die Frage traf mich so unvorbereitet, dass ich mich verschluckte. Ich wagte es nicht zu husten, um mich nicht zu verraten. Stattdessen starrte ich ihn an und wartete darauf, dass sein Blick ihn entlarvte. Dass er meine Schwächen aufdecken wollte, um mich strategisch zu vernichten. Schließlich war er der Hauptmann und ich … seine *Feindin*.

»Vermisst du sie?«

»Das waren zwei Fragen«, stellte ich klar, nickte jedoch.

»Und warum weinst du?«

Ich beschloss, die halbe Wahrheit zu sagen, und verschloss den Rest in meinem Herzen. Niemals würde ich ihm verraten, dass ich wegen ihm geweint hatte. Er nickte und dachte darüber nach. »Ich weiß, wie es ist, einen Menschen zu vermissen.«

Der Tonfall, in dem er über das Vermissen sprach, erinnerte mich augenblicklich an die kühle Distanz zwischen den Brüdern. Lucius hatte mir in unseren Stunden der Zweisamkeit offenbart, dass sie früher ein gutes Verhältnis gehabt hatten. Von dem hatte ich bis jetzt nur wenig mitbekommen. Ob Eric diesen Zeiten nachtrauerte?

»Wie stehst du zu deinem Bruder?«, platzte es schließlich aus mir heraus.

Der Prinz warf mir einen undefinierbaren Blick zu. »Du hast das Spiel wohl nicht verstanden. Dir steht es nicht zu, eine Frage zu stellen. Aber gut, ich möchte es dir erzählen.« Er machte eine bedeutend lange Pause und sah an den Bildern der Ahnengalerie vorbei, als läge die Antwort dort irgendwo versteckt.

»Er ist mein Bruder«, sagte er dann. »Wie sollte ich etwas anderes für ihn empfinden als Zuneigung?«

Ich wagte es nicht, laut auszusprechen, dass ich seine Lüge enttarnt hatte. Als ich seine Mundpartie betrachtete, bemerkte ich, wie er den Kiefer anspannte. Er empfand für seinen Bruder noch so viele andere Gefühle als Zuneigung. Ich biss mir auf die Lippen, um mich nicht zu verraten. Ich hatte Angst, dass er aufhören würde zu sprechen.

»Uns verbindet eine gemeinsame Vergangenheit. Gemeinsame Verluste und gemeinsame Errungenschaften.« Dabei sah er mich an. So sonderbar, dass mein Herz auf einmal heftig gegen meinen Brustkorb schlug. »Um nun deine Frage zu beantworten: Ich bin ihm gegenüber loyal …«

Lüge!

»Du solltest schlafen gehen«, sagte er schließlich, um von sich abzulenken, und stieg von einem Bein auf das andere. »Du hattest einen langen Tag.« Das stimmte, doch ich weigerte mich, mich jetzt schon meinen Albträumen hinzugeben.

Ich hatte Angst vor dem, was sie für mich bereithielten, und versteifte unwillkürlich.

Der Junge.

Sein Flehen.

Der gnadenlose Ton in Lucius' Stimme, die sich sonst stets samtig weich angehört hatte.

Der Prinz schien dies zu merken und ließ eine Hand vor meinem Gesicht schweben. Ich dachte schon, er wollte mich berühren, doch dann räusperte er sich und setzte wieder die Maske des Hauptmannes auf.

»Du wirst die Bilder vergessen. Irgendwann verblassen sie.«

»Ist das ein Versprechen?« Er schüttelte den Kopf. *Nein.*

In seinem traurigen Blick las ich, dass auch ihn diese Bilder noch immer plagten. Einen Soldaten. Einen Mann, der Recht und Ordnung walten ließ. Mit den Fingern meiner gesunden Hand griff ich nach dem goldenen Türknauf. Mein Gefängnis aus Silber und Gold eröffnete sich vor mir. Unberührt, als hätte ich meine Verzweiflung niemals mit Scherben geschmückt.

»Schlaf schön, Sofija«, sagte der Prinz. Ich spürte seinen Atem in meinem Nacken, spürte die Gänsehaut, die sich prickelnd auf meiner Haut ausbreitete. Ich sah ihn nicht an, als ich ihm ebenfalls eine gute Nacht wünschte. Ich hörte ihn gehen und hielt ihn an der Schulter zurück. Er drehte sich zu mir um, als ich seinen Namen sagte. Er fühlte sich falsch an auf meiner Zunge. Falsch und doch so richtig, dass ich nahezu vergaß, was ich ihn fragen wollte.

»Warum?«

»Warum was?«

»Warum hilfst du mir *wirklich?*« Tränen traten mir in die Augen, als ich an mein Volk dachte. Er zuckte mit den Schultern.

Nicht weinen, ermahnte ich mich. Ich straffte meinen Rücken und ein Knacken meiner Knochen ließ mich keuchen.

»Ich habe ein großes Ehrgefühl.« Seine Lider flackerten. Ein weiteres Indiz dafür, dass er log. Überlegen hob ich das Kinn und verschränkte die Arme vor der Brust.

»Du lügst. Du hast eben in allem gelogen.« Er verneinte es nicht.

35

Jana

Verdammte Scheiße! Ich wischte Elia über das blutende Ohr. Dreck und Staub vermischten sich mit der roten Farbe, die ihm in die wilden Augen floss.

»Du hast es übertrieben!« *Du sagenhaft dummer Idiot!*

Er hörte mich vermutlich eh nicht, da der Knall noch in seinem Schädel brummte.

»Ihr hättet auf mich hören sollen!«

Elia knurrte und zischte, als ich mir sein anderes Ohr ansah. Die Öllampe surrte über seinem Kopf und warf einen goldenen Schein auf die inneren Planen meines Zeltes. Eine Schweißschicht benetzte seine dunkle Haut wie das Wasser des Flusses, in dem er heute Morgen gebadet hatte. Die Tropfen hingen wie Perlen in seinem Haar. Flossen seinen Körper hinab, bis sie sich in dem Stoff seiner Hose verloren. Glücklicherweise blutete nur das rechte Ohr. Das hieß aber nicht, dass die Explosion nicht auch am anderen einen Schaden hinterlassen hatte.

Die Stelle, wo sie die Zugbrücke vermuteten, war einige Meilen von hier entfernt und von einer Felswand und seichtem Wasser umgeben, sodass Elia, Sams, Emilio und Kea problemlos durch das kühle Nass waten konnten. Das nötige Zündmaterial hatten sie von Chanti. Als sie zurückkamen, wusste ich noch nicht, was sie tatsächlich angestellt hatten.

Es hieß heute Morgen nur, dass Elia mit einigen Männern nach Nahrung suchen würde. Dass er ausnahmsweise seinen Verstand gebraucht hatte, hatte mich schon gewundert. Doch sie hatten in den letzten Tagen an verschiedenen Stellen Netze ausgeworfen, deswegen hatte ich mir nichts weiter dabei gedacht. Ich hätte es besser wissen müssen.

Als ich ihre rußbedeckten Wangen und die aufgerissene Haut gesehen hatte, wusste ich, was geschehen war. Worte brachten bei Elia nichts. Sie gingen in einem Ohr rein und auf direktem Wege durch das andere wieder hinaus.

»Tut das weh?« Ich strich behutsam über seine Wange, hinunter zu seinem Hals. Die Stelle war schon blau angelaufen. »Wo bist du da nur aufgeschlagen?«

»An den Felsen«, bebte er. Er konnte mich also doch hören. Ich holte tief Luft, um mich weiterhin über seine Dummheit zu beklagen, doch entschied mich letztendlich dagegen.

Er hatte sich vermutlich den Kiefer geprellt. Ich trug eine Kräutersalbe auf, die die Prellung kühlen würde. Anschließend wandte ich mich wieder seinem blutenden Ohr zu. Dickflüssig und klumpig floss die rote Farbe aus seinem Gehöreingang. Ich biss mir auf die Lippe, um einen Schrei zu unterdrücken, und betete zu den Geistern der Vergangenheit, dass er auf der rechten Seite nicht sein Gehör verlor.

Behutsam tauchte ich die Mullbinde in klares Flusswasser und tupfte ihm das schmierige Blut vom Ohr und von seinen Wangen. Sein Kopf lag auf meinem Schoß. Die Haare dabei wie ein Fächer auf meinem Rock ausgebreitet. *Sie sind lang geworden*, dachte ich, während ich eine seiner lockigen Strähnen durch meine Finger gleiten ließ. An den Spitzen waren sie noch immer feucht, vom

Flusswasser benetzt. Nachdem ich fertig war, blieb er liegen. Er atmete tief. Seine Brust hob und senkte sich in einem stetigen Rhythmus, beinahe so, als würde er schlafen. Ich beugte mich über ihn, um nachzusehen, ob er es tatsächlich tat. Da legte er eine Hand an meine Wange.

»Danke«, raunte er und schenkte mir ein kleines, wenn auch sagenhaftes Lächeln. Ich nickte.

»Bitte.« Ich entzog mich seiner Hand und er richtete sich ebenfalls auf.

»Mein Kopf dröhnt«, bemerkte er mit einer flachen Hand an die Stirn gepresst.

»Du solltest dich etwas ausruhen.« *Und beten*, dachte ich. Beten, dass die Metallsoldaten sich nicht für diesen Anschlag rächen würden. Die Explosion hatte keinen Schaden an der Zugbrücke hinterlassen, hatte Emilio gesagt. Dafür umso mehr an den Männern unseres Volkes. Alle, die zu nah an der Mauer gestanden hatten, erlitten Verbrennungen und Fleischwunden, die genäht werden mussten. Elia hatte es am schlimmsten erwischt. Schließlich musste einer den Zündstoff entzünden.

Er wollte zu seinem Wagen laufen, was sich mit dem Schwindelgefühl und dem Dröhnen in seinem Kopf schwierig gestaltete. Also ließ ich ihn in meinem Zelt schlafen. Nachdem mir Ama einen Tee gebracht hatte, den Elia ohne zu murren trank, schlief er schon bald auf meinen Kissen ein. Ich bedeckte seine flatternden Lider mit sanften Fingern und wünschte ihm einen ruhigen Schlaf. Vor allem einen so tiefen Schlaf, dass sich die Ringe unter seinen Augen langsam auflösen würden.

Lange betrachtete ich ihn. Begutachtete die Nähte meiner Nadel unterhalb seiner Lippe. Inspizierte jede noch so blasse Narbe aus seiner Kindheit. Jene oberhalb seiner linken, dichten Augenbraue, die er sich bei einer Schlägerei zugezogen hatte.

Elia hatte einen wunderschönen Körper, doch es war sein Geist, der die Segel setzte. Mit dem Wind davonglitt. Ganz weit weg. Das hatte ich am Steandlerdasein immer geliebt. Dass wir frei waren.

Unberechenbar wie der Wind im Ödland, der den Staub aufwirbeln ließ, bis sich jedes Sandkorn in den Poren meiner Haut festsetzte.

Ich strich zitternd über seine blau anlaufende Wange, hinunter zu seinen bebenden Lippen, die im Schlaf zu mir sprachen. Sie fühlten sich herrlich weich an. Sie ließen mich still und heimlich beben und ich gestattete mir einen kurzen Moment, in dem ich mir vorstellte, wie sie schmecken würden. Nach Salz, nach Erde und Tabak, der unter seiner Oberlippe klemmte.

»Bist du es?« Unverhofft machte mein Herz einen leichten Hüpfer.

Ein harter Trommelschlag, der mich völlig aus der Bahn warf. Ich kam näher, um sein Nuscheln verstehen zu können. Wieder fragte er mich: »Bist du es?«

»Ich bin es, Elia«, sagte ich leise. Er lächelte mit geschlossenen Augen. Träumend strich er mit seiner Hand über meinen Arm.

Gänsehaut wanderte über meine Haut. Kroch bis zu meinem Herzen hinauf, schnürte mir langsam die Kehle zu.

Ich bin hier.

Doch dann sagte er etwas, das mir einen heftigen Stich verpasste. So sehr, dass ich ihn augenblicklich losließ und mich von ihm entfernte.

»Sofija …« *Sofija …*

Ich schälte mich aus dem Zelt.

Die kalte Nachtluft ließ meine heißen Wangen abkühlen. Schwer atmend versuchte ich, mein verwirrtes Herz zu beruhigen.

Was hatte ich mir nur gedacht? Dass er *meinen* Namen flüstern würde?

Ich schämte mich, als ich seine Haut noch immer unter meinen Fingerkuppen fühlen konnte. Ich erschrak vor dem, was ich fühlte. Es war mir völlig neu und unbekannt. Eine neue Naht in meinem Leben, mit deren Nadel ich mir in den Finger stach. Ich drückte die verräterischen Tränen weg, bevor sie richtig da waren, und atmete tief durch.

Es war dunkel geworden. Mittlerweile stand der abnehmende Mond wieder am höchsten Punkt und bedeckte alles mit seinem Silberhauch. Ein grelles Licht, das sich auf uns richtete und das mir in den Augen brannte.

Ich beobachtete die Steandler, die sich am Feuer den Tee von Ama teilten, sich Decken um ihre Körper schwangen und zu den letzten Lichtern der Kupferstadt hinaufsahen, ehe sie zur vollen Stunde einfach ausgingen. Auch ihnen konnte man den Verlust von Sofija ansehen. Ganz besonders den Kindern, die seit ihrem Verschwinden kaum mehr lachten.

Ich entdeckte Natia unter ihnen. Sie lag schlafend in den schützenden Armen ihrer Mutter.

Ich hatte ihr nicht gesagt, dass Talima gestorben war. Ich war feige gewesen und hatte gelogen.

»Talima ist davongegangen, weil er seine Familie sucht.«

»Aber *wir* sind seine Familie.«

Ich hatte nichts geantwortet und ihr nur über die dreckigen Wangen gestrichen, die abermals von Tränen bedeckt waren. Irgendwann würde sie es verstehen.

Ich fühlte mich gebrochen. In mir brodelte noch das Feuer von gestern, also ballte ich meine Hände zu Fäusten – in der Hoffnung, dass es dadurch langsam erlosch.

Zan Zahray tauchte unverhofft neben mir auf.

»Wenn du zu Elia möchtest, solltest du lieber morgen nach ihm sehen, Erbin. Er ist vor wenigen Minuten eingeschlafen.«

»Ich wollte zu dir«, sagte die Alte und legte ihre schrumpelige Hand auf meine Schulter. Sobald sie mich berührte, zerbrach ich. Ich fiel in ihre Arme und ließ mich von ihren Händen beruhigen.

»Liebe tut weh«, flüsterte sie. »In jeder Hinsicht.«

Und damit hatte sie recht. Sie tat in jeder Hinsicht weh, denn ich wollte Elia. Ihn festhalten. Und das konnte ich nur, wenn er glücklich war.

»Wir holen sie da raus«, schluchzte ich. »Und wenn es das Letzte ist, was ich tue.« Meine Worte vermischten sich mit Elias Stimme in meinem Kopf. Ein langes Echo, das mein Herz wimmern ließ.

Nie wieder wollte ich ihn so leiden sehen. Nie wieder. Ich drückte die welke Hand der Frau, die mir mit ihrem Blick Verständnis schenkte.

»Ich gehe nach den Verletzten schauen«, flüsterte ich nach einer Weile.

»Jana.« Sie hielt mich zurück. Als ich ihr in die Augen sah, schluckte ich schwer. Sie war noch aus einem anderen Grund zu mir gekommen. Ich ahnte es bereits und verschränkte schützend die Arme vor der Brust.

»Jana«, wiederholte sie mit bebender Stimme. »Ich wollte dich fragen, was das gestern war. Diese Kraft, die Elia von dir weggedrückt hat. Ist das schon häufiger passiert?«

»Ich weiß nicht, wovon du sprichst. Elia ist gestolpert. Nicht mehr und nicht weniger.«

»Ivan meinte, dass er nicht gesehen hätte, wie er gestolpert ist.« Ich plusterte die Wangen auf und unterdrückte die Wut, die in meiner Magengrube überkochte. Das Pulsieren kehrte zurück. Es überfiel meinen Körper wie eine Krankheit. Es wollte ausbrechen.

Ich hielt mich zusammen, indem ich den Stoff meiner Ärmel bearbeitete.

»Du glaubst doch nicht etwa diesem Kerl? Ist dir nicht aufgefallen, dass er all die Jahre nichts getan, sich für nichts interessiert hat? Und jetzt? Jetzt auf einmal hat er eine Stimme? Eine Stimme, die er wieder und wieder gegen mich erhebt!«

»Auch Ivan gehört zu unserer Familie und ich möchte so etwas nicht mehr hören!« Ich verstummte unter ihrem autoritären Ton und fühlte mich prompt wie ein kleines Mädchen. Ein Mädchen, das den Mund verboten bekam.

Hör auf zu weinen. Sei endlich still.

Die eisige Hand meiner Mutter, die sie mir auf den Mund gedrückt hatte, als wir uns im Heu vor den Schatten der Vergangenheit versteckten.

»Er macht sich nur Sorgen um dich.«

»Ich wüsste nicht, was ihn das angehen würde.« Zan Zahray schwieg und dachte über meine Worte nach, bis wir von einem heftigen Schnaufen überrascht wurde.

»Erbin Zahray!«, meldete sich ausgerechnet Ivan, der zu dieser späten Stunde die Wache übernommen hatte. Sein Glimmstängel glühte in einem bedrohlichen Rot, als er sich uns näherte. Und er war nicht allein. Gehüllt in schwarze Tücher baute sich ein Mann vor uns auf, dessen Gesicht sich im Schatten seiner Kapuze verlor. Zan Zahray ließ von mir ab und reckte das Kinn, als Ivan ihr langsam zunickte und Rauch in den Himmel pustete.

»Hier will jemand mit dem Erben Lean sprechen.«

»Er schläft«, sagte ich bissig und suchte nach dem Gesicht des Fremden. Vergebens. »Das kann warten.«

»Es gibt Neuigkeiten von Sofija«, entgegnete Ivan drängend.

»Das kann jeder behau–!«, keifte ich wieder, doch Zan Zahray unterbrach mich mit einer sanften Berührung.

»Lass ihn sprechen.«

Als der Mann in Schwarz sprach, stellten sich mir die Nackenhaare auf. Ich kannte ihn. Noch bevor ich mir sein Gesicht in Erinnerung rief, schellte meine Hand nach vorne und packte ihn am Kragen.

»Was spielst du für ein Spiel, Frioler?!«

Ein heiseres Lachen entglitt ihm. Sein Duft schlug an mich heran wie der Nebel, der mich in jener Nacht blind gemacht hatte. Es war der Soldat.

»Ich freue mich auch, dich zu sehen.«

Für Scherze war ich nicht zu haben, also umgriff ich den Stoff noch fester und zog ihn mit einem Ruck auf meine Augenhöhe. *Er könnte sich wehren*, dachte ich. Wenn er gewollt hätte, könnte er mich mit seinen Händen zerquetschen.

»Was willst du wirklich?«

»Ich bin noch immer hier, um euch zu warnen. Meine letzte Warnung, ehe der König seine Hand auf euch legt. Die allerletzte Warnung meines Hauptmannes, der euch freundlich bittet, die Zelte abzubauen.«

Meine Nackenhaare stellten sich auf, als ich seine Augen unter der Kapuze funkeln sehen konnte. Wieder fragte ich mich, warum er das tat. Warum er noch immer versuchte, uns Steandler zu retten.

»Ich muss zu Elia Lean. Die Botschaft gilt ihm.«

»Hier bin ich«, hörte ich seine Stimme hinter mir rufen. »Sprich, Kupferstädter.«

Doch das tat er nicht. Er reichte ihm ein Tuch, das Elia verwirrte anstarrte und in seiner Hand zerquetschte.

»Die Nachricht gilt dir allein.« Elia nickte und wollte ihm das Tuch zurückgeben. Der Soldat schüttelte den Kopf. »Morgen Abend, nach dem letzten Glockenschlag der zwölften Stunde. Zieh es über deine Augen. Ich erwarte dich an der Brücke.«

Ein Kommandoton, der unserem Erben nicht zu gefallen schien. Er knirschte mit den Zähnen und reichte mir das Tuch. Er hatte sich entschieden.

»Soll ich mitkommen?«, fragte ich flüsternd. Doch der Soldat räusperte sich.

»Diese Nachricht ist *nur* für die Ohren des Erben Lean bestimmt.«

36

Sofija

Ich wurde von dem Pochen in meiner verletzten Hand geweckt. Leise kroch der Schmerz meinen Arm hoch und meldete sich in meinem Traum aus Gold und Silber. Aus warm und kalt. Aus Schmerz und Sehnsucht.

Ich blinzelte. In diesem Moment kam die Namenlose mit dem Frühstückstablett herein, von dem dampfende Schwaden gen Kronleuchter stiegen. Gedämpftes Licht drang durch den zugezogenen Vorhang. Ein leiser Gruß des neuen Morgens, als wäre gestern nichts geschehen.

Gefolgt wurde sie von einem Mann, der mir eine Nachricht übermittelte. Ich setzte mich auf und versteckte meine verbundene Hand unter meiner Decke – aus Angst, der König könnte erfahren, was ich gestern getan hatte.

»König Lucius lässt sich entschuldigen«, begann er und sah auf den Boden. Vermutlich aus Höflichkeit, da ich noch immer im Bett lag. Ich zog die Decke bis an die Nasenspitze. »Wichtige Angelegenheiten fordern seine volle Aufmerksamkeit. Es steht Euch zu, den heutigen Tag frei zu gestalten.«

»Danke«, raunte ich und versuchte, die Erleichterung zu verbergen, die durch meine Adern knisterte. Es fühlte sich an, als wäre heute mein erster Tag in Freiheit, aber dann holte der Mann abermals Luft und fügte hinzu: »Wachmann Hill wird Euch den ganzen Tag zur Seite stehen. Sobald Ihr Eure Räumlichkeiten verlasst, wird er Euch begleiten.« Prompt verschlechterte sich meine Laune und ich nickte ihm nur noch zum Abschied zu. Sobald die Tür in den Rahmen fiel, seufzte ich, zog die Decke über den Kopf und warf mich theatralisch in mein Kissen.

Die Namenlose saß am Schminktisch und ordnete die vielen Fläschchen. Ich war mich sicher, dass sie wusste, was geschehen war.

Ich begann zu essen, was sich mit der verletzten Hand schwierig gestaltete. Sie fühlte sich taub an. Lose. Ganz so, als gehöre sie nicht mehr zu meinem Körper. Ich hörte sein Schreien. Es zog sich in einem langen Echo durch meinen Schädel.

»Nein! Bitte nicht, nein. Gnade, Eure Majestät! Ich flehe Euch an!

Ich tue es nie wieder! Nie wieder!«

Ich schluckte den Kloß in meinem Hals herunter und stellte das Essen weg. Mir war der Appetit vergangen. Also begab ich mich in die Hände der Namenlosen. Wie jeden Tag vollzog sie das morgendliche Ritual der zweiten Phase. Dabei entging mir nicht, wie sie amüsiert die Mundwinkel nach oben zog.

»Was ist so lustig?« Sie schüttelte geschäftig den Kopf und tat so, als hätte sie nichts mitbekommen. »Da hat man einmal das Gefühl der Selbstbestimmung und dann bekommt man eine Gouvernante vor die Tür gestellt«, meckerte ich. Sie ließ sich nicht beirren und nahm die Bürste, um mein Haar zu kämmen. Ihr Blick fiel auf meine Hand. Blut sickerte durch die Verbände. Ich schauderte, als ich mir vorstellte, wie es roch.

Was hast du gemacht?, fragte sie mich. Ich zuckte die Schultern.

»Du weißt es doch bestimmt schon.«

Innerhalb dieser Wände blieb kein Geheimnis lange eins.

»Es ist halb so schlimm und ich kann das selbst«, zischte ich und nahm ihr die Bürste aus der Hand. Bewusst wählte ich die verletzte Hand. Ich zuckte nicht mit der Wimper, als ich merkte, wie die Wunde erneut aufriss. Ich war es nicht gewohnt, Befehle zu erteilen, doch ich nahm meinen ganzen Mut zusammen, um autoritär zu klingen: »Du bist für heute entlassen. Ich brauche deine Dienste nicht.«

Wieder lachte sie amüsiert, aber nickte schließlich und verließ den Raum. Immerhin ein kleiner Trumpf. Ich wusste nicht, ob es Gehässigkeit war, die sie lachen ließ, oder ob es Stolz war, den ich in ihren Augen gelesen hatte. Was auch immer es war, ich versuchte, nicht mehr daran zu denken. Ich konzentrierte mich auf mein Haar, auf das Pochen in meiner Hand, die es kämmte. Ich verzichtete auf eine schwere Hochsteckfrisur, die mir an der Kopfhaut ziehen würde. Heute flossen die Strähnen meinen Rücken hinab.

Ungebändigt.

Frei.

Zum ersten Mal stand ich allein vor dem riesigen Kleiderschrank, konnte selbst auswählen. Unter all den glänzenden Stoffen und kostbaren Schmuckelementen suchte ich nach einem bestimmten Kleid. Meinem Tanzkleid. Mein Herz klopfte wie wild, als ich es an mich presste. Es fühlte sich an wie eine Umarmung. Unsichtbare Hände meiner Freundin Jana, die mir sanft über den Rücken strichen. Mich festhielten. Ich streifte es über und schloss den Reißverschluss am Kreuz. Es roch nach Lagerfeuer und Kräutern.

Nach allem, was einst zu mir gehört hatte.

Draußen wartete Wachmann Hill auf mich. Er trug die silberne Maske und machte einen stummen Diener, als ich die Tür öffnete.

Unter dem schimmernden Ding konnte man nicht erahnen,

wie die Geschichten in seinem Gesicht sich veränderten, als er mich sah. Ich konnte Verwunderung in seiner Haltung erkennen, als er diese fallen ließ. Vielleicht wegen meiner unsittlichen Frisur. Vielleicht wegen meiner Tracht. Oder wegen der verbundenen Hand.

Es interessierte mich nicht.

»Nun. Ich bin der Meinung, dass ich allein durch die Gänge finde, aber der König verlangt wohl nach einem Aufpasser. Bring mich zu Jon«, sagte ich und legte meine Hand in seinen Unterarm. Er nickte und setzte sich in Bewegung. Wir liefen die Gänge entlang, die ich kannte. Der *Gang der Verbliebenen*, der in den *Gang der Vergangenen* mündete. Ich spürte, wie mich die Augen der Verstorbenen musterten.

Jon saß an seinem Schreibtisch und grübelte über eine Schrift, die er mit einer anderen verglich. Als der Wachmann mich ankündigte, sah er auf und tiefe Lachfalten gruben sich in sein Gesicht. »Sofija! So früh hatte ich nicht mit deiner Anwesenheit gerechnet. Was führt dich zu mir?«

»Der König hat viel zu tun. Ich habe heute einen freien Tag.«

»Wie schön. Setz dich doch.« Wachmann Hill ließ mich stumm allein und ich folgte Jons Aufforderung und setzte mich zu ihm an den beladenen Schreibtisch. Mehrere Bücher waren aufgeschlagen. Allesamt in königsblauen Umschlägen. Sie waren handschriftlich verfasst worden.

»Himmel, was hast du mit deiner Hand gemacht?«

»Ich bin gefallen.«

»In eine Glasscheibe?«

»Es ist vermutlich nur geprellt.«

»Der blutverschmierte Verband deutet eher auf eine Schnittwunde hin.« Jon konnte nicht nur Bücher lesen, sondern auch Menschen.

Ich zuckte mit den Achseln. »Ich möchte dir nicht zu nahe treten, Sofija. Doch du siehst grauenvoll schön aus.«

»Wie kann man beides gleichermaßen sein?«

Um seine Mundwinkel zuckte es. Er fuhr grüblerisch mit den grauen Fingern über sein bärtiges Kinn. »Grauenvoll in der Hinsicht, dass du Schatten unter deinen Augen hast. Schön in der Hinsicht, dass du ein herrliches Kleid trägst. Ich nehme an, dass es ein traditionelles Kleid ist.«

»Ja«, sagte ich und dachte an Jana. »Meine beste Freundin hat es genäht.«

»Es ist ein wahres Kunstwerk«, sagte Jon anerkennend, doch versah mich augenblicklich mit einem strengen Blick. Er erinnerte mich an Zan Zahray. Ein Blick, der einen bis ins Mark erschütterte.

»Und jetzt erzählst du mir die Wahrheit.«

»Manchmal macht die Wahrheit einem Angst.« Ich dachte an den Lügenprinzen. An sein kleines Spiel. An Wahrheit und Lüge. Wie nah sie nebeneinanderstehen konnten. Wie schwer es war, sie auseinanderzuhalten.

»Vielleicht beginnst du mit der Wahrheit, was es mit deiner Verletzung auf sich hat.«

Und ich erzählte es ihm. Ich erzählte ihm von dem grauenvollen Urteil. Von der Hand, die dem Jungen genommen wurde. Jon hörte zu. Dabei entging mir nicht, wie er seine Lippen zu einem ebenen Strich verzog und bedächtig über die Schrift strich, die unter seinen Fingerkuppen zu flüstern begann. Als ich fertig war, nickte er.

»Ich habe noch nie gerne dem Tag des Rechts beigewohnt. Mich der ganzen Sache schnell entzogen. Seit Jahrhunderten gilt dieses Gesetz in Kupfoa. Es ist in der Verfassung niedergeschrieben, dass Strafe bei einem Verbrechen sein muss. Menschen sind grauenvoll. Manchmal muss man mit grauenvollen Dingen drohen, damit sie keine weiteren grauenvollen Dinge tun.«

»Aber er war noch ein Kind!«

Jon nickte gequält. »Früher wurde einem bei härteren Verbrechen die Fingerkuppe abgeschnitten. Doch noch nie hat ein Junge eine Hand verloren, weil er einen Apfel gestohlen hat.«

Ich spürte die Trauer, die mich wie eine Krankheit überfiel. »Und seit wann ist das so?«

»Ich möchte keine Gerüchte streuen«, sagte er und stand auf.

Seine hagere Gestalt verschmolz beinahe mit den grauen Bücherregalen, die sich in den Höhen der Wände verloren. »Seit König Platos Tod ist es anders.«

»Wie anders?«

»Anders. Es ist nicht verwunderlich, Sofija. Eine Ära endet, eine andere beginnt. Es ist keine leichte Aufgabe, in die Fußstapfen seines Vaters zu treten – vor allem nicht, wenn er ein König war.«

»War Platos ein gütiger König? Hätte er Darius …«

»… verschont?« Jon nickte. »Er war aus Stahl, so wie Prinz Arin. Für seine Bürger war er wie ein Schutzschild. Für seine Söhne war er jedoch wie ein Schwert.«

»Das verstehe ich nicht.« Ich stand ebenfalls auf und ging auf ihn zu. Er sah mich nicht an, als er sprach. Seine grauen Augen suchten den Raum ab, als könnte er die Antwort in den Staubkörnern lesen, die durch die Luft schwebten.

»Ich studiere seine Schriften. Ich lese seine Tagebücher. Nun, ich dürfte es nicht, doch sein Tod kam so unvorhersehbar. Ich wollte das Leid verstehen, das der Arzt diagnostiziert hatte. Seine Entscheidung, sich das Leben zu nehmen.«

»Der König hat sich umgebracht?« Meine Stimme hatte zu zittern begonnen. Augenblicklich dachte ich an Lucius und den Lügenprinzen. An ihre beherrschte Distanz, als ich sie nach ihrem

Vater gefragt hatte. Lucius hatte meine Fragen ignoriert und von der Liebe seiner Mutter gesprochen. Eric hatte mich angesehen, als würde ich ihm das Herz aus der Brust reißen.

»Aidelina fand ihn eines Morgens an seinem Bettgestell aufgehängt. Das arme Mädchen hat es nie verkraftet. Ein einfacher Gürtel, der ihm das Genick gebrochen hat. Still und heimlich in der Nacht. Der Arzt sprach von seiner zerstückelten Seele. Ich habe nichts dergleichen in seinen Schriften lesen können. Was ich jedoch herausgelesen habe, ist die Distanz. Die Kälte, die er seinem Sohn entgegengebracht hat. Lucius hatte kein leichtes Leben, musst du wissen. Er wurde stets von seinem eigenen Vater verachtet.«

»Aber warum?« Meine Stimme brach. Jon sandte mir ein entschuldigendes Lächeln. »Lucius kam ohne Beine zur Welt. Ein König aus Stahl ohne Beine? Wie sollte er sein Werk weiterführen? Hinzu kam die Seltergabe, die Platos als Fluch bezeichnete. Es hat ihm nicht gefallen. Der Thronerbe, ein Krüppel mit dem Fluch der Götter. Jenem Fluch, der so viel Schlechtes hervorgebracht hat.«

»Aber … er kann nichts dafür!« Ich spürte den Schmerz in meiner Brust, als ich mich erinnerte, wie Lucius über seine Beine gesprochen hatte. Sich selbst als *Krüppel* bezeichnet hatte. Er hatte lieber selbst seine Schwäche offenbart, damit man ihn damit nicht mehr treffen konnte.

»Sicherlich nicht. Niemand kann etwas dafür.«

»Lucius muss gelitten haben.«

»Er ist ein guter Junge, Sofija«, stellte Jon klar und sah mich schließlich an. »Doch ich bezweifle, dass er jetzt noch weiß, was richtig und was falsch ist.«

»Es ist falsch, ein Kind zu verurteilen.«

»Das ist es. In der Tat. Ich möchte nicht, dass du nun Mitleid mit ihm hast. Ich möchte nur, dass du verstehst, warum manche Menschen das tun, was sie tun.«

»Aber eine klare Antwort gibt es nicht, habe ich recht?«

Jon nickte und kam zu mir zurück. »Es sind Vermutungen, warum Lucius oftmals kalt und berechnend wirkt. Doch tief in ihm drin, behaupte ich, schlägt noch immer das Herz eines neugierigen Jungen. Früher kam er oft zu mir. Er hat gelesen. Er war so aufgeweckt. Und genauso sehe ich ihn, wenn er mit dir zusammen ist. Du gibst ihm etwas … etwas, das ich schon lange nicht mehr in ihm gesehen habe.«

»Aber er zwingt mich dazu.« Ich sprach es laut aus, ohne nachzudenken.

Ich spürte Lucius' Lippen, die mich mundtot machten. Ich spürte die kurze Flamme, die er in mir geweckt hatte, bevor er sie in seiner mächtigen Hand zerdrückte.

Jon schüttelte den Kopf und setzte sich zurück an den Schreibtisch. »Da hast du leider recht.«

»Ich habe mein Opfer bereits gebracht. Mein Volk gegen meine Freiheit.«

»Das hätten nicht viele getan. Alle, die mitbekommen haben, was du für deine Familie geopfert hast, bewundern deinen großen Mut. Die Menschen sprechen, Fija. Sie sehen und urteilen. Und sie sehen etwas in dir. Du hast jeden Grund, den König zu hassen, aber du hast auch ein großes Herz«, sagte Jon über mein Grübeln hinweg.

»Ich bitte dich. Gib ihm noch eine Chance.«

Wir aßen im goldenen Salon. Für gewöhnlich plauderten und lachten wir. Heute ging jeder seinen eigenen Gedanken nach. Als unsere Teller leer waren, fragte ich Wachmann Hill, ob wir nach draußen gehen könnten. Jon schien nicht überrascht. Er konnte mich verstehen. Ich wollte raus. Die Luft hier drinnen schien immer dünner zu werden. Und immer giftiger.

Der Wachmann antwortete nicht, begleitete mich aber in den Flur – wo wir ein leises Zischen vernahmen. Ein hauchdünnes Geräusch, das mir die Nackenhaare aufstellte. »Pssst!«

Der Wachmann blieb stehen und spähte in einen der dunklen Gänge. Anders als ich wirkte er äußerst entspannt. Er sah der Gestalt entgegen, die sich vor uns aufbaute. Hitze presste sich gegen meine Wangen, als eine Hand auf uns zuschoss.

»Schnell!« Wachmann Hill zog sich die Maske vom Gesicht und begegnete meinem entsetzten Blick mit einem Augenzwinkern. Ich kannte ihn. Irgendwo hatte ich dieses kupferne Haar schon einmal gesehen. »Schnell, Luc. Bevor uns jemand sieht.«

»Wenn das jemand mitbekommt, Hauptmann, mache ich dich einen Kopf kürzer.«

Die Gestalt trat ins Licht und nahm Lucs Maske entgegen. Sie sah mich grinsend an und setzte die Silbermaske auf.

»Eric?« Ich verstand nur langsam und sah die beiden Männer an, die sich gegenseitig die Hände auf die Schulter legten.

»Versteck dich in der Küche. Den Geheimgang findest du hinter dem Bildnis meiner Tante Glindelle. Dort wird dich keiner finden. In drei Stunden treffen wir uns vor ihrem Gemach.«

»Sag mir nicht, dass ich ihren Busen berühren muss, um die Tür zu öffnen.«

»Finde es raus«, lachte der Prinz.

»Wenn ich erwischt werde, wirst du büßen.«

Sie klangen wie alte Freunde. Und da erkannte ich in Luc den Mann, der am Tanzabend bei Tarance, Kyron und Samantha gesessen hatte.

»Was soll das werden?«, fragte ich und verschränkte die Arme vor der Brust. Der Prinz nahm seine Position neben mir ein und legte wie selbstverständlich meine Hand auf seinen Unterarm. »Ich habe ein Zeitfenster gefunden. Und ich dachte, dass du vielleicht Lust hast, ein wenig *Wahrheit und Lüge* zu spielen.«

»Gegen ein wenig Ablenkung habe ich nichts einzuwenden.« Und so sah ich Luc zu, wie er in den *Gang der Vergangenen* schlich und in der Wand verschwand.

»Gibt es Neuigkeiten?«

»Komm. Ich möchte dir was zeigen.«

37

Sofija

Er führte mich in den Westflügel, den ich noch nie zuvor betreten hatte. Flüsternd erklärte er mir, dass dieser Teil des Palastes kaum genutzt wurde. Verwinkelte Treppen drehten sich höher und höher in einen Turm hinein. Was sollte ein König ohne Beine mit so vielen Stufen anfangen? Wobei er sie durch seine Seltergabe vermutlich doch erklimmen konnte. Ich schüttelte den Kopf, um jegliches Mitgefühl zu vertreiben. Ich keuchte, als wir die ersten Stufen überwanden. Die Fenster waren von dicken, samtigen Vorhängen verdeckt. Nur wenig Licht sickerte unter ihnen hervor. Überall an den Wänden hingen Waffen. Schwerter, die sich kreuzten.

Je höher wir gingen, umso kleiner wurden die Räume, in denen wir uns gegenüberstanden.

»Ich dachte mir, dass wir nach ganz oben gehen.«

Ich legte den Kopf in den Nacken und unterdrückte ein erschöpftes Seufzen. »Willst du mich umbringen?«

Der Prinz lachte. »So hoch ist es gar nicht, und ich habe mitbekommen, dass du gerne nach draußen möchtest. Nun …«, er stockte. »Das ist der einzige Weg nach draußen. Zumindest der einzige, den mein Bruder nicht im Blick hat.« Das ließ ich mir nicht zweimal sagen. Ich stieg schnellen Schrittes die vielen Stufen nach oben. Es dauerte und meine Muskeln schmerzten. Doch meine Sehnsucht trieb mich an. Ich konnte ihn bereits riechen. Den süßen Duft der Freiheit.

»Nicht so schnell«, lachte der Prinz. Ich lief noch schneller. Er erreichte mich erst, als ich vor einer Holztür stehen blieb. »Du musst mir versprechen, dass du niemandem davon erzählst.«

»Was ist ein Versprechen einer Steandlerin schon wert?« Ich provozierte ihn bewusst und freute mich, dass er darauf einging, indem er die Hände vor der Brust verschränkte. Gleich würde er eine dumme Antwort geben, die ich erhobenen Hauptes abwehren würde. Doch das tat er nicht.

»Man sagte mir, dass das Ehrenwort eines Steandlers mehr wert ist als jedes Gold der Welt.«

Das stimmte. Ich biss mir auf die Unterlippe und nickte. »Ich gebe dir mein Wort.«

Er sah mich prüfend an. »Wahrheit.«

Ich nickte und wartete gebannt darauf, dass er die Tür öffnete.

Frische Luft legte ihre Hände auf meine Wangen. Sie liebkoste mich und setzte sich in jeder Pore fest. Es war ein überwältigendes Gefühl. Fast schon so wie Fliegen. Ich ging einen Schritt auf die Plattform, die von einem Geländer umrandet wurde. In ihrer Mitte befand sich ein leeres Podest. Dahinter offenbarte sich ein grenzenloser Horizont. Verschwommene Silhouetten der Stadt, die sich unter uns befand und von einem dichten Nebel bedeckt wurde. Das Ödland zu allen Seiten, als würde es Kupfoa mit einer samtigen Decke schützen. Ich spürte den Blick des Prinzen und sah ihn an.

»Wo sind wir hier?«

»Ich dachte schon, dass du nie fragst! Das hier ist der *Turm der Immerwährenden*. Auf ihm wacht die Statue unseres Herrschers über das ganze Land, das man von hier oben aus sehen kann. Demnächst wird eine Statue von Lucius errichtet.«

»Ihr Kupferstädter seid sehr dramatisch, habe ich recht?« Meine Worte waren härter herausgekommen, als ich es beabsichtigt hatte.

»Wir schauen auf eine lange Geschichte zurück und halten jede noch so kleine Tradition in Ehren.«

»Auch die Tradition, Gliedmaßen Unschuldiger abzutrennen?« Er schluckte schwer und lenkte mit einer wegwerfenden Bewegung ab. Ich bekam keine Antwort, nahm mir aber fest vor, sie bald einzufordern.

»Sieh nur.«

»Dein Reich ist groß«, bemerkte ich.

»Ich vermute, dass dein Reich weitaus größer ist.« Er biss sich auf die Lippen, als er bemerkte, wie mich diese Tatsache verletzte.

»Es *war* weitaus größer. Mein Heim war die ganze Welt.« Er ging auf den leeren Sockel zu und setzte sich darauf. Er wusste wirklich viel über uns Steandler. Ich wunderte mich nicht, dass er ein Hauptmann war.

Den Blick auf die endlosen Weiten gerichtet, fragte er: »Hier oben fühlt man sich klein, habe ich recht?«

Ich wollte es eigentlich nicht, doch ich ging auf ihn zu. Lächelte ihn beinahe an. »Ich finde, dass man sich hier oben groß fühlt. Man überblickt alles.«

»So habe ich es noch nie betrachtet.« Er stieß Luft aus und sah mich an.

»Heute Abend werde ich mit Elia Lean sprechen. Er hat einem Treffen mit mir zugestimmt.« Ein Kloß bildete sich in meinem Hals. Es rührte mich, dass er das für mich tat, aber ich setzte eine Maske auf, wie er es so oft tat, und erinnerte mich daran, dass ich nicht wusste, wer er unter all den Kostümen war, in denen ich ihn bereits gesehen hatte.

»Warum hilfst du mir?«

»Ich schätze, ich muss die Frage nun ehrlich beantworten, nachdem du meine Lüge gestern entlarvt hast. Dabei kann ich so gut lügen.«

Nicht umsonst hatte ich ihm den Namen *Lügenprinz* gegeben. Ich nickte und versuchte, seinem Blick standzuhalten. Reißende Wellen aus purem, flüssigem Gold.

»Ich weiß es nicht. Ich habe versucht, es zu verstehen. Doch ich vermute, dass ich den Verstand verloren habe …«

»Weil du dich schlecht fühlst«, warf ich ein und kassierte einen fragenden Blick. Ich leckte mir über die Lippen und fuhr fort: »Du fühlst dich schlecht, weil du mich belogen und mich dennoch wegen meiner Lüge verurteilt hast.«

»Ich habe gelogen, weil ich der Prinz bin.«

»Und ich habe gelogen, weil du gelogen hast.«

Ich sah ihm dabei zu, wie er den Kopf wegdrehte und in eine unbestimmte Richtung schaute, als wollte er unser Gespräch somit beenden. Aber er würde mir zuhören. Er war mir die Wahrheit schuldig.

»Warum hast du mich die letzten Wochen so grauenvoll behandelt?« Seine Augen trafen mich unerwartet. Unendlich viele Fragen sah ich darin aufblitzen, als er verunsichert nach Worten rang.

»Sofija …«, begann er, und dabei klangen seine Worte wie der Beginn einer jämmerlichen Ausrede. Ich verschränkte die Arme vor der Brust und schüttelte den Kopf. Die Frage, die mich so oft gequält hatte, musste ausbrechen.

»Warum hasst du mich so sehr?«

»Aber ich hasse dich doch nicht!« Er ging einen Schritt auf mich zu und streckte seine Hände nach mir aus. Ich ignorierte sie.

»Die Wahrheit, Eric, die bist du mir schuldig.« Und das wusste er. Ich las es in den Geschichten seines Gesichtes. Auch, wenn es ihm zu widerstreben schien. Der arrogante Lügenprinz schien endlich seine Maske abzunehmen – zumindest hoffte ich dies inständig.

»Ich habe dich nie gehasst, Sofija. Das alles hat viel mehr mit meinem eigenen Stolz zu tun und weniger mit dir. Ich finde dich …«, er stockte und suchte nach Worten. Dabei fixierte ich seine vollen Lippen, um nichts zu verpassen. »Du raubst mir den Atem, Sofija. Wie kann ich dich da hassen?«

»Du beantwortest nicht meine Frage.«

»Und du willst mich so lange quälen und mich löchern, bis ich es dir sage, ich verstehe. Dann musst du mit der Wahrheit leben.«

»Damit kann ich besser leben als mit einer Lüge.«

»Gut«, sagte er. Seine Stimme war nicht lauter als ein sanftes Raunen. »Ich kann es nicht ertragen, dich leiden zu sehen. Und ich schaffe es einfach nicht, es aus meinem Kopf zu verdrängen. Deshalb habe ich versucht, mich fernzuhalten. Auf Distanz zu gehen. Glaub mir, ich habe es wirklich versucht.«

In sein Gesicht schlich sich ein Hauch von Sanftheit, den ich so noch nicht gesehen hatte. Mein Atem ging immer schneller, während er weitersprach.

»Aber wenn ich sehe, dass du weinst. Wenn ich sehe, wie mein Bruder dir mit alldem wehtut, dann kann ich mich nicht halten und begehe einen Fehler nach dem anderen. Und das hier …« Er legte eine Hand auf seine Brust und deutete anschließend auf mich.

»… ist der größte Fehler.«

»Dass du mir hilfst …«, flüsterte ich und biss auf die Innenseite meiner Wange. Langsam schüttelte er den Kopf. Ein kleines Lächeln schlich sich auf seine Lippen. Dann stieß er einen verächtlichen Laut aus.

»Das ist wohl auch ein Fehler. Einer der kleineren. Aber ich hasse es, Fehler zu machen, und ich mache in letzter Zeit nichts anderes. Ich dachte, meine Probleme würden sich lösen, wenn ich mich von dir fernhielte. Wenn ich einfach nur meinem Bruder gehorchte. Doch ich bin gescheitert. Denn seitdem du in meinem Kopf bist, bin ich nicht mehr ich selbst.«

»Aber … Du stellst dich meinetwegen gegen Lucius, gegen deine Familie …«

Sein intensiver Blick ließ meine vielen Fragen kurz verstummen.

Die vielen Fragen, um ihn besser zu verstehen.

»Ich habe mich für dich entschieden, Sofija. Ich habe mich für dich und dein Volk entschieden.«

»Aber warum?« Ich konnte nicht verhindern, dass ich verzweifelt noch einen Schritt auf ihn zuging. Dabei klopfte mein Herz bis zum Hals.

»Du scheinst das Spiel wohl nicht verstanden zu haben. Ich bin dir keine Antwort darauf schuldig, es sei denn, du verdienst sie dir. Irgendwann.«

»Und das soll ich so hinnehmen?«

»Ganz genau.«

Sein Lächeln wurde wieder zu dem überheblichen, das ich sonst von ihm kannte. Ich versuchte, es mir einzuprägen. Versuchte, es mit dem anderen von vorhin zu vergleichen, und kam zu dem Entschluss, dass mir beide gefielen. Um ehrlich zu sein, gefiel mir jedes seiner Lächeln. Jetzt kam er einen Schritt auf mich zu, sodass ich meinen Kopf heben musste, um ihm in die Augen zu sehen. Ich war mir nicht sicher, was er vorhatte. Ich suchte nach Antworten in seinem Blick, aber da war nur ein Flimmern, das über sein Gesicht fuhr. Ein weiteres Lächeln kündigte sich an. Sein schönstes. Ein schiefes Lächeln, das mich das Atmen vergessen ließ.

»Du musst jetzt eine Wahrheit mit mir teilen, Sofija. Sonst verliere ich am Ende mehr Geheimnisse als du.«

»Du hast gar kein Geheimnis verloren. Vielmehr hast du mich noch mehr durcheinandergebracht, als ich es sowieso schon bin.«

»Beantworte mir bitte diese eine Frage.« Gespannt sah ich abermals auf seine Lippen. »Würdest du mit mir tanzen, wenn ich dich bitten würde?«

Mein Herz schlug heftig gegen meinen Brustkorb. Ich reimte mir jeden Grund zusammen, Nein zu sagen. Es gab Hunderte.

Aber in diesem Spiel velor man, wenn man log – und ich hatte schon genug verloren.

⊹•⊹

Als Eric mich Wachmann Hill übergab, vergrub ich mich in Schweigen. Ich versuchte, nicht mehr an ihn zu denken. Und ich versuchte, den Verrat des Königs nicht an mich herankommen zu lassen. Doch sobald ich in mein Gemach aus Silber und Gold trat, brach alles über mich ein. Tränen kündigten sich an. Sie brannten in meinen Augen, fanden aber keinen Weg über die Schwelle.

Beschwichtigend massierte ich mir den Nasenrücken und befreite mich in der Bewegung aus meinem Tanzkleid. Der Reißverschluss klemmte.

Plötzlich klopfte es an der Tür. *Es muss die Namenlose sein*, dachte ich und öffnete sie.

»Sofija.« Der Ärmel meines Kleides rutschte über die Schulter und ich sah beschämt auf den Boden, als ich die silbergrauen Funken in seinen Augen aufblitzen sah.

»Ich wollte sehen, ob es dir gut geht.« Seine Stimme klang aufrichtig und löste einen Wirbelsturm der Gefühle in mir auf. Wahrheit … Lüge …

»Ich habe mir Sorgen gemacht.«

»Es geht mir gut, Majestät.«

»Du wirst bald meine Frau, Sofija. Wir sollten die Förmlichkeiten ablegen. Bitte.« Er klang zerbrechlich. Ich sah ihm an, dass er eine Hand nach mir ausstrecken wollte, sie aber auf seinen Schoß sinken ließ. Ich stieg unsicher von einem Bein auf das andere.

»Ich habe dich vermisst. Es tut mir leid, dass ich heute keine Zeit für dich gefunden habe. Ich hatte wichtige Treffen außerhalb des Palastes. Was hast du Schönes gemacht?« Ich log ihn an, als ich ihm von meinem Tag berichtete. Er hörte mir zu und sah dabei so unheimlich schön aus, dass ich es nicht wagte, meinen Blick von ihm zu lösen.

»Ich habe mir die Freiheit genommen, dir ein weiteres Geschenk zu machen.« Er holte etwas unter seinem Umhang hervor. Es war ein Buch, gehüllt in samtiges Rot. Ich erkannte es. Es war die Geschichte von Prinz Ebelon und Krestelle. Ich nahm es an mich und presste es gegen meine Mitte. Ganz so, als wäre das Buch ein Anker. Eine Beständigkeit, die mir Halt gab.

Lucius sah mich an. Sein Blick ruhte auf meiner Schulter und ich ließ einen Haarvorhang über die freie Stelle fallen. Ich hörte ihn schlucken. Dann nickte er.

»Die Farbe ist hinreißend. Du bist wie eine Rose.«

»Mit Dornen, Majestät«, zischte ich. Meine Zunge war mal wieder schneller gewesen als mein Verstand. Sie würde verbrennen, wie Zan Zahray es immer beschworen hatte. Aber jetzt gab es kein Zurück mehr. Ich musste herausfinden, ob mehr hinter meiner Vermutung steckte. Musste es in seinen Augen sehen. »So lästig wie meine Herkunft.«

Lucius Blick versteinerte, als er meine Worte vernahm.

»Deine scharfe Zunge hat mich schon damals fasziniert. Ich nehme an, dass du dich wohlfühlst. Das ist gut.«

Er hob die Hand und legte sie mir auf die Wange. Ich wich ihm aus und sah wieder auf den Boden. Sein Umhang floss wie flüssige Tinte auf die glänzenden Fliesen.

»Also gut«, knurrte er ungehalten und ließ mit seiner Selterkraft den Thron hochfahren. Jetzt ragte er wieder über mir. Er, der Mächtige … Er, der Unbesiegbare.

»Wie ich sehe, hat dir dein freier Tag den Kopf verdreht. Die Sinne benebelt.«

»Nein, ich sehe ganz klar.«

Er bedachte meine verbundene Hand mit einer hochgezogenen Augenbraue. Hinter seiner makellosen Stirn schien es zu arbeiten. Dann setzte er ein künstliches Lächeln auf, das mich frösteln ließ.

»Man sagte mir, dass du ein schlaues Mädchen bist. Deshalb hör mir gut zu. Du wirst nicht mehr mit diesen albernen Sachen herumlaufen.« Er hob den Kopf etwas höher. Ich wartete nur darauf, dass ihm die Krone entglitt. Dann nahm er eine meiner Strähnen in seine Hand und ließ sie durch die Finger rennen.

»Du wirst aufhören, in der Vergangenheit zu leben. Mit diesen … Parasiten im Nacken! Nicht mehr lange und du wirst *meine* Königin.«

Er drehte sich um und nahm all meine Hoffnung mit sich. Aber im Gegensatz zu seinem Bruder hatte er keine Ahnung, wie wir Steandler gestrickt waren. Die Geister der Vergangenheit gehörten zu mir. Er würde sie mir nie nehmen können.

38

Eric

Ich kannte die Geheimgänge wie meine Hosentasche. Sie verbanden fast jeden Raum innerhalb des Palastes mit ausgewählten Standorten in der Stadt. Lange, höhlenartige Gänge gruben sich durch die Erde und fanden ihren Mittelpunkt unter den Steinen des Marktplatzes. Sie waren mein Spinnennetz. Nicht selten nahm ich sie, um mich schneller fortzubewegen, ohne erkannt zu werden.

Und dann gab es da noch einen Weg – nach draußen, ganz draußen. Er mündete in den fast vergessenen Steg unterhalb der Ziegelsteinbrücke am Haupteingang der Kupferstadt. Dort, wo Tarance auf die kleine Steandlerin gewartet hatte, um ihr meine Botschaften zu übermitteln.

Ich strich meinen Mantel glatt, ehe ich in den *Gang der Vergangenen* bog und vor dem Bildnis meiner Tante Glindelle stehen blieb. Sie war eine üppige Frau gewesen. Sogar der Künstler hatte ihren Busen über das enge Korsett quellen lassen. Ich musste über Lucs anzüglichen Kommentar lachen.

Dahinter verbarg sich die erste Tür, die in die Dunkelheit hinabführte. Ich musste nur einen besonderen Punkt an der Wand drücken und das Bild schob sich wie durch Geisterhand zur Seite. Eine schaurige Kälte stieß mir ins Gesicht, als ich in den von Spinnenweben und Staub beherrschten Gang stieg. Doch ich hatte eine Abmachung zu erfüllen.

Je früher ich dieser nachkam, desto besser.

Ich beschwörte einen Feuerball herauf, indem ich einmal an dem beweglichen Glied meines Uhrrahmens drehte. Der goldene Schein in meiner Hand zeigte mir den Weg. Jeder andere würde sich hier unten verlieren, doch ich hatte eine Karte der Gänge vor meinem inneren Auge. Vater hatte mich von klein auf in die unterirdischen Gassen mitgenommen.

Er hatte mir gar keine Gelegenheit gegeben, darüber nachzudenken, ob ich vielleicht Angst hatte.

Mühelos erreichte ich die leere Rüstung, die den Eingang zu einem länglichen Raum markierte – eine Art unterirdischer Stützpunkt vor der Brücke. Dort lagerten wir unsere Waffen, wobei wir seit mehreren Jahrzehnten Frieden mit den anderen Königreichen geschlossen hatten.

Der Feind meines Feindes ist mein Freund. Die Furcht vor Tumbara hatte die Friedensmächte zusammengeschweißt. Jedes einzelne Königreich hatte unter der Herrschaft des Selterkönigs gelitten. Doch zusammen konnten sie siegen.

Auch jetzt spielte ich diese Taktik wie ein Ass bei einem Kartenspiel.

Der Feind meines Feindes ist mein Freund.

Elia Lean könnte mein Freund werden, wenn er sich nicht allzu dumm anstellte.

Er würde meinen Bruder nicht weiter gegen sich aufbringen und ich würde Sofija damit beschützen. Mehr wollte ich nicht.

Langsam ließ ich den Feuerball vor mir in die Höhe schweben und teilte ihn mit einer Handbewegung in vier Teile. Jede Lichtkugel flog in eine der Fackeln, die an der Wand hingen.

Und da waren sie schon. Tarance und der Erbe der Steandler. Elia Lean, der auf meiner Liste stand.

Er hatte die Augen verbunden. Blut sickerte unter dem weißen Leinentuch hervor. Die Explosion musste ihm mehr geschadet haben als den sicheren Mauern der Kupferstadt. Ich knirschte mit den Zähnen, als ich auf ihn zukam. Gerne hätte ich ihm eine Faust in das arrogante Gesicht geschmettert. Niemand legte sich mit dem König aus Kupferstadt an. Nur jemand, der dumm und töricht genug war, kratzte mit bloßen Fingern an der Tür zum Palast.

»Nun denn, fangen wir gleich an.«

Tarance zog ihm das Tuch vom Kopf. Ich erschrak bei dem Anblick seines zerfetzten Ohres. Er würde vermutlich nie wieder auf dieser Seite hören können.

Seine Augen bohrten sich in meine, als er mich erkannte. Bereit, mich anzufallen. Bereit, seine langen dreckigen Finger in mein Fleisch zu bohren. Von Sofija wusste ich, dass er der Messerkünstler unter ihren Artisten war. Deshalb hatte ich Tarance zuvor beauftragt, ihm die kleinen windigen Teile wegzunehmen, ehe er um sich werfen konnte.

So sah er aus.

Als wolle er mir die Klingen in den Hals rammen, damit ich vor seinen Augen auf die Knie fiel.

Ich entdeckte die Kupferplatte oberhalb eines seiner Finger. Er hatte das Recht der Kupferstadt schon am eigenen Leib erfahren dürfen. Aber er schien nicht daraus gelernt zu haben.

Ich staunte, dass er tatsächlich hier war.

»Du«, knurrte er bedrohlich.

»Ich«, entgegnete ich provokant und baute mich vor ihm auf.

Tarance hielt ihn an den Schultern zurück, als er bemerkte, wie seine Muskeln an den Armen zu zucken begannen.

»Haisha!«, fluchte er. Es hörte sich an wie ein Messer, das durch die Luft flog. Seine Nasenflügel bebten.

»Was erschafft mir die Ehre, den Prinzen dieser Stadt voller Bastarde zu sprechen?« Es war reine Wut, die aus ihm sprach. Ich erkannte sie an seinen aufgeblähten Nasenflügeln und den zitternden Lippen. Er wollte mich in Stücke reißen, so wie ich es gerne mit ihm getan hätte. Doch ich rief mir Sofija ins Gedächtnis. Ihre Augen, als sie von ihm geredet hatte.

Nur deswegen lebst du noch, du Scheißkerl, dachte ich grimmig und griff in meine Brusttasche, um den Zettel mit den Forderungen hervorzuholen, die Sofija an ihren Freund stellen wollte.

»Ich habe einige Dinge, die ich dir sagen muss.« Ich stockte und sah ihm dabei tief in die giftgrünen Augen.

»Sie kommen direkt von Sofija.«

»Ich glaube dir nicht, Prinz!«

»Das hatte sie befürchtet«, sagte ich und strich mit dem Daumen über das zerknitterte Papier.

»Deswegen soll ich dir ausrichten, dass du zuhören sollst, *Eure Hohlheit*!«

Augenblicklich verwandelte sich der wilde ungewaschene Kerl vor meinen Augen in einen ruhigen, beinahe gezähmten jungen Mann.

»Sofija«, sagte er. Wie ein Flüstern des Windes.

Seine Augen wurden glasig, als er mich ansah und den Kopf schüttelte. Nein, er konnte es nicht glauben, was er da hörte. Doch es stimmte. Ich, der Prinz einer Stadt voller Bastarde, sprach die Wahrheit.

Vermutlich hätte ich unter dieser kindlichen Beschimpfung einer *Hohlheit* gelacht. Doch mir war nicht zum Lachen, als ich ihm klarmachte, was Sofija mir beauftragt hatte.

Dass sie gehen sollten. Weit weg von hier. Und dass sie nie wiederkommen sollten.

Nicht, nach alledem, was geschehen war.

Ich wusste, was mein Bruder beabsichtigte, und konnte es

nur wieder und wieder mit den Worten von Sofija betonen. Die Steandler waren in seinen Augen ein Pack Barbaren. Ein Volk aus Parasiten und niederen Menschen.

Einzig Sofija interessierte ihn. Wenn er konnte, würde er jeden einzelnen ihrer Sippschaft niederstrecken. Doch dazu müssten sie ihm erst einen Grund geben.

Deswegen hatte ich Tarance zu ihnen geschickt. Um sie zu warnen. Um meinem Bruder keinen Grund zu geben, ihnen Leid zuzufügen.

Doch sie hatten nicht hören wollen. Ich hoffte, dass Elia Lean wenigstens auf die Worte von Sofija hören würde. Sie waren ihre einzige Chance.

»Du hast den Soldaten geschickt, nicht wahr?«, fragte Elia, nachdem ich fertig war. »Du hast das alles arrangiert.«

»Tarance hat mich darauf aufmerksam gemacht. Ich habe nur Befehle erteilt«, sagte ich, um das richtigzustellen. Nicht umsonst war Tarance meine rechte Hand. Mein Gewissen und mein erweiterter Horizont. Ohne seinen Plan hätte ich schon längst als Hauptmann handeln müssen. Sie alle in einen Kerker zu sperren hätte nur leider nichts genützt.

»Und doch frage ich mich, *warum* hast du das getan?«

Es war die gleiche Frage, die sie mir gestellt hatte. Die gleiche Frage, der ich versucht hatte zu entgehen. Ich hatte ihr alles aufgezählt, nur nicht die ganze Wahrheit. Ich setzte die Maske einer Statue auf und presste die Lippen aufeinander.

Elia Lean sah mir tief in die Augen. Auch er hatte diesen Blick, der mich bis auf die Knochen zu ergründen schien. Nach unendlichen Sekunden nickte er.

»Weil du etwas für sie empfindest.«

Diesen Schlag hatte ich nicht kommen sehen, aber ich knickte nicht ein. Ich hob das Kinn etwas höher und wandte den Blick ab.

»Dazu werde ich nichts sagen«, erwiderte ich im Kommandoton und gab Tarance zu verstehen, dass es jetzt Zeit war, ihn zurückzubringen. Alle Worte waren gesagt. Ich hatte meine Aufgabe erfüllt.

Doch Elia wehrte sich, ohne die Hände zu erheben. Er suchte meinen Blick. Verfluchte mich mit seinen grünen Augen.

»Du empfindest etwas für sie, habe ich recht? He? Du Bastard!«

»Du solltest dankbar sein, Steandler. Ohne mich würde dein Kopf schon längst auf einem Silbertablett serviert werden.«

Das schien Elia Lean nur weiter anzustacheln. Sein Lachen wurde rasend.

»Natürlich empfindest du etwas für sie!«, rief er aufgebracht. »Ich fasse es nicht! Ein Prinz und eine Steandlerin! Bist du der Grund, warum sie hier ist? Bist du der Bastard, der sie in Ketten gefangen hält?«

Ich ging einen energischen Schritt auf ihn zu und packte ihn am Kragen. Provokant lächelnd sah er auf meine bebende Hand, die sich um seine heiße Kehle schloss.

»Ich bin hier, um Sofijas Familie zu warnen, hast du verstanden? Geht oder ich werde jeden Einzelnen von euch von meinen Soldaten niederstrecken lassen.«

Er nickte langsam, behielt jedoch dieses lächerliche Grinsen, das mich zur Weißglut trieb. Meine Finger kribbelten. Sein Puls unter meinen Fingern trieb mich an, noch fester zuzudrücken. Es würde nur wenige Sekunden dauern. Dann wäre sein arrogantes Steandlergesicht erst blau, dann weiß.

»Sie wird dich niemals lieben können«, lachte er keuchend. »Denn ihr Herz gehört dem Wind. Egal, was du auch tun wirst, Prinz. Sie wird so einen wie dich niemals lieben.«

Wütend presste ich fester zu. Seine Finger legten sich um meine Handgelenke. So schwach, dass sie nicht viel ausrichten konnten, und doch so stark, dass ich wusste, dass ich noch fester zudrücken musste, damit er seine Fresse hielt.

»Pass auf, Steandler«, knurrte ich, ehe ich schließlich von ihm abließ. Er schnappte nach Luft. Griff sich an die gequetschte Stelle und nickte schließlich.

»Bring ihn weg«, befahl ich Tarance, der keine Miene verzog.

Er wusste, wie man tötete. Und deshalb wusste er auch, dass ich nie vorgehabt hatte, Elia Lean ernsthaft zu verletzen.

Er lebte nur noch, weil er Sofija etwas bedeutete. Und weil ich wusste, wie es war, wenn unschuldige Menschen für etwas zur Verantwortung gezogen wurden. Unwillkürlich dachte ich an Darius Gruell. *Zwölf Jahre alt. Sohn des Waffenschmieds der Legion des Westens. Geboren in Kambru, einem kleinen Ort des Königreichs Kupfoa.*

Was war mein Bruder nur für ein abscheulicher Mensch geworden?

Den ganzen Weg zurück dachte ich über die Worte des Steandlers nach.

Und ich hasste mich dafür, dass er mich durchschaut hatte, dass er mit allem, was er sagte, recht hatte.

Ich tauchte so auf, wie ich verschwunden war. Heimlich und in der Dunkelheit. Als ich den *Gang der Vergangenen* entlanglief, war es, als hätte ich einen Abstecher in die Küche gemacht. Nicht selten sah man mich zur späten Stunde am Ofen sitzen. Ein Platz meiner Kindheit. Ein Ort, an den ich mich von meinen amtlichen Verpflichtungen zurückziehen und einfach nur ein normaler Junge sein konnte.

Vater hatte schon früh mit der adeligen Erziehung begonnen.

Nachdem meine Mutter gestorben war, hatten Lucius und ich

kaum noch die Möglichkeit, weiterhin einfach nur Kinder zu sein. Wir mussten schnell lernen. Schnell erwachsen werden, damit wir in die Fußstapfen dieses Königreiches treten konnten.

Ich als Hauptmann und Prinz.

Und Lucius … als König. Als Soldat seines Reiches. Als Oberhaupt einer ganzen Nation – ein Erbe, das er als Erstgeborener der Tradition gemäß antreten musste.

Plötzlich tauchte mein Bruder neben mir auf. Gehüllt in schwarzer Seide. Ein schimmernder Stoff, der seinen Rumpf umgab und seine nicht vorhandenen Beine bedeckte. Er hatte den ganzen Tag Sitzungen beigewohnt. Er sah erschöpft aus.

»Wo warst du?«, fragte er. Sein Kopf dabei so sehr in die Höhe gestreckt, dass ihm die Krone fast vom Kopf rutschte. Ich zuckte unbeeindruckt mit den Schultern.

»Ich hatte Hunger.«

»Und deshalb wirkst du so … aufgelöst?«

Er kannte mich zu gut. Ich setzte ein Lächeln auf. Im sperrigen Licht der Kerzen gelang mir dies ganz gut. Lucius sah mich prüfend an, doch nickte schließlich.

»Nun denn. Du wirst es mir ja doch nicht freiwillig erzählen, habe ich recht?«

»Es gibt nichts zu erzählen«, entgegnete ich trocken und verschränkte die Arme vor der Brust. Lucius reckte das Kinn und legte seinen Kopf schief, als würde er über etwas Wichtiges nachdenken.

»Da habe ich etwas anderes gehört.«

»Ach ja?« Ich wusste, von wem er seine Informationen bekam, und presste die Zähne fest aufeinander. Der Herr Minister klebte seit Vaters Tot an ihm wie seine Krone, die er nach seiner Krönung nicht einmal abgenommen hatte. Es würde mich nicht wundern, wenn er sie selbst im Schlaf aufbehielt.

»Ich habe mir sagen lassen, dass du seit einigen Nächten durch die Gänge streunst. Besonders in der Nähe des Gemachs meiner zukünftigen Frau.«

»Lass mich raten. Das hat dir dein Zuträger verraten, der Herr Minister.«

Lucius ließ sich nichts anmerken. Stattdessen verzog er seine Lippen zu einem breiten Grinsen, das im Gegensatz zum Ausdruck in seinen Augen stand.

»Ich lasse mir vieles sagen, Bruder. Letztendlich urteile ich anhand meiner Menschenkenntnis. Du bist mein Bruder. Du wirst mich nicht hintergehen.«

»Richtig«, presste ich hinter zusammengebissenen Zähnen hervor.

»Und wir halten zusammen. Was auch kommt, habe ich recht?«

Ich nickte. Als Kinder hatten wir immer zusammengehalten, bis ich alt genug gewesen war, um meine militärische Ausbildung anzutreten. Lucius hingegen fand seine Berufung im Studieren und Lesen von Büchern. Er war ein kluger Kopf. So viel klüger, als ich je hätte sein können. Und doch handelte er irrational. Gegen jede Vernunft. Sonst hätte er nie eine Steandlerin auserkoren, die Königin dieses Reiches zu werden. In dieser Hinsicht war mein Bruder wie eh und je. Ein kleiner Junge, der das haben musste, was er begehrte.

Heiratsfähige Frauen mit Adelsstand gab es genug – Vereinigungen, die den Handel und die Wirtschaft ankurbeln würden. Von einem Denker wie Lucius hätte ich erwartet, dass er an die Zukunft seines Landes dachte.

Stattdessen war Sofija sein kleines, neues Spielzeug. Hübsch anzusehen, anmutig und interessant. So anders als all die Damen, die unseren Empfängen und Bällen beiwohnten.

Dabei war Sofija so viel mehr. Mein Blick verlor sich im Nichts, als ich an sie dachte. An ihre dunklen Augen. Die herrlichen Sommersprossen, die aussahen wie die Sternbilder am Himmel.

Und an ihre Bewegungen. Ihren Tanz.

Plötzlich schoss seine kalte Hand hervor. Er umgriff meine Kehle und zog mich mit einem Ruck an sich heran. Ich war unaufmerksam gewesen, ermahnte mich die Stimme meines Obersts, der mich ausgebildet hatte. Oberst Kant, der mich in meinem Kopf anschrie: *Nie unaufmerksam sein! Immer die Augen offen halten!*

Lucius' heißer Atem stieß gegen meine Wangen, und als er sprach, stellten sich mir die Nackenhaare auf.

»Du wirst mich nicht hintergehen, Bruder. Habe ich recht?«

Ich erwiderte nichts. Hielt nur seinen funkelnden Augen stand. Er sah aus wie Vater. Eins zu eins. Wie sehr ich diese Ähnlichkeit schon immer verabscheut hatte.

»Du lässt die Finger von ihr, habe ich recht?«

Wieder gab ich keine Antwort. Stattdessen entglitt mir ein bedrohliches Knurren, das mein Bruder mit einem hochnäsigen Lachen quittierte.

»Antworte, du Schwächling! Los! Antworte deinem König!«

»Was soll ich mit einer dreckigen Steandlerin?«, sagte ich also. Genau die Worte, die er hören wollte. Langsam ließ er von mir ab und tätschelte brüderlich meine Wange.

»Sie ist keine dreckige Steandlerin«, stellte er klar. »Sie ist bald deine Königin, Bruder. Nur ein Narr würde nicht erkennen, dass sie sich von dem Abschaum abhebt! Es ist eine Wohltat, sie von diesem heidnischen Volk fernzuhalten. Eine wahre Wohltat.«

Aber sie sind ihre Familie, wollte ich entgegnen. *Du tust ihr mit alledem weh.*

Und ich tat es auch. Ein heimlicher Herzschlag verriet meine Schwäche.

Ich könnte sie nicht mehr hergeben. Nein, das konnte ich einfach nicht.

»Du solltest aufhören, dich dieser Kultur anzunähern, Bruder«, sagte er noch immer lachend. Dabei schlug er mir das Buch gegen die Brust, das auf meinem Schreibtisch gelegen hatte. Eine überschaubare Schrift über das wandernde Volk. Nur ein grober Abriss ihrer Familiengeschichte, die so alt war wie unser Königreich selbst.

»Ich weiß gerne, mit welchen Feinden ich es zu tun habe«, antwortete ich mechanisch.

»Du schluderst, Bruder. Die Steandler sind noch immer vor unseren Pforten.«

»Ich kümmere mich gerade darum.«

»Das hoffe ich, Hauptmann. Wenn du nicht bald handelst, werde ich es tun!« Er legte gedankenverloren die Finger an sein Kinn.

Dann sah er mich heimtückisch grinsend an. »Wir könnten am Tag des Rechts eine Massenhinrichtung veranstalten. Was hältst du davon? Wir könnten jeden Einzelnen enthaupten!«

»Mit welchem Recht?«, knurrte ich und schaffte es kaum, mein Entsetzen zu verbergen. Lucius schien sich daran zu ergötzen und deutete wie ein kleiner, angeberischer Junge auf seine Krone.

»Mit meinem Recht. Denn ich bin der König, Eric. Vergiss das niemals.«

Entgegen jeder Vernunft fand ich mich vor der feuchten Wand wieder, die mich von ihr trennte. Ein kalter Luftzug wollte mich daran hindern. Mir verbieten, sie zur Seite zu schieben, aber ich konnte mich nicht zusammenreißen.

Ich musste sehen, wie es ihr ging.

Wie auch bei meinem letzten Besuch schimmerte der Kronleuchter. Bemalte ihren Rücken. Sterne, die vom Himmel gefallen waren.

Wieder sprach sie. Sie hatte lebhafte Träume. Doch dieses Mal hörte ich nicht hin. Ich versiegelte meine Züge, verschloss mein Herz. Es war besser so.

Mit einem stummen Kommando drehte ich an meiner Uhr und fing die Lichter ein. Sie zerfielen zu Sternenstaub, den ich in meiner Handfläche verschloss.

Doch plötzlich schlich sich ihre Stimme an mein Ohr. Erst sanft, dann immer drängender.

»E…« sagte sie. Ich blieb im Raum stehen. »E…«

»Er wird gehen«, flüsterte ich. »Sorge dich nicht um Elia Lean. Ich habe es geklärt.«

Doch dann sagte sie etwas ganz anderes. Etwas, das meinen Herzschlag verlangsamte.

»Eric.«

Ich flüchtete in die Geheimgänge. Für das, was ich fühlte, war ich nicht bereit.

39

Sofija

Heute wirst du rausgehen.

Die Namenlose deutete auf das Tablett und vollzog eine Handbewegung, die an ein Windrad erinnerte. Ich wusste nicht, ob ich sie richtig verstanden hatte, und zog schläfrig die Augenbrauen zusammen. »Ich gehe heute raus? Du meinst … *richtig* raus?«

Da sie wusste, dass ich gestern nach dem Besuch des Königs die abendliche Mahlzeit verschmäht hatte, landete das Tablett direkt auf meinem Schoß. Und tatsächlich, der Hunger zog sich gähnend in meinem Kopf. Bereits nach dem ersten Biss in das dampfende Gebäck bedankte sich mein Magen mit einem leisen Gurgeln.

»Richtig raus?«, wiederholte ich.

Die Namenlose nickte. Sie hantierte bereits am Schrank und zog Kleider und Stoffe heraus.

Ich verschluckte mich beinahe an meinem Gebäck, so unerwartet traf mich die Freude, dass ich heute nach draußen durfte. Raus … in den Wind.

Die Namenlose nickte erneut mechanisch und wandte sich wieder meiner Robe zu.

Heute wirkte sie irgendwie aufgekratzt. Sie sah blass aus. Blass und zerbrechlich.

»Ist alles in Ordnung bei dir?«, fragte ich und nahm einen kräftigen Schluck klares Wasser. Es erinnerte mich an den Fluss vor der

Kupferstadt. Eine kalte, reine Quelle, die meinen Durst nach der langen Reise durch das Ödland gestillt hatte.

Ja, sie gab mir ihr Nicken der ersten Art. Dann wandte sie ihr Gesicht ab.

Als sie auf den Boden sah, bemerkte ich, dass sie mit sich haderte. Sie zischte hin und wieder und zuckte mit den Fingern um die Taschen ihres Rockes herum. Als sie schließlich hineingriff, seufzte sie leise. Widersprüchliche Regungen funkelte in ihren hellblauen Augen. Angst gemischt mit Entschlossenheit.

Dann legte sie einen kleinen Zettel neben das Tablett. Hastig faltete ich ihn auf. Ich erkannte Erics Schrift. Einzelne Buchstaben, die für mich keinen Sinn ergaben.

»Oh«, keuchte ich und versuchte, die Wörter zu entziffern. Doch es gelang mir nicht, die geschwungenen Buchstaben miteinander zu verbinden. Ich war nervös, brach in Panik aus.

»Ich … wa … Verdammt, ich bekomme es einfach nicht hin. Kannst du lesen?«

Die Namenlose schüttelte den Kopf. Sie zitterte und nahm das Zettelchen wieder an sich.

Dafür bleibt keine Zeit. Schnell. Schnell.

Jetzt wusste ich, dass auch sie Angst hatte. Ich erkannte es in den Geschichten ihres Gesichtes. Die Augen leicht hervorgequollen. Die Lippen zu einem ebenen Strich gezogen. Die Finger flatternd wie die Flügel eines Schmetterlings.

Sie verhielt sich stets unauffällig wie ein Schatten innerhalb dieser Mauern, einfach, weil sie Angst hatte. Was war geschehen? Warum fürchtete sie sich so sehr?

»Ist es der König? Hast du vor ihm Angst?«

Sie wandte ihren Blick ab. Also ja … sie hatte Angst vor ihm. Ich legte das Tablett zur Seite und stand langsam auf.

Ich musste wissen, was Eric mir mitteilen wollte, bevor es vielleicht zu spät war. Mit spitzen Fingern nahm ich das Papier wieder an mich. Meine Augen glühten wie Feuerbälle, als ich sprach.

»Es ist wichtig.« Schließlich ging es um die Zukunft meines Volkes. Um unschuldige Seelen. »Ich muss … ich muss zu Jon.«

Sie schüttelte den Kopf.

»Ich muss! Du weißt ja nicht, worum es geht!«

Du hast keine Ahnung, las ich in ihren Augen und sah, wie ihre Hände sich verkrampften. Ihre Lippen bebten. Die Augen so glasig, als hätte sie einen Geist gesehen.

»Was hat er dir angetan?«, fragte ich leise und suchte nach den stillen Antworten in ihrem Gesicht. Sie mied meinen Blick, ging hastig in Phase zwei über und zog mich zum Schminktisch.

Ich beobachtete ihr versteinertes Gesicht im Spiegel und presste den Zettel fest an meine Brust.

Nur Jon würde mir sagen können, was dort stand.

Wenn ich den Prinzen direkt aufsuchen würde, wäre es zu auffällig. Schließlich war diese Botschaft geheim.

Jon würde mir helfen. Ich vertraute ihm. Würde ihm sogar mein Leben anvertrauen.

»Es ist wichtig«, drängte ich, als sie mein Haar entwirrte und in einen Zopf flocht. »Bitte, versteh doch …«

Ihre Augen funkelten nun wild. Es war, als würde ich ihre Stimme hören können. Klar und deutlich: *Du hast keine Ahnung, was er tun wird. Was er bereits getan hat und wer ich deshalb geworden bin!*

Ich senkte den Blick und spielte an meinem Verband herum. Wie dumm von mir, immer nur die äußeren Hüllen zu beurteilen.

Das war eine meiner größten Schwächen. Ich urteilte, ehe ich nachdachte. Ein kindisches Verhalten, das mir schon so oft das Genick gebrochen hatte.

Nun sah ich, was sie wirklich war. Ich bemerkte die Narben auf ihrer Haut, die weißen Linien, die sich um ihren Mund hinab bis zu ihrem Hals zogen. Fesseln bedeckten ihre Handgelenke. Weiße klumpige Hautfetzen, die über die Jahre wieder zusammengewachsen waren.

»Wer bist du?«, fragte ich bebend. Als sie meinen Augen folgte, zog sie die Ärmel tiefer und den Kragen ihres Kleides höher.

Das ist doch egal.

Keine der Wachen war zu sehen und so musste mich die Namenlose zur Bibliothek begleiten. Mein Herz hämmerte hart gegen meinen Brustkorb. Es schien beinahe durch die Knochen hindurchdringen zu wollen. Sie lief steif neben mir her.

Eingeschüchtert wie eine Maus, als würde sie hinter jedem Schatten den lauernden Kulatra vermuten.

»Ich werde die Schuld auf mich nehmen«, flüsterte ich ihr wieder und wieder zu. Das überzeugte sie jedoch nicht. Ich sah es ihr an und ich fühlte mich schlecht, weil sie sich schlecht fühlte.

Aber es ging um mein Volk. Um meine Freunde und meine Familie.

Bevor der König nach meiner Anwesenheit verlangen würde, war noch etwas Zeit. Wir müssten uns nur beeilen.

Ob Eric Erfolg gehabt hatte? Was er wohl schrieb?

Jon befand sich dort, wo ich ihn vermutete. Er lugte hinter einer Bücherwand hervor, als ich die Tür aufschlug.

»Himmel, was ist geschehen?« Die Bibliothek sah aus, als hätte ein Sturm gewütet. Bücher lagen kreuz und quer. Regale waren umgefallen. Holzbretter waren zerbrochen.

»Halb so wild!«, beschwichtigte er mich und klatschte erfreut in die Hände.

»Sofija! Aidelina! Wie schön, euch zu sehen. Und so unerwartet.« Erschrocken starrte ich sie an. Sie schüttelte kaum merklich den Kopf. *Aidelina* … das Mädchen, von dem Jon gestern erzählt hatte. Sie hatte den König gefunden. Sie hatte ihn sterben sehen.

»Gutes Mädchen, dich habe ich so lange nicht mehr gesehen.« Er eilte auf Aidelina zu und nahm sie in die Arme. Sie versteifte, aber ließ es letztlich zu. Ich meinte sogar, ein Kichern zu hören, als er sie freigab. Sie strich sich eine blonde Strähne aus dem Gesicht und legte ihre Hand aufs Herz. Ihre Finger formten Bilder. Auch Jon schien sie lesen zu können und nickte verständnisvoll.

»Einverstanden. Wir beeilen uns.«

Fünf Minuten, las ich aus ihren Bewegungen und begegnete ihrem Blick, der sich wie ein Pfeil in mich bohrte.

»Ja«, sagte ich und nickte. »Ich beeile mich.«

Keine Sekunde länger! Ich warte draußen.

Sobald sie verschwunden war, ging ich aufgeregt auf Jon zu. »Ich will nicht lange stören.«

»Oh, liebe Sofija, ich muss mich bei dir entschuldigen«, unterbrach er mich wild gestikulierend. »Ich habe so ein schlechtes Gewissen gehabt nach meinen Offenbarungen gestern. Du hast natürlich jedes Recht, wütend zu sein … es tut mir leid. So leid.«

»Nun beruhige dich, Jon.« Ich nahm seine welke Hand, spürte seine Knochen in meinen Handflächen. Ich versuchte zu lächeln.

»Es ist schon vergessen. Ich brauche deine Hilfe … Ich kann dir doch vertrauen?« Ich legte Bedeutung in meine Worte und bekam die Bestätigung in seinen Augen.

»Sicher, meine Liebe.« Ich überreichte ihm den Zettel und entschuldigte mich im selben Moment dafür, dass ich nicht gründlich genug geübt hatte, um ihn selbst zu lesen.

»Hmm …«, machte Jon und faltete den Zettel auf. Seine Augen wanderten über die geschnörkelten Linien.

»Die Schrift ist eigentlich nur eine Spur, der du folgen musst. Sie ist nicht anders als die einzelnen Buchstaben der Frakturschrift. Nur, dass sie hier verbunden sind«, murmelte er und deutete auf die geschwungenen Linien.

»Die Serifen an den Linienenden. Der galante Schwung nach jedem *E*. Zweifelsohne, die Nachricht muss aus königlicher Hand stammen. Vielleicht sogar vom Prinzen selbst? Trotz seiner verschlüsselten Identität bin ich mir fast sicher.«

Ich nickte gebannt und knabberte an meiner Unterlippe. Jon lächelte zufrieden.

»Woher weißt du das?«, fragte ich aufgeregt. Ich hatte die Schrift nur erkannt, da ich sie bereits zuvor genaustens inspiziert hatte.

»Ich studiere die Schriften der Königsfamilien seit Jahrzehnten«, erklärte er. »Wie du weißt, hänge ich gerade an den Tagebüchern des Königs.«

Unwillkürlich musste ich wieder an Aidelina denken und bekam einen Knoten im Hals.

»Der König und sein jüngster Sohn haben eine ähnliche Handführung. Fein säuberliche Linien. Eine schöne Art zu schreiben, die sie sicherlich nicht von mir gelernt haben. So etwas hat man einfach im Blut. Ich hingegen schreibe nicht. Ich lese.« Ich sah zu den gebundenen Büchern, während Jon traurig seufzte. »Immer, wenn ich Aidelina sehe, sehe ich die Trauer, die der Tod des alten Königs über sie gebracht hat.«

»Ich habe nicht gewusst, dass sie es war. Sie hat mir nie ihren Namen offenbart.«

»Wie könnte sie auch? Als sie hier als junges Mädchen ankam, hatte sie bereits ihre Zunge verloren. Einzig ihr Bruder, Tarance, konnte mir ihren Namen verraten. Sie hütet ihn wie einen Schatz, Fija. Das Einzige, was sie noch hat.«

»Tarance ist ihr Bruder?«

»Du kennst ihn wohl.« Ich nickte. »Tarance und der Prinz sind unzertrennlich. Sie haben ihre militärische Ausbildung gemeinsam absolviert und sich angefreundet. Durch ihn bekam Aidelina eine gut bezahlte Arbeit. Du musst wissen, dass das Schicksal es mit den beiden nicht gut gemeint hat. Sie waren Kindersoldaten in dem Krieg des Höllenkönigs.«

Ich ballte meine Hände zu Fäusten, aber nickte schließlich. Daher also die Narben. Daher konnte sie nicht mehr sprechen.

»Aidelina ist ein gutes Mädchen. Ich freue mich, dass sie mit dir eine neue Freundin gefunden hat.«

»Ich glaube nicht, dass sie mich mag.«

Doch Jon verneinte. »Sie mag dich. Auch wenn sie wahrlich kein Talent darin hat, Freunde zu machen.«

»Jon«, drängte ich und deutete auf den Zettel, den er in der Hand hielt. »Mir bleibt nicht viel Zeit.«

»Sicher«, er setzte die Brille wieder auf und ging auf den Schreibtisch zu. Die Tagebücher des Königs waren noch immer aufgeschlagen.

»Hast du denn etwas herausfinden können? Ich meine ... über den möglichen Grund, warum der König sich umgebracht hat?«, schoss es aus mir heraus, als ich das Chaos auf dem Tisch betrachtete. Jon seufzte und ließ sich auf dem Stuhl vor dem Tisch nieder.

»Ich habe die ganze Nacht nicht schlafen können. Ich habe gesucht und gesucht, doch nichts gefunden. Und ich habe Angst vor der Vermutung, die mich plagt, Fija. Es zerreißt mich.«

Mir schoss es heiß in den Kopf, als ich es in seinen Augen lesen konnte.

»Du meinst ...« Er nickte und legte einen Finger an die Lippen.

»Mit rechten Dingen scheint es nicht zugegangen zu sein. Ich habe nur keine Beweise.«

»Was schreibt er?«

Ich hatte mich unbemerkt über die Schriften gebeugt. Meine Augen glühten wie Feuerbälle.

»Der König stand mitten im Leben. Zu jung, um zu sterben. Zu vernünftig, um sich das Leben zu nehmen. Es gab keinerlei Anzeichen.«

»Hatte er Feinde?«

»Jeder Mensch hat Feinde. Nur, wer könnte so skrupellos sein? So skrupellos sein und ihn … umbringen?«

Eine böse Ahnung überfiel mich. Ich konnte kaum atmen, als ich an unsichtbare Finger dachte, die mich würgten. Als ich an den Blick dachte. Die versteinerten Augen … Worte blieben mir in der Kehle stecken und Jon lief eilig zu mir und legte eine Hand auf meine Schulter.

»Sag es niemandem. Ich flehe dich an.«

»Wie könnt–«, brach meine Stimme ab. Jon sah mir eindringlich in die Augen. Als er sprach, hörte ich auf zu atmen.

»Gestern kam Lucius zu mir. Er fragte nach der Geschichte von Prinz Ebelon und Krestelle. Ich vermutete bereits, dass er es sich für dich ausleihen wollte. Ich freute mich. Doch dann sah ich diesen Blick. Seine Augen, als er bemerkte, was ich las. Er war verstimmt und schimpfte. Warum ich noch immer nach einem Helden in diesem Feigling suchen wollte. Ich sagte nichts. Ich tat geschäftig und log, als ich behauptete, dass ich die Geschichte seiner Vorfahren niederschreiben und verewigen wollte. Letztendlich kamen wir dazu, über den Tod seines Vaters zu sprechen. Er war rasend. Er … er hat mit der Kraft seiner Gabe die Regale umgeworfen.«

Daher das Chaos. Ich schauderte und konnte nicht verhindern, dass meine Zähne aufeinanderschlugen.

»Hast du dich verletzt?«

Er schüttelte den Kopf und nahm meine Hand in seine. Er drückte sie sanft.

»Aber du glaubst doch nicht, dass Lucius …« Ich traute mich kaum, es auszusprechen. Glücklicherweise schüttelte Jon den Kopf.

»Aber vielleicht weiß er mehr …« Ich biss mir auf die Innenseite meiner Wange.

»Pass auf dich auf, Kind. Bitte, pass auf dich auf und, bevor ich es vergesse …« Er drückte mir den Zettel in die Hand und flüsterte: »Ich warte auf meinen Tanz. Sobald die Sterne stehen, warte vor dem Spiegel auf mich, Ethan.«

Kaum hatte er geendet, flog die Tür auf und eine wütende Aidelina stürmte herein. Sie deutete auf ihr Handgelenk.

»Jon«, keuchte ich und grub meine Finger in den Stoff seines Ärmels. »Finde die Wahrheit heraus.«

»Ich werde nicht ruhen«, sagte er und legte liebevoll eine Hand an meine Wange.

»Gerade waren wir fertig«, trällerte er, während Wachen neben Aidelina stehen blieben.

Sie griff mich mit kalten Fingern und zog mich zurück in den Flur. Schnell ließ ich den Zettel verschwinden. Er brannte auf meiner Haut unterhalb des Stoffes an meiner Brust – nahe meinem Herzen.

Wir treffen den König bei den Ställen. In wenigen Minuten wird er da sein.

»Wie wütend wird er sein, wenn er herausfindet, dass ich hier war?« Aidelina zischte abfällig, aber schaffte es nicht, ihre Maske aufrechtzuerhalten.

Sehr … Sie griff in ihre Schürze und hielt mir weiße Handschuhe unter die Nase.

Zieh die an.

Ihr Blick streifte meine verbundene Hand. Da wusste ich, dass ich ihr nicht egal war.

40

Sofija

Der König saß bereits auf seinem schwarzen Ross. Stolz sah er auf mich hinab. Ein hinreißendes Lächeln schmückte sein blasses Gesicht. Die silberschwarzen Haare dabei mit einem Kammzug perfekt nach hinten gestrichen. Darüber prangte die goldene Krone, die im grellen Sonnenlicht funkelte.

Ich musste die Augen zusammenpressen, damit ich etwas sehen konnte. Heute war der Himmel herrlich klar.

»Guten Morgen, Sonnenschein!«, rief Lucius glücklich, hob seine Hand und streckte sie mir entgegen. Außer ihm befanden sich noch einige Soldaten vor den königlichen Ställen. Der Geruch von Heu und Pferdeäpfeln stieg mir in die Nase. In diesem Moment hätte ich kein Parfum der Welt gegen diesen Duft getauscht. Der Hof war mit roten Steinen gepflastert, so wie der Rest der Stadt – und doch wusste ich nicht, wo wir uns befanden. Im Muster eines Zopfes wanden sich zwei Ziegelsteinwege mehrere Hundert Meter umeinander. Sie führten zu einer grünen Fläche. Bäume wiegten sich vor der Stadtmauer hin und her. Und ich roch Blumen. Wilde Blumen, die mich zu rufen schienen.

Es war wunderschön. Unwillkürlich saugte ich die frische Luft ein.

Atmete mit den Poren. Genoss den stummen Gruß der Sonne, die ihre wärmenden Arme nach mir ausstreckte.

Die Kupferstadt war weitaus größer, als ich gedacht hatte. Dieser Hof allein musste so groß sein wie der Marktplatz selbst. Wenn auch nicht so schön und noch immer vom Ticken der großen Uhr abgeschirmt.

König Lucius hauchte mir einen Kuss auf die behandschuhte Hand und strahlte mich an. Aidelina hatte an alles gedacht. Somit war meine verbundene Hand bestens kaschiert, auch wenn ich mich zwingen musste, mein Gesicht nicht zu verziehen. Besitzergreifend drückte er meine Hand in seiner, sodass meine Knochen aneinanderknirschten. Ich spürte schon, wie heißes Blut aus meiner Wunde quoll, und hoffte, dass es den Handschuh nicht rot färben würde.

»Du siehst wieder einmal wunderschön aus. Dein Lächeln ist ansteckend«, sagte er.

Gestern noch hatte ich in seinem Blick gesehen, dass er mich zerreißen wollte. Der König wusste nicht im Geringsten, was er wollte und wie er sich präsentieren sollte.

Neben ihm bauten sich die Metallsoldaten auf ihren Schimmeln auf. Unter ihnen entdeckte ich Soldat Haymish, dessen Anblick mich unweigerlich die Zähne knirschen ließ. Doch außer ihm sah ich auch noch Tarance und … die Männer vom Tanzfest: Wachmann Luc Hill und den anderen, den Bruder der unaustehlichen Samantha, Kyron. Sie lächelten mir verlegen zu, als sie sich in ihre Formation einordneten.

Fünfzehn Männer zählte ich auf den ersten Blick. Fünfzehn Männer mit Waffen an ihren Rüstungen. Doch Prinz Eric war nicht unter ihnen.

»Haymish, hilf doch meiner Gattin auf mein Pferd.«

Als Haymis auf mich zukam, zuckte ich unweigerlich zusammen.

»Ich kann alleine reiten«, bemerkte ich, was ihn nicht zu interessieren schien. Vater hatte es mir bereits als Kind beigebracht.

Wölfisch grinsend packte er mich um die Taille und stemmte mich zu König Lucius aufs Pferd. Plötzlich spürte ich ihn. Seinen Oberkörper, an den ich mich krallen musste, damit ich nicht runterfiel. Ich hatte nie gelernt, im Damensitz zu reiten. Es fühlte sich an, als würde ich im nächsten Moment einfach vom Sattel rutschen.

»Halt dich fest«, flüsterte der König so leise, dass sich meine Nackenhaare aufstellten.

In dem Bruchteil einer Sekunde drehte er sich zu mir und verätzte meine Lippen mit einem weiteren Kuss. Ich presste die Augen fest zusammen und wartete, bis er von mir abließ. Doch seine Lippen suchten nach einem Geheimnis. Nach Worten, die ich vor ihm verborgen hielt, als seine Zunge meinen Mund erkundschaftete.

»Du siehst so aufgelöst aus, Liebste. Ist etwas geschehen?«, zischte er durch seine Schneidezähne, die sich in meine Unterlippe gruben. Eine klare, messerscharfe Warnung, keine Frage aus Interesse. Ich schluckte schwer. Er starrte mich an, als könnte er direkt in meinen Kopf sehen. Seine silbergrauen Augen waren wie ein Spiegel. Ich konnte mein versteinertes Gesicht darin erkennen. Jede einzelne Sommersprosse. Und jede Sorgenfalte, die ich nun auf meiner Stirn spürte.

»Es ist nichts geschehen.« Als Antwort bekam ich einen weiteren prüfenden Blick. Hochgezogene Augenbrauen. Bebende Lippen, die nach Worten suchten.

Wieder musste ich an Darius denken. An die abgeschlagene Hand. An Lucius' selbstgefälliges Grinsen, als er zugesehen hatte, wie ein Kind seines Reiches auf den Knien um Gnade flehte.

Ich dachte an Erics Offenbarung. An die Wahrheit, die Lucius in ein noch grauenvolleres Licht gerückt hatte, als ich bisher vermutet hatte.

Und dann dachte ich an Jon, der in einem Chaos aus Büchern versunken war.

Lucius hätte alles ändern können, doch er hatte es nicht getan. Er war ein Kulatra. Ein blutrünstiges Wesen in Gestalt eines Engels.

Wenn er Beine hätte, dachte ich, dann wäre er unaufhaltsam.

Dann würde er durch die Welt marschieren und Angst und Schrecken verbreiten.

»Nun denn«, sagte er wenig überzeugt und strich mit seinen Fingern über meine Wange, als wüsste er über das Tränenmeer Bescheid, das ich am Tag des Rechts für den Jungen vergossen hatte. Wieder drückte er meine verletzte Hand.

Ja, er weiß Bescheid.

So gezielt, wie seine Berührungen waren, konnten sie kein bloßer Zufall sein. Ich sah ihm stumm entgegen. Die Geschichten in meinem Gesicht versiegelt.

Du machst mir keine Angst, sagten ihm meine Augen.

Ich gehöre nur mir.

Und dann ging es los.

Lucius nahm die Zügel in die Hand und gab seinem Ross die Sporen. Ich klammerte mich an ihn, an sein mit Ornamenten bezogenes Wams, seine stählerne Brust, und wünschte mir, dass ich mich an etwas anderem festhalten könnte. Ich biss die Zähne zusammen, als sich ein metallischer Duft um mich legte und mich an Blut erinnerte.

Was wusste König Lucius noch?

Wir passierten den Hof. Vor einer weiteren Steinpforte standen ein Dutzend Wachen, die uns unter dem Nicken des Königs passieren ließen. Mit einem lauten Ächzen wurden Hebel in Bewegung gesetzt. Ketten rasselten aneinander und die Mauer beugte sich unter dem lauten Geräusch nach hinten.

Eine Zugbrücke!, dachte ich aufgeregt und sah den roten Steinen zu, wie sie sich langsam über den Fluss legten. Rot auf Blau. Elia!

Siedende Hitze stieg mir ins Gesicht, als ich erkannte, wo wir uns befanden. Wir würden eine Brücke passieren, die nicht in den Kern der Stadt führte – sondern nach *draußen*. Ein gut verborgener Zugang – oder Ausgang –, genau das, wonach Elia gesucht hatte. In den er mit Gewalt eindringen wollte. Ich schnappte nach Luft, als König Lucius über mein Erstaunen lachte. Sein Beben ging in meinen Körper über.

»Auf nach Kalakar!«, rief er und wir überquerten die Brücke. Ich sah zum Himmel hinauf und betete.

Betete, dass Elia nicht da draußen auf mich wartete.

Die Sonne brannte auf meinem Kopf. Der staubige Sand webte sich in mein langes Kleid. Und es war keine Farbe zu sehen – weit und breit keine Spur von meinem Volk. Weit und breit kein Anzeichen von Elia.

Wir ritten in einer Formation an den undurchdringlichen Mauern der Kupferstadt vorbei. Begleitet wurden wir vom Plätschern des Flusses. Mein ewiges Wiegenlied, nach dem ich mich in den langen Nächten innerhalb des stählernen Palastes gesehnt hatte. Hin und wieder drehte ich meinen Kopf. Suchte nach den wehenden Farben meines Volkes. Doch sie waren nirgends zu sehen. Stattdessen sah ich, wie Tarance mich genaustens im Blick behielt. Daneben ritten Luc und Kyron. Drei Menschen, denen ich gerne die Zunge rausgestreckt hätte, wenn mich die Umstände dieser Zusammenführung nicht daran gehindert hätten. Was würde wohl die eingebildete Kupferstädterin Samantha dazu sagen, wenn sie mich auf dem Ross des Königs sehen würde?

Ich ärgerte mich über die kindische Stimme in meinem Kopf, die nur zu gerne eine lange Nase zog. Vielleicht hatte Elia recht gehabt, als er mir gesagt hatte, dass ich erwachsen werden sollte. Vielleicht war der Zeitpunkt nun gekommen.

Wir mussten weit von den Eingangspforten der Kupferstadt entfernt sein, sonst hätte ich diesen Platz längst schon erkannt. Der König summte während unseres gemächlichen Ritts. Es dauerte Ewigkeiten, zumindest kam es mir so vor, bis sich neben den Mauern der Kupferstadt ein Vorort erhob.

Schiefe Lehmhütten hingen an den Steinmauern wie die bunten Tücher meines Volkes. Ich hörte den geschäftigen Klang der Arbeit. Entdeckte Tiere, die aus einem Wassertrog tranken. Esel und streunende Hunde, die zu bellen begannen, sobald wir uns dem trostlosen Ort näherten.

»Das ist eines der kleineren Dörfer unseres Reiches«, sagte der König mit gerümpfter Nase. »Trostlos, das Leben dieser Bauern. Aber sie sind gut fürs Geschäft. Die Menschen in Kambru leisten gute Arbeit. Sie arbeiten viel.«

»Kambru?«, fragte ich, in meinem Gedächtnis suchend. Ich wusste, dass ich diesen Namen schon einmal gehört hatte.

»Ja«, lachte König Lucius in ungewohnten Höhen. »Kambru. Da, wo der kleine Bengel herkam. Wie hieß er noch gleich? Damian? Dorian? Ach, ich bin so vergesslich.«

»Darius«, presste ich hinter dünnen Lippen hervor und verkrampfte noch mehr an der stählernen Brust des Königs. Wie konnte man nur so ignorant sein?

Ich würde seinen Namen nie wieder vergessen. Nie wieder.

»Ach, genau.« Er wirkte teilnahmslos. »Aber keine Sorge, Liebste! Wir passieren ihre Straßen nur, um schneller nach Kalakar zu gelangen. Dort wartet eine kleine Überraschung auf dich.«

Ich hasste Überraschungen. Ich hatte sie schon immer gehasst. Das Erscheinen des Königs lockte die Menschen nach draußen.

Sobald einer ihn gesichtet hatte, traten fünf weitere aus den Schatten der Lehmhütten. Die Gesichter von Schmutz bedeckt. Ausgemergelt und eingefallen.

Geschichten, die kein Gesicht tragen sollte.

Geschichten, die ich nur von den hungergeplagten Tagen unseres Volkes kannte, an denen wir Schnee trinken und Eisklötze hatten essen müssen, um uns am Leben zu halten.

Doch Vater hatte immer gesagt, dass Kupfoa ein reiches Land war. Reicher als die anderen Königreiche, die wir bereist hatten.

Er musste nur von einer Stadt gesprochen haben, dachte ich nun bitter. Eine einzige Stadt, die mit ihrem Schein alles überstrahlte.

Das hier war alles andere als reich. Die Menschen hier schienen schon lange unter Hunger zu leiden. Ich erkannte es an der dünnen Haut. Den Sehnen, die darunter arbeiteten, als sie zu ihrem König aufsahen.

Als sie mich erblickten, schienen ihre Augen ein wenig zu funkeln.

Ein hoffnungsvolles Funkeln, das sie die Hände nach mir ausstrecken ließ.

»Hinreißend, diese Gastfreundschaft, habe ich recht?«, trällerte der König zu Haymish, der seine rechte Seite flankierte. Er nickte seinem König zu, auch wenn ich meinte, für den Bruchteil einer Sekunde so etwas wie Bestürzung in seinen Geschichten aufblitzen zu sehen.

»Ich könnte meinen, dass sie bei meinem Vater nie auf den Straßen gestanden haben«, zwitscherte Lucius weiter und winkte den Menschen zu, die ihm stumm hinterhersahen. Ich wich ihren fordernden Blicken aus. Krallte mich schwach an den Körper des Königs, der weiterhin mit seiner Macht und Popularität prahlte.

Mach doch was!, sagten sie mir.

Jeder einzelne Blick, der sich in meine Haut hineinbrannte.

»Du musst wissen, dass heute ein besonderer Tag für diese Bauernleute ist, Liebste«, wandte Lucius das Wort an mich. »Sie bekommen nicht nur zum ersten Mal ihren neuen König zu sehen, sondern auch gleich ihre zukünftige Königin. Das ist so aufregend! Der Herr Minister hatte recht, als er sagte, dass es nur von Vorteil sei, mal einen kleinen Ausflug zu machen. Morgen schon reisen wir nach Laray … und dann …«

Ich hörte ihm nicht weiter zu.

Ich biss mir auf die Zunge, bis ich Blut schmeckte, das sich sauer in meinem Mundinnenraum verteilte.

Die lange Reihe aus Männern, Frauen und Kindern zog sich den ganzen Weg entlang. Stumm sahen sie unseren Pferden hinterher. Den Blick dabei auf mich gerichtet. Ganz so, als warteten sie darauf, dass ich etwas sagte. Aber das tat ich nicht. Ich sah weg.

Mach doch was! Bitte.

Zu feige und zu schwach, mich zu erheben, ignorierte ich ihre Gesichter.

Was hätte Vater nur gesagt? Er wäre enttäuscht von mir, wenn er wüsste, dass ich, die Tochter von Ooley, ihre Zunge verschluckt hatte.

Der Ritt nach Kalakar war nach dem Vorort Kambru nicht mehr weit. Je näher wir der Stadt kamen, desto prachtvoller erhob sie sich aus Staub und Sand.

Architektonische Elemente der Kupferstadt spiegelten sich in den steingepflasterten Straßen von Kalakar, sobald wir eine weitere Pforte passierten, an der Soldaten standen und ihren König mit einem ergebenen Nicken grüßten.

»Wie aufregend!«, trällerte Lucius schon wieder. Er wirkte wieder mehr wie ein kleiner Junge als ein König aus Silber und Gold.

Mein Rücken schmerzte, da ich noch immer verdreht im Damensitz auf dem unbequemen Sattel hing. Umso erleichterter war ich, als wir endlich vor einem hübschen Häuschen mit rundem Glasdach stehen blieben. Draußen empfing uns ein rundlicher Mann mit Halbglatze. Auf seiner weißen Robe prangte das Zeichen des Königs. Die Krone mit den zwei gekreuzten Schwertern. Ein weiterer Gefolgsmann, der mir seine Hand hinhielt, damit ich absteigen konnte. Meine Beine prickelten, sobald ich auf dem Steinboden aufkam.

»Das ist sie also«, sagte der Mann und inspizierte mich ganz genau.

»Richtig«, sagte Lucius stolz und sonnte sich in den Blicken der Schaulustigen, die sich nach und nach durch leise Schritte ankündigten.

Er hatte nicht gelogen, als er gesagt hatte, dass der Palast sein persönliches Gefängnis gewesen war.

Er genoss die Aufmerksamkeit.

Er konnte sich an dem Interesse um seine Person gar nicht sattsehen.

»Ich hätte aber auch in den Palast kommen können, Majestät«, meinte der rundliche Mann zwischen Lucius' freudestrahlendem Winken.

»Und ich wollte dich lieber besuchen, Davide. Nun leg schon los. Wir haben nicht den ganzen Tag Zeit.«

Davide nickte und nahm zögerlich meine Hand.

Ich wusste nicht, was nun auf mich wartete. Doch ich ahnte nichts Gutes, als ich in einen abgedunkelten Raum geführt wurde. Ein goldener Rahmen, bespannt mit weißen Leinen, empfing mich.

Und da wusste ich, was meine Überraschung war.

»Ein Verlobungsgeschenk, Liebste!«

Ein Bildnis, das im *Gang der Verbliebenen* hängen würde. Mich anstarren würde wie alle anderen, die mich bereits mit ihren Blicken verurteilten.

Die Schlinge um meinen Hals zog sich immer enger zusammen, als mir bewusst wurde, dass Lucius das alles ernst meinte.

41

Sofija

Mein Körper schmerzte stärker als nach der langen Reise zwischen den einzelnen Königreichen.

Smarakta, Friole, Lealo und Kupfoa. Vier Himmelsrichtungen.

Vier Welten.

Davide war ein Künstler, der nörgelte, sobald man nur einatmete. Und spätestens nach seinem fünften Wutausbruch wusste ich, dass man eine Steandlerin niemals auf einem Bild einfangen konnte. Ich fühlte mich wie ein Schatten, der sich vor seinen Augen auflöste, ehe er mich einfangen konnte. Ein Geist, gefangen in einer ewig währenden Bewegung.

»Das passt nicht zu ihr!«, rief Davide wieder und wieder. »Nehmt ihr das lächerliche Ding vom Kopf! Löst die Knoten im Nacken! Ich will ihr Haar offen sehen.«

Es dauerte, bis er zufrieden war. Und als König Lucius von vier Soldaten auf einem tragbaren Sitz in den Raum gebracht wurde, war Davide noch immer nicht glücklich.

»Hüllt sie in Rot!«, forderte Lucius schließlich, die Augen dabei immer im stetigen Wechsel zwischen mir und dem Bildnis.

Die stummen Assistentinnen des Künstlers kamen der Aufforderung des Königs nach.

Sie wickelten mich in rote Tücher, die sich über mein Unterkleid schmiegten. Goldene Ornamente bedeckten meine Brust.

Ein enges Korsett, das mir die Luft zum Atmen nahm, als mich die Augen des Kulatras musterten.

Die Luft schien zu knistern. Zu bersten. Mir wurde unerträglich heiß unter seinen eindringlichen Augen, die mich bis auf die Knochen auszuziehen schienen.

»Zeig deine Schulter«, befahl der König gebieterisch. Sofort erinnerte ich mich an seine Drohungen. An alles, was in seinen Augen nicht richtig war. Ich und meine Familie.

Sobald er einen Befehl erteilt hatte, wurde dieser ausgeführt. Die Assistentinnen zogen an dem Stoff an meiner Schulter, der wiederum den Stoff vor meiner Brust weiter nach unten zog. Scham breitete sich in jeder Zelle meines Körpers aus. Genau wie gestern wollte ich mein Haar darüberfallen lassen, doch Davide fuhr mich an, als ich mich abermals bewegte.

»Bleib so!«, rief er. Und so blieb ich.

Mit hochgezogenen Schultern und vor der Brust verschränkten Armen, die die losen Stoffe zusammenhielten. Lucius schien dieses Schauspiel zu genießen. Ein zufriedenes Summen entglitt seiner Kehle. Die langen Finger tippten auf dem weichen Polster des Stuhls. Es dauerte Stunden, bis Davide den Kopf hob und seinen Assistentinnen mit einem energischen Nicken signalisierte, dass sie mich wieder umziehen konnten.

»Es sieht hinreißend aus«, sagte der König lobend und zerschnitt mit kreisenden Handbewegungen die Luft. »Wild und unberechenbar, wie ich sie kennengelernt habe. Doch nun ist Schluss damit.«

Er starrte mich an und ich begann zu frösteln.

»Sofija wird bald eine Königin. *Meine* Königin.«

Erst als er seinen Blick von mir abwandte, konnte ich wieder atmen. Es war, als wäre mein Körper über Jahre hinweg erstarrt gewesen.

Auch bei unserer Rückreise standen die Menschen Kambrus vor ihren Lehmhütten und sahen unserer Kolonne zu, wie sie sich ihren Weg durch die trockenen Gassen bahnte. König Lucius winkte, obwohl niemand auch nur ein Anzeichen der Freude von sich gab. Stattdessen sahen sie mich wieder an. Die Lippen fest verschlossen. Die Augen dabei eindringlich tief, die wie Messer in mein Fleisch stachen.

Mach doch was! Sagten sie mir. Jeder Einzelne auf seine eigene Weise.

Plötzlich hörte ich eine Stimme. Ein heiseres Stimmchen eines Jungen, den ich auf einem Dach sitzen sehen konnte. Seine Umrisse waren vage. Sie hoben sich als Schatten von der langsam untergehenden Sonne ab, die ihn von hinten bestrahlte.

»Lang lebe die Königin!«, rief er aus voller Kehle. Erschrocken sah ich erst ihn und dann Lucius an, der mit einer Handbewegung die ganze Kolonne zum Stehen brachte. Belustigt schob er das Kinn nach vorne, während der Rest der Welt stillzustehen schien.

»Hört, hört!«, rief er amüsiert und winkte dem Jungen zu.

»Ein weiterer Jüngling, der sich über meine Anwesenheit freut.«

Doch der Junge schüttelte den Kopf. Wild entschlossen sprang er vom Dach, sodass Staub aufwirbelte. Die Menschen Kambrus machten ihm stumm den Weg frei, als er sich vor den Soldaten aufbaute, die uns noch immer flankierten.

Es war ein Junge, der Darius ähnlich sah. Sein hellbraunes, wirres Haar hing ihm in fettigen Strähnen in den messerscharfen Augen. Die Hände dabei fest in die Hüften gestemmt, als wäre auch er eine Statue, die man nicht passieren konnte.

»Lang lebe *die Königin*!«

»Der Junge beliebt zu scherzen«, sagte Lucius noch immer angeheitert und gab seinen Soldaten zu verstehen, Platz für den Jungen zu machen. Er musste so alt wie Kilian sein. Zu jung, um die Welt zu kennen. Zu jung, um sich mit einem Selterkönig anzulegen, wie Lucius es war. Gebannt presste ich die Lippen aufeinander.

Bitte, Junge, sag nichts Falsches.

»Nein!«, rief der Junge nun so laut, dass ein Raunen durch die Reihen ging. Frauen zogen ihn an den dünnen Ärmchen zurück, doch er schaffte es, sich zu befreien.

»Bleib hier«, hörte ich ein Mädchen zischen. »Bitte bleib hier.« Er entglitt auch ihr.

»Du hast meinem Bruder die Hand genommen. Jetzt ist er nicht mehr mein Bruder. Jetzt liegt er in der Gosse. Verbannt! Der König ist ein Monster! Lang lebe die Königin!«

Plötzlich verstummte Lucius' angeheitertes Lachen. Entsetzt sah er sich um. Begegnete den ernsten Mienen der Bewohner Kambrus. Eingefallene Gesichter. Knochige Haut.

Wütend schnaufend rief er:

»Haymish! Bring den Bengel her! Ich glaube, wir sollten ihm die lose Zunge abschneiden. Was meinst du? Wer Lügen spricht, muss bestraft werden!«

Nein! Ich hatte Darius nicht retten können. Aber diesen Jungen musste ich einfach beschützen. Ich handelte, ehe ich nachdachte. Ich sprang vom Pferd, zwischen die Soldaten und den kleinen Jungen, der noch immer trotzig das Köpfchen erhob, auch wenn ich die Angst in seinen Augen funkeln sehen konnte. Staub wirbelte auf, als mein langer Rock den unebenen Boden berührte. Ich sah das Mädchen, das sich ebenfalls vor den Jungen gestellt hatte. Entsetzt sah sie mich an. Für den Bruchteil einer Sekunde konnte ich die Ähnlichkeit erkennen, die sie mit dem Jungen teilte. Sie musste seine Schwester sein.

»Geh zur Seite, Liebste. Dieses Kind muss bestraft werden!«

»Nein, Lucius.« Ich wandte den Blick ab. »Er ist nur ein Kind. Ein Kind, das nicht weiß, was es sagt.«

Haymish sprang in diesem Moment ebenfalls vom Pferd.

Daneben konnte ich die unruhigen Gesichter von Tarance, Luc und Kyron sehen, deren Pferde zu schnaufen begannen.

»Zur Seite, hat der König gesagt«, blaffte Haymish und packte mich an den Schultern. Doch ich wehrte mich. Sammelte Speichel und spuckte ihm direkt ins Gesicht, sodass er angewidert von mir abließ.

»Nein! Er ist nur ein Kind, Lucius. Nur ein kleiner Junge.«

Lucius brodelte. »Ich sagte, geh zur Seite, Liebste!«

Das Mädchen packte meine Hand und stellte sich neben mich.

»Ich lasse dich nicht los«, sagte sie fest entschlossen mit Feuer in den dunklen Augen.

Doch ich flehte sie an zu gehen. Lucius würde ihr wehtun. Ich sah es in seinen Augen.

Sie ließ mich erst los, als der Selter sie mit seiner Kraft zur Seite schleuderte. Ihre Wange flackerte in höllischem Rot. Blut sickerte aus ihrer Lippe.

Dann hob der König seine Selterhände und umgriff mit unsichtbaren Fäden die Schmuckelemente an meinem Hals, die sich immer enger zusammenzogen. Immer enger, bis ich zu röcheln begann, sich schwarze Punkte vor meinen Augen bildeten und ich erschöpft auf die Knie fiel.

Nein! Er ist noch ein Junge. Ein kleiner Junge! Lucius musste ihn verschonen. Ich glaubte noch immer an den guten Kern in ihm. An den Lucius, der sich mir in unserer Zweisamkeit offenbart hatte.

Tarance landete neben mir und hob mich auf die Beine.

»Majestät!«, schrie er. »Ihr bringt sie um!« Ein lang gezogenes Echo, das zusammen mit meinem immer schneller schlagenden Herzen gegen meinen Schädel hämmerte.

Es war nahezu der gleiche Schmerz, den ich gespürt hatte, als wir uns in der Sternwarte geküsst hatten. Nur dass dieser Schmerz *real* war. Er war so grauenvoll wie ein Strick. So scharf wie ein Schwert.

»Majestät!«, drang es in einem langen Echo an mein Ohr. Das Blut war schneller. Es würde meinen Kopf zum Platzen bringen.

»König Lucius!«

Plötzlich ließen die unsichtbaren Klauen von mir ab. Schwer atmend lag ich in Tarance' Armen, die er schützend um mich legte. So fest, dass ich nicht noch mal zusammensacken konnte.

Doch die Justiz des Königs aus Silber und Gold ließ keine Gnade walten.

Nicht, flehte ich, sobald sich die schwarzen Punkte vor meinen offenen Augen verflüchtigten. *Nicht!* Doch dann war es schon zu spät. Die Klinge eines schwebenden Schwertes blitzte schneller auf, als ich sie sehen konnte. Mit einem Schnitt und spritzendem Blut klappte der kleine Körper zusammen. Fäden, die einfach durchgeschnitten wurden. Blut, das unaufhaltsam aus einer tiefen, klaffenden Wunde quoll.

Ein Heulen ging durch die Gasse. Ein harter Schrei des Mädchens, das sich erschrocken aufrappelte und auf den Jungen zustolperte.

»Dillan! Dillan!«, rief sie. Der kleine Körper dabei vom Rumpf an mit dunkelroter, dickflüssiger Farbe bemalt.

Er war bereits tot, noch ehe ihre Finger die Blutung stoppen konnte.

»Sieh mich an. Ich bin's, Dana. Dana. Dillan! Bleib hier! Du bist ein starker Junge. Lass mich nicht allein!«

Lucius ließ erschrocken die Hand fallen, sodass auch die schwebende Klinge auf den Boden fiel. Ganz so, als sei nie etwas geschehen. Ich schrie und fand mich neben ihnen. Blut besudelte mein Kleid. Weiße Handschuhe färbten sich rot. »Nein!«

Hände packten mich an den Schultern und hievten mich auf

den Schoß des Königs. Mit einem heftigen Schlag gab er seinem Gaul zu verstehen, dass er rennen sollte. So schnell es ging, bis die Farben der Welt um mich herum miteinander zu verschmelzen schienen.

Überall war Gold, Braun und Rot. So rot wie das Erbe der Familie Rea.

Das Heulen blieb. Ich riss die Augen auf, als das Mädchen um ihren toten Bruder weinte. Tränen flossen meine Wangen hinab, als ich die Selterhand des Königs auf meinem Kopf spürte.

»Es wird alles gut, Liebste. Es wird alles gut«, raunte seine Stimme samtweich an meinem Ohr.

Doch es würde nichts wieder gut werden. *Ich werde ein Monster heiraten,* dachte ich wimmernd. Der Schrei in meiner Kehle dabei so schmerzhaft hart, dass ich kaum atmen konnte.

»Es wird alles gut, ich verspreche es dir.«

Hufe trabten auf dem sandigen Untergrund. Staub wirbelte auf, bis die kleine Vorstadt Kambru im Staub erstickte. Was blieb, waren ihre Augen. Und die Hände, die sie nach mir streckten. Ein stummer Gruß, den sie mir auf den Weg mitgaben.

Nie würde ich diese Bilder vergessen. Nie wieder.

»Lang lebe die Königin!«

Ihre Stimmen, die uns bis in die Kupferstadt verfolgten. Lang lebe die Königin …

42

Eric

Ich hatte meine Gründe, Elia Lean nicht zu vertrauen. Letztendlich sollte ich recht behalten, dass ich ihn im Auge behielt. Noch immer standen die Zelte und Wagen vor der Kupferstadt – ohne Anstalten zu machen, demnächst weiterzuziehen.

Schon den ganzen Tag saß er vor der Brücke, ohne auch nur etwas zu tun. Er starrte nur die Pforten, Zelte und Planen an, die meine Soldaten abgebaut und vor die Türen der Kupferstadt gestellt hatten.

Was hast du nur vor, du Mistkerl, fragte ich mich, nachdem ich mein Fernglas vom Auge nahm. Ich hatte den ganzen Tag in meinem Zimmer verbracht und aus dem Fenster gestarrt, nur um ihn im Auge zu behalten. *Warum?* Ich bildete mir ein, dass ich es nicht wusste. Doch eigentlich wusste ich genau, warum ich es tat. Und das ließ mich unweigerlich mit den Zähnen knirschen. Die Drohung meines Bruders saß mir noch immer im Nacken. Sie hatte sich in meinem Fleisch festgebissen, bis sie mich leer gesaugt hatte und mich die ganze Nacht über nicht schlafen ließ.

Wir können sie enthaupten.

Ich hoffte, dass Elia Lean diesem Plan zuvorkam, noch ehe ich meinen Arsch hinhalten musste.

Wenn mein Bruder davon erfuhr, würde er mich einen Kopf kürzer machen, und ich ärgerte mich, dass ich Aidelina um einen

Gefallen gebeten hatte, Sofija meine kleine Nachricht zu überbringen. Es war dumm … so unheimlich dumm.

Noch jetzt kribbelten meine Finger. Vor allem, da ich nicht wusste, wie ich formulieren sollte, was genau ich von ihr wollte. Im Grunde war ich ein Riesenarsch. Ich war egoistisch und außerdem noch unheimlich dumm.

Ich setzte das Fernglas wieder an, um mich nochmals zu versichern, dass die Steandler noch immer vor unseren Mauern campierten.

Elia Lean, dachte ich schwer schluckend. Noch immer saß er einfach da. Ein Schatten seiner selbst.

Was geht wohl in dem Kopf eines Terroristen vor?

Nichts, sagte mir sein leerer Blick. Er hatte nichts vor. Er saß nur da und sah zur Kupferstadt hinauf. Ein Monstrum aus metallischen Bauten. Zu groß für einen Steandler wie ihn.

Irgendwann gab ich es schließlich auf und wartete stattdessen auf die Rückkehr meines Bruders, seinen Truppen und … *Sofija*. Ich strich meine Schärpe glatt und fuhr mir durchs Haar.

Außer den Gründen, Elia Lean weiterhin im Auge zu behalten, hatte ich auch Tarance und seine Kammeraden Luc und Kyron mit meinem Bruder nicht für umsonst ausreiten lassen.

Auch sie mussten jemanden für mich im Auge behalten, solange ich mit den Steandlern zu tun hatte. Ich konnte es nicht riskieren, dass diese Mission in die falschen Hände geriet.

Womöglich noch in die windigen Klauen des Herrn Ministers, dieser miesen Schlange.

»Hauptmann!«, stolperte Tarance plötzlich durch meine Tür.

»Anklopfen wäre eine Maßnahme, Kamerad«, sagte ich lachend, doch erstarrte augenblicklich, als ich seinen panischen Gesichtsausdruck sah.

»Was ist passiert?«

Als Tarance sprach, schnürte sich meine Kehle zu. Ich verschluckte mich an meinem trockenen Hals, doch verbat mir zu husten, um den Schmerz zu vertreiben. Er wütete in meiner Kehle. Schnürte diese zu, bis ich um Luft rang. Stumm hörte ich seinem Bericht zu. Nickte hin und wieder. Und dann ballte ich meine Hände zu Fäusten.

»Wo ist er?«, fragte ich mit zusammengebissenen Zähnen.

»Im Saal der Ahnen.«

Wo auch sonst. Wenn er sich nicht in der Sternwarte befand, stand er vor den Statuen vergangener Könige und spielte mit den leblosen Körpern Schach auf dem gekachelten Steinboden.

»Halt die Stellung!«, befahl ich meinem Kameraden und gab ihm mein Fernglas, ehe ich wutentbrannt an ihm vorbeistürmte, die Treppe hinunterflog und durch den Flur stampfte.

Der *Saal der Ahnen* befand sich im Keller des riesigen Palastes – tief unter der Erde. Ein interner Geheimgang, der nahezu jedes Zimmer miteinander vernetzte, führte auf direktem Wege in die Katakomben.

Ich begegnete wieder der üppigen Figur meiner Tante Glindelle und drückte einen bestimmten Punkt am Türrahmen. Sobald sich die Tür hinter mir schloss, war meine Wut kaum noch zu zügeln. Sie trieb mich an. Immer weiter und tiefer in die Dunkelheit hinein, bis ich an der leeren Ritterrüstung stehen blieb und in einem Spalt in der Wand verschwand. Im Kellersaal zogen sich große Bögen von einer Wand zur nächsten. Sie sahen aus wie stählerne Pforten.

Der Boden war, wie im Ballsaal auch, schwarz-weiß gekachelt. Die einzige Besonderheit, der Grund, warum dieser Saal *Saal der Ahnen* hieß, war, dass hier die Geschichte Kupfoas schlummerte.

Seelen, die diese Stadt regiert oder befleckt hatten. Mit ihrem eigenen Glanz überstrahlt oder besiegt hatten. Alle Statuen standen einst zu jeder Herrscherzeit auf dem höchsten Punkt dieser Stadt.

Überragten ihre Türme mit stählernen Muskeln und Rüstungen. Bewachten ihre Untertanen und beschützten sie gegen Feinde. Zuletzt hatte Vater dort oben gethront. Jetzt stand er hier unten. Eingestaubt zwischen Helden und Kriegern. Königen und Kaisern.

Ich entdeckte Lucius auf seinem Thron, vor der Statue unseres Vaters. Die Arme vor der Brust verschränkt wie ein trotziger, kleiner Junge. Die Krone meines Vaters in die Stirn gezogen, als könnte sie ihm somit die Macht verleihen, die Vater einst gehabt hatte. Doch das würde er nie schaffen. Er war nicht Vater. Und er würde niemals ein großherziger König wie Platos werden. Ihm nie ebenbürtig sein.

»Bist du jetzt zufrieden?«, schrie er. Doch er hatte mich noch nicht entdeckt. Ich schlüpfte in den Schatten einer weiteren Statue. Ein einsamer Reiter auf einem Pferd bedeckte meine Schulter mit seiner stumpfen Klinge, Lucius schnaubte.

»Bist du jetzt glücklich?« Nebel zog auf. Er legte sich zwischen die Figuren aus poliertem Stein und um den verstümmelten Körper meines Bruders. Von Geburt an hatte er keine Beine. Ein hartes Los, das Mutter Natur ihm vermacht hatte. Doch dafür hatte er die seltene Gabe, die als ausgestorben galt. Wozu hätte er dann noch Beine gebraucht, wenn er mit bloßer Hand zerstören konnte?

Du widerlicher …, dachte ich, als mir Tarance' Worte zurück in den Sinn kamen.

Dillan. Fünf Jahre alt. Durch die Hand eines Selterkönigs gestorben.

»Ich bin kein Monster, Vater. Du hättest es besser wissen sollen. Ich war und bin dein Sohn. Nun sieh mich nicht so an!« Er hob die Selterhände und drehte mit einer stummen Aufforderung den König aus Stein und Stahl so, dass der König wegsah. In unbestimmte Richtung.

Den Blick stur gen Himmel gerichtet.

»Ich bin, wie ich bin, Vater. Ich bin dein Sohn. Mit oder ohne Beine. Ich bin dein Sohn. Mit oder ohne Gabe … Oder Fluch.« Lucius verzog seine Lippen und stieß einen harten Schrei aus, der mit dem aufkommenden Nebel für den Bruchteil einer Sekunde einfror. Kälte umschlang mich wie ein Mantel aus Angst und Sorgen. Augenblicklich erinnerte ich mich an einen weit verstrichenen Tag aus meiner Kindheit. Dort standen Lucius und ich vor unserem Vater, nachdem unsere liebe Mutter gestorben war. Ebenfalls zu jung.

Ebenfalls zu früh, noch ehe ich richtig mitbekommen hatte, was für eine Frau sie gewesen war. Ich kannte sie nur von Geschichten. Von Mythen, die um sie schwebten wie der Nebel, der diese Stadt beherrschte.

Vater war schon immer härter zu Lucius gewesen als zu mir. Nicht selten, weil er die Gabe als Fluch bezeichnete. Genau wie seine nicht vorhandenen Beine. Ein schreckliches Schicksal, das ihn in den Augen meines Vaters schwächer werden ließ. Eine Schwäche meiner Mutter, die vor seiner Geburt noch getanzt hatte. Seitdem hatte sie nie wieder getanzt. Nicht ein einziges Mal.

»Sie ist durch deinen Fluch gestorben, Lucius!«, hatte Vater geschrien. »Durch deinen abscheulichen Fluch!«

Nicht zuletzt wurde Mutter im Innenhof bei den Ställen aufgefunden. Den Kopf zertrümmert, das wirre, vom Blut verklebte Haar in ihrer Stirn.

»Sie wollte fliegen, Vater«, hörte ich die Stimme meines sechsjährigen Bruders sagen. Ich war damals drei. Viel zu klein, um zu verstehen, was geschehen war, wer an dem Tod unserer Mutter Schuld gehabt und was Vater mit Lucius' Fluch gemeint hatte. Lucius war mein Bruder. Und ich hatte ihn geliebt.

»Dein Fluch hat sie umgebracht, Lucius. Dein Fluch hat ihre Seele zerstört!«

Lucius schnaufte und hob abermals die mächtigen Selterhände.

»Ich bin kein Monster, Vater! Ich bin dein Sohn!« Mit einem harten Knall ließ er die Steinarme des Königs bersten. Sie zersprangen zu Pulver und rieselten hinab wie Staub, der sich auf seinem dunklen Haar festsetzte wie das weiße Puder, das er auf seine makellose Haut auftrug.

»Ich bin kein Monster! Ich bin kein Monster!«

Ein weiterer Schlag. Eine Erschütterung, die der Statue letztendlich die Beine nahm. Bröckelnd brach König Platos zusammen und landete mit einem ohrenbetäubenden Echo auf dem gekachelten Boden. Das Steingesicht sah nun zu Lucius hinauf.

Ebenmäßig und gleichgültig, wie Lucius mir immer begegnet war. Doch jetzt bebte er. Er fletschte die Zähne, als er zum nächsten Schlag ausholte.

»Ich bin ein so viel besserer König, als du es jemals warst. Deinen Söhnen hast du nie Liebe geschenkt. Deinem Königreich umso mehr. Wo warst du, als ich dich gebraucht habe, als Mutter gestorben ist? Nicht da. Du hast dich lieber um dich und dieses verfluchte Reich gekümmert. Um den Frieden. Nur ein Narr will Frieden, Vater. Krieg ist ein so viel besseres Geschäft. So viel lukrativer. Angst und Schrecken schweißt zusammen, Vater. Angst und Schrecken macht die Untertanen zu loyalen Spielfiguren auf diesem Schachbrett. Du warst nur zu dumm, das zu erkennen, dass ich immer besser sein werde als du … immer besser als …«

Er hielt inne und drehte sich um, bis mich seine silbergrauen Augen erfassten.

»Eric.« Er ließ die Hand sinken, sodass die Statue auf dem Boden aufprallte und der Hinterkopf meines Vaters zersplitterte.

»Du kommst bestimmt, um mir zu sagen, wie schlecht ich bin. Doch ich habe kein Interesse, mich mit dir zu streiten. Ich hatte einen langen Tag.«

»Ich bin nicht hier, um mich zu streiten«, sagte ich und kam mit zitternden Fäusten auf ihn zu. »Doch wenn ich mir das Chaos ansehe, das du veranstaltet hast, gelüstet es mir, dir eine reinzuhauen.«

»Dann tu es«, sagte Lucius schulterzuckend. »Wenn du es wagst, dann schneide ich dir deine Hände ab.«

»Du bluffst doch nur«, knurrte ich und blieb vor ihm stehen. Der Steinstaub knirschte unter den Sohlen meiner Stiefel.

»Blut ist dicker als Wasser.«

»Und mit Blut bezahlt man so viel mehr als mit Gold, Eric. Nun denn, was willst du? Ich habe hier ein wichtiges Treffen, das sich nicht verschieben lässt.« Dabei sah er in das weiße Steingesicht unseres Vaters.

»Ich bin hier, um dich zu fragen, ob du den Verstand verloren hast?! Wie kannst du nur …«

»Ein Kind töten? Bruder, ich bitte dich. Der Junge hat sich selbst getötet. Du kennst doch das Gesetz.«

Schnaufend ging ich einen weiteren Schritt auf ihn zu, doch er wandte sich ab. Zeigte mir die kalte Schulter. Ein Schwachpunkt, den ich gerne ausgenutzt hätte, um ihm einen Dolch zwischen die Schulterblätter zu rammen. Eine weitere Maßnahme, die ich in meiner Ausbildung zum Soldaten gelernt hatte. *Drehe deinem Feind niemals den Rücken zu.* Lucius schien sich seiner Sache sicher zu sein.

»Und was ist mit Sofija?« Er hatte sie gewürgt, bis sie blass und kalt im Gesicht wurde. Tarance meinte, dass er den schmuckbesetzten Kragen um ihren Hals zusammengezogen hatte. Ein weitaus gefährlicheres Unterfangen, das ich nicht von ihm erwartet hätte.

Allein dafür hätte er eine Ohrfeige kassieren müssen.

»Was geht es dich an, was zwischen mir und meiner zukünftigen Gattin passiert? Man könnte meinen, dass ein liebeskranker Narr aus dir spricht.«

»Rühr sie noch einmal an …«

»Und dann was?«, unterbrach er mich lachend und ließ den Staub der Steinstaue durch seine Selterfinger rennen. »Drohst du mir, Bruder?«

»Nein«, knurrte ich und atmete durch den Mund aus, um mich zu beruhigen.

»Dann verärgere mich lieber nicht. Ich bin jetzt müde. Lass mich allein. Und wage es nicht noch einmal, mich zu belauschen. Es gibt Dinge, die gehen dich nichts an.«

»Ich erkenne dich nicht wieder, Lucius«, sagte ich mit zusammengebissenen Zähnen.

»Zeiten ändern dich, Bruder. Zeiten und Gegebenheiten.«

Mit diesen Worten hob er seine Hände und packte mich mit unsichtbaren Klauen.

Damals konnte er seine Fähigkeiten noch nicht ausreichend kontrollieren, um Menschen mit bloßer Gedankenkraft zu bewegen. Jetzt hob er mich in die Lüfte, bis ich mit den Beinen strampelte und angsterfüllt nach einer Steinstatue griff, die die Arme in den Himmel streckte. Ebelon, der Prinz der Sterne.

»Lass mich runter!«, rief ich aufgebracht über sein abscheuliches Lachen hinweg.

»Ich sage es noch einmal, Bruder. Lass mich allein! Sonst zeige ich dir, was meine Macht bedeutet!«

Woher er diese neuen Fähigkeiten hatte, wusste ich nicht. Ich musste Sofija warnen. Sie beschützen.

Das war jetzt alles, was wirklich zählte.

43

Jana

Elia saß den ganzen Tag vor der Brücke, ohne sich auch nur einen Millimeter zu bewegen. Ich konnte es kaum ertragen, ihn so zu sehen.

Gebrochen und klein.

Der Erbe der Familie Lean war für mich immer eine scharfe Klinge gewesen.

Ein zielgenauer Dolch, an dem man sich verletzen konnte. Jetzt war er abgestumpft.

Gebrochen, ehe er durch die Luft flitzen und eine Kehle aufschlitzen konnte.

Ich traute mich nicht, noch einmal nach ihm zu sehen. Besonders nicht, da Zan Zahray mich seit gestern mit mitleidigen Blicken versah. Stattdessen kauerte ich lieber bei meinem Zelt. Die Finger dabei immer in Bewegung, um wieder und wieder über eine Naht an einem blauen Tuch zu sticken. Nähte hielten zusammen. Sie waren beständig, wenn man sie festigte. Unzerstörbar, wenn man nicht fest daran zog oder sie mit einem Dolch öffnete.

Mit dem Nähen stillte ich das Kribbeln in meinen Fingern. Ein Gefühl, das mich schon seit Kindheitstagen immer mal wieder heimgesucht hatte. Heute war es noch schlimmer. Heute konnte ich mich kaum beruhigen. Besonders, weil ich wütend war. Wütend auf alles, was das Schicksal für unser Volk vorgesehen hatte.

Wieder sah ich zu Elia. Die Sonne war bereits untergegangen und er sah noch immer zu den Türmen hinauf, als könnte er in ihnen eine Antwort entdecken.

Eine Antwort, die er eigentlich schon kannte. Der Prinz persönlich hatte mit ihm gesprochen. Ein direktes Sprachrohr seiner gefangenen Sofija.

»Was meinst du? Wird er die Zelte abbauen?«, fragte Ivan, der sich neben mir niederließ.

Ich unterdrückte ein leises Knurren, als mir der Rauch seines Glimmstängels in die Nase zog. Ich wollte nicht mit ihm reden, aber bemühte mich, meine Abneigung zu kontrollieren. Ich wollte nicht noch einmal mit der Erbin Zahray aneinandergeraten.

»Er wird tun, was auch immer er für richtig hält«, sagte ich schließlich und hoffte, dass das Thema somit beendet war. Doch Ivan schnappte bereits röchelnd nach Luft. Er rauchte definitiv zu viel.

»Er ist einer der Erben«, bestätigte Ivan. »Doch was würdest *du* tun?«

»Das steht überhaupt nicht zur Debatte«, sagte ich genervt und unterdrückte ein Augenrollen, ehe ich weiter an der Naht tüftelte.

Mittlerweile hatte sich eine dicke Spur aus Garn gebildet, die sich herrlich unter meinen Fingerkuppen anfühlte.

Liebe tut weh, hörte ich Zan Zahray sagen.

Ich versuchte, nicht mehr daran zu denken.

»Du unterschätzt deine Führungsqualitäten, Jana.« Ich seufzte und senkte mein Nähzeug.

»Woher willst du das wissen?«

Ivan blies wieder einen Schwall dunklen Rauchs in mein Gesicht, sodass ich zu husten begann – kurz davor, ihm die Stoffe entgegenzuschleudern.

»Na, weil ich es weiß.« Sein selbstgefälliges Grinsen und die tiefen Falten um seinen Mund ließen mich mit den Zähnen knirschen.

Was wusste er schon von mir? Er war nur ein Steandler, der irgendwann nach mir dazugestoßen war.

Unabhängig von alledem, was mir widerfahren war.

»Du unterschätzt deine Herkunft, Jana.«

»Und du überschätzt dein Urteilsvermögen. Wenn du nun fertig bist? Ich habe meine Vergangenheit ruhen lassen.«

»Niemand spricht gerne über seine Vergangenheit«, sagte er heiser.

»Na, dann tun wir es nicht.« Denn es gab nichts. Es gab nur Heu und Flucht. Blut und Schmerz. Einen einsamen Schatten, der mich in die schützenden Arme der Steandler gebracht hatte. Meine Familie. Und das war alles, was zählte. Ich hatte nicht mehr an meine Vergangenheit denken müssen.

Mit Entsetzen stellte ich fest, dass ich nicht einmal mehr wusste, wie meine Eltern aussahen. Ich wusste nur, dass ich meinen Vater erkennen würde, wenn ich seinen Kopf auf einem Spieß sehen würde. Wo er hingehörte.

»Ich könnte meinen, dass du deinem Vater ziemlich ähnlich bist. Sehr ähnlich sogar.«

»Was weißt du schon von meinem Vater?«

»Mehr, als du denkst«, entgegnete er nur und sah mich dabei breit grinsend an. Wütend sprang ich auf und ließ das Nähzeug fallen.

»Ich sagte dir bereits, dass ich nicht darüber sprechen möchte, Ivan.« Was auch immer er für eine Vergangenheit mit meinem Vater geteilt hatte. Schlimm genug, dass er all die Jahre über nicht ein einziges Wort darüber verloren hatte.

»Dein Vater hatte genau den gleichen Gesichtsausdruck drauf, wenn er wütend war. Und glaube mir, dein Vater konnte wütend werden.«

»Hör auf!« Tränen stiegen mir in die Augen. Ich war nicht wie mein Vater.

Ich war keine Verbrecherin. Keine Mörderin.

Keine Gesuchte.

Ich war nicht mal mehr seine Tochter. Hier war ich nur Jana. Und nicht die, hinter der ein ganzes Königreich her zu sein schien.

»Dein Vater hat dir so vieles vermacht. So vieles! Jede einzelne Zelle deines Körpers. Jede Narbe … und jede *Gabe* … Das Herz einer Frau ist wie ein Ozean, Jana. Unendlich tief. Doch auch darin können Stürme wüten. Wellen schlucken, bis nichts mehr übrig bleibt.«

»Was weißt du schon?«

»Ich weiß alles über dich. Alles.«

»Du lügst!« Das Blut schlug mir ins Gesicht.

»Wut kann die Gabe heraufbeschwören. Wie ich sehe, bist du unglaublich wütend. Das warst du auch, als Elia versucht hat, den Esel zu töten. Da hast du dich zum ersten Mal nicht beherrschen können, stimmt's, Jana? Da hast du die Wut zugelassen. Da hast du deine Gabe das erste Mal gebraucht.«

Ich wusste, dass dieser Vorfall mir irgendwann das Genick brechen würde. Verdrängen half nichts.

»Was redest du da?«

»Oh, Jana«, sagte er und fuhr sich gelangweilt durch das Haar.

»Du wirst von den Gaben gehört haben, die die Götter einst den Menschen vermacht haben. Die seltenen Gaben. Die seltenste Gabe … die Seltergabe.«

»Du spinnst! Du bist vollkommen verrückt! Es gibt keine Götter.«

»Du hast damals an Götter geglaubt«, fuhr er ungerührt fort.

»Dein liebster war der Gott des Rechts. Genau wie jener, den dein Vater herausgefordert hat.«

»Was weißt du schon von mir und meinem … Vater?!« Meine Hände begannen zu zittern. Ein Impuls, den ich all die Jahre unterdrückt hatte, überfiel mich wie eine tödliche Krankheit. Meine Arme brannten, mein Kopf dröhnte, während eine Macht von mir Besitz ergriff, die sich schließlich in meinen Fingern sammelte.

Hastig griff ich zu meinem Nähzeug, um die beständige Naht zu fühlen, die mich zusammenhielt. Mich und meine zitternden Hände.

Aber es war zu spät. Ivan entriss mir die Stoffe und fuhr ungerührt fort.

»Du bist wie er. Genau wie er …«

Ich hob eine Hand, um Ivan zum Schweigen zu bringen. Ich sah zu dem Dolch hinüber, der in dem Holzbrett an Elias Wagen hing. Währenddessen schien die Welt um mich herum stillzustehen. Ich beobachtete wie gebannt, wie sich plötzlich ein Dolch über Ivan erhob.

Schwebend schoss er auf ihn zu. Doch er lachte nur noch lauter.

So heiser, dass ich vermutete, er würde an dem Rauch in seiner Kehle ersticken.

»Elia!«, rief er glücklich, während der Dolch noch immer über seinem Kopf schwebte. »Elia, sieh dir das an!«

Ich begegnete seinen grünen Augen unmittelbar neben mir. Sie betrachteten mich neugierig, als wäre ich ein Trugbild, das verschwindet, wenn man die Augen schließt und wieder öffnet.

Plötzlich starrte ich auf meine ausgestreckte Hand. Auf die Stelle, wo der Dolch über Ivans Kopf schwebte, als wären meine Hand und das schwebende Metall miteinander verbunden.

»Jana«, raunte Elia sanft. »Sieh mich an. Bitte, sieh mich an.«

»Was geschieht mit mir?«, fragte ich schluchzend und ließ schließlich die Hand fallen. Wenig später landete auch der Dolch auf dem Boden und ich in Elias Armen. Sein Duft benebelte mich. Ich grub meine Finger in seinen nasskalten Nacken.

»Ich sagte doch, dass unsere Jana die Erbin ihres Vaters ist, Elia. Und dass uns diese Gabe von Nutzen sein wird.«

Elia nickte stumm und hob seine Hand, die er wieder an meine Wange legte. Eine Berührung, die mich die Welt vergessen ließ.

»Ich wollte es nicht wahrhaben, Ivan. Doch jetzt ist alles anders«, begann Elia schließlich.

»Zan Zahray sollte davon erfahren«, mischte sich Ivan ein.

»Sie weiß es«, sagte Elia. »Sie wusste es all die Jahre über, irgendwie … Genau wie du«, sagte er und klang etwas vorwurfsvoll.

Ivan stieß Rauch aus und räusperte sich. »Ich hatte eine Vermutung, die sich im Laufe der letzten Tage bestätigt hat. Du hast es selbst gesehen, Erbe. Ich tue dir einen Gefallen. Du hast versprochen, nicht nach den Gründen zu fragen.«

»Wir haben eine Abmachung«, sagte Elia schließlich diplomatisch und fuhr beruhigend mit den Fingern über meine zitternde Schulter.

»Sag den Männern, dass wir aufbrechen. Noch heute Nacht!«

44

Sofija

Ich wartete vor dem Spiegel. Drückte seine Nachricht so fest an mich, als könnten die losen Buchstaben von dem Papier auf meine Haut überwandern. Das Einzige, was ich entziffern konnte, war seine Unterschrift. Der Name des lügenden Mannes, mit dem ich auf dem Tanzfest zu Ehren von Königin Esmeralda getanzt hatte.

Ich heiße Ethan.

Ich heiße Samantha.

Meine Augen brannten noch immer von den Tränen, die ich in den letzten Stunden vergossen hatte.

Ich musste nicht mehr tanzen. Lucius war zu aufgelöst, um meinem Tanzen beizuwohnen. Er musste sich irgendwo innerhalb der Mauern des Palastes verstecken und seine Wunden lecken.

Genau, wie ich es tat. *Darius, Dillan. Dana.*

Aidelina wusch mich. Ich bat sie, das Wasser abkühlen zu lassen. Ich bat sie, mich fest zu schrubben, bis meine Haut rot anlief. Ich bat sie sogar, meinen Kopf unter Wasser zu drücken, bis ich es kaum mehr aushielt und nach Luft lechzte. Ich konnte sehen, wie es ihr widerstrebte. Sie tat es aber dennoch.

Nun war meine Haut wund vor Kälte. Und wund von den harten Borsten, die meinen Rücken bemalt hatten. Aidelina wirkte gebrochen, als sie mir in mein Nachtkleid geholfen hatte.

Sie fragte aber nicht, ob sie mir was Gutes tun konnte.

Vermutlich, weil sie Angst hatte, dass ich ihr befehlen würde, mir wehzutun. Sie arbeitete gewissenhaft und schnell. Ihre Finger wussten genau, was sie taten. Sie erinnerte mich ein wenig an Jana, und diese Erkenntnis zog mein Herz zusammen wie ein Schwamm.

Bevor sie ging, fragte ich sie zum ersten Mal etwas, das nichts mit mir oder dem alltäglichen Leben zu tun hatte. Ich fragte sie nach ihr … ob es irgendwann aufhören würde wehzutun.

Sie log mich nicht an. Sie verneinte es auf eine brutale Ehrlichkeit, dass ich nur stumm nickte und ihr zusah, wie sie wie ein Schatten hinter der goldenen Tür verschwand. Und dann wartete ich.

Ich vermied es, meinem eigenen Blick im Spiegel zu begegnen.

Ich konnte den Anblick einer Geschlagenen nicht ertragen. Stattdessen sah ich meinen Hals an. Die Stelle, wo seine unsichtbaren Hände meine Kehle gedrückt hatten, bis mein Herzschlag in meinem Kopf dröhnte.

Selterhände … unaufhaltsam und gefährlich!

Ich zwang mich durchzuatmen, ehe ich ein weiteres Mal den Verstand verlor und in den Spiegel meine Hand versenkte. Meine Hand war noch nicht verheilt. Sie würde höllisch brennen, wenn sich weitere Splitter in meine Haut fressen würden. Stattdessen nahm ich den handschriftlichen Zettel des Prinzen und presste ihn an mein Herz.

Als ich schon vermutete, dass er nicht mehr kommen würde, klopfte es unverhofft an meiner Tür. Mein Herz machte einen unerwarteten Sprung, der mich keuchend ausatmen ließ, während ich leise flüsternd denjenigen hinter der Tür hineinbat.

Doch nichts geschah. Rein gar nichts.

Ich musste mich verhört haben und senkte traurig meinen

Kopf. Das Gesicht dabei gefangen in dem Schein des Spiegels, der mich ebenso betrachtete wie ich ihn.

Da klopfte es erneut und ich sprang auf.

»Herein!«, rief ich mit klopfenden Herzen. Die Tür ging auf. Doch anders als erwartet stand nicht der Lügenprinz im Türrahmen. Auch nicht der abscheuliche König aus Silber und Gold. Es war der Herr Minister, der sich wie eine Schlange im Türrahmen wand.

»Guten Abend, Sofija«, sagte er und kam einen Schritt in mein Zimmer hinein. Eine eindringliche Drohung, die an meiner Standfestigkeit zerrte. Dennoch blieb ich stehen und reckte das Kinn, als seine Schlangenaugen über meine Statur wanderten. Er hatte nichts Liebevolles mehr in seinem Blick, dachte ich. Am Ball hatte er anders ausgesehen. Viel … wohlwollender und gütig.

»Ich sollte nach dir sehen. Lucius ist untröstlich und bittet um Entschuldigung.«

»Dann soll er selbst zu mir kommen«, sagte ich, ohne den Blick von ihm abzuwenden, was er mit einem hämischen Grinsen quittierte. Nein, er hatte nichts Gütiges mehr an sich. Es war, als hätte er eine Maske abgenommen.

»Nun denn. Dir scheint es ja gut zu gehen.«

»Ja«, sagte ich.

»Dann kann ich ja wieder gehen.« Er drehte mir den Rücken zu, bereit, seinen kurzen und äußerst unangenehmen Besuch zu beenden. Das graue Haar schimmerte im bedeckten Licht der Kerzen.

»Gute Nacht wünsche ich.«

»Doch da wäre noch eine Kleinigkeit«, sagte er und blieb unverhofft stehen. »Den Prinzen hast du nicht mehr gesehen?« Siedende Hitze stieg mir ins Gesicht, als er seinen Blick auf meine verschlossene Hand richtete, mit der ich noch immer die Botschaft des Prinzen umklammerte.

»Wie kommen Sie darauf?«, entgegnete ich, bemüht, ein undurchdringliches Gesicht aufzusetzen. Dabei verschloss ich meine Arme im Rücken. Die verbundene Hand gleißend heiß, als würden die Wunden der Spiegelsplitter erneut aufreißen.

»Das war nur eine Frage. Rein interessehalber. Und vielleicht auch eine Warnung meiner Seite.« Er hielt inne, um mich mit seinen Schlangenaugen zu verschlingen. Erst jetzt bemerkte ich die dunkle Farbe seiner Augen. Das nahezu übergangslose Schwarz seiner Pupille mit der Iris. Ein untypisches Aussehen eines Kupfoas. Ein Merkmal für die Weiten des Ödlandes. Ein Merkmal, das sich auch in den Farben meines Volkes wiederfindet. Er grinste breit.

»Halte dich von dem Prinzen fern.« Mit seinem Blick zeigte er mir unmissverständlich, dass er von unserem Treffen wusste. »Lucius wird keine Gnade walten lassen. Nicht einmal gegenüber seinem Bruder. Nicht einmal gegenüber dir, mein schönes Kind.«

Ich schluckte schwer, doch schaffte es nicht, die Worte herunterzuschlucken, die mir auf der Zunge lagen.

»Es kann Ihnen doch egal sein, was mit mir geschieht. Schließlich bin ich nur eine Steandlerin.«

»Du bist nur eine Steandlerin, in der Tat«, räumte er glucksend ein und wischte sich über das glänzende, faltige Gesicht. Ich wusste nicht, warum, doch er hatte etwas Adeliges. Der gerade Rücken und das überlegene Funkeln in seinen dunklen Augen erinnerten mich an etwas, oder an *jemanden*. Irgendwo hatte ich das schon einmal gesehen.

»Eine Steandlerin, die dem König das Herz gestohlen hat.«

»Warum ich?«, fragte ich flehend, als er sich ans Gehen wandte.

Ich habe doch gar nichts gemacht …

»Warum nicht?«, sagte er und sah dabei so fürchterlich aus, dass sich meine Nackenhaare aufstellten.

Warum nicht …

Die Tür fiel mit einem vernichtenden Knall in den Türrahmen.

Danach hörte ich das Schaben von Metall an dem Schloss der Tür. Eingeschlossen. Sie hatten mich eingeschlossen!

Erschöpft sackte ich auf den Stuhl zurück, sah zu dem Spiegel und faltete das weiße Zettelchen in meiner Handfläche auseinander. Ein spiegelverkehrtes *E* bemalte meine Handfläche.

Ein Zeichen, das an mir haftete wie die Tinte auf meiner Haut. Ich wollte es mir nicht eingestehen, doch die Drohung des Herrn Ministers zerrte an meinem Herzen. Legte es in Ketten und verschloss es mit einem festen Riegel, der sich nicht zur Seite schieben ließ. Wenn ich jetzt auch noch Eric verlieren würde, würde ich das alles nicht mehr überleben.

Wütend dachte ich an meinen Notfallplan. An den Dolch, der sich so herrlich in meiner Handfläche angefühlt hatte. Doch auch das hatte Eric mir genommen. Die einzige Möglichkeit, meinem traurigen Dasein ein Ende zu bereiten.

Plötzlich sah ich eine Gestalt hinter mir. Ein schwarzer Schatten, der mein Spiegelbild zu beobachten schien. Getrogen von den Tränen, die meine Wimpern benetzten, erkannte ich das Gesicht des Königs. Ein schneeweißes Ebenbild seines schrecklich schönen Antlitzes, das mich festhielt. Bis in alle Ewigkeit.

Erschrocken griff ich das Erstbeste, was ich zwischen die Finger bekam, und hob es über meinen Kopf. Bereit zum Schlag, noch ehe mich die Hand des Königs greifen konnte. Ich drehte mich um und stieß plötzlich gegen eine heiße Brust. Ein kurzer Duft benebelte meine Sinne. Rohzucker und Orangen.

»Eric«, seufzte ich erleichtert und fand mich in seinen Armen wieder. Sobald ich ihn spürte, war es, als wäre alles andere bedeutungslos. Ein seltsames Gefühl, das ich zuvor noch nie erfahren hatte. Nicht einmal bei Elia. Erschrocken löste ich mich aus seiner Umarmung und strich über meine feuchten Haare.

»Du hast mich zu Tode erschreckt!«

»Wenn ich nun immer so begrüßt werde, erschrecke ich dich für mein Leben gerne zu Tode.« Er grinste schelmisch, woraufhin ich trotzig die Unterlippe nach vorne schob.

»Wie bist du überhaupt hier reingekommen?«

»Wenn ich dir das sage, müsste ich deine Zunge abschneiden«, scherzte er heiser. Doch ich hörte an seiner Stimme, dass auch ihm nicht wirklich zum Spaßen zumute war.

»Sag, konntest du mit Elia sprechen?«, flüsterte ich drängend und wagte es kaum, in seine Augen zu sehen. Was, wenn er gescheitert war?

Er nickte und legte mich damit in Ketten. Allein durch seine Augen schaffte er es, mein Herz für immer und ewig zu verschließen. *Geh, bitte.* Die Augen des Ministers schoben sich warnend vor meine Netzhaut, als mein Herz immer lauter nach dem Lügenprinzen zu rufen schien. Die Schlange, die ihr Gift bereits versprüht hatte.

Er tat es wegen Lucius. Das wusste ich. Er schien mir wie ein Vater, der seinen Sohn schützte, während er alles von ihm fernzuhalten versuchte. Und Eric von mir.

»Du solltest nicht hier sein«, sagte ich über meine Gedanken hinweg und gab ihm den Zettel zurück, den ich in meinen Händen zerquetscht hatte. »Du musst gehen.«

»Ich bin doch gerade erst gekommen. Und wie ich sehe, hast du auf mich gewartet.«

Er deutete auf den Spiegel, in dem ich unsere Reflexion erkennen konnte. Ein dunkles Mädchen mit verweinten Augen neben einem wunderschönen, undurchdringlichen Mann.

Der Lügenprinz, den ich anfangs so verflucht hatte, sah mich an und streckte seine Hände nach mir aus, um meine feuchten Wangen zu bedecken.

»Du musst gehen«, wiederholte ich und sah zur verschlossenen Tür. »Wir können dieses Spiel nicht weiterspielen, Eric.«

»Dabei war ich gerade dabei zu gewinnen.«

»Du lügst«, sagte ich und grinste.

Er nickte gönnerhaft. »Vermutlich.« Doch ich ließ mich nicht beirren.

»Der Minister war bei mir.«

»Der Minister?« Ich nickte. Wie am Ball zu Ehren des Königs versteinerten die Züge des Prinzen. Sein Kiefer mahlte. Die Lippen wurden dünn.

»Nun, das macht das Ganze ein wenig reizvoller.« Er lächelte verschmitzt und hielt mir in einer vollendeten Bewegung seine Hand entgegen.

Ich sah in seinen Augen, dass es ihn Überwindung kostete, die Worte zu sagen, die ihm auf der Zunge lagen.

»Vermutlich wäre es das Beste, dass wir uns wieder anfauchen wie wild gewordene Kreaturen.«

»Die einzige wild gewordene Kreatur bist du.«

»Dann bist du eine gerissene, kleine Giftschlange.«

»Eine Giftschlange? Wieso ausgerechnet eine Giftschlange?«

»Schlangen sind schöne Lebewesen. Nur so unheimlich windig, klein und tödlich.« Ich hatte den Herrn Minister mit einer Schlange verglichen. Das ich ebenfalls so rüberkommen würde, war mir nicht bewusst. Ich knuffte ihn in die Seite und ereiferte mich mit einem fuchtelnden Zeigefinger, den ich ihm unter die Nase hielt.

»Dann bist du ein Kulatra. Eine ungezähmte Raubkatze.«

»Wie kommst du auf diesen Vergleich?«

»Sie sind hinterhältig, gefährlich und ebenfalls tödlich.«

»Wie einfallsreich.« Er lachte und ich stimmte mit ein. »Dann bist du eine süße Schlange. Eine, die sehr süß aussieht, wenn sie sich aufregt.«

»Sehr charmant, Prinz.«

Er machte einen Diener. »Das ist eine meiner größten Stärken.«

»Lüge.«

»Wahrheit«, sagte er und hielt mir seine Hand etwas höher entgegen. »Wenn ich will, kann ich sehr charmant sein.« Er hielt inne und sah mich eindringlich an.

»Leider ist es jetzt eh schon zu spät, das alles zu beenden. Ich kann nicht mehr gehen.« Zögernd nahm ich seine Hand an, wohl wissend, dass es nicht richtig war. Doch dafür waren wir schon zu weit gegangen, da hatte er recht. Er zog mich in seine Arme und bedeckte meine Augen mit einem samtweichen Tuch. Als ich seinen heißen Atem in meinem Nacken spürte, überfiel mich eine unheimliche Gänsehaut.

»Vertraust du mir?«, flüsterte er in mein Ohr. Ich nickte, ohne zu wissen, was er vorhatte.

45

Eric

Sie ließ sich von mir die Augen verbinden. Eine wahrlich feige Maßnahme, die ich ergriff, auch wenn sie mir damit signalisierte, dass sie mir vertraute.

Ich hingegen vertraute ihr nicht. Ich hatte zu große Angst, dass sie die Geheimgänge nutzte, um zu entfliehen. Denn das konnte ich nicht zulassen. Eine egoistische kleine Stimme in meinem Kopf flüsterte mir ständig zu, sie zu halten – um jeden Preis.

Noch immer spürte ich die Hände meines Bruders, die mich in die Lüfte gehoben hatten. Doch ich schüttelte das Gefühl schnell ab, ehe ich mir mein Vorhaben anders überlegen konnte.

Dafür sind wir nun zu weit gegangen. Es gibt kein Zurück.

Ich führte sie durch die verwinkelten Gänge, die zweiten Wände und die verschachtelten Treppen, die in einen Turm führten. Dorthin, wo Lucius uns niemals erreichen würde.

In den *Turm der Immerwährenden.*

Diese Taktik war ein mieser Hinterhalt, der mich heimtückisch grinsen ließ. Er würde es nicht erfahren.

Schließlich hatte der Herr Minister Sofija schon zuvor einen Besuch abgestattet, noch ehe ich vor ihrer Tür hätte stehen können. Ich dankte meinem Vater, dass ich die Geheimgänge bis ins kleinste Detail kannte.

»Wohin gehen wir?«, fragte Sofija flüsternd.

»Warte es ab«, sagte ich und führte sie weiterhin die Treppe hinauf. Durch die Geheimgänge war es leichter, in den Westflügel zu gelangen.

Ihre Hand lag dabei fest in meiner. Ein unheimlich schönes Gefühl, wie ich mir eingestehen musste.

Oben angekommen, nahm ich ihr das Tuch von den Augen und konnte darin die Sterne des Himmels sehen. Sie sah sich um. Der Wind dabei wie sanfte Finger, der ihr offenes, gelocktes Haar erfasste, bis es in langen Strähnen gegen meine Wangen stieß. Ein Duft von wilden Rosen benebelte mich, als ich ihr strahlendes Lächeln inspizierte, das mit den Sternen um die Wette zu funkeln schien.

Unter uns gingen langsam die Lichter aus. Ein trauriges Signal, das die Festtage der Steandler Geschichte waren.

»Der Turm der Immerwährenden. Woher wusstest du, dass ich mir das gewünscht habe?«

Ich setzte ein überlegenes Grinsen auf. »Reine Intuition.« Und ausgetüftelte Taktik.

»Du hast einen guten Geschmack, Prinz. Ich liebe diesen Ort.«

Sie drehte sich um die eigene Achse, sodass ihr Rock gegen meine Beine schwang. Dabei streckte sie die langen und grazilen Arme aus, die mit dem Stoff ihres Rockes um ihren Köper schwebten. Ein Vogel zum Flug bereit. Eine atemberaubend schöne Kreatur, die man nicht einfach hinter Schloss und Riegel sperren konnte. Erst jetzt sah ich ihre wundervollen Bewegungen, die mich an ihr Tanzen erinnerten. Als ich sie das erste Mal auf dem Marktplatz hatte tanzen sehen, hatte sie gestrahlt wie ein funkelnder Stern selbst. Mein Bruder hätte beinahe diesen Glanz vertrieben. Mit Entsetzen stellte ich fest, dass ich dies bereits ebenfalls tat.

»Nun denn, Prinz. Du hast nach einem Tanz verlangt. Hier bin ich.«

»Ich habe dich nicht hergebeten, um meinen Gewinn einzufordern. Ich muss mit dir sprechen«, sagte ich also in einem langen Atemzug und fing sie mit samtigen Händen ein. Als ihre Finger zwischen meinen hindurchglitten, wusste ich, dass man sie nicht halten konnte. Elia Lean hatte recht gehabt, weshalb es kurz in meiner Brust zog.

»Ich habe mit Elia Lean gesprochen.«

Prompt blieb sie stehen und sah mich erwartungsvoll an. »Und?«

Ich unterdrückte ein Knurren, als sich sein arrogantes Gesicht von gestern Nacht vor meine offenen Augen schob. Und heute … heute saß er den ganzen Tag untätig rum. Ich versuchte, überzeugend zu klingen. Ich hatte mir die Lüge schon perfekt zusammengereimt. Sie ging wie die Wahrheit über meine Lippen. »Erst hat er mir nicht geglaubt. Doch er hat eingewilligt. Er wird gehen.«

»Einfach so?«

»Ich hatte überzeugende Argumente. Und er hatte überzeugende Gegenargumente.«

»Elia lässt nie so einfach locker.«

»Das habe ich gemerkt. Letztendlich haben wir uns darauf geeinigt, dass es das Beste ist. Für alle Parteien.« Sie nickte. Sie schien es mir abzukaufen. Innerlich atmete ich auf, doch war nun wieder ernst.

»Außerdem muss ich mit dir über Lucius sprechen.«

»Ich möchte nichts hören«, sagte Sofija bestimmt. Ihr Rock wurde vom Wind erfasst.

Ich beobachtete die langen Lagen, die sich an ihre Beine schmiegten.

»Ich möchte ihn weder sehen noch möchte ich etwas von ihm hören.«

Er hatte ihr grauenvolle Dinge angetan. Ich sah die Striemen um ihren Hals, trotz des diffusen Lichtes der Sterne und des Mondes.

Nicht auszumalen, was sie für seelischen Wunden erlitten hatte. Noch immer spürte ich den Dolch in meiner Hand, den ich ihr weggenommen hatte.

Was wäre passiert, wenn ich nicht gekommen wäre?

»Ich mache mir Sorgen … er könnte dir etwas antun«, hörte ich mich sagen. Es klang erbärmlich.

»Das ist mir egal.« Mir entglitt jegliche Beherrschung. Voller Entsetzen sah ich ihr zu, wie sie die Arme trotzig vor der Brust verschränkte.

»Hast du nun völlig den Verstand verloren?«

»Nein!«, zischte sie und schnappte nach Luft. »Es ist mir egal, was er tun könnte. Er hat mir bereits wehgetan.« Ich wusste, dass sie nicht nur den geschundenen Hals meinte, und wandte den Blick ab. Sie wirbelte herum, als der Wind seine Arme um sie legte. Jede Drehung war einfach nur bezaubernd. Kurz sah ich ihr zu, dann erschreckte mich meine eigene, zitternde Stimme.

»Mir ist es aber nicht egal.«

Mit diesen Worten hatte ich sie. Wie von selbst fing ich ihre lebendige Hand, die mit ihren grazilen Bewegungen die Luft durchquerte. Ich zog sie an mich, bis wir Brust an Brust standen, sodass ich ihr immer schneller schlagendes Herz spüren konnte. Unwillkürlich sah ich auf ihre wundervollen Lippen, die mich nach meiner Lüge verflucht hatten.

Ich heiße Ethan.

Ich heiße Samantha.

Dort waren wir nur ein einfacher Junge und ein einfaches Mädchen gewesen, die miteinander getanzt hatten. Nicht mehr und nicht weniger.

Kein Prinz eines Reiches aus Metall und auch keine Erbin des Windes.

Einfach nur Ethan und Samantha.

Ich hob meine Arme und hoffte, sie würde meiner Einladung nachkommen, noch ehe ich meinen Mut verlor. Sie stutzte einen Moment und sah mich forschend und lange an.

»Ich dachte, dass wir nicht zum Tanzen hier hochgekommen sind.«

»Ich habe meine Meinung geändert.« Ich versuchte, ihr ein aufmunterndes Lächeln zu schenken.

Zur vollen Stunde stimmte die große Uhr am Marktplatz eine huldvolle Melodie an. Eins, zwei, drei. *Tick, tick, tack.*

»Unter normalen Umständen wird man zum Tanzen aufgefordert.«

Ich schmunzelte über ihre patzige Antwort und machte einen eleganten Diener. »Ich werde dir meine charmante Seite zeigen. Glaube mir, der kannst du nicht widerstehen.«

»Ich warte, Prinz.« Ich sah ein Funkeln in ihren Augen. Ich hob in meiner Verbeugung den Kopf und nahm ihre Hand. Sanft bedeckte ich sie mit einem zaghaften Kuss, ehe ich wieder zu ihr hinaufsah.

Ihr stockte der Atem.

»Darf ich um diesen Tanz bitten?« Sie rang mit sich. Natürlich konnte sie nicht zugeben, dass ich sie verlegen machte. Doch ich spürte es. Ein hoher Puls. Ein flüchtiges Lippenbeißen.

»Ein Kupferstädter fragt eine Steandlerin nach einem Tanz? Das ist wirklich komisch.«

»Wieso?«, fragte ich achselzuckend und zog sie mit einer bestimmenden Bewegung an mich heran. Wieder roch ich sie.

»Wo ist der Unterschied?«

Es gibt keinen, sagten mir ihre Augen, als ich sie in eine Figur legte. Ein stummer Tanz ohne Musik. Alles, was blieb, war das Ticken der Uhr. Ein unheimlicher Laut, der in meinem Brustkorb dröhnte. *Tick, tack. Tick, tack.*

»Wenn ich tanze, vergesse ich«, flüsterte sie so leise wie der Wind, der sich um uns legte wie eine sanfte Decke. »Und ich will vergessen, Eric. Ich will alles vergessen.«

»Willst du auch dein Volk vergessen?«, fragte ich und schmiegte meine Wange an ihre Stirn. Traurig schluchzend nickte sie.

»Wenn ich sie vergesse, dann tut es nicht mehr weh, weißt du? Nichts tut mehr weh. Dann ist da nur noch das Gefühl von Freiheit.«

»Du vermisst sie«, murmelte ich in ihr Rosendufthaar.

Wieder nickte sie. »Mehr als alles andere.« Ich wirbelte sie herum und drehte sie in die nächste Figur, führte sie in meine Schritte, in die sie sich bereitwillig hineinfallen ließ.

»Und deswegen muss ich sie vergessen.«

Ich seufzte, als ich sie wieder an mich heranzog. *Tick, tack. Tick, tack.* Das Ticken im stetigen Rhythmus meines Herzens. Hoffentlich war Elia Lean vernünftig. Hoffentlich entlarvte sie nicht meine Lüge, denn das würde sie mir nicht verzeihen. Hoffentlich.

»Ich habe die Kupferstadt immer geliebt.«

»Und jetzt?«, fragte ich.

»Jetzt will ich auch sie vergessen.« Ein harter Stich, der mir einen Dolch in den Bauch rammte.

»Und mich?«, fragte ich vorsichtig. Die Frage war ausgesprochen, ehe ich tatsächlich nachgedacht hatte. Ich ärgerte mich, als sie meinem Blick auswich und somit die Antwort mit bloßen Blicken verriet.

Sie würde auch mich vergessen, wenn sie es wollte. Wie konnte ich nur die Hoffnung haben, dass es bei mir anders war.

»Dich will ich nicht vergessen«, gestand sie schließlich nach einer Weile …

Ich blieb stehen. Das Ticken der Uhr blieb. Das Klopfen meines Herzens dabei noch viel lauter, als ich mir eingestehen wollte.

»Es tut mir leid«, sagte ich und sah zu, wie ein trauriger Schatten ihr Gesicht verdüsterte.

Alles tat mir leid.

Das, was mein Bruder ihr mit seinem egoistischen Verhalten antat. Das, was er auf ihrem Rücken ausleben wollte – sein eigenes, kleines Machtspielchen, mit wem auch immer er dieses Spiel spielte.

Jeder vorwurfsvolle Blick, mit dem ich sie bedacht hatte. Jeder Vorwurf, der ihre Ehrlichkeit befleckt hatte. Und jedes Gefühl, das ich mit ihr verband, warum ich sie nicht gehen lassen wollte. Ich sah ihr in die Augen und erkannte die Wahrheit, die darin schlummerte. Ein unendlich großes Geschenk, das ich ihr niemals zurückzahlen konnte.

Und doch konnte ich etwas tun. Ich brauchte nur einen Mann dazu. Einen einzigen …

Denn ich wollte nicht, dass sie jemals vergaß, woher sie kam. Niemand sollte das. Es wurde Zeit, dass ich meinem Bruder die Leviten las – auch wenn ich dabei mein Leben aufs Spiel setzte.

46

Sofija

Ich träumte von flüssigen Goldtalern, die nach mir suchten. Sie schlichen schwebend durch den Nebel, tauchten unter, tauchten wieder auf. Ich streckte meine Finger nach ihnen aus. Ich musste sie anfassen. Sie in meiner Rocktasche verschwinden lassen, damit sie bei meinen Schritten gegeneinanderklapperten wie die Metallteile meines Tamburins. Doch sobald ich sie berührte, zerflossen sie.

Schwarze Farbe tropfte meinen Arm hinab und färbten ihn ebenmäßig. Die Farbe war heiß und schmiegte sich eng um meine Haut, als würde sie ihn dadurch erneuern. Und dann wurde die Farbe fest. Meine Bewegung erstarrte zu Eis. Ich merkte langsam, wie ich von der Farbe komplett umschlossen wurde, bis ich mich nicht mehr bewegen konnte. Und dann …

Wieder dieser Traum, der mich aufschrecken ließ. Schweißperlen standen mir auf der Stirn. Nasskalt flossen sie meine Wangen hinunter, noch ehe ich die Augen aufriss und in Aidelinas Gesicht sah.

Aufstehen. Essen.

»Guten Morgen, Aidelina«, nuschelte ich und wischte mir über das verschwitzte Gesicht. Sie knurrte und ließ das Frühstückstablett auf dem Nachttisch scheppern.

»Ist alles in Ordnung?«

Iss, bitte. Sie sah besorgt aus und ich tat es ihr zuliebe.

»Was steht heute an?«

Sie zuckte die Schultern, was mich unbemerkt aufatmen ließ.

Würde wieder die Beständigkeit der fünf Phasen eintreten? Ich nahm mir vor, Phase vier und fünf ausfallen zu lassen, und lächelte grimmig. Das würde Lucius mit Sicherheit nicht gefallen.

Andererseits würde ich Eric dann auch nicht sehen.

Ein Schauer überfiel mich, als ich an seine goldenen Augen dachte. Flüssiges Gold. Endlos tief.

»Darf ich wieder zu Jon?« Sie rollte die Augen, doch schien nichts dagegen zu haben. Sie suchte mir die Robe zusammen, die ich heute tragen würde, und nickte. Dennoch war es keine der drei Arten zu nicken, die ich bereits kannte. Es sah unsicher aus. Ob sie irgendetwas wusste?

Es klopfte an der Tür. Sie zuckte zusammen, aber hatte sich schnell im Griff. Es kündigte sich eine Frau an, die aussah wie ein Paradiesvogel. Pink, grün und gelb. Alles Farben, die grell in meine Augen stachen. Sie war üppiger Statur und schlug plappernd die Luft kurz und klein, als sie sich an Aidelina vorbeidrängte. Sie war mit gefüllten Taschen beladen, die sie lautstark auf den Boden fallen ließ. Dabei entging mir nicht, wie sich eine der vielen Schleifen an ihrem weiten Rock löste. Ich wusste nicht, dass es Kupferstädter gab, die sich in derartigen Farben kleideten, und es ärgerte mich, dass sie mit den Farben meines Volkes konkurrierte. Eine gekringelte Locke fiel ihr in das gerötete Gesicht, als sie mit einer Drehung um die eigene Achse stehen blieb.

»Wir haben nicht viel Zeit, Wo ist denn die hübsche Braut? Huch!« Ihre Augen trafen meine. »Ach du liebes bisschen. Ein Häufchen Elend.« Sie klatschte in die Hand und eilte auf mich zu. Dabei klackerten ihre Absatzschuhe auf dem marmorierten Untergrund. Ich stellte mir vor, wie ihre hohen Absätze Löcher in dem Boden hinterließen.

»Ihr braucht Euch nicht zu fürchten. Ich bin hier, um Sie auszumessen. Schließlich drängt die Zeit und ich muss mich ranhalten. Die Stoffe und das Modell sind ausgesucht, nur die Maße der zukünftigen Königin fehlen. Ich schludere, ich weiß. Der König meinte, wir sollen an Glitzer und Edelsteinen nicht geizen. Ich weiß schon genau, wie wir es machen«, sprudelte sie und klatschte abermals in die Hände. Ihre Finger streiften meine Schultern.

»Herrliche Schultern. Gerade Haltung einer Tänzerin. Ich habe bisher nur eine Dame mit solchen Schultern benähen dürfen. Die Königin Mutter, möge sie in Frieden ruhen, war ebenfalls Tänzerin. Wie aufregend! Der junge König sprach bereits von einem schulterfreien Schnitt. Welch Skandal. Das gab es noch nie! Ein Brautkleid mit viel Haut. Ihr werdet hinreißend aussehen.«

»Was?«

Ich sah, wie Aidelina mich anstarrte, und bemerkte erst jetzt, dass es meine Stimme war, die den Redefluss der Dame gestoppt hatte.

Sie strich sich die lose dunkelrote Locke aus dem Gesicht. »Wo sind meine Manieren? Ich habe ganz vergessen, mich vorzustellen, zukünftige Majestät!« Sie legte sich in einen gekonnten Knicks, der allerdings weitere Strähnen aus ihrer aufwendigen Frisur einforderte.

»Ich bin Lady Lovis, aber nennt mich ruhig Luise. Ich weiß, der Name! Dieser furchtbare Name. Luise Lovis. Ihr müsst wissen, dass ich meinen Mann sehr geliebt habe und deshalb seinen Namen trage, möge auch er in Frieden ruhen. Ich bin die Schneiderin, die sich um Euer Brautkleid bemühen wird. Die Verlobung wurde nun schon vor einem Monat bekannt gegeben. Wir müssen uns ranhalten. Vor allem, da der König die Hochzeit so schnell wie möglich vollziehen möchte. Gestern ereilte mich ein gehetzter Bote. Er sagte, es sei dringend. Und, so wahr ich hier stehe, es wird allerhöchste Zeit.«

»Nein«, keuchte ich und spürte, wie sich abermals unsichtbare Klauen um meinen Hals legten. Ich rang nach Atem, doch folgte der fuchtelnden Hand, die mich aus dem Bett holte.

Ich konnte ihn nicht heiraten … ich konnte kein Monster heiraten … lieben …

Wie von selbst folgte ich ihr zum Schminktisch und sah ihr dabei zu, wie sie die vielen Taschen durchwühlte und ein Maßband, Blätter und einen Stift herausholte.

»Ihr braucht keine Angst zu haben. Ihr werdet hinreißend aussehen! Glaubt mir. Und wenn ich mal bemerken darf, der Junggesellenkönig ist ein wunderbarer Fang.« Wenn sie wüsste. Ich nahm mein Zittern erst wahr, als ich Aidelinas sanfte Hände spürte, die mich zu beruhigen versuchten. In ihren Augen las ich: *Halte durch.* Ich nickte schwer schluckend und nahm ihre Hand. Ich drückte sie. Ein stummes Zeichen, wie das des mutigen Mädchens, das ihren Bruder gestern auf grauenvolle Weise verloren hatte. Dana hieß sie. Ihr Name schlich sich zu jenen, die der König bereits auf dem Gewissen hatte. *Darius, Dillan* … und nun Danas Herz. *Ich lasse dich nicht los*, hatte sie gesagt. Noch immer bewunderte ich ihren Mut. Ihre Aufrichtigkeit … alles, was ich nicht gehabt hatte. Ich wimmerte.

»Bitte lass mich nicht los.« Aidelina nickte und blieb. Luise fuhr unbeeindruckt fort, doch dann sah sie meinen Hals genauer an. »Bei den Göttern! Was ist das für ein grauenvolles Hämatom?« Ich brauchte nicht zu fragen, welches sie meinte. Der Druck seiner Hände musste seine Spuren hinterlassen haben. »Nun«, sagte sie nervös und wischte die bösen Gedanken mit einer aufgesetzten Bewegung zur Seite. »Bis zur Hochzeit wird das verheilt sein … andernfalls …« Sie stockte. »Ein schmuckbesetzter Kragen wird es richten. Da überkommt mich eine gar wundervolle Idee!« Doch ich hörte ihr nicht mehr zu. Ich sah mich in Aidelinas Augen und betete zu den Geistern der Vergangenheit, dass ich irgendwann alles vergessen würde.

Dabei küsste ich meine geballte Faust und sandte einen Gruß gen Himmel. Sie tat es mir nach und sah dabei so entschlossen aus, dass ich mir nicht noch einmal gestattete, Schwäche zu zeigen.

Ich bleibe bei dir.

Die vierte Phase fiel aus, da das Ausmessen weitaus länger dauerte, als Luise beabsichtigt hatte. Sie hatte jeden Zentimeter meines Körpers ausgemessen. Sogar bis in jede Fingerspitze. Ich dachte schon, dass der König so viel Anstand hatte, mich für den Rest des Tages freizustellen. Doch leider war er noch grauenvoller, als ich dachte. Er ließ nach mir rufen und forderte, dass ich ansehnlich gekleidet und wohlfrisiert beim Essen im königlichen Salon zu erscheinen hatte. Ich wusste nur zu gut, dass ihm meine Steandlertracht nicht gefallen hatte, und spielte mit dem Gedanken, mich ihm zu widersetzen.

Wenn Aidelina mich nicht so flehentlich angesehen hätte, hätte ich es getan.

Dennoch verstand sie das Feuer, das in mir brannte, und gönnte mir einen kleinen Triumph. Sie wusste genau, wie sie mich zu inszenieren hatte, wie sie mich zu kleiden hatte und welche Wirkung das haben würde.

Sie suchte nach einem Kleid, das meinem unheimlich ähnelte.

Dafür verschwand sie einige Minuten und kam wenig später mit einem Bündel zurück. Es ließ sich nicht leugnen, dass sie strahlte, und ich tat es auch, als sie es vor mir ausbreitete. Es musste sich dabei um ein Tanzkleid handeln, das schon länger nicht mehr ausgeführt worden war. Ich fuhr mit meiner gesunden Hand über den Samt, der in dem Licht der Kerzen schimmerte wie flüssige Farbe.

Aidelina lächelte und sprach in ihrer ganz eigenen Sprache.

Das Kleid seiner Mutter. Sie wiegte ein unsichtbares Kind und formte mit den Fingern eine Krone. Mir stockte der Atem, als ich die vielen Lagen des Rockes begutachtete. Es hätte auch eines aus meiner ganz persönlichen Sammlung sein können. Eines der Kleider, das ich zum Tanzen trug. Nur, dass auf der Brust ein Wappen schimmerte, das ich nicht kannte. Es war silbern und ähnelte einem Halbmond. Das Kleid war schlicht und ergreifend einfach nur wunderschön.

Aidelina nickte über mein Staunen hinweg und half mir, es überzustreifen.

»Wird der König nicht böse sein, wenn ich das Kleid seiner Mutter trage?« Aidelina gab einen gurgelnden Laut von sich, dann war sie ernst.

Es ist egal.

Mir gefiel ihre Entschlossenheit. Sie steckte mich an, dennoch hielten mich die Bedenken zurück. »Es ist hinreißend, Aidelina. Nur mir scheint es falsch, das Kleid einer Toten zu tragen.«

Den Toten kann man nichts wegnehmen.

Ich nickte und ließ mir von ihr die Haare machen. Es entstand eine ausgefallene Frisur, die mein Deckhaar in einen kunstvollen Knoten fließen ließ. Die restlichen Locken fielen wallend über meine Schulter, bis zu meinen Rippen.

Du siehst hinreißend aus. Ich lächelte sie an und sah ihr zu, wie sie mir ein Collier anlegen wollte, dass mir der König einmal geschenkt hatte. Ich lehnte ab und betrachtete meinen freien Hals, der von blauen Fingern bemalt war. Aidelina verstand und lächelte stolz. Ja, ich konnte es tatsächlich auf ihrem sonst so beherrschten Gesicht sehen.

»Ich werde jede Blessur tragen wie den Schmuck, mit dem er mich ersticken möchte. Damit es jeder sieht. Damit jeder weiß, was er mir angetan hat.«

Sie nahm meine Hand und drückte sie. *Ich lass dich nicht los.* Die letzten beiden Tage hatten uns zusammengeschweißt.

Ich würde Lucius immer wieder daran erinnern, wen er heiraten würde und dass ich ihm niemals gehören würde. Niemals.

Liebe mich, hatte er gesagt. Jetzt wusste ich, dass es ein Befehl war. Doch ich war schon immer ungehorsam gewesen. Gegenüber meinem Vater, gegenüber Zan Zahray und gegenüber Elia … Es wurde höchste Zeit, dass ich mich wehrte. Jetzt, wo mein Volk in Sicherheit war, hatte ich nichts mehr zu verlieren.

Als ich an ihrem Bildnis vorbeilief, blieb ich stehen und sah sie an. Sie war eine dunkle Schönheit mit flammend roten Haaren, die in einer kunstvollen Frisur im Zaum gehalten wurden. Dennoch hatte der Künstler nicht verhehlt, dass einige Strähnen aus ihrem Dutt gerutscht waren. Dadurch sah sie aus, als hätte sie, kurz bevor sie Modell gestanden hatte, noch getanzt. Das Kleid, das sie trug, war aus einem kostbaren Samt. Es schmiegte sich an ihre schmale Taille und floss wie der Umhang von Lucius auf den Boden. Jede Kurve hatte der Künstler getroffen. Es war, als würde sie vor mir stehen.

Ihre Augen waren golden.

Ich staunte über die Ähnlichkeit, die sie mit Eric hatte, und ärgerte mich, dass ich mir zuvor noch nie ihr Gesicht angesehen hatte.

Königin Esmeralda hing im *Gang der Vergangenen.* Im Gang der Toten, die mir so oft hinterhergesehen hatten. Ich hatte gedacht, dass mich ihre Blicke verurteilten. Doch die *Vergangenen* waren mir in diesem Moment viel lieber als die *Verbliebenen.*

Königin Esmeralda hatte so einen gütigen Blick. Ein Blick, mit dem sie mir Zuversicht schenkte.

Ich hatte nichts mit ihr gemein, dachte ich.

Ich war ein Schatten, wenn man sie vor mich ins Licht stellte.

Nicht gänzlich eine Königin, wie sie es einst gewesen war.

Habe Mut, sagte mir ihr Blick. *Und du wirst belohnt werden.*

Habe Mut, ja. Das sprach ich mir wieder und wieder zu.

Ich straffte die Schultern, als der Wachmann mich durch die goldene Tür in den königlichen Salon führte. Der König saß bereits auf seinem Platz. Flankiert wurde er von … Eric. Mein Herzschlag pulsierte bis in meinen Hals, doch ich lächelte, während der König zu erstarren schien.

»Sofija!«, rief er aufgebracht und schmetterte eine Hand auf den Tisch. Irgendwo hörte ich ein Glas auf den Boden springen.

Unsichtbare Hände, die vor Zorn um sich schlugen. Ich setzte ein unschuldiges Gesicht auf, auch wenn ich sah, dass auch Eric zu erstarren schien. Kaum merklich schüttelte er den Kopf. *Bitte nicht*, las ich in seinem Blick. Genau wie gestern sah ich seine Angst. Sein Entsetzen.

Um etwas zu ändern, war es jedoch zu spät. Ich setzte mich, so würdevoll es ging, auf meinen Platz und sah dem König in die Augen. Er brodelte. Den Ausdruck auf seinem Gesicht kannte ich bereits. Er war gnadenlos. Dennoch war er ein Künstler seines Temperaments. Ein wahrer Schauspieler, der mich aus der Fassung brachte. Er fuhr liebevoll mit den langen, weißen Fingern durch mein Haar und küsste die Strähne, die er mir hinter die Schulter legte. Alles so gegensätzlich zu diesen silbernen Augen.

»Du siehst hinreißend aus.«

»Vielen Dank, Lucius.« Ich bemühte mich, meine zitternde Stimme zu kontrollieren. Ich klang sicherer, als ich mich fühlte.

Erics Züge entspannten sich ein wenig. Dann wurde das Essen serviert und Lucius begann einen unverfänglichen Plausch. Erst sprachen sie über das Wetter. Dann über das Essen und letztendlich über irgendwelche Menschen, die ich nicht kannte.

»Die Steandler haben ihre Zelte abgebaut«, sagte der König zwischen zwei Bissen des Hauptganges und sah seinen Bruder an. Dieser wirkte nun zerknirscht. Seine Stimme ließ es kaum vermuten, aber ich kannte mittlerweile jedes seiner Gesichter. Vom schönsten bis zum hässlichsten.

»Keine Spur mehr von ihnen.« Er klang enttäuscht.

Das ist doch gut, wollte ich sagen und suchte seinen Blick. *Es ist so, wie du gesagt hast. Wie wir es geplant haben. Elia war vernünftig.* Doch Eric wirkte alles andere als begeistert. Kurz streiften sich unsere Blicke. Dann sah er auf meinen Hals und verzog die Lippen. Lucius entging das nicht und tätschelte beiläufig meine Hand.

Augenblicklich bildete sich eine unheilvolle Gänsehaut auf meinem Unterarm. Er strich behutsam über die angeschwollene Hautpartie.

»Du musst wissen, Bruder, Sofija ist eine temperamentvolle Liebhaberin.«

Ich verschluckte mich an meinem Essen und hustete nach Luft ringend. Der König fuhr ungerührt fort. »Ich konnte mich nicht beherrschen, wenn du verstehst, was ich meine.« Anzüglichkeit schwang in der Luft. Sie ekelte mich an. Vermischte sich mit Galle, die langsam und qualvoll meine Speiseröhre hinaufstieg.

Ich würgte und spülte hastig mit Wein nach. Tränen schossen in meine Augen. Danach schlug mir die Hitze ins Gesicht. Der Blick, den Eric mir zuwarf, war nun nicht mehr zu deuten. Er sagte alles und doch sagte er nichts. Lucius krallte unsanft seine Finger in meinen Unterarm und zog mich an sich heran.

»Nenn mich altmodisch, Liebste. Ich kann dir leider noch nicht das geben, was du wirklich willst. Nach unserem Eheversprechen werde ich dich nie wieder loslassen. Zumindest nicht, bis du mir einen Sohn geschenkt hast.«

Abermals erfasste mich eine Hitze. Prompt spürte ich Lucius' unsichtbare Hände überall. Ich wagte es nicht zu schreien und ließ es stumm über mich ergehen. Er demonstrierte mir seine Macht.

Seine unendliche Macht. Und meine unendliche Dummheit, geglaubt zu haben, ein Zeichen setzen zu können.

Er zog mein Gesicht an seines und presste seinen Mund hart auf meinen. Dazwischen hauchte er so leise, dass nur ich es verstand: »Leg dich nicht mit mir an.«

Als er von mir abließ, sah ich, wie Eric aus dem Saal stürmte.

Tränen traten mir in die Augen und Scham überfiel mich. Ich wollte ihm hinterherrennen. Ihn festhalten. Ihn bitten, mich zu fragen, ob ich das alles wollte.

Er würde wissen, wenn ich log. Er würde alles verstehen. Doch ich tat es nicht. Das Blut in meinen Adern fühlte sich an, als wäre es aus Blei.

Ich knetete meine Hände ineinander. Unfähig, auch nur noch einmal den König anzusehen. Seine Stimme klang nun lieblich. Nahezu zerbrechlich. »Sieh nur, was du getan hast. Mein Bruder scheint doch ein Herz für dich gefunden zu haben. Warum bist du nur ein so bildschönes Mädchen?«

Ich antwortete nicht. Sah stur auf den halb vollen Teller. Lucius legte seine Hand unter mein Kinn. Zwang mich, ihn anzusehen.

»Und dabei steht es nur mir zu, dich zu lieben. Womit ich zu meiner Forderung komme … meiner Bedingung. Du erinnerst dich?«

»Ich …«, wimmerte ich und fürchtete mich vor diesen Händen. Ja, ich fürchtete mich vor seiner Kraft. Wie konnte ich jemals glauben, dass er irgendetwas anderes als grauenvoll war? Wie konnte ich auch nur in Erwägung ziehen, dass er ein guter Mensch war? Ich hatte mich getäuscht – in allem. Ich nahm all meinen Mut zusammen und zischte leise: »Ich gehöre nur mir.«

Die Hand, die folgte, war vernichtend. Sie legte sich auf meine Wange und hinterließ ein Brandmal. Mein Kopf schlug zur Seite. Meine Haare folgten als schützender Schleier, um die Tränen zu verbergen. Er hielt erschrocken die Luft an.

Dann fand ich mich in seinen Armen wieder. Er hielt mich wie ein Kind. Streichelte mich. Und sagte wieder und wieder, wie sehr es ihm leidtat.

»Ich … ich liebe dich, Sofija. Ich liebe dich so sehr. Bitte verlass mich niemals. Bitte.«

Ich glaubte es ihm.

Doch dafür war es jetzt zu spät.

47

Jana

Sei still! Ich hörte ihn. Hörte das leise Zischen, das in mein Ohr drang wie eine spitze Nadel. Dann spürte ich seine Hand, die sich auf meinen Mund und auf die Nase presste.

Sei still! Und ich hielt still. Alles, was man hörte, war mein Herz und die Tränen, die seine Hände benetzten. Ich roch das Heu. Ich hörte ihre Schritte. Sie waren hinter uns her. Sie waren uns dicht auf den Fersen. Es hätte nur ein Wimmern gebraucht, damit sie uns fanden. Ich sah meine Mutter, die ihren Kopf zwischen ihre Knie geklemmt hatte. Die sonst so geordneten Haare in Fransen. Als sie mich ansah, sah ich Angst. Jetzt wusste ich, dass es pure Berechnung war. Die Hand auf meinem Mund wurde fester. Sie verwandelte sich in Steinplatten. Mir blieb die Luft weg.

»Sucht weiter!« Und das taten sie. Die Männer in Schwarz waren stets ein Teil meiner Albträume gewesen. Was wollten sie von uns? Warum taten sie uns das an? Wenn sie nur meinen Vater wollten, warum sagte meine Mutter nichts?

Sie gingen an uns vorbei. Alles, was blieb, war der Geruch von Heu und Angst.

Dann nahm er die Hand von meinem Mund und legte sie auf die eingefallenen Schultern meiner Mutter. Wie sehr ich sie verabscheut hatte. *Warum tust du nichts?* Warum nur?

Sie sah das alles in meinen Augen. Doch sie tat einfach nichts.

Sie sah zu ihm hinauf und legte liebevoll eine Hand an seine Wange.

Und dann sah sie mich an. Mit genau jenem Blick, mit dem sie mich den Steandlern übergeben hatte. Eiskalt. Steinhart. Noch härter als die immerwährende Hand, die mein Vater mir in den Nacken gelegt hatte. *Diese Hände* … diese verfluchten Hände. Und dann gingen wir weiter. Wir verschwanden im Schatten. Die Hure, ihr Dieb und ihre Last. Die Tochter, die sie niemals geliebt hatte.

Es gab verschiedene Arten der Seltergabe. Sie prägte sich individuell aus. Mal stärker, mal schwächer. Und manchmal so mächtig, dass sie weit über die Fähigkeiten der gewöhnlichen Kraft hinausging. Und unberechenbar wurde. Nicht nur Gegenstände konnte man mit Selterhänden bewegen. Es kam auch vor, dass Dinge real wurden, bloß, weil man sie sich vorstellte.

Ich hatte nicht gewusst, dass ich eine solche Kraft besaß. Jetzt, wo ich es am eigenen Leib erfahren musste, floss die Gabe in mich wie eine neue Energie. Eine Energie, die mich von Grund auf veränderte. Die meine Vergangenheit aufräumte. Ein dunkler Schatten, der mich nun eingeholt hatte. Mein Vater war ein Selter.

Ein dreckiger, kleiner Dieb, der mit seiner Kraft mit Menschen gespielt hatte. Ein hartes Erbe, das nun, nach all den Jahren, ans Licht gekommen war. Ivan hatte Vater gekannt, noch bevor er mich seine Tochter nennen konnte. Noch bevor er zu dem wurde, als den ich ihn kannte. Ivan hatte neben Zan Zahray gesessen und seine Geschichte erzählt. Etwas, das ich lieber niemals gehört hätte. Ich schämte mich für meine Wurzeln … und für meine Gabe.

»Dein Vater war ein Mörder.«

»Und du hast es über all die Jahre gewusst … und nichts gesagt.« Er hatte dann ebenfalls nichts dazu gesagt. Er sah mich nur an und nickte schließlich. Die Augen mit einem Geheimnis getränkt, das er mir nicht verraten wollte. Er verzog seine Lippen zu einem gleichgültigen Grinsen.

»Früher oder später hättest du es eh erfahren. Ich konnte ja nicht ahnen, dass die Gabe ebenfalls auf dich übertragen wurde. Und jetzt können wir der Erbin Rea vielleicht helfen.«

»Unsere letzte Chance«, seufzte Elia. Vermutlich. Zan Zaharay hingegen hatte nur ihre Hände ineinandergefaltet und den Blick stur auf ihre Kristallkugel gerichtet. Was auch immer sie darin sah. Das Schicksal spann seine eigenen Maschen für uns.

Die Gabe basierte auf Gefühlen. Je stärker die Gefühle waren, desto größer konnte die Kraft werden. Ivan wusste also genau, wie man mir meine Gabe entlocken konnte. Ich hatte meine Gefühle schon immer gut verstecken können. Eine Mauer, die ich errichtet hatte, damit ich nicht ausbrechen konnte. Ich fragte mich, ob etwas tief in mir schon wusste, was in mir geschlummert hatte.

Die Seltergabe, die so viel Böses in den Menschen hervorbringen konnte.

So viel Macht, die nicht gut für die Lebenden war.

Ich hoffte, dass mein Vater an seinen eigenen Händen gestorben war. *Diese Hände* … diese unheilvollen Hände.

Ich sandte einen letzten Blick zum abgebauten Lager, den eingetretenen Spuren, die sich am Ufer des Flusses festsetzten, als würde mein Volk noch immer dastehen und zu den Bauten der Kupferstadt hinaufschauen. Wer hätte zu Beginn dieser Reise nur vermuten können, *dass ich einen so wichtigen Teil von mir zurücklassen würde?*

Wir, korrigierte ich mich in Gedanken, und sah zu Elia, der sich im Schatten der Brücke versteckte. Die Beine dabei über dem Wasser baumelnd zwischen den tragenden Balken, sodass uns die Metallsoldaten nicht sehen konnten. Das wenige, was wir besaßen, lag in zusammengeknoteten Bündeln neben uns. Elias Dolche, ein einzelnes Tuch und der letzte Proviant, den unser Volk noch entbehren konnte, bevor sie nach Lealo zogen.

»Und wie lange sitzen wir noch hier?«, nörgelte ich und zog meine Beine aus dem Wasser.

»Bis die Sonne untergegangen ist. Der Bastard von Prinz hat letztens den ganzen Tag von seinem Turm hinabgesehen. Ich bin nicht dumm. Natürlich hat er mich im Auge, und ich weiß auch warum.« Er bleckte die Zähne »Wir müssen vorsichtig sein.«

»Und dann?«, fragte ich. Ich wusste, was dann geschehen würde, und verkrampfte unwillkürlich die Hände ineinander. Wir würden bis zu der Zugbrücke gehen, an der Elia zuletzt gescheitert war. Und dann sollte ich mit diesen Händen die Zugbrücke öffnen. Sobald wir uns einen Weg in die Kupferstadt verschafft hatten, würden wir in ihren Schatten untertauchen und zwei Opfer suchen, denen wir die Kleidung stehlen konnten. Elia wüsste, wo wir anschließend untertauchen konnten, und ich fragte nicht danach, wie er sich vorstellte, gegen die vielen Soldaten anzukommen, die die Metallstadt bevölkert hatten wie Ameisen einen Stein. Sollte er nur träumen, dachte ich. Nur weil ich die Seltergabe hatte, konnte er nicht erwarten, dass ich auf Kommando funktionieren konnte wie eine seiner Artistiknummern.

Elia seufzte genervt und ich zog müde die Knie an mein Kinn.

»Und dann retten wir Sofija, hast du verstanden?« Unter seinen Augen konnte ich noch immer die langen Schatten sehen, die die schlaflosen Nächte einforderten.

Ich knirschte mit den Zähnen und hob die Hand. »Ich grill dich, Elia Lean, wenn du weiterhin so frech bist.« Erschrocken zuckte er zurück, als könnte er einer unsichtbaren Kraft ausweichen.

Grinsend begegnete ich seinen grünen Augen und streckte ihm die Zunge raus.

»Das ist nicht witzig«, beschwerte er sich kopfschüttelnd.

»Ein Lächeln würde dir gut stehen.«

Das würde uns allen gut stehen. Ich sah zur Kupferstadt hinauf und beobachtete die Sonne, wie sie mit den Wolken Verstecken spielte. Ihre langen Strahlen streichelten das Wasser und kitzelten Elias Gesicht. Sein feuerrotes Ohr, das mit einer blutigen Kruste bedeckt war. Ich bemühte mich, nicht hinzusehen, also schweifte mein Blick auf die kleine Unterführung, den ebenmäßigen Pfad unterhalb der Brücke. Tatsächlich konnte man ihn nicht vermuten, wenn man nicht wusste, dass es ihn wahrhaftig gab. Er war unscheinbar. Beinahe bedeutungslos, als es mir plötzlich wie Schuppen von den Augen fiel.

Wie war der Soldat dort hingelangt?

Ich sprang auf und kletterte neben Elia die Balken hinauf. Meine nackten Füße tappten wie in der nebeligen Nacht auf dem steinigen Untergrund. Es war wie vor Tagen. Und doch war es anders. Der Nebel fehlte. Der dampfende Rauch, der diese Stadt wie eine Krankheit überfiel – sie beinahe zu verschlucken schien, bis nichts mehr von ihr übrig blieb.

»Was hast du vor?«, zischte Elia aufgebracht und kam mir leise schleichend hinterher. »Wenn wir erwischt werden, kannst du was erleben.«

Ich kniff die Augen zusammen, um an der Steinmauer etwas zu erkennen. Einen Griff oder gar eine Tür, durch die der Soldat unbemerkt hätte verschwinden können.

»Bist du hier langgelaufen?«, fragte ich und deutete auf den verbliebenen Weg vor uns. »Ich meine, als der Soldat dich zum Prinzen geführt hat. Wo genau wart ihr da?«

»Falls du es nicht vergessen hast. Ich hatte meine Augen verbunden. Wir sind weit gelaufen. Ich habe den Fluss gehört und dann eine Tür. Oder ein Tor. Ich weiß es nicht.« Und leider war auch zu diesem Zeitpunkt der Nebel wieder das größte Problem, das uns wichtige Bestandteile dieses Rätsels verwehrte. Ich war ihnen hinterhergelaufen, bis zu jenem Punkt, der mich erblinden ließ.

»Und dann waren wir in einer Art Kammer. Sie war aus massiven Steinen mit Fackeln an den Wänden. Ein Keller oder so etwas.«

»Waren da noch andere Soldaten, als er dich mitgenommen hat?«

»Nein«, sagte Elia kopfschüttelnd. »Wir waren allein.«

»Bist du dir sicher?«

»Noch einmal, ich hatte meine Augen verbunden. Doch ich vermute, dass wir allein waren. Wirklich.«

Er war also nicht an den stählernen Pforten vorbeigegangen. In meinem Kopf arbeitete es, während ich mich der Steinmauer näherte, die keinen Spalt offenbarte. Kein Hinweis darauf, dass sich dahinter ein Gang verbarg. Ich hob die Hand. In der Hoffnung, dass ich etwas spüren konnte. Doch da war nichts. Keine Energie, die meine Finger kribbeln ließ.

»Was soll das?«, fragte Elia genervt und packte mich an den Schultern.

»Ich überlege, du Hornochse. Und das solltest du auch. Fragst du dich nicht, wie es ein Soldat schafft, einen Steandler wie dich innerhalb dieser Mauern zu bringen? Unbemerkt?«

»Vermutlich bestand ein großes Interesse«, sagte er schulterzuckend.

»Und doch nicht das Interesse des Königs, denn sonst hätte er dich abführen lassen. Nach der Explosion hättest du es eigentlich verdient. Das weißt du.« Er knirschte mit den Zähnen, aber nickte.

Auch in seinem Kopf arbeitete es, noch bevor er ergeben die Schultern sinken ließ.

»Dieser Mistkerl hat also doch versucht, uns zu schützen.«

»Welcher Mistkerl?«

»Na, der Prinz!«, zischte er mit geballten Fäusten.

»Der Prinz, der wohl nicht mit dem König zusammenarbeitet, Elia. Jetzt ergibt es einen Sinn!« Ich drehte mich zu ihm um und sah ihn eindringlich an.

»Der Prinz ist auf unserer Seite und hütet ebenfalls ein Geheimnis … einen Geheimgang oder so etwas … durch den er unbehelligt mit dir kommunizieren konnte. Ob persönlich oder mit dem Soldaten. Die Lösung muss hier sein!«, sprudelte ich. Ich hob meine Hände und dachte nach.

Hier irgendwo musste etwas sein. Ein Hinweis … oder …

»Ein herausstehender Stein. Wie ordinär!«

Ich lachte leise, doch schauderte, als mich eine Erinnerung heimsuchte, die ich nicht gehabt haben konnte. Eisige Fackeln aus blauem Licht leuchteten mir den Weg durch einen dunklen Pfad.

Überall roch es nach kaltem Stein. Überall roch es nach stinkenden Leibern, Asche und Tod.

Das blaue Licht bedeckte einen herausragenden Stein, der mit dem Druck einer grauen Hand in der Wand verschwand. *Hier lang,* hallte es in meinem Kopf. *Hier lang, schnell!*

Auch jetzt sah ich eine Hand, doch dieses Mal war es meine Hand, die den Stein umklammerte und ihn in die Wand schob.

Mit einem leisen Ächzen schob sich die Steinwand zur Seite, bis sich ein gespenstisch dunkler Gang offenbarte, der mit leisem Flüstern nach uns zu rufen schien.

»Ach du Scheiße«, flüsterte Elia.

»Das passiert, wenn man mal nachdenkt, Elia Lean«, sagte ich, doch schaffte es nicht, das Zittern in meiner Stimme zu unterdrücken.

Woher kannte ich diese Verstecke und woher kam das blaue Licht, das sich wieder und wieder vor meine offenen Augen schob?

»Gehen wir!«, forderte ich drängend, um die Bilder zu vertreiben.

Doch Elia blieb stehen.

»Was wird da drin wohl auf uns warten?«

»Das Gleiche, was uns hinter der Zugbrücke erwartete hätte. Du glaubst doch wohl selbst nicht, dass wir mit offenen Armen empfangen werden.«

Er sollte lieber mit seinen Dolchen spielen, dachte ich genervt und machte einen demonstrativen Schritt in den kühlen Steinraum.

»Wir werden es überleben.« Wir Steandler waren schließlich wie Parasiten. Nur, dass wir jetzt tatsächlich einen Schaden hinterließen, sagte eine starke Stimme in meinem Innern.

48

Jana

Sobald wir in dem Raum standen, verschlang uns die Dunkelheit mit einem leisen Schaben. Ein Ächzen, das mich an den schweren Atem einer Bestie erinnerte, die in der Dunkelheit auf uns wartete.

»Und jetzt?«, flüsterte Elia. Ich wusste nicht, was jetzt geschehen würde. Wir waren blind. Umgeben von Stein in einem undefinierbaren Raum, dessen Anfang sowie Ende ich nicht erahnen konnte.

Doch … wir waren drin. Ivan hatte recht gehabt, dass es in jeder Hauptstadt eine Art Fluchtweg geben musste. Wenn er auch nicht recht behalten sollte, dass wir uns in der Kanalisation befanden.

»Verdammt, ich sehe nichts!«

»Ich auch nicht und jetzt sei still. Ich muss nachdenken.«

»Dann denk schneller nach. Wenn du nicht schnellstmöglich deine Selterhände benutzt, könnten uns die Soldaten einkesseln. Und dann ist es aus.«

Wütend schnaufend ballte ich die Hände zu Fäusten. Wenn ich ihn gesehen hätte, dann hätte ich ihm zu gerne die Augen ausgekratzt. Ich hatte mich noch nie mit ihm gestritten. Doch jetzt war meine Geduld am Ende. Ich hatte gerade einen verdammten Eingang gefunden! Er sollte froh sein, dass ich mich auf seine Forderungen überhaupt eingelassen hatte. Dumm genug war ich, ermahnte mich meine Stimme in meinem Kopf. Ja, dumm genug, um einem liebeskranken Mann zu folgen, der mich in mein Verderben stürzen konnte. Wild klopfte mein Herz in meiner Brust. *Und dabei wird er dich niemals wollen. Es wird immer Sofija sein. Immer nur sie.*

»Du glaubst auch, dass ich einfach machen kann, Elia Lean. Sofija hatte recht, als sie dich ignorant, arrogant und großkotzig genannt hat!«

»Jetzt übertreibst du«, knurrte es mir entgegen.

»Ich übertreibe nicht. Ich bin kein Dolch, den man einfach so durch die Luft schmeißen kann. Ich bin ein Mensch!«

»Haisha! Mit Fähigkeiten, die kein normaler Mensch haben kann!«

»Jetzt wirst du unfair. Bis vor Kurzem wusste ich nicht mal, dass ich diese Kraft überhaupt habe!«

»Was ich überhaupt nicht verstehen kann!«, drang sein heißer Atem an mich heran. Ich spürte ihn. Spürte seine heiße Brust, die sich vor mir aufbaute, als ich meine geballten Fäuste gegen seine Mitte drückte. »Wie kann man all die Jahre nicht wissen, dass man solche Kräfte überhaupt hat?«

»Nicht jeder hatte eine schillernde Vergangenheit, Elia Lean«, fuhr ich ihn an und drückte ihn von mir weg.

»Ich hätte es wissen sollen«, fuhr er ungerührt fort. »Du bist nutzlos. Du bist einfach nur eine Last, die diese ganze Mission ruinieren könnte! Wegen dir wird Sofija innerhalb dieser Mauern sterben. Nur wegen dir!«

»Wegen mir?!«, überschlug sich meine Stimme, dabei war es mir egal, dass ich lauter geworden war und uns womöglich jemand hörte. Sollten die Metallsoldaten Elia mitnehmen. Sollten sie ihn in Ketten legen! Ich kochte vor Wut. Glühend heiß brannte es durch jede Ader meines Körpers.

»Wegen mir sind wir überhaupt so weit gekommen! Ohne mich würdest du überhaupt nicht mehr leben! Nur wegen mir …!« Ich machte eine ausschweifende Bewegung, als die Hitze in mir überzukochen drohte. Ein heißer Feuerstrahl verließ meine Finger und fand sich an einer Steinwand wieder. Fackeln erhellten sich nacheinander und offenbarten einen dunklen, länglichen Raum, der in drei verschiedene Gänge führte. Erschrocken wich ich zurück und stieß gegen Elias Brust.

»Na also!«, sagte er glücklich und zog mich unverhofft in seine Arme. Das Gefühl übermannte mich. Ließ mich beben und zittern, doch ich schaffte es, mich rechtzeitig von ihm zu lösen. »Ich wusste, dass du es schaffen würdest.«

Ich begegnete seinem selbstgefälligen Gesicht und rollte die Augen. Aber tatsächlich tat ich es, um mein rennendes Herz zu beruhigen. »Jetzt sag mir nicht, dass du mich provoziert hast.«

Er zuckte die Schultern. »Ivan hat eine Theorie. Eine äußerst sinnvolle Theorie. Da du ein Selter in der Ausbildung bist, weißt du noch nicht mit deinen Kräften umzugehen. Wir vermuten außerdem, dass deine Fähigkeiten sich nicht nur auf die herkömmliche Kraft beschränkt. Deine Kraft bezieht sich auf Gefühle und Gedanken. Du bist etwas Besonderes.« Letzteres sagte er sogar ziemlich stolz, sodass ich nur den Kopf schüttelte.

»Ich möchte mich nicht aufregen.«

»Das war bitter nötig«, sagte er noch immer grinsend. »Endlich ist die sonst so beherrschte Jana ausgebrochen.« Und das stimmte.

Normalerweise entfloh ich, sobald mich meine Gefühle übermannten. Ich zog mich zurück. Ein Selbstschutz, den ich errichtet hatte, um unantastbar zu bleiben.

»Na gut, dann komm, ehe wir hier Wurzeln schlagen.« Elia griff eine der Fackeln und wählte den Gang, der geradeaus weiterführte.

Ich wollte nicht fragen, woher er wusste, wohin wir gingen. Ich folgte ihm. Er würde schon wissen, was er tat.

Es stellte sich heraus, dass wir uns in einer Art unterirdischem Labyrinth befanden. Verwinkelte Gänge, verriegelte Türen und außerdem Treppen, die nach oben führten. Wir entschieden uns, eine Treppe zu nehmen, die am steilsten nach oben verlief. Vielleicht führte der Gang direkt in unser Verderben. Vielleicht aber auch nicht. Elias Blick war rastlos. Seine müden Augen flogen hin und her. Wie viel Uhr wir nun haben mussten?

Zu unseren Festtagen waren die Kupferstädter noch bis zur späten Stunde auf den Beinen. Doch da wir nun nicht mehr da waren und auch sonst keine Lichter zur späten Stunde brannten, könnten wir Glück haben, unbemerkt aufzutauchen. *Wenn nicht überall die Metallsoldaten stehen, wie sie am Marktplatz vertreten waren,* dachte ich. Ihre Rüstungen hatten im Schein der Fackeln geglänzt wie die Statuen eines Springbrunnens. Nur, dass ihre Waffen nicht logen. Kupferschwerter. Messer, als Drohungen, ihr Volk in Zaum zu halten. So waren sie mir begegnet, die schillernden Untertanen in weißer Tracht und Goldketten. Ausgehungert.

Ängstlich. Die Festtage dabei als willkommene Abwechslung von einem etwas mir Unbekannten. Ihr Applaus hatte den Marktplatz belebt wie ein Hilferuf. Ein schriller Schrei, der erst jetzt in einem Echo an mich drang.

»Was ist, wenn es stimmt?«, fragte ich leise flüsternd.

»Wenn was stimmt?«, sagte Elia über unsere leisen Schritte hinweg.

»Dass der König ein Monster ist?« Ich schauderte. Elia sah mich lange an. Die grünen Augen dabei von den Flammen der Fackel erhellt.

»Dann sollten wir ihn niederstrecken, bevor es zu spät ist.«

Ich sah seine Entschlossenheit und ließ mich davon anstecken.

Er nahm meine Hand und verschränkte unsere Finger ineinander. Unwillkürlich hielt ich die Luft an, als er mit dem Daumen über meinen Handrücken strich. Ganz so, als würde er mich nie wieder loslassen.

Ich wusste, warum ich das alles mitmachte. Warum ich mein Leben aufs Spiel setzte. Ich wusste es bereits, nachdem ich ihn am Fluss hatte sitzen sehen, den Blick stets zum glitzernden Mondwasser gerichtet. Die Augen verheult, als Sofija mitgenommen wurde. Ich tat es wegen ihm … um ihn zu halten. Denn ohne Sofija war er nicht der Elia, den ich kannte und … liebte.

Ich erschrak vor dem heftigen Schlag meines Herzens. Vor der Erkenntnis, die mit kalten Fingern meinen Rücken hinabwanderte.

Ich *liebte* Elia Lean.

Ich hatte es über all die Jahre hinweg immer getan.

49

Sofija

Er kam nicht. Ich hatte es irgendwie geahnt. Die ganze Nacht hatte ich wach gelegen in der Hoffnung, dass er neben meinem Bett stehen würde.

Doch je mehr Stunden vergingen, wurde die Gewissheit zu einem bleiernen Stein, der sich in meinem Herzen ansammelte. Ich konnte nicht schlafen.

Und so sah ich den Kerzen am Kronleuchter zu, wie sie langsam, aber sicher abbrannten, bis sie in den frühen Morgenstunden einfach ausgingen.

Ich wusste nicht, was ich Eric sagen sollte. Was genau er hören wollte. Ich wollte ihn nur sehen und ihn bitten, mich zu fragen, ob ich das alles wollte.

Aber was erwartete er von einer hörigen Gefangenen? Dass ich mich dem König entziehen konnte? Und was interessierte es ihn? Stimmte es, was Lucius gesagt hatte? Dass er … eifersüchtig war?

Ich seufzte, als Aidelina den Tag mit dem Rhythmus der Phasen begann. Gerade wand sie eine Haarsträhne um die andere und platzierte einen Hut mit Federn auf meinen Kopf. Ein Anorak in Silber bedeckte meinen dünnen Unterrock bis zu den Knöcheln. Ich brauchte Aidelina nicht zu fragen, ob wir ausgingen. Ich wusste, dass ich in diesem Aufzug vorgeführt werden würde. Vor wem auch immer.

Hier, sie legte mir ein Tuch in die Hand und Handschuhe auf den Schoß. Das Tuch war für meinen geschundenen Hals. Die Handschuhe um das zu verdecken, bei dessen Anblick sich mein Herz schmerzhaft zusammenzog: ein spiegelverkehrtes E auf meiner Handfläche. Es hatte sich hineingebrannt wie eine Narbe. Eine Verletzung, die unter Grind zu heilen versuchte.

Zieh die an.

Ich nickte, als ich mich ein letztes Mal im Spiegel betrachtete. Ich sah aus wie eine Dame, dachte ich. Und fühlte mich wie ein armes, hilfloses Kind.

Wie beim letzten Mal auch nahmen wir die Pferde. Lucius wartete bereits flankiert von einer weitaus größeren Formation als das letzte Mal vor den königlichen Ställen auf mich.

Es roch nach Heu, Pferdeäpfeln und Metall. Es roch nach dreckigem Blut.

»Guten Morgen, Liebste«, trällerte Lucius. Wie ich nun sah, trug ich dieselbe Robe wie er. Ein langer Umhang floss wie Tinte seinen Rumpf hinab. Die Krone blitzte im trüben Sonnenlicht, das sich tapfer durch die schleierartigen Wolken kämpfte. Silber, Gold.

Eine Skulptur, so schön, dass nur die Götter dafür verantwortlich sein konnten. Er versah mich mit einem Lächeln und deutete auf ein Ross, das von einem Stalljungen geführt wurde.

Ich durfte selbst reiten.

Ich nickte erleichtert und sah Tarance, Kyron und Luc, die mit finsteren Mienen mein Umfeld beobachteten. Eric war nirgends zu sehen. Stattdessen sah ich den Herrn Minister, der neben dem König stand und mich musterte.

»Wohin reiten wir?«, hörte ich mich sagen. Lucius lachte aufgesetzt, ließ aber den Minister sprechen, der seinen Kopf zu mir neigte.

»Die Untertanen verlangen nach dem Gesicht ihrer Herrscher. Noch bevor die Hochzeit stattfindet, werden wir unsere wichtigsten Städte bereisen.«

Und mich vorführen wie eine kleine Puppe, vollendete ich stumm und nickte traurig. Der Minister sah aus, als hätte er meine Gedanken erfasst.

»Das ist keine Vorführung. Das ist Taktik. Die Untertanen sehnen sich nach einer Königin. Warum sollen wir also noch länger warten?«

»In der Tat«, lachte der König und schnipste Haymish zu sich, der mich wölfisch angrinste. »Schließlich soll jeder wissen, dass du zu *mir* gehörst, Sofija.« Ich musste an Eric denken. An seinen nicht zu deutenden Blick von gestern – und wünschte mir einfach nur, noch Samantha zu sein. Jede andere, nur nicht Sofija, die unter der Hand des Selters immer kleiner wurde.

50

Sofija

Wir ritten durch mir unbekannte Gassen der Kupferstadt. Das Echo der Hufe verschmolz mit dem Ticken der Marktplatzuhr. Ich hatte dieses Vibrieren vermisst, auch wenn ich wieder und wieder an Eric denken musste. An unseren Tanz. An den Duft aus Rohzucker und Orangen.

An seine Augen, die so viel mehr waren als nur Gold. Nebel stieg auf. Ein heißer Dampf, der uns die Sicht nahm, während wir unseren Weg passierten, der heute nicht von Zuschauern gesäumt war.

Ganz so, als sei die Stadt leer gefegt. Als würde niemand mehr innerhalb dieser Mauern wohnen.

Laray war ein Ort unmittelbar hinter den Mauern der Kupferstadt. Eine kleine, schöne Stadt mit roten Zinndächern und Schornsteinen, aus denen heißer Dampf in den Himmel stieg. Doch als ich genauer hinsah, entdeckte ich die morschen Holzbauten, die abbröckelnden Hausfassaden und den Dreck auf den Kleidern ihrer Bewohner. Ein Ebenbild zu den Menschen in Kambru, auch wenn hier nicht alle eingefallene Wangen hatten, sondern nur steingraue Haut, die aussah wie die Hausfassaden.

»In Laray arbeiten die Menschen hart, Liebste. Laray ist eine Industriestadt, die uns mit wichtigen Gütern für meine Armee versorgt. Hier wollen wir unseren Dank aussprechen für die gute

Arbeit, die sie leisten. Sicherlich freuen sie sich, ihren König zu sehen. Und natürlich ihre zukünftige Königin, die einige Worte an sie richten wird.«

»Ich soll was tun?« Meine Stimme überschlug sich, und ich zuckte zusammen, als ich seine Hand sah, die auf mich zugeschossen kam.

Er legte sie sanft unter mein Kinn, sodass ich ihn ansehen musste. Dann verwandelte sich sein gütiges Lächeln in ein überhebliches, unerträgliches Lachen. Ich biss mir auf die Innenseite meiner Wange, bis ich Blut schmeckte.

»Du wirst mir zustimmen, bei allem, was ich sage. Merke dir nur diesen einen Satz.« Er genoss es, mir den Atem zu rauben. Ich zitterte unter seinen Fingern und rührte mich nicht, als er mir einen eisigen Kuss auf die Lippen hauchte.

»So sei es, bis in alle Ewigkeit. Nun sag es.« Die gleichen Worte, die mich an ihn gebunden hatten. Die gleichen Worte, mit denen er mein Schicksal besiegelt hatte.

Ich schauderte unter meiner Stimme, die sich mit seiner vermischte, und hoffte, dass jeder heraushören würde, dass ich keines der Worte so meinte.

Lüge, hörte ich Eric sagen und spürte, wie mein Herz wieder schwerer wurde.

Lüge, so wie alles, was ich hier tat.

Wir passierten die Gassen und Lucius ließ sich von der Anwesenheit seiner Untertanen feiern, auch wenn hier niemand sein Kommen ersehnt hatte. Wie in Kambru standen sie am Rand der Straße und sahen der langen Soldatenformation zu, die an ihnen vorbeistolzierte.

Und wieder spürte ich ihre Blicke auf mir ruhen. Auf mir ganz allein.

Stumm und fordernd. Blicke, die mich nicht losließen.

Wir erreichten einen offenen Platz, auf dem sich Lucius in Lobeshymnen bei seinem Volk bedanken würde. Für die fleißigen Hände, die Waffen schmiedeten.

Für die fleißigen Hände, die für ihren König aus Gold und Silber bluteten. Ich stand nur daneben und sah sie an. Drehte mich im Kreis und wünschte mir, dass sie nicht mehr so starren würden.

Augenblicklich erinnerte ich mich an meinen letzten Auftritt auf der Steandlerbühne, wo ich mich in den Blicken der Kupferstädter gesonnt hatte. In meinen Augen waren sie alle gleich. Schillernd und strahlend. Von unendlichem Reichtum bedeckt und außerdem auch noch bildhübsch.

Ich hatte mich getäuscht. Hier lief etwas schief. Etwas ganz Fundamentales.

Mach doch was.

Im Vergleich zum letzten Jahr hatten sich in Kupferstadt so viele grundlegende Dinge geändert: die Metallsoldaten, die in jeder Ecke standen, als beobachteten sie ihr Volk mit Argusaugen. Mit den Augen eines … *Kulatras*. Genau wie heute. Die Waffen gezückt, als Zeichen, dass sie sich zu benehmen hatten, während Lucius sprach.

»Werte Untertanen …«

Ich fand mich in Gedanken auf meiner Bühne wieder, während der Applaus über den Marktplatz donnerte. *Er war so viel heftiger als in Smarakta, so viel fordernder als in Friole und so viel erschütternder als in Lealo. Hier schienen die Kupferstädter auf unser Freudenfest nur gewartet zu haben. So waren sie noch nie.*

Doch das hier war kein Freudenfest mehr. Das waren keine Illusionen mit bunten Tüchern und heidnischen Gesängen und Tänzen. Das war die bittere Realität.

Mach doch was …

Aber nein, ich konnte nichts mehr machen, außer meine Zunge blutig zu beißen, die so viele Worte sagen wollte. Sagen sollte. Die so viele Fragen verschluckte. Und eigentlich alles beklagen wollte, was hier so augenscheinlich schieflief.

»Nicht jedem ist die Gunst des Herrschers vergönnt.«

Während die Kupferstadt in ihrem Glanz erstrahlte, starb der Rest des Reiches Kupfoa vor den Pforten der sicheren Stadt.

Augenblicklich musste ich mich an die Worte meines Vaters erinnern. *Nicht alles, was glänzt, ist auch Gold.*

»Man muss nur lernen zu gehorchen und zu funktionieren. Zu arbeiten und alles zu geben. Den Leib, die Seele und sein ganzes Herz. Lang lebe das Reich Kupfoa!«

Als Lucius fertig war, sah er mich an und nahm meine Hand in seine. Ich schauderte unter seinen Augen und versenkte meinen Blick im Nichts. Mein Zeichen. Nun war ich an der Reihe.

»Und so sei es«, flüsterte ich, bis Lucius meine Hand so fest drückte, dass ich keuchte.

»Lauter!«

»Und so sei es«, sagte ich wieder, funkelte ihn an und biss die Zähne zusammen. »Bis in alle Ewigkeit.« Es klang so falsch wie das, was Lucius mit einem Kuss demonstrierte. Ich ballte die Hände zu Fäusten, als er mich mit seinen fordernden Lippen zum Schweigen brachte.

Die Soldaten johlten. Die Bürger waren still und sahen mich an.

Ich spürte jeden einzelnen ihrer Blicke, begegnete ihnen. Versuchte, ihnen mit den Geschichten meines Gesichtes zu zeigen, was Wahrheit und was Lüge war.

Lüge. Lüge. Lüge.

Der Minister flankierte den König und flüsterte ihm etwas ins Ohr.

»Mit Präsenz zeigt man Macht«, wiederholte Lucius zustimmend und sonnte sich im Johlen seiner Männer. Doch dann hörte ich etwas anderes. Eine heisere Stimme, die ein Lied anstimmte. Ein alter Mann, der am Rand stand und die Hände in meine Richtung hob. Ich kannte die Melodie. Sie hatte wenige Höhen, viel mehr Tiefen, die sich so samtig anhörten wie eine warme Decke an kalten Tagen. Ein Wiegenlied, das man früher den Kindern vorgesungen hatte. Es war das Lied des *Einsamen Soldaten*. Ein Kriegslied, das weit vor der Tradition der Steandler entstanden war. Ich kannte es nur, weil ich es auf der langen Reise zwischen den Reichen aufgeschnappt hatte. Die alten Waschweiber sangen es noch immer.

Soldat tot und allein
Ganz allein
Irgendwann wird Friede sein.

Ich hatte es schon damals gemocht, auch wenn es so traurig war, dass ich es nie zu singen gewagt hatte.

Jetzt vermischten sich Stimmen aus meiner Erinnerung mit der einzelnen, die sich aus der Masse erhob. Der Mann. Er richtete sich auf. Die silbergrauen Augen von dicken Schatten umrandet.

»Lang lebe die Königin. Königin Sofija. Die Erbin des Windes.«

Der Wind trug es an mich heran. Zerrte an den Geschichten meines Gesichtes, bis sie erschrocken zusahen, was mehr und mehr Münder murmelten. Der Minister hörte auf zu sprechen und selbst der König hörte dem immer lauter werdenden Lied zu.

»Wer?«, hörte ich ihn knurren, doch ich schaffte es nicht, den Blick von den Menschen abzuwenden, die entschlossen zu mir hinaufsahen.

Lang lebe die Königin
Königin Sofija
Die Erbin des Windes.

Sie wiederholten es wieder und wieder.

Hilflos sah ich mich um und begegnete den Augen von Tarance. Er stand mit den anderen Metallsoldaten zwischen den Menschen und hielt die Waffen fest, die um seinen Gürtel hingen. Er hatte nichts mit Aidelina gemein, außer den hellen Haaren und Augen, dachte ich. Sie hatte ein weiches Gesicht. So weich wie die Züge einer Elfe. Und er war so hart wie ein Fels. So ruppig wie ein Tau. Doch jetzt sah ich die unerschrockene Entschlossenheit in seinen Augen aufblitzen.

Jene Entschlossenheit, die mich angesteckt hatte, als Aidelina meine Hand gehalten hatte. Genau wie Dana. Jetzt spürte ich seine Anteilnahme, erkannte sie darin, wie er eine geballte Hand auf die Brust legte. *Ich lasse dich nicht los.*

Tränen stiegen mir in die Augen und ich ließ sie laufen, als sie noch lauter wurden. Die Stimmen. Jede einzelne Stimme, die sich im Nichts verlor.

Tränen waren kein Zeichen der Schwäche, wie mir in jenem Moment bewusst wurde. Sie machten mich stark. Ich trug sie wie den Schmuck, mit dem Lucius mich behängt hatte.

Sie waren wie Perlen. Ich knüpfte sie auf einen Faden, zusammen mit den anderen Erinnerungen, die mich nie wieder loslassen würden.

Ooley, Elia, Zan Zahray, Jana. Darius, Dillan und Dana. Und Sofija, das Mädchen, das ich einmal gewesen war.

Ich küsste meine Faust und legte sie auf mein Herz, ehe ich sie mit einer schwungvollen Bewegung meiner Handfläche auflöste. Ein Steandlergruß. Um genau zu sein, ein letzter Abschied, bevor der Wind einen davontrug. Wir fangen den Kuss mit der Faust ein, legen ihn auf das Herz und geben ihn dem Wind.

Sie machten es mir nach. Die Stimmen nun entschlossener.

Prompt spürte ich Lucius' Blick auf mir. Er sah alles andere als zufrieden aus. Anders als der Herr Minister, der abermals eine Hand an sein Ohr legte. Lucius nickte und nahm mein Gesicht in seine Hände. »Ganz ruhig, Liebste. Du brauchst dich vor diesen bösen Menschen nicht zu fürchten.« Behutsam strich er über meine getrocknete Wange und küsste sie.

Danach wurde es unruhig. Metallschuhe auf heißem Stein.

Hufeisen auf Metall. Ich wurde von einem der Soldaten am Arm gepackt und nach hinten gezerrt. Bevor sich eine weitere Formation vor mich stellen konnte, sah ich, wie sie ihre Waffen zückten und Blut spritzte. Ich konnte nicht schreien. Zu groß war der Schmerz, der sich in meiner Kehle ansammelte.

Ihr Schreien schnitt die Melodie. Zerriss sie wie ein Blatt. Und ich betete zu den Geistern der Vergangenheit, dass dieses grauenvolle Blutvergießen aufhören würde.

»Wer lügt, bekommt die Zunge abgehackt. Wer Unfrieden stiftet, seinen Kopf, der mit dummen Ideen getränkt ist. Merke dir das gut. Bald wirst auch du Urteile sprechen.«

51

Eric

Herein!« Ich hatte keine Lust, jemanden zu empfangen, doch die Pflicht war größer. Ich reckte das Kinn und nickte Tarance zu, der mir einen stummen Gruß sandte.

»Mach die Tür zu«, seufzte ich, ließ meinen geraden Rücken einfallen und stützte meinen Kopf auf die Handballen. Unter mir tummelten sich Schriften, Pläne und Satzungsordnungen. Dinge, die ich schon eher hätte erledigen müssen, wenn ich nicht so verdammt unkonzentriert gewesen wäre.

»Berichte.«

»Jawohl, Hauptmann.« Und so begann er, routiniert seinen Bericht herunterzurattern, der nach jedem Satz mit *»Mein Hauptmann«* endete. Ich nickte hin und wieder und biss die Zähne zusammen, als er bemerkte, dass alle Zelte der Steandler abgebaut waren.

»Keine Spur mehr von ihnen?«

»Nein, mein Hauptmann.« Ich hatte mehr von Elia Lean erwartet.

Dass er weiterhin versuchte, hier einzudringen. Oder, dass er mit bloßen Fäusten die Pforten zertrümmern wollte. Vermutlich hätte ich Gefallen daran gefunden, ihn zu bestrafen. Vermutlich aber auch nicht, wenn es so weit gekommen wäre. Mein Bruder war da anders. Unwillkürlich biss ich hart auf meine Zunge.

»So ein Mistkerl.« Ich stand auf und ging zum Fenster hinüber.

Die Sterne flackerten am Himmel. In der Reflexion der Scheibe konnte ich nur die Kerzen sehen, die meinen Schatten tanzen ließen. Tarance hinter mir sah so aus, als wolle er noch etwas anführen. Ich wollte es nicht hören. Wenn es mit dem Mädchen zu tun hatte, war es nicht für meine Ohren bestimmt. Es hatte mich nicht mehr zu interessieren. Dennoch hörte ich mich nach Luft schnappen und ihn sprechen.

»Sie leidet.«

»Das ist nicht Teil deines Berichtes, Kamerad.«

»Aber Teil meines Amtes als Freund.«

»Sie hat ihr Herz meinem Bruder geschenkt. Sie ist eine gerissene, kleine Schauspielerin. Und außerdem ist sie berechnend.« Sie hatte mich angelogen. Wieder einmal. Jede noch so kleine Offenbarung war ein Spiel gewesen. Eine Taktik, um mich in ihr Netz zu spannen. *Lüge*, rügte ich mich. Lüge! Ich hätte mich nicht um ihre Angelegenheiten kümmern dürfen. Sie hatte mich ausgenutzt, damit ich ihr bei alldem half. Elia Lean, die Steandler. Und alles, was sie sonst gesagt hatte. Prompt sah ich ihren geschundenen Hals vor meinen offenen Augen.

Sicherlich konnten es Striemen einer Verletzung sein. Es könnten aber auch fordernde Küsse sein. Lippen, die Flecken hinterlassen hatten. Ich fuhr herum und schmetterte eine Faust auf den Tisch. Der Schmerz pulsierte meinen Arm hinauf. Es fühlte sich gut an.

»Sie wird gezwungen, ihn zu lieben, Eric.«

»Das tut nichts zur Sache.« Doch Tarance ließ sich nicht beirren.

»Sie leidet, Eric. Jeder kann es sehen, nur du nicht.«

»Sie spielt Spielchen mit mir!«

Er schüttelte den Kopf. »Ich kann verstehen, dass du verletzt bist.«

»Ich bin nicht verletzt.« Und das hörte sich noch falscher an, als es sich anfühlte.

»Sieh hin, Eric. Sie ist die einzige Hoffnung, die noch bleibt. Und sie leidet. Ich habe sie heute gesehen. Wie sie neben ihm stand und zu deinem Volk gesprochen hat. Sie hat Angst vor ihm. Es ließ sich nicht verhehlen.« Er legte vorsichtig eine Hand auf meine Schulter, die ich wegschlug. »Dein Volk hing an ihren Lippen. Als sie sprach, konnte ich es sehen. Hoffnung.«

»Du spricht gerade, als würde etwas Fundamentales schieflaufen innerhalb dieser Regierung.« Als er lange schwieg, schoss es mir heiß in den Kopf.

»Was ist geschehen?«

Er sprach und mir war es, als würde mein Blut gefrieren. Ich sah die Bilder vor mir. Wie ein Schwert durch die Luft schwang und einen Kopf vom Hals schlug. So machte man das hier in Kupferstadt.

Lügner bekommen die Zunge abgehackt. Unruhestifter bekommen den Kopf abgeschlagen.

»Die Westfront berichtete von Unruhen, Eric. Sie berichteten von Zusammenschlüssen, die sich gegen die brutale Willkür der Herrschaft deines Bruders auflehnen. Seitdem Sofija sich schützend vor den Jungen in Kambru gestellt hat, ist es schon so. Sie spaltet die Geister, Eric. Und sie schwebt in großer Gefahr! Viele verehren sie. Doch einige fühlen sich bedroht. Sie könnten ihr wehtun, Eric. Hör mich an.«

»Wo ist sie?«

Tarance sah nun unheimlich traurig aus. »Sie tanzt. Für ihn ganz allein.«

Der Schlag, der durch meine Glieder fuhr, wurde von einem Klopfen unterbrochen. Ich hetzte zur Tür und riss sie auf.

»Eric«, hörte ich Jon keuchen, als der hagere Mann sich an mir vorbeidrängte. Seine Augen waren weit aufgerissen und flirrten wie die Flügel eines Nachtfalters. »Ich muss mit dir sprechen. Es ist wichtig!«

»Nichts für ungut, Jon«, sagte ich und fuhr mir durch das Haar. »Ich muss los. Jetzt sofort.« Ich hatte wichtigere Dinge zu tun. Ich musste zu Sofija. Ich musste mit ihr sprechen. Doch Jon packte mich an den Unterarmen. »Hör mir doch zu. Ich habe … ich habe etwas herausgefunden.«

»Das muss bis morgen warten. Ich besuche dich in deiner Bibliothek. Ich muss …« Ich sah zu Tarance, der zu einer Statue geworden war. Wie es die militärische Etikette verlangte, den Blick abgewandt. Die Hände hinter dem Rücken verschränkt. »Ich muss …« Ich konnte es nicht aussprechen und ließ die beiden einfach stehen.

»Es geht um deinen Vater!«, hörte ich Jon noch sagen. Doch ich konnte nicht mehr umdrehen. Alles, an was ich noch denken konnte, war sie.

Als ich die Gänge entlanglief, war ich wie im Wahn. Alles um mich herum pulsierte. Ich wollte alles kurz und klein schlagen. Alles, was sich mir in den Weg stellte. Lucius würde dafür bluten, nahm ich mir vor. Er würde irgendwann für all das büßen. Alles, was er dabei war, mit seinen Händen zu zerstören. Das Werk unseres Vaters. Unser Reich, das er mit Füßen trat.

Ich öffnete die Tür zum Ballsaal und sah meinem Bruder direkt in die Augen. Sofija tanzte zu einer eintönigen Melodie und sah mich nicht kommen. Hob ihre Arme und ließ sie wieder fallen. Ganz so, als würden Fäden reißen, die sie gehalten hatten. Das Tamburin raschelte, als sie sich um ihre eigene Achse drehte.

Haare flogen und der Rock öffnete sich wie die Blüten einer Rose. Dann sah ich ihr Gesicht. Ihre Augen, die an mir vorbeisahen.

Sie hatte wieder geweint. Und wieder fühlte ich mich dafür verantwortlich. Ich ballte meine Hand zu einer Faust. Wie lange würde sie das noch aushalten? Wie lange würde ich das noch aushalten?

»Eric!«, trällerte Lucius und hob seine Hand. Sie blieb stehen. Ihr Tamburin glitt aus den Fingern. Langsam drehte sie sich um und erstarrte unter meinem wütenden Gesichtsausdruck. »Schön, dass du gekommen bist! Ich dachte schon, dass wir uns nicht mehr sehen.«

Ich biss die Zähne fest aufeinander. Nicht fähig, etwas zu erwidern. Lucius klatschte aufgeregt in die Hände.

»Mir würde es gefallen, wenn du für mich mit meiner Verlobten tanzen würdest. Los, komm schon.«

Mich durchzuckte eine unsichtbare Kraft. Sie überfiel mich wie Tausende Ameisen, die meine Muskeln zerfraßen. Keuchend ging ich gegen meinen Willen einen Schritt auf sie zu. Schweiß bildete sich auf meiner Stirn. Es war, als wäre ich nicht mehr Herr meiner Sinne. Erschrocken sah ich zu meinem Bruder. Er hob seine Hände und krümmte sie. Jede Bewegung brachte mich zu einem weiteren Schritt. Schritte einer Marionette. Nichts geschah mehr aus meinem eigenen Willen. Sofija sah mich entsetzt an und wich zurück. Doch dann schoss meine Hand nach vorne und packte ihr Handgelenk. Es fühlte sich kalt an. Wieder wich sie zurück und ich folgte ihr. Lucius brachte mich dazu und ich konnte mich nicht dagegen wehren. Seit wann konnte er das? Seit wann konnte er einen Menschen mit seiner Gabe kontrollieren? Ich schauderte und sah auf Sofijas geschundenen Hals. Handabdrücke, keine Küsse. Es waren seine unsichtbaren Hände, die sichtbare Striemen hinterlassen hatten.

Wie konnte ich mich nur so leicht provozieren lassen?

»Tanz, Bruder. Nun tanz für mich.« Sein Lachen war ohrenbetäubend. Ich packte sie grob und zog sie an meine Brust. Dann zwang er uns zu tanzen, bis ich spürte, wie ihre Beine versagten.

52

Jana

Wir warteten, bis es dunkel wurde. Erst dann wagten wir uns aus unserem Versteck innerhalb der Gassen, die uns in ihren langen Schatten verborgen hatten. Bis jetzt war alles gut gegangen. Die steile Treppe hatte uns direkt am Marktplatz aus den Katakomben gespuckt, und von dort wusste Elia genau, wo er hinwollte. Selbst innerhalb dieser Mauern gab es zwielichtige Orte. Verruchte Kneipen und Pokertische, unter denen sich nicht selten ein verprügelter Mann versteckte.

Sie nannten die Gassen *Alt-Zinnhof*. Ich wusste, dass Elia sich oft hierhergeschlichen und mit blauen Flecken geschmückt hatte. Seine durchtrennte Augenbraue. Die langen Narben auf seiner dunklen Haut.

Es mussten Fingernägel gewesen sein, dachte ich, und begutachtete die Kerben an seinem Arm, der mich zurückhielt und dann weiterzog. Ich stieß gegen seine Seite und grub die freie Hand in seine Schulter. Unwillkürlich saugte ich seinen Duft ein. Er roch nach Elia. Nach Kindheit, Zuflucht und Vertrauen. Ich riss mich zusammen, meinen Körper von seinem wegzustoßen. *Verflucht!* Ich betete zu den Geistern der Vergangenheit, dass er nicht herausfinden würde, wie ich mich fühlte, wenn er mich berührte.

Blitze. Donner. Regenschauer.

»Komm«, flüsterte er.

»Wohin?« Elia wusste genau, wohin.

Der zwielichtige Stadtteil baute sich vor uns auf, wie ein Labyrinth, wo hinter jeder Ecke Gefahr lauern konnte. Wir hatten uns hinter Mülltonnen versteckt und abwechselnd Wache gehalten. Noch immer klopfte mein Herz bis zum Hals und meine Finger zitterten wie die Scheiben von Sofijas Tamburin. Ich hasste es. Dieses Gefühl der Verfolgung. Dieses Gefühl, dass hinter jeder Ecke das Verderben lauern konnte. Und dass man uns fand.

Das gleiche Gefühl, dass ich damals erleben musste, als man meinen Vater gesucht hatte. Und mit ihm meine Mutter und mich. Es roch nach Altmetall, Alkohol, Erbrochenem und Urin. Nach Mensch und Tier. Und dann schlängelten sich die vielen Stimmen durch die Gassen, als wären es die Geister, die mir noch immer im Nacken saßen. Ein Echo. Ein Hundebellen ließ mich zusammenzucken. Elia drückte gewissenhaft meine Hand. Wie gerne hätte ich sie ihm entrissen, damit er nicht mitbekam, was er mir damit für Gänsehaut verursachte.

Ich hatte immer gedacht, dass alle, die innerhalb dieser Stadt wohnten, makellos schön waren. Die Menschen, die hier umherliefen, waren alles andere als das. Sie waren wie Kakerlaken, die unter Steinen hervorkamen. Kakerlaken, die sich versammelten, sobald die Sonne von der Dunkelheit vertrieben wurde. Es beunruhigte mich, dass Elia sich hier so gut auskannte. Als hätte er meine Gedanken gelesen, drückte er meine Hand abermals.

»Wir haben es bald geschafft«, flüsterte er und zog mich zur Seite, als ein bulliger Mann an uns vorbeilief und mich beinahe mit sich gezogen hätte. »Am besten, wir gehen zum *Tanzenden Wirt.*« Welch sonderbarer Name für eine Kneipe. Ich wollte nicht wissen, was man dort wirklich tat. »Wir sollten uns etwas stärken.«

»Wo auch immer wir hingehen, du hast ein Problem, Elia Lean.

Wo sind wir hier nur gelandet?« Er sah mich entschuldigend an, aber ging nicht darauf ein. Ich war unheimlich wütend, dass er uns in diese Lage gebracht hatte ... Das hier war definitiv kein Ort für uns.

Und doch war ich irgendwie so unheimlich glücklich, dass er es getan hatte. Dass er uns hierhergebracht hatte. Ich betrachtete unsere Hände und blendete alles andere um uns herum aus.

Den ekelhaften Geruch, die lauten Rufe und die komischen Gestalten, die neben uns herliefen. Alles, was für mich zählte, war, dass wir zusammen waren.

Elia bog zielstrebig in die nächste Gasse und steuerte auf ein Lokal zu, aus dem gerade eine Gestalt stolperte. Musik vermischte sich mit Gelächter. Der Geruch von Alkohol biss sich in meine Nase und ich zwang mich, nicht zu fluchen, als ich dem Mann zusah, wie er sich vor der Mauer des Gebäudes übergab.

»Das ist völlig normal hier.«

»Schon um diese Uhrzeit?« Ich war mir nicht sicher, ob ich hier noch etwas zu mir nehmen wollte.

Elia zog mich bestimmend hinter sich her und stieß die Tür auf.

Dahinter offenbarte sich eine hölzerne Taverne. Menschen schlangen und wanden sich über runde Tische, als wären sie Echsen zwischen Fels und Gestein. Gläser stießen aneinander und flogen durch die Luft. Goldenes Gebräu schwappte über Holz und Stoffe. Unmittelbar neben uns sah ich, wie jemand eine Faust ins Gesicht bekam.

»Elia!«, schrie ich aufgebracht, doch er hörte mich nicht. Es war viel zu laut, und so musste ich hilflos zusehen, wie er mich immer tiefer ins Gemenge zog. Ich sträubte mich dagegen, lehnte mich gegen seinen Zug, schaffte es aber nicht, meine Hand von seiner zu lösen.

Wir schlängelten uns zwischen verschwitzten Körpern hindurch, und ich musste mich zwingen, nicht zu würgen. Überall roch es nach Alkohol und Erbrochenem. Eine Kombination, die mir den Ekel in die Kehle trieb. Wir blieben vor einer hölzernen Platte, der Theke, stehen, auf der sich Gläser und Flaschen tummelten. Dahinter hantierte ein dicker Mann, der uns mit einem Nicken versah. Elia hob die Hand und der Wirt nickte.

»Was hast du bestellt?«, rief ich und sah zu, wie er seine Lippen zu einem hinreißenden Lächeln verzog.

»Jetzt lass dich doch mal überraschen, Jana. Und entspann dich.«

»Ich kann mich nicht entspannen!« Mein Blick flirrte hin und her. Die Angst, dass wir entdeckt wurden, war noch viel größer als davor. Hier gab es nichts, wohinter wir uns verstecken konnten. Wenn Metallsoldaten hereinmarschierten, versperrten sie uns den einzigen Fluchtweg. Und außerdem wimmelte es vor stinkenden Menschen. Elia wischte meine Gedanken mit einer Handbewegung weg und nahm zwei Krüge entgegen, die der Wirt über die Theke reichte.

»Hier kommen die Männer des Königs nicht hin, vertraue mir. Die machen sich die Hände wegen solchem Gesindel nicht schmutzig. Und nun stoß mit mir an.«

»Elia«, ermahnte ich ihn, sah mir aber zu, wie ich das Bier entgegennahm und ihm zuprostete.

»Lass uns einfach einen Moment Pause machen, ja?« Er lächelte und führte das Bier an seine Lippen.

»Dafür bleibt eigentlich keine Zeit.« Wir mussten schließlich unseren Plan verfolgen und neue Kleidung suchen. Mit unserer Steandlertracht schienen wir doch recht auffällig. Wobei der Rest der Menschen ebenfalls wenig mit den anderen Kupferstädtern zu tun hatte.

»Warte es ab. Zur späteren Stunde wird sich alles regeln. Wir suchen unsere Opfer, sobald sie vor Alkohol kaum mehr stehen können. Dann muss ich nicht mal meine Faust schwingen. Das wird ein Kinderspiel, glaub mir.«

Ich sah ihn misstrauisch an, aber nahm ebenfalls einen kräftigen Schluck. Mit jedem weiteren wurde die Musik berauschender und Elia zog mich zu einem freien Tisch in der hintersten Ecke. Ich sah ihn lachen. Ich spürte hin und wieder seine Hand auf meiner. Und ich versank in seinen dunkelgrünen Augen und seinen schwerelosen Worten. Er war einfach nur so wunderschön.

»Wir sollten tanzen.«

»Tanzen?« Ich sah ihn an, als wäre er wahnsinnig geworden. Doch da hatte er mich schon hinter dem Tisch vorgezogen. Ich jauchzte aufgeregt, als er mich herumwirbelte, und fand mich an seiner Brust wieder. Ich spürte seinen Atem auf meinen Wangen. Roch den Kautabak, der stets unter seiner Lippe herausschaute, und spürte ein wohliges Kribbeln, als er seinen Arm um meine Taille schwang.

»Das wollte ich schon die ganze Zeit mal machen«, sagte er über die Musik hinweg. Und so tanzten wir und lachten. Ich hatte mich schon lange nicht mehr so frei gefühlt. So unbeholfen und so … wichtig. Ich fühlte mich, als wäre ich die einzige Frau, die Elia jemals gesehen hatte. Als wäre ich der Grund für dieses hinreißende Strahlen und als würde er genauso fühlen wie ich. Es war vollkommen idiotisch, ermahnte ich mich. Er würde niemals so fühlen wie ich.

Schließlich wollte er Sofija. Ihretwegen waren wir hier. Und nur ihretwegen setzten wir unser Leben aufs Spiel. Er, weil er sie liebte. Und ich, weil ich ihn liebte. Es hörte sich immer noch idiotisch an. Selbst in Gedanken. Elia Lean. Der Mann, der mich in seiner kupferbesetzten Hand hielt. Der mit mir spielte, mich beschützte und von sich wegstieß. So viele Widersprüche, die nicht zusammenzupassen schienen. Und doch ergaben sie alle einen Sinn. Er war für mich alles. Alles und nichts.

Er umfasste mit beiden Händen meine Hüfte und hob mich hoch über seinen Kopf.

Ganz langsam ließ er mich durch seine Arme hindurchgleiten, bis sich unsere Gesichter so nah waren, dass ich jedes einzelne Barthaar sehen konnte. Ich spürte ihn. Spürte jeden Muskel, der sich um meinen zitternden Körper schlang. Er senkte die Lider auf meine Lippen. Mein Blick suchte rastlos nach einem Anker und fand ebenfalls seinen lächelnden Mund. Ich hielt ganz still. So still, dass er nur noch einen Zentimeter überwinden musste, um mich zu treffen. Mein Kopf dröhnte, von Gedanken erschlagen. Würde er …

Doch dann ließ er von mir ab.

In diesem Moment sah ich eine Frau im Augenwinkel, die sich auf einen der Tische stellte Sie sonnte sich im Gelächter und erhob einen Dolch, den sie zielstrebig unter ein stoppeliges Kinn hielt. »Leg dich nicht mit mir an, Augenbrauen-Joe. Niemand besiegt mich bei einer Partie *Kupfer und Zinn*!« Elia sah sie mit großen Augen an.

Grazil sprang sie über den wütenden Mann und landete direkt vor uns. Ihr Blick war nicht zu deuten. Sie schwang die langen Haare in den Nacken und stolzierte an die Theke, wo sie ein Bier orderte.

»Die da«, sagte Elia und wählte sie aus wie eines seiner Opfer, die er für seine Messerkunst benutzte. »Warten wir, bis sie nicht mehr gerade stehen kann.«

Ich kannte sie irgendwoher, dachte ich. Doch mir weitere Gedanken zu machen, war ich nicht imstande. Ich musste mein Gesicht wahren, ehe meine Verliebtheit mich verriet.

»Und der da.« Der Mann, dem sie einen Dolch unter das Kinn

gehalten hatte. Seine Augen wirkten glasig. Elia würde ihn draußen überwältigen und in eine Ecke ziehen.

Er sah mich herausfordernd an und legte einen Arm um meine Schulter.

Das Bier betäubte. Ich bat Elia, mir noch eines zu bestellen.

53

Sofija

Ich wusste, dass er kommen würde.

Ich hatte es in seinen goldenen Augen gelesen, als der König ihn gezwungen hatte, an seiner Stelle mit mir zu tanzen. Nichts hatte sich nach Eric angefühlt. Keine Berührung und keine Bewegung, mit der er mich umhergeschleudert hatte. Es war, als hätte ich mit einer Marionette getanzt. Einer, die mich fest in ihrer Hand hielt. Lucius hatte Gefallen daran gefunden. Und ich fürchtete mich noch immer vor dem Wahnsinn, den ich in seinen Augen sehen konnte.

»Sofija«, flüsterte es hinter meinem Schrank.

»Eric.« Ich ging auf den Schatten zu, der sich nach und nach unter dem goldenen Licht des Kronleuchters offenbarte. Wie von selbst fanden sich unsere Finger. Umschlangen einander so fest, dass es sich anfühlte, als könne uns niemand voneinander trennen. *Ihn* wollte ich nicht vergessen. *Niemals.*

»Es tut mir so leid«, begann er und ich strich mit dem Daumen über meinen Handrücken.

»Was tut dir leid?«

»Einfach alles.«

Stumm ließ ich mir von ihm die Augen verbinden, auch wenn ich wusste, dass die zweite Wand hinter dem Schrank war. Doch ich sagte nichts und ließ mich von ihm führen. Hinauf zu dem

Ort, der mich näher zu der Sofija brachte, die ich noch vor einigen Tagen gewesen war. Mittlerweile fühlte es sich an wie Jahre, die vergangen waren. Jahre, die mich geprägt hatten. Wir stiegen die Wendeltreppe hinauf auf die Plattform. Den *Turm der Immerwährenden*. Er nahm mir das Tuch von den Augen, sobald ich spüren konnte, wie der Wind auf meiner Haut prickelte. Stumm hob er seine Arme, streckte mir seine Hände entgegen. Diesmal, weil *er* es wollte. Ich zögerte.

Doch dann nahm ich sie entgegen und und ließ mich sanft von ihm von einer in die nächste Figur drehen.

Unsere leise Melodie war das stetige Ticken der Marktplatzuhr, die bis hier oben zu hören war und in meiner Brust vibrierte. Eine bittersüße Erinnerung an meine Kindheit. An den rostigen Geruch dieser Stadt. An den ewigen Sommer in meinem Herzen, den Lucius langsam zu vertreiben versuchte. Eric zog mich an sich. Legte sein Kinn an meine Stirn, drückte mit der Handfläche meinen bebenden Rücken.

»Wir müssen reden.«

»Ich möchte nicht mehr reden.«

»Ich kann dich verstehen, doch ich kann nicht länger zusehen, wie er dich kaputtmacht.«

»Was soll ich deiner Meinung nach tun?«

»Na, fliehen!« Er blieb abrupt stehen und zog die Augenbrauen zusammen.

»Ich kann nicht fliehen. Ich gehöre nun hierher. Meine Familie ist fort, Eric. Und genauso sollte es sein. So war es abgemacht. So habe ich es mit dem König abgesprochen.«

»Genau.« Er wirkte gebrochen. »Du bist noch hier. Und sie sind fort. So hatte ich das nicht geplant.« Er ließ von mir ab und lief an das Geländer der Plattform. Unter uns flackerten rote Lichter, die beinahe vom Nebel verschluckt wurden.

»Aber so sollte es sein«, entgegnete ich und stellte mich neben ihn. »Ich bin hier und sie sind fort. Sie sind in Sicherheit. Mehr will ich nicht.«

»Du gehörst hier aber nicht her!«, sagte er wütend. Ich beobachtete, wie sein Kiefer sich anspannte. Der markante Schatten seines Bartansatzes ließ ihn älter wirken. Getroffen spürte ich, wie sich meine Augen mit heißen Tränen füllten. Mein Herz an seinen Worten hing.

Wollte er mich nicht mehr bei sich haben? Ich hätte es wissen müssen.

»Dann hättest du nicht mit mir tanzen sollen, Prinz«, sagte ich mit dünner Stimme, doch es gelang mir immerhin, meine Tränen runterzuschlucken. Er hätte mich gehen lassen sollen am Tanzabend, noch bevor ich in seinen goldenen Augen versunken war. Er hätte sich hinter seinem Bruder verstecken können, bis der mich selbst in seine Klauen gerissen hätte.

»Du irrst dich«, sagte er wütend und sah mich an. Ich hingegen wich seinen Blicken aus. Ich konnte es nicht ertragen, ihn anzusehen. Nicht, wenn ich wusste, dass er mich noch immer verurteilte. Mich, die Steandlerin. Mich, eine Diebin. Unwillkürlich musste ich zu der Uhr sehen, die sein Handgelenk schmückte.

Gold. So golden wie seine Augen.

Es war dumm von mir, ihm zu offenbaren, dass ich ihn nicht vergessen wollte. Schließlich kannte ich ihn nicht wirklich. Ich wusste nichts über den Lügenprinzen …

Seine Hände packten mich hart an den Schultern und zogen mich an sich. Sein süßer Duft umgab mich und hinderte mich am Atmen.

»Du hättest es nicht tun sollen, wenn du es bereust«, knurrte ich.

»Du denkst wirklich, dass ich es bereue?« Dabei leuchteten seine

Augen heller als die Sterne am Himmel. Ich schluckte schwer, als er nach Worten rang. Seinen Mund öffnete und wieder schloss. Nach Luft schnappte …

»Ich bereue es nicht«, sagte er schließlich und lockerte seine Umklammerung. »Ich bereue nur, dich nicht gehen lassen zu haben, als ich es noch konnte. Nun sind sie weg. Und du noch hier. Ich … habe mich verspielt, Sofija. Verspielt …«

»Was redest du da?«, fragte ich und ließ meine Tränen gewähren. Sie bedeckten seine Hand, als er sie an meine Wange schmiegte. Liefen meinen Hals hinab, der noch immer von den Selterhänden schmerzte.

»Du hättest gehen sollen, als du es noch gekonnt hast! Ich hätte dich gehen lassen sollen.«

»Dein Bruder hätte dich umgebracht!«, stieß ich hervor und dachte dabei an die Schlangenaugen des Ministers. Eric würde dafür büßen.

Lucius wird keine Gnade walten lassen. Nicht einmal gegenüber seinem Bruder.

Nicht einmal gegenüber dir, mein schönes Kind.

»Es ist mir egal«, sagte er nur und ließ von mir ab. »Ich habe nichts zu verlieren …« Er stieß langsam Luft aus. »Außer dir.«

»Eric.«

»Nein«, unterbrach er mich, ohne mich dabei anzusehen. »Du musst dazu nichts sagen. Sofija. Ich habe mich verspielt. Deine Familie ist weg. Und es ist allein meine Schuld.«

»Nun hör mir zu! Sie sind weg, weil *ich* es so wollte. Hast du gehört? Du hast es mir nur leichter gemacht.«

In jeder Hinsicht.

Ohne ihn wäre Elia in sein Verderben gestürzt.

Ohne ihn hinge sein Kopf schon längst an einem Strick oder würde auf einem Silbertablett serviert.

»Und jetzt möchte ich sie vergessen, hast du gehört? Denn dann tut es nicht mehr weh.«

»Aber warum?«

Ich sah zu ihm hinauf und legte den Kopf in den Nacken. Strich behutsam über seinen Bartansatz, die zu einem Strich verzogenen Lippen und die Furche, die sich in seine Stirn gefressen hatte.

»Weil es nicht mehr wichtig ist. Mein Platz ist nun hier.«

»Neben Lucius«, sagte er leise und zuckte vor mir zurück, als könne ich ihn mit meinen Fingern verbrennen. Ich schüttelte den Kopf und nahm meinen ganzen Mut zusammen. Er musste wissen, was ich fühlte. Ebenso, wie ich selbst es wissen musste.

»Frag mich, ob ich mich nach Lucius sehne.« Mein Herz tanzte wild in meiner Brust, mein Atem ging mit jeder Sekunde, die ich auf seine Antwort warten musste, schneller.

»Das geht mich nichts an. In wenigen Tagen wirst du seine Frau. Du wirst ihn heiraten.«

»Frag mich doch. Bitte.« Er haderte mit sich. Seine Augen versuchten, den meinen zu entkommen. Doch ich ließ ihn nicht los. Ich stellte mich ihm in den Weg. »Bitte.«

Er seufzte ergeben und fragte mich.

Es klang mechanisch. Es klang, als wären seine Worte schwerer als Blei. Genauso schwer lagen sie auf meiner Zunge, als ich antwortete.

»Ich genieße jede seiner Berührungen.«

»Lüge?« Er klang unsicher und ich lächelte traurig.

»Ich dachte, du kennst mich mittlerweile.« Er zuckte mit den Schultern und wandte sich wieder ab.

»Was ist los?«

»Nichts.«

Ich entlarvte seine Lüge mit einem missbilligenden Schnalzen.

»Ich habe einfach Angst, verletzt zu werden. Ich bin es nicht gewohnt, Schwäche zu zeigen.«

»Verletze ich dich denn?«, fragte ich vorsichtig, kaum bereit, seine Antwort zu empfangen.

Ja, flüsterte mir eine Stimme zu. An jenem Abend beim Essen hatte ich sein Gesicht gesehen. Ich hatte ihn verletzt mit jedem Kuss, den Lucius mir aufzwang. Er sah mich an und ich erkannte genau das im dunklen Gold seiner Augen.

»Ja.«

Mein Atem rasselte, als ich meinen Blick auf den Horizont heftete.

Die strahlenden Lichter hinter dem Nebelvorhang erinnerten mich an seine Augen. An das wenige, was mich aus der Dunkelheit befreit hatte.

Es ist ironisch, dachte ich und schmunzelte. Der Mann, der mich so sehr verletzt hatte, war der einzige Grund, warum ich es hier noch aushielt.

»Frag mich«, sagte ich also und lauschte meinem Herzen. Es hing an ihm. Als ich ihn ansah, wusste ich es genau.

»Frag mich, ob ich mich nach dir sehne.«

»Nein«, sagte er entschlossen. »Bitte.«

Ich ließ mich nicht beirren. Er hingegen schien nun so weit weg, dass ich Angst hatte, mich verspielt zu haben. Jedes Zeichen falsch gedeutet zu haben. Doch was konnte ich noch verlieren?

Meine Freiheit?

Mein … Herz?

Es war das Einzige, was ich tatsächlich noch verlieren konnte.

»Bitte«, flüsterte ich wieder und ich wartete, bis er mich fragte. Endlose Sekunden des Bangens.

Dann erlöste er mich.

Ich könnte ihm die Wahrheit sagen. Ihm anvertrauen, dass ich so oft an ihn denken musste. Dass meine Augen an seinen Lippen hingen, mein Herz an seinen Blicken. Und …

»Nein.«

»Nein?« Ich hörte ihn ungläubig grinsen und entdeckte die Überheblichkeit in seinen Zügen. Genau den Blick, der mich zur Weißglut trieb. Er stand ihm viel besser als das traurige Lächeln, das er wenige Momente zuvor noch getragen hatte. Es ließ mich erleichtert ausatmen.

»Du wolltest die Wahrheit, da hast du sie.«

»Das habe ich wohl verdient.« Er wirkte nicht zerknirscht, sondern sonnte sich in dem Wissen um das, was hinter meiner Lüge steckte.

Es war schön, für einen Moment alles zu vergessen. Alles, was uns an die Rollen band, die das Schicksal für uns vorgesehen hatte. Jetzt waren wir nur Ethan und Samantha.

»Ich schätze, dass ich nun noch eine Frage frei habe.«

»Wieso?«

»Na, weil das eine offensichtliche Lüge war.«

»Bist du dir sicher?«

»Ja«, er nickte und machte einen energischen Schritt auf mich zu.

Ich wich nicht aus.

»Und jetzt die Wahrheit. Wie steht es um dein Herz?«

»Mein Herz?« Ich wusste nicht genau, was ich antworten sollte, und fasste unwillkürlich an die Stelle über meiner linken Brust, die heftig gegen meine Handfläche pochte.

»Ja, dein Herz.«

»Nun …«, ich überlegte, wählte meine Worte mit Bedacht. Er würde mir nicht so schnell mein Geheimnis entlocken. Nicht mit diesem überheblichen Grinsen.

»Irgendwie hast du, Lügenprinz, es geschafft, es einzufangen.«

»Was einzufangen?« Sein Grinsen zerfiel zu Staub.

»Dieses wilde Herz.« Mein Herz, das immer schneller zu schlagen schien, je näher unsere Gesichter sich kamen. Ein kurzer Schatten flammte in den Geschichten seines Gesichtes auf, doch dann war er ernst.

»Dein Herz gehört dem Wind, Sofija, und sollte keinem …« Er stockte. »… Prinzen gehören.«

»Ich habe nur noch dich, Eric. Innerhalb dieser Mauern bleibst nur noch du.«

Ich schauderte unter den Bildern, die sich wie von selbst vor meine Augen schoben. Sie formten sich im dichten Nebel, der sich gegen das Tuch des Nachthimmels drängte. Es waren ihre Gesichter und Stimmen, die meinen Namen riefen.

Lang lebe die Königin. Königin Sofija. Die Erbin des Windes.

»Das ist komisch«, sagte er lachend über meine Gedanken hinweg. »Wer hätte gedacht, dass sich der Prinz in eine Steandlerin verliebt?«

»Verliebt?«, keuchte ich, als hätte mir jemand in den Bauch geboxt. Mir schoss es heiß in die Wangen und ich suchte nach seinen Augen. Sie wichen mir aus, und ich hielt es kaum aus, endlich die Bestätigung dessen darin zu lesen, wonach mein Herz sich so sehr sehnte.

»Ich meine, es gibt tausend Unterschiede zwischen Steandlern und Kupferstädtern.«

»Tausende«, bestätigte ich schwer atmend und wandte ebenfalls den Blick ab. Ich musste mich verhört haben und errötete unter dem sinnlosen Wunsch, dass er es tatsächlich gesagt hatte.

Er ist ein Prinz, ein Hauptmann.

Warum sollte er sich in eine Steandlerin verlieben?

»Tausende und keinen einzigen.« Ich spürte seine Hand, die nach meiner suchte. Als er sie fand, hob er sie an und zog sachte an ihr, als würde er mich in die nächste Tanzfigur legen wollen. Ich stolperte zur Seite und wurde von einem bestimmten Ruck in eine Drehung geführt, die mich an seine Brust zog. Plötzlich war er mir so nah.

So nah, dass ich seinen Atem schmecken konnte.

»Ich sollte nicht so fühlen«, sagte er und strich behutsam eine Strähne aus meinem Gesicht. »Doch ich kann mich nicht länger dagegen wehren.«

Er senkte seine Lider und fixierte meine Lippen. Ich schauderte unter dem Impuls, der mich immer näher an sein Gesicht trieb.

Unsere Nasenspitzen berührten sich beinahe und die Luft um uns herum schien zu bersten. Ich hörte es knistern. Ich spürte das Blut in meinem Kopf pulsieren, als seine Finger meine Wange hinabwanderten und sich in meinen Nacken legten. Er lächelte. Sein Lächeln war so wunderschön, dass ich mir schwor, diesen Anblick niemals zu vergessen. Der Druck seiner Finger in meinem Nacken war sanft, aber bestimmt. Wie seine Bewegungen als Tänzer. Ich gab ihnen nach, auch wenn es tausend Gründe gab, es nicht zu tun.

Tausend und keinen einzigen.

Seine Lippen suchten meine. So sanft, so vorsichtig, als wäre ich das Zerbrechlichste auf der Welt. Verhalten. Ganz anders als die fordernde Härte, die sonst auf meinen Lippen brannte. Vielmehr war er fragend.

Darf ich?

Ja, erwiderte ich und grub meine Finger an den Ausschnitt seines Hemdes. Ich spürte seine Haut unter meinen Fingerkuppen. Samtige Haut. Siedende Hitze. Sie pulsierte durch meinen Körper, und ich erwiderte seinen Kuss, indem ich mich immer enger an ihn heranpresste. Ich spürte, wie sich seine Lippen zu einem Lächeln verzogen. Dann umschlang er meine Mitte und drückte mich an sich. Ich legte meine Hände in seinen Nacken. Ließ seine Haare durch meine Finger rinnen. Wieder und wieder, bis meine Fingerspitzen kribbelten.

Seine Haut war weich und warm. Und schmeckte nach mehr … nach allem, wonach ich mich gesehnt hatte. Ich öffnete die Lippen. Er folgte meiner Forderung. Er wusste genau, was er wollte. Er wollte mich. Und ich wollte ihn.

Ich hatte nicht gewusst, wie viel er mir tatsächlich bedeutete.

Hatte es nur ahnen können.

Vorsichtig ließ er von mir ab und sah mir in die Augen.

Ich erwiderte seinen Blick und prägte mir sein Gesicht ein. Jede Kerbe, jedes Barthaar und die Grübchen um seine vollen Lippen.

»Das wollte ich schon die ganze Zeit machen«, keuchte er. Dann küsste er mich wieder.

Und wieder. So sanft.

Dann fordernder.

Bis die Sterne um uns herum zu explodieren schienen.

54

Jana

Verdammte Scheiße, verdammte Scheiße!

Die Klinge funkelte an meinem Hals. Ich spürte ihre stumpfe Seite, wie sie über meine Haut strich. Ein grauenvolles Gefühl!

»Mach doch was!«, quietschte ich, als die Person hinter mir mein Haar etwas fester nach hinten riss und den Dolch provokant über meinen Hals wandern ließ.

»Ja, mach doch was, du hinterhältiger Dieb!«, zischte die Frau, die Elia erwählt hatte. Elia hatte gedacht, dass sie ein leichtes Opfer wäre, um unsere Tarnkleidung zu beschaffen. Er hatte alles geplant. Er hatte sie nicht mehr aus den Augen gelassen. Sie beobachtet.

Studiert. Und als sie den *Tanzenden Wirt* verlassen hatte, waren wir ihr gefolgt.

Dass sie aber flink und gerissen war und sich ebenfalls mit Messern auskannte, hatte der Großkotz nicht erwartet. Sie zog noch kräftiger an meinen Haaren. Ich biss die Zähne zusammen, als sich ihr Duft um mich legte. Lilien und Rauch. Etwas, das nicht zusammenpasste. Wir mussten ja ausgerechnet an eine Psychopathin gelangen, die hier durch die Gassen streunte. So wie sie sich aufgeführt hatte, hätte ich vermutlich nichts anderes erwarten sollen.

Ich sah Elias kalkweißes Gesicht im Licht des Mondes. Bis hier hin hatte unser Einbruchversuch gut geklappt. Doch nun sollten wir scheitern – nur, weil Elia so ein gieriger kleiner Kupferfinger war.

Er hob beschwichtigend die Hände.

»Schon gut, schon gut. Lass uns darüber reden.«

»Wolltest du auch reden, als du mich heimtückisch bestehlen wolltest, wie du Augenbrauen-Joe bestohlen hast?«, keifte sie.

»Nein, ich …«

»Nein, ich …«, äffte sie ihn nach und zog mich enger an ihren üppigen Busen. »Du hast dich verspielt, Freundchen. Hier mache ich die Regeln.«

»Und was willst du machen, he?«, keuchte ich an ihrer Klinge, die sie mit der stumpfen Seite etwas fester in mein Fleisch drängte.

Falsche Seite, wollte ich sie provozieren. Doch ich hielt lieber die Klappe.

»Am liebsten würde ich euch einen Denkzettel verpassen. Euch kleinen … Steandlern.« Dabei spuckte sie auf meine nackte Schulter, sodass ich vor Ekel schauderte. Jetzt war es vorbei. Sie hatte uns erkannt. Nun konnte sie uns ausliefern. Ihre Geste hatte bewiesen, dass sie nicht viel von uns hielt. Um genau zu sein, rein gar nichts.

»Bitte, wir wollten nur …«

»Es ist mir egal, was ihr wolltet«, zischte sie. »Ich weiß nur, dass ihr nicht ungestraft davonkommen könnt. So arrogant, wie ihr hier herumstolziert. Die Menschen in *Alt-Zinnhof* mögen zwar Abschaum sein. Aber man erkennt den Unterschied zwischen Rost und Dreck. Wie kommt ihr darauf, hier herumzustolzieren, als hättet ihr eine Sonderberechtigung? Was denkt ihr, wer ihr seid?« Abermals spuckte sie aus. »Und nun komm, dreckiger Steandler. Tanz für mich. Das machst du doch so gerne!«

Dabei zog sie mich immer weiter. Tiefer in die Schatten der Gasse hinein. Elia folgte ihr mit erhobenen Händen. Mit einem heftigen Ruck ließ sie meinen Kopf los und schnappte in der gleichen Bewegung meine Hände, die ich ihr ins Gesicht rammen wollte. Ihr Dolch folgte drohend in meine Seite. Eine sanfte Berührung, die mich mahnen sollte.

Pass auf, Steandlerin. Pass bloß auf.

»Folgt mir.«

»Und dann?«

»Und dann sehen wir weiter.«

Ich hasse dich, Elia Lean, dachte ich. Wenn wir sterben würden wegen seines Hochmuts, würde ich ihn direkt danach noch einmal umbringen.

⟡

Sie führte uns durch Gassen, die ich nicht kannte. Sie waren so finster, dass ich dachte, sie würde in jedem Moment gegen eine Wand rennen. Doch unverhofft stieß sie eine Tür auf und schubste mich hinein.

»Abwärts«, kommandierte sie und deutete auf die Treppe, die in einen Keller führte. Jetzt war es vorbei, dachte ich. Elia Lean und ich würden heute sterben.

»Haltet ja die Klappe! Ich meine es ernst, dass ich einem von euch wehtun werde.«

Ich hätte niemals an ihren Drohungen gezweifelt und gehorchte. Unten angekommen sahen wir eine weitere Tür, die ich mit fahrigen Fingern aufstoßen sollte. Dann ging ein Licht an, das mir die Netzhaut verbrennen wollte. Elia stand dicht neben mir, als wir der Kupferstädterin begegneten, die sich zufrieden in den Türrahmen gestellt hatte. Wir befanden uns in einem Zimmer mit Bett und Nachttisch. Ein Kleiderschrank stand in der einen Ecke. In der anderen erkannte ich einen Tisch, auf dem ein Strauß Blumen stand.

»Was habt ihr denn gedacht?«, fragte sie lachend. Sie war bildhübsch, wie ich feststellen musste. Jung und strahlend. Ganz anders, als ihre Stimme hatte vermuten lassen.

»Dass ich euch foltern und in Stücke hacken würde? Ich bin nicht so blutrünstig, wie ich aussehe.« Um genau zu sein, sah sie alles andere als blutrünstig aus. Sie war nahezu lieblich. Mit schmalen Fingern, die mit Ringen geschmückt waren. Mit langen, dunklen Haaren und silbergrauen Augen. In der Wirtschaft hatte man dies unter dem spärlichen Licht kaum vermuten können.

»Verdammte Scheiße«, flüsterte Elia, als er sie ins Visier nahm.

»Dich kenne ich doch. Du bist doch die … vom Tanzfest. Das Mädchen, das ich auf die Bühne geholt habe.«

Die Kupferstädterin zuckte ungerührt die Schultern. »Und du bist der dreckige Steandler. Um genau zu sein, einer der Erben, der auf der Fahndungsliste steht, sollte er noch einen Schritt auf kupfertstädtischen Boden machen. Mein Bruder wird sich freuen zu hören, dass ich euch hierhabe. Ihr werdet nämlich sehnlichst vermisst.«

»Vermisst?«, fragte ich erschrocken und spürte schon, wie sich Schweiß auf meiner Stirn bildete. Sie nickte grimmig und deutete mit dem Dolch auf uns.

»Es muss Schicksal sein, dass ihr mir in die Arme gerannt seid. Schicksal oder Dummheit.«

Oder beides, dachte ich und sah erschrocken zu Elia, der die Kupferstädterin mit seinen Blicken aufschlitzen wollte. Das schien sie jedoch nicht zu stören. Sie sonnte sich in seiner Verachtung und genauso sah sie uns an. Mit so viel Verachtung, dass ich mir ausmalen konnte, auf welcher Seite ihr Bruder stand. Er würde uns ausliefern.

»Ich warne dich, Kupferstädterin«, knurrte Elia und deutete auf mich. »Sie hat die Selterfähigkeit und wird dich in Stücke reißen!«

»Oh«, sagte sie theatralisch grinsend. »Dann los! Ich bin gespannt!« Doch ich konnte mich nicht rühren. Nichts ging mehr.

»Netter Versuch. Fast hätte ich es dir geglaubt.«

Lachend zuckte sie abermals die Schultern und ließ mit einem lauten Knall die Tür in den Rahmen fallen.

»Ich bringe sie um«, knurrte Elia.

Ich wünschte mir, er würde aufhören, mit leeren Worten um sich zu werfen.

55

Eric

Er stand vor mir. Die Kehle vom Seil zerdrückt. Genau so, wie man ihn am Bettgestell gefunden hatte. So, wie Aidelina ihn gefunden hatte, als sie ihm wie jeden Morgen das Frühstück bringen wollte. Er sah auf mich hinab. Verurteilte mich. Verurteilte mich für meine Gefühle für die Frau, die bald meinem Bruder gehören würde. Ich wusste es. Er brauchte es mir nicht mit seinen Blicken zu zeigen. Ich wich ihnen einfach aus und stellte mich schlafend. Seine Augen waren ein Ebenbild derer meines Bruders. Wie oft hatte ich sie ignoriert, wenn ich durch den Gang der Vergangenen *gelaufen war. Ebenso wie im* Gang der Verbliebenen, *wo mein Bruder thronte. Nun stand er hier, als wolle er mich dafür rügen. So, wie er damals Lucius und mich gerügt hatte, bei jedem noch so kleinen Vergehen.*

»Du begehst einen Fehler, Soldat. Einen riesigen Fehler.« Ich riss die Augen auf.

»Das kann dir egal sein. Es ist mein Leben.«

»Du meinst, du kennst deine Feinde? Du hast den Durchblick, ja? Ich muss dich enttäuschen, Hauptmann. Du scheinst nicht mehr Herr der Lage zu sein.« Ich ballte die Hände zu Fäusten und sah ihm in das kalkweiße Gesicht. Adern waren an seinen Schläfen geplatzt.

Die Augen waren herausgequollen. Der Tod war so entwürdigend, dachte ich. Früher hatte er massive Haut. Eine Haut aus Stahl.

»Denk nach, Hauptmann. Wer könnte dein Feind sein?«

»Wenn du von Sofija sprichst, dann irrst du dich.«

Er schüttelte den Kopf. »Du hast dich schon immer gefragt, warum, Eric.«

»Warum was?«

»Warum ...« Seine Stimme verzog sich zu einem Echo. Bald würde mein Traum zerfallen. In Nebel aufgehen. Explodieren.

Ich stellte mich vor ihn und verzog meinen Mund. »Warum du so ein mieser Feigling warst?«

»Warum ...« Er löste sich auf.

Dahinter offenbarte sich ein Meer aus Körpern. Sie alle richteten ihre glasigen Augen auf mich. Erhoben ihre Stimmen. Murmelten etwas, das ich nicht verstand. Davor formte sich nach und nach eine Silhouette. Eine Frau, die mir den Rücken zudrehte. Erst dann bemerkte ich, dass die Menschen sie ansahen. Dass sie mit ihr sprachen. Sofija! Ich rannte auf sie zu. Doch sie löste sich ebenfalls auf und ich stolperte über einen kopflosen Mann. Würgend presste ich eine Hand auf meinen Mund. Sie war voller Blut. Und erstickte mich nahezu damit.

»Sofija!« Meine Kehle versagte mir den Dienst.

Und dann hörte ich eine Stimme. So messerscharf, als würde sie unmittelbar neben mir ertönen. »Es geht um deinen Vater ...«

Jon! Ich fuhr herum und stieß meinen Kopf am hölzernen Bettgestell. Schweiß rann über meine Stirn, hinab zu meinen Wangen, bis zu meinem Hemd, in dem er sich sammelte. Ich rieb mir die Augen und beobachtete das trübe Licht, das sich unter dem Vorhang hervorschob. Mein Herz hämmerte bis in meinen Schädel und ich schmiss mich zurück ins Kissen. Es war lange her, dass ich ihn gesehen hatte. Dass er ausgerechnet im Anzug des Todes erscheinen musste, machte das Ganze nicht einfacher. Ich hatte erfolgreich verdrängt, an ihn zu denken. Seit Sofija in meinem Leben war, war dies jedoch anders. Es war, als könnte sie in meine Seele sehen und jeden noch so verwinkelten Teil erkunden.

Das machte mir Angst. Angst, verletzt zu werden. Ich hasste es, Schwäche zu zeigen.

Schwäche entschied oftmals über Leben und Tod.

Ich verabscheute meinen Vater für das, was er getan hatte. Und lange hatte das *Warum* auf meiner Zunge gebrannt.

Warum zur Hölle er sich erhängt hatte. Was der Grund für ihn gewesen war, sein Leben zu beenden. Es gab keine Antwort. Er hatte sie mir verwehrt. Und dabei dachte ich, dass wir keine Geheimnisse voreinander hatten.

Ich fuhr herum und zog mir das durchnässte Hemd über den Kopf.

Jon! Er hatte gestern aufgelöst ausgesehen. Er wollte mir etwas sagen. Und weil er angekündigt hatte, dass es um meinen Vater ging, musste ich ausgerechnet jetzt von ihm träumen. Jetzt, wo ich doch andere Sachen im Kopf haben müsste. Es war leichtsinnig von mir gewesen. Jede Empfindung. Jeder noch so verbotene Kuss. Ich hätte mir gerne selbst eine Faust ans Kinn geschlagen. Verdient hätte ich es allemal.

Schnell zog ich mich an und strich das feuchte Haar aus der Stirn.

Für Befindlichkeiten war nun keine Zeit mehr. Ich musste mit ihm sprechen, ehe die Ratssitzung nach mir verlangte.

Zur Hölle damit. Heute war schon wieder Dienstag.

Ich fand mich vor der Bibliothek wieder, die von zwei steifen Wachen mit Silbermasken bewacht wurde, die mich nach einem stummen Gruß passieren ließen.

Jon schien in der Bibliothek zu leben. Seitdem ich mich erinnern konnte, hauste er zwischen Büchern, Blättern und Tinte, die er hütete wie einen Schatz. Und auch jetzt saß er mit gebeugtem Rücken über einem Text, der von einer nahezu abgebrannten Kerze erhellt wurde. In dieser Sekunde ging sie schließlich aus und hinterließ einen dunkelgrauen Nebel, der sich um den eingestaubten Bibliothekar legte, der herzhaft zu schnarchen begann. Er musste die halbe Nacht über einer Geschichte gewacht haben und dabei eingeschlafen sein. Mit freudigem Lächeln stellte ich fest, dass sich einige Dinge wohl niemals ändern würden.

Nur ein kurzer Teil einer Kindheitserinnerung. Ein verblassendes Bild, als mir das Buch ins Auge fiel, über dem er schlief.

Ich kannte es. Es hatte in dem Gemach meines Vaters in einem Regal aus Ebenholz gestanden. Akribisch einsortiert, in einen edlen Einband gehüllt, und zwar vom handfertigsten Buchbinder unserer Stadt.

Nachts hatte er immer über dem Arbeitstisch gesessen und geschrieben. Ich erkannte seine Schrift. Die geschnörkelten Enden, die ich mir von ihm abgeschaut hatte. Die Serifen, die ich hinzufügte, damit sie ihr ähnelten. Das geschwungene *E*.

Ich griff über den schlafenden Jon hinweg und fasste das Buch, auf dem sein Kopf lag. Ganz vorsichtig zog ich es unter ihm hervor und presste es an mich. Die Schrift meines Vaters war wie seine Stimme. Ebenmäßig, klangvoll, aus Stahl. Als ich las, war es, als spreche er zu mir. Genau wie in meinem Traum. Meinem Albtraum.

Montag, 20.2., Jahr des Saturns.

Gedanken kreisen. Lucius ist ein guter Junge. Und doch bin ich mir unsicher, ihn das Erbe antreten zu lassen, das ihm durch seine Geburt zusteht. Kupfoa in seine Hände zu legen wäre ein Risiko.

Eines, das ich riskieren sollte? Ein Selterkönig hat es bereits auf die Spitze getrieben. Ich weiß nicht, wozu er fähig sein wird mit diesen Händen. Mit diesen verfluchten Händen.

Ich schluckte schwer, als ich die Finger über seine Worte gleiten ließ. Vater hatte nie über seine Zweifel gesprochen. Nie hatte er etwas Schlechtes über Lucius gesagt oder noch einmal seine Gabe als Fluch bezeichnet, nachdem unsere Mutter gestorben war. Gebannt las ich weiter.

Vielleicht sollte ich auf die Hilfe setzen, die mir geboten wurde, um Lucius' Kraft zu kontrollieren. Um ihn zu lehren, mit seinen Fähigkeiten umzugehen. Die Hilfe des Feindes. Ich weiß, dass es nicht gut ist. Dass es gegen jegliche Prinzipien verstößt, die ich pflege. Doch manchmal ist dein größter Feind auch dein einziger Freund.

Was meinte er damit?

Meine Augen flogen hin und her. Überflogen die folgenden Zeilen, die jedoch nicht mehr darauf eingingen. Die Seiten flatterten zwischen meinen Fingerkuppen, während ich nach weiteren Indizien suchte. Von welchem Feind sprach er?

Ein scharfes Schnarchen, das in Jons Kehle stecken blieb, ließ ihn aufschrecken. Als er mich erblickte, tat er es gleich noch einmal und zog sich die Brille von der Nase.

»Habe ich sehr laut geschnarcht?«, fragte er verwirrt und sah im selben Moment auf das Buch, das ich in meinen Händen beinahe zerquetschte.

»Du hast es also gesehen«, sagte er und stand langsam auf.

Er roch nach Papier. Nach Druckertinte und nach Kerzenwachs.

Ebenso glänzte sein faltenüberzogenes Gesicht, das er mit seiner grauen Hand verdeckte.

»Ich wollte dich gestern schon sprechen, Eric. Es … es gibt so viele Fragen, die mir auf den Lippen brennen.«

»Sprich«, sagte ich und presste meine Kiefer fest aufeinander, um meine Gedanken zu sortieren. »Seit wann studierst du schon Vaters Tagebücher?«

»Nun«, sagte er mit rostiger Stimme. »Schon seit ein paar Monaten, Eric. Kurz nachdem dein Bruder mir die königlichen Schriften überlassen hat, um die Familienvita zu vollenden. Da bin ich auf Ungereimtheiten gestoßen. Mir kam sein Tod doch recht … komisch vor.«

»Und warum hast du nichts gesagt?«

»Weil mir keiner zuhört! Ich bin ein Bücherwurm, Eric. Ein welker, alter Mann, dem man keinen Glauben schenken kann.«

»Wer sagt denn so etwas?«, fragte ich resignierend und verschränkte die Arme vor der Brust.

»Dein Bruder hat mir klar zu verstehen gegeben, was er von mir hält, Eric. Ich bin alt und habe keine Kraft, mich gegen euch junge Bengel zu wehren. Doch ich möchte die Wahrheit herausfinden. Und die Wahrheit liegt verborgen innerhalb dieser Zeilen. Zwischen diesen Zeilen. Und genau deshalb muss ich mit dir sprechen. Ich … ich habe da einen Verdacht. Sofija hat mich darin nur bestärkt.«

»Sofija?« Mir schoss es heiß in den Kopf und ich ballte die Hände zu Fäusten.

»Ja, Sofija.«

Seine Augen flatterten, als er sprach. Die Stirn dabei zu einer strengen Linie gezogen, die ihm nicht stand. Ich erinnerte mich, als Lucius und ich als Kinder durch die Reihen der Bibliothek gestreunt waren, um Bücher zu verstellen, die der alte Mann nach Buchstaben und Themen geordnet hatte. Selbst da hatte er nie so ausgesehen. Noch nie so ernst und verbittert.

»Und du hast Sofija von deinen Vermutungen erzählt?«, fragte ich und verkrampfte, als mir die Konsequenzen dessen bewusst wurden. Sie hing noch tiefer drin, als ich vermutet hatte. Doch Jon schüttelte den Kopf, sodass die langen, ungepflegten grauen Haare in seine Stirn fielen.

»Sie kam, um eine Nachricht zu entschlüsseln, die ein gewisser Herr Ethan«, dabei sah er mich an und hob verschwörerisch die Augenbrauen, »ihr hatte zukommen lassen. Sie fühlt sich noch nicht so sicher im Lesen. Wir erarbeiten es gerade. Sie hat Talente, so viele Talente, Eric.«

»Du schweifst ab!«, ermahnte ich ihn, doch konnte nicht verhindern, dass meine Wangen glühten, als er mich enttarnt hatte.

»Ich habe ihr gesagt, dass die Nachricht womöglich von dir sein könnte, da deine Schrift der deines Vaters ähnelt. Ich muss dir nicht sagen, dass es stimmt, das weißt du. Und daraufhin kamen wir ins Gespräch. Hach, ich rede so gerne mit diesem Mädchen!«

»Jon!«, drängte ich.

»Ist ja gut, ist ja gut! Ich habe ihr gesagt, dass ich nicht glauben kann, dass es so stimmt. Du weißt schon. Die Begebenheiten des Todes deines Vaters. Und daraufhin fragte sie mich. Ob König Platos Feinde hatte. Jeder hat Feinde, meinte ich daraufhin. Doch eines war mir danach klar. Unter diesem Punkt hatte ich den Fall noch nicht betrachtet. Und sie hat recht. Irgendetwas muss geschehen sein. Etwas, das verlangte, dass der König aus dem Weg geräumt wurde.«

»Und hast du was herausgefunden?«

Jon nahm mir das Buch aus der Hand und ließ ebenfalls die Seiten zwischen seinen Fingern tanzen. Hin und wieder hielt er inne, ließ seine grauen Augen über die Schrift meines Vaters wandern und deutete schließlich auf einige Stellen, die er mir vorlas.

»Immer wieder spricht er von einem Feind, der ihm helfen sollte, Lucius' Fähigkeiten zu kontrollieren. Eine Art Lehrer, nehme ich an.«

»Und wer könnte das sein?«

»Na, das musst du doch wissen«, sagte er und sah mich müde an. »Von wem wurdet ihr unterrichtet?«

Ich hatte einige Privatlehrer. Unter anderem Jon, der uns das Lesen und Schreiben lehrte. Der Herr Richter prügelte uns die Verfassung und Gesetze dieses Reiches ein, die wir auswendig lernen mussten. Hin und wieder kam ein Musiklehrer zu uns, der unsere Finger am Klavier trainierte. Oder ein unausstehlicher Tanzlehrer, der mich gezwungenermaßen in die Gepflogenheiten der königlichen Tänze einführte. Und dann war da noch der Herr Minister, der sich Lucius seit seinem fünfzehnten Lebensjahr annahm, um ihm wichtige Dinge beizubringen, die von einem König verlangt wurden. Ich hingegen widmete mich dem Militär. Meiner Ausbildung.

»Da könnten einige infrage kommen«, sagte ich nachdenklich.

»Und doch gibt es nur einen Feind. Welcher Feind?«

»Ich weiß es nicht.«

»Ich auch nicht«, gestand Jon.

»Und wenn …«, begann ich, während ich mein Hirn durchforstete und schließlich an dem Tag hängen blieb, als der Herr Minister in den königlichen Rat aufgenommen worden war. Zuvor hatte ein anderer Mann dieses Amt in Anspruch genommen. Ich wusste nicht mal mehr, wie dieser hieß.

»Und wenn der Herr Minister dieser Feind war?«

»Man munkelt, dass er einst Minister in Tumbara gewesen ist. Wir hatten die Instruktion bekommen, Stillschweigen zu bewahren. Ich habe nie etwas gesagt«, räumte Jon grübelnd ein. »Und um ehrlich zu sein, habe ich da nie wirklich drüber nachgedacht.«

»Vielleicht meint Vater damit den Feind. Vielleicht, weil der Herr Minister einst dem Selterkönig gedient hat? Natürlich!«, stieß ich aufgeregt aus. »Vermutlich kennt sich der Herr Minister bestens mit der Gabe aus, da er sie von seinem König kannte.«

»Möglich wäre es«, sagte Jon aufgeregt und griff nach einem anderen Buch, das auf einem Stapel auf seinem Tisch lag.

»Vielleicht hat der Herr Minister ihn in seiner Gabe unterrichtet.« Unwillkürlich musste ich an Lucius' Kräfte denken. An seine neue Fähigkeit, Menschen durch die Luft zu heben, ohne sie zu berühren. Menschen mit seinen Händen zu manipulieren. Sie zum Tanzen zu bringen.

»Doch was hat das mit dem Tod von Vater zu tun?«

Jon sah mich verschwörerisch an und hielt in der Bewegung inne, als fiele es ihm wie Schuppen von den Augen. »Vielleicht war es der Herr Minister selbst, Eric.«

»Aber warum?«

»Weil er mit Lucius mehr Macht haben kann. Vielleicht, weil er es nicht erwarten konnte, bis Lucius an der Macht ist. König Platos stand mitten im Leben. Er hätte ewig regieren können. Das weißt du.« Das Einzige, was ihm gefehlt hatte, war seine Frau. Meine Mutter.

Ich dachte an den Tag, an dem er sie verloren hatte.

Ich hatte meinen Vater nie weinen sehen, bis auf dieses eine Mal. An dem Tag, wo er ihre Leiche in den Armen gehalten hatte, nachdem sie den Freitod gewählt hatte.

Ihre Seele hatte sie zerstört, so wie ihn die seine zerstört hatte. Doch wenn es stimmte, dass er nicht aus freiem Willen gegangen war, dann ergab Jons Theorie einen Sinn.

Alles, was bisher geschehen war. Jede kleinste Inszenierung des Ministers. Er war es, der Lucius geraten hatte, Sofija zur Frau zu nehmen. Es war auch er gewesen, der sie zum Gerichtsprozess eingeladen hatte. Und seinetwegen musste sie die Städte bereisen.

»Aber warum sie?«

»Sofija?«, fragte Jon, als hätte er meine Gedanken gelesen. »Weil sie das Land aufmischen wird. Weil sie mehr ist als eine einfache Steandlerin. Sie ist die Königin, nach der sich alle sehnen, und Lucius ist gerade dabei, dieses Feuer zu löschen, ehe es entfacht.«

Ich dachte an ihren Hals. An ihre törichte Dummheit, im Kleid meiner Mutter beim Essen zu erscheinen. Und dann dachte ich an ihre Küsse.

Wenn Lucius dies erfahren würde, würde er uns umbringen.

»Wovon profitiert der Minister dann, Jon? Ich verstehe es nicht.«

»Vielleicht denken wir in die falsche Richtung, Eric. Vielleicht will der Minister Lucius gar nicht helfen, sondern ihm mit alldem schaden.«

»Schaden? Aber warum?«

»Es wäre nicht das erste Mal, dass eine Revolution ihren Herrscher stürzt. Vielleicht möchte er dich auf dem Thron sehen.«

Doch das konnte ich mir nicht vorstellen. Der Herr Minister hasste mich. Ich sah es stets in seinen schlangenartigen Augen.

56

Eric

Die Ratssitzung fand wie immer im Gerichtssaal statt, wo anschließend Urteile gefällt werden sollten. Zum Teufel mit diesen Hinrichtungen! Ich würde mir eine Ausrede einfallen lassen, damit ich nicht dabei sein müsste.

Der lange Tisch wurde zur Ratssitzung von beiden Seiten bestuhlt, sodass sich die Gefolgsmänner des Königs in die Augen sehen konnten, wenn sie sprachen. Sie alle waren erpicht darauf, ihre Stimmen zu erheben. Also ließ ich es über mich ergehen – nicht ohne den Herrn Minister und meinen Bruder im Auge zu behalten, die sich wieder und wieder flüsternd austauschten. Hin und wieder raunte Lucius auch mir etwas zu. Über die Frisur vom Herrn Richter, die aussah wie ein Vogelnest, oder den offenen Hosenstall des Zeitnehmers, der sich hinstellte, wenn er sprach. Immer dann war Lucius einfach nur mein Bruder und kein König, der Blut an seinen Selterhänden kleben hatte.

Als Kinder hatten wir uns stets gelangweilt, wenn wir mit den alten Männern am Tisch zu verhandeln hatten. Schließlich redeten sie nicht selten über Dinge, die niemanden interessierten. Doch ich vermutete schon, dass diese Sitzung von Bedeutung sein würde. Sowohl für Lucius als auch für mich. Letztendlich ging es hier um ein Thema, das mir eine Eisenfaust in den Bauch rammte. Ein Eingeständnis meiner Gefühle für Sofija.

»Wann wird die Hochzeit stattfinden?«

»Nun, der Herr Minister sagte mir, so schnell wie möglich«, trällerte Lucius, in seinem Thron hängend, als säße er auf einem Sofa. Die Hand dabei gegen seine Wange gelegt, als langweile ihn die bevorstehende Diskussion schon jetzt. Und natürlich war es langweilig, denn es drehte sich ja nicht mehr ausschließlich um ihn. Hitze kribbelte gegen meine Wangen, als mich der Herr Minister wölfisch grinsend beobachtete. Ich suchte in seinen Augen nach der Antwort, die ich brauchte. Auf welcher Seite er stand und was genau er vorhatte. Doch sein Blick war schleierhaft. Ein einsames Rätsel, das sich nicht lösen ließ.

»Wie wäre es mit morgen?«, warf er in den Raum, den Blick dabei immer noch auf mich gerichtet, weshalb ich versuchte, möglichst unbeeindruckt auszusehen. Ich schaffte es jedoch nicht, meine Hände zu kontrollieren, die sich zu Fäusten ballten. *Was hast du Drecksack nur vor?*

»Morgen schon?«, fragte Lucius stirnrunzelnd. »Ich habe nicht einmal die passende Hochzeitsrobe! Und was ist mit ihrem Kleid? Die dicke Schneiderin ist noch lange nicht fertig mit ihren Kreationen. Ich dachte, wir behalten uns das Wochenende vor? Meinst du nicht, Sirius?«

Ich hatte fast vergessen, dass der Herr Minister auch einen Vornamen hatte. Für mich war er nur eine funktionierende Position innerhalb dieser Regierung. Ein Mann, der mit Rat und Tat zur Seite des Königs stand. Der Vorname ließ ihn menschlich wirken. Ich verbannte ihn so schnell aus meinem Kopf, wie er eben durch den Raum gehallt war.

»Je eher, desto besser«, erinnerte der Minister, was die anderen Männer mit skeptischen Mienen quittierten.

»So ein großes Ereignis soll gut geplant sein. Ich finde das Wochenende sehr passend für so etwas. Schließlich müssen alle Gäste anreisen. Wir müssen das Fest organisieren. Morgen ist doch recht überstürzt«, räumte der Richter zögernd ein. Schließlich war alles, was mit Sofija zu tun hatte, einfach übers Knie gebrochen worden – nach den Launen meines Bruders und des Herrn Ministers, dessen Gesicht ich zu studieren versuchte. Er sah noch aus wie am ersten Tag, als mein Vater ihn eingestellt hatte.

Die Haare grau meliert und kurz geschoren. Der Bart ebenso gestutzt und dicht. Er lief in einem perfekten Schnitt oval am Hals zusammen. Seine Augen waren nahezu schwarz, ein Indiz, das mir hätte auffallen sollen. Ich hatte mir nie etwas dabei gedacht. Die Auflösung Tumbaras hatte Menschen aus den verschiedensten Königreichen zusammengebracht.

»Wir sollten uns außerdem um einen Ehevertrag bemühen.«

»Keine schlechte Idee!«, rief Lucius aufgeregt. »Füge hinzu, dass ihr Kopf rollt, sollte sie mich jemals betrügen.« Lucius lachte und sonnte sich im Gelächter der anderen Herrschaften, die die Gläser erhoben und anstießen.

»Auch ich finde, wir sollten das alles ausführlicher planen. Wer wird eingeladen? Wo genau soll die Trauung stattfinden? Ich stimme dem Herrn Richter zu«, meldete sich der Zeitnehmer.

»Wir sollten diese Hochzeit um einige Tage nach vorne verschieben, meine Herren! Wie lange wollen wir noch warten? Wir sind das Reich Kupfoa! Der König ist seit einem halben Jahr in seinem Amt und noch immer unverheiratet«, donnerte der Minister und stand auf. Die Augen dabei weiterhin auf mich gerichtet, denen ich mit erhobenem Kinn standhielt.

»Das Volk scheint sich nach einer neuen Königin zu sehnen. Eine Hochzeit bringt Schwung in die Wirtschaft.«

»Ja, ja«, nörgelte Lucius mit einer wegwerfenden Bewegung. »Das sagtest du bereits.«

»Etwas, wovon du profitieren kannst, Lucius. Somit wirst du

nahbar, für deine Untertanen greifbar. So, wie ich es dir bereits erklärt habe.«

Natürlich, dachte ich. Mit Sofija hatte mein Bruder nur zu gewinnen. In jeder Hinsicht. Durch sie wurde er attraktiver. Eine so wunderschöne Frau, die nicht aus einer Adelsfamilie stammt, wird Aufsehen erregen. Nicht nur in Kupfoa. In den anderen Reichen ebenfalls. Doch … es gab auch Menschen, die dies nicht guthießen. Wer waren sie? Der beleidigte Adel, der sich in die Königsfamilie einheiraten wollte? In Gedanken ging ich die vielen Familien durch, die ihre Töchter angepriesen hatten wie Rinder auf dem Markt.

Familie Grommant mit ihrer Tochter Philipa, die am Ball des Geburtstages nicht da gewesen war, weil sie einer starken Grippe erlegen war. Innerhalb der Gesellschaft munkelte man jedoch, dass sie sich eine Liebschaft gesucht hatte, die viel Zeit in Anspruch nahm.

Dann war da noch Familie Laydis, eine Adelsfamilie mit Gutshof, der unseren Palast mit Lebensmitteln belieferte. Ihre Tochter Ernestine war üppig und hatte ebenfalls wenig Interesse an einer Verbindung mit meinem Bruder, auch wenn sie nicht verhehlte, die Krone gerne in Anspruch zu nehmen.

Oder Familie Cedric? Sie wären die Einzigen, die mir in den Sinn kämen, sich in ihrer Eitelkeit angegriffen zu fühlen. Die Tochter des Generals der Osttfront in der Kunststadt Kalakar war die Einzige, die ernsthaftes Interesse an Lucius gezeigt hatte und ebenfalls in Hochzeitsverhandlungen stand. Zumindest war dies zu Vaters Lebzeiten so gewesen, doch Lucius hatte diesen Plan nach seinem Tod direkt verworfen. Er hatte Isalie nie gewollt. Sie seine Krone hingegen umso mehr.

Beim Ehrenball meines Bruders hatte ich mit ihr getanzt. Isalie hatte es nicht gern gesehen, dass der König mit dem Steandlermädchen verschwunden war. Ebenso wenig wie ihr Vater, der prompt nach der Verkündung der Verlobung die Festlichkeiten verlassen hatte. Er hätte Möglichkeiten, Unruhe zu stiften. Doch ich würde es mitbekommen. Ich würde sofort davon erfahren, sprach ich mir zu, und versuchte, meine krampfenden Finger zu entspannen.

Leeres Gerede. Sie alle reden, doch nichts steckt dahinter.

»Wir müssen das mit Bedacht planen.«

Ich knirschte mit den Zähnen, als die Herrschaften weiterhin diskutierten und Vorschläge einwarfen. Ich hörte nicht mehr zu, sondern folgte weiteren Gedanken. Der Schrift meines Vaters. Den Offenbarungen, die Jon mir enthüllt hatte, und seinen Vermutungen, dass der Minister etwas plante und womöglich etwas mit dem Tod meines Vaters zu tun hatte.

Was könnte er nur für ein Interesse daran gehabt haben, ihn loszuwerden?

Dass Lucius schneller auf den Thron kam? Dass Lucius seine Aufgabe vergeigen würde und ich somit den Thron bestieg? Was hatte er nur vor? Das alles klang so logisch und doch so sinnlos. Ich verstand es nicht. Lucius wäre ohnehin König geworden. Das Erstgeborenenrecht verlangte es. Es sei denn, Vater wollte ihm niemals den Thron vermachen, was vollkommen idiotisch war und ich auszuschließen tendierte.

Vater hegte unsere Traditionen. Sie standen neben seinem Reich und über seinen Kindern.

Ich brauchte Beweise, dachte ich fieberhaft. Ohne handfeste Beweise waren diese Theorien wertlos. Vielleicht war nicht er der Feind, von dem mein Vater gesprochen hatte. Vielleicht war der Feind einer der anderen Männer, die hier saßen und sich gegenseitig zu übertrumpfen versuchten.

»Hach, da kommt es ja! Ein weiteres Verlobungsgeschenk und Andenken für die Ahnengalerie!«, sagte Lucius freudig und riss mich aus meinen durcheinanderwirbelnden Gedanken. Zwei Jünglinge trugen ein verdecktes Bild in den Raum, das sie ehrfürchtig unter seiner erhobenen Hand sinken ließen.

»Mit besten Grüßen von Künstler Davide«, keuchte einer der Boten, der den Blick meines Bruders mied. Ob er wieder ein Bildnis in Auftrag gegeben hatte, wo er doch so gerne Modell stand? Ich grinste belustigt, als ich mir vorstellte, wie mein Bruder, so eitel wie er war, vor dem Spiegel seine Züge geübt hatte, damit er perfekt aussah. Ob er es in Sofijas Gemach hängen würde, damit sie sein Gesicht als Zielscheibe benutzen konnte? Ein herrlicher Gedanke, der mich heimtückisch grinsen ließ.

»Ich bin so aufgeregt!«, ging die Stimme meines Bruders in die Höhe. »Die Sitzung ist hiermit beendet. Raus mit euch. Ich möchte allein sein.«

Mit Vergnügen, dachte ich grimmig und stand schneller auf als der Rest der alten Herren.

»Bis auf dich, Bruder. Du sollst hierbleiben.«

Der Minister sah mich wieder an und grinste breit. »In drei Tagen dann«, sagte er. »In drei Tagen werden wir diese Ehe vollziehen.«

Ich hatte mich verspielt, weil ich egoistisch genug gewesen war, sie bei mir zu behalten. Doch man konnte sie nicht einfangen. Lucius sollte das wissen.

Sobald die Herren draußen waren, glitt er mit wallenden Tüchern über den polierten Boden und stellte sich vor das schwebende Bild, das er noch immer mit ausgestreckter Hand kommandierte. Mit einem lautlosen Seufzer entfernte Lucius das rote Tuch, das den Rahmen bedeckte. Was mich dahinter erwartete, ließ mich vergessen zu atmen.

Eine bildschöne Frau mit wildem Haar sah mir hinter dichten Wimpern entgegen. Die Augen so offen und ehrlich wie die eines Rehs. Sogar die einzelnen Sommersprossen auf ihrer Nasenspitze stimmten. Der Stoff um ihre Brust und die nackten Schultern schlug Wellen. Ein fester Griff ihrer zu Fäusten geballten Hände. Ein Ebenbild der Sofija, wie ich sie kannte. *Wie der Wind …*

»Hinreißend«, sagte Lucius. Hinreißend war kein Ausdruck. Sie war … alles, wonach ich mich sehnte. Eine Kriegerin, eine Tänzerin, eine Erbin. *Eine Königin.*

»Davide hat sich selbst übertroffen, findest du nicht?«

»Es ist wunderschön.«

»Und es gehört mir!«, sagte Lucius breit grinsend und ließ das Bild durch den Raum schweben, bis es sich gegen eine Wand lehnte.

Dann sah er mich an und verschränkte die Finger ineinander, sodass die Fingerknöchel weiß hervortraten.

»Nun frage ich dich, was du heute Morgen bei Jon zu suchen gehabt hast?« Ich hätte wissen müssen, dass er davon erfahren würde, also versuchte ich, mir mein Entsetzen nicht anmerken zu lassen. Ich setzte eine Maske auf. Ein Spiel, das er besser beherrschte als sein Statuenschach im Saal der Ahnen.

»Ich habe den alten Mann vermisst.«

»Dass ich nicht lache«, zischte Lucius. »Du gehst nur zu ihm, wenn du sinnlose Literatur ausleihen möchtest. Die Geschichte der Steandler, ja? Du weißt hoffentlich, dass ihre ganze Existenz auf der Feigheit ein paar weniger Schwächlinge basiert, die sich dem Krieg entzogen haben. Lächerliche Taugenichtse, die sich zu fein waren, für ihr Reich einzustehen.«

»Du scheinst viel darüber zu wissen, Bruder. Auch du hast ihn aufgesucht, habe ich recht?« Ich sah Lucius direkt in die Augen und erkannte einen unverhofften Schatten, der sich in dem Silber seiner Augen verlor.

»Was ich mit dem alten Mann zu besprechen habe, geht dich nichts an.«

»Und ob!«, entgegnete ich und hob verzweifelt die Hände in die Luft. »Vielleicht weiß er, was es mit dem Tod unseres Vaters auf sich hat, Lucius.« Ein heiserer Hilferuf, der meine Kehle in eine Wüste verwandelte. Lucius' Augen wurden glasig. Der Blick dabei meilenweit entfernt. Ein Zeichen, dass er nichts damit zu tun haben konnte, wie Sofija vermutet hatte. Mein Bruder war alles, was ich verabscheute. Und doch nicht so grausam zuzulassen, dass sein Vater umgebracht wurde. Ich hatte es gewusst. Tief in meinem Herzen war er eben noch immer mein Bruder. Vater und er hatten ihre Differenzen gehabt. Ich hatte es im Saal der Ahnen gesehen, als Lucius die Statue zerstört hatte. Doch auch mich quälte nicht selten die Wut auf meinen Vater. Dass er gegangen war, ohne uns etwas zu sagen. Dass er zu feige gewesen war, um sich dem Leben zu stellen.

»Vater war ein Feigling! Er hat sich erhängt, Eric. Wie oft wollen wir darüber noch sprechen?«

»Jon hat seine Tagebücher, Lucius. Und darin schreibt er von einem Feind innerhalb unserer Reihen. Ein Feind, der ihn vielleicht auch umgebracht haben könnte.«

»Er war krank, Eric!«, schrie Lucius wütend. Die Selterhände dabei zitternd und noch weißer als zuvor. »Seine Seele hat ihn getötet. Genau wie ihre eigene traurige Seele unsere Mutter getötet hat, versteh das endlich.«

»Aber in Vaters Tagebuch ist davon nichts zu lesen.«

»Das hat Jon wirklich gesagt?«, fragte Lucius mit verzogenem Gesicht. Ein Beweis seiner Bestürzung und meiner Menschenkenntnis. Lucius hatte nichts mit alldem zu tun. Er war ebenso ein Opfer wie ich. Ich nickte hastig und leckte mir über die trockenen Lippen.

»Und wer soll es gewesen sein?«

»Das wollte ich dich fragen«, sagte ich und sah ihm dabei eindringlich in die Augen, die sich augenblicklich verschleierten.

»Du denkst doch nicht, dass ich es gewesen bin, Bruder!«

»Nein«, schüttelte ich mit dem Kopf. »Aber vielleicht einer, dem du dein Leben anvertrauen würdest … der Herr Minister.«

»Sirius?«, fragte Lucius erschrocken und ließ seine Hände gegen seinen geöffneten Mund schlagen.

»Ja«, sagte ich nickend. »Ja, Lucius. Er könnte es gewesen sein.«

»Unter welchem Anhaltspunkt, Eric? Das sind starke Anschuldigungen, die ich nicht glauben kann!«

»Ich weiß es nicht. Vielleicht erhofft er sich dadurch mehr Macht in den eigenen Reihen. Vielleicht wollte Vater ihn aus dem Palast werfen. Vielleicht wollte er etwas umgehen. Es gibt viele Möglichkeiten. Ich weiß es nicht!«

»Ich muss zu Jon«, sagte Lucius aufgewühlt. »Und dann rufen wir eine Gerichtsverhandlung ein, um diesen Bastard von Minister niederzustrecken. Ich dachte, er ist mein Freund! Wenn es wirklich stimmt, was du sagst, Eric … das könnte alles ändern. Alles.« Lucius war rasend. Endlich gab es mal ein würdiges Opfer seiner ungezügelten Gefühle.

»Soll ich dich begleiten, Bruder?«

»Nein«, knurrte er. »Das muss ein König allein durchstehen. Sag die Gerichtsverhandlungen ab, Bruder. Der Tag des Rechts muss warten.«

Nebel breitete sich um uns aus, während er sich gespenstisch schwebend zur geschlossenen Tür bewegte und sie knallen ließ, sobald er dahinter verschwand. Alles, was blieb, war das Bildnis einer Kriegerin, gehüllt in Rot. Mit Augen wie Sternen und Lippen wie Wolken am Sommerhimmel.

Ich will dich beschützen, dachte ich.

Doch um dich zu retten, muss ich dich gehen lassen. Überallhin, überall ist es besser als hier, in dieser verkorksten Welt aus Kupfer und Zinn.

Plötzlich schwang die Tür auf und ein aufgeregter Tarance stolperte in den Saal. Die Augen weit geöffnet und Schweißperlen auf der Stirn. Kurz flatterte sein Blick über den leeren Gerichtssaal, ehe er aufgeregt zu sprechen begann.

»Wir haben Neuigkeiten.«

»Was für Neuigkeiten?«, fragte ich schnaufend.

»Es geht um …«

Während er sprach, begann mein Kopf noch mehr zu arbeiten als davor. Zwei Dinge könnte ich leicht ändern. Zwei Dinge, die sich nahezu einfach in meinen Schoß legten.

Das erste war, dass mein Bruder heute zu dem König werden konnte, den dieses Reich verdient hatte.

Und das zweite war, dass ich Sofija retten konnte. Vielleicht sogar schon heute Nacht.

57

Jana

Zieh das an! Los!«, zischte sie und fuchtelte schon wieder mit dem Dolch unter meinem Kinn herum. Ich schwor mir, dass sie dafür büßen würde, sobald ich die Kraft fand, mich gegen sie zu wehren. Doch das Kribbeln meiner Finger blieb aus. Ich fühlte mich, als wäre ich von allen Geistern verlassen. Ich fühlte mich so hilflos und einsam wie damals, als ich nächtelang durch die Straßen Lealos geschlichen war. Stets den eisigen Atem meines Vaters im Nacken.

Würden wir sterben? Würde der König uns in Stücke reißen? War das alles ein makaberes Spiel, was sie mit uns spielte?

Ich rümpfte die Nase und nahm das Bündel an mich, das sie vor unsere Füße geschmissen hatte.

»Aber schnell! Und dann esst was. Ihr seht furchtbar aus.« Furchtbar war kein Ausdruck. Elia, der Muskelmann, sah aus wie ein kleiner, eingeschüchterter Junge. Wie ein Vogel, der in einen Käfig gesperrt wurde. Er zerbrach förmlich unter dem Gedanken, Sofija nie wieder sehen zu dürfen. Vielmehr müsste er die Geister der Vergangenheit anflehen, dass wir nicht getötet würden. Die Kupferstädterin senkte zufrieden den Dolch und stellte sich vor die Tür. Ihr Blick ruhte auf Elia. Etwas Anzüglichkeit schwang in der Luft, als sie die Worte endlos lang zog und ihn dabei mit ihren Blicken verschlang. Ihr Gesicht hatte mir am Festabend, angestrahlt auf der Bühne, besser gefallen. Nun sah sie aus wie eine Barbarin in Gewand einer Adeligen. »Ausziehen, Steandler. Ich schaue dir schon nichts weg.« Damit meinte sie nicht mich. Ich drehte mich von den beiden weg und zog mein Kleid aus. Es war nichts Besonderes. Doch es fühlte sich so an, als würde ich meinen Panzer verlieren. Meine Farben. Die Farben meines Volkes.

Die Kleidung, die sie uns hingelegt hatte, bestand aus einer weißen Kutte, die um die Taille mit einem Gürtel zugezogen wurde, und einer eng anliegenden Hose. Unterhalb des Halsausschnittes konnte ich das königliche Siegel erkennen. Die gekreuzten Schwerter vor einer Krone. Das waren doch nicht etwa militärische Kleidungsstücke?

»Schau nicht so dumm, Steandlerin. Das wird es mir leichter machen, euch ins Schloss zu bringen.«

»Um uns auszuliefern?« Elia klang nicht halb so sicher, wie er es zu versuchen schien. Sie schnalzte mit der Zunge. »Vielleicht. Und nun macht schnell. Ich habe nicht den ganzen Tag Zeit, das zu beaufsichtigen.«

Ich nahm die weiße Hose, die neben glänzenden Schuhen lag.

Sie waren viel zu groß. Und sie waren so viel kostbarer als alles, was ich je besessen hatte. Wie abartig, dachte ich. Sie führte uns in Weiß ab, damit unser Blut es rot malen würde.

Die Kupferstädter schienen das wohl witzig zu finden.

»Gut«, lobte sie. Sie schien ihre Machtposition zu genießen. »Ihr habt nun Zeit, euch ein wenig auszuruhen. Mein Bruder wird euch bei Dämmerung abholen.«

»Und dann?«, fragte ich nun flehend. Ihre Augen funkelten wütend und sie ging einen energischen Schritt auf mich zu. Dabei sah sie wieder zu Elia.

»Ich mache das sicher nicht für so dreckige Steandler wie euch. Aber ich tue es für meinen Bruder und seinen Freund. Ihr werdet sehnlichst erwartet. Der Prinz kann es kaum erwarten, euch endlich zu empfangen.«

»Der Prinz?« Plötzlich kam Leben in den gebrochenen Mann neben mir. Seine Augen funkelten in dem unverkennbaren Elia-Grün. Sie steckten mich beinahe in Brand. Die Kupferstädterin nickte und schwang ihre langen Haare in den Nacken.

»Ganz genau. Der Prinz hat eine Aufgabe für euch. Ihr werdet die Königin entführen.«

»Die Königin?«

»Ja«, zischte sie mit einer wegwerfenden Bewegung. »Die zukünftige Königin. Diese Sofija.« Die Art, wie sie ihren Namen ausspuckte, ließ mich erahnen, was sie von ihr hielt.

»Er will seinen Bruder vor einer Schandtat bewahren. Schließlich ist es mehr als verwerflich, dass ein König eine so dreckige Ratte heiraten will. Der Prinz hat es ebenfalls eingesehen. Und da ich von Tarance weiß, was ihr im Schilde führt, kommt alles zusammen.«

Tarance. Unwillkürlich musste ich an den Frioler denken. An den Soldaten. Ob sie ihn damit meinte? Ihre Augen funkelten, als hätte sie meine Gedanken lesen können.

»Das kann ich nicht glauben«, warf Elia ein und machte einen Schritt auf die Kupferstädterin zu. Diese hob provozierend seinen Dolch.

Seinen eigenen, mit dem er sie hatte überlisten wollen. »Der Prinz lügt.«

»Du darfst mir ruhig glauben, Steandler. Nicht jeder findet die Vereinigung einer Barbarin mit blauem Blut gut. So etwas gibt es nur im Märchen. Und so etwas braucht dieses Reich nicht!«

Elia und ich saßen auf der harten Bettkante und starrten Löcher in den Boden. Ich strich beschwichtigend über die groben Nähte der militärischen Robe und Elia knabberte an seinen abgekauten Nägeln. Keiner wagte es auch nur, einen Mucks von sich zu geben, und so war unser Atem das Einzige, was man hörte.

»Es tut mir leid«, sagte er nach einer Weile. Ich sah zu ihm hinüber, sah seinen Kiefer mahlen. Ein kleiner Funken Entschlossenheit verirrte sich auf seinem Gesicht. Doch dann war er wieder nur die Hülle seiner selbst.

»Ich hätte dich nicht in solch große Gefahr bringen sollen. Ich bin ein Idiot.«

»Das bist du«, sagte ich und nahm seine Hand. Sie fühlte sich vertraut an. Nach Kindheit. Geborgenheit. Zuflucht. Seine Haut war weich, nur über die Fingerkuppen zog sich Hornhaut. Behutsam strich ich darüber und prägte mir jede einzelne Wölbung ein. Elia seufzte und wenig später spürte ich seinen Kopf an meiner Schulter. Ich schlang den Arm um ihn und strich ihm die Strähnen aus der Stirn. Ich spürte seinen Atem auf meiner Brust. Spürte, wie er die Stelle erwärmte, unter der mein Herz für ihn schlug, und gab mich ein letztes Mal dem Gefühl hin, das er in mir hinterließ. Mein Herz schien einen Dauerlauf zu rennen. Es würde erst aufhören, wenn er von mir abließ.

»Dein Herz rast, Jana«, sagte er, und es ließ sich nicht verhehlen, dass er sich daran erfreute. Ich war versucht, ihm in die Seite zu boxen, doch entschied mich für ein zurückhaltendes Lächeln. Er hob seinen Kopf. Nun war er mir so nah, dass ich jede Facette seiner grünen Augen sehen konnte. Jede Welle, die sich in seiner Iris verlor. Sein Atem schlug ruhig gegen meine Wange. Er roch nach Kautabak und Bier. Herb und süß. Ich schluckte schwer, als ich mich einige Zentimeter entfernte. Er folgte mir.

»Mache ich dich nervös?«

Ich schüttelte den Kopf und tat geschäftig. Ich umklammerte die grobe Naht meiner Robe und fuhr mit dem Daumen darüber, um meinen inneren Tumult zu verbergen. So nah war mir Elia noch nie gewesen. Ich musste schielen, um ihm in die Augen sehen zu können. Doch wenn ich es tat, würde ich darin versinken und nie wieder auftauchen.

Ich wollte ihn so sehr. Mein Herz hüpfte unter dem Gedanken und ich keuchte, als er seine Hand an meine Wange legte. Sie roch salzig und nach Kupfer. Die eisige Platte seines Fingerstummels malte Muster auf meine Haut. Gänsehaut war meine Antwort darauf. Elia kicherte und war für einen kurzen Moment wieder der alte großkotzige Mistkerl, der genau wusste, was er mit seinen Opfern anstellen musste. Ich stieß ihn in die Seite, doch fand mich in seinen Armen wieder. Er zog mich an seine Brust und berührte flüchtig mit dem Zeigefinger meine Lippen.

»Findest du nicht, dass dies ein sehr unpassender Moment ist, mich so bloßzustellen?«, knurrte ich, aber wagte es nicht, mich ihm zu entreißen.

»Box mir doch in die Seite. Trete mich, so wie du es früher immer getan hast.«

Ich zog einen Flunsch. »Ich glaube, ich fand den Elia von vor einigen Momenten durchaus angenehmer.«

»Du bist hübsch geworden.«

»Ach, das fällt dir gerade jetzt ein?« Ich konnte es nicht verhindern, dass ich traurig klang. Elia verstand und entfernte sich ein wenig. Er fuhr sich durch die Haare und starrte wieder Löcher in den Boden.

»Du hast recht. Ich bin ein taktloser Mistkerl.«

»Wir wollen Sofija befreien«, erinnerte ich mich selbst und ballte die Hände zu Fäusten. Wenn ich nur wüsste, wie man die Kraft kontrollierte! Wenn ich nur meine Gefühle im Zaum halten könnte. Ich seufzte und strich die Knitterfalten meiner Kutte glatt. Der Gürtel war zu groß, sodass die Kluft an mir aussah wie ein albernes Kostüm.

»Ich würde alles geben, um sie noch einmal zu sehen.«

Ich auch, hörte ich eine leise Stimme in mir flüstern. Die andere jedoch war stärker. Grauenvoller. Unheimlicher. *Nein, du würdest alles dafür geben, wenn sie wegbliebe.* Ich presste meine Handflächen unter meine Schenkel und versuchte, mich zu beruhigen.

Wenn Sofija nun wieder in meinem Leben wäre, hätte ich so viel gewonnen. Und doch so viel verloren. Ich sah zu dem Mann, dem mein Herz gehörte, und hasste mich dafür, dass ich so eine selbstsüchtige dumme Kuh war.

In diesem Moment hörten wir ein Gepolter und sprangen gleichzeitig auf unsere zittrigen Beine. *Sie kommen*, schoss es durch meinen Schädel.

Die Tür wurde aufgestoßen und Samantha und zwei Männer mit Silbermasken standen in dem kleinen, stickigen Raum.

»Das sind sie?«, hörte ich den einen sagen und beobachtete, wie er sich langsam die Maske vom dunklen Schopf zog.

»Schnabeltier«, flüsterte ich. Das war einer der Männer von der Ziegelsteinbrücke. Er richtete seine silbernen Augen auf mich und nickte mir zu.

»Die da kenne ich.«

»Steandlerin«, hörte ich eine bekannte Stimme sagen und sah dem zweiten Mann zu, wie auch er sich die Maske vom Gesicht zog.

»So schnell sieht man sich wieder.« Sein Mund verzog sich zu einem frechen Grinsen, das messerscharf durch mich hindurchstach. Ich ballte die Hand zu einer Faust, in der Hoffnung, dass meine Kraft wiederkommen würde.

»Frioler.«

Er nickte. »Euer Plan, hier einzudringen, war ziemlich dumm.«

»Ein Glück hat euch meine Schwester gefunden«, mischte sich Schnabeltier ein. »Jeder andere hätte euch sofort ausgeliefert.« Er hatte rein gar nichts mit seiner Schwester gemein, dachte ich in jenem Moment und begutachtete rasch ihre Gesichter. Samantha war beneidenswert hübsch. Ihr Bruder hingegen weniger.

Samantha rollte die Augen und schlug ihm in die Seite. »Genug der Rührseligkeit, Kyron. Was lässt der Prinz ausrichten?«

»Der Hauptmann«, sagten der Frioler und Schnabeltier gleichzeitig und reckten den Rücken, sodass der Brustkorb unmerklich anschwoll, »lässt ausrichten, dass wir mit der Mission zur vollen Stunde beginnen. Dann werden die Wachposten ausgewechselt. Und somit bleiben wir unerkannt.«

»Habt ihr die Masken?«

Der Frioler nickte und schmiss ein Bündel vor unsere Füße. »Wir sollten nun den Plan besprechen. Die Mission darf nicht schiefgehen. Wir haben nur eine Chance.« Dabei sah er mich eindringlich an. Ich bemerkte die Narben auf seiner Haut, die er mit dunklem Puder bedeckte. So sah es zumindest aus. Darunter formten sie Muster aus Schnitten, die die Haut in mehrere Schichten geteilt hatten. Ich schluckte, als ich einer Narbe folgte, die sich bis ans Auge fraß. Noch einen Zentimeter mehr und die Klinge hätte ihm das Augenlicht genommen.

Wer war er? Woher hatte er diese schrecklichen Narben, die sich bis zu seinem Hals zogen?

Als er sprach, formte er genaue Bilder. Es war, als würde ich in Gedanken jeden Gang ablaufen. Jede Handlung selbst vollziehen, die er von uns forderte. Wir würden durch die Gassen Richtung Palast laufen. Dort, an dem vorderen Stützpunkt, würden die Gruppen wechseln. Wir würden in das Nebengebäude gehen, um uns mit einem weiteren Wachmann zu treffen.

Dort gab es einen Aufenthaltsraum, von wo man schnell jeden möglichen Punkt im Palast erreichen konnte. Dort irgendwo würde es einen Geheimgang geben. In den Katakomben würden wir dann auf Sofija warten.

Elia spannte sich neben mir an. Ich konnte in seinem Blick sehen, dass ihm diese Instruktionen nicht zu schmecken schienen.

»Und wenn wir geflohen sind? Man wird uns folgen, verdammt!«, sagte er, und ich erschrak vor der Schärfe seiner Worte, die sich wieder nach seinen Dolchen anhörte. *Haisha*, hörte ich ihn fluchen. Wie das Geräusch eines Messers, das durch die Luft flog.

»Die Kupferstädterin sagte etwas von einer Verschwörung.« Er spuckte die Worte aus wie seinen Kautabak. Samanthas Augen funkelten, und ich konnte die Flammen spüren, die in ihr aufloderten.

»Hör richtig zu, Steandler!« Schnabeltier legte ihr beschwichtigend eine Hand auf die Schulter. Elia und Samantha würden sich niemals verstehen, dachte ich. Zu viel Hass schimmerte in den Augen der schönen Frau, die sich eng an ihren Bruder stellte und sich nun über den Nasenrücken rieb.

»In der Tat, es gibt Unruhen in Kupfoa. Viele bewundern eure Erbin«, sagte Kyron und nickte uns zu. Seine Nase musste mehrmals gebrochen worden sein. Ich entdeckte die Stellen, die krumm zusammengewachsen waren. Vier Hubbel. Drei Narben.

»Und dass die Obrigkeit davon wenig beeindruckt ist, könnt ihr euch ja denken. Der Adel, der nicht viel zu sagen hat, aber gerne mehr Macht innerhalb der neuen Regierung unseres Reiches finden möchte. Sicherlich würde keiner eine drastische Entführung planen.«

»Aber womöglich würde früher oder später etwas geschehen. Die Bürger erheben sich gegen die Krone. Sie lieben Sofija. Sie hören ihr zu. Nehmen an ihrem Leid teil.«

»Sie leidet?«, hörte ich mich selbst fragen, und eine unendlich lange Sekunde starrten mich alle fassungslos an, bis der Frioler mir zunickte. »Sie macht keinen Hehl daraus, dass sie sich gegen die Verbindung zu König Lucius sträubt. Die Bürger hoffen, dass sich durch Sofija etwas ändern wird.«

»Was hat Sofija mit eurem Elend zu tun? Ihr seid das größte Reich, das es in den Vereinigten Reichen gibt!«, murmelte Elia, und auch ich starrte fragend in die Runde. Ich begegnete ihren hellen Augen, die ein Geheimnis bargen, und schluckte schwer, als der Frioler noch einen Schritt auf mich zuging. »Seit König Platos verstorben ist, herrscht Tyrannei und Schrecken. König Lucius kümmert sich wenig um das Wohlergehen seiner Bürger. Er lässt sie am ausgestreckten Arm verhungern … hart arbeiten. Und er bestraft sie für die kleinsten Vergehen.«

»Doch was hat Sofija mit alldem zu tun?«

»Sie gibt ihnen Hoffnung. Ich weiß nicht, wie. Aber wenn man sie ansieht, kann man es spüren.«

»Wie rührend«, mischte sich Samantha ein und packte das Bündel, das vor uns auf dem Boden lag. Darin verbargen sich zwei Silbermasken, die sie uns reichte.

»Wir lassen es so aussehen, als wäre Sofija von einer geheimen Bande entführt und umgebracht worden. Ihr verschwindet mit ihr. Der König wird es nicht merken.«

»Das bedeutet aber auch, dass ihr hier nie wieder auftauchen dürft. Nie wieder!«, hörte ich Schnabeltier eindringlich sagen. Er deutete mit dem Kinn auf die Masken. »Aufziehen und Klappe halten. Je unauffälliger, desto besser.«

Mein Herz klopfte bis zum Hals, als ich Elia ansah. Er stülpte die Maske über und sah aus wie einer von ihnen.

58

Jana

Es war bereits dunkel, als wir durch die Gassen liefen. Jeder Kupferstädter musste raushören, wie anders unser Rhythmus zu dem der Soldaten war. *Tick, tack. Klick, klack, klack.* Es störte mich, dass ich nicht hinterherkam. Immer wieder hinkte ich nach oder stolperte vor. Ich spürte die Augen des Friolers auf mir und sah das zaghafte Lächeln unterhalb seiner Maske. Ich richtete meinen Blick zurück zu der Glasmauer, die sich vor uns offenbarte wie die schaurigen Schatten, die durch die Fackeln wie Riesen aussahen.

Hinter der Glasmauer sah ich einige Männer, die sich in einer Reihe positionierten. Das musste der Stützpunkt sein, von dem Schnabeltier gesprochen hatte. Meine Blicke fanden keine Rast und ich schluckte wieder und wieder, weil mein Mund sich in eine Wüste verwandelte.

Würden wir auffliegen?

Was würde geschehen, wenn wir aufflogen? Und was würde dann aus Sofija?

Ich sah Schnabeltier zu, wie er die Glaswand zur Seite schob.

Lärm drang an mich heran. Die harten Sohlen von harten Schuhen. Rufe und Gelächter.

Mit einem herrischen Nicken lotste Schnabeltier uns hinein. Ich verkrampfte unweigerlich mit jedem weiteren Schritt, den wir uns den anderen Wachen und Metallsoldaten näherten.

Jeder hat seine feste Rolle, dachte ich in jenem Moment. Man wusste genau, welche Aufgaben sie zu erfüllen hatten. Die Metallsoldaten hatten eine Art Rüstung an, an der mehrere Waffen scheuerten. Im Gegensatz zu den Wachen in den weißen Kutten trugen sie keine Masken. Warum, wusste ich nicht. Es war aber nur von Vorteil, denn unsere Gesichter blieben verdeckt.

»Hier lang«, sagte Schnabeltier.

Ich steuerte zielstrebig eine riesige, mit Zahnrädern geschmückte Tür an, doch wurde von einer Hand zurückgehalten. »Hier lang. Komm«, hörte ich den Frioler flüstern und eilte schnell hinter der Gruppe her, die in einem Nebengebäude verschwand.

Wir fielen nicht auf. Wir gingen durch das Nebengebäude und mischten uns unter eine Gruppe von Wachen mit Silbermasken. Der Flur war schmal und führte in einen großen Raum. Der Aufenthaltsraum, der mit einem langen Tisch versehen war. Bänke standen an den Wänden und Uniformen hingen an einer langen Kleiderstange. Das Gelächter hörte sich an wie in einer Taverne. Es roch nach Schweiß und Seife. Und nach Mann.

»Wachmann Kalea«, hörte ich einen Maskenmann sagen, der sich uns näherte. Er nickte uns eindringlich zu und gab Schnabeltier die Hand. Der Wachmann hob sich von den anderen ab. Es war der Klang seiner Stimme. Der königliche Gang. Die gestrafften Schultern.

Keine Frage, er musste den anderen übergeordnet sein, und ich schluckte schwer, als sein Blick den meinen fand.

Dunkle Augen. Nicht so hell wie jene der anderen Kupferstädter.

»Hier lang.« Wir folgten ihm schweigend, und ich fragte mich, ob wir in unser Verderben gingen oder ob die Kupferstädter uns wirklich helfen wollten.

Um die Nerven zu verlieren, war nun keine Zeit mehr. Wir

bogen in einen abgelegenen Teil, der vom Schatten eines großen Schranks verdunkelt wurde. Dann hörte ich ein Zischen, dem eines Schwertes gleich, und spürte einen kalten, modrigen Lufthauch, der gegen meinen entblößten Hals schlug. Unwillkürlich wich ich zurück und stieß gegen einen Körper hinter mir. »Keine Angst«, hörte ich den Frioler sagen und versteifte. Ich spürte seine Hand, die er zwischen meine Schulterblätter platzierte. Er könnte mich aus dem Hinterhalt niederstechen. Genau jetzt. Ich würde nicht schreien. Ich hatte meine Stimme verloren. Alles, was blieb, war seine sanfte Hand, die mich immer weiter ins Nichts führte. Plötzlich entzündete sich eine kleine Flamme. Ich versuchte, zwischen den ganzen Körpern, die vor mir liefen, zu erkennen, woher sie kam, und erschrak vor dem Bild, was sich mir wieder und wieder offenbarte.

Der Mann trug eine Flamme in der Hand. Sie formte sich wie ein Feuerball und schwebte in seiner geöffneten Handfläche. Ich blieb wie angewurzelt stehen und presste meine Hände auf den Mund.

»Selter«, zischte ich, spürte aber sofort wieder die Hand auf meinem Rücken, die mich weiter mitnahm.

»Das ist Eric, der Prinz. Mach dir keine Gedanken.« Seine Stimme hatte etwas Beruhigendes und ich versuchte, mich zusammenzureißen.

Wir liefen eine ganze Weile durch einen schmalen Flur, wo man aufpassen musste, dass man sich nicht an den spitzen, herausragenden Steinen verletzte. Irgendwann kamen wir in einen Raum, der von der Lichtkugel erhellt wurde. Sie teilte sich in mehrere Kugeln, die wie von Geisterhand Fackeln entzündeten. Und dann wusste ich, wo wir waren. Wir standen in dem kellerartigen Raum, der sich hinter der Geheimtür unter der Brücke befand.

»Zur Hölle, hier waren wir schon«, fluchte Elia, und ich zuckte vor seiner Stimme zusammen, die unmittelbar neben mir ertönte. Ich spürte seinen Blick auf meinem und sah meine eigene Reflexion in dem gewölbten Silber seiner Maske.

»Wir hätten von hier auch in den Palast dringen können.«

»Um dann umgebracht zu werden?« Ich sah dem Wachmann zu, wie er seine mit Flammen besetzte Handfläche schloss und die Maske vom Gesicht nahm. Elia knurrte bedrohlich unter dem Blick des jungen Mannes mit diesen Augen, die aufflammten wie die Fackeln an den Steinwänden.

»Prinz!«

»Elia Lean, so sieht man sich wieder.«

»Warum zur Hölle?« Sie lieferten sich ein Blickduell, zu dem Elia ebenfalls die Maske vom Gesicht nahm. Die anderen taten es ihm nach und ich ertastete vorsichtig das kühle Metall, das sich in meinen Händen schwerer anfühlte als Blei.

»Ich habe mich auf mein Bauchgefühl verlassen. Du bist unbelehrbar und dafür bin ich dir dankbar.« Elia wollte etwas erwidern, doch er schüttelte fassungslos den Kopf.

»Warum dankbar?«

»Dass du töricht genug warst, nicht zu verschwinden.« Der Prinz zuckte gleichgültig die Schultern. Ich sah jedoch in seinem hitzigen Blick und den Schatten, die sich auf seine Züge legten, dass er angespannt war. »Somit hat Sofija eine Chance.«

»Ach ja?« Elia ging einen energischen Schritt auf ihn zu und Schnabeltier stellte sich vor den Prinzen und hob mahnend einen Dolch.

»Schon gut, Kyron. Elia Lean ist harmlos. Er muss nur lernen zuzuhören!« Der Blick des Prinzen ließ mich schaudern. Er lief ebenfalls auf Elia zu, der sich vor dem Prinzen aufbaute und seine schmutzigen Hände zu Fäusten ballte.

»Ich habe es sehr schnell bereut, dich weggeschickt zu haben, Elia Lean. Deine Erbin ist in höchster Gefahr.«

»Das sagten die da bereits.« Und ich hörte Samantha zischen.

Sie lehnte gegen die Steinmauer und begutachtete ihre glänzenden Nägel.

»In eurem Reich gibt es Unruhen.«

»Und nicht nur das«, ergänzte der Prinz. Ich beobachtete die Geschichten in seinem Gesicht und erschauderte vor der Ernsthaftigkeit, mit der er nun weitersprach. Er war jung, dachte ich mir. Und doch wirkte er so viel älter, so viel weiser.

»Sofija«, zitterte er, und im Bruchteil einer Sekunde hörte ich in seiner Stimme die Gefühle, die er für sie empfand, »steckt in größter Gefahr. Es sind nicht die Unruhen, die mich beunruhigen. Das Problem ist, dass sie sie mit ihrem Handeln heraufbeschwört und mein Bruder sie dafür verantwortlich macht. Sie würde seine Tyrannei nicht lange überleben, und das kann ich nicht zulassen.«

»Ihr wollt sie gehen lassen?«, fragte ich fassungslos und erstarrte augenblicklich unter den goldenen Augen des Prinzen. Schnell fiel ich in einen Knicks. »Majestät.« Ich hörte den Prinzen schmunzeln. Dann war er wieder ernst. »Ja, das will ich.«

»Und warum?«, fragte Elia brodelnd.

»Warum nicht?«, sagte der Prinz und ich sah einen träumerischen Schleier in dem Gold seiner Augen.

Da wusste ich, warum.

Er hatte sich in sie verliebt. »Also gut«, räusperte er sich und sah eindringlich zum Frioler, dessen Blick ich auf mir spürte.

»Tarance, du weißt, was zu tun ist.«

Tarance.

59

Sofija

Heute begann und endete jede Phase meines Tages in diesen vier Wänden, die mich noch schlimmer einengten als sonst. Aidelina kam und ging.

Brachte mir Essen und nahm das leere Geschirr wieder mit. Ich wollte nicht an Eric denken, doch sobald sie weg war, herrschte er in meinem Kopf, bedeckte mich mit Küssen, ließ mein Herz flattern, bis mein Brustkorb vibrierte. Wo war er? Und was machte er?

Phase vier wollte heute nicht beginnen. Es war schon spät und noch immer verlangte Lucius nicht nach meinem Tanz. Auch brachte er kein Geschenk, das ich in die Ecke werfen konnte. Und so wunderte ich mich nicht, dass es nahtlos in Phase fünf überging, obwohl es nicht Aidelina war, die mir etwas zu essen brachte, sondern ein anderes Dienstmädchen, das meine Blicke mied.

»Wo ist Aidelina?«, fragte ich verwirrt und rollte mich über meinen Bauch in einen Schneidersitz. Das Mädchen antwortete nicht und hatte es eilig, hier rauszukommen, nachdem sie mein Abendessen auf den Nachttisch gestellt hatte. Genau wie ich.

»Warte!«, rief ich und hetzte ihr hinterher. Doch die Tür fiel zu und wieder hörte ich einen Schlüssel im Schloss klirren, ehe ich den rettenden Türknauf erreichen konnte. Gefangen. Der König sperrte mich tatsächlich ein. Ich schlug eine zaghafte Faust gegen die goldenen Schmuckelemente an der Tür und zuckte vor dem Schmerz in meinen Fingerknöcheln zurück.

Langsam glitt ich an der Tür herunter und sah zum funkelnden Kronleuchter hinauf. Kein Ersatz für die Sterne, die gestern so nah gewesen waren. Und doch ein kleiner Trost, der mich schmunzeln ließ, während ich meine Finger an meine Lippen legte. Ob Eric auch an mich dachte, so wie ich es tat?

Noch immer bemalte ein spiegelverkehrtes E meine Handfläche.

Es war trotz Schrubben nicht abgegangen, was Aidelina geärgert hatte. Aber vielleicht war es nur so hartnäckig, weil Eric sich ebenso hartnäckig in mein Herz geschlichen hatte.

Entgegen jeder Vernunft. Entgegen jedes Verstandes.

Doch heute sollte er nicht mehr kommen. Ein heimlicher Stich schlich sich durch die schützenden Knochen meines Brustkorbes und fand mein Herz. Er würde nicht mehr kommen. Ich wusste es.

Um Zeit zu vertreiben, nahm ich das Buch von Prinz Ebelon und Krestelle an mich und begann zu lesen. Es war schwierig, die Zeichen zu deuten. Doch ich erinnerte mich an die ruhige Stimme von Jon, die mir alles aufmunternd vorsagte. Die Buchstaben in Formen erklärte. In Lauten. In Geräuschen. Und so fand ich nach und nach einen Faden, der sich durch die Zeilen schlängelte. Ich kam gut voran und konnte es nicht verhindern, dass mich die Geschichte tiefer in ihren Bann gezogen hatte, als ich vermuten konnte. Als ich fertig war, verdrückte ich eine kleine Träne, die ich wegstrich, ehe sie meine Wange hinabwandern konnte. Ich musste an Lucius denken. An den Mann, der mit mir in der Sternwarte gestanden und die Sterne gezählt hatte. Im Raum des Fliegens.

»Es sind hundert Millionen«, hörte ich mich sagen.

»Es sind Milliarden und täglich kommen neue dazu!«, verkündete

seine glockenklare Stimme, die sich nach so viel mehr angehört hatte. Enttäuscht las ich die letzten Zeilen noch einmal und verbannte die Erinnerungen an unsere Zweisamkeit im Raum des Fliegens.

»Während Prinz Ebelon zu spät erkannte, wer Krestelle wirklich war, verwandelte sie sich vor seinen Augen in den schönsten Stern, den diese Welt je gesehen hat.« Ich seufzte. »Und er reckte die Hände nach ihr. Er erhob seine Stimme und flehte, noch eine Chance zu bekommen. Doch es war zu spät. Denn nicht immer gewährte das Leben eine zweite Chance.«

Eine zweite Chance. Ich dachte über die Worte nach und klappte das Buch zusammen.

Ob ich Lucius jemals eine zweite Chance geben würde? Wenn er sich ändern würde? Wenn er der Mann bleiben würde, der sich in unseren Stunden der Zweisamkeit offenbart hatte? Hätte ich gelernt, ihn zu lieben?

Ich wusste es nicht. Ich hatte tatsächlich keine Antwort darauf.

Ich wartete, bis meine Augen brannten. Ich wartete, bis der Schlaf Besitz von mir ergriff und ich langsam im goldenen Schein der Kerzen wegdämmerte. Erschöpft vom Nichtstun.

Ich träumte von fliegenden Sternen und von Eric, der sich mit mir drehte. Gefangen in einem ewigen Tanz, der niemals enden sollte. Und doch ahnte ich unterbewusst, dass ich mir die Schritte nicht einbilden konnte, die neben meinem Ohr zu kitzeln begannen. Es musste jemand hier sein. Unmittelbar neben mir. Erschrocken fuhr ich hoch und stieß gegen eine heiße Hand, die sich augenblicklich um meinen Mund legte. Tarance? Das Licht des Kronleuchters legte sich um seine hellen Haare, als er die Lippen zusammenpresste und beschwichtigend zischte: »Schht!« Ich nickte gehorsam und presste die Lippen aufeinander, als er von mir abließ.

»Wo ist Eric, was ist mit ihm geschehen?« Mein Blick wanderte durch den Raum und entdeckte den kleinen Spalt neben dem Kleiderschrank, der in einen dunklen Gang führte.

»Komm, Prinzessin. Es ist alles gut.«

»Wo ist Eric?!«, wiederholte ich quietschend, als ich die Lüge in seinen Augen erkannte. Es war etwas geschehen. Etwas Furchtbares. Sofort sprang ich auf die Beine, doch schwankte unter dem Schwindel, der meinen Kopf befiel.

»Bring mich zu ihm!«

Tarance nickte und hielt mir seine Hand hin. Sie fühlte sich an wie meine hornhautüberzogenen Sohlen. Die Fingerkuppen eingerissen und weiß, doch sie gaben mir Wärme und Halt.

Wir stolperten nahezu blind durch die Geheimgänge, die ich sonst nur mit verbundenen Augen hatte passieren dürfen. Ich schlug mir die Knie an. Blieb mit dem Unterarm an Steinwölbungen hängen und kratzte mir dabei die Wange auf, sodass heißes Blut mein Kinn hinabrann.

Doch das war mir egal.

»Hier lang«, sagte er und zog mich in den nächsten heimtückischen Spalt, der uns mit noch mehr Dunkelheit empfing.

»Wo ist Eric?«, fragte ich wieder und spürte, wie sich Tränen in meinen Augen ankündigten. Tarance schwieg. Die Stille hatte noch nie etwas Gutes zu bedeuten gehabt, das wusste ich.

Schlimme Gedanken schlugen auf mich ein, als sein Kuss wieder und wieder auf meinen Lippen aufflammte. Ob Lucius dahintergekommen war? Ob Lucius oder gar der Minister Eric etwas angetan hatte? Eine Schuld, die mich zu ersticken drohte. Eine Schuld, die ich kaum ertragen konnte und die mein Herz zusammenzog wie ein Schwamm. Ohne Eric konnte ich nicht sein. Nicht ohne ihn …

Irgendwann erkannte ich am Ende eines Flurs ein schillerndes Licht. Es bedeckte eine feuchte Steinwand, an der sich Moos hinaufzog. Und dann hörte ich Stimmen. Stimmen, von denen ich gedacht hatte, dass ich sie nie wieder hören würde. Mein Herz überschlug sich, als ich Tarance' Nicken sehen konnte.

Konnte es wirklich wahr sein?

Ich wurde schneller, bis ich schließlich rannte, mich von Tarance' Fingern löste und im goldenen Lichtkegel verschwand. Und da sah ich ihn. Die Haare zerzaust, in fettigen Strähnen an seiner verklebten Stirn. Die silberne Maske in einer Hand. Die Augenbraue mit einem Schnitt durchtrennt. Die grünen Augen, glühend, als sich unsere Blicke begegneten.

»Elia!«, rief ich mit erstickter Stimme und fand mich in seinen Armen wieder, die er um mich legte wie eine Decke.

»Vorsicht, nicht so stürmisch«, zuckte er zurück und legte meinen Kopf gegen seine andere Schläfe. Wie ich mit Entsetzen feststellen musste, da sein Ohr von frischem Blut bedeckt war. Doch ich fragte nicht nach. Jetzt zählte nur, dass wir uns wiederhatten. Er roch nach Kindheit, als ich mich an ihn krallte und mir gestattete zu weinen. Nach Rauch, nach Kupfer und nach Schweiß. Er hob mich nach oben und wirbelte mich durch die Luft.

»Elia!«

»Fija.«

Seine Finger verfingen sich in den störrischen Wellen meines Haares.

»Oh Elia, ich habe dich so vermisst. Du dummer Idiot!«

»Ich dich auch«, gestand er und löste sich aus meiner Umarmung, um mich anzusehen und die Tränen wegzustreichen, die mir die Wange hinunterliefen.

»Ehrlich jetzt?«, räusperte sich eine Frau, die ich eben erst wahrnahm. Sie stand in einer Ecke, gegen die Steinwand gelehnt und sah sich ihre Fingernägel an. Daneben sah ich Jana, die mich teilnahmslos musterte, die Augen so glasig, dass ich dachte, sie könnte in jedem Moment weinen. In letzter Sekunde jedoch verhärteten ihre Züge und malten ein Lächeln um ihre Lippen. Ich wand mich aus Elias Armen und stürmte auf meine Freundin zu, die unter meiner Umarmung beinahe zusammenbrach. Ich ruinierte ihre weiße Robe, indem ich mein Gesicht an ihre Beuge presste. Blut färbte es rot. Es war die Tracht, die die Silbermaskenwachen trugen.

»Endlich«, sagte sie, auch wenn es ihre Augen nicht erreichte.

Doch mir darüber Gedanken zu machen, blieb keine Zeit. Ich erkannte die Frau, die neben ihr an der Wand lehnte. Ihre silbergrauen Augen blitzten auf, sendeten mir die eindeutige Botschaft, dass sie mich ebenso verfluchte wie ich sie.

»Samantha«, zischte ich und wich einen Schritt zurück. »Was machst du denn hier?« Unsere Begegnung war kurz gewesen und doch hatte sie mich geprägt. Wütend ballte ich meine Hände zu Fäusten.

»Sofija«, sagte sie ebenso feindselig und kam einen Schritt auf mich zu. »Du solltest mir dankbar sein, dass ich diese zwei hier gefunden habe. Jeder andere hätte sie dem König ausgeliefert.«

»Soll ich jetzt auf die Knie fallen?«, fragte ich sarkastisch und sah dabei wieder zu Elia, der seinen Arm um mich legte und sie ebenfalls mit Blicken zu erdolchen versuchte.

»Wie seid ihr überhaupt hierhergekommen?«

»Die Steandler haben sich hier reingeschlichen. Sie haben unsere Geheimgänge gefunden«, sagte Eric hinter mir, sodass ich mich umdrehte und ihm am liebsten in die Arme gerannt wäre. Doch er wies mich mit einer Geste ab und sah nur auf Elias Arm, den er besitzergreifend um mich positioniert hatte. Tarance stand neben ihm wie eine Skulptur aus Marmor.

»Eric«, seufzte ich erleichtert, doch blieb stehen, als sein Blick an mir vorbeiglitt. Die Augen dabei verschleiert.

»Samantha hat sie durch Zufall aufgegriffen.«

»Wohl eher sind sie mir in die Arme gerannt. Als wäre das ihr grandioser Plan gewesen.« Samantha zuckte unschuldig die Schultern, und diese Geste ließ mich unwillkürlich mit den Zähnen knirschen.

»Und da das Schicksal es so wollte, wirst du mit ihnen gehen, Sofija.« Eric sah mich wieder an. Jetzt waren seine Augen, unheimlich nah und doch so weit weg, dass ich mich aus Elias Umarmung löste und einen Schritt zu ihm ging.

»Du willst mich mit ihnen gehen lassen? Du willst, dass ich fliehe?«

»Ich will, dass du in Sicherheit bist. So, wie ich es dir gestern versucht habe zu erklären.«

»Aber …«

»Nichts aber«, unterbrach er mich und nickte Tarance zu. »Ich habe euch drei Pferde gesattelt und Taschen mit Proviant gefüllt, mit dem ihr eine Woche auskommen solltet. Bis dahin solltet ihr längst zu euresgleichen gestoßen sein.«

Unseresgleichen? Wütend trat ich noch einen Schritt auf ihn zu und reckte mein Kinn, um ihn anzusehen. Was dachte er sich? Dass ich jetzt einfach gehen konnte? Nach allem, was geschehen war?

»Du hast es ernst gemeint …«

»Natürlich habe ich es ernst gemeint«, sagte er und schluckte, sodass ich seinen Adamsapfel arbeiten sehen konnte. »Dein Platz ist woanders. Nicht hier.«

»Aber sie zählen auf mich, Eric!«, sagte ich, während ich an die vielen Gesichter dachte, die zu mir aufgesehen hatten. Sie würden mich nie wieder loslassen. Nie wieder, wenn ich nun einfach ging und so tat, als sei nie etwas geschehen.

»Du solltest dich um deine Angelegenheiten kümmern, Sofija.« Dabei wandte er den Blick ab.

»Ich muss dem Prinzen recht geben«, mischte sich Elia ein. »Dein Volk erwartet dich, Fija. Es vermisst dich.«

»Nun mach kein Drama«, fügte Samantha hinzu, sodass ich ihr wieder einen wilden Blick zuwarf. Doch sie hatten recht. Eric nickte, als er in meinen Augen erkannte, dass ich mich entschieden hatte.

»Aber …« Ich hob meine Hand und legte sie an seine Wange.

Wieder nickte er.

»Du musst gehen.« *Auch wenn es wehtut*, sagten seine Augen.

Elia schnaufte und zog mich an meiner Hand zurück. Doch ich konnte nicht einfach so gehen …

»Es gibt Dinge zu erledigen, Sofija. Dinge, die ich durch dich erfahren durfte.« Ich kämpfte mit den Tränen, aber nickte. Er hatte seine Pflichten, so wie ich meine Pflichten hatte.

»Es geht um meinen Vater. Ich muss die Vergangenheit aufräumen.«

»Jon«, flüsterte ich und er nickte. »Hat er etwas herausgefunden?«

»Wir sind dran.« Er fing eine Haarsträhne und ließ sie durch seine Finger rinnen.

»Lucius … wird dich umbringen, wenn er herausfindet, dass du mich gehen lassen hast.«

»Darum haben wir uns gekümmert.«

»Wir werden es als Entführung darstellen. Wir werden es so aussehen lassen, als hätten Aufständische dich nachts durch die Geheimgänge entführt«, sagte Tarance.

»Die Unruhen werden größer«, bestätigte eine weitere dunkle Stimme, die sich neben Samantha aufbaute. Kyron. Er nickte mir zu.

»Die Stimmen erheben sich. Befürworter sowie Gegner, die diesen Bund nicht gutheißen. Es wird leicht sein, Vereinigungen dieser Art zu finden. Schuldige zu finden, falls der König danach verlangt.«

»In Alt-Zinnhof zum Beispiel.« Samanthas Blick enttarnte sie als eine von jenen, die mich loswerden wollten.

»Und wenn Unschuldige dafür verantwortlich gemacht werden? Was ist, wenn Lucius durchdreht und das nicht glaubt?«

»Das wird nicht geschehen. Tarance und Kyron werden sich darum kümmern und ich bin der Hauptmann. Ich werde falsche Fährten legen.«

»Er wird nicht ruhen, mich zu suchen.« Das wussten wir beide.

»Ich lasse mir etwas einfallen. Doch du musst mir etwas versprechen. Ihr alle.« Er sah zu Elia, der sich neben mir aufbaute.

»Kommt nie wieder hierher. Nie wieder. Taucht unter. Nehmt andere Routen für eure Festtage. Doch kommt nicht zurück.«

»Und was ist mit dir?« Ich griff nach seiner Hand und zwang ihn, mich anzusehen. Was war mit uns? Was war mit meinem Herz, das an ihm hing? Ich konnte es nicht hierlassen.

Ich konnte *ihn* nicht hierlassen.

Er lächelte gequält, aber nickte. »Ich komme schon klar.« Meine Lippen bebten, bei jedem Wort, was mein Herz verließ.

»Ich werde dich niemals vergessen, Prinz. Niemals. Ich verspreche es dir.«

»Ebenso wenig, wie ich dich jemals vergessen werde, Steandlerin.« Das gequälte Lächeln formte sich zu einem traurigen. Kurz ließ ich meinen Daumen darüber wandern und schauderte.

»Sie sollten gehen, ehe wir entdeckt werden«, meldete sich Tarance. Auf einmal so unruhig, dass ich Angst hatte, Erics Gesicht nie wiederzusehen. Ich klammerte mich an seinen Kragen, als Elia wieder an meiner Hand zog.

»Ich werde immer an dich denken.«

»Und ich an dich. Immer.« Er drückte mir einen letzten Kuss auf die Lippen und umfasste meine Hand, in die er einen warmen Gegenstand legte. *Die Uhr …* die wunderschön goldene Uhr.

»Aber …«

Entschuldigend lächelte er. »Gib zu, dass du nur mit mir getanzt hast, weil du diese hier wolltest.«

»Wahrheit«, sagte ich und krallte mich an ihm fest. Ich küsste ihn wieder und wieder, bis Elia mich wegzerrte. »Ein fairer Preis für mein Herz.«

Dann wurde ich aus seinen Armen gerissen. Lange sah ich ihm nach und prägte mir seine Züge ein. Seine wunderschönen Lippen, die nur gelogen hatten. Von Beginn an.

Ich heiße Ethan.

Das E, das sich in meine Haut gebrannt hatte und in mein Herz.

Ich wagte es nicht auszusprechen, was ich fühlte. Also verschloss ich die Worte in meine Faust. Presste sie an mein Herz und schickte sie gen Himmel.

Die Pferde standen gesattelt in dem Schatten der Brücke. Tarance begleitete uns, ehe wir im Nebel der Nacht verschwanden. Was blieb, war der Mond, der die Kupferstadt erhellte und mir wehleidige Tränen in die Augen zwang. Ich sah zu Tarance und dann noch mal zu den Bauten hinauf. Zu den hohen Türmen und den Zahnrädern, die sich drehten wie in einem Uhrwerk. Das Ticken der Marktplatzuhr erfüllte mich noch immer. Und doch tat das alles weh, solange Eric daran haftete. Ich würde ihn nie wiedersehen. Nie wieder.

»Wir müssen los!«, sagte Elia. Der Nebel legte sich um uns und der Fluss plätscherte leise zum Abschied.

»Grüß Aidelina von mir«, sagte ich und nickte Tarance zu. »Ich werde sie immer in meinem Herzen tragen.« Er erwiderte diese Geste mit einem zaghaften Lächeln, bevor er sich an Jana wandte.

»Ich werde dich vermissen, Steandlerin. Pass auf dich auf«, gestand Tarance schüchtern. Sie ließ sich von ihm aufs Pferd helfen.

»Jana«, sagte sie, und er flüsterte ihr seinen Namen zu wie ein Geheimnis.

»Tarance.« Er verschwand, ehe sie noch etwas erwidern konnte. Ihr Haar flog im Wind, als sie ihrem Ross die Sporen gab.

Und so ritten wir durch die Nacht. Schatten, die einem Schicksal entflohen, das in den Sternen stand. Alle stumm. Alle in Gedanken vertieft, die mit dem Wind Segel setzten.

Die Pferde schwitzten. Der Staub wirbelte auf und bedeckte meine feuchten Wangen mit zaghaften Fingern, die mir sagten, dass alles wieder gut werden würde.

Ja, jetzt wurde alles wieder gut.

Sofija Rea Linn, die Erbin ihres Volkes, kehrte nach Hause. Nach Hause.

60

Eric

»Schnell«, drängte ich und schlug den Spiegel entzwei. Glasflaschen landeten auf dem Boden. Tücher bedeckten das edle Parfum, das sich auf dem Boden ergoss. Tarance zerwühlte das Bett und schmierte Schweineblut auf die silbernen Kissen. Es sollte nach einem Kampf aussehen. In wenigen Augenblicken würden die Wachen hier eintreffen und ein Schlachtfeld auffinden. Zum Glück hatten sie die Tür abgeschlossen. Das würde einiges an Zeit beanspruchen und Luc hatte die Instruktion, sie aufzuhalten. Nicht umsonst hatte ich Wachmann Hill zu dieser Stunde eingeteilt. Sobald ich hier fertig war, würde ich durch den Geheimgang in den Flur treten und mich unter die Wachen mischen. Ich würde entsetzt aussehen. Ich würde jeder Fährte nachgehen. Und doch … »Er wird es nicht glauben«, sagte ich zu Tarance.

Er würde jeden unserer Handgriffe entlarven. Lucius war zu schlau. Ich musste mich auf meine Kunst im Lügen verlassen. Wir mussten es versuchen. Nur so lange, bis sie so weit gekommen waren, dass sie einen Vorsprung hatten. Mir war mittlerweile egal, was mit mir passieren würde.

»Hauptmann!«, flüsterte Tarance und hielt mir etwas hin. Es war ihr Tuch. Jenes, das sie um ihre Haare gebunden hatte, als sie in den Palast gekommen war. Flammendes Rot. Ich nickte ihm zu und nahm es an mich. »Und nun schnell! Ich mache den Rest!«

Er würde die Fährte bis zum Kanal legen, der in die Kanalisation mündete. Dort würden wir nicht weit kommen mit unseren Truppen. Lucius würde brodeln vor Wut.

Ich schlängelte mich durch die engen Mauern und kam im *Gang der Verbliebenen* an. Gerade stürmten weitere Wachen herbei. Ich setzte eine Maske auf und donnerte: »Was ist hier los?«

»Eindringlinge, Hauptmann!«

»Öffnet die Tür, unverzüglich!« Sie taten wie geheißen. Fackeln flammten neben mir auf. Weitere Schritte. Plötzlich schien das ganze Schloss wach zu sein. Wachmänner sowie Metallsoldaten. Es würde nicht lange dauern, bis mein Bruder hier auftauchen würde. Meine Männer stürmten das Zimmer. Ich allen voran. Was sich mir offenbarte, war die Kunst eines Schlachtfeldes. Es sah tatsächlich aus, als hätte ein Kampf stattgefunden. Blut bildete eine Schleifspur, die direkt zum Geheimgang führte.

»Hier!«, donnerte ich. Meine Männer folgten mir aufgeregt.

»Verdammte Scheiße«, hörte ich einen von ihnen sagen. Tarance hatte gute Arbeit geleistet. Das Blut zog eine lange Linie in den Geheimgang. Ich schauderte. Wenn jemand wirklich so viel Blut verloren hätte, würde er nicht lange überleben. Das wussten wir alle.

»Hinterher!«, hörte ich mich sagen und spürte das Zögern meiner Männer. Sie sahen betreten zu Boden. Ganz so, als trauerten sie um das Mädchen, das hier augenscheinlich entführt wurde. »Sie wird das nicht überlebt haben«, sagte einer neben mir. Irgendwo hörte ich einen erstickten Laut.

»Verdammt!«, schrie ich. Ich erschrak vor der Heftigkeit meiner Stimme. Meine Kehle schnürte sich zu. Mein Herz schmerzte, als hätte mir jemand ein Messer hineingerammt. Sie war fort. Ich würde sie nie wiedersehen.

Es war besser so. Ich musste mich an dem Gedanken festhalten.

Lucius würde ihr kein Leid mehr zufügen. Sie war frei. Und ich konnte mich um alles kümmern, was hier schieflief.

»Wir kommen zu spät.«

»Was ist hier los?« Ich hörte aus Lucius' Stimme heraus, dass er betroffen war. Ich drehte mich zu ihm und sah das Grauen in seinen silbernen Augen. Bestürzung. Entsetzen. In diesem Moment wurde ich Zeuge, wie das Herz meines Bruders zerbrach. Er öffnete den Mund, schloss ihn wieder. Er stand in Flammen. Nur, dass sie niemand sehen konnte. Tränen traten in seine Augen und er schoss mit dem Kopf hin und her.

»Sofija!«, schrie er. Dann sah er mich an. Er streckte seine Finger nach mir aus. Ich nahm ihn in den Arm. »Du kommst zu spät«, zitterte er. »Verdammt, Bruder. Du kommst zu spät!«

Und dann trafen mich die Augen des Ministers. Er sah mich so an, als wüsste er genau, was ich hier spielte. *Ich habe dich*, sagten mir seine schlangenartigen Augen. Dann verzog er seinen Mund zu einem gerissenen Grinsen. Ich schluckte schwer und zerquetschte das rote Tuch in meiner Hand.

Du hast dich verspielt, Eric.

»Jemand, der von diesen Geheimgängen wusste, muss sie entführt haben«, hörte ich die Stimme des Ministers. »Jemand, der sie so gut kennt wie unser lieber Prinz und Hauptmann.«

Plötzlich waren Hunderte Augen auf mich gerichtet.

Unter anderem das kühle Silber meines Bruders, der seine Züge versiegelte und so unmenschlich aussah, dass mir das Blut in den Adern gefror.

61

Sofija

Wir ritten bis in den frühen Morgen und hielten erst an, als die Kupferstadt so klein wie ein Sandkorn am Horizont verblasste. Als wir die Taschen durchwühlten, stellten wir fest, dass Eric an alles gedacht hatte. Sogar mein geliebtes Tamburin fand ich zwischen Wasserflaschen, Dörrfleisch und Wärmedecken, die uns in den Nächten helfen sollten. »Wisch dir das ab«, sagte Jana, deutete auf meine Wangen und hielt mir eines ihrer Tücher hin. Das andere band sie sich um ihr fettiges Haar, bis jede einzelne hellbraune Strähne darunter verschwand. Ich nickte ihr zu und gab meinem Pferd etwas Wasser.

»Sie müssen gute zwei Tagesritte von uns entfernt sein«, sagte Elia und ließ den Sand zwischen seine Finger rinnen.

»Wohin sind sie?«

»Nach Lealo«, sagte Elia und sah mich an. Lealo war ein guter Weg. Wesentlich entspannter als die Reise von Friole nach Kupfoa. In Lealo gab es genügend Fläche zum Jagen. Genügend Natur, um uns und unsere Tiere davon zu ernähren.

»Und warum seid ihr nicht mit ihnen gegangen?« So, wie es eigentlich hätte sein sollen.

»Weil wir dich retten mussten.«

Ich hätte es besser wissen sollen und setzte mich erschöpft in den Staub. Jana tat es mir nach und zog müde die Beine an ihr Kinn.

»Ihr solltet schlafen«, sagte ich und sah beide nacheinander an. Unter ihren Augen lagen dunkle Schatten, die auf schlaflose Nächte verwiesen. »Ich halte Wache.« Elia sträubte sich erst, doch gab nach langem Blickkontakt schlussendlich nach. Die grünen Augen noch immer so wild wie zu Beginn unserer Freundschaft.

Wenig später schliefen sie im Staub des Ödlandes, der ewigen Wüste, der sich in den Fasern unserer Tücher festsetzte, so wie er es schon immer getan hatte.

Schlafende Hüllen, die ihr Leben riskiert hatten, um mich zu retten. Ich wusste, dass Jana es wegen Elia getan hatte. Und Elia hatte sie beide willentlich der Gefahr ausgesetzt, wofür er noch etwas zu hören bekommen würde.

Doch nicht jetzt. Und nicht hier.

Ich sah am Horizont die Kupferstadt erstrahlen. Der kleinste Punkt in der Ferne, der von den roten Armen der Morgensonne geweckt wurde. Sie sah aus wie die goldene Uhr, die ich um mein Handgelenk gelegt hatte. *Tick, tack.*

Der Sekundenzeiger, der mich auf ewig an unseren Tanz erinnern würde. Ich strich über das herrlich funkelnde Metall und dachte an den Tanzabend, an dem ich versucht hatte, sie Eric zu stehlen wie eine heimtückische, kleine Elster. Sie hatte sich so schön unter meinen Fingerkuppen angefühlt. Und noch schöner fühlte sie sich an meinem Handgelenk an, als ich sie im Morgenlicht hin und her drehte. Schließlich entdeckte ich ein Rad an der Glasfassung der Uhr, die den Sekunden- und Stundenzeiger schützte. *Sie ist das Pendant zur Uhr am Marktplatz,* dachte ich aufgeregt. Zahnräder, die sich umeinanderdrehten wie Drahtröcke von Tänzerinnen, blitzten hinter den Zeigern auf.

Mit spitzen Fingern drehte ich an dem Rädchen und erschrak vor der kitzelnden Flamme, die sich in meine Handfläche legte.

Erst zuckte ich zurück und wartete auf den brennenden Schmerz. Doch da war keiner.

Der Schmerz kam erst, als sich Erics Gesicht vor die Flamme schob. Seine goldenen Augen, in denen ich versank, bis ich an nichts anderes mehr denken konnte.

Doch das wird vorbeigehen, hörte ich Zan Zahray sagen. Jeder Schmerz geht irgendwann vorbei. Ich drehte abermals an dem Rad und das Feuer erlosch schweigend. Da sah ich die Gravur unterhalb des Klippmechanismus, den ich damals schon an seiner Hand ertastet hatte. Wieder entdeckte ich Buchstaben. Lose Kombinationen, die schwer zu lesen waren.

Ich erkannte ein *K* und ein *N, I* und auch ein *P*. Fieberhaft strich ich über die Buchstaben, als könnten sie sich selbst verraten. Und da erkannte ich die Unterschrift, die geschnörkelten Linien und Bögen, wie die von Eric. König Platos. Die Uhr hatte König Platos gehört – Erics Vater. Ein Erbstück seiner Familie, das er mir, einer kleinen, diebischen Steandlerin geschenkt hatte. Ich drückte eine Träne weg, als ich die Uhr an meine Brust presste wie den größten Schatz, den ich je besessen hatte.

Ein Symbol, das ich ihm etwas bedeutete.

Nachdem Elia und Jana sich ausgeschlafen hatten, ritten wir weiter. Staub wirbelte auf und wir kamen so gut voran, dass Elia meinte, wir würden unser Volk schon am nächsten Tag einholen. Dennoch gingen wir sparsam mit unserem Proviant um. Wir Steandler nahmen immer nur so viel wir benötigten.

Bei unserem nächsten Halt machten wir uns ein Lagerfeuer aus den Tüchern, die wir entbehren konnten, und verbrannten das Papier und die Leinen, mit denen Eric unser Proviant verpackt hatte. Die Feuer spendende Uhr erwies sich als wahrer Lebensretter, denn die Nacht wurde eisig und so kalt, dass meine Zähne aufeinanderklapperten. Irgendwann ging Jana, um ihr Geschäft zu verrichten. In ein kleines Loch, das wir gegraben hatten und zuschaufeln würden, um Spuren zu vernichten, falls uns jemand folgen würde.

Wie lange würde Eric Lucius hinhalten können? Wann würde er die List durchschauen? Wenn Erics Plan schiefgehen würde, würde Lucius Truppen losschicken, um mich zu finden. Und wenn er uns fand?

Mein Herz raste.

Elia sah mich über das Feuer hinweg an und verzog seine verkrusteten Blutlippen zu einem abwertenden Grinsen.

»Ich hätte etwas mehr Dankbarkeit erwartet, muss ich gestehen.«

»Was soll das denn heißen?«, fragte ich aufgebracht und grub meine Hände in den kühlen Sand.

»So, wie ich es gesagt habe. Du scheinst dich gar nicht zu freuen, dass du wieder frei bist, Sofija.«

»So etwas kann nur ein Narr behaupten«, knurrte ich. »Einer, der absolut keine Ahnung hat, was ich alles erlebt habe!«

»So ist es doch, habe ich recht?«

»Du spinnst, Elia Lean.«

»Nein!«, sagte er wütend und sprang auf. Die Flammen des Lagerfeuers warfen einen roten Schatten in die Geschichten seines Gesichtes. Verzogene Lippen, verschlossene Augen.

»Es liegt an diesem Prinzen, nicht wahr? Der hat dir deinen Kopf gewaschen. Dein Gehirn verseucht! Ich sehe es in deinen Augen, Sofija, lüg mich also nicht an!«

»Bist du etwa eifersüchtig, Elia Lean?« Ich war ebenfalls aufgesprungen, sodass die Decke von meinen Schultern rutschte und der kalte Wind seine Hände in meinen Nacken legte. Nur die Glut schlug mir gegen die prickelnden Wangen, als ich seinem hitzigen Blick standhielt und die Hände zu Fäusten ballte.

»Ich und eifersüchtig, dass ich nicht lache!«

»Warum sonst sollte es dich stören, dass ich an Eric denke?«

»Eric!«, äffte er aufgebracht nach und grub die zitternden Finger in die störrischen Haare.

»War er gut, ja? Haben dir seine Küsse gefallen?«

»Du übertreibst! Und es geht dich nichts an, hast du verstanden?« Er kam mit langen Schritten auf mich zu und packte mein Gesicht zwischen seinen heißen Fingern.

»Weißt du, was ich mir für Sorgen um dich gemacht habe, Sofija? Ich dachte, ich hätte dich für immer verloren.«

Angewurzelt blieb ich stehen, als seine grünen Augen funkelten, ehe er hoffnungsvoll die Lippen auf meine presste. Sie waren fordernd und rau und ekelten mich an.

Energisch wand ich mich aus seinem Griff und erhob die Hand, die einen flammend roten Abdruck auf seiner Wange hinterließ.

»Was fällt dir ein?!«

Mit einem Keuchen schnellte sein Kopf zur Seite und die Kupferhand bedeckte die Stelle, die ich geschlagen hatte. Wütend schnaufend sah er mich an und nickte schließlich. Die Lippen dabei fest aufeinandergepresst, als wolle er Worte zurückdrängen, die die Macht hatten, mich noch tiefer zu kränken.

»Wir sind Freunde, Elia! Nicht weniger, aber auch nicht mehr! Hast du wirklich gedacht, dass sich das jemals ändern würde? Du bist verrückt! Vollkommen verrückt!«

»Nach allem, was ich für dich getan habe …«, sagte er und verschwand im Schatten der Pferde. Im Schatten der Nacht.

Bebend strich ich über den erzwungenen Kuss, der meine Lippen bedeckte, und begegnete Janas glasigen Augen. Da wusste ich, was sie für Elia empfand. Ich hatte es all die Jahre über gewusst, sagte eine leise Stimme in meinem Kopf.

»Es tut mir leid«, flüsterte ich und zog mich ebenfalls zurück. Ich schmiegte mich an den ruhenden Körper meines Pferdes und breitete die Decke über uns aus.

Elia hatte recht, dass ich mich nicht freute, so wie ich mich freuen sollte. Zu viel hing an den Erinnerungen, die golden um mein Handgelenk hingen.

Ihre Gesichter ließen mich nicht los. Ihr leiser Gesang, der meinen Namen mit dem Wind vermischte.

Lang lebe die Königin

Königin Sofija

Die Erbin des Windes.

Hoffentlich würde Eric alles ändern.

Einfach alles, was in diesem Reich schieflief.

62

Jana

Es stimmte, dass meine Kraft von Gefühlen beeinflusst wurde. Ich speicherte sie und gab mich ihr hin, während ich wieder und wieder den Moment durchlebte, in dem Elia Sofija geküsst hatte.

Es tat weh. Noch viel mehr als alles andere, was ich jemals am eigenen Leib erfahren hatte. Es war, als wäre mein Herz aus spitzen Steinen, die sich langsam und qualvoll in mich hineinrammten. Mich daran erinnerten, wie schlimm es war, Elia zu lieben. Ich wollte es nicht mehr.

Die Kraft strömte durch meine Finger und beschwor einen kleinen Wirbelsturm herauf, der den Staub der Wüste aufmischte. Ich wusste, wenn ich das Gefühl ganz zuließ, wäre dieser Wirbelsturm so gewaltig, dass er alles verschlucken könnte. Doch ich schaffte es, meine Gefühle zu bändigen. In ein Bündel zu packen und mit dicken Leinen zuzuknoten.

Das hatte den gleichen Effekt wie ein Druckverband, der eine blutende Wunde stoppte. Es tat aber immer noch weh, egal, wie fest man die Leinen darum band.

Sofija und Elia schliefen bereits. Nur ich war noch wach und sah dem Feuer beim Tanzen zu, das sich durch meinen Wirbelsturm in kringelnden Bewegungen gen Himmel streckte.

Ein herrliches Bild, das mich an eine flammende Tänzerin mit langem Gewand erinnerte, die ihren Rock schwingen ließ.

Wieder hob ich meine Hände. Dieses Mal krümmte ich das Feuer in einen Bogen, bis es beinahe einen Kreis formte. Und wieder ließ ich es zu, an ihren Kuss zu denken, mit dem Risiko, dass ich daran zerbrach. Leise Tränen liefen meine Wange hinunter und ich hob die Hand etwas mehr, um das Feuer in seine Ursprungsform zurückzulenken. Doch entgegen jeder Erwartung wurden die Flammen größer, bis sie mit einem Knistern in blauen Funken zersprangen. Dann war alles dunkel. Nur der Mond erhellte das Meer aus Sand um uns herum. Mein Herz pochte wild gegen meine Brust und ich bearbeitete den Untergrund mit meinen geballten Fäusten. Was hatte ich nur getan? Wozu waren diese Hände noch alles fähig?

»Das war unglaublich«, flüsterte Sofija, die mich mit großen Augen ansah. Ihre Augen schienen selbst in diesem Licht zu funkeln. Heller und schöner als jeder Stern am Himmel. Ich knirschte mit den Zähnen und wischte mir über das verräterisch verweinte Gesicht.

»Das war gar nichts«, murrte ich und kuschelte mich enger in die Wärmedecke.

»Du bist ein Selter!«, sagte sie, noch immer erstaunt. »Wieso hast du mir nichts gesagt?«

»Ich wusste es bis vor Kurzem selbst nicht«, gestand ich und erklärte dieses Gespräch als beendet, als ich ihr eine gute Nacht wünschte.

»Du musst mir davon erzählen!«, drängte sie aufgeregt und rutschte auf Knien zu mir herüber.

»Es gibt nichts zu erzählen.«

»Wie hast du die Gabe entdeckt? Nach … all den Jahren?«

»Ich bin nicht in der Stimmung, über das alles zu reden, Sofija. Ich bin müde und erschöpft.«

»So seid ihr auch in die Stadt gekommen, habe ich recht?« Sie ließ nicht locker. Wenn sie etwas wollte, hatte sie schon immer dafür gekämpft oder unendlich lange genervt.

»Du wirst keine Ruhe geben«, stellte ich augenrollend fest, doch konnte ein zaghaftes Lächeln nicht verhindern, das sich auf meine Lippen schlich, als ich daran denken musste, wie wir nächtelang in ihrem Wagen gelegen und geredet hatten.

Es schien, als wären mittlerweile Jahre vergangen, die uns von den Menschen trennten, die wir einmal gewesen waren.

Also nickte ich nur, umklammerte meine Beine. Als ich sprach, sah ich auf die blaue Glut des Feuers. Sie tat es mir nach und hörte mir zu, als ich von Ivan erzählte. Von meinem Vater, der mir diesen Fluch vererbt hatte, und von meinen Ängsten, die ich kaum beschreiben konnte.

»Ich habe Angst, dass sie mich verändert … diese Gabe. Ich weiß nicht einmal, wann sie ausbricht. Wenn ich mich nicht zusammengerissen hätte … dann …«, gestand ich schließlich, als mir bewusst wurde, was es tatsächlich war, vor dem ich mich fürchtete und das ich gleichermaßen verabscheute. Ich wusste nicht, wann sie ausbrechen konnte. Und ob ich sie jemals kontrollieren konnte. Ich hatte mit allem Glück gehabt. Dass der schwebende Dolch Ivan nicht sofort die Kehle aufgeschlitzt hatte. Dass das Feuer in den Katakomben nicht Elia verbrannt hatte und dass dieses Feuer nur unter blauen Funken erloschen war.

Ich konnte sie weder kontrollieren noch heraufbeschwören. Ich war eine Sklavin meiner Gefühle, die ich all die Jahre zu unterdrücken versucht hatte.

»Du musst üben«, sagte sie fest entschlossen. »Dann kannst du sie kontrollieren.«

»Ich will nichts kontrollieren. Ich will diese Gabe nicht haben.«

»Der König ist auch ein Selter«, gestand sie und ich hörte die

Angst in ihrer erstickten Stimme. »Er ist ein mächtiger Selter. Und unaufhaltsam.«

Ich rutschte etwas enger an sie heran und legte meinen Arm um sie. Dann brach sie zusammen. Die Erbin der Familie Rea, die stets eine Kämpferin gewesen war, weinte in meinen Armen, als sie mir alles erzählte. Von unendlichen Tagen in Gefangenschaft. Von Küssen, die ihr die Lippen verbrannt und sie mundtot gemacht hatten. Von spritzendem Blut und abgeschlagenen Händen.

Kinderhänden. Einem rollenden Kopf. Ich weinte mit ihr. Weinte um die grausamen Erinnerungen, die sie nie wieder loslassen würden. Und ich weinte über den Kummer, der ihr Herz langsam zerfraß.

»Du … liebst diesen Prinzen, habe ich recht?« Ich hatte ihren Kuss gesehen. Kurz und doch so intensiv, dass man dieses Band zwischen ihnen hätte greifen können.

»Wer kann schon von Liebe sprechen, wenn es so viel Hass auf dieser Welt gibt?«, war ihre Gegenfrage. Und doch wusste ich, dass sie ihr Herz in Kupferstadt gelassen hatte, obwohl ihr dort so viel Schlechtes widerfahren war.

»Der Prinz hat dich aus Liebe gehen lassen. Ein schöneres Geschenk hätte er dir nicht geben können«, versuchte ich sie aufzumuntern. Er liebte sie so sehr. Er setzte sein Leben für sie aufs Spiel.

Sein Plan war gut, strategisch und in der Umsetzung leicht zu vollführen. Dennoch war er idiotisch. Er wollte es wie eine Entführung aussehen lassen? Das bedeutete, dass Sofija irgendwo sein musste. Tot oder lebendig. Ich schauderte.

»Ich hätte nicht gehen sollen, Jana. Mein Volk … braucht mich.«

»Die Königin eines Selterkönigs, der seine eigenen Leute umbringt?«

»Nein«, sagte sie kopfschüttelnd. »Als Steandlerin, die sie alle befreit und mitnimmt. Mit dem Wind, Jana. So, wie wir es tun. Elia würde es nur nie verstehen.«

»Nein, er würde es nie verstehen«, meldete er sich mit kratziger Stimme. »Du hast dein eigenes Volk. Soll der Prinz sich um diese Angelegenheiten kümmern. Falls du es nicht bemerkt hast. Du stiftest Unruhe. Wegen dir dreht dieses ganze Reich durch. Und außerdem noch diese schwanzgesteuerten Bastarde.«

»Wenn Lucius Eric nicht schon längst umgebracht hat, Elia!«, rief sie aufgebracht und stand auf. »Denn falls du es immer noch nicht verstanden hast: Eric setzt sein Leben aufs Spiel, nur weil er mich hat gehen lassen. Lucius wird ihn bestrafen für dieses Vergehen, wenn das herauskommt.«

»Wärst du also lieber die Hure dieses Königs geworden, nur um ein Leben zu retten, das du längst nicht so gut kennst wie das deiner Familie? Deiner *richtigen* Familie?«

Sofijas Tränen funkelten im Mondlicht. Sie öffnete ihren Mund und schloss ihn wieder. Unfähig, etwas zu erwidern. Unfähig, auch nur noch ein Wort zu sagen. Und so schwieg sie einfach.

Sie schwieg bis in den nächsten Morgen und bis zu dem Moment, wo wir die Tücher am Horizont sehen konnten. Die lange Karawane, die ihre Bahnen durch den Sand zog, auf dem direkten Weg nach Lealo, in dessen Wäldern wir uns verstecken konnten. Wir wussten alle, dass wir das nun mussten. Denn mit einem Selterkönig war nicht zu spaßen. Vor allem nicht mit einem, der besessen von einer Frau war, die er kaum kannte.

Unser Volk empfing uns mit offenen Armen. Mit Freudentränen und lautem Geschrei. Doch auch jetzt schwieg Sofija. Sie lief an den erhobenen Armen vorbei direkt in ihren Wagen, den sie bis auf Weiteres nicht verließ. Nicht einmal, als die Stammesälteste davorstand und sie bat, die Tür zu öffnen. Nichts geschah und ich wusste, dass wir sie verloren hatten – bis in alle Ewigkeit.

Ich wusch mich, indem ich mir eine Wasserflasche über den Kopf kippte und somit Schweiß und Tränen vertrieb. Ich hüllte mich ein neues Kleid. In neue Tücher. Dieses Mal in feurigem Rot. Zu Ehren der Familie Rea. Jetzt war keine Zeit, den Kopf hängen zu lassen.

Jetzt musste ich wieder einmal alle zusammenhalten, die mir einst ein Zuhause geschenkt hatten.

Ich fand mich vor Ivans Zelt wieder und begegnete seinen Augen bereits durch den dünnen Stoff der Plane hinweg. Er wusste, warum ich kam. Und ich würde nicht gehen, ehe er jede Einzelheit offenbart hatte, die mich meiner Vergangenheit näher brachte.

Dem ewigen Fluch und dem ewigen Leid, das mein Vater über mich gebracht hatte.

63

Sofija

Es vergingen Tage, die sich wie Jahre anfühlten, und es fiel mir schwer, mich an mein altes Leben zu gewöhnen, nach dem ich mich so gesehnt hatte. Aber es ging irgendwie. Vor allem, wenn ich mit den Kindern meine Zeit verbrachte, die nicht fragten, warum ich nicht sprach. Sie passten sich mir an. Gestikulierten und sprachen mit den Geschichten ihres Gesichtes.

Wir tauchten in einem kleinen Wald mit einem nahezu toten See unter, der langsam an die Reiche Lealos führte. Ein guter Ort, um Rast zu machen, unsere Tiere zu füttern und selbst jagen zu gehen, da unsere Vorräte knapp wurden. Jana war eisern. Tag für Tag verschwand sie mit Ivan, um an ihren Fähigkeiten zu arbeiten.

Manchmal beobachtete ich, wie sie Gegenstände fliegen ließ. Manchmal ließ sie aber auch Winde durch die Baumkronen jagen, bis Blätter vom Himmel regneten wie der Schnee in Friole.

Sie hatte nicht mehr mit mir geredet, seit ich mich entschieden hatte zu schweigen, und auch Elia mied mich, da ich ihm sonst die Augen ausgekratzt hätte. Ich sah nur stets ein Feuer in Jana lodern, wenn wir nachts am Lagerfeuer zusammen aßen. Da zog sie ihre Augenbrauen zusammen, bis sich eine kleine Falte bildete, die sich mittlerweile in ihre junge Haut gebrannt hatte. An irgendetwas musste sie denken. Etwas, das sie nicht mehr losließ, wie die Gabe, die in ihren Adern pulsierte.

Jede Nacht träumte ich denselben Traum. Jenen mit den goldenen Augen und der schwarzen Farbe, die mich in eine Statue verwandelte. Dann wachte ich schweißgebadet auf und fragte mich, wie es Eric ging. Und dann betete ich, dass er noch lebte und Lucius nicht das Monster war, das ich in ihm sah. Der Kulatra, der sein Maul nach Blut leckte und sich nach mehr sehnte. Ich würde ihm eine zweite Chance geben, sagte ich wieder und wieder.

Wenn er nur Eric kein einziges Haar krümmen würde.

Ich wusste nicht, wie viele Tage vergangen waren. Ich wusste nur, dass ich auch hier abstumpfte und in ein Muster verfiel, das mich von der Sofija entfremdete, die ich einst gewesen war. Nicht frei, aber auch nicht gefangen. Nicht jung, aber auch nicht alt.

Getanzt hatte ich nicht mehr – das Einzige, das ich wirklich gut konnte. Nicht einmal mehr, als Natia mich danach gefragt hatte.

Stumm hatte ich ihr mein Tamburin vermacht, das sie ehrfürchtig in den kleinen Kinderhänden hielt. Unfähig, auch nur etwas zu entgegnen. Ich nickte ihr zu und ging zum See hinüber, um mich dort auf einem Felsen niederzulassen. Er sah aus wie der ebene Steinboden innerhalb des Palastes. Ein Ballsaal aus reflektierendem Stein. Schwarz und glänzend. Ich hielt meine Füße ins Wasser und ließ sie auf- und abgleiten. Ein stetiger Rhythmus, der mich an das Ticken der Uhr an meinem Handgelenk erinnerte.

Irgendwann kam Zan Zahray zu mir. Die welken, schrumpeligen Füße ebenfalls ins Wasser haltend und genauso stumm wie ich.

Sie wusste, dass Reden aus Silber bestand. Schweigen jedoch aus purem Gold.

Und so verliefen die Tage und Nächte. Sie begannen mit Eric und endeten mit ihm, in der Hoffnung, dass er noch immer lebte.

Als es dunkel wurde, nahm ich meine verschrumpelten Füße aus dem Wasser und lief zu meinem Wagen. Die anderen saßen noch am Lagerfeuer und sangen ein leises Steandlerlied, das ich früher aus voller Kehle mitgesungen hatte. Doch mir war nicht nach Singen. Erst recht nicht, als ich Elias Blick begegnete, der mich von seinem Wagen aus festzuhalten versuchte. Ich schüttelte den Kopf über die Geschichten in seinem Gesicht hinweg. Nein, ich wollte mich nicht mit ihm vertragen. Er war ignorant und gemein.

Egoistisch und doch … mein bester Freund. Ich seufzte, als ich die Tür zu meinem Wagen aufstoßen wollte, doch stockte vor einem Bild, das sich in meine Augen brannte. Es blitzte hinter den dünnen Stämmen der Birken auf. Ein zerknäultes Bündel aus weißer Seide, das rosa im Schein des Lagerfeuers schimmerte. Es sah aus wie die Morgenröte. Gemischt mit dunklen Schatten, die tiefe Kuhlen in den Stoff schlugen. Ein Streich meiner Fantasie, dachte ich. Ein stummer Wunsch, Eric noch einmal nahe zu sein.

Ich ging darauf zu. Strich wie in Trance an der Rinde der dünnen Birken vorbei, die sich grob in meinen Arm fraß, und ging in die Knie, um zu sehen, was es war. Ich streckte meine Finger nach dem Bündel aus. Es war kostbar und so weich. Mit spitzen Fingern griff ich in die vielen Lagen und umfasste kalte Steine. Sie waren an einigen Stellen abgerundet. An anderen liefen sie spitz zusammen.

Als ich es hochhob, floss der weiße Stoff wie flüssige Farbe hinab.

Seide, Tüll um die Hüften, der in glitzernden Streifen über den langen Rock hinabglitzerte, als wären es schwerelose Schneeflocken.

Unberührt. Vollkommen. Es sah so aus, wie Luise es mit Worten beschrieben hatte. Ein weiter Ausschnitt mit Perlen besetzt und einem Glitzerkragen, der den geschundenen Hals bedecken sollte. Ein Wind wirbelte auf und Blätter verfingen sich in dem Rock.

Es war kein Streich meiner Fantasie. Das hier war echt.

Mir schoss es heiß in den Kopf, als ich mich einen Schritt davon entfernte und in einer Stofflage des Rockes hängen blieb.

Unmittelbar neben dem Kleid sah ich eine Tasche. Eine Feldflasche. Hinten, an einer weiteren Birke angeleint, ein fremdes Pferd. Ein Schimmel, gesattelt mit dem königlichen Siegel des Reiches Kupfoa.

Lucius.

Ich schrie. Meine Stimme überschlug sich und ich stolperte über meine eigenen Beine, als ich wegrennen wollte. Einfach nur weg.

Weg! Die spitzen Steine fraßen sich in mein Fleisch, als ich blindlings durch den staubigen Untergrund stolperte. Das Kleid in den Händen, die sich nicht mehr losreißen ließen.

Abermals stolperte ich und ich sah, wie das Lagerfeuer entsetzte Gesichter offenbarte, die ihre Hände nach mir rangen.

»Schnell! Rennt weg!« Ich keuchte und rappelte mich auf. *Elia! Elia!* Ich fand mich in seinen Armen wieder. Beschwichtigend strich er über die Schultern, versuchte mich zu beruhigen. Doch kein einziges Wort gehörte mehr zu meiner Sprache. Ich grub die Finger in das weiße Kleid und fuchtelte damit rum. Sah er es nicht?

»Er … er …«, wimmerte ich.

»Ruhig, ruhig. Was ist geschehen?«

»Er …« Ich hob das Kleid vor sein Gesicht und sah, dass Elia unter dem Weiß zu erstarren schien. Es war wie der Schnee, der seine Gesichtszüge in Friole erstarren ließ. Es war wie der beißende Wind, der mir in den Augen stach. Und es war wie der Schmerz, als ich meinen Vater gehen lassen musste. Lucius war hier. Lucius hatte uns gefunden. Mich gefunden.

Eric!

Ich riss mich aus Elias Armen und stolperte im selben Moment unter zittrigen Knien über meine eigenen Füße. Ich musste mein Volk warnen. Sie mussten verschwinden!

»Er ist hier!«, rief ich. Meine Stimme so heiser, dass ich daran zu ersticken drohte. »Lucius! Lucius hat uns gefunden!«

»Sucht alles ab!«, rief Elia aufgebracht. »Schnell!« Fackeln erhoben sich aus der Dunkelheit in züngelndem Rot, als sie sich in Bewegung setzten.

Ich funktionierte wie im Wahn. Nichts, was ich tat, geschah noch aus eigenem Willen. Elia schrie mich an. Doch ich hörte nichts mehr. Die Welt pulsierte und ich pulsierte mit. Er hatte mich gefunden. Das bedeutete, dass Eric gescheitert war. Eric schwebte in Gefahr. In Gefahr! *Eric!* Mein Herz tat so höllisch weh, als wäre jemand draufgetreten. Was hatte Lucius Eric nur angetan?

»Wen haben wir denn da?«, rief Elia plötzlich aufgebracht und schnellte nach vorne. Hinter einem Baum, unweit von hier, entdeckte ich im Augenwinkel wallendes Haar.

Pechschwarz. So schwarz wie der einzige Zeuge, der über uns wachte – die Nacht.

64

Jana

Ich hatte den ganzen Tag schon das Gefühl gehabt, dass wir beobachtet wurden. Als ich sie hinter dem Baum sah, wusste ich, dass der Plan des Prinzen gescheitert war. *Scheiße! Das würde Sofija nicht überleben.*

Ich musste mich konzentrieren und dachte an Elia. An alles, was in mir einen Sturm auslöste, und da war sie. Meine Kraft.

Ich ließ sie durch meine Finger rennen. Sie pulsierte über meine Fingerspitzen und fand den windigen Körper der Frau, mit der ich noch ein Hühnchen zu rupfen hatte. Nun sah ich in ihre Augen.

Überlegen. Ich reckte das Kinn und genoss den Moment, dass ich es ihr heimzahlen konnte, uns so behandelt zu haben.

Ich schlang meine unsichtbaren Hände um sie und schleuderte sie herum. Sie landete auf dem Boden. Das Gesicht in die feuchte Erde gedrückt.

»Gut gemacht«, sagte Ivan und hob die Hände. *Durchatmen*, sagten sie mir. Ich entspannte mich und ließ die Kraft ganz langsam los. Sie wurde zu Pulver und verfing sich zwischen meinen Fingern, als wären es Staubflocken, die meine Haut berührten.

Doch sobald ich sie losließ, sprang die Frau auf und stürmte auf Elia zu, der Sofija hinter sich schob. Schnell schob ich meine Hand nach vorne und hielt sie auf. »Behutsam, vorsichtig«, sagte Ivan. »Du willst ihr nicht wehtun.« Ich war mir da nicht so sicher, aber kontrollierte meine Atmung, wie Ivan mich instruiert hatte, und lockerte die unsichtbaren Hände, die sich um ihre Mitte schlangen.

Kraft sammeln, Kraft bündeln, Kraft ausatmen, wie sie dich einatmet.

Ich drückte sie auf den Boden. Ihr Kopf schoss hin und her. Und die Haare hingen in ihrer Stirn. Über ihren wirren Augen, die Sofija zu verfluchen schienen. Sie schrie und ich zuckte zusammen. Ivan war an meiner Seite und sprach mir gut zu. »Lass dich nicht beirren. Berühre sie, als würdest du sie festhalten.« Mit meinen eigenen Händen. Ich nickte und hielt meine Kraft fest zusammen.

Sie wehrte sich noch lange Zeit, bis sie irgendwann aufhörte sich zu bewegen und nur noch schnaufte.

Erst dann ließ ich meine Selterhände von ihr los und ging einige Schritte auf sie zu. Ivan folgte mir. Und Elia verfluchte sie mit seinen grünen Augen. Ich konnte Rachelust darin lesen. Mir hatte sie auch für kurze Zeit in den Fingern gekribbelt. »Gut gemacht«, lobte mich Ivan wieder, und ich unterdrückte ein hinterhältiges Kichern, das mir in der Kehle kitzelte.

»Samantha.«

Er packte sie am Schopf und riss sie nach oben.

Die sonst so gekämmten Strähnen dabei mit dem Sand der Wüste verdreckt.

»Haisha, Samantha.« Wiederholte er, und ich las in den Geschichten seines Gesichtes, dass er ihre Züge gerne mit einem Messer nachgezogen hätte. Sie fluchte. Schimpfwörter, die ich noch nie gehört hatte.

»Was um alles in der Welt tust du hier?«

Sie spuckte Elia vor die Füße und trat ihn gegen das Schienbein, doch ich stellte mich vor sie und hob mahnend die Hände unter ihr Kinn.

»Elia hat nicht gelogen, als er meinte, dass ich Selterkräfte habe!«, zischte ich und erschrak vor der Kälte, die meine Worte gefror. Doch sie spuckte auch mir direkt ins Gesicht und bohrte mir die Krallen in die Schultern. Wie von selbst hob ich meine Hand und schmetterte sie ihr auf die dreckige Wange. Ich erschrak vor dem Schlag und zog meine Hand zurück, als hätte ich mich verbrannt. Ich hatte noch nie jemanden geschlagen. Ein ungewohntes Gefühl der Macht, das mir nicht gefiel, lief in langen Krallen meinen Nacken hinab. Ich schauderte, doch erschrak noch viel mehr, als ich ihr gönnerhaftes Lächeln aufblitzen sah, das sie mir nach meinem Schlag zuwarf. Blut tropfte ihre Lippen herunter und ihre Worte hatten die gleiche Wirkung wie mein Schlag.

»Du kleine Schlampe!«, kreischte sie, doch verhielt sich nach der glühenden Warnung ruhig. Nur ihr Schnaufen blieb. Ein wildes, unberechenbares Schnaufen.

»Benimm dich oder ich mache es noch einmal.« Wieder lachte sie. Sie lachte mich aus.

»Du traust dich eh nicht, du kleines Miststück.«

»Was soll das?«, mischte sich Sofija ein, die ihre Finger ineinanderhakte. Dahinter baute sich Zan Zahray auf, die der Erbin ihre Hände auf die Schultern legte. Das Volk um uns herum ein Ebenbild von Statuen, die das Geschehen beobachteten.

»Eine Einladung, schätze ich mal. Ich sollte sie dir nur überbringen. Hier.«

Sie griff so schnell in ihre Rocktasche, dass ich zusammenzuckte, als ein silberner Brief auf dem dreckigen Untergrund landete. Es hätten auch Messer sein können. Ich ärgerte mich, dass ich nicht aufgepasst hatte, und nutzte meine Kraft, sie im Zaum zu halten.

Vorsichtig legte ich meine unsichtbaren Hände um ihre Mitte.

Sie schnaufte belustigt und schoss einen wütenden Blick zu mir, den ich mit einem Lächeln quittierte.

»Tanz, Kupferstädterin, das machst du doch so gerne, he?!« Ihre eigenen Worte, die augenblicklich ihr Lachen gefrieren ließen. Warum war ich nur so unheimlich gehässig?

Hastig beugte sich Sofija und hob den Brief auf. Ihr Atem rasselte.

Ich konnte in ihrem Gesicht lesen, dass etwas in ihr zerbrach.

»Wie hast du uns gefunden?« Sie zitterte.

»Das ist leicht. Ihr seid nicht wirklich schwer zu durchschauen, Steandler wie ihr. Untermenschen, Parasiten!« Wieder spuckte sie mir ins Gesicht und trat Elia gegen die Schienbeine. Unberechenbar wie ihr wilder Blick, mit dem sie mich schon damals verflucht hatte.

»Das reicht!«, durchfuhr mich die Wut, und ich quetschte meine unsichtbare Hand so fest zusammen, dass ich sehen konnte, wie ihre silbernen Augen aus den Höhlen hervortraten.

Das vertrieb nur leider nicht ihr durchtriebenes Lachen, das nun so wild und unberechenbar wurde. Das Blut tropfte dickflüssig ihr Kinn hinab und benetzte ihr schneeweißes Leinenkleid. Ich spürte ihren stockenden Atem, der zwischen meinen unsichtbaren Händen hinaufkroch.

»Entspann dich, Jana«, hörte ich Ivan hinter mir und spürte kurz darauf seine Hand auf meiner Schulter. »Du willst ihr nicht wehtun.«

»Sie soll sich benehmen«, knurrte ich und drückte etwas fester zu, was sie zu einem erstickenden Laut brachte. Ein Quietschen. Es war erbärmlich und ich zuckte vor meiner eigenen Kälte zurück, die sich um mein Herz legte. Ivan tätschelte beschwichtigend meine Schulter.

»Das ist sie nicht wert. Lass sie sprechen.« Und ich sah zu Sofija, die den Brief an sich nahm und unter der Schrift, die sich darauf offenbarte, beinahe zusammenbrach. Ich entspannte mich ein wenig und wartete auf die Tränen, die ich in Sofijas Augen aufblitzen sehen konnte. Sie kamen nicht.

»Ich musste euch finden. Sonst tötet Lucius meinen Bruder! Und das alles nur wegen euch! Wegen euch!« Jetzt weinte Samantha.

»Ich hätte dem Prinzen keinen Gefallen tun sollen. Ich hätte auf mein Bauchgefühl hören sollen!«

»Was?«

»Du weißt gar nicht, was in unserem Reich los ist, seitdem du gegangen bist!«, rief sie nun so laut, dass sich ihre Stimme überschlug. Sie fixierte Sofija.

»Feige, wie du bist. Feige, wie nur ein Steandler sein kann! Lucius hat den Verstand verloren! Und es ist allein deine Schuld! Deine Schuld!« Ihre Tränen waren entwürdigend. Sie ließen sie schwach wirken. »Erics Plan ist schiefgegangen. Lucius hat es nicht geglaubt. Er kam schnell hinter die List und er hat sie mitgenommen. Ihn mitgenommen, um ihn zu töten. Hochverrat, du miese Schlampe. Er will Kyron hinrichten!«

Ich sah, wie Sofija nach und nach die Farbe verlor. Sie drohte unter ihren Beinen zusammenzubrechen. Zan Zahray hielt sie aufrecht und wirkte einmal mehr wie ein Fels in der Brandung. Wie alles, was dieses Volk zusammenhielt.

»Und dann bist du uns gefolgt«, stellte ich schwer schluckend fest. Sie nickte.

»Bereits am Morgen nach eurer Flucht. Der König brauchte Schuldige. Und die fand er! Er hat mich in sein Schloss geholt. Nachts haben mich seine Soldaten im *Tanzenden Wirt* überwältigt. Sie haben mich angefasst. Da …« Ihre Augen flirrten und sie begann unter meinem Griff um die Mitte zu zittern.

»Ich habe ihm gesagt, dass es meine Schuld war, meine Idee. Ich habe die Geschichte des Prinzen weitergetragen. Habe mich dafür verantwortlich gemacht. Habe gesagt, dass ich sie entführt und ausgesetzt habe. Doch er wollte mir nicht glauben. Der Prinz hatte bereits gestanden. Er nahm alles auf sich.« Ich sah, dass in Sofija etwas zerbrach.

»Doch Strafe muss sein. Er hat mich losgeschickt, um euch zu finden. Ich habe den Steandler gehört, wie er von euch sprach. Wo ihr hingehen würdet. Ich bin euch gefolgt.«

Elia. Er hatte mit dem Prinzen gesprochen. Er hatte mit ihm alle Einzelheiten geplant, nachdem wir mit den Silbermasken durch das Schloss spaziert waren. »Kommt nie wieder«, hörte ich den Prinzen noch sagen. Und dann Elia, der großkotzig gegen die Wand gelehnt hatte und ihm von seinen Routen erzählt hatte. »Dort wird man uns niemals finden. Lealo. Unter den Kennern wird der Ort nur Avahar genannt. Ein Fleck des Niemandslandes. Fruchtbar und unbeherrscht.«

Verdammt. Ich biss die Zähne zusammen und sah in das verzerrte Gesicht der Kupferstädterin. »Ja, ich habe zugehört! Ich wusste, wo ich euch finden würde. Ich habe beinahe dieselbe militärische Ausbildung genossen wie mein Bruder. Ich habe zusammen mit ihm geübt. Jeder Hieb hat mich stärker gemacht. Ich habe von ihm gelernt. Ich konnte schon immer gut Spuren lesen.«

»Wen hat er noch in seiner Gewalt?« Sofijas Stimme klang, als sei sie meilenweit entfernt, und so fühlte ich mich. Isoliert von meinem Körper. Schwebend zwischen innen und außen.

Samantha lachte nun so fürchterlich, dass es mir die Kehle zuschnürte. Die Augen reißend, die Haare in langen, fettigen Strähnen in ihrem verschwitzten Gesicht. Und ein so fürchterlich roter Mund, aus dem das Blut quoll.

»Dreimal darfst du raten, Prinzessin. Schon am letzten Dienstag des Monats wird der Prinz verurteilt. Mit dir oder ohne dich. Lucius wird ihn vor seinem Volk hinrichten.«

Hinrichten. Ich sah jedes Wort in Sofijas gläsernen Augen.

»Er wird ihn leiden lassen!«

Leiden lassen. Sie zitterte.

»Und du wirst ihm dabei zusehen, wie er langsam und qualvoll stirbt!«

Qualvoll stirbt.

»Denn nur wegen einer dreckigen, kleinen Steandlerin wie dir hängen Leben am Galgen! Das meines Bruders. Das deines Prinzen und außerdem noch Tarance!«

Tarance. Hitze schlug gegen meine Wangen und ich spürte, wie meine Kraft heftig gegen meine Finger drückte. Ich zuckte zusammen, als hätte mir jemand einen Dolch in den Rücken gerammt, und unterdrückte in letzter Sekunde den Impuls, lauthals loszuschreien.

»Fesselt sie!«, befahl Elia mit eiserner Stimme und legte im selben Moment eine Hand auf Sofijas Schulter. Ich sah von außen zu, wie Ivan mich an den Schultern rüttelte und wie Sofija im selben Moment in Elias Armen zusammenbrach. Im starken Kontrast dazu hörte ich das bittere Lachen der Kupferstädterin, als sie an einen Baum gefesselt wurde.

Tarance.

Mein Magen zog sich zusammen und Galle schoss in meinen Mund. Ich presste eine Hand auf meinen Bauch und taumelte zur Seite.

Ich hatte Hinrichtungen jeglicher Art bereits gesehen. In Lealo spießten sie die Köpfe der Verbrecher auf und ließen sie, bis sie von Aasfressern und Maden aufgefressen wurden, vor den Palastmauern stecken. In Friole wurden die Verurteilten erhängt und hängen gelassen, bis sie sich vor Kälte blau färbten. In Smarakta wurden sie ertränkt und im Wasser gelassen, bis die Körper sich nahezu auflösten. Doch was würde man mit ihnen in Kupfoa machen?

»Wir müssen sie retten«, hörte ich Sofija sagen und sah plötzlich alles wieder ganz klar. Ich hechtete auf sie zu und umfasste ihre zitternden Hände, die noch immer den Brief umklammerten. Ihre Augen trafen meine, und ich schluckte unter den Tränen, die die Schwelle ihrer Augen nicht verließen. Sie weinte nicht mehr. Sie hatte Flüsse geweint.

Ich vermutete, dass ihre Trauer keine Grenzen mehr kannte.

»Wenn du gehst, komme ich mit dir. Hast du gehört?« Meine Kehle schnürte sich zu und ich sah zu Elia, der mich mit seinen Blicken erdolchen wollte.

»Nein«, donnerte er, doch ich ließ mich nicht beirren.

»Du kannst sie nicht sterben lassen.«

»Sie werden so oder so sterben«, schrie er nun wütend. Sofija schluckte den Kummer hinunter und hob den Brief an, sodass das Weiß aussah wie ein gleißender Feuerball.

»Er will mich, Elia. Wenn er mich wiederhat, wird er sie gehen lassen. Er wird. Er muss … Zumindest Kyron … zumindest Tarance.«

Ich wischte mir über das Gesicht und straffte die Schultern. Dann drückte ich entschlossen Sofijas Hand. Ihre Augen funkelten wie die Sterne am Himmel.

»Du lässt mich nicht los«, sagte sie und Elia kochte vor Wut.

»Nein, ich lasse dich niemals los.«

65

Eric

»Sieh hin!«, schrie er, während ein Mann in den Saal geführt wurde. Die Hände in Ketten gelegt. Das Gesicht mit einem Leinensack verdeckt, der sich bis über seine Brust zog. Metallsoldaten hielten ihn fest umklammert, während der Mann sich wehrte und an den Fesseln an seinen Händen zerrte.

»Sieh hin!«, schrie er wieder und seine unsichtbaren Finger peitschten in mein Gesicht, sodass ich den Blick nicht abwenden konnte. Schweißperlen traten mir auf die Stirn, als das Licht ausging und nur noch ein greller Strahl den Gerichtssaal erhellte. Überall lauerten ihre rachsüchtigen Augen, die sich nach diesem Szenario sehnten. Sich ihre Lippen danach leckten und daran aufgeilten. Ich schloss die Augen.

»Sieh hin!«

Ich spürte, wie eine fremde Macht von mir Besitz ergriff. Sie kroch in meine Finger und überfiel meine Beine. Sie ließ mich hin und her tänzeln. Auf den Mann mit dem verdeckten Gesicht hinzu.

»Sieh hin und lerne!« Seine Stimme donnerte über mich hinweg, als das Tuch weggezogen wurde und mir ein alter Mann entgegensah. Die Augen blau geschwollen und klein. *Nein!,* schrie die Stimme in meinem Kopf und ich biss mir auf die Lippe, bis sie blutete. *Nein! Um Himmels willen! Nein!* Tränen peitschten mir in die Augen, wie das nächste Kommando, das meinen Körper überfiel.

»Lügner bekommen die Zunge abgehackt!«, trällerte Lucius heiter und legte mit einem stillen Zeichen ein Schwert in meine Hand. »Du bist doch der Hauptmann, Bruder. Du solltest Recht walten lassen.«

Nein! Ich wehrte mich gegen den Impuls, der meine Hand wie von selbst um den Griff des Schwertes verschloss. Jon sah mich an.

Grün und blau geprügelt. Die unsichtbaren Striemen, die mein Bruder hinterlassen hatte, bis hinunter zu seinem Hals.

»Nun sprich die Anklage, Richter. Ich habe nicht den ganzen Tag Zeit! Die nächste Verurteilung steht vor dem Raum. Ist das nicht komisch? Es ist nicht einmal Dienstag. Ha!«, prustete Lucius. Wie ich dieses arrogante Lachen verabscheute.

»Nun denn!«, erhob sich die Stimme aus der Dunkelheit. *Nein!*

Ich sah Jon an. Flehend. Verzweifelt. Er hatte nichts getan.

»Jonathan Kalastru, 76 Jahre, wohnhaft in der Hauptstadt Kupferstadt, Sohn des Buchbinders Kalastru, wird beschuldigt, Unwahrheit gesprochen zu haben, die lose Dummheit in das Hirn unserer Mitmenschen spinnen sollte! Hast du etwas zu deiner Verteidigung zu sagen?« Jon sah mich wieder an. Der Blick dieses Mal fest entschlossen.

»Dass ich erst euer Gehör erlangen konnte, nachdem euer König mich als Lügner angezeigt hat!«, donnerte er, auch wenn seine welke Stimme mehrfach brach. Lucius hatte ihn nach unserem Gespräch innerhalb dieser Wände aufgesucht. Doch anders als erwartet nicht, um mit ihm zu sprechen. Nein, er hatte ihn verprügelt und wegen Verleumdung verurteilt. Ich hätte es wissen müssen, sagte ich mir. Lucius hatte von Anfang an ein durchtriebenes Spiel mit uns gespielt – wie mit den Figuren auf einem Schachbrett. Die gefallenen Helden des Reiches Kupfoa.

»Und dabei ist es euer König, der euch alle belügt! Er ist der Mörder König Platos', des einzig wahren Königs dieses Reiches! Er hat ihn umgebracht!«

»Du hast keine Beweise, alter Mann«, sagte Lucius abfällig, und doch spürte ich, wie die unsichtbaren Fäden an meinem Körper heftig zu spannen begannen.

»Was hätte ich für einen Grund haben sollen? Lächerlich! Aber es amüsiert mich. Du hast eine blühende Fantasie. Die hattest du schon immer.« Lucius' Stimme war nicht mehr als nur ein leises Zischen.

»Dein Vater selbst hat es in seinen Büchern niedergeschrieben!« Nun sah er mich an. »Weil Lucius niemals ein guter König in Platos' Augen war! Nicht er, sondern … *du* …! Hier steht euer wahrer König!« Seine wilden Augen ruhten auf mir. »Dieser hier wurde von Platos auserkoren … Das war es, was uns gefehlt hat.« Das fehlende Puzzleteil, das alles erklärte. Alles veränderte. Ungläubig sah ich ihn an. Unfähig, mich zu bewegen oder etwas zu sagen.

Lucius hatte alle Bücher verbrannt, ehe ich sie sehen konnte und ehe ich wusste, was geschehen würde. Zuvor hatte er mich gefangen genommen und als Verräter in ein Verließ gesperrt. Ich war bereit, diese Strafe abzusitzen. Sie war nun in Sicherheit. Weit weg von seinen Tentakeln, die er gierig nach ihr ausstreckte. Doch dass die Wahrheit so sehr schmerzen würde, übermannte selbst einen so furchtlosen Mann wie mich.

Jetzt lag die Wahrheit in Asche zwischen den Statuen der Vergangenheit. Ungreifbar. Unauffindbar. Und niemand würde einem Prinzen glauben – einem Prinzen, der nichts konnte, außer Lügen zu erzählen.

Lucius war die Wahrheit, die mir gefehlt hatte. Das *Warum* hinter all den Fragen.

Und doch konnte ich es nicht glauben. Nicht mein Bruder, der über dem Sarg unseres Vaters geweint hatte. Nicht mein Bruder, der meinem Vater nachgeeifert hatte.

Ein Raunen ging durch die Reihe und Stühle schabten. Ein Zeichen ihrer Bestürzung und ihres eigenen Verstandes. Plötzlich durchzuckte mich ein flammender Schmerz. Eine heftige Faust, die meine Arme kontrollierte.

»Ruhe! Oder ich lasse euch alle einsperren und hinrichten!«, ermahnte er streng und dann fordernd zu mir: »Sieh hin!« Ich hob meinen Blick und sah die funkelnde Klinge über Jons Kopf blitzen. *Nein …* Tränen sammelten sich in meinen Augen. *Nein, das durfte er nicht.*

»Jon, ich …«

»Es ist schon gut, Junge«, raunte er und reckte das Kinn. »Immerhin konnte ich noch einmal den rechtmäßigen König sehen!«

»Richter, ich fahre nun fort!«, ereiferte sich Lucius. »In meinem Namen, denn mein Name ist Gesetz, erteile ich folgendes Urteil. Das Leben ist zu schön für solch einen abscheulichen Menschen wie dich, Jonathan. Habe ich recht, Bruder?« Und in diesem Moment zwang er mich, mein Schwert zu schwingen. Blut spritzte und ein Kopf rollte auf den Boden. Wenig später landete der dampfende Körper daneben und ich auf meinen Knien. Die Macht ließ von mir ab und hinterließ mich mit bebender Kälte.

»Sieh nur, Bruder, was du getan hast«, sagte Lucius tadelnd. »Du glaubst den Falschen und verrätst dein eigenes Blut. Ich sagte dir bereits, dass du für all das bezahlen wirst, was du mir angetan hast. Doch bevor du selbst bald dran bist, lasse ich dich tanzen. Tanzen für mich allein!«

Als Nächstes wurde eine Frau in den Raum geschubst. Auch ihr Gesicht war mit einem Tuch verdeckt, das vor mir abgerissen wurde.

Nein ..., schrie ich unter Tränen, doch brachte keinen Laut über meine zitternden Lippen. Angsterfüllt sah sie mich an und dann den Leichnam des Bibliothekars. Würgend presste sie ihre verbundenen Finger an den Mund und begann bitterlich zu weinen.

»Aidelina Hallacen, 21 Jahre, Flüchtling aus den Weiten Tumbaras, wird der Mittäterschaft beschuldigt ...« Die Stimme des Richters hallte durch den Raum und doch konnte ich sie nicht mehr hören. Bilder schoben sich vor meine Augen, vorbei an meinen zitternden Händen. *Sie hatte ihn gesehen!,* dachte ich. Aidelina hatte gesehen, wer meinen Vater getötet hatte, und deshalb musste auch sie sterben. *Nein!* Sie hatte keine Gefahr dargestellt, weil sie keine Zunge hatte, um zu sprechen. Jetzt wollte Lucius auch sie kaltblütig ermorden.

Wieder erhob mich eine unsichtbare Kraft, die mich auf die Beine stellte und mir das blutverschmierte Schwert in die Hand drückte.

»Es tut mir leid«, flüsterte ich.

Aidelina versiegelte ihre Züge. Die Angst schwoll zu Stolz und Trotz an. Noch nie hatte ich die Schwester meines besten Freundes so siegessicher gesehen. So stark. Sie reckte das Kinn und sah an mir vorbei. Dabei fixierte sie den König, der sich hinter mir wand wie eine Schlange.

Du Mistkerl, las ich in ihren eisblauen Augen. Niemals würde er ihr ihre Würde nehmen.

Sie schrie ihn an. Gurgelnde, krächzende Laute, die ihre Kehle verließen. Sie waren so voller Wut und Abscheu, dass es mich zum Zittern brachte. Lucius lachte abfällig.

»Na, kannst du nicht sprechen?« Er klang abartig. Ich unterdrückte ein Knurren und wehrte mich weiterhin gegen die Kraft, die mich fest zusammenhielt.

»Leider hast du gesehen, was du nicht sehen durftest, Aidelina.

Du warst mir stets eine gut arbeitende Kraft.« Es klang viel mehr wie Spott als eine Erklärung.

Sie ballte die in Ketten gelegten Hände und sah mich an. Mit einem Blick offenbarte sie mir die Wahrheit. Die Wahrheit, die sie schon so viele Monate verborgen hatte. Ich sah den geschundenen Hals meines Vaters, der im Schlaf heimtückisch mit unsichtbaren Händen gewürgt wurde. Dann erst sah ich das Seil, das man darum gewickelt hatte, damit es so aussah, als hätte er sich selbst erhängt. Ich sah, wie er durch die Luft flog und am Bettgestell befestigt wurde. Der Körper bereits eisig kalt.

Ich lass dich nicht los, sagte sie mir und streckte mir ihre Hände entgegen. Ihre Berührung war flüchtig und doch durchfuhr mich ein heftiger Schauer, als die Kraft nun wütend an meinen Muskeln zerrte.

Es ist nicht deine Schuld.

»Schluss mit diesem gespielten Stolz, ab mit ihrem Kopf!«

»Nein!«, rief ich und hörte einen entsetzten Laut, der ihre Kehle hinaufkroch.

Ihr Schrei erstickte an der Klinge meines Schwertes. Ein kurzer, wenn auch schmerzhafter Tod. Ein Tod, der mich mit roter Farbe bemalte. Lauter kleine Tränen, die meinen Körper hinabwanderten, bis sie sich in den Stoff meiner Kleider fraßen … und nie wieder weggehen würden. Der Schmerz übermannte mich. Meine Arme brannten. Doch noch mehr brannte mein Herz. Es stand in Flammen, als ich in sein selbstgefälliges Gesicht sah. In seine stahlgrauen Augen. Dieselben Augen, die meinem Vater, dem König aus Stahl, gehört hatten.

»Das war eine herrliche Vorstellung, meine Herren! Und nun kommen wir zu einer weiteren Verkündung. Einer weiteren Strafe, die ein Exempel statuieren wird, das sich gewaschen hat. Und alle sollen es sehen! Alle!«

Er schwebte auf mich zu und rollte dabei über einen der beiden losen Köpfe, die in Blut ertranken.

»Das war erst der Anfang, Bruder«, sagte er und verzog seine schneeweißen Lippen. »Du weißt, was du getan hast. Möge Samantha nur bald mein Geschenk für dich finden und zurückbringen. Denn sonst darfst du auch noch deine anderen Freunde umbringen, bis ich nichts mehr von dir übrig gelassen habe! Ach, ich weiß«, seufzte er aufgesetzt mitfühlend und strich mir langsam durch die blutverschmierten Haare.

»Sein eigenes Schicksal zu bestimmen ist einfacher. Doch nun liegt es nicht mehr in deiner Hand! So wie meines nicht in meiner Hand lag.«

»Und deshalb musste Vater sterben?«, fragte ich weinend und bereute es, Schwäche zu zeigen, die ihn nur stärker zu machen schien. Zufrieden grinsend legte er seine Finger an das Kinn.

»Niemand kann dies *jemals mehr* beweisen, Bruder, aber ich möchte ehrlich zu dir sein.« Sein engelsgleiches Gesicht verwandelte sich in eine emotionslose Maske. Nun flüsterte er mir ins Ohr. Sein Atem so schnaufend. So eisig.

»Ich habe es genossen, seine Kehle zu zerquetschen. Gerne hätte ich es mit eigenen Händen getan, damit er mich ein letztes Mal ansehen konnte. Damit er sieht, wer die größere Macht besitzt. Er war töricht, Bruder. Er hat mich schlicht und ergreifend unterschätzt. Ich war nie ein Monster. Er hat mich zu dem geformt, was ich nun bin. Ich bin unverwundbar, Eric. Ich habe keine Schwächen.«

»Doch, die hast du«, sagte ich bebend. »Sofija ist deine Schwäche, sie allein.«

Er ließ von mir ab und wischte sich das Blut von der Wange, das sich in meinen Haaren verfangen hatte.

Ein König aus Blut und Tod, dachte ich. Er war so grauenvoll, noch viel grauenvoller, als ich gedacht hatte.

»Bringt ihn weg. Ich kann diese widerliche Visage nicht mehr sehen!«

Unten in den Katakomben gab es Zellen, die nie das Licht gesehen hatten. Dort sperrte er mich ein und quälte mich mit Hunger und den Geistern, die mich nun nie wieder losließen.

»Du widerlicher Scheißkerl!«, schrie ich, als sie mich in Ketten legten. Meine eigenen Männer, die ich ausgebildet hatte. Er war wirklich ein Monster.

»Monster!«

Lucius lachte. Lachte so laut, dass ich meinte, es unten, unter all den feuchten Steinen noch vernehmen zu können.

66

Jana

Ich habe Sofija mit dem Tod tanzen sehen«, hörte ich Zan Zahray sagen, als sich unser Erbe der Familie Lean gegen die Anweisung unserer Stammesältesten stellte. Ihre Worte waren genau wie an jenem Abend, als die beiden Erben Sofija gegen ihren Willen in ihren Wagen gesperrt hatten.

Sie konnten ihr Schicksal nicht ändern. Niemand konnte das, wenn die Zeilen schon längst geschrieben waren. Das hatte nun auch Elia eingesehen. Ich lauschte vor dem Wagen Zahrays und knetete meine Hände.

»Sie wird sterben.«

»Irgendwann werden wir alle sterben«, hörte ich den Erben sagen. Dieselben Worte der Erbin Rea, die unmittelbar neben mir stand und mit leerem Blick zur hölzernen Tür hinaufsah.

»Du wirst sie verlieren, wenn du sie nicht gehen lässt«, hatte ich zu Elia gesagt, als er sich gegen den Wunsch, den Prinzen und seine Freunde zu retten, gesträubt hatte. Und das wusste er ganz genau.

Doch jedem war bewusst, dass sie nicht mehr zu retten war. Ihr Herz war gefangen und würde nie wieder frei sein.

»Er wird es schaffen«, versuchte ich Sofija aufzumuntern. Sie nickte mechanisch und starrte durch mich hindurch. »Ich reite allein, wenn sie mich nicht gehen lässt.« Das wusste ich.

»Und unser Volk? Wenn ihr geht, gibt es keine Erben mehr. Ich bin alt, Elia. Ich kann das nicht allein.« Zan Zahray war außer sich. Ich sah sie in meinem geistigen Auge vor mir. Die welken Hände gen Himmel gehoben. Die Lippen bebend. Und die Augen weit aufgerissen. Diese reißenden Augen, die die Zukunft in dunklen Nebelschwaden vor sich sahen.

»Dieses Volk wird an uns zerbrechen oder überleben.« Welch leichtsinniger Gedanke, dachte ich grimmig. Aber es stimmte. Der Erbe der Familie Lean hatte endlich mal seinen Kopf benutzt und nachgedacht. Uns Steandler würde es niemals mehr so geben, wenn wir den Spuk in Kupferstadt nicht beendeten. Der König würde noch immer im Schatten auf uns lauern. Und wenn er schon eine wehrlose Frau zu uns schicken und drohen konnte, so würden auch dreihundert Soldaten nach uns suchen können und uns alles nehmen, was uns an diesem Leben festhielt.

Ich hörte Zan Zahray schnaufen. Ein stummes Zeichen, dass sie uns gehen lassen würde, auch wenn sie es nicht wollte.

»Mögen die Geister der Vergangenheit über euch wachen«, sagte sie, als sie die Tür aufstieß und Sofija ansah, die das Kinn reckte.

Sie ballte die Hand zu einer Faust, küsste diese und presste sie an ihr Herz. Ich tat es ihr nach und schickte unsere Wünsche gen Himmel. Ich konnte es nicht mitansehen, als ich die Tränen sah, die Zan Zahrays Wangen hinabliefen.

⟡ · ⟡

Der Abschied war kurz, auch wenn die Tränen unseres Volkes verrieten, was in ihrem Inneren vorging. Doch es würde sie weiterhin geben. Mit oder ohne die Familie Lean oder die Familie Rea, zwei Gründerfamilien, die die Tradition in ihrem Herzen trugen.

Unsere Farben würden nicht vergehen. Solange es den Wind

gab, gab es auch uns Steandler. Wir waren Parasiten, dachte ich über ihre Tränen hinweg, die ihre Gesichter verschmierten. Ama, Sabya und die Kinder.

»Bleib, Elia! Bitte, bleib«, forderte Zan Zahray, doch auch sie wusste, dass man Elia nicht belehren konnte. Erst recht nicht, wenn es um seine Sofija ging.

Ich sattelte mein Pferd und schnallte die Reisetasche des königlichen Militärs am Gurt des Sattels fest. Ivan drückte mir einen Dolch in die Hand, den ich nickend in die Scheide meines Gürtels steckte.

»Kupferschliff«, sagte er und fuhr sich über den gestutzten Bart. Ich wusste, was das bedeutete. Ivan hatte mir von seinen Tagen in Tumbara erzählt und außerdem seinen größten Schatz anvertraut. Der König aus Kupfoa würde nicht der Einzige sein, der mit dieser Klinge alles in Kupfer und Zinn verwandeln konnte.

»Du weißt, woran du denken musst«, erinnerte er mich, und dieses Mal nickten wir beide. Er hatte mich in den letzten zwei Wochen gelehrt. Ich war noch nicht ansatzweise so gut, dass ich mich traute, gegen einen geübten Selter zu kämpfen, aber immerhin so gut, dass ich ihn zumindest überraschen konnte. Denn wer rechnete damit, dass ein weiterer Selter bei der Hinrichtung des Prinzen zuschauen würde. Uns blieben noch fünf Tage, bis sich der Monat dem Ende neigte. Ich schluckte schwer, als mich meine Vergangenheit einholte. Jene Schatten des blauen Lichtes, das mich in den Geheimgängen der Kupferstadt heimgesucht hatte.

Zähneknirschend ging ich Ivans Instruktionen durch. *Kraft sammeln, Kraft bündeln, Kraft ausatmen, wie sie dich einatmet.*

»Wird schon schiefgehen. Ich schneide ihm die Kehle auf, wenn er unseren Erben zu nah kommt«, sagte ich und klopfte meinem Pferd an den Hals. Ein dumpfer Schlag bebte durch den riesigen

Körper. Ein schönes Gefühl, das mich an die Trommeln und die Musik unseres Volkes erinnerte.

»Ich meine eher, dass du auf dich aufpassen sollst, Jana.«

»Ich habe bis jetzt alles überlebt. Unkraut vergeht nicht.«

»Pfff. Unkraut«, sagte Ivan und sah mich ernst an. Wie ich diesen Blick all die Jahre über verabscheut hatte, und nun war er alles, was ich noch hatte. Alles, was ich einmal gewesen war. »Du weißt, dass in dir viel mehr steckt.«

»Die mörderischen Gene meines Erzeugers?«

»Nein«, sagte Ivan leise und schüttelte wieder den Kopf. Er deutete mit dem Zeigefinger gegen seine Stirn und dann auf die linke Brusthälfte. »Du hast den Verstand deines Vaters. Das kluge und taktische Denken. Und das Herz deiner Mutter.«

»Nett gesagt, wenn es nicht so wäre, dass mein Vater ein verdammter Bastard war.«

»Nein, das war er nicht immer«, sagte Ivan und legte seine graue Hand auf meine Schultern.

»Ich will nur, dass du weißt, dass du eine Aufgabe hast. Und ein Volk, das heimkehren möchte. Du bist so weit …« Ich wusste, was er meinte. Nächtelang hatte er mir davon erzählt und doch konnte ich es nicht glauben. Es hatte wehgetan. Jede Geschichte, die durch meine Adern pulsierte. Und jede Gewissheit, dass es für mich eine Zukunft geben könnte – weit weg von hier. Eine Aufgabe, die mir mein Blut geflüstert hatte.

Ich biss mir auf die Innenseite meiner Wange, bis ich rostiges Blut schmeckte, und nickte ihm zum Abschied zu. Nun war nicht die Zeit, um sentimental zu werden. Ich hatte ein Leben zu retten. Eines ganz besonders, denn ich hatte sein Blut an meinen Fingern kleben, auch wenn es nicht meine Schuld war. Ob man Blutschuld vererben konnte? Ich biss die Zähne zusammen, als ich mich an seine Augen erinnern musste. Kindlich und unbeholfen.

Und doch so eisern, dass mir das Blut in den Adern zu gefrieren schien. Ohne Zweifel. Der Frioler war einst einer der Kindersoldaten gewesen, die Tumbara regiert hatten. *Tarance.*

»Los, auf mit dir!«, sagte ich bissig zu der Kupferstädterin, die ich mit einer harten Bewegung meiner Selterhand durch die Luft schleuderte und auf mein Pferd platzierte. Sie keuchte aufgebracht, was sie nicht daran hinderte, mich wild zu beschimpfen, wenn auch ihr Atem in der Kehle brannte. Wir ritten auf drei Pferden. Ihres würde unserem Volk noch hilfreich sein.

»Wie du mir, so ich dir.« So war es schon immer gewesen und ich zuckte die Schultern, als ich mich zu ihr aufs Pferd schwang und meinen Mitreitern zunickte. Elia mit Dolchen bewaffnet. Sofija ein Ebenbild einer Kriegerin mit schwarz umrandeten Augen, die ihre rot unterlaufenen Augen verdeckten. *Schmerz ist die größte Waffe*, hörte ich Ivan sagen. Schmerz und Leid. Denn dieses Gefühl konnte alles verändern. Einfach alles. Die Selterkraft kribbelte in meinen Fingern, als ich die Zügel griff und dem staubigen Horizont entgegensah. Ein Spiel aus Gold und Rot vermischte sich am wolkenlosen Himmel. Ein neuer Tag, der heranbrach. Ein Schlachtfeld aus Farben, wie das eines Ölgemäldes.

Uns blieben noch fünf Tage, um das Unmögliche möglich zu machen.

Staub wirbelte auf, als wir uns in Bewegung setzten. Ich sah nicht zurück, denn nach diesem Tag würden die Steandler nie wieder meine Familie sein.

Meine richtige Familie war in Tumbara. Zerstreut und zerstört vom Krieg. Und sie wartete darauf, dass ihre wahre Prinzessin heimkehrte.

Die Tochter des Höllenkönigs aus Tumbara. Jener, der Kinder entführt und versklavt hatte, bis er wie eine Kanalratte entflohen war und untertauchte wie ein Feigling.

Doch Jana war kein Feigling. Nein, ich war kein Feigling. Die Erkenntnis über diese unglaubliche Geschichte machte mich noch immer sprachlos. Ich hörte Ivans Stimme, die mir alles erklärte. Alles versicherte. Alles einst Geglaubte aufmischte.

Ich wollte es nicht wahrhaben, dass ich jene sein sollte, für die er mich hielt. Doch das ergab alles einen Sinn.

Ich war Prinzessin Jana aus den Weiten Tumbaras. Und ich würde Tarance, den Kindersoldaten, befreien – und wenn es das Letzte war, was ich tun würde.

Wir hielten nur, um unseren Pferden eine Pause zu gönnen. Selbst dann sprachen wir kaum und aßen im Schein des Lagerfeuers Zwieback, der uns an die Steandler erinnerte. Sofija ließ Flammen in ihrer Handfläche schweben, als könnte sie darin sehen, wie es ihrem Prinzen ging. Elia hingegen zerstach den Sand mit seinen Dolchen. Und Samantha sah wütend zu ihm herüber, als nerve sie das Geräusch des Sandes, der die Klingen umschloss.

»Und jetzt?«, keifte sie. Mittlerweile mit Strähnen, die vom Wind verfilzt waren. Ich hatte ihr eines meiner Tücher angeboten, dass sie mit einer unwirschen Geste abgeschlagen hatte. Sofija hingegen ignorierte sie und brodelte im Stillen vor sich hin, wenn Samantha wieder ihre fünf Minuten bekam. Sie war eine so eingebildete Frau, dass auch ich ihr lieber den Mund verbunden hätte.

»Ihr wollt doch nicht ernsthaft da einfach reinspazieren!«

»Jetzt sorgst du dich also um uns?«, lachte Sofija. Doch ich wusste, dass Samantha sich nicht um uns sorgte. Sie sorgte sich darum, dass sie ihren Bruder nicht rechtzeitig retten konnte und dass der König seine Abmachung nicht einhielt: Sie müsse ihm Sofija ausliefern, um das Leben von Kyron und Tarance zu retten.

»Ich habe eine Einladung«, sagte Sofija sachlich, aber sie sah sie nicht einmal über ihren Feuerball hinweg an. »Wenn ich sie annehme, erfülle ich deine Vereinbarung. Du bekommst deinen Bruder wieder und ich stehe nicht mehr in deiner Schuld.«

»Ja, und die anderen? Die können alles kaputt machen!«

Ich rollte mit den Augen und ließ den Sand durch meine Finger gleiten. Uns blieben noch vier Tage, und unseren Plan konnte man kaum als solchen bezeichnen. Wir hatten keinen Plan, sondern verließen uns auf unser Bauchgefühl. Sofija würde dabei den Köder spielen.

Sobald aber der Anschein bestünde, dass der König seinen Worten nicht nachkam, würden Elia und ich eingreifen – wenn man Elia überhaupt als Waffe sehen konnte.

Ich sah ihn nicht an. Zu viel Schmerz lag in meiner Brust, wenn ich seinen Blick auf Sofija ruhen sah. Und zu sehr musste ich mit diesem Gefühl in meinem Inneren kämpfen. Er war dieses Gefühl, mit der ich meine Kraft heraufbeschwor. Traurig, aber wahr.

»Mir soll's ja recht sein«, zischte Samantha und verschränkte bockig die Arme vor der Brust. Sie war nicht mehr die Frau, die mir an jenem Abend eine Klinge an die Kehle gehalten hatte. Nicht mehr die überlegene Frau mit dem hübschen Gesicht, das ich gerne zerkratzt hätte. Sie wirkte vielmehr wie ein kleines, zickiges Mädchen, dem man ihre Puppe genommen hatte.

»Es muss schlimm für dich sein, hier mit uns zu sitzen«, sagte Elia theatralisch und warf einen Dolch auf sie, der unmittelbar neben ihr landete. Aufgelöst zuckte sie zusammen, sodass wir anfingen zu lachen. »Wenn du nicht so ein elendes Biest wärst, hätte ich dich glatt für meine Messerkunst zu erwerben versucht. Hübsch bist du ja, nur so unheimlich kratzbürstig. Vor dem Holzbrett damals hast du mir viel besser gefallen. So schön still.«

»Versuchst du gerade bei mir zu landen?«, fragte sie hysterisch und schnappte sich den Dolch, den ich mit einer bestimmenden

Bewegung meiner Selterhand über ihrem Kopf schweben ließ, als sei dies eine Schlange, die sie hypnotisierte. Wenn Elia das tatsächlich versuchte, war dies ziemlich armselig. Wollte er Sofija damit eifersüchtig machen? Immerhin sah sie ihn nun mit zusammengekniffenen Augen an, mit Blicken, die ihn zu erdolchen drohten.

»Was hast du eigentlich gegen uns Steandler, he?«, fragte Sofija genervt und sah sie schließlich doch an.

»Nichts«, schmollte sie, auch wenn ich wusste, dass dies nicht der Wahrheit entsprach. Sie hatte ein riesiges Problem mit dem fahrenden Volk.

»Dann halt deine Klappe. Deine Stimme geht mir auf die Nerven.«

Und sie hielt tatsächlich die Klappe, sodass wir uns unseren eigenen Gedanken hingeben konnten. Jeder meilenweit weg.

Irgendwo in unterschiedlichen Sphären.

Wir kamen gut voran und erreichten bereits am dritten Tag den Punkt, wo man die Kupferstadt klein am Horizont aufblitzen sehen konnte. Auch jetzt machten wir Rast und deckten die verschwitzten Pferde mit den Wärmedecken zu, die wir uns nachts mit den Tieren teilten. Wie jeden Abend aßen wir unser Proviant und sahen dem Feuer beim Tanzen zu. Hin und wieder übte ich mit Elias Dolchen, die ich zwischen die Flammen jagte oder über Samanthas Kopf schwingen ließ. Doch das schien sie nicht mehr zu stören. Sie sah ins Leere. Ein Schatten ihrer Selbst, so wie wir alle.

Irgendwann schliefen wir im Staub des Ödlandes ein, um unsere Kräfte zu sammeln. Wir würden sie brauchen, wenn der König Sofija einfangen würde, was ihr keine Angst zu bereiten schien. Sie hatte sich damit abgefunden, denn wie Zan Zahray vorhergesagt hatte: Sofija hatte mit dem Tod getanzt. Mit dem Leben abzuschließen war so viel einfacher, wenn man sein Schicksal kannte.

Sie ging nicht nur zurück, um den Prinzen zu retten, wenn sie das überhaupt konnte. Sie ging zurück wegen der Menschen dieses Reiches. Ein Volk, das sich seine Königin selbst ausgesucht hatte.

Sie würde da sein, wenn ihr Volk zusah. Und sie würde mit ihnen um den Prinzen weinen, wenn es sein musste.

Ich wurde von einem zaghaften Schluchzen geweckt. Unmittelbar neben mir konnte ich Samantha wimmern sehen. Die Brust hebend und senkend. Das Gesicht von der Glut der Kohlen erhellt. Als sie mich sah, wischte sie sich schnell über ihr Gesicht, als könnte sie somit ihre Tränen ungeschehen machen. Doch Tränen waren das Reinste, was die Seele offenbaren konnte. Das, was uns Menschen miteinander verband – alle weinten gleich.

»Starr nicht so«, flüsterte sie, auch wenn sie bei Weitem nicht so forsch klang, wie sie es zu versuchen schien. »Noch nie ein Mädchen weinen sehen?«

»Doch«, flüsterte ich. »Und deshalb weiß ich, dass ein Mädchen nur weint, wenn ihm die Brust zugeschnürt wird.«

»Mädchen weinen ständig«, entgegnete sie. »Kyron sagt immer, dass Mädchen bei allem weinen.«

»Aber nicht so«, sagte ich und hasste mich dafür, dass ich Mitleid empfand. Sie kämpfte für das Leben ihres Bruders. Ihre Familie. Das war schon ziemlich mutig.

»Wie denn?«

»Heimlich«, sagte ich. »Heimlich, sodass es niemand sieht.«

Sie dachte über meine Worte nach und strich sich nochmals über das Gesicht. Den Blick auf Sofija gerichtet, die die Decke über das Gesicht gezogen hatte, und dann zu Elia, der leise zu schnarchen begann. »Ihr würdet es nicht verstehen«, gestand sie schließlich.

»Er bedeutet die Welt für mich.«

»Dein Bruder?«

»Ja«, sagte sie. »Er ist alles, was ich noch habe. Meine größte Schwäche.«

»Oder deine größte Stärke.« Sie lächelte leicht und auch ich schenkte ihr ein kurzes, ehrliches Lächeln. »Ich habe Angst, dass ich ihn verliere, ehe seine Zeit gekommen ist.«

»Sofija hat auch Angst«, sagte ich. »Auch wenn man es ihr nicht ansieht.«

»Die und Angst«, zischte sie, nun wieder ganz die alte Samantha, der ich gerne die Zunge rausgestreckt hätte. »Die sieht mir vielmehr nach Ärger aus.« Ich schüttelte den Kopf.

»Sonst wäre sie nicht mitgekommen.« Was stimmte. Sofija war der Wind. Niemals würde sie sich willentlich in Ketten und Fesseln legen lassen. Nicht, wenn sie nicht schon längst mit ihrem Leben abgeschlossen hätte.

»Und das ist es, was ich nicht verstehe«, sagte Samantha nun so leise, dass ich Mühe hatte, sie zu verstehen. »Sie wird doch nicht dorthingehen und sich freiwillig einsperren lassen.«

»Doch«, sagte ich. Leider wusste ich, dass sie dies machen würde.

»Warum?«

»Weil sie ihr Herz dortgelassen hat«, sagte ich. »Das Herz einer Frau kann man nicht retten. Elia hat es endlich auch verstanden.«

»Der da?« Sie zog die Augenbrauen hoch und ich nickte mit schmerzendem Herzen. Ja, der da. »Der liebt sie?«

»Ja.«

»Und deshalb lässt er sie in ihr Verderben gehen?«

»Wenn es das ist, was sie will, dann muss er das. Man kann sie nicht aufhalten.«

»Ich habe es nicht geglaubt«, sagte sie und sah mich wieder an.

»Es stimmt also, was sie in den Dörfern von ihr gesagt haben. Dass sie kommen wird. Die eine Königin, die alles verändern könnte. Alles.«

Das stimmte. Sie konnte alles verändern. Sie hatte die Einladung des Königs angenommen, um die Leben zu retten, die sie retten konnte, auch wenn es nicht das Leben des Mannes war, den sie liebte.

Genau wie ich. Denn würde Tarance etwas passieren, würde ich mir das nie im Leben jemals verzeihen können.

»Es gibt Unruhen, in der Tat. Doch keine ernst zu nehmenden«, sagte Samantha. Den Blick stets in die züngelnden Flammen gerichtet. »Der Adel redet. Er wird es nicht wagen, sich gegen Lucius zu erheben. Sie wissen um seine Fähigkeiten und wollen sich nicht mit ihm anlegen. Doch nicht die Bürger. Sie formieren sich im Untergrund. Sie kämpfen gegen ihn. Und Sofija ist das Sinnbild dieser Revolution.«

67

Sofija

Als sie mich sahen, ließen sie die Waffen fallen. In den Geschichten ihrer Gesichter konnte ich sehen, was sie dachten und was dies bedeutete. Ungläubig zogen sie die Augenbrauen hoch. Pressten die Lippen aufeinander und tauschten untereinander Blicke aus, bis einer in Metallrüstung leicht den Kopf neigte, als bewundere er meinen Mut. Doch ich war nicht mutig. Mein Herz klopfte mir bis zum Hals, als ich die massiven Türme der Kupferstadt betrachtete, die in der Nacht meiner Flucht wie stumme Zeugen auf mich hinabgesehen hatten. Jetzt sahen sie mich an wie Freunde, die sich nach mir gesehnt hatten. Mein Zuhause. Ein Käfig aus Silber und Gold.

Jana und Elia standen unmittelbar hinter mir. Samantha neben mir, als würde sie mich ausliefern, auch wenn die Soldaten wussten, dass ich gekommen war, weil ich es wollte. Ich trug keine Handschellen als Schmuck und keine Blessuren als Drohung.

Ich reckte meinen Kopf und gab ihnen die blutverschmierte Nachricht ihres Königs.

Ich kannte jedes seiner Worte auswendig. Jede noch so verhöhnende Aufforderung. *Tanz für mich, Sofija.*

»König Lucius erwartet meine Anwesenheit. Sagt euerm König, dass ich meinen Teil der Abmachung erfüllt habe. Nun soll er seinen Teil erfüllen.«

Sie nickten wieder und machten die Pforten auf.

»Lasst sie passieren!«

Und so gingen wir an ihnen vorbei und verschwanden in den Gassen, die vor einiger Zeit noch mit Leben gefüllt waren. Dabei entging mir nicht, wie Samantha mich anstarrte. So, wie sie es seit Tagen schon tat. Ich machte den Knoten meines Kopftuches im Nacken etwas fester, sodass meine Haare hinter meine Schultern fielen. Vom Wind zerzaust. Ich trug ein rotes Kleid. Fransen baumelten meine Beine hinab. Eine Steandlertracht in der Farbe der Familie Rea. Jeder wusste, wer ich war. Jeder würde es an meinen Farben erkennen.

»Wird der König seine Abmachung einhalten?«, flüsterte Samantha zitternd, als ich in die Straße abbog, die zum Marktplatz führte. Es war Dienstag, so früh am Morgen, dass der Nebel seine geisterhaften Finger um unsere Knöchel band.

»Wenn er es nicht tut, ist er ein ehrenloser Mann. Doch Lucius ist davon besessen, vor seinem Volk gut auszusehen. Er wird sein Wort halten.« Er würde mir die Zunge abschneiden, wenn ich ihn am Gerichtstag seines Bruders selbst anklagen würde. Und das vor seinem Volk, das sich nach und nach am Marktplatz einfand. Würde er aber sein Wort nicht halten, würde ich singen. Lauter als jeder Vogel, den er jemals in seinen Fingern hatte sterben lassen.

Etwas zerbrach in mir, als ich sah, was Lucius veranstaltet hatte.

Überall hingen Fahnen in flammendem Rot mit dem Wappen der Krone und den gekreuzten Schwertern.

Darunter versammelten sich die Menschen, die von Metallsoldaten umhergescheucht und um eine Bühne platziert wurden, die unterhalb der Ticktackuhr prangte, wie der Stuhl in dem Saal des Gerichtes. Direkt davor gab es einen abgesperrten Bereich mit einem Stuhl, der vermutlich für den König und seine Gefolgsmänner gedacht war. Um Punkt zehn Uhr würde der Richter sein Urteil sprechen.

»Ach du Scheiße«, sagte Elia, als er sich umsah. Den Ort, den wir einmal gekannt hatten, gab es nicht mehr. Er wurde beherrscht von glitzernden Rüstungen und messerscharfen Waffen und Tribünen, die an den hohen Wänden emporschossen wie Treppen.

Wir wussten beide, dass dies eine Hinrichtung im großen Stil sein würde, und jeder würde es sehen, auch wenn ich keinen Galgen sah, wie sie es in den anderen Königreichen machten. In Lealo wurde der Kopf abgeschlagen und zur Warnung vor die Pforten des Palastes aufgespießt. Was würde Lucius wohl machen? Ein Mann, der keine Grenzen kannte?

»Hierher, Prinzessin«, meldete sich ein alter Bekannter, der mich unwirsch am Arm packte und an sich heranzog. Sein Gesicht war weder alt noch jung. Weder mit Spott verzogen noch mit Sorge.

Ausdruckslos sah ich in seine silbergrauen Augen, die sich wie Dolche in mich hineinrammten. »Haymish«, sagte ich und schmückte mich mit einem aufgesetzten Lächeln.

Elia spannte sich hinter mir an, doch ich ermahnte ihn mit glühenden Augen. »Gerade habe ich an dich gedacht.«

»Schluss mit deinen Spielchen. Entweder bis du unheimlich dumm oder unheimlich klug. Ich weiß noch nicht, was ich davon halten soll. Doch du wirst schon erwartet.«

Er packte mich und zerrte mich in Richtung des abgesperrten Bereiches unmittelbar vor der Bühne.

»Schon gut«, sagte ich in Elias Richtung, der reflexartig an seinen Dolch griff.

»Bleibt hier.« *Und passt auf euch auf.*

Haymish zwängte mich an stummen Kupferstädtern vorbei und nickte seinen Soldaten zu, die den abgesperrten Bereich bewachten. Auch sie wussten, wer ich war, und rissen die Augen auf, als sie mich tatsächlich vor ihnen stehen sahen. Was hatten sie erwartet?

Dass ich mich versteckte wie ein Feigling?

Ich wusste, was auf dem Spiel stand. Mein Herz hing am seidenen Faden.

Haymish zerrte mich auf den einsamen Stuhl, von dem aus man die beste Sicht auf den Ort des Geschehens hatte. Ein Ehrenplatz in der ersten Reihe. Ein makabres Geschenk ganz in Lucius' Stil. Die Marktplatzuhr zählte gnadenlos die Sekunden bis zum Urteil. *Tick, tack. Tick, tack.* Schweißperlen traten auf meine Stirn und mein Magen verwandelte sich in ein Gummiband. Er schlug einen Purzelbaum nach dem anderen, bis sich Galle in meinem Mund sammelte. *Tick, tack. Tick, tack.* Wieder durchlebte ich Samanthas verhängnisvolle Worte, die das Schicksal des Prinzen besiegelten.

»Lucius wird ihn vor seinem Volk hinrichten.«

Hinrichten.

»Er wird ihn leiden lassen!«

Leiden lassen.

»Und du wirst ihm dabei zusehen, wie er langsam und qualvoll stirbt!«

Qualvoll stirbt.

»Denn nur wegen einer dreckigen, kleinen Steandlerin wie dir hängen Leben am Galgen!«

Das stimmte. Nur wegen mir geschah das alles. Nur wegen mir allein. Ich wusste nicht, was ich mir dachte, hier zu sitzen und dem Grauen zuzusehen. Tief im Inneren wusste ich, dass es eine unheimlich dumme Idee gewesen war zu erscheinen. Ich konnte Eric nicht retten. Ich konnte mein Herz nicht retten. Ich konnte nur Tarance und Kyron retten. Und ihnen beistehen. Allen, die mich angsterfüllt musterten und gebannt auf die Uhr sahen, die erbarmungslos schneller zu ticken begann.

Tick, tack.

Was um Himmels willen geschah?

Plötzlich ging ein Raunen durch die Menge und eine Stimme donnerte über den Platz, als könne sie den Wind beherrschen, der den Schweiß auf meiner Stirn abkühlte.

Lucius.

Meine Nackenhaare stellten sich auf und ich drehte mich langsam in seine Richtung. Zufriedenheit blitzte in seinen Zügen auf, als ich ihn am Balkon stehen sah. Dort, wo ich ihn zum ersten Mal gesehen hatte, als ich ihm zu Ehren auf dem Marktplatz getanzt hatte.

»Bürger des Reiches Kupfoa, Gefolge, Untertanen! Schön, euch so zahlreich zu diesem leider sehr traurigen Anlass begrüßen zu dürfen.« Seine Lippen zuckten zu einem gerissenen Lächeln, das mir sauer in den Mundraum lief. Seine Küsse. Seine fordernden Lippen. Alles ekelte mich an. Einfach alles.

»Ich will nicht lange warten, um meinen Ehrengast nicht länger auf die Folter zu spannen. Um ehrlich zu sein, hätte ich dich nicht erwartet, Liebste, so feige, wie du bist!« Augenblicklich sahen alle mich an und ich knirschte mit den Zähnen, dass er diesen Trumpf ausgesprochen hatte.

»Lasset die Hinrichtung beginnen!«

Plötzlich wurden drei Männer auf die Bühne gezerrt. Sie alle mit Säcken auf den Kopf gestülpt in dreckiger, blutbefleckter Kleidung. Nach und nach entblößten die Soldaten ihre Gesichter. Erst Kyron. Dann Tarance und dann … *das* Gesicht, das mir eine Eisenfaust in den Bauch rammte. *Eric!* Der Blick starr in die Masse gerichtet, bevor seine goldenen Augen mich erfassten. *Nein!,* konnte ich auch in ihnen lesen.

»Sofija!«, zitterte er. Das Gesicht von Tränen und blauen Flecken verätzt.

Er machte einen Satz nach vorne, doch wurde von einer Metallhand um seine Handschellen zurückgerissen. Genau, wie ich meine Hand nach ihm ausstreckte, die von Haymish abgewehrt wurde.

»Herzzerreißend«, bemerkte dieser und sah zu seinem König hinauf, der uns mit hochgezogenen Augenbrauen beobachtete. In mir zerbrach alles, als mir bewusst wurde, was das werden sollte. Lucius wollte uns quälen. Uns beide gleichermaßen. Zitternd verschloss ich meine Finger in einer Faust. Er wollte mich leiden sehen, indem ich nur zusah.

Zusah, wie er seinen eigenen Bruder auf die Anklagebank stellte. Der Mann, der mein wildes Herz berührt hatte.

Nein … Eric.

»Bevor ich nun selbst die Anklage verlese, halte ich mein Wort.« Genüsslich ließ er seine eigene Stimme verklingen, die in einem Echo über den Marktplatz hallte. »Die beiden Gefangenen und die Soldaten des Prinzen dürfen gehen!«

Irgendwo hörte ich ein freudiges Jauchzen. Freudentränen, die sich über Samanthas Gesicht schlängelten, als die beiden Männer in Handschellen von der Bühne geführt wurden.

»Unter einer Bedingung!«, verkündete der König, und ich wusste schon, wie er den Finger hob und den Kopf schief legte, um seinen Worten Bedeutung zu verleihen.

»Sie dürfen dieses Reich nie wieder betreten. Nie wieder!«

Wieder ging ein Raunen durch die Luft. Eines, dass das Ticken der Ticktackuhr beinahe übertönte und sich in meinen klirrenden Knochen festsetzte. *Tick, tack.* Eric sah seinen Kameraden entgegen, die Lippen zu einem ebenen Strich verzogen, der Blick reißend, als er wieder mich ansah. *Warum bist du hier?* Fragten mich seine Augen. *Warum um alles in der Welt bist du nur so dumm?*

Weil ich dich … Ich hielt den Atem an.

»Nun denn! Womit wir zur eigentlichen Anklage und zu dem Grund kommen, warum ich jeden einzelnen Bürger dieser ehrenvollen Stadt einberufen habe.« Nun war es so weit. Meine Kehle schnürte sich zu, als die Marktplatzuhr die volle Stunde ankündigte. Zehn Uhr. Ein Dienstagmorgen, der von düsteren Nebelschwaden heimgesucht wurde. Lucius genoss diesen Moment. Seine Pausen verrieten sein durchtriebenes Denken. Seine kranken Ideen.

Ich hielt die Luft an, als er sprach, und ich hörte, wie die Menschen ebenfalls das Atmen eingestellt hatten.

»Letztens hat mein Bruder Eric, euer Prinz und Hauptmann, etwas gestohlen, das mir gehört. Etwas, so kostbar, dass es durch nichts zu ersetzen ist. Etwas von äußerster Wichtigkeit. Er hat es aber nicht nur gestohlen! Er hat es an sich gerissen, wie eine raffgierige, kleine *Elster.*«

Du kannst noch viel Unglaublicheres erleben, Sofija. Ich würde dir die Sterne vom Himmel holen, wenn du mich lässt. Seine liebliche Stimme, die selbst kein bisschen ihrer Lieblichkeit verloren hatte.

Der Moment im Raum des Fliegens. All jene Erinnerungen klangen aus dieser Stimme, die von allen Seiten zu vernehmen war.

Du bist hier, weil ich es so wollte.

Wenn du mich lässt, mache ich dich zur glücklichsten Frau dieses Planeten. Wie ich sehe, liebst du Dinge, die funkeln. Sterne.

Sternbilder.

Ja, weil ich eine Elster war. Eine raffgierige, kleine Elster … Wegen mir allein klagte er seinen eigenen Bruder an. Sein eigenes Fleisch und Blut. Ich erinnerte mich an die Drohungen des Ministers. An die Warnungen, die Eric und ich ignoriert hatten. Ich durchlebte unseren ersten Kuss, unseren zweiten, dritten … und den letzten.

»Ihr wisst, liebe Untertanen, dass in Kupferstadt keiner seiner Strafe entkommt.«

Nicht einmal Kinder. Nicht einmal die Unschuldigsten in der Welt.

»Nicht einmal mein Bruder, dessen Blut auch meines ist. Ich muss Recht walten lassen. Und das Gericht hat entschieden.«

Selbst das Ticken der Uhr schien in jenem Moment zu verstummen, als Lucius das Urteil verkündete.

»Prinz Eric Maxon des Reiches Kupfoa. Nimmst du deine gerechte Strafe an als Warnung für alle, die es jemals wagen sollten, die Autorität des einzig wahren Königs infrage zu stellen?«

Als Thronerbe lebt man einsam, Sofija. Vor allem als Thronerbe, der an einen Stuhl gekettet ist.

Ich schüttelte den Kopf, als Eric meinen Blick suchte. Die Lippen noch immer zu einem Strich verzogen. Die Augen so glühend, dass ich mich an ihren Blicken verbrennen könnte.

»Nein«, flüsterte ich. »Sag Nein …«

»Halt deinen Mund!«, schrie Haymish und donnerte mir eine Eisenhand auf die Schulter, sodass ich zusammenzuckte. Doch entgegen jeder Erwartung sagte er: *Ja* … einfach nur ja.

Hoffnungslosigkeit trat in sein Gesicht. Ein Zeichen, dass er aufgegeben hatte. *Warum nur? Warum?*

Tränen wanderten meine Wangen hinab, als sich ein bulliger Mann hinter ihm aufbaute. Sein Gesicht war mit einem schwarzen Tuch bedeckt, sodass man nicht sah, wer sich darunter befand.

Entsetzen verbreitete sich unter den Menschen, die hinter mir standen. Ich hörte ihre wispernden Stimmen, doch verstand nicht, was sie sagten.

Angst schwang in der Luft wie das Schwert, das hinter dem Bullenmann aufblitzte.

»Mutig, Bruder. Von einem Hauptmann habe ich aber nichts anderes erwartet. Und da du noch immer mein Bruder bist, werde ich dir nicht dein Leben stehlen. Nein. Für dich habe ich mir etwas anderes ausgedacht. Etwas ganz Besonderes!« Ich sah vor meinem geistigen Auge, wie Lucius das Kinn hob und die Nase rümpfte.

Kaum merklich atmete ich aus, ehe ich wieder den Atem verlor.

»Hiermit verkünde ich folgendes Urteil. Deine gerechte Strafe für das, was du mir angetan hast, dafür, dass du mir das Einzige gestohlen hast, was ich je geliebt habe. Zuerst habe ich überlegt, dir die Arme zu nehmen, damit du sie nie wieder an dich drücken –«

Mein Schrei unterbrach seine grausame Rede. Ich verabscheute die Eifersucht und die Eitelkeit, die aus seinem verkümmerten Herzen sprachen. Und ich fürchtete sie.

»Halt die Klappe, Steandlerin!«, rief Haymish und schlug mir mitten ins Gesicht, sodass ich benommen auf meinen Stuhl zurückfiel. Schwarze Punkte schoben sich vor meine offenen Augen, als ich wieder zu ihm hinaufsah.

»Damit du nie wieder mit ihr tanzen kannst, damit du nicht vor meiner Rache flüchten kannst, habe ich überlegt, dir deine Beine zu nehmen!«

Ich sprang wieder auf, versuchte, mich von Haymisch loszureißen, aber seine eiserne Faust schlug erneut in mein Gesicht. Das Brennen auf meiner Wange verriet mir, wie sehr er es genoss, mich endlich doch bestrafen zu dürfen.

»Aber ich habe mich letztlich dagegen entschieden …«, furt Lucius fort. »Nimm sie ruhig in die Arme, kleiner Bruder, rennt gemeinsam weg und durchtanzt ganze Nächte … Ich werde es genießen, weil du bei alledem nichts spüren wirst. Kein Funke Liebe wird je wieder in deiner Brust aufglimmen und du wirst dich nie wieder am Feuer ihrer Liebe wärmen können – denn ich nehme dir dein elendes Herz!«

Das fürchterliche Geräusch von brechenden Knochen und

aufreißendem Fleisch verebbte in dem grauenvollen Lachen des Königs, als sich über die nackte Brust des Prinzen eine Kupferplatte schob.

»Du wirst nie wieder lieben können!«

Mein Weinen übertönte das der anderen Menschen, die aufgelöst zu dem geschundenen Mann auf der Bühne sahen. Die Hände vor die Münder geschlagen. Die Augen weit aufgerissen oder abgewandt. Sich in den Armen liegend oder einsam zitternd.

Unheimliche Stille breitete sich aus, als Lucius' Lachen verebbte und der bebende Körper auf der Bühne noch immer nach Luft lechzte.

Langsam stand ich auf und ging auf ihn zu. Ich hob meine Hand. Nahm sie wieder zurück und wischte mir über das glühende Gesicht. Vorsichtig kletterte ich auf die Empore hinauf und wurde dieses Mal nicht aufgehalten. Ich sah nicht zu Lucius hinauf, doch ich wusste, dass er mich beobachtete und meine Miene genaustens studierte.

Ich ging in die Knie, die Falten meines Rockes breiteten sich auf dem Boden aus wie die Blütenblätter einer verwelkten Rose.

Behutsam streckte ich meine Finger nach Eric aus, schlang meine Arme um seine Mitte, die noch immer bebte.

Er lebt. Immerhin lebt er.

Ich strich die langen Haare aus seinem Gesicht. Bedeckte seine Wangen mit meinen Tränen, als ich die Kupferplatte an seiner linken Brust berührte, unter der zuvor sein Herz geschlagen hatte. Ein warmes und weiches Klopfen, das sich angehört hatte wie das Ticken der riesigen Uhr über uns. Ein Wimmern drang aus seiner Kehle, als er mich noch immer nicht ansah. Noch immer meinem Blick entfloh. Ich nahm sein Gesicht in meine Hände und strich ihm die Tränen aus den Augen. Endlich begegneten sich unsere Blicke.

»Sofija«, schluchzte er. »Lass mich …«

»Niemals«, sagte ich, und dabei war mir egal, dass uns gerade Tausende Menschen anstarrten.

»Sofija, geh. Du … ich …« Er schluckte schwer, das Gesicht schmerzverzerrt. »Er hat mich zu einem Monster gemacht, wie er es ist.«

Ich schüttelte den Kopf und küsste ihn auf die Stirn. »Unmöglich!«

Ich versank in seinen wunderschönen Augen, die mich vom ersten Tag an gefesselt hatten. Die Feuerbälle, denen ich nachts folgte. Die Wärme, nach der ich mich gesehnt hatte.

»Du bist noch immer Eric … Du hast mein Herz berührt, du kannst kein Monster sein.« Nun ließ er seine Tränen gewähren und ich beugte mich zu ihm hinab, küsste ihn.

Wieder und wieder und wieder … bis ein Mann schrie: »Lang lebe die Königin!« Eine einsame Stimme, die andere Stimmen ansteckte und das wütende Schnaufen des Kulatras überstimmte. »Lang lebe die Königin.«

68

Jana

»Lang lebe die Königin.« *Lang lebe die Königin.* Ich sah zu dem König hinauf, der auf einem Balkon stand und den Kopf anhob. In den blassen Geschichten seines Gesichtes konnte ich sehen, dass er mit der Wut kämpfte, die ihm in den Fingern kribbeln musste.

Doch eine behandschuhte Hand tippte beruhigend auf die Epauletten, die in langen goldenen Fransen herunterhingen und direkt in den Stoff übergingen, der wallend seinen Körper hinabfloss. Schnaufend drehte sich der König zu dem Mann um, dem die Hand gehörte, doch wurde von der Hand unterbrochen. Sie legte sich an sein Ohr und ein Kopf schob sich dahinter. Schien etwas zu flüstern. Mit Worten zu besänftigen, was er selbst zerstört hatte. Ich sah den Ansatz von grauem Haar. Einen Mund mit dünnen Lippen, die sich spitz an das Ohr des Königs legten. Einen gestutzten Bart, der sich akkurat geschnitten um sein Kinn legte. Ein mir bekanntes Bild, das sich nicht zuordnen ließ.

»Lang lebe die Königin!«

Der König nickte dem Mann im Schatten zu. Ich kniff angestrengt die Augen zusammen, versuchte etwas zu erkennen, doch sah nichts weiter als die Hand, die sich langsam in dem Schatten verlor. *Diese Hand …*

Diese gespreizten Finger. Diese steife Geste, sie zog mich

augenblicklich in meine Vergangenheit. *Diese Hand* … woher kannte ich sie nur?

Der König zog sich in den Nebel zurück, der sich wie ein eiserner Vorhang hinter ihm zuzog.

»Helfen wir ihr«, sagte Elia mit zusammengebissenen Zähnen. Ich musste ihn nicht ansehen, um zu wissen, dass er verletzt die Augen abwendete, als Sofija den gebrochenen Mann auf der Bühne küsste. Nicht nur der König erlitt die Blöße, dass sie Eric einem Mann wie ihm vorzog. Auch Elia wusste, dass er sie verloren hatte. *So fühlt es sich an*, wollte ich sagen. Genauso grausam kann die Liebe sein. Ich begegnete Tarance' Blick. Unmittelbar neben mir tauchte er auf und sah zu der Bühne hinauf. Mein Herz machte einen unverhofften Hüpfer, als er seine Finger nach meinen ausstreckte. Ich sah zu unseren Händen hinunter, die sich selbstverständlich umeinanderwanden. Finger an Finger.

Verschlossene Handballen, die sich nasskalt festhielten. Hände, die sich nicht mehr losließen. Nie wieder. Ich sah ihn an und versank in den herrlichen Sprenkeln seiner blassen Augen.

Keine Spielchen, Steandlerin, sonst wirst du es bereuen.

Spiel du keine Spielchen, Frioler.

Nein, wir spielten keine Spielchen.

»Du bist gekommen«, flüsterte er. Die Lippe aufgerissen von Metallhänden, die ihn geschlagen hatten. Die Wange geschwollen und blau.

»Sofija ist gekommen«, korrigierte ich. Doch er schüttelte bestimmend den Kopf, sodass sein blondes Haar in seine Stirn fiel.

»Du bist gekommen. Nur du allein zählst für mich …«

»Kommt schon«, drängte Elia, doch ich schüttelte den Kopf und sah zu, wie der Prinz seine Tränen zuließ, die Sofija vorsichtig auffing.

»Nein, Elia.« Wir konnten nicht mehr tun als zuzusehen und

ihnen beizustehen. Und so standen wir da und weinten mit ihnen. Eine Welle, die sich über alle Zuschauer erstreckte, als sei es der donnernde Applaus, der sonst ihr Tanzen hervorgerufen hatte.

»Wenn sie tanzt, vergisst man das Atmen«, sagte ich und wischte mir die Tränen von den Wangen. »Wenn sie liebt, vergisst man sein Leid.«

»Lang lebe die Königin. Königin Sofija. Die Erbin des Windes.«

»Wahre Stärke steckt im Widerstand«, sagte Tarance. »Der einzige Weg, mit dem wir ihn niederstrecken können, den elenden Selterkönig!«

Stunden vergingen, in denen sie ihn gehalten hatte, bis er vor Erschöpfung eingeschlafen war. Erst dann nickte ich Elia zu und ging mit ihm auf die Bühne, die nicht einmal von Soldaten bewacht wurde. Es schien, als hätten sich die Silberrüstungen in Luft aufgelöst, während der Nebel nach und nach die komplette Stadt einnahm. Elia legte Sofija eine Hand auf die Schulter, unter der sie beinahe zusammenbrach. Lange Finger aus schwarzer Farbe zogen sich unterhalb ihrer Augen entlang, wie eine Kriegsbemalung.

»Wir müssen ihn wegbringen«, schluchzte sie und griff nach Elias Kragen, der sich zu ihr auf die Knie setzte und sie festhielt, bis sie von Schluchzern übermannt wurde, die ihre Kehle hinaufkrochen.

Behutsam ging auch ich auf die Knie und bedeckte ihre Wangen mit Küssen. Elia trug den ohnmächtigen Prinzen von der Bühne, die noch immer von stummen Zuschauern umrandet wurde. Mit jedem Blick, den sie Sofija sandten, konnte ich ihr Verlangen sehen. Ihr Flehen, von dem sie am Lagerfeuer gesprochen hatte. Von der Befreiung, nach der sie sich sehnten. Sie alle wussten, dass es nie wieder so sein würde, wie dieses Reich einmal gewesen war. Ihr König war ein grauenvoller Tyrann.

Ein Selterkönig, wie es einst mein eigener Vater gewesen war. Ich schluckte schwer, als ich an ihnen vorbeilief und meine Finger in den Stoff meines Rockes grub. Wenn Tarance dies wüsste, würde er mich dann noch immer so ansehen? Würde er mich noch immer so berühren?

So, wie sich seine Finger um meine geschlossen hatten, als sei dies das Normalste der Welt …

»Hier lang!«, flüsterte er, als sich hinter Samantha und Kyron die Soldaten formierten und zur Bühne sahen. Ein stummes Signal, dem alle anderen Soldaten folgten. Sie trieben uns … *Tick, tack. Tipp, tapp.* »Schnell!«

Wieder eine Flucht, die in meiner Kehle brannte. Elia drückte den Prinzen an sich und folgte Tarance. Wallende Tücher, keuchender Atem. Samantha und Kyron stolperten hinter Sofija und mir her.

»Ergreift sie!«, rief einer der Soldaten, dessen Ebenbilder sich im Gleichschritt hinter uns aufbauten. Ihre Schritte donnerten wie ein Unwetter hinter uns her.

»Verdammt!«, rief Elia keuchend und warf den Oberkörper halb über die Schulter. Ein entsetzlicher Anblick, der mich den Blick abwenden ließ. Ich hörte ihre Waffen. Ihre langen Schwerter, die sie zogen, als sie hinter uns herrannten. *Verdammt!* Ich drehte mich zu ihnen um. Es waren zu viele. Zu viele, um mit meinen wenigen Kräften auszukommen, die in meinen Fingern kribbelten.

»Jana!«, rief Elia, als wir von einer weiteren Truppe den Weg abgeschnitten bekamen und in die nächste Gasse bogen, in der uns noch mehr glitzernde Rüstungen einkesselten.

Verdammt! Es waren zu viele. Mit zitternden Händen drehte ich mich hin und her. Es musste einfach einen Fluchtweg geben, der uns in letzter Sekunde retten konnte! Doch wir waren in einer Sackgasse. Die Mauern zu hoch, um an ihnen hinaufzuklettern. Der Fluss dahinter zu tief und zu wild, als dass wir einen Sprung wagten.

»Ergebt euch oder ihr werdet sterben!«, sagte einer der Soldaten und trat aus der Masse hervor. Unwillkürlich bemerkte ich Sofijas Finger, die sie ihm klauenartig entgegenstreckte, als könnte sie ihn mit bloßen Händen erwürgen. »Haymish«, knurrte sie und drehte sich wie eine eingefangene Maus im Kreis. Wir stellten uns Rücken an Rücken. Der Blick dabei rastlos nach einem Ausweg suchend. Ich könnte es nicht mit ihnen allen aufnehmen. Nein, dazu waren meine Fähigkeiten zu schwach. Ich wusste es …

»Der König hat gesagt, dass die Gefangenen gehen dürfen! Sie müssen dieses Reich verlassen!«

»Dabei sprach er von denen da!« Der Soldat deutete mit dem Kinn auf Tarance, Kyron, Samantha, Elia und mich. »Dass du und der Prinz gehen dürft, davon war nicht die Rede!«

»Ich hätte es mir denken können«, sagte sie zu sich selbst und sah zu mir. Ich sah es in ihren Augen. Ein Zeichen, dass wir gehen und sie hierlassen sollten. *Nein!* Nicht noch jemand sollte unter den Selterhänden dieses Tyrannen verstümmeln!

Wütend schnaufend ging ich einen Schritt auf den Soldaten zu und hob meine Hand, die er belustigt ansah.

»Und jetzt, Püppchen? Was hast du vor, he?«

Kraft sammeln, Kraft bündeln, Kraft ausatmen, wie sie dich einatmet.

»Vielleicht das?« Ich umgriff ihn mit unsichtbaren Fingern und wirbelte ihn herum, sodass er gegen die anderen Soldaten stieß und diese mit sich umwarf. Ich konzentrierte mich auf die Rüstung, die ich langsam losließ und die nächste durch die Luft schleuderte. Sie schrien vor Entsetzen und hoben ihre Schwerter. Doch ich war schnell. Drehte mich wie eine Tänzerin und ließ einen Mann nach dem anderen durch die Luft schweben und gegen die Wand schlagen, bis sie sich nicht mehr rührten.

»Sie ist eine Selterin! Ein Selterin!«

»Und nicht nur das!« Ich hob den Soldaten Haymish abermals mit unsichtbaren Fingern an und ließ ihn auf mich zuschweben. Die Augen weit aufgerissen, als ich ihn an der Kehle packte.

»Richte deinem König aus, dass die Prinzessin von Tumbara heimgekehrt ist … und dass sie nicht ruhen wird, bis der elende Selterkönig aus Kupfoa fällt!«

Entsetzen spiegelte sich in seinen Augen. Und auch in den Gesichtern der anderen Soldaten konnte ich die Angst sehen, als ich Haymish auf den Boden fallen ließ, der scheppernd und unter Stöhnen liegen blieb.

Doch viel schlimmer war der Blick, den mir Tarance zusandte. Eine Mischung aus Angst und Abscheu. Aus Liebe und Hass, die mein Herz zum Beben brachte. Da wusste ich es, dass er mich nie wieder so ansehen würde, wie er es seit Beginn getan hatte. Und auch Sofija und Elia sahen mich mit weit aufgerissenen Augen an. Die Vergangenheit war schneller als die Gegenwart. Sie holte einen immer ein.

Offenbarungen taten weh. Lügen waren so viel einfacher …

69

Sofija

Ich sah zum wolkenlosen Sternenhimmel hinauf und grub meine Finger in die Knoten meiner Haare am Hinterkopf. Sand setzte sich in meinen Locken fest und rieselte meine Wange hinab, als ich mich zum Feuer drehte. Stumme und leblose Gesichter sahen dem Tanzen der Flammen zu. Alle beschäftigt mit den Geistern, die sich in ihren Gedanken festsetzten. Wir alle würden niemals den Anblick vergessen, wie sein Herz auf Befehl seines eigenen Bruders in seiner Brust eingesperrt wurde. Noch immer schlief er tief und fest. Ich hatte ihn in meine Wärmedecke gehüllt und die Blutungen an seinem Gesicht mit Wasser und Salbe versorgt. Nun wachte ich über seinen Schlaf und strich über seine zuckenden Lider. Seine bösen Träume, die ihn in Kupferstadt festhielten. Genau wie mich. Ich wollte nicht schlafen, da ich wusste, was ich sehen würde. Was in meinen Träumen auf mich wartete.

Jedes Wort, das über Lucius' Lippen gewandert war, war wie die Anweisung für eine grauenvolle Inszenierung gewesen. Die Stimme eines Dramaturgen, der allein entschied, was als Nächstes geschah. Und so passierte es, dass ich seine Stimme auch jetzt hörte.

Er kann dich nicht mehr lieben. Nie wieder.

Ich hatte die Kupferplatte gesehen, die nun sein Herz umschloss. Die Stelle war eisig kalt … und tot. Ich hatte Angst, dass er es nicht überleben würde. Dass er in jedem Moment sterben könnte, wenn ich nicht aufpasste. Denn wer konnte schon ohne ein Herz leben, das Blut durch die Adern pulsieren ließ?

Ich strich ihm wieder durch das verklebte Haar und bedeckte seine Wange mit einem zaghaften Kuss, ehe ich mich erneut den Sternen zuwendete. Sie schienen so unendlich weit weg zu sein, dass ich mich einsam fühlte.

Wir waren schon weit gekommen. Das Gewicht auf drei Pferde so aufgeteilt, dass wir schnell vorankamen. Während Elia Eric an sich gebunden hatte und eine Tasche Proviant zurückließ, nahm er Samantha zu sich aufs Pferd. Ich hingegen ritt mit Tarance und Jana mit Kyron.

Ich wusste, dass Offenbarungen meistens schmerzten. Jana hatte uns mit einem einzigen Satz ihr wahres Ich offenbart. Und doch war es Tarance, der darunter am meisten litt. Mehr als Elia und ich – ihre Familie, die sie nicht genug gekannt hatte, um diese Wahrheit zu erkennen.

Ich wusste, dass sie nie gerne über ihre Vergangenheit sprach und dass sie das meiste verdrängt hatte. Aber dass sie so etwas Großes verschweigen konnte, machte mich sprachlos und verletzte mich etwas. Ich hatte gedacht, dass wir Freundinnen waren.

Freundinnen oder auch Schwestern, die sich alles sagten und keine Geheimnisse bargen.

Tarance mied ihre Blicke und sprach kein Wort. Auch er wachte über seinen Prinzen und erkundigte sich wieder und wieder, ob er noch schlief. Und das tat er noch weitere Tage, in denen wir flohen und durchs Ödland ritten, bis wir die Wälder von Lealo erreichen würden. Noch immer schlief er tief und fest, als würde ein ewiger Traum auf ihm lasten, der ihn gefangen hielt. Ich betete zu den Geistern der Vergangenheit, dass er aufwachen würde. Doch ich musste jeden Tag aufs Neue enttäuscht werden.

»Er wird verhungern«, prophezeite Elia. »Er wird sterben, wenn er nicht bald aus diesem Traum aufwacht.«

»Oder er wird überleben«, sagte Tarance mit dem Blick auf Jana gerichtet. Die Nasenflügel bebend. Die Lippen verzogen. »So wie Kinder, die von ihren Familien entrissen wurden, um um ihr Überleben zu kämpfen. So wie ein Soldat überlebt … Er kämpft!«

»Du hast keine Ahnung, Frioler«, flüsterte sie nur und verschwand in den Schatten der Flammen. Wir hatten keine Ahnung, aber sie sagte auch nichts, dass wir sie verstehen konnten.

Genau wie ich.

Ich schwieg. Schwieg über meine Ängste und über die Bilder in meinem Kopf, die mich quälten.

Schweigen war Gold, wenn es nichts mehr zu sagen gab, was zu dieser Sprache dazugehörte.

Die Prinzessin aus Tumbara und eine Erbin des Windes. Beides gebranntmarkte Kinder, die ihre Wunden leckten.

Am vierten Tag wurde das Wasser knapp. Doch mit Durst konnte ich besser umgehen als Samantha, die sich wieder und wieder über die trockenen Lippen leckte. Hier im Ödland regnete es nur selten und das meiste Wasser mussten wir für die Pferde opfern, die uns trugen. Wir brauchten noch einen guten Tag, um zu meinem Volk aufzuschließen. So lange musste sie aushalten. Ich fragte mich, wie Samantha die erste Reise allein durchgestanden hatte.

Als ich Samantha erklärte, dass mein Vater ganze fünf Tage ohne Wasser ausgekommen war, machte sie große Augen.

»Reine Willenskraft«, sagte ich ihr dann immer, wenn sie fragte, wie so etwas ging.

Reine Willenskraft, wie mein Vater Ooley immer gesagt hatte.

Ich vermutete, dass diese Willenskraft auch sie geleitet hatte, um ihren Bruder zu retten.

Eric schlief noch immer. Jede Minute kontrollierte ich seine Atmung. Seine sich hebende und senkende Brust.

»Sein Herz ist schwach«, sagte Tarance bei unserer vorerst letzten Rast, die uns noch von den Farben meines Volkes trennte.

»Ich hoffe, er wird es schaffen.«

Und auch hier sagte ich: »Reine Willenskraft«, weil ich wusste, dass mein Prinz ein Kämpfer war. Tarance nickte und warf Sand in das Feuer.

»Willenskraft.« Seufzend zog er seine Beine an sein Kinn. »Ich glaube, nur wegen dieser Willenskraft bin ich noch am Leben.«

»Ja?« Ich sah ihn nicht an und folgte seinem Blick auf die Flammen, die uns von dem Rest der Gruppe trennten. Seine Stimme glich nur noch einem leisen Raunen. Ein Schnurren eines Katers, auch wenn sich meine Nackenhaare aufstellten, als er seine Offenbarung preisgab. »Ich bin ein Flüchtling aus Tumbara, einer der ehemaligen Kindersoldaten.«

Jetzt verstand ich auch, warum er Jana noch immer mit diesen Blicken verurteilte. Ich sah ihn an und erkannte plötzlich die willkürlichen Klingen, die sich in seine helle Haut geritzt hatten. Wie auch bei Aidelina konnte ich sie in reißenden Fleischfetzen an seinem Hals erkennen. Rosa hoben sie sich von dem Rest seiner hellen Haut ab, die mir schon von Anfang an aufgefallen war.

Ama hatte ebenfalls Narben. Peitschenschläge. Aufgerissene Haut, die ihren ganzen Rücken und ihre Arme bedeckt hatte. Nie hatte sie von ihrer Zeit in Tumbara gesprochen. Nie wollte sie die Wunden der Vergangenheit aufreißen, die sie nächtelang wach hielten.

»Aidelina hat auch solche Narben«, sagte ich und streckte unwillkürlich meine Finger nach ihm aus, denen er mit glasigen Augen begegnete. »Sie hat mir nie gesagt, woher sie sie hat …«

»Meine kleine Schwester«, sagte er und presste seine Finger in die geschlossenen Augen. Ein Schluchzen entglitt seiner Kehle, als er weitersprach. »Wir lebten in Friole, in einem kleinen Ort im Vorort der Hauptstadt. Weißt du, wie es da aussah? Alle Häuser waren dunkelblau gestrichen, königsblau, so blau wie der eingefrorene See, auf dem Aidelina und ich immer Schlittschuhlaufen gegangen sind. Unsere Eltern bewirtschafteten einen kleinen Gasthof mit Besuchern von nah und fern. Aidelina und ich halfen in der Küche. Wir haben nur Quatsch gemacht«, sagte er, während ein kleines Lächeln über sein Gesicht huschte. »Sie hat immer genascht, wenn Nanna ihren berühmten Käsekuchen gemacht hat. Immer waren ihre kleinen Finger am Kuchenrand. Jeder wusste, dass sie es war. Und dann kamen sie … eines Tages standen die Soldaten in der Stube des Wirtshauses. Erst dachte Mama, dass sie kommen, um ein Zimmer zu nehmen. Doch sie zogen die Waffen, ehe sie fragen konnte. Da lag sie dann … blutüberströmt auf dem hölzernen Boden, während sie uns über ihre Leiche hinwegzerrten. Ich erinnere mich noch, wie es geschneit hatte und wie bitterlich kalt es wurde, als sie uns mit Hausschuhen in den Schneesturm nahmen und in einen Wagen luden. Ich hielt Aidelina in meinen Armen, als die Männer nach ihr schlugen. Als sie weinte und unsere tote Mutter ansah.

Papa kam gerade mit seinem Pferd an unserer Wirtschaft an, als die Türen des Wagens zugingen. Andere Kinder saßen bereits darin. Es roch nach Pisse und Angst. Etwas, das ich nie wieder vergessen werde.«

Ich glaubte, Tränen über seine Wangen laufen zu sehen, doch da erkannte ich, dass es die Schatten der Flammen waren.

»Er rannte hinter uns her, streckte seine Arme nach uns aus.

Doch sie waren schneller und nahmen uns mit ins entfernte Tumbara. Ein grässlicher Ort, der unser Heim wurde. Aidelina arbeitete in der Küche. Ich hingegen musste schnell ein Soldat werden. Mit Waffen umgehen … Ihre Narben hat sie meinetwegen. Als sie mir einmal ein Küchenmesser gegeben hatte, um mich vor den größeren Jungs zu schützen, die uns immer verprügelten. Die Soldaten haben sie in einen Keller geworfen und mit Drahtseil an den Händen festgebunden, sodass ihre Knöchel bis auf die Knochen aufrissen. Und als sie schrie, haben sie ihre Zunge genommen. Die Bilder bleiben … für immer hier oben drin.«

Er deutete auf seine Stirn und wandte den Blick wieder ab. Ich folgte seinen hellen Augen, die Jana ins Visier nahmen und sie prompt zu verfluchen schienen.

»Der König aus Tumbara wollte eine unzerstörbare Armee formen. Eine, die stärker war als die der anderen Reiche. Schließlich hatte er die Kraft eines Monsters … er war ein Selter. Die größte Macht war ihm nicht genug. Kinder sind die beste Waffe, Sofija. Sie sind unschuldig. Manipulierbar.« Er verzog seine Lippen. »Elendes Monster!«

»Wie bist du entkommen?«

»Es ging Jahre so. Bis ich zehn wurde, lebte ich mit anderen Jungs in meinem Alter auf Feldbetten, zwischen Waffen und Dreck, bis die Friedensmächte der anderen Königreiche Tumbara angriffen. Wir sollten kämpfen. Und das taten wir, während der König, so feige wie er war, einfach geflohen ist. Einfach verschwunden … Viele meiner Freunde starben. Andere, so wie meine Schwester und ich, ergaben sich. Die Soldaten des Reiches Kupfoa nahmen uns mit.

Ein Zuhause gab es ab da für uns nicht mehr. Unser Dorf wurde niedergebrannt und wir haben unseren Vater nicht finden können.

Also blieben wir in Kupferstadt. Ich trat dem Militär bei. Etwas anderes außer Kämpfen habe ich nie gelernt. Und dort traf ich auf Eric. Wir wurden Freunde.«

»Und Aidelina arbeitete im Palast«, sagte ich und nickte. »Wir hätten auch sie mitnehmen sollen. Sie wird sich sicherlich Sorgen um dich machen.«

»Sie ist tot …«, sagte er, sodass seine Stimme in meinem Kopf nachebbte. Erschrocken sah ich ihn an und spürte bereits, wie die Tränen meine Kehle hinaufkrochen. *Sie ist tot?*

»Sie wusste zu viel.«

»Aber …«, stammelte ich aufgebracht, suchte nach Worten und Gedanken, die sich im Kreis drehten. »Sie …«

»Sie wusste zu viel«, sagte er wieder. »Mehr als ich wusste, denn sonst hätte ich dieses Schwein schon längst umgebracht. Nun wird es wieder so kommen, wie es einst war. Ein Selter, der die Welt erobern möchte. Ein Tyrann, der mir alles genommen hat. Einfach alles.«

Wieder sah er Jana an, die auf seine Lippen starrte. Ich erkannte in ihrem Gesicht, dass sie unserem Gespräch zugehört hatte.

Tränen sammelten sich in ihren Augen, als sie aufstand und wieder im Schatten der Wüste verschwand.

»Selter sind alle gleich. Es gibt keine Unterschiede.«

70

Jana

Ich erinnerte mich nicht an ihn als Mensch. Ich kannte keine seiner liebenswerten Seiten. Ich wusste nur, wie seine Stimme klang und wie er ausgesehen hatte. Die dunklen, katzenartigen Augen, die mich stets ermahnt hatten, wenn ich still sein sollte. Die kurz geschorenen Haare, die meine Mutter mit einer Klinge bearbeitete, sobald sie wieder über sein Ohr hinauswuchsen. Und die fordernde Hand, die er mir auf den Mund gepresst hatte, wenn ich weinen wollte.

»Scht! Sei still«, hatte er immer gesagt.

Der Rest war ausradiert, als hätte es all die Jahre zuvor nicht gegeben. Hinter einer undurchdringlichen Mauer lagen all die Erinnerungen in Kisten. Holzkisten, die mit Sprengstoff gefüllt waren. In jeder Sekunde konnten sie ausbrechen. Doch wenn ich einmal einen Gedanken griff, löste er sich schlagartig in Luft auf.

All die Jahre war da nur Flucht und Schmerz gewesen.

Kein einziger Gedanke an das Leben in Tumbara. Oder an ein Leben als Prinzessin, die ich sein sollte.

Ich wusste nur, dass mein Vater grauenvoll gewesen war. Das war er schon immer gewesen.

Ich tauchte im seichten Wasser unter und blieb so lange unten, bis meine Lunge nach Luft lechzte. Ich war erschöpft und ausgelaugt. Die Reise forderte ihren Tribut.

Als wir bei unserem Volk angekommen waren, war die Freude groß. Unsere Familie hatte ihre Erben zurück. Und außerdem hatten wir Neuzugänge. Die unerträgliche Samantha, die handzahm geworden war, ihren Bruder, den schlafenden Prinzen und Tarance, der seinen Prinzen nicht einen Moment allein ließ. Ich hatte keine große Hoffnung, dass er überleben würde. Die Verstümmelung, die der König auf grauenvolle Weise inszeniert hatte, könnte kein normaler Mensch überleben.

Wie sollte das überhaupt gehen, ohne ein Herz, dass das Blut durch die Adern pumpte.

Ich wusch mein Haar mit Seife und rieb meinen vor Kälte zitternden Körper ein, als könnte ich somit alles Schreckliche abwaschen. Leider brauchte ich eine neue Haut, um dies zu tun. Ich rieb so lange, bis ich komplett rot war. Lange Streifen bedeckten meine Arme, meine Brust und meinen Rumpf. Jedes einzelne Wort haftete an mir wie der Staub des Ödlandes. Jedes seiner Worte, die er mir entgegengespuckt hatte.

Selter sind alle gleich. Es gibt keine Unterschiede.

Davor hatte ich Angst. Sie kroch wie ein Ekelschauer meine Beine hinauf und setzte sich in meiner Kehle fest, als ich aus dem Wasser stieg und mich in eines meine Tücher wickelte.

Würde die Kraft mich verändern? Würde sie mich ebenfalls zu einem Monster machen?

»Hier bist du.« Ich zuckte erschrocken zusammen, als Sofija hinter einem Baum auftauchte und ihre Arme vor der Brust verschränkte. Sie hatte dunkle Ringe unter den Augen, die sich als Rillen tief darunter festgesetzt hatten.

»Wo sollte ich sonst sein?«

»Ich weiß es nicht«, sagte sie achselzuckend und kam einen weiteren Schritt auf mich zu. »In Tumbara? Irgendwo anders. Ich habe keine Ahnung, was du vorhast und wer du überhaupt bist.«

»Jetzt fang du nicht auch noch damit an«, sagte ich genervt und griff mein Kleid, das am Boden lag, um es mir überzuziehen.

»Womit? Damit, dass ich enttäuscht bin, dass du es mir nicht gesagt hast?«

»Ich weiß es selbst erst seit ein paar Tagen.«

»Und du hast es nicht für nötig gehalten, es mir zu sagen, nicht wahr?«

»Es kann ja nicht jeder so sein wie du. So *perfekt*.« Ich verzog die Lippen und wandte mich ab.

»Ich bin nicht perfekt«, sagte sie und stellte sich mit verschränkten Armen vor mich. »Renn nicht immer weg!«

»Lass mich, Sofija.«

»Sonst was? Lässt du mich dann durch die Luft schweben? Erwürgst du mich dann mit deinen unsichtbaren Klauen? Oder hast du noch was Besseres drauf, he?«

»Es reicht!«, schrie ich nun und packte sie heftig an den Schultern. Wut übermannte mich. Aber auch Traurigkeit, die sich in meine Augen brannte. All das, was ich nicht fühlen durfte, wenn ich sie ansah. All die Wut auf sie, dass sie Elia nicht lieben wollte, so wie ich es tat. Und dass er mich deshalb nicht lieben konnte. Wenn es sie nicht gäbe, dann würde ich mich nicht so fühlen müssen. Ich spürte, wie sich meine Wut in Energie umwandelte. Kochend heiß kribbelte sie in meinen Fingerspitzen, bis sie nahezu in Flammen standen. Sie hielt meinem Blick stand und hob das Kinn an, schien keine Angst zu haben, dass ich sie mit diesen Fingern *töten* könnte.

»Komm schon, tu es. Du willst es doch.«

»Du hast keine Ahnung, Erbin.«

Ich ließ schwer atmend von ihr ab, wandte mich ab und griff mit meinen zitternden Händen in meine Haare.

Einatmen, ausatmen, ermahnte ich mich. Wenn ich das nicht tat, hätte ich Sofija sonst in Brand gesetzt.

»Warum hast du es mir nicht gesagt?«, hörte ich sie schluchzend sagen. »Warum um alles in der Welt hast du es mir verschwiegen, dass du die Prinzessin …«

»Dass ich Prinzessin von Tumbara bin? Na, weil ich es nicht wusste, hast du verstanden? Ich habe es von Ivan. Er war der Leibwächter meines Vaters … und es war ebenfalls er, der ihm zur Flucht verholfen hat.«

Nun verstand ich die Bilder vor meinem geistigen Auge, als ich die Geheimtür zur Kupferstadt geöffnet hatte. Das blaue Licht, dem ich gefolgt war, die eisigen Fackeln, die einen dunklen Pfad beleuchtet hatten, während alles nach Asche und Tod gestunken hatte. Das blaue Licht hatte einen herausragenden Stein bedeckt, der mit dem Druck einer grauen Hand in der Wand verschwand. Ich kannte diese Hand. Ich kannte diese gespreizten Finger. Die bestimmenden Bewegungen, eines Tänzers gleich.

Hier lang! Hallte es in meinem Kopf. *Hier lang, schnell!*

»Meine Familie wird gejagt! Ich weiß nicht einmal, ob sie überhaupt noch leben. Und glaube mir, ich wünsche mir nichts sehnlicher, als dass ich den verdammten Kopf meines Vaters auf einem Spieß stecken sehe.«

»Und dann stehst du noch hier rum?«, fragte sie ungläubig. »Wenn es doch ein Heim … ein Volk für dich gibt, das sich nach seiner Prinzessin sehnt?«

»Eine Selterprinzessin, die ihre Gefühle nicht sortieren kann? Na, herzlichen Dank.« Ich knotete meine nassen Haare in meinem Nacken zusammen und sank erschöpft auf die Knie. Das Gras des Ufers war feucht und befleckte meinen blauen Rock.

»Du hast gesagt, dass die Prinzessin heimgekehrt ist … und dass sie den König aus Kupfoa jagen wird, bis er fällt. Ich habe es dir geglaubt, als du es gesagt hast. Und die Soldaten haben es auch geglaubt. Der König wird darauf vorbereitet sein.«

»Das habe ich nur so gesagt«, gestand ich und sah aufs makellose Ufer hinaus. Die Sonne ging langsam unter und teilte sich im wellenlosen Wasser. Wenn ich ehrlich war, sagte ich viele Dinge, die ich am Ende nicht so meinte.

»Du hast ein Volk, Jana«, sagte Sofija und setzte sich zu mir.

»Eines, dass sich gegen mich stellen kann. Es ist nicht wie bei dir, Sofija. Ich bin nicht sonderlich gut darin, dass mich Menschen mögen.«

»Ich mag dich«, sagte sie und nahm meine Hand.

»Aber ich bin noch immer die Tochter eines miesen Tyrannen …«

»Ja eben«, sagte sie und sah mich an, sodass sich ein Knoten um mein Herz band. »Du bist die Tochter. Du bist aber nicht *er*.«

Doch ich musste an Tarance' Augen denken. An seinen verurteilenden Blick. An die Worte, die er gesagt hatte.

»Selter sind alle gleich.«

»Nein«, beschwichtigte Sofija. »Du kannst alles ändern … alles. Mit diesem Volk.«

Sie deutete auf die Steandler, die sich um das Lagerfeuer gesetzt hatten und ihre Suppe aßen. Sie schenkten sich zuversichtliche Blicke, lauschten den wunderschönen Klängen einer Gitarre und der himmlischen Stimme der Sängerin Saranda. Und als ich dem Blick der kleinen Natia begegnete, schenkte sie mir ein Lächeln, das mich von innen erschütterte, berührte. Mit beiden Armen festhielt.

»Sie brauchen ein Zuhause, Jana. Es wird Zeit, dass wir uns niederlassen … Bring sie heim.«

Niemals hätte ich gedacht, dass es an der Zeit war zu bleiben, wenn wir doch sonst mit dem Wind flogen. Die Steandler, die mit dem Wind gingen. Parasiten, die keinen Schaden hinterließen. Das Volk, das das Gebot Freiheit und Familie in seinem Herzen trug.

Freiheit und Familie …

»Ich kann …«

… *das nicht,* wollte ich sagen, doch wurde von einer weißen Hand überrascht, die vor meinen tränenden Augen schwebte. Als ich an ihr hinaufsah, zog sich mein Herz schmerzhaft zusammen. Noch immer konnte ich in seinen Augen lesen, dass er mich hasste, doch er nickte erst Sofija zu und dann mir. Ich wusste, dass er alles gehört hatte, und ich wusste, dass Sofija dies auch ein Stück weit ihm zuliebe getan hatte.

»Darf ich dich zum Tanzen auffordern?« Ich sah die widersprüchlichen Gefühle in seinen Augen. Er wollte wegrennen, doch blieb stehen. Beherrscht, wie nur ein Soldat sein konnte. Eine herrliche Musik stimmte an, die einen Impuls in mir weckte. Eine leise Aufforderung, der ich nicht nachkommen wollte, aber musste.

Also nahm ich seine Hand, die er zaghaft umschloss und mir mit einem bestimmten Ruck auf die Beine half. Zwischen uns passte kaum mehr als ein dünnes Tuch, als ich zu ihm hinaufsah. Seine Geschichten im Gesicht studierte. Die willkürlichen Verläufe seiner Narben, die er mit Würde trug. Alles Schreckliche, was mein Vater ihm angetan hatte. Ich hatte seiner Geschichte gelauscht, die er Sofija am Lagerfeuer erzählt hatte. Jedes einzelne Bild konnte ich nun in seinen Zügen lesen … in jeder weißen Narbe, die ihn oberflächlich bedeckte.

»Wir müssen uns nicht hassen, Steandlerin.«

»Nein«, krächzte ich und schüttelte den Kopf. »Wir müssen uns aber auch nicht lieben«, sagte er und seine eisblauen Augen schienen zu funkeln.

»Nein.«

»Wir sollten aber versuchen, miteinander auszukommen.«

Nun nickte ich und ließ mich von ihm zum Lagefeuer ziehen.

»Es scheint nämlich so, als würden wir noch längere Zeit zusammenbleiben.«

Als wir tanzten, sah ich nur noch ihn und ich vergaß für einen kurzen Moment, wer ich war. In seinen Armen war ich nur noch Jana.

Ein einfaches Mädchen, das mit einem Jungen tanzte, der ihr unheimliches Herzklopfen bereitete, auch wenn seine Augen auf ewig mit einem Schatten versehen sein würden, in dem seine sowie meine Vergangenheit lauerte.

Die Prinzessin und der Kindersoldat. Jana und Tarance.

71

Sofija

Zan Zahray bettete den schlafenden Prinzen in ihrem Wagen. Sie zündete Duftstäbe an und deckte das Licht der Öllampen mit roten Tüchern ab, sodass farbige Schatten die Wände bemalten.

Sie hob ihre welken Hände über sein Gesicht, das sich seit meiner Behandlung verbessert hatte. Kaum noch waren seine Blessuren zu sehen. Kaum noch konnte man vermuten, dass er zuvor grün und blau geprügelt worden war. Noch immer konnte ich sein Atmen sehen. Seine Brust, die sich hob und senkte, auch wenn die Kupferplatte darauf ein fürchterliches Geräusch hinterließ, das mich an das Schleifen eines Messers erinnerte.

»Er ist stark«, sagte die Stammesälteste und flatterte mit ihren Händen über sein Gesicht hinunter zu der Kupferplatte, die nun auf seiner linken Brusthälfte lag.

»Wird er es schaffen?« drängte ich nervös und sah wieder auf das makellose Gesicht, das aussah wie das einer Statue. Fest und unzerstörbar. Zan Zahray zischte etwas Unverständliches. Dann sah sie mich an. Mit dem gleichen Blick, den sie aufsetzte, wenn sie etwas sah, das mir verborgen blieb. Dann schüttelte sie den Kopf.

Der Moment, der in mir alles zerstörte. Alles zerbrechen ließ wie eine kunstvolle Vase, die ich bemalt hatte in der Hoffnung, dass alles gut werden würde.

»Wird er …« Ich schaffte es nicht, den Satz auszusprechen, ohne meine Stimme zu verlieren. So wie ich ihn verlor – den Boden unter den Füßen.

»So wie du ihn kanntest, wird er nicht wieder aufwachen …«

»Doch er wird aufwachen?«, hörte ich die Hoffnung in mir sagen.

Zan Zahray zog sein Hemd etwas mehr beiseite und fuhr mit den Fingern die Kupferplatte entlang. Der Übergang von Kupferplatte zur Haut war verschwommen. Ich erkannte kaum einen Unterschied zwischen Haut und Platte, außer in der Farbe.

»Er wird sich verändern.«

»Wie verändern?«

»Er verwandelt sich gerade, Fija.« Zan Zahray sah mich traurig an.

»Das Herz genommen zu bekommen ist wie ein Fluch, Fija. Ein Fluch, der einen Menschen von Grund auf verändert. Alles, was sein Wesen ausgemacht hat. Alles, was er einmal gewesen ist. Der Prinz wird ein anderer sein, wenn er aufwacht. Die Verwandlung ist weit vorangeschritten.«

Aber er würde überleben. Das war das Einzige, was nun zählte.

Ich schluckte meine Tränen hinunter.

»Sein Herz ist nahezu mit Kupfer umschlossen. Es ist nur eine Frage der Zeit, bis es aufhört zu schlagen.«

»Und dann?« Ich sah mir von außen zu, wie ich meine Finger in den Stoff meines Rockes schob, als wäre es das letzte bisschen, woran ich mich halten konnte.

»Dann ist seine Verwandlung vollzogen.«

»Und was wird er dann?«

»Ein anderer Mensch. Einer, wie wir ihn nie gesehen haben.« Die Gewissheit biss sich in meinem Kopf fest. Sie durchdrang jede einzelne Nervenzelle meines Körpers, bis ich erst nach einigen

Minuten Zan Zahray zunickte. Eric würde nicht mehr der sein, den ich kennengelernt hatte.

Nie wieder der unausstehliche Lügenprinz mit den goldenen Augen, die mich nicht losgelassen hatten – von Beginn an. Seine dummen Sprüche. Sein überhebliches Grinsen oder auch das Kinn, das er so arrogant in die Höhe hob. Seine liebevollen Blicke. Das Zaghafte in seinen Berührungen, die er mir in einem heimlichen Moment bei den Sternen geschenkt hatte. Seine Küsse. Seine weichen Lippen, die so zart waren wie die Innenseite einer Rose.

Das alles sollte nun weg sein?

»Aber er wird aufwachen«, brach meine Stimme ab. Das war das Einzige, was zählte.

»Er wird aufwachen«, bestätigte Zan Zahray. Mehr verlangte ich nicht und ich strich ihm liebevoll die Haare aus der Stirn.

»Die Liebe ist stark«, flüsterte sie und legte ihre Hand auf meine Schulter. »Doch ist sie auch stark genug für ein Herz, das nicht lieben kann?«

Augenblicklich kroch Lucius' nasale Stimme in meinen Kopf und bebte von Schädelwand zu Schädelwand wie ein heftiger Kopfschmerz.

»Meine Liebe reicht für zwei«, sagte ich fest entschlossen und küsste ihn wieder auf die Stirn, bis die Tränen meine Wangen verließen und seine Stirn bedeckten. Makellose Haut. Ebenmäßig glatt. Eisig kalt. Ich schreckte zurück, als plötzlich ein langes Knacken durch seine Glieder ging und ein Stöhnen seiner Kehle entglitt. Eis, das brach. Knirschender Schnee. Metallplatten, die ohrenbetäubend laut aufeinandertrafen und ihn beben ließen.

»Was geschieht mit ihm?«, fragte ich aufgelöst, als sein Körper sich zusammenkrampfte, sich verformte, als würde seine Wirbelsäule brechen. Ich streckte meine Finger nach ihm aus, doch wurde von Zan Zahray zurückgehalten, die mich fest an ihre Brust drückte.

Schreie entglitten ihm. Worte, die keinen Sinn ergaben. Worte, die mir wehtaten, als ich ihm hilflos zusehen musste, wie er litt.

»Sofija!!!«

»Er ist so weit«, sagte Zan Zahray über seine Schreie hinweg. »Du musst stark sein …«

Und in diesem Moment öffnete er die Augen.

Silber.

Sie waren so silbern wie die des Königs aus Silber und Gold.

Epilog

Isalie

Die Kutsche rüttelte über die zinnroten Steinplatten, die die ganze Stadt vor dem staubigen Boden des Ödlandes schützten. Mein Vater verzog keine Miene, als das Rütteln ihm den Hut in die Stirn schob. Er sah aus dem Fenster und schnaufte hin und wieder, als die Gebäude aus Silber, Gold und Glas an uns vorbeizogen. In seinem Kopf schien es zu arbeiten, und ich beobachtete ihn, wie er die behandschuhten Hände knetete, als würde er einer dummen Gans den schmalen Hals umdrehen. Neben ihm lag die Einladung, die uns in den königlichen Palast in der Hauptstadt einberief. Ich erinnerte mich an den gehetzten Boten, der in den *Allerwelt*-Salon gestürmt war, um meinem Vater die Nachricht zu übermitteln.

Die Hinrichtung des Prinzen.

»Verschwendung!«, hörte ich Vater noch rufen. Dann war er aufgesprungen und hatte den Schnaps geöffnet, der sonst nur für besondere Anlässe herausgeholt wurde.

»Absolute Verschwendung.«

»Du weißt nicht, was er getan hat, Philip«, hörte ich meine Mutter sagen und hätte ihr am liebsten die schmuckbesetzte Hand ins Gesicht geschlagen. Egal, was Eric getan hatte. Er war unser Prinz und Hauptmann. Und außerdem war er Lucius' Bruder. Wie konnte er seinen eigenen Bruder zum Tode verurteilen?

Mutter saß neben mir und prüfte ihre Frisur, indem sie den kleinen Handspiegel benutzte. Hin und wieder vermischte sich Vaters Schnaufen mit Mutters nervigem Jauchzen, wenn die Kutsche holperte und polterte. Es machte mich rasend und ich grub meine Hände in das kostbare Leder der Polstersitze. Claude hatte es eigenhändig bezogen, schwärmte Mutter immer. Der geschickte Ledergerber hatte große, talentierte Hände. So wusste auch Mutter von seinen vielfältigen Fähigkeiten zu profitieren, doch dieses Geheimnis behielt ich für mich. Es würde meinem Vater das Herz brechen.

Ich legte meine Stirn an das kühle Glas und ließ die kleinen Hiebe über mich ergehen, die die Haut um meine Stirn langsam röten ließ. Es war heiß. Ungewöhnlich für den Spätsommer, der sich dieses Jahr nicht verabschieden wollte.

»Wie wird er es machen, Philip?«, trällerte Mutter und holte einen Fächer aus dem Handtäschchen. »Simone, nun gib endlich Ruhe!«, ereiferte sich Vater und wischte sich den Schweiß von der Stirn. »Es sind traurige Zeiten, in denen wir leben. Platos hätte niemals einen seiner Söhne hingerichtet. Und das auch noch in der Öffentlichkeit mit Einladung, wie jene zu einem Ball!«

»Schuld ist bestimmt diese Steandlerin. Wie hieß sie noch gleich?«, plapperte Mutter weiter. Unweigerlich ballte ich meine Hände zu Fäusten, als ich an das Mädchen dachte, das Lucius' Hand gehalten hatte. Jene Hand, die mir zustand, und dies schon seit mehreren Jahren. Ich massierte beschwichtigend meinen Nasenrücken und schloss die Augen, um die Wut in meinem Inneren zu verbergen.

Die Steandlerin hat alles kaputt gemacht, dachte ich. Und dann war sie einfach gegangen und hatte Scherben hinterlassen. Sein Leben, sowie meines. Mein Ruf war ruiniert!

»Sofija«, sagten Vater und ich aus einem Mund und sahen uns

an. Seine silbergrauen Augen blitzten einvernehmlich, als ein weiterer Ruck durch die Kutsche fuhr.

»Himmel, Gerrit! Fahr langsamer!«, beschwerte sich Mutter beim Kutscher und wandte sich mir zu. Sie hob ihre Hand und legte eine lose Strähne in meine Frisur, die auf meinem Kopf spannte. Die Perlen, die Dristel, mein Dienstmädchen, in meine Haare geflochten hatte, ziepten.

»Halte deinen Kopf gerade, Isalie. Ich möchte nicht, dass du dir eine schlimme Haltung aneignest. Das kann kein Ballett der Welt wieder geradebiegen und Benerike hatte genug zu tun mit so einem störrischen Ding wie dir.«

»Schon gut, Mutter«, knurrte ich und tat wie geheißen. Ich streckte mich und spürte, wie jeder Knochen einzeln in meine Wirbelsäule einrastete. Der Weg von Kalakar bis in die Hauptstadt war nicht weit. Dennoch war der Weg unendlich langweilig und mühsam. Zwei Dinge, die sich eigentlich ausschließen sollten, wäre da nicht meine Mutter. Ein kompletter Wiederspruch in sich.

»Du willst doch einen guten Eindruck hinterlassen, habe ich recht?«

»Wofür? Jetzt mal ehrlich, Mutter, was habe ich zu gewinnen? Der König ist verlobt und dann bringt er seinen Bruder um. Was gibt es noch zu retten?«

»Nun sag doch was, Philip!«, tobte sie nun und fuchtelte mit ihren Händen durch die Luft. Ich rollte die Augen und verschränkte die Hände vor der Brust.

»Schluss jetzt, alle beide!«, donnerte Vater und ermahnte mich mit einem strengen Blick, der im selben Moment meine Mutter traf, die sich erschrocken an das üppige Dekolleté fasste.

»Philip!« Mein Vater verzog den Mund, als würde er jeden Moment platzen. Wenn es um das Urteil ging, wollte er nichts sehen und nichts hören.

»Ruhe jetzt, Simone. Ich habe diese ewigen Streitereien satt. Der König hat seine Gemahlin gewählt und wir erscheinen auf seine Einladung. Das reicht.« Wenn wir es nicht tun würden, so würde uns eine Strafe blühen. Vater wollte es nicht zugeben, als ich ihn auf meine Vermutung angesprochen hatte.

Also hatte ich mich nachts in sein Arbeitszimmer geschlichen. Stets bewachte eine seiner Wachen das Zimmer. Doch niemand ahnte, dass sich das Fenster ebenfalls als Tür eignte. Ich wusste, wo er die wichtigen Dinge versteckte. In seiner Schublade aus Mahagoni, die mit einem Schlüssel verschlossen wurde, der unter einer Statue aus Kupfer und Zinn lag.

Ebelon, der Prinz der Sterne, der sich hervorragend als Briefbeschwerer eignete, oder eben als Versteck vor neugierigen Töchtern, die sich niemals beirren ließen. Ich hatte keine Lust, zum Palast zu gehen. Nicht nach allem, was der König mir angetan hatte.

Ich fand den Brief schnell. Er hob sich von den anderen wichtigen Dokumenten ab, das Papier schimmerte wie die Innenseite einer Muschel.

Ich hatte den Brief geöffnet und im Silberlicht des Mondes gelesen, der durch das gitterbesetzte Fenster strahlte.

Mir war der Atem in der Kehle stecken geblieben, so sehr hatten mich die Zeilen schockiert.

Herzliche Grüße, Familie Cedric,

General Philip und Gemahlin Simone mit der bildschönen Tochter Isalie. Hiermit laden wir Euch zum Tag des Rechts am letzten Dienstag dieses Monats zur Hinrichtung des Prinzen und Hauptmannes des Reiches Kupfoa, seines treuen Gefolgsmannes und Soldaten Tarance Hallacen sowie des Soldaten Kyron Kalea ein. Ihnen wird Hochverrat vorgeworfen!

Jede Verweigerung, der Rechtführung beizuwohnen, wird mit harten Strafen geahndet.

Im Namen König Lucius', Sirius Nathan,
Minister und königlicher Berater des Reiches Kupfoa

Ich spürte wieder den Schauer, der mich vor einer Woche heimgesucht hatte, als ich darüber nachdachte, was uns blühen würde, wenn wir nicht erschienen.

Ob wir ausgepeitscht würden, so wie Mutter es bei Dristel verlangte, als sie mein Kleid ruinierte, weil ich sie geärgert hatte, als sie mir den Tee servierte?

Ob sie uns in den Kerker schmeißen würden?

Oder würden sie auch uns hinrichten, nur weil wir nicht hinsehen wollten?

Ich würde es nie erfahren.

Gerade fuhr die Kutsche zum Palast vor. Der Vorplatz war weitaus größer, als ich in Erinnerung hatte. Vermutlich lag es aber auch nur daran, dass wir zuletzt zur späteren Stunde erschienen waren. Nun prallte die Sonne auf die roten Pflastersteine und ließ sie dampfen, als würden sie in Flammen stehen.

»Wann wird die Hinrichtung stattfinden?«

»Morgen früh, Lie«, sagte Vater und nahm den Hut ab. Sein dunkles Haar klebte nass in seiner Stirn. Ich sah in seinen silbernen Augen, wie das Schloss sich gen Himmel streckte. Es war riesig und es schüchterte mich ein. Ich nickte und überlegte mir, wo der Prinz sich aufhalten würde. Ob er in seinem Gemach blieb, ehe er morgen sterben würde? Oder ob er im Kerker auf sein Ende wartete?

»Kopf hoch, Isalie. Du siehst sonst aus wie ein kleines Bauernmädchen, und das willst du doch nicht.« Ich wäre lieber ein Bauernmädchen, dachte ich. Lieber wäre ich in irgendeiner Landhütte als hier im Palast aus Silber und Gold, wo alle darauf warteten, mich zu sehen.

Isalie Cedric, die Tochter des Generals. Die Frau, die dem König versprochen war, ehe diese dreckige Steandlerin in sein Leben kam.

Sofija.

Ich verfluchte ihren Namen.

Danksagung

Wo fängt man bei einer Danksagung nur an? Ich wünschte, man hätte so etwas in der Schule gelernt, um auf jeden Fall alle nötigen Punkte zu beachten, damit man ja nichts vergisst. Aber ich schätze, man beginnt, wie bei jeder anderen Geschichte auch, einfach beim Anfang.

Ich danke meinen wundervollen Eltern Ute und Marco, die mich haben träumen lassen und die mich bei allem unterstützt haben. Ein großes Dankeschön geht dabei an meinen Vater, der mit mir als kleines Mädchen spanische Lieder übersetzt und interpretiert hat, was ich damals bestimmt nicht immer zu schätzen wusste, aber jetzt zu meinem inoffiziellen Hobby gemacht habe, was mich vor allem beim Schreiben inspiriert. Außerdem geht ein Dank an meine kleine Schwester Nicoletta, die schon früher handgeschriebene Geschichten von mir gelesen hat und eine meiner größten Fans ist; an Levend Seyhan, der mich damals ermutigt hat weiterzuschreiben, als ich noch nicht einmal ahnen konnte, dass das Schreiben irgendwann ein wichtiger Bestandteil meines Lebens sein würde; an meine wunderbare Lektorin Elisabeth Leuthardt, die dafür gesorgt hat, dass dieses Buch zu dem wurde, wie ich es immer haben wollte; an die tollen Menschen vom dtv, die mir diese Chance gegeben haben; an meine besten Freundinnen Annika Will, Laura Will, Dijana Sljukic, Lisa Ogbebor und

Salina Gleim, die mir in meinem Schreibprozess stets zur Seite gestanden und mich ermutigt haben; an Selin Visne, die ich im Rahmen des dtvfantasynewcomer-Wettbewerbs kennen und lieben lernen durfte, die mir meine Zweifel nahm, als ich wieder mal vor einer Wand stand; und an alle anderen, die immer an mich geglaubt haben, mich aufgebaut haben, mich ermutigt haben weiterzumachen, auch wenn es nicht immer leicht war … und vor allem mich in meinen verschiedenen Phasen der Verzweiflung, Euphorie, Trauer und auch purer Freude ertragen haben.